Süßes, wildes Herz

Weltbild Taschenbuch

Die Autorin

Sandra Hill hat schon in jungen Jahren mit dem Schreiben begonnen und ist selbst eine begeisterte Leserin historischer Liebesromane. Die frühere Journalistin sammelt außerdem Antiquitäten und besucht mit ihrem Mann gern Auktionen. Auf Sandra Hills Homepage, unter *www.sandrahill.net*, erhalten Sie weitere Informationen über die Autorin.

SANDRA HILL

Süßes, wildes Herz

ROMAN

Aus dem Amerikanischen
von Ulrike Moreno

Weltbild

Die amerikanische Originalausgabe erschien 1995 unter dem Titel
The Tarnished Lady bei Dorchester Publishing, USA.

Besuchen Sie uns im Internet:
www.weltbild.de

Genehmigte Lizenzausgabe für Verlagsgruppe Weltbild GmbH,
Steinerne Furt, 86167 Augsburg

Übersetzung: Ulrike Moreno
Umschlaggestaltung: Atelier Seidel - Verlagsgrafik, Teising
Umschlagmotiv: Doreen Minuto via Agentur Schlück GmbH, Garbsen
Gesamtherstellung: CPI Moravia Books s.r.o., Pohorelice

Printed in the EU
ISBN 978-3-86800-746-6

2015 2014 2013 2012
Die letzte Jahreszahl gibt die aktuelle Lizenzausgabe an.

Für Nellie Housel, deren bedingungslose Liebe alle inspiriert,
die das Vergnügen haben, sie zu kennen.
Mit neunundachtzig liest Tante Nellie noch immer
Liebesgeschichten und genießt die Freuden des Lebens
und der Liebe.
Und sie kann noch immer jodeln.

1. Kapitel

Ravenshire Castle, Northumbria,
946 A. D.

»Himmeldonnerwetter! Was macht *die* denn hier?« Eirik stürzte das restliche Bier aus seinem hölzernen Kelch hinunter und knallte ihn dann auf den erhöhten Tisch. Verärgert beobachtete er, wie die große, magere Gestalt anmutig den Saum ihres weiten Gewands anhob und mit übertrieben vorsichtigen Schritten über die schmutzige Binsenstreu zu ihm hinüberkam.

»Das muss Lady Eadyth von Hawk's Lair sein«, bemerkte Wilfrid, sein Seneschall und langjähriger Freund.

»Ich dachte, ich hätte den Wachen gesagt, sie sollten sie schon am Tor abweisen, falls sie unerwartet hier auftauchen sollte.«

»Es sieht so aus, als hätte die junge Frau dich nun schließlich doch erwischt«, erklärte Wilfrid leise lachend. »Zumindest muss man ihr zugutehalten, dass sie offenbar ganz schön beharrlich ist.«

»Ha! Während der letzten zwei Jahre bin ich mehr als genug beharrlichen Damen und übereifrigen Müttern begegnet. Dafür musste ich nicht nach Ravenshire zurückkommen. Das Einzige, was ich will, ist ein bisschen Frieden, um ...«

Das schrille Gejaule eines Hunds ließ ihre Unterhaltung jäh verstummen. Eirik riss überrascht die Augen auf, als er sah, wie Eadyth dem Tier mit der Spitze ihres weichen Lederschuhs einen kleinen Schubs versetzte, als der Hund sich auf die Hinterbeine niederließ und sich neben ihren Füßen in der

Binsenstreu ausstreckte. Selbst im verrauchten Halbdunkel des großen Saals konnte Eirik sehen, wie Eadyth angewidert ihre Lippen schürzte, als sie das unschöne ›Geschenk‹ sah, das der große Hund zurückgelassen hatte. Die Hände in die Hüften gestemmt funkelte die unverfrorene Person den winselnden Hund an, bis er schließlich schuldbewusst aus ihrer Sicht verschwand.

Eirik und Wilfrid brachen in schallendes Gelächter aus, genau wie die ungepflegten Ritter, die unterhalb der Empore an den langen Tischen im großen Saal herumlungerten. Mit Ausnahme der Dienstmägde hielten sich dort keine Frauen auf. Dem Himmel sei Dank! Eirik hoffte, dass es auch so bleiben würde.

»So ein dreistes Frauenzimmer!«, murmelte er, während er sich mit dem Ärmel seiner abgetragenen Tunika die Lachtränen aus den Augen wischte. »Erst platzt sie uneingeladen in meine Burg. Dann misshandelt sie meinen Hund. Sollte ich ihr vielleicht einen Tritt in ihren knochigen Hintern verpassen und sie gleich wieder nach Hause schicken?«

»Ach, lass sie doch reden. Vielleicht liefert sie mit dieser ›dringenden Angelegenheit‹, die sie mit dir besprechen will, ja einen Spaß, der uns die Langeweile ein bisschen vertreibt.«

Eirik zuckte mit den Schultern. »Möglich. Außerdem wollte ich mir *das silberne Kleinod von Northumbria* ohnehin schon immer mal genauer ansehen.«

»Nee, Eirik. Hast du es noch nicht gehört? Das Juwel hat seinen Glanz inzwischen längst verloren. Wusstest du denn nicht, dass die Klatschmäuler bei Hof sie heute das *befleckte* Kleinod nennen?« Er flüsterte Eirik ein paar rasche Worte der Erklärung zu.

Interessiert, aber auch ein bisschen skeptisch zog Eirik die

Augenbrauen hoch. Aus eigener bitterer Erfahrung kannte er die Boshaftigkeit der Adligen an König Edmunds Hof nur zu gut. Trotzdem fragte er sich, ob Wilfrids Worte wahr sein konnten.

Inzwischen setzte die Frau hartnäckig ihren Weg zu dem erhöhten Podium fort, auf dem sie saßen. Eine rundliche Matrone und etliche Gefolgsleute watschelten ihr wie Entenküken einer dürren Gans hinterher.

Zwischendurch blieb sie einmal stehen, schnupperte und rümpfte hochmütig die Nase. Dann richtete sie einen vernichtenden Blick auf Ignold, einen von Eiriks treusten Gefolgsmännern, und warf ihm ein paar scharfe Worte zu. Der furchtlose Hüne von einem Krieger, der dafür bekannt war, dass er noch nie vor einem Kampf zurückgeschreckt war, starrte sie nur mit offenem Mund an.

Eirik konnte sich ungefähr vorstellen, was die Frau zu ihm gesagt hatte.

Nachdem Eirik vor einigen Monaten die nordische Hauptstadt Jorvik zurückgewonnen und später dann auch ganz Strathclyde erobert hatte, wurde er von König Edmund unter der Standarte des Goldenen Drachens als sein Abgesandter zum Herzog der Normandie geschickt, um die Freilassung des Neffen König Edmunds, Louis d'Outremer, auszuhandeln. Louis war im Sommer zuvor von den Wikingern von Rouen gefangengenommen worden, dann aber vom Herzog der Franken wieder befreit worden, der jedoch darauf bestanden hatte, den Neffen des Königs all diese Monate als Geisel festzuhalten. Später, nach monatelanger Feilscherei und vielen Rückschlägen, wurde Louis dann schließlich seinem fränkischen Königreich zurückgegeben.

Eirik war froh gewesen, als er mit einer kleineren Gruppe seiner Gefolgsleute vor zwei Wochen in die Heimat zurückgekehrt war. Viele von Eiriks Männern, die zu seinem festen Truppenkontingent gehörten, waren nach ihrer langen Rückreise aus dem Frankenland aber erst an ebendiesem Abend eingetroffen. Nach Wochen auf See und später dann zu Pferd, ohne eine Möglichkeit zu baden, stanken sie zum Himmel. Selbst er hatte vorhin auf dem Weg zum Abtritt den durchdringenden, beißenden Geruch von ungewaschenen Männerkörpern wahrgenommen. Vermutlich war es das, worüber die Beißzange von Hawk's Lair sich so missbilligend geäußert hatte.

Die Frau kam weiter in seine Richtung, ohne die anzüglichen Kommentare seiner Männer zu beachten, die in kleinen Grüppchen an den langen Tafeln zusammensaßen und Met tranken. Offensichtlich hatten sie sich alle schon viel zu lange nicht mehr in gepflegter Gesellschaft aufgehalten.

Ein leichtes Schuldbewusstsein beschlich Eirik. Vielleicht war es unhöflich von ihm gewesen, die Briefe zu ignorieren, in denen die Frau ihn in einer nicht näher benannten, aber ›dringenden Angelegenheit‹ um Hilfe ersucht hatte. Aber Eirik war völlig erschöpft. Immerhin hatte er zwei Jahre lang gekämpft und war als Botschafter des Königs hin- und hergereist, von den Gefahren politischer Intrigen, denen er ständig hatte aus dem Weg gehen müssen, erst ganz zu schweigen. Er wollte im Moment einfach nichts mehr mit der Aristokratie zu tun haben – ob es sich nun um Männer oder Frauen handelte. Er brauchte dringend eine kleine Atempause und ein bisschen Frieden.

Eirik lehnte sich in seinem Sessel zurück, verschränkte lässig die Arme vor der Brust und schlug seine langen Beine übereinander. Aus schmalen Augen betrachtete er Lady Eadyth nun genauer, obwohl weder ihr Gesicht noch ihr Körper unter dem weiten Umhang mit der großen Kapuze besonders gut zu erkennen waren. Erschwerend hinzu kam noch, dass seine Augen von dem ganzen Rauch zu tränen begonnen hatten, sodass er praktisch überhaupt nichts sah.

Die Frau schien graues, straff zurückgekämmtes Haar zu haben. Nicht eine einzige lose Strähne war zu sehen, die ihre griesgrämigen Gesichtszüge ein bisschen weicher hätte machen können.

Gedankenversunken strich Eirik mit dem Zeigefinger über seinen Schnurrbart, wie er es immer tat, wenn er ratlos war oder sich auf irgendetwas konzentrierte. »Für so alt hatte ich sie nicht gehalten.«

»Ich auch nicht«, pflichtete ihm Wilfrid bei.

Beide Männer richteten den Blick wieder auf die Frau. Sie war groß und schlank, dafür sprach die Zierlichkeit ihrer Knöchel, die zu sehen waren, als sie den Saum ihres Gewands anhob, um ihn nicht zu beschmutzen. Ihre altjüngferlichen Brüste waren so gut wie nicht zu erkennen, sie hatte eine Brust, die genauso flach wie sein Wappenschild war. Aber ihr unschönstes Attribut war die steile Falte zwischen ihren Brauen. *Grundgütiger!* Sie kam, um ihn um eine Gunst zu bitten, und bemühte sich trotzdem nicht einmal, eine etwas freundlichere Miene aufzusetzen.

Eirik lächelte. Es würde unterhaltsam sein, mit dieser unansehnlichen grauen Maus mit ihrem hoffärtigen Gebaren Katz und Maus zu spielen.

In diesem Moment räusperte sie sich und rief kühn vom Fuß der Treppe des erhöhten Podiums: »Mit Eurer gütigen Erlaubnis, Lord Ravenshire, würde ich Euch gern in einer dringenden Angelegenheit sprechen.«

Dringende Angelegenheit! Dringende Angelegenheit! Das sagten sie alle, wenn sie kamen, um ihn um eine Gefälligkeit zu bitten. Eirik nickte widerstrebend, bevor er mit einer Handbewegung einem in der Nähe stehenden Bediensteten zu verstehen gab, er solle sich um Eadyths Begleiter kümmern und ihnen etwas zu essen und zu trinken bringen lassen.

»Offenbar habt Ihr die Botschaft, die ich Euch überbringen ließ, nicht erhalten«, begann sie mit gestelzter Stimme und zusammengekniffenen Lippen, die ganz blutleer vor Anspannung waren. Zwei kleine Furchen zwischen ihren Brauen schienen auf eine permanent finstere Miene hinzudeuten. Eirik brach fast in Gelächter aus, als ihm bewusst wurde, wie schwer es der Frau fiel, sich so devot vor ihm zu geben, obwohl sie ihm wahrscheinlich viel lieber einen scharfen Rüffel für seine Ungefälligkeit erteilt hätte.

»Ich habe Euren Brief erhalten.«

Offenbar erstaunt darüber, dass er auf jede weitere Stellungnahme verzichtete, starrte Eadyth ihn mit offenem Munde an und offenbarte dabei für eine Frau in ihrem Alter erstaunlich weiße und gesunde Zähne. Wieder strich Eirik sich versonnen über seinen Schnurrbart und kniff die Augen zusammen, um besser sehen zu können. Trotz der Fältchen um ihre Augen und ihren Mund war sie vielleicht doch nicht ganz so alt, wie er angenommen hatte. Tatsächlich war die Haut ihres feingeschnittenen Gesichts so makellos wie frische Sahne. Er wünschte, er könnte sie besser sehen; es wurmte ihn, dass er seiner schlechten Sehkraft wegen die Dinge aus der Nähe nicht mehr so genau erkannte.

»Ah! Ein aufrichtiger Mann. Wie erfrischend!«

»Hattet Ihr etwas anderes erwartet? Aufrichtigkeit ist eine Tugend, die ich mehr als jede andere schätze«, gab Eirik scharf zurück. Irgendwie kränkte ihn ihre spöttische Reaktion auf sein Geständnis, dass er ihren Brief zwar erhalten hatte, aber nicht einmal höflich genug war, ihn zu beantworten.

Seine Antwort schien ihr zu gefallen. »Ja, meistens rechne ich durchaus mit Unaufrichtigkeit. Leider gibt es meiner Erfahrung nach nicht viele vertrauenswürdige Männer.«

»*Oder* Frauen?«

»Oder Frauen«, stimmte sie mit einem leichten Nicken zu und begann ihn dann ganz unverblümt zu mustern.

Eadyths feingeschnittene Lippen mit der geradezu vollkommenen Einkerbung in ihrer Mitte verzogen sich zu einem Lächeln. Im Grunde war die Frau gar nicht so hässlich, wie er ursprünglich gedacht hatte. Zugegeben, für seinen Geschmack hielt sie ihre gerade kleine Nase etwas zu hochnäsig für seinen Geschmack in die Luft gestreckt, von ihrem eigensinnig vorgeschobenen Kinn erst ganz zu schweigen, aber ohne ihr graues Haar und ihren mageren Körper hätte sie womöglich sogar ganz passabel aussehen können. Bei näherem Hinschauen konnte Eirik nun erkennen, dass sie in ihrer Jugend eine Schönheit gewesen sein musste – *das silberne Kleinod von Northumbria.*

Eiriks Hand glitt wieder unwillkürlich zu seinem Schnurrbart. Irgendetwas am Aussehen dieser Frau erschien ihm äußerst merkwürdig. Doch dann erinnerte er sich wieder an Wilfrids Worte über den Klatsch, der über sie verbreitet wurde. Sie war ein Rätsel, das er noch nicht entschlüsseln konnte. Im Stillen lächelte er aber schon über die Aussicht, ihr Geheimnis zu ergründen.

»Darf ich mich zu Euch setzen?«

»Selbstverständlich«, antwortete er und fühlte sich durch ihre sanften Worte, die ihn wieder an seine mangelnde Gastfreundschaft erinnerten, wie ein kleiner Junge zurechtgewiesen. Deshalb erhob er sich auch schnell und half ihr die Stufen zu dem erhöht stehenden Tisch hinauf, wobei ihm die Schlankheit ihres Arms unter dem dicken Stoff des Gewands auffiel. Wo hatte sie nur diesen grässlichen rotbraunen Stoff gefunden? Sie war größer als der Durchschnitt, reichte ihm aber dennoch kaum bis an die Schulter, registrierte er, als er sie Wilfrid vorstellte.

Bevor sie sich setzte, warf sie einen prüfenden Blick auf die Sitzfläche des Stuhls, vermutlich, um nach Staub Ausschau zu halten. *Verdammt noch mal!* Er war erst ein paar Wochen zu Hause und hatte wahrlich Wichtigeres zu tun, als sich mit trägen Bediensteten herumzuschlagen. Es war eine Sache, wenn Wilfrid ihm zusetzte, endlich seine Geldtruhen zu öffnen, um Ravenshire wiederaufzubauen, aber eine völlig andere, wenn diese unerwünschte Besucherin ihre Nase über ihn und seine Burg rümpfte.

Er griff nach einem leeren Becher und warf ihr einen spitzen Blick zu, als er mit dem Ärmel seines Untergewands den Rand abwischte. Damit sollte ihrer Vorstellung von Sauberkeit doch wohl Genüge getan sein, dachte er grimmig. Dann schenkte er ihr ein und reichte ihr den Becher mit aller Höflichkeit, um so zu beweisen, dass es ihm durchaus nicht an Manieren mangelte. Eirik bemerkte, wie sehr sie darauf bedacht war, jegliche Berührung ihrer Finger zu vermeiden – und als sie das Bier trank, sah er, wie sie schon wieder missbilligend die Nase rümpfte.

»Wie ich sehe, mögt Ihr nicht nur keine Hunde, sondern auch kein Bier«, bemerkte er gereizt.

»Nein, das ist nicht wahr. Ich mag Hunde, aber dort, wo sie hingehören, und das ist weder hier in der Halle noch in der Küche. Und was Euer Bier angeht, so ist es durchaus annehmbar«, erwiderte sie arrogant. »Ich muss allerdings gestehen, dass ich verwöhnt bin. Ich mache den besten Met in ganz Northumbria aus meinem eigenen Honig.«

»Ach wirklich? Wie bemerkenswert! Damit meine ich allerdings nicht, dass Ihr Euren Honigwein selbst herstellt, sondern dass Ihr Euch selber derart schamlos lobt.«

Eadyth schaute auf, um seinen Blick zu suchen, und Eirik sah, wie sie bis zu den Haarwurzeln errötete.

Gut so!, dachte er.

»Ich muss mich Eurer klugen Einschätzung meiner Fehler beugen, Mylord. Es ist richtig, dass ich nicht sehr bescheiden bin. Die weiblichen Tugenden sind mir über all die Jahre, in denen ich fern der Gesellschaft gelebt habe, leider abhanden gekommen«, entschuldigte sie sich ganz ohne Verlegenheit. »Manchmal vergesse ich, dass Damen von Stand immerzu sanftmütig und schwach zu sein haben. Ich wurde anders erzogen, mein Vater ließ mir meine Unabhängigkeit.«

Auch wenn Eirik ihr stolzes Kinn, das sich immer wieder trotzig vorschob, noch nicht bemerkt hätte, so konnte er doch jetzt instinktiv spüren, dass sie sich nicht häufig so demütig gab. Eine fast unmerkliche Verwundbarkeit klang in ihrer Stimme mit, die Eirik etwas nachgiebiger stimmte.

»Er war ein guter Mann, Euer Vater. Ich habe Arnulf vor Jahren kennengelernt, als er einmal meinen Großvater Dar besuchte. Es tut mir leid, von seinem Tod zu hören.«

Eadyth nahm seine mitfühlenden Worte mit einem knappen Kopfnicken zur Kenntnis.

»Ihr habt keine Brüder, soviel ich weiß«, fuhr Eirik fort. »Wer führt dann jetzt Hawk's Lair?«

»Ich.«

Eirik war so verblüfft, dass er sich an seinem Bier verschluckte und Wilfrid ihm kräftig auf den Rücken klopfen musste.

Eadyths Lippen verzogen sich zu einem herablassenden Lächeln, was Eiriks Blick auf das irritierende kleine Muttermal an ihrem rechten Mundwinkel lenkte. Er hatte von Frauen gehört, die sich solche Schönheitsflecken auf die Haut malten. War das auch bei ihr der Fall? Bestimmt nicht. Eine Frau, die ihr Haar so straff zurückkämmte wie eine Nonne und derart triste Kleider trug, würde solch eitlen Zierrat nur verächtlich ablehnen.

»Warum reagieren Männer immer so? Ehrlich gesagt verstehe ich nicht, warum Männer immer glauben, Frauen seien nicht in der Lage, mehr zu tun als zu schwatzen und zu sticken.«

Eirik beugte sich ein wenig vor und musterte Eadyth mit neu erwachtem Interesse. »Meiner Erfahrung nach sind die meisten Frauen hohlköpfige, hinterhältige Geschöpfe und recht zufrieden damit, sich mit nicht viel mehr als den von Ihnen gerade angesprochenen Beschäftigungen zu widmen. Auf jeden Fall war es bei meiner Frau so, bevor sie starb. Ich garantiere Euch, wenn Männer keine Erben bräuchten, würden die meisten bestimmt gerne auf das Ehebett verzichten und sich ihr Vergnügen anderswo beschaffen.«

Die Unverblümtheit seiner Worte schien Eadyths weibliches Feingefühl nicht zu verletzen. Vielmehr war Eiriks Aufrichtigkeit sogar offenbar ganz nach ihrem Geschmack.

Ihre Finger zeichneten ein unsichtbares Muster auf die Tischplatte, während sie ihn prüfend ansah. Warum?, fragte er sich. Eadyth befeuchtete nervös ihre Lippen, was Eiriks Blick erneut auf das entwaffnende kleine Muttermal lenkte. Fasziniert verfolgte er, wie ihre rosa Zungenspitze von einem ihrer Mundwinkel zu der kleinen Einkerbung in ihrer Oberlippe glitt, dann zum anderen Mundwinkel weiterwanderte und schließlich über ihre volle Unterlippe strich. Eirik versuchte sich vorzustellen, wie es wäre, das Gleiche mit seiner eigenen Zunge zu tun, und spürte fast augenblicklich ein scharfes Ziehen in seinen Lenden.

Bei Gott und allen Heiligen! Jetzt musste er sich doch tatsächlich selbst zur Ordnung rufen. Er benahm sich ja wie ein Junge, der noch grün hinter den Ohren war. Wahrscheinlich hatte er schon viel zu lange keine Frau mehr an seiner Seite gehabt, wenn sogar eine schon nicht mehr ganz junge ihn so schnell erregen konnte.

Und dieses respektlose Frauenzimmer musterte ihn auch noch auf eine seltsam eindringliche Weise. Sie war wirklich ziemlich ungewöhnlich, diese Frau.

»Sind Eure Augen blau … hellblau wie ein Sommerhimmel, wie man mir erzählte?«, fragte Eadyth unvermittelt und riss Eirik aus seinen erotischen Träumereien.

Etwas irritiert über ihre merkwürdige Frage lehnte er sich wieder zurück. »Ja … sie sind ein Erbe meiner wikingischen Vorfahren.«

Eadyth nickte anerkennend.

Himmelherrgottsakra! Warum sollte es diese alte Jungfer kümmern, ob seine Augen blau oder schmutzig braun waren?

»Ihr seht gar nicht wie ein Wikinger aus. Euer Haar ist schwarz, nicht wahr?«, bemerkte sie wie nebenbei, aber ihr unüberhörbar gepresster Atem, verriet Eirik, dass seine Antwort von Bedeutung für sie war.

Was führte diese Frau im Schilde? Was sollten diese dummen Fragen nach der Farbe seiner Augen und seiner Haare? Wieder lehnte er sich zurück und betrachtete sie misstrauisch. »Ich bin nur zur Hälfte Wikinger. Meine Mutter war Angelsächsin.« Vor Ärger, dass er ihr Spiel nicht zu durchschauen vermochte, biss er sich auf die Unterlippe, um dann aber sogleich verschmitzt hinzufügen: »Möchtet Ihr meine Wikingerhälfte sehen?«

Wilfrid lachte vergnügt auf, während Eadyth errötete und seine Frage einfach überhörte.

»Ich meinte natürlich meine kampferprobten Muskeln«, setzte Eirik spöttisch hinzu und hob einen seiner kräftigen Arme, damit sie ihn bewundern konnte. »Und mein Talent, mit heiler Haut aus den angelsächsischen politischen Schlangengruben herauszukommen.« Er klopfte sich an den Kopf, als wollte er ihr damit demonstrieren, dass er nicht ganz hohl war.

Eadyth, der es nicht nur an Schönheit, sondern offenbar auch an Humor zu fehlen schien, verzog keine Miene über seinen Scherz. Stattdessen presste sie nachdenklich die Lippen zu einem schmalen Strich zusammen, während sie Eirik wieder einer unverhohlenen Musterung unterzog. Schließlich fragte sie: »Könnten wir unter vier Augen miteinander reden, Mylord?«

Eirik setzte eine ausdruckslose Miene auf, die nichts von seiner Überraschung offenbarte, bevor er Wilfrid mit einer Handbewegung aufforderte, sie einen Moment allein zu lassen.

Eadyth trommelte nervös mit ihren schlanken Fingern auf den Tisch, als beschäftigte sie ein ernsthaftes Problem, bevor sie sich dann offenbar zu einem Entschluss durchrang. Sie wartete, bis Wilfrid weg war, und schaute Eirik dann ganz offen in die Augen.

»Ich muss umgehend heiraten«, erklärte Eadyth ohne jede Einleitung. »Wärt Ihr unter Umständen interessiert?«

Eadyth sah, wie sehr der dunkelhaarige Ritter sich anstrengen musste, um sie nicht mit offenem Mund anzustarren. Nachdem er sich vom ersten Schock über ihren unerwarteten Vorschlag erholt hatte, gefror sein Gesicht jedoch zu einer ausdruckslosen Maske. Trotzdem sah man ihm an, dass er ihr bizarres Verhalten nicht ein bisschen verstehen konnte.

Ha! Männer waren so durchschaubar. Sie hielten Frauen für unfähig, logisch zu denken, und genau darin lag ihre Schwäche. Eadyth hatte in den vergangenen acht Jahren eine Lektion nach der anderen erhalten, welche Macht Männer über Frauen ausübten. Allerdings wusste sie inzwischen auch, dass es sich nicht um uneingeschränkte Macht handelte, und Eadyth war eine Expertin darin geworden, sie zu überlisten. Hatte sie nicht immer wieder ihre Fähigkeit bewiesen, Hawk's Lair zu verwalten und ihre eigenen Erzeugnisse auf dem Markt von Jorvik unters Volk zu bringen – den besten Honig und Met und die feinsten Bienenwachskerzen von ganz Northumbria?

Es wurmte Eadyth, sich vor dem gut aussehenden und wortgewandten Herrn von Ravenshire erniedrigen zu müssen. Als kümmerte es sie, dass seine feingeschnittenen Gesichtszüge die Herzen aller Frauen von Yorkshire bis nach Strathclyde schier zerfließen lassen konnten! Oder dass seine glattzüngigen Worte selbst die frommste aller Nonnen ihre Hemmungen verlieren lassen könnte. Sie wollte keinen Mann zum Ehemann, und schon erst recht nicht diesen schlecht gekleideten Flegel in seiner zerfallenden Burg, der in nur mühsam unterdrückter Verachtung mit arroganter Miene auf sie, Eadyth, herabsah.

Gott Allmächtiger! Der bloße Gedanke, die heiligen Bande der Ehe einzugehen, verursachte ihr Übelkeit. *Bande!* Das war das entscheidende Wort. Denn in all diesen Jahren hatte sie sich stets hartnäckig geweigert, sich von irgendeinem Mann binden zu lassen.

Nun aber blieb ihr keine andere Wahl mehr. Die Zeit lief ihr davon. Das Beste, was sie tun konnte, war, eine möglichst günstige Verlobungsvereinbarung auszuhandeln, die für ihren zukünftigen Gatten von Vorteil sein, ihr selbst aber erlauben würde, ihre Freiheit zu behalten. Doch würde der Herr von Ravenstein auf diesen Vorschlag eingehen?

»Möglicherweise spielen meine Ohren mir ja einen Streich, Mylady. Aber habt Ihr mich gerade um meine Hand gebeten?« Als Eadyth mit trotzig vorgeschobenem Kinn nickte, schnaubte er entrüstet. »Es ziemt sich nicht, dass Ihr eine solche Sache in Eure eigenen Hände nehmt.«

»Wer sollte denn sonst für mich verhandeln? Mein Vater ist tot. Ich habe keine Familie mehr.« Sie zuckte mit den Schultern. »Seid Ihr so puritanisch und so sehr um Eure Männlichkeit besorgt, dass Ihr nicht direkt mit einer Frau verhandeln könnt?«

Bei diesen herausfordernden Worten setzte Eirik sich aufrechter hin, und an seinem markanten Kinn begann ein Muskel zu zucken. »Ihr begebt Euch auf gefährliches Terrain, Mylady. Glaubt mir, ich fürchte weder Euch noch irgendjemand sonst auf dieser Welt. Ihr wollt direkt mit mir verhandeln? Na schön, das könnt Ihr haben. Ich sage Euch ganz *direkt*, dass meine Antwort Nein ist. Ich bin an Eurem Vorschlag nicht interessiert.«

Zu ihrer großen Verärgerung spürte Eadyth, wie eine heiße Röte in ihre Wangen stieg. Warum konnte sie ihre freche Zunge auch nicht in Zaum halten? Aber da sie an Verhandlungen mit raffinierten Handelsherren und denkfaulen Dummerjanen gewöhnt war, vergaß sie oft jegliche Diplomatie. Nur mühsam unterdrückte sie jetzt die in ihr aufsteigende Wut und zwang sich, mit größter Vorsicht vorzugehen, als sie weitersprach.

»Ich bitte um Entschuldigung, Mylord, für meine übereilten Worte. Die Dringlichkeit meiner Situation hat mir die Zunge gelockert, aber … bitte lehnt mein Angebot nicht ab, bevor Ihr alle Einzelheiten gehört habt.«

Eirik schenkte sich Bier nach und nippte gedankenvoll daran, während er Eadyth aus schmalen Augen musterte und offenbar zum Schluss kam, dass ihr die bei einer Ehefrau gern gesehenen Attribute fehlten. Das überraschte Eadyth nicht. Nachdem sie vor acht Jahren ein einziges Mal einen verhängnisvollen Fehler begangen hatte, gab sie sich die größte Mühe, niemals und unter gar keinen Umständen das sinnliche Interesse eines Mannes zu wecken.

»Bei allem gebotenen Respekt, Mylady, ich habe kein Interesse an einer weiteren Ehe – mit keiner Frau. Einmal war genug.«

»Für immer?«, fragte Eadyth überrascht. »Ich dachte, alle Männer hätten das Bedürfnis, Erben hervorzubringen. Eure Gemahlin hat Euch aber doch keine Söhne geboren, oder?«

Er schüttelte den Kopf. »Mein Bruder Tykir ist mein Erbe. Ich bin nämlich nicht sonderlich interessiert daran, mein eigenes Ich zu vermehren.« Dann legte er fragend seinen Kopf ein wenig schief, als wäre ihm etwas Wichtiges eingefallen. »Und abgesehen davon seid Ihr ja wohl kaum noch in einem gebärfähigen Alter, würde ich meinen.«

»Was?« Seine Feststellung ließ Eadyth jäh verstummen. Es war richtig, dass viele Mädchen schon mit vierzehn Jahren heirateten, aber sie war mal gerade fünfundzwanzig und wohl durchaus noch im richtigen Alter, um Kinder zu bekommen. Nicht, dass sie das gewollt hätte. Und schon gar nicht mit einem solchen Grobian wie ihm. Aber für *wie* alt hielt er sie?

Ah!, dachte sie plötzlich, während sie mit einer Hand nach

ihrem Stirnband griff – offensichtlich vermittelte ihr silbriges Haar ihm eine falsche Vorstellung von ihrem Alter. Das und ihr absichtlich viel zu weit geschnittenes Gewand, unter dem sie ihre weiblichen Rundungen verbarg. Gut, dass er sie nicht am Morgen gesehen hatte, als sie beim Versuch ihre glänzenden, bis zur Taille reichenden Haare unter einem Schleier zu verbergen, schließlich auf Schweineschmalz hatte zurückgreifen müssen, um ihre üppige Lockenpracht zu bändigen. Anscheinend war es ihr mit dem Fett gelungen, auch die goldblonden Strähnchen in ihren silberblonden Haaren zu verbergen.

Doch dann kam ihr plötzlich ein Gedanke. Womöglich würde seine falsche Vorstellung von ihrem Alter ihr ja sogar zugute kommen. Nach diesem einen unangenehmen – nein, verheerenden Erlebnis mit den sinnlichen Neigungen eines Mannes hatte sie nicht das geringste Bedürfnis nach einem zweiten. Eadyth lächelte, die Rolle als alte Jungfer begann ihr zu gefallen. Um Eiriks Frage auszuweichen, erklärte sie in altjüngferlich schnippischem Tonfall: »He, he, he! Man sollte meinen, mein Alter sei nicht so wichtig, wenn Ihr keine Erben mehr zeugen wollt. Im Grunde könnte es sich sogar zu unser beider Vorteil auswirken.«

Mit dieser Erklärung weckte sie Eiriks Interesse, und er fuhr sich mit den Fingern durch sein schulterlanges, rabenschwarzes Haar. Dann strich er sich geistesabwesend über den Schnurrbart – eine Angewohnheit, die Eadyth nicht zum ersten Mal bei ihm bemerkte –, als er sie wie ein misstrauischer Vogel beäugte ... oder wie der Rabe, der er seinem Wappen nach ja auch war. Und er kniff auch fortwährend die Augen zusammen. Schließlich zog er fragend die dichten schwarzen Brauen über seinen blauen Augen hoch.

Heilige Jungfrau Maria! Man konnte in den Tiefen dieser

faszinierenden Augen ertrinken, musste Eadyth sich eingestehen, bevor sie sich rasch wieder zur Ordnung rief. In Wirklichkeit war Eirik gar nicht mal so gut aussehend wie Steven, die Ursache ihrer Probleme. Stevens distinguierte Erscheinung und seine feingeschnittenen Gesichtszüge waren nahezu vollkommen, während Eirik für Eadyths Geschmack zwar gut, aber zu kraftstrotzend aussah und sein eckiges Gesicht zu maskulin war. Auf merkwürdige Weise wirkte er irgendwie sogar ein bisschen einschüchternd auf sie.

Sie zwang sich, zu ihrem Gesprächsthema zurückzukehren, und sagte: »Lasst mich ganz offen sein ...«

»Warum sollten wir jetzt damit aufhören?«

Eadyth warf Eirik einen vernichtenden Blick zu. Sie würde seine Spöttelei einstweilen noch ignorieren, konnte aber nicht verhindern, dass ihre Hände sich verkrampften, sich zu Fäusten ballten und sich wieder öffneten, bevor sie weitersprach. Verflixt noch mal, aber Demut und Ergebenheit zur Schau zu tragen, fiel ihr wirklich sehr, sehr schwer.

»Ich muss so bald wie möglich heiraten. Mein Gemahl muss, sollte es zu einem Kampf kommen, Männer anführen können. Noch viel wichtiger ist aber, dass er ein Talent für Politik und diplomatisches Geschick hat, damit es möglichst erst gar nicht zu einer Konfrontation kommt. Versteht Ihr, was ich meine?«

»Warum gerade ich?«, versetzte Eirik knapp. »Ihr fühlt Euch doch ganz offensichtlich nicht von meinen unzählbaren Reizen angezogen.«

Aufmerksam verfolgte er die verräterisch nervösen Bewegungen ihrer Hände, und Eadyth zwang sich, sich zusammenzunehmen. Er sah zu viel. Und trotzdem sah er ihr wahres Aussehen nicht. Wie eigenartig, dachte sie.

Außerdem fand sie es unmöglich, dass er es für nötig gehalten hatte, eine derart frivole Bemerkung hinsichtlich seiner ›Reize‹ zu machen. Spielte er nur mit ihr und betrachtete ihren nur widerstrebend vorgebrachten Vorschlag als Vorwand, sich über sie lustig zu machen? Natürlich tat er das. Er hielt sie ja offenbar für viel zu alt, um sich noch für die körperlichen Vorzüge eines Mannes zu interessieren.

Genug! Sie vergeudete kostbare Zeit damit, um den heißen Brei herumzureden. Er hatte gesagt, er wisse Offenheit zu schätzen. Nun, dann würde sie ihm jetzt eine ordentliche Portion davon geben und ihm auch verdeutlichen, wie sie über seine ›Reize‹ dachte.

»Es stimmt, dass sich mein sinnliches Verlangen nach Eurem unvergleichlich schönen Körper in Grenzen hält«, bemerkte sie sarkastisch. »Und auch Eure männliche Präsenz lässt mir nicht die Knie weich werden. Ich möchte wetten, dass ich es sogar ertragen würde, Eure Gesellschaft zu genießen, ohne vor Bewunderung gleich ohnmächtig zu werden. Ehrlich gesagt würde ich sogar lieber Euren grässlichen Hund heiraten als Euch, wenn es meine Probleme lösen würde.« Eadyth sah den angespannten Zug, der um sein Kinn erschien. *Gut!* Jetzt hatte sie seine volle Aufmerksamkeit – er grinste nicht mehr und verkniff sich auch weitere indirekte Anspielungen. »Aber wisst Ihr, Euer Hund würde mir bedauerlicherweise überhaupt nichts nützen, weil er weder Eure blauen Augen noch Euer schwarzes Haar hat. Ich dachte, ich hätte schon erwähnt, dass das unentbehrliche Attribute für meinen zukünftigen Ehemann sind.«

»Blaue Augen und schwarzes Haar!«, entfuhr es Eirik. »Vorsicht, Mylady, Ihr geht zu weit. Und verschwendet bitte nicht meine Zeit mit unsinnigem Gerede über körperliche Merkmale. Ich will nicht heiraten, und und schon gar keine Keifzange. Und das ist mein letztes Wort zu diesem Thema.« Er stand auf, als sei ihre Unterredung für ihn damit beendet.

Seine brüsken Worte ließen Eadyths Hoffnung sinken, und sie musste einen Anfall von Panik unterdrücken. Wieder einmal hatte sie ihre Vernunft von ihrer Abneigung gegen eine erzwungene Heirat überschatten lassen.

»Hier«, sagte sie und drückte Eirik rasch ein Dokument in die Hände. »Vielleicht solltet Ihr Euch gut überlegen, was Ihr da so unbekümmert ablehnt.«

Eirik starrte sie mit ausdrucksloser Miene schweigend an, aber dann senkte er den Blick doch auf das Dokument und hielt es auf Armeslänge von sich ab. Nachdem er die Worte und die Zahlen überflogen hatte, ließ er sich auf seinen Stuhl zurückfallen und stieß einen gereizten Seufzer aus.

»Was in Herrgotts Namen soll das sein?«

Eadyth dachte, dass das Dokument im Grunde für sich selber sprach, da über dem Text klar und deutlich ›Verlobungsvereinbarung‹ in ihrer eigenen sauberen Handschrift stand. Vielleicht konnte der Herr von Ravenshire nicht lesen? »Das ist die Mitgift, die Ihr von mir erhalten werdet, wenn Ihr der Heirat zustimmt«, erklärte sie mit stolz vorgerecktem Kinn.

Eirik starrte sie einen langen Augenblick ungläubig und erstaunt an, bevor er sich wieder dem Dokument zuwandte und laut seinen Inhalt vorlas: »Fünfhundert Goldstücke; zweitausend Morgen an Ravenshire angrenzendes Land; zwanzig Ellen feinster Rohseide aus Bagdad; drei Kühe; zwölf Ochsen; fünfzehn Leibeigene, einschließlich eines Steinmetzes wie eines Schmieds, und fünfzig Bienenköniginnen mit etwa hunderttausend Arbeiterinnen und zehntausend Drohnen.« Spöttisch lächelnd richtete Eirik sich an Eadyth: »Bienen? Was soll ich denn mit Bienen?«

»Mit ihnen habe ich mein Geld verdient, Mylord. Macht Euch nicht über Dinge lustig, von denen Ihr keine Ahnung habt.«

Er legte das Dokument auf den Tisch, lehnte sich wieder zurück und legte die Fingerspitzen aneinander, um Eadyth nachdenklich zu mustern. Als er endlich wieder sprach, schien er seine Worte mit Bedacht zu wählen. »Sie ist wirklich eindrucksvoll – die Mitgift, die Ihr mir anbietet. Und erstaunlich. Ich hätte Hawk's Lair nicht für einen so gewinnbringenden Besitz gehalten.«

Und dann lächelte er. Es war ein nettes Lächeln, wie Eadyth innerlich zugeben musste. Und sie registrierte auch das vergnügte Funkeln in seinen ausdrucksvollen Augen. Oh ja, sie konnte verstehen, warum die Frauen ihm zu Füßen sanken, wenn er sie mit seinem fatalen Charme bedachte.

»Weiß der König von Eurem Reichtum? Seine Ratsversammlung wäre bestimmt an einer höheren Besteuerung Eurer Reichtümer interessiert.«

Eadyth reagierte etwas ungehalten auf sein verstecktes Kompliment. »Hawk's Lair ist eine kleine Burg, von der ich einfach jeden Teil sehr gut nutze. Trotzdem bin ich einzig und allein durch meine Bienenzucht zu einem gewissen Reichtum gekommen. Die letzten paar Jahre waren ganz besonders einträglich. Es hat sich herumgesprochen, dass ich erstklassigen Met, Honig und Bienenwachskerzen erzeuge. Meine zeitmessenden Kerzen werfen ganz besonders große Gewinne ab.«

»Ihr vertreibt Eure Produkte selbst?«

»Ja. Ich habe einen Vertreter in Jorvik, aber ich halte es für klüger, die Menschen, die für mich arbeiten, zu überprüfen und im Auge zu behalten.«

Eirik lachte ungläubig und schüttelte den Kopf.

»Ihr findet eine vernünftige Geschäftsführung wohl lustig?«, sagte Eadyth ärgerlich.

»Nein, Mylady, ich finde *Euch* und Eure vielen Widersprüche lustig.«

»Wie meint Ihr das?«

»Ihr kommt uneingeladen in meine Burg hereingeplatzt, beleidigt meinen Hund, mein Bier und nicht zuletzt auch mich. Ihr hegt ganz offenkundig Zweifel an meiner Integrität und haltet trotzdem um meine Hand an. Ihr seid eine Dame von Stand und seid Euch trotzdem nicht zu schade, Euch mit Eurem Handel die Hände schmutzig zu machen. Und ...« Er zögerte, und man merkte ihm an, dass er das untrügliche Gefühl hatte, zu weit gegangen zu sein.

»Und was? Sprecht weiter. Lasst uns ganz ehrlich zueinander sein.«

»Nun, ich habe schon häufiger gehört, dass man Euch Eurer großen Schönheit wegen ›das silberne Kleinod von Northumbria‹ nannte ... aber ich kann diese Schönheit beim besten Willen nicht sehen.«

Seine harte, aber ehrliche Beurteilung traf Eadyth. Dabei hatte sie sich doch die größte Mühe gegeben, um das, was von ihrer großen Schönheit noch übrig war, zu verbergen. Also hätte es ihr eigentlich ziemlich egal sein müssen, dass er sie nicht hübsch fand, aber irgendwie kränkte es sie doch. Wahrscheinlich meldeten sich da gerade nur die letzten Reste ihrer früheren weiblichen Eitelkeit. Sie straffte ihre Schultern. »Habt Ihr mir noch mehr zu sagen?«

»Ja, da ist noch mehr.« Eirik zögerte, bevor er fortfuhr: »Ihr benehmt Euch wie eine verklemmte Nonne, die noch nie mit einem Mann zusammen war. Das verwundert mich ein wenig, da mir auch zu Ohren gekommen ist, dass Ihr in Eurer Jugend recht leichtfertig gelebt habt. Ich kann mir eine Frau wie Euch einfach nicht unter einem Mann liegend vorstellen – und schon gar nicht als Mutter eines unehelichen Kinds.«

Eadyth schloss für einen Moment die Augen, da sie nicht damit gerechnet hatte, dass das Gespräch so schnell auf ihren Sohn John kommen würde. Sie hatte gewusst, dass sie über ihn würde sprechen müssen, falls Eirik sich bereit erklärte, sie zu heiraten. Immerhin war John der Grund, dass sie sich zu einer solchen Verbindung gezwungen sah, gegen die sich eigentlich alles in ihr sträubte. Sie hatte jedoch gehofft, das Thema erst zu einem späteren Zeitpunkt anschneiden zu müssen.

»Ja, ich habe einen Sohn«, gab sie schließlich zu und erwiderte Eiriks Blick ganz offen. »Stellt John ein Hindernis für diese Ehe dar?«

Eirik strich mit seinem langen, wohlgeformten Zeigefinger über den Rand des Bechers, während er Eadyth weiter prüfend musterte. Sie bemerkte, dass ihm der kleine Finger fehlte, und fragte sich, ob er ihn im Kampf oder bei einem Unfall verloren hatte. Ihre Überlegungen wurden jedoch unterbrochen, als er langsam und mit anscheinend sehr vorsichtig gewählten Worten weitersprach.

»Wenn ich eine Frau heiraten wollen würde, wäre ein Kind für mich kein Grund, um nicht mit ihr vor den Altar zu treten. Natürlich würde ich eine Jungfrau als Gemahlin vorziehen, alles andere zu behaupten, wäre unehrlich. Aber wer bin ich schon, um mich zum Richter aufzuspielen? Auch ich trage den Makel unehelicher Herkunft, und darüber hinaus habe ich selbst zwei uneheliche Töchter.« Er grinste sie etwas betreten an. »Da scheinen wir ja wohl doch eine Gemeinsamkeit zu haben.«

Eadyth biss die Zähne zusammen und ballte die Hände so

fest, dass sich die Fingernägel in ihre Handflächen bohrten. Sie hätte ihm nur zu gern gesagt, was sie davon hielt, dass er zwei illegitime Töchter in die Welt gesetzt hatte. Es war nicht ihre Schuld, dass ihr Sohn unehelich geboren worden war. Aber er, ein unverheirateter Mann, hätte seine Töchter vor diesem Schicksal bewahren können. Oh, wie gern hätte sie ihm gesagt, dass er wohl vor allem eine Gemeinsamkeit mit diesen vielen skrupellosen Männern hatte, die ihre Geschlechtsteile für Geschenke Gottes hielten, mit denen sie wahllos jede Frau *beglücken* konnten, die es wagte, ihren Weg zu kreuzen. Er widerte sie an. Gerade sie wusste selbst am besten, wie Frauen unter außerehelichen Liebschaften zu leiden hatten, selbst wenn sie mit einem Haufen romantischer Versprechungen verbunden waren.

Sie durfte ihre Gedanken aber nicht in Worte fassen. Nicht jetzt. Sie musste ihn zuerst dazu bringen, einer Ehe mit ihr zuzustimmen. Wenn sie erst einmal verheiratet waren – vorausgesetzt natürlich, es kam dazu –, würde er über seine unbedachte Zeugung zweier Bastarde von ihr schon einiges zu hören bekommen.

Ihre Stimme triefte förmlich vor erzwungener Höflichkeit, als sie fragte: »Oh? Und wo sind diese Kinder?«

»Larise lebt nicht weit entfernt bei Onkel Erm und seiner Familie. Sie ist acht.«

»Wird sie jetzt, wo Ihr wieder in Northumbria seid, bei Euch leben?«

Eirik zuckte mit den Schultern. »Ich weiß es noch nicht. Es kommt darauf an, ob ich beschließe, hier auf Ravenshire zu bleiben.«

Wie herzlos!, dachte Eadyth. Wie konnte er seine kleine Tochter der Obhut anderer überlassen? Das arme Kind! Und wie meinte er das, dass er vielleicht nicht hierbleiben würde? Aber dann wurde ihr plötzlich bewusst, dass, sollten sie tatsächlich heiraten, seine Abwesenheit für sie sogar von Vorteil sein könnte. Schließlich wollte sie nicht von einem lästigen Ehemann ihrer Freiheit beraubt werden.

»Und das andere Kind?«

Für einen kurzen Moment blitzte Traurigkeit in seinen blauen Augen auf. »Emma ist erst sechs. Sie lebt in einem Waisenhaus in Jorvik, seit sie drei ist. Mein Pflegeonkel Selik und seine Gemahlin Rain, meine Halbschwester, sorgen dort für sie«, schloss er mit bewegter Stimme.

Seine Antwort stellte Eadyth vor ein Rätsel. »Aber warum steckt man ein so kleines Kind, das zudem noch nicht mal eine richtige Waise ist, in ein Waisenhaus?«

Eiriks Gesicht verdüsterte sich, als er unverblümt erwiderte: »Ich war lange nicht in Ravenshire und konnte ihr kein Zuhause bieten. Außerdem kann Emma nicht sprechen und wird deshalb von Rain behandelt, die eine erfahrene Heilerin ist.« Dann versteifte er sich und sagte entschieden: »Ich will nicht über Emma sprechen.«

»Und ihre Mutter? Kann die sich nicht um die beiden Mädchen kümmern?«

»Beide Mütter sind tot.«

Beide? Eirik hatte nicht nur über eine, sondern gleich über zwei Frauen die Schande gebracht, die ihr selbst so gut bekannt war. Was für ein hemmungsloser Schuft!

Trotzdem biss sie sich auf die Zunge, weil sie wusste, dass sie schlecht beraten wäre, ihm jetzt schon ihre Meinung zu sagen. Sie musste sehr behutsam vorgehen.

»Vielleicht könnte ich die Antwort auf Eure Gebete sein.«

Eirik lächelte breit über ihre schlechte Wortwahl, und wider ihren eigenen Willen war Eadyth fasziniert von seinem Charisma.

»Auf meine Gebete? Das glaube ich nicht, Mylady.«

»Was ich meinte«, beharrte Eadyth, »war, dass ich mich um Eure Kinder kümmern könnte, wenn Ihr dieser Heirat zustimmt.«

»Bei allem gebotenen Respekt, Mylady, aber mich dünkt, dass eine Hochzeit einen zu hohen Preis für die bloße Pflege zweier Kinder darstellt.«

Bloße Pflege! Eadyth unterdrückte ihre Abneigung und betrachtete seine samtene, früher einmal saphirblaue, jetzt aber vom Alter und vom vielen Tragen verblichene Tunika, und die Goldbrokatstickereien seines Wamses, die zu einem schon kaum noch zu erkennenden Muster abgescheuert war. Eine hübsche Brosche in Form eines Drachen aus gehämmertem Gold mit Bernsteinaugen hielt seinen Umhang an der Schulter zusammen. Insgesamt jedoch sah seine Kleidung eher ärmlich aus. Auch die zerfallenden Mauern seiner Burg und der deutliche Mangel an Bediensteten, die sich um diese schmutzige Festung kümmerten, ließen auf Armut schließen. Überdies waren Eadyth auf dem Weg hierher viele leere Bauernkaten und schon seit Jahren nicht mehr bestellte Felder aufgefallen.

Sie beschloss, das Thema anders anzugehen.

»Darf ich Euch respektvoll darauf hinweisen, Lord Ravenshire, dass die Euch angebotene Mitgift zur Wiederherstellung Eurer Burg verwendet werden könnte?«, schlug sie vor und ignorierte den Ausdruck der Überraschung, der auf Eiriks Gesicht erschien. »Ich verstehe nämlich einiges von diesen Dingen, wisst Ihr. Falls Ihr kein Interesse haben solltet, Eure Burg zu führen und lieber an den Königshof oder ... oder wohin auch immer zurückkehren würdet, wäre ich nur zu gern bereit,

Eure Angelegenheiten in Eurem Sinne zu betreuen. Ihr hättet dann genügend Geld, um neue Stoffe für feine Kleidungsstücke zu erwerben, Eure Vorratsräume wiederaufzufüllen und ...« Sie verstummte, als sie Eiriks fassungslose Miene bemerkte.

»Und womit würde ich mich beschäftigen, während Ihr all das ... *betreut?* Soll ich hier herumsitzen und Däumchen drehen?«

Eadyth starrte ihn nur an. Auf eine solch scharfe Antwort auf ihr gut gemeintes Angebot war sie nun wirklich nicht gefasst gewesen.

»Ihr überschreitet Eure Grenzen, Gnädigste. Habt Ihr so wenig Achtung vor mir, dass Ihr glaubt, ich könnte meine eigenen Angelegenheiten nicht selbst regeln? Wie sollte ich Eurer Meinung nach denn meine freie Zeit verbringen? Bier trinkend? Oder mit jeder greifbaren Frau ins Bett hüpfend?«

Ihr Gesichtsausdruck musste ihm verraten haben, dass das in der Tat genau das war, was Eadyth von ihm erwartet hatte, denn Eirik stieß plötzlich ein lautes Brüllen aus, das die Aufmerksamkeit der unter ihnen in der Halle sitzenden Ritter erregte. Er fauchte sie verächtlich an: »Würdet Ihr denn ein Mittel finden, auch Eure eigene körperliche Leere in der Hochzeitsnacht zu füllen? Denn einen Mann braucht Ihr doch sicher nicht.«

Niedergeschlagen senkte Eadyth ihren Blick und seufzte resigniert. Nun würde er sie wohl doch nicht heiraten.

»Ich wollte nicht respektlos sein, Mylord. Ihr irrt Euch allerdings, wenn Ihr glaubt, ich bräuchte keinen Mann. Ich brauche sogar ganz dringend einen Ehemann. Aber auf einen Mann in meinem Bett kann ich tatsächlich gut verzichten. Was mich angeht, so könntet Ihr sogar Eure Mätressen behalten, wenn es zu dieser Heirat käme.«

»Und was glaubt Ihr, wie viele Mätressen ich wohl habe?«, fragte Eirik belustigt und endlich wieder ohne jeden Ärger.

Eadyth machte eine wegwerfende Bewegung mit der Hand, als würde die Anzahl keine Rolle spielen. »Ihr seid bekannt dafür, dass Ihr viele Frauen habt, und …«

»Dass ich viele Frauen *habe?*«, unterbrach Eirik sie erstickt. »Alle auf einmal, meint Ihr?«

»Seid nicht albern«, tadelte Eadyth ihn, obwohl die Vorstellung sie heiß erröten ließ. Ohne lange nachzudenken, bemerkte sie: »Ich wusste nicht einmal, dass … *es* mit mehr als einer Frau auf einmal möglich ist.«

Eirik brach in schallendes Gelächter aus.

Sein Spott ließ Eadyth nahezu den Mut verlieren, aber sie zwang sich fortzufahren: »Ich weiß, dass Ihr eine Mätresse in Jorvik habt, und falls es noch andere geben sollte, macht mir das nichts aus.«

Überrascht zog Eirik eine seiner dunklen Brauen hoch. »Ihr wisst von Asa? Eure Spione haben ihre Sache gut gemacht, Mylady.«

Eadyth zuckte brüsk die Achseln. »Das ist unwichtig. Ich habe begriffen, dass Ihr mich nicht heiraten werdet. Es sieht so aus, als müsste ich mich von Neuem auf die Suche nach einem Edelmann mit schwarzem Haar und blauen Augen machen.«

»Ihr macht mich wirklich neugierig, Mylady. Seid doch bitte so gut und erklärt mir, wieso blaue Augen und schwarzes Haar so wichtig sind?«

Eadyth widerstrebte es eigentlich, mit diesem Mann über ihren Sohn zu sprechen. Da aber ihr Plan, seine Frau zu werden, ohnehin aussichtslos war, wollte sie zumindest die Gelegenheit nutzen, seinen womöglich hilfreichen Rat einzuholen.

»Nachdem der Erzeuger meines Sohnes die Vaterschaft in

all diesen Jahren abgestritten hatte, scheint er es sich nun anders überlegt zu haben. Er hat eine Eingabe an den Witan, die Königliche Ratsversammlung, gerichtet, um die Vormundschaft für John einzuklagen. Ich weiß nicht, welche Absichten er damit verfolgt, bin mir aber sicher, dass sie nur böse sein können. Ich brauche einen Ehemann, der mir bei diesem Streit zur Seite steht. Und ...« Sie zögerte, da sie nicht sicher war, wie viel sie Eirik anvertrauen durfte. »Es könnte meiner Sache nicht schaden, sondern ihr sogar sehr dienlich sein, wenn dieser Mann unter Eid aussagen würde, dass er der Vater meines Sohnes ist. Vor allem, wenn er schwarzes Haar und helle blaue Augen hat wie John. Und wie sein wahrer Vater.«

Eirik warf den Kopf zurück und lachte schallend. Als er sich wieder beruhigt hatte, schüttelte er den Kopf, verblüfft über ihre hinterhältigen Methoden. »Ihr scheint ja wirklich an alles gedacht zu haben. Aber wieso glaubt Ihr, der Witan würde einem solch verspäteten Ersuchen des Vaters um die Vormundschaft auch nur Beachtung schenken?«

Eadyth beugte sich ein wenig vor, um es ihm zu erklären. »König Edmund hat mich in all diesen Jahren im Witan gegen ... gegen diesen niederträchtigen Mann unterstützt, in erster Linie wohl aus Rücksicht meinem Vater gegenüber, der ihm ebenso treu wie vorher schon seinem Bruder König Athelstan gedient hatte. Als mein Vater in Edmunds Diensten in der Schlacht von Leicester kämpfte, wurde er so schwer verletzt, dass er kurz darauf starb. Seit seinem Tod ist meine Position schwächer geworden.«

»Edmund ist ein anständiger Mann. Er pflegt seine Versprechen einzuhalten.«

Eadyth hob eine Hand, um zu signalisieren, dass sie noch mehr zu sagen hatte. »Wie Ihr wisst, sind schon etliche Anschläge auf das Leben des Königs verübt worden, und Steven, dieser Teufel, umschmeichelt den jungen Edred, der sicherlich das Erbe des Königs antreten wird, da Edmunds Kinder dafür ja noch zu jung sind. Und sobald Edred den Thron übernimmt, wird Steven die Vormundschaft gewinnen. Dessen bin ich mir sicher.«

Sie seufzte, lehnte sich zurück und schloss für einen Moment erschöpft die Augen. Sie war sterbensmüde von all dem Durcheinander, und nun würde sie ihre Suche noch einmal von vorne beginnen müssen. Nach einer Weile wurde ihr Eiriks merkwürdiges Schweigen bewusst. Als sie die Augen öffnete, erschrak sie über den unbändigen Zorn, der seine Züge verzerrte und sich ganz und gar auf sie zu richten schien.

»Was … was ist?«, stammelte sie, als Eirik aufsprang, sie ohne jede Vorwarnung an ihren Oberarmen packte, vom Stuhl hochzog, sie dann ein Stück vom Boden hob, sodass sie auf Augenhöhe mit ihm in der Luft hing.

»Der Vater Eures Kindes – meint Ihr damit etwa dieses Stück Nichts Steven von Gravely?«, fragte er in eisigem Ton.

Eadyth nickte und erkannte jetzt, dass sie, ohne es zu wollen, Stevens Namen ausgesprochen haben musste. Und sie konnte auch nicht bestreiten, dass Steven es verdiente, mit diesem schlimmsten aller Schimpfnamen – *Stück Nichts* – tituliert zu werden, denn für sie war er der gemeinste, nichtswürdigste aller Männer.

»Ihr habt für diese ekelhafte Schlange die Beine breitgemacht und untersteht Euch, *meinen* Charakter anzuzweifeln?«

Er schüttelte sie so hart, dass Eadyths Zähne klapperten und sie sicher war, am nächsten Tag blaue Flecken an den Armen zählen zu können. Sie lehnte sich ein bisschen zurück, um ihn anzusehen, und blickte in seine kalten Augen. Es beängstigte sie, wie aufgebracht er war, aber trotzdem dachte sie nicht einmal daran, sich vor diesem groben Flegel zu verteidigen. Denn was sie mit Steven getan hatte und warum sein Verrat sie derart hart getroffen hatte, das konnte nur eine Frau verstehen.

Schließlich ließ Eirik sie wieder auf die Füße hinunter. Dann schwenkte er drohend einen Finger vor ihrem Gesicht und befahl ihr mit einer Stimme, die keinen Widerspruch erlaubte: »Ihr bleibt heute Nacht auf meiner Burg. Wir reden morgen früh weiter, wenn ich Zeit hatte, mir alles, was Ihr mir erzählt habt, noch einmal durch den Kopf gehen zu lassen. Himmelherrgottsakra! Steven von Gravely! Was für ein unglaublicher Zufall!«

»Ich verstehe nicht ...« Eadyth war sprachlos vor Verwirrung.

»Das braucht Ihr auch nicht«, stellte er verächtlich fest. »Aber eins kann ich Euch sagen: Es ist durchaus möglich, dass es doch noch zu Eurem Heiratspakt kommt. Und mögen Gott und seine Heiligen sich Eurer dann erbarmen. Denn ich werde es bestimmt nicht tun.«

2. Kapitel

Eadyth wachte am nächsten Morgen schon kurz vor Morgengrauen auf. Oder nein – eigentlich war sie dank ihres von Flöhen besiedelten Bettzeugs eigentlich sogar schon lange vor dem ersten grauen Licht hellwach gewesen.

Ihre Leibmagd schlief auf einem Strohsack in der schmutzigen Binsenstreu neben der Tür. Die arme Girta! Ihr molliger Körper war für das Ungeziefer bestimmt ein Festessen gewesen. Bei näherem Hinsehen jedoch bemerkte Eadyth, dass ihre treue Magd leise schnarchend schlief und von den Plagegeistern verschont geblieben zu sein schien.

Vielleicht ist Girtas Haut nur dicker oder meine eigene ganz einfach süßer, dachte Eadyth leise lachend. *Ha!* Sie wäre jede Wette eingegangen, dass der unausstehliche Herr dieser zerfallenden Burgmauern diesbezüglich anderer Meinung sein würde.

Eadyth stieg vorsichtig über ihre schlafende Magd hinweg, aus deren Mund jetzt einer wahrer Chor von Lauten kam – als Hintergrundmusik ein leises Schnarchen, das hier und da von einem zufriedenen Grunzen oder Schnaufen unterbrochen wurde. Eadyth blickte liebevoll auf die stämmige Frau hinunter, die ihr während so vieler Jahren treu gedient hatte, zuerst als ihre Kinderfrau, nachdem ihre Mutter gestorben war, und nun als ihre Leibmagd und Begleiterin.

Da sie sich ein bisschen frisch machen wollte, bevor sie Eirik erneut gegenübertrat, sah Eadyth sich nach einer Schüssel Wasser um. Es war aber nirgendwo eine zu sehen. Missmutig stellte sie fest, dass nicht nur das Feuer im Kamin erloschen war, sondern darüber hinaus in der Burg auch noch vollkommene Stille herrschte. Von den Gängen draußen drang nicht ein einziges Geräusch in ihr Zimmer. Dabei müssten die Bediensteten von Ravenshire doch eigentlich schon auf den Beinen sein und sich für einen neuen Tag bereit machen.

Versonnen legte Eadyth ihre tristen Gewänder an und verbarg ihr Haar unter dem eng anliegenden Schleier. Sicherheitshalber nahm sie noch eine Hand voll Asche aus dem Kamin und verrieb sie vorsichtig auf ihrem Gesicht, um ihrer Haut einen Grauschimmer zu verleihen.

Sie lächelte bei der Erinnerung an Girtas Empörung am vergangenen Morgen, als sie ganz bewusst das langweiligste und weiteste Gewand herausgesucht hatte, das sie besaß.

»In dieser Aufmachung wirst du aber keine große Versuchung für einen Mann darstellen«, hatte Girta spitz bemerkt.

»So ist es, liebe Girta. Genau das beabsichtige ich auch damit zu verhindern. Ich will einen Ehemann allein mit meiner Mitgift und meinen Fähigkeiten, eine Burg zu führen, anlocken und nicht mit meinem Körper.« Bei den letzten Worten schauderte es sie vor Ekel, und sie fügte rasch hinzu: »Was *das* betrifft, habe ich meine Lektion gelernt.«

»Ach, Kind, das war nur eine schlechte Erfahrung. Nicht alle Männer sind aus dem gleichen Holz geschnitzt.«

Eadyth war auf diesen Einwand hin noch deutlicher geworden. »Du bist eine brave Frau, Girta, aber die harte Wirklichkeit hat mir bewiesen, dass die meisten Männer in Bezug auf Frauen die gleichen üblen Absichten haben wie Steven. Sie betrachten uns als bloßes Eigentum, das sie benutzen und wieder vergessen können, wenn sie ihr Vergnügen hatten. Ich will mehr als das, Girta.«

Die ältere Frau hatte besorgt den Kopf geschüttelt. »Ich kann mir nicht vorstellen, dass du dich je den Beschränkungen des Ehelebens fügen wirst.«

»Das werde ich auch nicht. Mein zukünftiger Ehemann wird vorher *meinen* Bedingungen zustimmen müssen«, hatte sie ihrer treuen Gefährtin daraufhin sehr viel zuversichtlicher erklärt, als sie sich fühlte.

»Ach, Eadyth, liebes Kind, ich fürchte, dass man dich verletzen wird«, hatte Girta darauf kummervoll erwidert.

Verletzen?, dachte Eadyth nun, als sie die Tür ihres Schlafzimmers öffnete, um auf den zugigen Gang hinauszutreten. Oh nein, ihr einstmals so verwundbares Herz war längst hart geworden. Nur John ... bei ihm war es etwas völlig anderes. Sie würde alles in ihrer Macht Stehende tun, um ihren Sohn vor jeglichem Kummer zu bewahren – selbst wenn das bedeutete, diesen abscheulichen Flegel von Ravenshire oder irgendeinen anderen, nicht minder verabscheuungswürdigen Mann zu heiraten.

Eadyth ging den Gang entlang und die Treppe der zweistöckigen, aus Stein und Holz erbauten Burg hinunter. Diese im Vergleich zu Hawk's Lair riesige Burg war früher einmal sehr beeindruckend gewesen, oder zumindest hatte ihr Vater das immer gesagt, aber zerbröckelnde Mauern und verfaultes Holz zeugten von jahrelanger Vernachlässigung. Eadyth hasste es, etwas Schönes, ob Menschen oder Gebäude, dermaßen vernachlässigt zu sehen. Der Zustand der Burg sagte ihrer Meinung nach jedenfalls einiges über ihren derzeitigen Besitzer aus. Eirik wird mir vieles, was die Vernachlässigung seines Erbes angeht, zu erklären haben, dachte Eadyth kopfschüttelnd.

Sie hielt nach einem Bediensteten Ausschau, um sich den Weg zum Abtritt zeigen zu lassen und gesagt zu bekommen, wo sie frisches Wasser zum Trinken und zum Baden finden würde.

Aber offensichtlich war tatsächlich noch niemand auf den Beinen. Einige betrunkene Ritter, die sie am vorangegangenen Abend schon gesehen hatte, schliefen auf breiten Bänken und in den Bettnischen, die die Wände der großen Halle säumten, und auch etliche Bedienstete hatten sich hier und dort zum Schlafen hingelegt.

Ein paar der Frauen lagen nackt mit den adeligen Herren unter Fellen, die ihnen als Decken dienten. Durch die halb offenstehende Tür eines Alkovens entdeckte sie ein rothaariges Mädchen neben Wilfrid, dem Seneschall, den sie am Abend zuvor kennengelernt hatte. Die junge Frau lag in Wilfrids Armen, ihre vollen Brüste herausfordernd an seine mit dunklem Haar bedeckte Brust gepresst, und eines ihrer langen Beine über seinen muskulösen Oberschenkeln ruhend. Aber noch unerhörter war, dass ihre von der Arbeit schwieligen Finger auf seinem schlaffen männlichen Geschlechtsteil lagen!

Eadyths Augen weiteten sich beim Anblick dieser erotischen Szene, aber dann schürzte sie angewidert ihre Oberlippe. So wie sie die männliche Natur kannte, war es durchaus möglich, dass Wilfrid verheiratet war und seine arme Frau irgendwo dort oben schlief, während er es hier unten wie ein Karnickel mit der Dienstmagd trieb.

Was Eadyth im Grunde aber gar nicht so sehr überraschte, da sie wusste, dass es in vielen großen Häusern üblich war, das Bett miteinander zu teilen, besonders in einer von Männern dominierten Burg wie Ravenshire. Sie selbst erlaubte ein so liederliches Verhalten auf Hawk's Lair nicht. Vielmehr ermutigte sie ihr Gesinde zu heiraten und sorgte dafür, dass keine Magd gegen ihren Willen von Adligen, die zu Besuch auf der Burg weilten, belästigt wurde.

Sie überlegte, ob sie die beiden wachrütteln sollte, um ihrer

Missbilligung Ausdruck zu verleihen. Doch dann rief sie sich schnell zur Vernunft, hatte sie sich doch vorgenommen, an diesem Tag etwas zurückhaltender aufzutreten. Schließlich war es nicht ihre Burg – und würde es auch wahrscheinlich niemals sein. Deshalb wandte sie den Blick von dem Liebespaar ab und ging entschlossen auf den etwas abgelegenen Küchentrakt zu, der durch einen geschlossenen Durchgang mit der Burg verbunden war. Auch wenn diese Burg keine Hausherrin besaß, müsste sich doch irgendjemand – die Köchin vielleicht? – um die Haushaltsführung kümmern …

Eadyth stieß die schwere Tür auf und schnappte entsetzt nach Luft, als sie den Albtraum aus fettigen Töpfen, herumhuschenden Mäusen, verdorbenem Essen, ungewaschenem Geschirr und Trinkgefäßen sah. Sogar zwei Hühner pickten zufrieden in den Essensresten auf dem schmutzverkrusteten Boden. Eadyth griff schnell nach einem neben der Tür stehenden Besen und verscheuchte eine fette Maus vom Tisch, die sich an einem Stück Lammfleisch gütlich tat, bevor sie zu einem Strohsack neben dem erloschenen Feuer ging, wo eine Magd, die Köchin höchstwahrscheinlich, laut schnaufend durch die verfaulten Zähne ihres offenen Mundes schnarchte. Grunzend drehte sie sich auf den Bauch und ließ lautstark einen Wind fahren. Eadyth versetzte ihr mit dem Besen einen Stoß gegen ihr breites Hinterteil, und die Frau fuhr auf und rieb sich ihren Po.

»*Wa-as …?*«, kreischte sie, bevor sie von ihrem Strohsack aufsprang. Obwohl sie Eadyth höchstens bis zur Schulter reichte, war sie dafür mindestens doppelt so breit wie sie. »Hast du den Verstand verloren, dass du eine brave Magd wie mich so piesackst?« Mit schmalen Augen, die wie kleine schwarze Punkte in ihrem aufgedunsenen Gesicht aussahen, fragte die Köchin scharf: »Was glaubst du, wer du bist – eine gottverdammte Königin?«

»Ich bin Lady Eadyth von Hawk's Lair, du faules Luder. Bist du für den Dreck in dieser Küche verantwortlich?«

Offensichtlich sehr erschrocken darüber, dass sie eine Adelige beschimpft hatte, nickte die Köchin widerstrebend und rieb sich den Schlaf aus ihren kleinen Augen. Als sie dann ganz ungeniert gähnte, wurde Eadyth von dem schlechten Atem, der ihr entgegenschlug – einer Mischung aus faulen Zähnen und schalem Met – beinahe übel. Die Ausdünstungen ihres Körpers und ihrer Kleidungsstücke, die vermutlich schon seit Monaten nicht mehr gewaschen worden waren, taten ihr Übriges, um Eadyth einige Schritte zurückstolpern zu lassen. Nur gut, dass sie noch nichts gegessen hatte, was durch die schmierigen Hände dieses alten Weibs gegangen war.

»Wie heißt du?«, fragte Eadyth streng.

»Bertha.«

»Nun, Bertha, was sagst du zu diesem Schweinestall von einer Küche?«

»Hä?«

Eadyth schnaubte vor Empörung. »Wie viele Bedienstete gibt es hier auf dieser Burg?«

Bertha kratzte sich träge unter ihren Armen und begann dann an den Fingern abzuzählen. »Etwa zwölf hier drinnen, draußen vielleicht noch mal zwölf. Viele Knechte, Mägde und Häusler sind in den letzten beiden Jahren, als der Herr nicht da war, weggegangen.«

»Und wer hat sich in seiner Abwesenheit um die Burg gekümmert?«

Die Köchin zog ihre massigen Schultern hoch. »Herr Wilfrid, aber der war auch die meiste Zeit nicht hier, da seine Frau vergangenes Jahr gestorben ist. Gott segne ihre brave Seele!« Bertha gab sich Mühe, eine kummervolle Miene aufzusetzen.

Ha! Wilfrid hat nicht unbedingt den Eindruck erweckt, besonders traurig zu sein, als ich ihn das letzte Mal gesehen habe, dachte Eadyth bissig und sah ihn in Gedanken mit der nackten Dienstmagd vor sich.

»Ich will, dass du sämtliche Bedienstete – ob Hörige oder Freie – auf der Stelle hier versammelst. Hast du mich verstanden?«

Die Köchin nickte zögernd.

Als kurze Zeit darauf eine liederliche Gruppe von Faulpelzen in die Küche schlurfte, hatte Eadyth bereits einen Kessel Wasser zum Erhitzen über die Feuerstelle gehängt und Töpfe, Geschirr und Trinkgefäße eingeweicht. Sie hielt den Dienstboten eine Standpredigt, die sie so schnell nicht vergessen würden, und wies dann allen Aufgaben zu, die sie binnen einer Stunde erledigt haben sollten.

»Bertha, ich will, dass hier in der Küche der Boden gefegt und so lange geschrubbt wird, bis er blitzeblank ist. Alle Schneidebretter müssen gründlich abgescheuert werden, und bringt auch frisches Mehl zum Backen her. Aus der Speisekammer muss alles Verdorbene aussortiert werden. Ich werde die Vorräte auch auf Würmer untersuchen, die sich dort bestimmt in rauen Mengen tummeln.

Lambert, hol dir noch einen Mann, der dir beim Hacken von Holz für die Küchenfeuer helfen kann. Stapelt so viel, dass der Vorrat für fünf Tage reicht. Agnes und Sybil werden die Eier einsammeln und die Kühe melken.« Sie zögerte und sah dann Bertha an. »Es gibt doch Kühe hier?«

Bertha nickte. »Es ist noch eine Kuh da und vielleicht zwei Dutzend Hennen.«

»Gut, dann werden wir Butter machen, sobald die Milch gebracht wird.«

Sie erteilte eine Anweisung nach der nächsten. Erst als einige der Dienstboten gar nicht mehr aufhörten, ihre verschlafenen Augen zu verdrehen, unterbrach sich Eadyth. Aber nur um in den großen Rittersaal zu gehen und dort einigen der Männer zu befehlen, die verschmutzte Binsenstreu hinauszufegen und sie mit frischer, nach wohlriechenden Kräutern duftender zu ersetzen. Andere beauftragte sie damit, die langen Tische abzuscheuern und die Spinnweben von den Wänden zu fegen. Wieder andere sollten die verstaubten Tapisserien von den Mauern nehmen und sie in den Burghof bringen, um sie kräftig auszuklopfen.

Am wichtigsten war Eadyths Meinung nach jedoch, vorübergehend alle Hunde aus dem Burgsaal zu verbannen. Obwohl sie das nicht nur laut verkündete, sondern selbst begann, die ersten Tiere hinauszujagen, ließ sich der dumme Hund aus der Nacht zuvor nicht daran hindern, ihr wie ein verliebter Freier nachzulaufen. Nachdem Eadyth sich rasch umgeblickt hatte, ob niemand zusah, kapitulierte sie kurzfristig, bückte sich und kraulte ihn hinter den Ohren. Als das Tier darüber derart in Verzückung geriet, dass es seine Zunge weit heraushängen ließ, schüttelte Eadyth in gespieltem Widerwillen den Kopf.

»Das war sehr dumm von dir, was du da gestern getan hast, Hund, und dazu auch noch vor einer Dame, aber ich wollte dir bestimmt nicht wehtun, auch wenn ich dir mit der Schuhspitze einen kleinen Schubs gegeben habe.« Sie hockte sich vor den Hund und betrachtete ihn prüfend. »Ah, du bist ja sogar ein reinrassiges Tier, wie ich jetzt sehe. Dann hast du gewiss auch einen tadellosen Stammbaum. Hast du einen Namen? Nein? Nun ja, dann nenne ich dich ... was meinst du? Prinz?«

Der Hund wedelte eifrig mit dem Schwanz, und Eadyth lachte leise. »Der Name gefällt dir, was? Aber nun müssen wir uns über eine andere Sache einigen.« Und damit hob sie das übel riechende Tier hoch, ging mit ihm hinaus und setzte es im Burghof wieder ab. »Und du kommst nicht eher wieder, bis du gebadet hast, Prinz«, erklärte sie dem Hund, dessen Augen sie so seelenvoll betrachteten, als habe er sie ganz genau verstanden.

Als sie leise lachend in die Halle zurückging, sah sie, dass einige der hochwohlgeborenen Herren endlich benommen aus ihrem Rausch erwacht waren, und beauftragte sie sogleich damit, sich auf die Jagd nach Frischfleisch zu begeben. Selbst Wilfrid, der viel zu verblüfft über ihre autoritäre Art war, um Einspruch zu erheben, wurde nicht verschont. Aber er erlaubte sich doch immerhin mit einem rätselhaften Lächeln eine Frage: »Hat Lord Eirik Euch um Hilfe gebeten, Mylady?«

Eadyth errötete – das passierte ihr immer wieder, worüber sie sich sehr ärgerte, doch leider konnte sie nichts dagegen tun. »Nein, das hat er nicht getan. Wahrscheinlich liegt er noch im Bett, nachdem er die ganze Nacht lang Bier mit Euch getrunken hat«, gab sie in scharfem Ton zurück, um gleich darauf entschuldigend hinzuzufügen: »Ich erweise ihm nur einen Dienst, wenn ich seine nichtsnutzigen Dienstboten dazu bringe, ihre Arbeiten zu machen.« Sie warf einen raschen, vielsagenden Blick auf Wilfrids Bettgefährtin, um ihm zu verstehen zu geben, dass wahrscheinlich auch Eirik noch etwas anderes in seinem Zimmer tat, als nur zu schlafen.

Wilfrid lächelte sie daraufhin nur wissend an und gab dem jungen Mädchen, das neben ihm stand und seinen nackten Körper mit einem Schaffell zu bedecken versuchte, einen raschen Kuss. »Wir sehen uns später, Britta«, sagte er und kniff die Magd mit einem wollüstigen Augenzwinkern in den Po.

Britta errötete ein wenig und richtete ihren Blick, der nicht unschuldiger hätte sein können, dann auf Eadyth.

Eadyth versuchte, das törichte junge Ding verärgert anzufunkeln, aber Britta war beinahe noch ein Kind und höchstens fünfzehn Jahre alt. Sie wusste es einfach noch nicht besser. »Britta, such dir bitte etwas Passenderes zum Anziehen, und dann entfernst du das gesamte Bettzeug von den unbelegten Strohlagern und aus den Bettnischen. Bring es zum Waschen auf den Hof hinter der Küche.«

Britta nickte gehorsam. »Seid Ihr die neue Herrin?«, fragte sie schüchtern. »Werdet Ihr den gnädigen Herrn heiraten?«

Eadyth spürte, wie ihr schon wieder die Röte in die Wangen stieg. »Ich bezweifle, dass wir heiraten werden, und ich bin auch nicht deine Herrin. Ich handle nur als ... Freundin von Lord Ravenshire, indem ich seine Burg in Ordnung bringe.«

Danach versuchte Eadyth, sich ruhig hinzusetzen und auf Lord Ravenshire zu warten, aber wie gewöhnlich brodelte sie innerlich mal wieder vor ruheloser Energie. Sie ertrug es einfach nicht, untätig herumzusitzen, bis der Hausherr sich bequemte aufzustehen, und schon gar nicht, wenn sie darauf brannte, die enorme Menge Arbeit, die sie überall sah, in Angriff zu nehmen. Und so gab sie ihren Impulsen auch bald wieder nach.

Gegen Mittag strahlte sie vor Zufriedenheit, als sie die bemerkenswerten Fortschritte sah, die bereits gemacht worden waren. Die Küche glänzte. Der große Saal roch angenehm nach neuer Binsenstreu und frisch zerstoßenen Kräutern. Ein Teil der Kleidung und Bettwäsche kochte in einem großen Kessel über dem offenen Feuern, ein anderer lag bereits zum

Trocknen über Büschen im arg vernachlässigten Küchengarten.

Einige der Dienstboten waren bereits zum Baden in dem von einer Quelle gespeisten Teich hinter der Burg geschickt worden, und die anderen würden sehr bald folgen. Eadyth hatte allen verboten zu frühstücken, bis sie ihre Aufgaben erledigt und gebadet hatten. Sie wünschte nur, sie würden sich beeilen. Der verlockende Duft des frisch gebackenen Brots, das in den Steinöfen neben den Küchenfeuern backte, ließ ihren Magen laut knurren. Eine große Schüssel frischer gelber Butter stand auf dem langen, wuchtigen Eichenholztisch in der Küche. Trotz Berthas Jammern über ihre wunden Finger war seine Maserung nach gründlichem Scheuern mit Sand und starker Seife schließlich doch wieder ans Tageslicht getreten.

Während sie den bis zum Rand gefüllten Korb mit Hühner- und Gänseeiern bewunderte, fragte Eadyth sich, ob Bertha wohl einen anständigen Pudding zubereiten konnte. Wenn nicht, würde sie ihr eins ihrer eigenen Rezepte geben.

Eadyths Magen knurrte wieder, als sie das Zischen des Fetts hörte, das von einer gepökelten Schweinehälfte in das offene Feuer tropfte. Der kleine Godric, der Waise einer vor langer Zeit verstorbenen Burgleibeigenen, drehte langsam den Spieß, während er mit glänzenden Augen zu Eadyth aufschaute und froh zu sein schien, dass auch er mit einer eigenen kleinen Aufgabe betraut worden war. In einem Kessel auf der anderen Seite der Feuerstelle brodelte eine Brühe aus Hirschknochen und übrig gebliebenem, für den Winter eingelagertem Gemüse, über dem ein in ein Tuch gehüllter Erbsenpudding baumelte.

Es gab noch immer viel zu tun, aber zumindest war schon mal ein Anfang gemacht. Eadyth strahlte vor Zufriedenheit. Würde Eirik ihre Bemühungen zu schätzen wissen? Zum ersten Mal kam ihr der Gedanke, ob sie mit ihren gut gemeinten Maßnahmen nicht doch vielleicht etwas zu übereilt gehandelt hatte.

Eirik erwachte von einem lauten Klopfen an seiner Schlafzimmertür. Oder war es nur das Pochen in seinem Kopf? Stöhnend setzte er sich auf, ließ sich dann aber sofort wieder auf das Bett zurückfallen, weil der scharfe Schmerz in seinen Schläfen fast nicht zu ertragen war.

Verflucht! Er musste verrückt gewesen sein, gestern Nacht so viel Bier mit seinem Freund und Seneschall zu trinken. Er hatte nicht mehr so tief ins Glas geschaut, seit er ein unerfahrener Junge gewesen war und noch mit all den verbotenen Früchten herumexperimentiert hatte. Er fuhr sich mit den Händen durch sein wirres Haar und richtete sich wieder auf, als er sich an den Grund für seine Zecherei erinnerte – an diese altjüngferliche Eadyth und das, was sie ihm von Steven von Gravely erzählt hatte. *Herrgott noch mal!* Würde er diesem Scheusal denn nie entkommen? Zwei volle Jahre war er nicht in England gewesen, und kaum war er wieder zu Hause, hatte Gravelys verhasstes Schreckgespenst ihm seine Heimat auch schon wieder verdorben!

Angeekelt verzog er das Gesicht und legte dieselbe Tunika und dieselben Beinlinge an, die er auch schon am Abend zuvor getragen hatte. Das Gesinde musste bald mal wieder Wäsche waschen, sonst würde er seinen eigenen Geruch nicht mehr ertragen können. Oder vielleicht wäre es sogar noch besser, das ganze Zeug gleich auf den Misthaufen zu werfen und sich ein paar neue Sachen anfertigen zu lassen, wenn er das nächste Mal nach Jorvik kam. Es war an der Zeit, seinen Reichtum zu nutzen, statt ihn in dem unterirdischen Versteck unter der Burg verschimmeln zu lassen. Den verarmten Herrn einer heruntergekommenen Burg zu spielen, wurde ihm neuerdings zu unbequem.

Vielleicht sollte er die frühere Pracht der Burg seines Großvaters wiederherstellen lassen und die Freisassen und Pächter wieder zur Arbeit auf die Felder schicken. Er schürzte nachdenklich die Lippen bei diesem Gedanken, der ihn schon seit seiner Rückkehr vor zwei Wochen beschäftigte.

Dann lächelte er, da er sich im nächsten Moment an Lady Eadyth und ihren unerhörten Heiratsantrag erinnerte. Es war keineswegs das erste Mal, dass er von einer Frau mit Heiratsabsichten bedrängt wurde. Und so manches hinterhältige Komplott war schon geschmiedet worden, um ihm eine Verlobungsvereinbarung abzunötigen – buchstäblich alles von Verführung bis Erpressung. Zum Glück war er ihnen allen durch das Netz geschlüpft. Eine schlechte Ehe war seiner Ansicht nach mehr als genug. Als Elizabeth vor zehn Jahren gestorben war, hatte er sich geschworen, nie wieder zu heiraten – und das aus gutem Grund.

Doch nun bot die Herrin von Hawk's Lair ihm einen Anreiz, der möglicherweise zu verlockend war, um ihm zu widerstehen. Nachdenklich runzelte er die Stirn. Es war nicht ihre ansehnliche Mitgift, die ihn reizte, und auch ganz gewiss nicht ihr Aussehen, *Gott bewahre!*, sondern die Aussicht, sich an Steven von Gravely rächen zu können, was ihr Angebot für Eirik so verlockend machte. Die Möglichkeit, Steven endlich zu einem offenen Kampf um Leben oder Tod herausfordern zu können, war auf jeden Fall eine Überlegung wert.

Das Klopfen an seiner Tür setzte von neuem ein, und Eirik erkannte jetzt auch Berthas wehleidige Stimme. »Gnädiger

Herr! Oh bitte, Herr, kommt schnell hinunter, bevor sie uns noch auf den Kopf stellt und uns die Läuse aus den Haaren schüttelt!«

Eirik ging zur Tür und öffnete sie der überraschten Köchin, die gerade wieder anklopfen wollte, stattdessen aber seine Brust erwischte. Ihm drehte sich der Magen um, und der ekelhafte Geschmack von schalem Met stieg in seiner Kehle auf. *Herrgott noch mal!* Das hatte ihm gerade noch gefehlt bei seinem dicken Kopf.

Er glaubte seinen Augen nicht zu trauen.

»Bertha? Bist du es?«

In der makellos sauberen Tunika erkannte er seine alte Köchin fast nicht wieder. Ihre Haut war rotgeschrubbt, ihr sauberes Haar, das ihr in nassen Klumpen auf die Schultern fiel, umrahmte ein zutiefst entrüstetes Gesicht.

»Was ist denn, Bertha?«, fragte er und unterdrückte ein erstauntes Lachen.

»Es geht um die Frau, um diese Lady Eadyth. Diese verdammte Furie … Verzeihung, gnädiger Herr, ich wollte nicht respektlos sein – aber diese Frau hat uns mit ihrem Gezeter alle schon vor dem ersten Tageslicht geweckt und uns dann arbeiten geschickt!« Sie hielt ihre roten, wunden Handflächen hoch, um ihm zu zeigen, *wie* schwer sie gearbeitet hatte.

Eirik runzelte verwirrt die Stirn. »Steht ihr denn nicht jeden Morgen früh auf, um mit eurer Arbeit zu beginnen?«

Bertha wurde puterrot. »Na ja, manchmal schon, aber … aber … es steht *ihr* nicht zu, uns herumzukommandieren, außerdem hat sie uns Faulpelze und Schlimmeres genannt. Sie hat gesagt, wir wären so träge, dass wir uns wahrscheinlich sogar an die Wand lehnen müssten, um zu rülpsen. Und sie behauptet auch, wir hätten Läuse, und sagt, wir müssten sie bis heute Mittag loswerden, oder sie würde uns auf den Kopf stellen und sie uns aus den Haaren schütteln!«

Eirik konnte gar nicht anders, als zu lachen, worauf Bertha ihn mit einem empörten Blick bedachte. *Bei Gott und allen Heiligen!* Die schrille Stimme der Köchin könnte den Rost von einer Rüstung schälen, dachte Eirik, aber sie bemerkte nicht, wie er zusammenzuckte, als sie Atem holte und beleidigt ihre Schultern straffte, bevor sie weiterjammerte.

»Sie hat furchtbar schlechte Laune, kann ich Euch nur sagen. Ich möchte wetten, dass sie kurz vor ihrer Monatsblutung steht. Noch nie habe ich eine feine Dame solche Worte benutzen hören. Sie hat gesagt, dass wir wie Schweine röchen, uns alle zum Baden in den Teich geschickt und uns verboten, irgendwas zu essen, bis wir alle blitzblank sauber waren, und ...«

»Das genügt!«, befahl Eirik, aber seine Mundwinkel zuckten vor Belustigung.

»Es ist nur so, dass wir ... Eure treuen Bediensteten, meine ich ... dachten, Ihr solltet wissen, was sie treibt«, fügte Bertha rasch hinzu, als ihr bewusst wurde, dass sie ihre Grenzen vielleicht überschritten hatte.

»Ich weiß deine Bemühungen zu schätzen, Bertha. Und nun geh wieder in die Küche. Ich komme gleich herunter.«

Eirik spritzte sich zuerst kaltes Wasser ins Gesicht, aber dann steckte er den ganzen Kopf in die tiefe Schüssel, in der Hoffnung, seine Benommenheit damit loszuwerden. Fröstelnd und über den kalten Guss fluchend, schüttelte er sich die Wassertropfen aus dem Haar. Als ihm einfiel, dass er sich vielleicht besser rasieren sollte, warf er einen Blick auf die polierte Metallplatte an der Wand und verzog angewidert das Gesicht. Er sah aus wie ein Barbar. Der Gedanke entlockte ihm ein Grinsen. Es wäre gar nicht schlecht, dieser impertinenten Person aus Hawk's Lair einen kleinen Vorgeschmack darauf zu geben, was sie in ihrem Ehebett bekommen würde – *falls* er beschließen sollte, ihr die Ehre zu erweisen.

Er grinste innerlich, als er die Treppe zum großen Saal hinunterging und sich Lady Eadyths Worte vom Vorabend in Erinnerung rief. »Bienen!«, murmelte er. »Hat dieses Frauenzimmer allen Ernstes versucht, meine Gunst mit Bienen zu erkaufen?« Er schüttelte ungläubig den Kopf. Es war auf jeden Fall das erste Mal, dass jemand es auf diese Art versuchte.

Am Fuß der Treppe verhielt Eirik abrupt den Schritt und blinzelte ein paarmal, um besser sehen zu können. Wohin er auch blickte, überall waren Mägde und Knechte emsig bei der Arbeit, schrubbten Tischplatten und Bänke, fuchtelten mit langstieligen Besen in der Luft herum, um die Spinnweben von den hohen Deckenbalken zu entfernen, und trugen alte Asche aus der Feuerstelle weg.

Eirik trat ein paar Schritt in die Halle hinein und stutzte, wie angenehmen es hier auf einmal nach Kräutern duftete. Er atmete voller Genuss mehrmals tief ein. Dabei fiel sein Blick auf die saubere Binsenstreu, die unter seinen weichen Lederschuhen knirschte.

Verwundert fragte er sich, was in seine faulen Dienstboten gefahren sein mochte, dass sie plötzlich ganz offenkundig wussten, wie man richtig sauber machte

Als er einen kühlen Luftzug spürte, blickte er zur offen stehenden Tür des Saals hinüber, durch die man auf den Burghof und zu den Außengebäuden gelangte. Mit zwei toten Kaninchen über einer Schulter und einem breiten Grinsen im Gesicht lehnte Wilfrid dort am Türrahmen.

»Wo warst du?«, brummte Eirik, während er auf ihn zu ging.

»Auf der Jagd.«

Eirik runzelte die Stirn. »Warum hast du mich nicht geweckt? Ich wäre mitgekommen.«

»Ich hatte keine Zeit.«

»Wieso?« Wilfrids breites Grinsen verwirrte Eirik und weckte seine Neugier.

»Das gnädige Fräulein schmiss uns schon im Morgengrauen aus den Federn und sagte, wir bekämen heute nichts zu essen, wenn wir kein Frischfleisch auf den Tisch brächten.« Wilfrid legte eine Pause ein. Es machte ihm sichtlich ziemlich viel Spaß, seine Geschichte zu erzählen, denn nach einem nur mühsam unterdrückten Lachen fuhr er fort: »Ich glaube, sie sagte auch irgendwas in der Art, dass du ja schließlich den ganzen Abend Bier mit mir getrunken hättest und nun heute Morgen offenbar deinen Rausch ausschlafen müsstest.« Ein wenig übertrieben tippte er sich an die Stirn, als müsse er noch einmal gründlich nachdenken, dann verzogen sich seine Lippen wieder zu einem vergnügten Grinsen. »Oder deutete sie sogar an, du tätest etwas anderes in deinem Bett als schlafen? Ich erinnere mich nicht mehr so richtig.«

»Wo ist dieser Drache, der sich in alles einmischt?«, knurrte Eirik.

Wilfrid zuckte mit den Schultern. »Vielleicht ist sie draußen und repariert die Burgmauern.«

»Ich finde nichts Erheiterndes an deiner ... Erheiterung«, fauchte Erik und legte eine Hand an seinen noch immer wild pochenden Kopf. Gott, er brauchte etwas zu trinken!

»Hast du Kopfweh, Mylord?«, fragte Wilfrid mit gespielter Sorge. »Vielleicht brauchst du eine Gemahlin, die es mit liebevollen Worten und sanften Händen lindert.«

Eirik erwiderte etwas äußerst Unanständiges und wandte

sich in Richtung Küche. Wilfrid blieb ihm dicht auf den Fersen, da er sich die unvermeidlich folgende Szene vermutlich nicht entgehen lassen wollte.

Als Eirik schnellen Schrittes durch die Küche ging, registrierte er ihre makellose Sauberkeit und die appetitanregenden Gerüche, die von der Feuerstelle in jeden Winkel des Raums zogen. Der kleine Godric drehte gewissenhaft den Spieß, auf dem ein Fleischstück von der Größe eines halben Schweines steckte. Und wahrscheinlich war es das sogar.

»Die Herrin hat mir diese Aufgabe gegeben, Mylord. Wollt Ihr, dass ich gehe?«, piepste Godric ängstlich, als er Eiriks Stirnrunzeln bemerkte. Eirik sah die Tränen in den großen Augen des Kindes und wusste, dass der Junge Eiriks Ärger auf sich bezog.

»Aber nein, du leistest hier doch gute Arbeit, Godric. Mach nur weiter, wenn du willst. Wo ist Lady Eadyth?«

Godric deutete auf die offen stehende Küchentür, die zum Hof hinausführte.

Eirik war nicht mehr in diesem Teil der Burg gewesen, seit seine Großmutter Aud hier vor Jahren einen sehr gepflegten Kräuter- und Gemüsegarten unterhalten hatte. Wann immer sein Vater Thork oder Großvater Dar von einer Handelsreise zurückgekommen waren, hatten sie ihr zu ihrer großen Freude exotische Pflanzen aus weit entfernten Ländern mitgebracht. Die schmerzliche Erinnerung an seine vor langer Zeit verstorbene Großmutter und die wundervollen Stunden mit ihr, wenn sie zusammen die kostbaren Thymian-, Rosmarin- und Schnittlauchbeete gejätet hatten, ließ Eirik einen Moment lang regungslos verharren.

Dann zuckte er mit den Schultern und wappnete sich für den Zustand, in dem er den lange vernachlässigten Garten zu sehen erwartete. Sein Schuldbewusstsein quälte ihn wie ein fauler Zahn. Wie der Rest der Burg würde auch dieser Garten bestimmt vollkommen erneuert werden müssen.

Im ersten Moment machte das helle Sonnenlicht ihn blind für die emsige Geschäftigkeit um ihn herum und ließ ihn den Schmerz in seinem Kopf noch stärker spüren. Als der Lärm der plappernden Stimmen das Pochen in seinem Kopf schließlich durchdrang, blieb er wie angewurzelt stehen und sah sich sprachlos um.

Wohin er sich auch wandte, überall sah er, dass sich seine sonst so trägen Dienstboten in arbeitende, emsige Energiebündel verwandelt hatten. Und sie waren sauberer, als er sie seit seiner Rückkehr je gesehen hatte. Selbst ihre Tuniken und Kittel, so schäbig sie auch waren, sahen frisch gewaschen aus. Eirik strich sich nachdenklich über den Schnurrbart. Ihm war nicht einmal bewusst gewesen, dass es noch so viele Bedienstete auf Ravenshire gab.

Einige von ihnen rührten in großen Waschkesseln mit heißer Seifenlauge, andere nahmen Kleidungsstücke aus diesen Kesseln und warfen sie in sauberes Wasser. Wieder andere wrangen sie aus und hingen sie an Bäume oder Büsche, die so verkommen und verwildert waren, wie er schon erwartet hatte. Eirik fielen fast die Augen aus dem Kopf, als er zu seiner Beschämung auch seine eigene Unterwäsche von einem Maulbeerbaum herunterbaumeln sah.

»Ha!«, stieß er erstickt hervor und entdeckte dann die Person, der er diese peinliche Situation zu verdanken hatte. Lady Eadyth las gerade einem jungen Hausknecht die Leviten, dessen nasses Haar darauf hinzudeuten schien, dass er gerade erst von seinem Bad im Teich zurückgekommen war. Schimpfend zog sie ihn am Ohr, um ihn in Richtung Teich zurückzustupsen, während sie sich über den noch immer zu sehenden Schmutz an seinem Hals und seinen Ohren mokierte.

»Glaubst du, sie wird auch unsere Ohren überprüfen?«, fragte Wilfrid trocken.

Eirik warf ihm gereizt einen bösen Blick zu, bevor er entschlossenen Schrittes zu der aufgebrachten Frau hinüberging. Um ihr nicht direkt vor den Augen seiner Dienstboten etwas anzutun, biss er die Zähne zusammen, um sich im Zaum zu halten, bevor er schließlich mit erzwungener Ruhe sagte: »Darf ich Euch kurz sprechen, Lady Eadyth?«

Die magere Person erschrak und fuhr zu ihm herum. Plötzlich wurde es mucksmäuschenstill im Hof. Als sich ihre Blicke begegneten und er die Unsicherheit und Verwundbarkeit in ihren Zügen sah, machte Eiriks Herz einen Satz. Im nächsten Moment aber schon sah er in ihren Zügen wieder nichts als die gewohnte Arroganz.

Die Bediensteten erstarrten in einer Mischung aus Furcht und Neugierde, aber diese dusselige Lady Eadyth war nicht einmal vernünftig genug, um ihn zu fürchten. Nein, sie starrte ihn nur kühn mit ihren glänzenden, veilchenblauen Augen an. Hexenaugen! Ihre eigenartige Farbe war ihm gestern Abend gar nicht aufgefallen. Vielleicht waren sie aber auch nur mit dem Alter wässrig geworden und verblasst, wie die seiner Großmutter kurz vor deren Tod. Natürlich, genau das musste es sein.

Ihre kühle, unerschrockene Haltung irritierte ihn mächtig. Genauso wie die ihm unerklärliche, aber auch unbestreitbare Tatsache, dass er sich zu dieser älteren Frau hingezogen fühlte. Während er sich innerlich verwünschte, packte er sie mit eisernem Griff am Arm und führte sie, ihre heftigen Proteste ignorierend, zur Burg zurück.

»Setzt Euch«, befahl Eirik, als sie sich in einem kleinen, unter der Treppe liegenden privaten Nebenraum des Saals befanden. Es war dunkel und muffig in dem fensterlosen Raum. Eirik zündete eine Kerze an, konnte aber kaum mehr sehen als die dicke Schicht Staub und Schmutz, die jeden Gegenstand im Raum bedeckte. Dieses Zimmer hatte sich Eadyth anscheinend noch nicht vorgenommen. *Herrgott noch mal!* Was hatten seine Bediensteten während seiner zweijährigen Abwesenheit überhaupt getan?

Eadyth murmelte etwas und rieb sich ihren Arm an der Stelle, an der er sie festgehalten hatte. Dann zog sie ein kleines Tuch aus ihrem Gewand, mit dem sie zunächst gründlich ihren Stuhl abwischte, bevor sie sich gehorsam setzte. Eirik bemerkte, dass sie es vermied, ihn anzusehen, und an ihrem Stirnband herumfummelte, als wolle sie ihn ihr Gesicht nicht zu genau sehen lassen. Wahrscheinlich wollte sie einfach verbergen, wie hässlich sie war. Sie senkte die Lider unter seinem festen Blick, aber nicht aus Demut, wie er genau wusste.

Der Staub, den Eadyth aufgewirbelt hatte, ließ Eirik ein paar Mal niesen. Wahrscheinlich hatte sie es ganz bewusst getan, um ihn zu ärgern. Er funkelte sie böse an und dachte, dass sich die Gründe, warum er sie nicht leiden konnte, langsam summierten.

Eadyth gab sich zunächst trotz Eiriks finsterem Blick ganz unbekümmert. Aber dann erinnerte sie sich daran, dass er sie für älter hielt, als sie war, und zog ihr Stirnband etwas tiefer in die Stirn, krümmte ihre Schultern und wandte ihr Gesicht ab. Schließlich zog sie auch noch ein dünnes Strähnchen fettiges Haar unter ihrem Schleier hervor. Als sie dann verstohlen zu

Eirik aufschielte, konnte sie ihm ansehen, dass ihr Äußeres seinen Geschmack ganz offensichtlich nicht traf, und wusste, dass ihre Bemühungen im Moment zumindest noch erfolgreich waren.

»Was fällt Euch ein, meine Dienstboten so herumzukommandieren?«, fragte Eirik schließlich ärgerlich. »Ihr beleidigt mich und mein Zuhause mit Eurem Gebaren.«

»Ich wollte nicht respektlos sein, Mylord. Ganz bestimmt nicht. Es ist nur so, dass ich Müßiggang nur schwer ertrage. Als ich zu meinem Entsetzen feststellen musste, in welchem Maß Eure Bediensteten Euch ausnutzen, dachte ich ... na ja, Frauen bemerken diese Dinge manchmal eher als Männer. Und Ihr wart lange fort ...«

»Trotzdem stand es Euch nicht zu.«

Seine Worte machten Eadyth furchtbar verlegen, da ihr plötzlich bewusst geworden war, wie unpassend ihr Verhalten ihm erscheinen musste. Hatte sie in ihrem unaufhörlichen Kampf um Unabhängigkeit denn jegliches Gefühl für Schicklichkeit verloren?

Obwohl es ihr nicht leichtfiel, schluckte Eadyth ihren Stolz. »Ich sehe jetzt ein, dass ich mich falsch verhalten habe. Aber wie ertragt Ihr es, etwas zu essen, das aus dieser schmutzigen Küche kommt? Oder über Binsenstreu zu laufen, die voller Tierkot, Knochen und alter Essensreste ist? Oder ...«, und hier legte sie einen herausfordernden Ton in ihre Stimme und sah ihm direkt in die Augen, »... in Betten zu schlafen, in denen so viel Ungeziefer steckt, dass jedes einzelne ein wahres Paradies für Raben abgeben würde.«

Eadyth triumphierte im Stillen, als sie Eirik während ihrer harten Kritik zusammenfahren sah. Er schien sogar eine scharfe Entgegnung hinunterzuschlucken. Mit trotzig vorgeschobenem Kinn lehnte er es schlichtweg ab, ihr diese Dinge zu erklären.

»Wie ich schlafe, ist nicht Eure Sache.«

Plötzlich wurde Eadyth sich der Aussichtslosigkeit ihrer Mission bewusst, auch wenn er sie selbst gebeten hatte, über Nacht zu bleiben. Und so stand sie auf und sagte knapp: »Ihr habt recht. Ich hätte mich nicht einmischen sollen. Ich kehre auf der Stelle nach Hawk's Lair zurück. Ich bitte um Verzeihung, dass ich Euch belästigt habe.«

Eirik legte ihr eine Hand auf die Schulter und bedeutete ihr, sich wieder hinzusetzen. »Wartet. Lasst uns die Angelegenheit besprechen«, sagte er in beschwichtigendem Ton und bot ihr einen Becher Wein an.

»So früh am Tag? Oh nein. Ich habe noch nicht einmal gefrühstückt.«

»Und auch niemand anderer in dieser Burg, soviel ich hörte«, warf er trocken ein.

»Wäre es Euch lieber, Euer Essen aus einer schmutzigen Küche zu erhalten? Himmeldonnerwetter! Die Läuse haben in den Haaren Eurer Köchin förmlich getanzt.«

Eiriks blaue Augen funkelten amüsiert, aber sein Gesichtsausdruck blieb nach wie vor verärgert. »Hütet Eure Zunge, Lady Eadyth. Eine solche Ausdrucksweise ziemt sich für eine Dame Eures Standes nicht.«

Eadyth ärgerte sich über seine Kritik. Und obwohl sie im Grunde wusste, dass sie in der Tat schon viel zu lange mit Kaufleuten zu tun hatte und dementsprechend ungehobelte Gespräche führte, würde sie das vor diesem mittellosen Ritter natürlich niemals zugeben.

»Habt Ihr mich in diesen Raum geschleppt, um meine Ausdrucksweise zu erörtern? Wenn ja, würde ich Euch jetzt gern allein lassen, da ich mit meiner Zeit eindeutig Besseres zu tun habe.«

»Ihr seid schlagfertig, Mylady«, erwiderte er grinsend. »Die meisten Männer würden diesen Wesenszug bei einer Frau nicht schätzen. Ich möchte wetten, dass das der Grund ist, warum Ihr nicht schon früher geheiratet habt.«

Eadyth biss die Zähne zusammen und erwiderte seinen Blick mit vollkommener Gelassenheit. »Ich habe nicht geheiratet«, erwiderte sie mit schmalen Lippen, »weil ich es nicht wollte. Im Gegensatz zu der übertrieben hohen Selbsteinschätzung der meisten Männer sind viele Frauen durchaus damit zufrieden, allein zu leben.«

»Wolltet Ihr Steven heiraten?«

Eadyth versteifte sich in Anbetracht dieser unverblümten Frage. Eirik zwirbelte gedankenvoll das eine Ende seines Schnurrbarts, während er sie mit Argusaugen beobachtete. Sie konnte sehen, dass ihre Antwort wichtig für ihn war.

»Ich finde, das ist eine taktlose und viel zu persönliche Frage ...«

Eirik hob die Hand, um sie zu unterbrechen. »Nein, die Frage ist für einen zukünftigen Bräutigam durchaus vernünftig.«

Eadyth zog verblüfft die Augenbrauen hoch. Sie hatte geglaubt, keine Chance mehr zu haben, diesen Mann zu einer Heirat zu bewegen. Sie errötete und zwang sich, ein intimes Detail eines vergangenen Lebens preiszugeben, das sie lieber vergessen hätte. »Ja, ich war damals dumm genug, Steven von Gravely heiraten zu wollen.«

»Hatte er Euch die Ehe versprochen?«

»Ja ... bevor er bekommen hat, was er von mir wollte.«

»Und was war das?«

Eadyth warf ihm einen scharfen Blick zu, der besagte, dass nicht einmal er so einfältig sein konnte. Dann lehnte sie sich auf ihrem Stuhl zurück, verschränkte ihre Arme vor der Brust und wünschte sogleich, es nicht getan zu haben, als sein Blick zu ihren scheinbar flachen Brüsten glitt. Mit einem angewiderten kleinen Laut ließ sie die Arme wieder sinken und sagte ganz offen, während sie ihm ruhig in die Augen sah: »Es hat ihn nach meinem Körper gelüstet.« Auf seinen zweifelnden Gesichtsausdruck hin setzte sie achselzuckend noch hinzu: »Ich *hatte* damals einen begehrenswerten Körper.«

Eirik grinste, worauf Eadyth ihn böse anfunkelte.

»Und habt Ihr ihn auch begehrt?«

Empört schnappte sie nach Luft. Diese Unterhaltung ging zu weit. Sie kniff die Lippen zusammen, um die derben Schmähworte zurückzuhalten, die sie ihm am liebsten ins Gesicht geschleudert hätte. Aber dann, von einem überwältigenden Gefühl der Scham ergriffen, bekannte sie mit leiser Stimme bitter: »Ich verwechselte Lust mit Liebe, und das auf beiden Seiten. Diese naive Vorstellung wurde mir jedoch sehr schnell ausgetrieben.«

»Und wie?«, beharrte Eirik mit ernster Miene.

»Als ich merkte, dass ich schwanger war und zu ihm ging, in der festen Überzeugung, dass er sich mit mir verloben und mich wie versprochen heiraten würde, lachte er mir ins Gesicht. Er behauptete sogar, nicht der Vater zu sein.« Eadyth starrte Eirik finster an, erbost darüber, dass er ihr dieses demütigende Eingeständnis abgerungen hatte. Es war ein Thema, über das sie normalerweise niemals sprach. »Ich weigere mich, noch länger mit Euch über diese Teufelsbrut zu sprechen.«

»Das ist zumindest *etwas*, worüber wir uns einig sind – über den schlechten Charakter von Steven von Gravely, meine ich.«

»Ja, das stimmt.«

»Als Ihr seinen Verrat entdeckt hattet, habt Ihr da nicht daran gedacht, eine Hebamme um Hilfe zu ersuchen ...«

»Was?«, fragte sie, weil sie nicht richtig verstand, was er ihr sagen wollte.

Sie sah, dass seine Lippen vor Anspannung ganz blutleer waren, und merkte, dass er zögerte, bevor er in Worte fasste, was für ihn eine wichtige Frage zu sein schien. »Einige Frauen hätten Mittel und Wege gefunden, sich eines unerwünschten Kindes zu entledigen. Habt Ihr so einen Versuch gemacht und seid gescheitert?«

»*Nein!*«, rief sie empört. »Wie könnt Ihr so etwas auch nur fragen? John ist das einzig Gute, Reine, das aus dieser abscheulichen ... Liaison hervorgegangen ist.« Als sie sich wieder etwas beruhigt hatte, fügte sie hinzu: »Ihr habt eine sehr schlechte Meinung von Frauen, Mylord. Ich frage mich, warum wohl.«

Eine ganze Weile starrte er sie nur versonnen an und rieb sich diesen unmöglichen Schnurrbart. Schließlich verschwand der verwirrte Ausdruck auf seinem Gesicht, er schien zu einem Entschluss gekommen zu sein. »Wartet hier«, befahl er ihr, während er aufstand und zur Tür ging. »Ich muss nur etwas holen.«

Als er kurz darauf zurückkam, hatte er ein kleines, in Stoff gewickeltes Bündel bei sich, das er auf den Tisch legte. Dann setzte er sich in den Sessel neben Eadyth und zog das Dokument mit der Auflistung ihrer Mitgift unter seiner Tunika hervor. Mit einer Handbewegung bedeutete er ihr, ihren Stuhl ein wenig näher an den Tisch heranzuziehen.

»Bevor ich Wilfrid rufe, um unsere Unterschriften zu bezeugen, möchte ich unserer Verlobungsvereinbarung noch meine eigenen Bedingungen hinzufügen, Mylady.«

Eadyth starrte ihn verwundert an. »Ihr wollt mich heiraten?«

Eiriks Lippen verzogen sich zu einem reuevollen Grinsen, als könne er selbst nicht glauben, dass er im Begriff war, etwas derart Törichtes zu tun.

»Ja, Gott stehe mir bei, aber das will ich.«

Zuerst war Eadyth gar nicht in der Lage, sich über die volle Bedeutung seiner Worte klar zu werden. Ein Chaos sehr gemischter Gefühle brach über sie herein – einerseits Erleichterung darüber, dass John durch den Bund der Ehe geschützt sein würde, und andererseits Verzweiflung über die ihr so verhassten Bande. Gegen Männer als solche hatte sie ja gar nichts, nur ihre wollüstige Art hasste sie, und dennoch fühlte sie sich von Eiriks maskuliner Schönheit angezogen.

»Warum?«

Eirik warf den Kopf zurück und lachte. »Das ist eine komische Frage für eine Braut.«

»Ich bin keine normale Braut, und das ist Euch nur zu gut bewusst. Für mich ist offensichtlich, dass Euch der Gedanke, mich zu heiraten, zuwider ist. Hat meine Mitgift Euch dazu verlockt? Habt Ihr beschlossen, dass Ihr sie brauchen könnt, um Ravenshire wieder auf Vordermann zu bringen?«

Eirik blinzelte vor Überraschung, und dann lachte er wieder. »Vielleicht bin ich mehr wie Steven. Vielleicht gelüstet es mich ja auch nach Eurem schönen Körper«, sagte er und klimperte anzüglich mit den Wimpern.

Eadyth spürte, wie ihr die verhasste Röte mal wieder in die Wangen stieg, und schnaubte ärgerlich, weil er sich offenbar auf ihre Kosten amüsierte. Er war bei weitem zu frivol.

»Mein Körper, ob schön oder nicht, wird kein Bestandteil unserer Verlobungsvereinbarung sein.«

Eirik zog spöttisch fragend eine Augenbraue hoch, und seine dichten schwarzen Wimpern warfen Schatten über seine seltsam hellen Augen.

»Oh, wird er das nicht? Na ja. Das wird sich zeigen.«

Erschrocken blickte Eadyth auf, um zu eruieren, was Eirik mit dieser hintergründigen Bemerkung meinte, aber er hielt seinen Kopf über das Dokument gebeugt, während er seine eigenen Bedingungen ihrem Schreiben hinzufügte.

Eadyth schloss die Augen.

Mache ich etwa erst jetzt den größten Fehler meines Lebens, wenn ich dem Herrn von Ravenshire mein Schicksal anvertraue?

3. Kapitel

Eadyth horchte auf, als Eiriks Worte über die Verlobungsvereinbarung ihr schließlich doch in vollem Umfang ins Bewusstsein drangen. Endlich würde sie erfahren, was er wirklich von ihr wollte.

»Bedingungen? Wie meint Ihr das?«, fragte sie und gab sich alle Mühe, ihre Stimme wie die einer alten Frau klingen zu lassen, als Eirik mit dem Schreiben gar nicht mehr aufhören wollte.

Es freute sie, dass die Barschheit ihrer Stimme ihn zusammenzucken ließ, auch wenn er ihre Frage ignorierte und eifrig weiterschrieb. Ihr fiel auf, dass er das Blatt dabei immer weiter von sich wegschob und ständig blinzelte.

Eadyth zog angesichts dieses seltsamen Verhaltens nachdenklich die Brauen hoch. Dann aber umspielte ein Lächeln ihre Lippen, als ihr plötzlich klar wurde, dass er aus unmittelbarer Nähe offenbar genauso schlecht sah wie ihr Vater früher.

Also war das der Grund, warum er ihr Stirnrunzeln für Falten hielt und nicht sah, dass eine Schicht Asche ihren Teint grau erscheinen ließ! Nun verstand sie, warum ihre Haarfarbe und gebeugte Haltung ihn so mühelos hatten täuschen können.

Beinahe hätte sie vor Schadenfreude gelacht. Diese kleine Täuschung war ursprünglich gar nicht geplant gewesen, aber jedes Mittel, das die unerwünschten Berührungen eines wollüstigen Mannes verhindern konnte, war ihr sehr willkommen.

Eirik schrieb so eifrig, dass er ihr nur mühsam unterdrücktes Lächeln nicht einmal bemerkte. Irgendwann jedoch schob er ihr mit einem Seufzer der Zufriedenheit die Verlobungsvereinbarung zu und lehnte sich auf seinem Stuhl zurück. Der erwartungsvolle Glanz in seinen Augen schien darauf hinzuweisen, dass die Bedingungen, die er stellte, ihr nicht gefallen würden.

Eadyth wandte das Gesicht beim Lesen ab, weil sie wusste, dass Eirik sie aufmerksam beobachtete. Und *ganz so* schlecht konnte sein Augenlicht nicht sein. Jedenfalls schmälerte es seine Fähigkeiten als kampferprobter Ritter nicht, wenn das, was sie über ihn gehört hatte, stimmte. Trotzdem durfte sie nicht vergessen, ihre Schultern leicht gebeugt zu halten, und wenn sie hin und wieder zu ihm aufblickte, tat sie es durch die gespreizten Finger einer Hand, die sie in gespielter Verlegenheit über ihre untere Gesichtshälfte gelegt hatte, als würde sie sich von seiner überwältigenden Männlichkeit eingeschüchtert fühlen. *Ha!* Sie würde viel zu beichten haben, wenn sie Pater Benedikt das nächste Mal besuchte.

»Versteht Ihr das Geschriebene, Mylady?«

»Ja, ich bin des Lesens durchaus mächtig.« Eadyth konzentrierte sich wieder auf den Text. Kurz später aber fuhr sie protestierend auf: »Ihr müsst keine Abfindung für mich bereitstellen. Mein Vater lebt nicht mehr.«

»Von einem Ehemann erwartet man, dass er den Vater der Braut für ihren früheren Unterhalt entschädigt. Da er nicht mehr unter uns weilt, gebe ich Euch, was normalerweise ihm zustünde.«

Mit stolzem Blick und trotzig vorgeschobenem Kinn strich Eadyth diesen Zusatz durch. »Die Vaterschaft für meinen Sohn zu übernehmen ist Abfindung genug für mich«, erklärte sie.

Eirik zuckte mit den Schultern.

»Und ich will auch nichts von Eurem Besitz als Morgengabe. Meine Morgengabe wird Euer Versprechen sein, uns beide zu beschützen. Ihr habt mir bereits gesagt, dass Eure Ländereien an Euren Bruder übergehen werden.«

Eirik sah ihr ruhig in die Augen. »Und wenn wir einen Sohn bekommen? Oder Söhne? Was dann?«

Eadyth spürte, dass sie errötete. Sie wollte ihm die Natur dieser Verbindung ins Gedächtnis rufen, konnte aber die richtigen Worte nicht finden. *Söhne!* »Habt Ihr meinen Heiratsantrag vielleicht als irgendetwas anderes als eine rein geschäftliche Vereinbarung verstanden?«

»*Eine rein geschäftliche Vereinbarung!* Einer Frau wie Euch bin ich in meinem ganzen Leben noch nicht begegnet!«, rief er und schüttelte sichtlich konsterniert den Kopf. Als Eadyth protestieren wollte, winkte er nur ab und sagte: »Lasst es vorläufig so stehen. Bei den Gefahren, denen sich mein Bruder Tykir täglich aussetzt, überlebe ich ihn wahrscheinlich sowieso.«

Eadyth las seine letzte Bedingung, die sie erschrocken zusammenfahren ließ und ernsthafte Bedenken in ihr weckte. »Was Ihr da verlangt, kann ich nicht akzeptieren.«

»Oh, was ist es denn, was Ihr so unannehmbar findet?«, fragte er gedehnt, während er träge seine langen Beine ausstreckte und sie an den Knöcheln übereinanderschlug. Das abgetragene Material seiner eng anliegenden Beinlinge straffte sich über seinen Schenkeln, und für einen langen Moment starrte Eadyth mit offenem Mund auf seine ausgeprägten Muskeln. Unter seinem vorne auseinandergefallenen Oberrock war seine breite Brust und dieselbe blaue Tunika zu sehen, die er am vergangenen Abend auch schon getragen hatte. Ein paar seidige schwarze Härchen lugten aus dem geschlitzten Halsausschnitt hervor.

Ein wissendes Lächeln erschien um Eiriks feste Lippen, und Eadyth klappte ihren Mund rasch wieder zu. Sie hätte sich ohrfeigen können, dass sie sich hatte hinreißen lassen, ihn so verräterisch zu mustern! Nachdem sie ruhig durchgeatmet hatte, um ihren aufgeregten Pulsschlag zu beruhigen, sagte sie verdrossen: »Müsst Ihr Euren Körper derart zur Schau stellen? Ihr glaubt vielleicht, Ihr könntet jede Frau damit verzaubern, aber ich bin nicht eine Eurer tumben Buhlen, die Euch ohnmächtig zu Füßen sinken.«

Eirik grinste nur gelassen. »Ich dachte, wir sprächen hier über Bedingungen. *Verlobungs*bedingungen.« Er senkte den Blick auf seinen Schoß, dann sah er wieder zu ihr auf, als wollte er sie provozieren, auf seine spöttische Erwiderung zu reagieren.

Eadyth räusperte sich verärgert und zeigte auf die Worte, die er am Ende ihres Dokuments notiert hatte. »Selbstverständlich möchte ich über Eure Bedingungen sprechen. Zunächst einmal ziehe ich es vor, auf Hawk's Lair zu leben. Ich sehe keinen Grund, warum ich mit John nach Ravenshire umziehen sollte.«

Eirik zog fragend eine Braue hoch. »Habt Ihr keinen Seneschall, der Euch während Eurer Abwesenheit vertreten kann?«

»Doch, natürlich. Gerald von Brimley, aber ...«

»Ist er vertrauenswürdig?«

»Ja, aber er ist eben nur mein Stellvertreter. Ich werde dort gebraucht, und wenn auch nur, um meine Bienenzucht zu überwachen.«

»Dann bringt die blöden Bienen eben mit hierher.«

Eadyth lächelte über seine Ignoranz. »Bienen sind nicht wie Menschen. Sie packen nicht einfach ihre Sachen und ziehen von einer Burg zur anderen um.«

Eirik maß sie mit einem durchdringenden Blick, und Eadyth wand sich innerlich unter seiner kritischen Betrachtung. Sie wünschte, er würde aufhören, über die seidigen Haare seines Schnurrbartes zu streichen. Das war wirklich äußerst irritierend.

»Dann lasst die Bienen da. Aber Ihr, Mylady«, schloss er ruhig und zeigte mit dem Finger auf sie, »werdet *hier* mit Eurem Sohn leben, oder es wird keine Hochzeit geben.«

»Warum sollte es Euch interessieren, wo ich lebe? Wir heiraten doch schließlich nicht aus Liebe.«

»Bestimmt nicht«, sagte er mit unverhohlener Belustigung und einem abschätzigen Blick auf sie.

Gott, am liebsten hätte sie ihn geohrfeigt, um das dumme Grinsen aus seinem unverschämt gut aussehenden Gesicht zu vertreiben! »Ich dachte, Ihr wärt froh über Eure durch meine Abwesenheit gewonnene Freiheit.«

»Wie kommt Ihr darauf, dass ich mit Euch hier auf der Burg weniger frei sein sollte?«

Eadyth versteifte sich vor Empörung und nestelte an ihrem Stirnband, um ihre Gefühle zu überspielen. Dann fasste sie sich wieder und reckte stolz das Kinn. »Ich könnte es nicht ertragen, mit Euren Buhlen unter einem Dach zu leben.«

Eiriks helle Augen weiteten sich vor Überraschung. Dann lächelte er ironisch.

»Ihr beleidigt mich, Mylady. Ich habe es Euch schon einmal gesagt und werde es nicht noch einmal wiederholen. Ich bin ein Ehrenmann. Ich würde meine Gattin niemals so brüskieren.«

Mit einem zweifelnden Blick von der Seite fragte sie: »Wollt Ihr damit sagen, dass Ihr Euch nie eine Mätresse halten würdet?«

Sie weidete sich an der Röte, die ihm in die Wangen stieg, und beobachtete zufrieden, wie er nervös auf seinem Stuhl herumrutschte. Er verweigerte ihr die Antwort, beobachtete sie nur, und befingerte dabei ohne Unterlass seinen unmöglichen Schnurrbart.

»Ich wollte Euch nicht verstimmen, Eirik. Ich habe Euch nicht darum gebeten, Eure Frauen aufzugeben.«

»Frauen! Ach, Eadyth, Ihr schreibt mir mehr Geschick – und Durchhaltevermögen – zu, als ich tatsächlich habe«, sagte Eirik und schüttelte ungläubig den Kopf. »Was hat Euch nur auf die Idee gebracht, ich könnte so viele Frauen haben?«

»Es heißt, Ihr treibt es wie ein brünstiger Hirsch.« *Heilige Maria Muttergottes, war das wirklich ich, die das gesagt hat?*

Eirik reagierte empört auf die Worte, die ihr so spontan entfahren waren, und fragte offensichtlich entsetzt: »Ihr habt jemanden so etwas von mir sagen hören?«

»Nun ja, es waren nicht exakt die gleichen Worte.«

»Dann drückt Euch bitte etwas genauer aus«, verlangte er. »Wer könnte mich so beleidigen? Ich wette, es war Steven von Gravely, dieses verdammte Lästermaul.«

»Nein, es war nicht Steven«, sagte sie und wünschte wieder einmal, sie könnte lernen, ihre freche Zunge zu beherrschen. Hastig fügte sie hinzu: »Und ich glaube, was ich auf dem Marktplatz gehört habe, klang eher wie ›Der Rabe kann an keiner hübschen Maid vorbeigehen, ohne von ihrem Honig zu kosten, und die Frauen summen vor Zufriedenheit, wenn er sie pickt‹.«

Sie zuckte mit den Schultern, als wäre das Thema damit für sie erledigt.

Eirik traten fast die Augen aus dem Kopf, und er schnappte verblüfft nach Luft, als er sie so freimütig reden hörte. Aber dann brach er in ein schallendes Gelächter aus.

»Oh, Eadyth! Was du nicht alles sagst!«, murmelte er schließlich mit erstickter Stimme. »Noch nie habe ich eine Frau erlebt, die sich einer so unverblümten Ausdrucksweise bedient. Es ist ein Jammer, dass du … aber na ja, man kann eben nicht alles haben.«

Irgendwie wusste Eadyth, dass er sich auf ihr Alter und ihre Hässlichkeit bezog. Ein kleiner Teil von ihr krümmte sich innerlich angesichts seiner unausgesprochenen Worte. Und obwohl es ihr eigentlich hätte egal sein müssen, was dieser gut aussehende Dummkopf von ihr dachte, tat es dennoch weh.

Ihr deutlich nachlassender Widerstand ihm gegenüber beunruhigte Eadyth. Wo war nur ihr gesunder Menschenverstand geblieben? Sie setzte sich aufrechter hin und schwor sich, diese seltsam schmerzlichen Gefühle, die sie gerade beschlichen hatten, in Zukunft nicht mehr zuzulassen.

Sie zwang sich, eine ausdruckslose Miene aufzusetzen, um Eirik nicht zu zeigen, wie sehr seine unausgesprochene Kränkung schmerzte, und fuhr beharrlich fort: »Ich möchte trotzdem wissen, warum Ihr darauf besteht, dass ich hier lebe.«

»Ich möchte meine Töchter nach Hause holen. Schon vergessen? Ihr habt versprochen, Euch um sie zu kümmern.«

Eadyth nickte erleichtert und verstand nun auch, warum er so hartnäckig darauf bestand, dass sie nach Ravenshire umzog.

»Nun ja, vielleicht könnte ich doch einige Bienen hierher bringen. Sie gehören ja ohnehin zu der Mitgift, die ich Euch versprochen hatte. Aber lasst uns einen Kompromiss schließen. Ich werde die Hälfte meiner Zeit hier und die andere auf Hawk's Lair verbringen. Eure Mädchen werde ich mitnehmen, was Euch die nötige Freiheit geben wird ... zu reisen oder ... was immer Ihr auch sonst tun wollt.« Sie wollte nicht schon wieder die anderen Frauen erwähnen und sein Gespött auf sich ziehen.

Eirik grinste über ihre etwas holprigen Versuche, das Thema seiner Geliebten zu umgehen. »Ihr werdet auf Ravenshire bleiben«, erklärte er unerbittlich, »und nur dann und wann, wenn *ich* es gutheiße, nach Hawk's Lair zurückfahren.«

Eadyth taxierte ihn verstohlen und versuchte, ihre Möglichkeiten abzuschätzen. »Damit bin ich einverstanden, vorausgesetzt, dass ich sämtliche Einkünfte aus meiner Bienenzucht in einer separaten, von mir geführten Haushaltskasse behalten darf.«

Eirik nickte steif.

»Und Ihr seid Euch auch im Klaren darüber, dass Hawk's Lair nur bis zu Johns Volljährigkeit Eurer Vormundschaft unterstehen wird.«

Wieder nickte er und fixierte sie mit einem abschätzigen Blick. »Ich habe nicht vor, Euch Euer lächerliches Kleingeld oder das Erbe Eures Sohnes abzunehmen. Aber da ist noch eine Bedingung, die ich Euch stellen muss, und in diesem Punkt bin ich zu keinem Kompromiss bereit – weder jetzt noch überhaupt.«

Seine Augen waren wie blaues Eis und spiegelten irgendeine heftige Gemütsbewegung wider. Er ballte die Hände so heftig zu Fäusten, dass die Knöchel weiß hervortraten.

Für einen Moment erschrak Eadyth über seine unterdrückte Wut und fragte sich aufs Neue, ob es vielleicht doch nicht so eine gute Idee war, den Herrn von Ravenshire zu heiraten. Schließlich kannte sie diesen Mann ja kaum. Es war durchaus möglich, dass er genauso schlecht oder womöglich sogar noch schlechter als Johns Vater war. War es schon zu spät, das Ganze vielleicht doch noch abzublasen?

Mit einer blitzschnellen Bewegung umfasste Eirik ihr Kinn und zwang sie, in seine schier bodenlosen blauen Augen zu sehen.

»Hört mir jetzt gut zu, Mylady. Es wird keinerlei Kontakt zwischen Euch und Steven von Gravely geben.«

Eadyth sog scharf den Atem ein, doch bevor sie etwas sagen konnte, fuhr Eirik mit kühler, kontrollierter Stimme fort: »Sollte ich je herausfinden, dass Ihr ihn auch nur verlangend angesehen oder seinen verdorbenen Körper angefasst habt, schwöre ich beim Heiligen Gral, dass ich Euch und ihn mit bloßen Händen töten werde.«

Der Hass, der in Eiriks Worten mitschwang, war von einer solchen Intensität, dass er Eadyth für einen Augenblick zutiefst bestürzte. Dann aber gewann ihre Empörung Oberhand. Wütend sprang sie auf und fauchte ihn an: »Wie könnt Ihr es wagen, auch nur anzudeuten, ich würde etwas mit Steven zu tun haben wollen? Ich habe Euch bereits von seinem niederträchtigen Verhalten mir gegenüber und seinen heimtückischen Plänen, mir meinen Sohn zu nehmen, erzählt. Ihr beleidigt mich, wenn Ihr auch nur *denkt*, ich könnte seine widerwärtigen Hände auf meinem Körper ertragen.«

»Ihr habt ihn einmal geliebt«, gab Eirik vorwurfsvoll zurück.

Eadyth hatte ihm ihre Handlungsweise bereits erläutert und nicht die Absicht, es noch einmal zu tun.

Eiriks Gesichtsausdruck blieb schroff und unnachgiebig. »Ihr werdet mich nicht mit Steven hintergehen, Mylady. Niemals, hört Ihr! Schwört mir einen heiligen Eid. Versichert mir, was das betrifft, Eure absolute Treue!«

Komisch, aber er verlangte nicht, dass sie auch andere Männer mied. Sie wusste, warum sie Steven so sehr hasste. Aber was waren Eiriks Gründe? Sie wollte ihn schon danach fragen, aber seine unnachgiebige Miene verriet ihr, dass dafür nicht der richtige Moment war. Und so lehnte sie sich wieder zurück und nahm sich vor, dieses Geheimnis später zu ergründen.

»Ich schwöre, dass ich meine Ehegelöbnisse niemals brechen werde ... weder mit Steven von Gravely noch mit *irgendeinem anderen Mann*.«

Eiriks harte Züge wurden etwas weicher, aber dann ergriff er schweigend ihre Hand und zog sie über den Tisch zu sich heran. Fasziniert verfolgte Eadyth, wie er ihre Hand umdrehte und dann ganz leicht mit seinem Zeigefinger über die zarte Haut an ihrem Handgelenk strich.

Allein diese kaum wahrnehmbare Berührung, dieser bloße Hauch einer Liebkosung löste ein warmes Prickeln in ihr aus, das von ihrem Arm zu ihren Brüsten hinauflief und bewirkte, dass ihre zarten Spitzen sich jäh verhärteten. Bestürzt über dieses ungewohnte Gefühl ohnmächtiger Sehnsucht, das sie in sich aufkeimen spürte, schnappte Eadyth nach Luft und versuchte, ihre Hand zurückzuziehen. Aber Eirik hielt sie fest.

Und dann legte er den Kopf zur Seite und kniff die Augen zusammen, während er sie prüfend musterte.

»Wenn Ihr die Stirn nicht kraust, seht Ihr gar nicht mal so alt aus. Wie alt, sagt Ihr, seid Ihr?«, fragte er plötzlich misstrauisch.

Eadyth konnte sehen, wie seine Augen sich verdunkelten, und wusste, dass diese flüchtige Berührung ihn ebenso bewegt hatte wie sie. Aber offenbar widerstrebte ihm gleichzeitig der Gedanke, sich zu einer älteren Frau hingezogen zu fühlen. Dem Himmel sei Dank dafür, dass diese Kammer nur so schwach erleuchtet war! Bevor Eadyth Gelegenheit bekam zu antworten oder seinem forschenden Blick auszuweichen zog Eirik plötzlich ein scharfes Messer aus der Scheide, die an seinem Gürtel hing.

Oh Gott! Würde er sie umbringen, nur weil er einen Augenblick lang lustvolle Gefühle für eine alte Frau verspürt hatte? Eadyth schnappte entsetzt nach Luft und zerrte an ihrem Arm, um ihre Hand zu befreien. Er hatte den Verstand verloren!

Bevor sie seinen nächsten Schritt erraten konnte, fuhr er mit der rasiermesserscharfen Klinge erst über ihr und sofort darauf über sein eigenes Handgelenk. Wie hypnotisiert starrte Eadyth auf das dünne Rinnsal roten Blutes, das sich an ihrer beider Handgelenke sammelte. Einen Moment lang hielten beide ihren Blick auf die nahezu gleich aussehenden Wunden an, und das einzige Geräusch im Zimmer war das gleichmäßige Echo ihrer Atemzüge.

Behutsam legte er seine große Hand über die ihre, sodass ihr Blut sich vermischte, dann sah er ihr in die Augen und sagte mit fester, etwas rauer Stimme: »Blut von meinem Blut, ich gelobe dir die Treue.«

Eadyths Herz hämmerte, und sie starrte ihn mit großen Augen an. Er war wirklich ein wikingischer Barbar! Gleichzeitig fühlte sie sich allerdings auch auf schier unwiderstehliche Weise zu ihm hingezogen, fühlte, dass sie seiner männlichen Präsenz kaum noch widerstehen konnte, was sie zutiefst bestürzte.

Eirik, der sich seiner verheerenden Wirkung auf sie nicht einmal bewusst zu sein schien, verschränkte seine Finger mit den ihren, sodass nun ihre Handgelenke aneinanderlagen. Das Brennen und Pochen ihrer Wunde veränderte sich zu einem beinahe erotischen Prickeln, das einen Kontrapunkt zu ihrem wild schlagenden Herzen bildete.

Oje!

»Und nun wiederhol die Worte«, verlangte er und erlaubte ihr nicht, ihr Handgelenk seiner festen Umklammerung zu entziehen.

Fassungslos schweigend erwiderte sie seinen Blick.

»Sag es, Eadyth«, drängte Eirik.

»Blut von meinem Blut, ich gelobe dir die Treue«, wiederholte sie dann leise.

In diesem Moment, als etwas Neues, Schönes, gleichzeitig aber auch Beängstigendes in Eadyths Brust aufkeimte und sich mit einer so außerordentlichen, ja, nahezu berauschenden Intensität in ihr verbreitete, schien ihre Welt aus den Fugen zu geraten. Dies war nicht die übliche, von einem Geistlichen geleitete Verlobungszeremonie, der Familienangehörige und Freunde beiwohnten und die normalerweise ebenso feierlich wie die Trauung selbst war. Sie war besser als all das und von einer herzergreifenden Intimität, die Eadyths lang vernachlässigtes Herz anrührte.

»Glaubst du, das ist bindend?«, flüsterte sie schließlich.

»Oh ja, das ist es«, erwiderte er sanft.

Ohne ihren Arm, den er noch immer festhielt, loszulassen, zog Eirik einen Ring aus seiner Tunika und steckte ihn an den Ringfinger ihrer rechten Hand. »Dieser Ring ist die erste meiner *arrha*. Nach der Hochzeit wirst du ihn an deiner linken Hand tragen, als Symbol deiner neuen Position und deiner Bereitschaft, dich fortan fügsam zu zeigen.«.

Beim letzten Teil seiner kurzen Ansprache lachte Eirik Eadyth hemmungslos an und gab ihr damit den Grund, erneut an ihrem Vorhaben zu zweifeln. Trotzdem konnte sie aber nicht umhin, die Pracht seines Geschenkes anzuerkennen, als sie ihre Finger krümmte, um zu verhindern, dass der zu weite, schwere goldene Ring herunterrutschte. Als sie ihn genauer betrachtete, sah sie das in seiner Mitte eingeprägte Bild eines Raben, dessen Augen aus schimmernden Smaragden bestanden.

»Er gehörte meinem Großvater.«

Eadyth nickte, weil sie verstand, was Eirik ihr damit sagen wollte. »Ich habe das Wort *arrha* noch nie gehört. Es bedeutet Brautgeschenke, oder nicht?«

»Ja, die Tradition verlangt drei Brautgeschenke. Dieser Ring hier ist das erste.« Eirik griff in das Bündel auf dem Tisch und reichte Eadyth einen Pantoffel aus bestickter Seide. »Das ist das zweite. Der Schuh gehörte meiner Großmutter Aud.«

»Nur einer?«, fragte Eadyth lachend, wider ihren eigenen Willen erfreut darüber, dass Eirik sich die Zeit genommen hatte, ihr Geschenke zu überreichen.

Er grinste. »Mit dem anderen muss ich dich während der Heiratszeremonie auf den Kopf schlagen. Normalerweise würde dein Vater ihn mir überreichen, als Zeichen dafür, dass er seine Autorität über dich in meine Hände legt.«

»Ha! Mein Vater hat nie eine solche Art von Autorität über mich ausgeübt. Das hätte ich auch gar nicht zugelassen, selbst wenn er es gewollt hätte.«

Eirik grinste noch breiter. »In der Hochzeitsnacht wird der andere Schuh auf der Seite des Ehemanns ans Kopfende des Betts gelegt, als Zeichen dafür, dass die Braut die Autorität ihres Gatten anerkennt.«

Eadyth drückte Eirik den Hausschuh wieder in die Hand. »Behalte deinen blöden Pantoffel. Was den Ring angeht«, setzte sie hinzu, auch weil sie das außergewöhnlich Schmuckstück tatsächlich ganz gerne behalten wollte, »so nehme ich ihn an – und wenn auch nur mit meiner eigenen Interpretation von Fügsamkeit meinem Ehegatten gegenüber.« Trotz ihrer Entschlossenheit, keine Zuneigung zu diesem ungehobelten Ritter zu entwickeln, lächelte sie Eirik an. »Wenn das nun also alles wäre ...«

»Nein, du vergisst etwas. Ich sprach vorhin von *drei* Brautgaben.«

Sie zog nur fragend eine Augenbraue hoch.

»Es fehlt noch der traditionelle Verlobungskuss.«

Bevor sie Einwände erheben konnte, beugte er sich zu ihr vor, aber Eadyth konnte sich gerade noch im letzten Moment abwenden, sodass seine warmen Lippen nur ihre Wange streiften. Eirik lachte leise über ihr Manöver, und dann legte er seine rechte Hand an ihren Nacken, zog ihr Gesicht zu sich heran und ließ seine Lippen in einem überaus zarten Kuss über ihre gleiten. Seine Linke hielt ihre Hand immer noch in einem festen Griff.

Eadyth schloss für einen Moment die Augen, um die schier unerträglich süße Berührung seiner warmen Lippen auszukosten.

Oh Eadyth, mein Mädchen, du steckst in großen, großen Schwierigkeiten. Dieser Mann ist ein Drache, und du bist trockener Zunder. Er wird dich bei lebendigem Leib verbrennen. Lauf, Mädchen, lauf, so schnell du kannst.

»Was riecht hier so abscheulich?«, fragte er.

Eadyth war so durcheinander, dass sie einen Moment brauchte, um sich wieder zu sammeln. »Was?«, fragte sie dann.

»Woher dieser abscheuliche Geruch kommt?«

Naserümpfend beugte Eirik sich zu ihrem Stirnband vor und schnupperte daran. »Es riecht wie Fischöl. Oder wie verdorbenes Schweinefleisch.«

Er hatte das Fett in ihrem Haar gerochen! Eadyth entzog sich ihm erschrocken und stand auf, nahm schnell wieder die leicht gebeugte Haltung ein und sagte krächzend: »Das ist eine eigens von mir zubereitete Salbe, mit der ich an kalten Tagen meine Gliederschmerzen lindere. Möchtest du sie ausprobieren? Sie ist auch gut für Pferde.«

Eirik fuhr entsetzt zurück. Eadyth lächelte im Stillen darüber, wie verwirrt er sie ansah. Anscheinend verstand er die merkwürdige Anziehungskraft nicht, die sie für einen Moment aneinander gebunden hatte. Eadyth schwor sich im Stillen, sich diesem Gefühl auf keinen Fall noch einmal hinzugeben.

»Dann wirst du also das Aufgebot bestellen?«, fragte sie mit unsicherer Stimme, als sie sich, innerlich noch immer ganz aufgewühlt von seinem Kuss, zur Tür wandte.

»Ja. Ich habe zwar im Moment keinen Kaplan auf Ravenshire, aber ich kann jemanden nach St. Peter in Jorvik schicken.«

»Und die Hochzeit? Wann wird die stattfinden? Zeit ist wichtig, wenn wir Stevens nächstem Schritt zuvorkommen wollen.«

»In drei Wochen?«

Sie nickte. »Dann werde ich nach Hawk's Lair aufbrechen, solange es noch hell ist, und komme in drei Wochen wieder.«

»Nein, du kannst dich nicht schon heute auf die Reise machen.«

Eadyth blieb abrupt stehen. »Wieso denn nicht?«

»Weil wir heute Abend unsere Verlobung feiern müssen.«

»Nein, das werden wir nicht!«, rief sie, weil sie wusste, dass sie zuerst noch einmal diese lächerliche Maskerade, die sie unvernünftigerweise die ganze Zeit aufgeführt hatte, durchdenken musste. Angesichts seiner herausfordernden Miene legte sie jedoch einen etwas sanfteren Ton in ihre Stimme und bemühte sich, ihn umzustimmen. »Wir wollen doch keine Heuchelei in dieser Ehe. Warum sollen wir Gefühle vortäuschen, die wir nicht empfinden?«

»Meine Männer werden aber meine Motive infrage stellen, und deine auch, wenn wir es nicht wenigstens so aussehen lassen, als würden wir diese Verbindung wollen. Wenn wir meine treuen Gefolgsleute schon nicht überzeugen können, dass ich dir einmal zugetan genug war, um ein Kind mit dir zu zeugen, wie sollen wir dann erst den König glauben machen, dass ich der Vater deines Sohnes bin?«

Eadyth erkannte die Logik in seinen Worten, aber dennoch widersprach sie heftig. »*Zugetan?* Ha! Du kennst Steven nicht besonders gut, wenn du glaubst, das wäre sein Motiv für den Akt gewesen, der zu Johns Empfängnis geführt hat. Ich würde es eher als *wollüstig* bezeichnen.«

Eirik zuckte mit den Schultern und grinste breit. »Wie auch immer. Wenn du den Leuten lieber Wollust als Motiv vermitteln möchtest, könnte ich eine Hand auf dein Bein legen oder dir meine Zunge ins Ohr stecken, wenn wir heute Abend auf unsere Verlobung trinken.«

»Mir deine Zunge ins ...!« Eadyth spürte ihre Wangen brennen. »Das wagst du nicht, denn sonst bekommst du von mir ein scharfes Messer an deiner kostbaren Männlichkeit zu spüren!«

Ihre Drohung entlockte ihm nicht einmal ein Lächeln. Sein Gesicht war wie versteinert, als er sagte: »Ich wage einiges, Eadyth, und du solltest es dir gut überlegen, bevor du Drohungen gegen mich ausstößt. Du wirst nämlich mehr bekommen als erwartet, das kann ich dir versprechen.« Als sie hochmütig das Kinn vorschob, fügte er noch hinzu: »Ich werde jeden Streit gewinnen, den du vom Zaun brichst, ob mit körperlicher Kraft oder mit Worten.«

»Sei dir da mal nicht so sicher«, gab Eadyth über ihre Schulter zurück, während sie zur Tür hinausging. Sie hörte ihn über ihre Antwort lachen, die er wahrscheinlich für nichts als kindische, weibliche Aufsässigkeit hielt.

Als Eadyth Girta an einem Tisch im großen Burgsaal sitzen und sich an dem frisch gebackenen Brot und köstlich duftenden gebratenen Fleisch labend sah, hielt sie inne.

»Wenn du dein Frühstück beendet hast, würdest du dann bitte nachsehen, ob mein Schutzschleier, den ich für die Arbeit mit den Bienen brauche, in einer meiner Satteltaschen ist? Ich möchte sehen, ob ich auf den Feldern hinter dem Obstgarten, den ich heute Morgen gesehen habe, Bienen finde. Vielleicht finde ich dort sogar ein paar neue Arten, die ich mit meinen kreuzen kann.«

Girta nickte und zog fragend eine Augenbraue hoch, weil sie nur zu gut wusste, dass Eadyth oft gerade dann auf ihre Bienentouren ging, wenn irgendetwas sie beunruhigte.

»Wird es eine Hochzeit geben?«

»Ja, das wird es«, sagte Eadyth mit einem Blick auf ihren Ring und die kleine Schnittwunde an ihrem Handgelenk. »In drei Wochen.«

»Bleiben wir bis dahin hier?« Girta runzelte die Stirn, als sie Eadyth mit liebevoller Fürsorge betrachtete.

»Nein, wir brechen morgen bei Tagesanbruch nach Hawk's Lair auf und kehren erst an meinem Hochzeitstag wieder zurück.« Eadyth setzte sich neben ihre langjährige treue Dienstmagd und vertraute sich ihr an. »Es gibt da etwas, was du wissen solltest, Girta. Er hält mich für viel älter, als ich bin, und auch für ziemlich ... unansehnlich.«

»Wie kommt er dazu?«

»Na ja, er sieht nicht besonders gut, so wie mein Vater. Erinnerst du dich noch daran?«

Girta nickte.

»Und der Rittersaal ist düster und verraucht. Und ... das Fett in meinem Haar lässt es anscheinend grau aussehen. Und meine weiten Gewänder ... na ja, all diese Dinge müssen bei Eirik den Eindruck erweckt haben, ich sei alt. Und ...«

»Wie alt?«, fragte Girta argwöhnisch.

Eadyth zuckte mit den Schultern. »Vielleicht um die vierzig oder so. Aber gewiss nicht mehr im gebärfähigen Alter.«

Girta klappte beinah die Kinnlade herunter, so überrascht war sie, aber dann warf sie den Kopf zurück und lachte. »Ach, Eadyth, Kind, du kokettierst mit der Gefahr.« Dann schnupperte sie und beugte sich zu ihrem über alles geliebten Schützling vor. »Ach du meine Güte, Eadyth, das Schweineschmalz in deinem Haar ist *ranzig!*«

Und da brachen beide in schallendes Gelächter aus, und Eadyth umarmte ihre brave alte Amme kameradschaftlich. Oder auch vielleicht nur aus Verzweiflung.

Etwas später an jenem Nachmittag stampfte Eirik vom Übungsplatz der Burg, vertrieben von einer Horde zeternder Bediensteter, die sich lautstark über das Gespenst beklagten, das im Obstgarten von Ravenshire umging. Herrgott noch mal! Das hatte ihm gerade noch gefehlt – eine alternde Frau, eine zerfallende Burg und nun auch noch Gespenster!

Mit großen Schritten durchquerte er die Felder hinter dem Küchengarten, die von Stechginster und Brombeersträuchern überwuchert waren, ging an dem von einer Quelle gespeisten Teich vorbei, in dem er als Kind geschwommen war und der heute zum Baden benutzt wurde, und durch den lang vernachlässigten Obstgarten mit Apfel-, Birn-, Pfirsich- und Pflaumenbäumen. Er war von seiner Großmutter angelegt worden und ihr ganzer Stolz gewesen. Eirik fragte sich geistesabwesend, ob einige der Obstbäume wohl noch zu retten waren.

Schließlich entdeckte er die ›Erscheinung‹, über die sein Gesinde sich den ganzen Nachmittag beschwert hatte. Die Xanthippe aus Hawk's Lair sah in ihrer Montur auch tatsächlich ein bisschen gespenstisch aus. In einem langen, durchsichtigen Umhang, der sie von Kopf bis Fuß bedeckte, und dicken, bis zu den Ellbogen reichenden Lederhandschuhen schritt sie auf und ab. Der Hund, den sie in der Nacht zuvor getreten hatte, scharwenzelte wie ein verliebter Freier um sie herum.

»Bei Gott und allen Heiligen, Frau! Was tust du hier in diesem lächerlichen Aufzug? Hast du etwa vergessen, dass wir gleich unsere Verlobung feiern wollen?«

Eadyth fuhr abrupt herum, als sie merkte, dass Eirik hinter ihr aufgetaucht war. »Komm nicht näher! Die Bienen schwärmen aus und könnten angreifen.«

Eirik machte große Augen. Erst in diesem Moment sah er die unzähligen Bienen – es mussten hunderte sein –, die auf ihren von den Lederhandschuhen geschützten Armen und Händen herumkrabbelten, ihr Gesicht und ihren Kopf umschwärmten und wie lebende Verzierungen auf ihrem dünnen Schleier saßen.

»Hast du den Verstand verloren? Komm sofort hierher, Eadyth!«

»Ich bin nicht in Gefahr. Ich bin Bienenzüchterin, das habe ich dir doch lang und breit erklärt. Ich wollte sehen, welche Spezies hier in Ravenshire verfügbar sind, bevor ich meine eigenen Bienen mitbringe. Ich habe schon einigen Erfolg damit gehabt, verschiedene Arten zu kreuzen. Leider taugen diese hier nicht besonders viel, möglicherweise werde ich sie umsiedeln müssen.«

Eirik schüttelte den Kopf über diese merkwürdige Frau, die er in Kürze zu der seinen machen würde. Würde sie nie aufhören, ihn zu überraschen? Und was an ihr war es bloß, das ihn abstieß und gleichzeitig zu ihr hinzog? Früher hatte er sich nie für ältere Frauen interessiert. Trotzdem glaubte er nicht, dass ihr beizuliegen so unangenehm sein würde, wie er ursprünglich gedacht hatte.

»Vielleicht können wir die Hochzeitsnacht ja auf heute vorverlegen«, sagte er mit rauer Stimme und merkte erst, dass er laut gesprochen hatte, als er sah, wie Eadyth sich versteifte und ärgerlich das Kinn vorschob.

»Und vielleicht können Kühe fliegen«, schnaubte sie und vertrieb mit nervösen Handbewegungen die Insekten von ihrem Schleier, während sie sich von dem Bienenstock entfernte. Dann funkelte sie Eirik wütend an. »Ich kehre *jetzt* nach Hawk's Lair zurück. Ich bleibe nicht über Nacht auf Ravenshire, du wollüstiger Flegel. Ha! Es muss dir ja wirklich verdammt an weiblicher Gesellschaft mangeln, wenn du mir einen so lächerlichen Vorschlag machst.«

Der Hund heftete sich an ihre Fersen wie ein gut trainierter Fußsoldat, als sie ihn rief: »Na, komm schon, Prinz.«

»*Prinz?* Was ist denn das für ein Name? So kann man doch einen Hund nicht nennen«, ereiferte Eirik sich. Dann wandte er sich aber schnell wieder dem Thema Hochzeitsnacht zu. »Mein Vorschlag ist keineswegs lächerlich. Viele Ehen werden schon in der Verlobungsnacht vollzogen.«

Eirik hatte nicht wirklich erwartet, dass sie darauf eingehen würde. Im Grunde wusste er nicht einmal, warum er das Thema angeschnitten hatte. Er wollte doch gar nicht mit einer dürren Bohnenstange wie ihr schlafen. Allerdings verletzte ihr brüskes Verhalten seinen Stolz, und so folgte er ihr zurück zur Burg und verfluchte im Stillen seine eigene Dummheit, nicht nur laut gedacht zu haben, sondern auch, der Heirat überhaupt erst zugestimmt zu haben.

»Es war nur ein Scherz«, log er. »Hast du denn gar keinen Humor?«

»Ha! Hör auf, mir hinterherzulaufen.«

»Dann hör auf, vor mir davonzulaufen. Und sag deinem verflixten Köter, dass er nicht nach meinen Fersen schnappen soll.«

»Das ist nicht *mein* verflixter Köter, sondern deiner. Er will mich nur beschützen, weil du herumbrüllst wie ein rüder Bauernlümmel.«

»Du gehst zu weit, Eadyth. Wir sind noch nicht verheiratet. Vergiss das nicht.«

Sie war immerhin so vernünftig, ihre Schritte nach seiner Warnung etwas zu verlangsamen. Schließlich hatte sie durch diese Heirat mehr zu gewinnen als er. Oder zumindest musste sie das glauben.

Eirik grinste, als er sie eingeholt hatte und der Hund laut aufjaulte, als er die Hand nach ihrem Arm ausstreckte. Eadyth schrak vor seiner Hand zurück, und Eirik runzelte die Stirn. Dass sie so empfindlich war, missfiel ihm sehr. Wenn er es genau bedachte, war sie nervös wie eine trächtige Katze, wann immer er in ihre Nähe kam.

Und deshalb legte er nun mit voller Absicht eine Hand auf ihren Arm, um ihre Reaktion zu testen. Als er sich ein wenig vorbeugte, um sie genauer sehen zu können, sah er, wie beunruhigt sie ihre Augen aufriss. Selbst durch den dünnen Schleier hindurch konnte Eirik sehen, dass sie mit offenem Mund nach Atem rang. Fasziniert beobachtete er das Zittern ihrer erfreulich vollen Lippen hinter dem weißen Gaze. »Ich habe solche Stoffe schon in den Harems östlicher Könige gesehen – auch wenn sie dort ganz anderen Zwecken dienten«, murmelte er und lächelte bei der Erinnerung daran.

Eadyth machte nur ein finsteres Gesicht.

Wieder einmal blieb sein Blick an dem kleinen Muttermal an ihrem Mundwinkel. Außerstande, der Versuchung zu widerstehen, streckte er die Hand danach aus und berührte es durch das hauchdünne Material. Ein prickelndes Verlangen durchflutete ihn, und er konnte spüren, wie sein Glied sich aufrichtete und versteifte.

»Fass mich nicht an«, flüsterte Eadyth und versuchte, sich mit aller Kraft aus seinem festen Griff zu winden. »Bitte nicht.

Ich bitte dich darum. Ich werde dich von deinem Gelöbnis, mich zu heiraten, entbinden.«

Eirik zog seine Hand zurück und starrte sie verwundert an. Was hatte ihr solche Angst gemacht? Sie war schließlich keine unberührte Jungfrau mehr. Und da er Steven von Gravelys Vorliebe für sexuelle Ausschweifungen kannte, nahm er an, dass dieser Schuft sie mehr als nur ein paar Tricks beim Paarungsakt gelehrt hatte.

»Ich nehme meine Gelöbnisse nicht auf die leichte Schulter, Eadyth. Was mich betrifft, ist mein Eheversprechen genauso bindend wie die Ehe selbst.«

Sie senkte ihren Blick und atmete tief ein, um ihre Fassung wiederzugewinnen. Es war offensichtlich, dass seine Berührung sie zutiefst getroffen hatte.

Oder abgestoßen, dachte er und versteifte sich vor Ärger über diese Beleidigung. Frauen fanden ihn anziehend. Das war schon immer so gewesen. Was störte Eadyth also so an ihm? Irgendetwas stimmte hier nicht.

Schließlich erhob sie ihren Blick wieder, und das Veilchenblau ihrer Augen, in denen Tränen schimmerten, war jetzt sogar noch ausgeprägter, als sie mit unsicherer Stimme sagte: »Ich nehme meine Gelöbnisse auch sehr ernst. Du hast mich nur überrascht. Ich hatte nicht erwartet, dass du mir einen so abscheulichen Vorschlag machen würdest.«

»Abscheulich?« Eirik runzelte die Stirn. »Bist du verrückt? Du bittest einen Mann, dich zu heiraten, und erwartest *nicht*, dass er dir beiwohnt?«

Eine anmutige Röte überzog ihre Wangen, und Eirik kniff die Augen zusammen, um sie durch den dünnen Schleier hindurch besser sehen zu können. Zum Teufel aber auch mit seinen schlechten Augen! Er schüttelte den Kopf, als könne er damit den Nebel vertreiben, und schaute wieder hin. *Gott Allmächtiger!* Wenn ihr graues Haar nicht wäre, hätte er schwören können, dass sie jünger war als er, und er hatte erst einunddreißig Winter hinter sich.

»Hör auf damit.«

»Womit?«

»Meinen Mund so anzusehen.«

Anstatt etwas zu erwidern, grinste er, streckte die Hand aus und strich mit seinem Daumen über ihre Lippen unter ihrem dünnen Schleier.

Sie schlug ihn auf die Hand und stieß sie weg.

Eirik stieß ein kehliges Lachen aus.

Eadyth wand sich unter seiner kritischen Betrachtung, aber dann trat sie einen Schritt zur Seite, griff sich an ihr Kreuz, als hätte sie dort Schmerzen, und gackerte auf eine Art und Weise los, bei der sich ihm die Nackenhaare sträubten.

»Ich war nur einfach nicht darauf gefasst, dass ein Mann wie du mit einer Frau von meinem Alter und Aussehen ... na ja, dass er eben *so etwas* gern tun würde.«

»Weißt du was, Eadyth? Ich fange langsam an zu glauben, dass ein Mann mit Fleischeslust allein wegen deiner vollen Lippen und dieses verführerischen Muttermals dein Alter und deine ... Schwächen übersehen könnte.«

Daraufhin versteifte sie sich, als hätte sie einen Stock verschluckt, und Eirik lachte im Stillen über ihre prompte Reaktion auf seine Artigkeiten. Sogar noch besser war der eigenartige Ausdruck freudiger Überraschung über seine Komplimente, der über ihre Züge huschte, bevor sie wieder ihre gewohnt mürrische Miene aufsetzen konnte.

Ah! Endlich hatte er einen Weg gefunden, ihre wirklich sehr bemerkenswerte Verteidigung zu durchbrechen.

Aber dann sagte sie bissig: »Du meine Güte! Wenn ein Muttermal dich heiß macht, habe ich eine ganze Wagenladung alternder, zahnloser Weberinnen auf meiner Burg, die dir einen harten Schaft verschaffen und ihn wochenlang beschäftigt halten können.«

»Eadyth, Eadyth, deine Ungeschliffenheit kennt keine Grenzen. Ich habe noch nie … *noch nie in meinem Leben* eine Frau von Stand solch unanständige Reden führen hören.«

»Tja, dann scheint es wohl tatsächlich für alles ein erstes Mal zu geben, denn ich habe auch noch nie von einem von der Natur normal ausgestatteten Mann gehört, den es danach verlangt, mit Großmüttern ins Bett zu gehen.«

Eirik ballte die Hände zu Fäusten.

Schlag das freche Ding nicht. Schlag das freche Ding nicht. Schlag das freche Ding nicht, wiederholte er im Stillen wie eine Litanei, aber – möge Gott ihm beistehen –, er war wirklich stark versucht, ihr beide Hände um den schlanken Hals zu legen und zuzudrücken, bis alle Luft aus ihrem mageren Körper wich.

»Du bist keine Großmutter«, zischte er und hielt dann wieder inne. »Oder?«

Eadyth warf ihm einen merkwürdigen Blick zu, und lachte spröde auf. »Nein. Noch nicht.«

Als sie weiter auf die Burg zugingen, kam Eirik ein Gedanke. »Wie alt ist dein Sohn John eigentlich?«

Eadyth stolperte, fing sich aber wieder und ging weiter. Erik war so erstaunt über ihre Reaktion auf seine Frage, dass er vorübergehend stehen blieb, sie aber kurz darauf schon wieder einholte. Sie verwirrte ihn immer mehr mit ihrem merkwürdigen Verhalten.

»Nun?«

»Was glaubst du denn, wie alt er ist?«, fragte sie mit unsicherer Stimme und vermied es ganz bewusst, ihn anzusehen.

In Eiriks Kopf schrillten die Alarmglocken. Er spürte, dass er ihrem Geheimnis näherkam, und antwortete zögernd: »Ich weiß es nicht genau. Vielleicht fünfzehn oder so.«

Eadyth sog scharf den Atem ein und wurde von einem Hustenanfall übermannt. Eirik klopfte ihr kräftig auf den Rücken, bis sie schließlich mit erstickter Stimme rief: »Genug! Willst du mir die Knochen brechen?«

»Du hast meine Frage nicht beantwortet, Eadyth«, entgegnete er mit ausdrucksloser Miene und zwang sie, vor dem Kücheneingang stehen zu bleiben. »Ich will die Wahrheit hören.«

Sie erwiderte seinen Blick nun ganz offen. »Sieben.«

»Sieben!«, stieß Eirik verblüfft hervor. »Dann ist er ja noch ein Kind! Warum hast du mir das nicht schon früher gesagt?«

Eadyth zuckte mit den Schultern. »Ich dachte, sein Alter spielte keine Rolle.« Dann musterte sie Eirik prüfend. »Oder tut es das etwa doch?«

»Nein«, erwiderte er zögernd. »Ich war einfach nur überrascht.«

Wenn er genauer darüber nachdachte, war es gar nicht mal so ungewöhnlich für eine Frau ihres Alters, ein siebenjähriges Kind zu haben. Sie musste Anfang oder Mitte Dreißig gewesen sein, als sie sich mit Steven eingelassen hatte. Eirik wollte sich gerade erkundigen, ob er mit seiner Vermutung richtig lag, musste aber feststellen, dass sie schon durch die Tür zum Küchentrakt gelaufen war.

»Wir sehen uns beim Fest«, rief sie ihm noch über die Schulter zu. »Und lass den Hund bitte draußen. Ich habe ihm gesagt, dass er erst wieder ins Haus darf, wenn er ein Bad genommen und gelernt hat, sich gesittet zu benehmen.«

Eirik grinste und schüttelte den Kopf über ihre herrische Art, aber seine Belustigung verschwand augenblicklich, als sie spitzbübisch hinzufügte: »Vielleicht solltest du dir ein Beispiel daran nehmen, Mylord.« Ihr helles Lachen folgte ihr.

Eirik starrte ihr eine ganze Weile nach, bevor er merkte, dass dieses unverschämte Ding ihm gerade zu verstehen gegeben hatte, er solle baden und sich zu benehmen lernen. Ha! Er würde ihr schon sehr bald zeigen, was sie mit ihren Frechheiten bei ihm erreichte. Sie leidet wirklich an einer viel zu hohen Selbsteinschątzung, dachte er und freute sich schon über die Aussicht, ihr den einen oder anderen Dämpfer zu verpassen.

Und da kam ihm plötzlich ein ausgesprochen niederträchtiger Gedanke, und er warf den Kopf zurück und lachte laut. Oh fein, besser kann man diesen durchsichtigen Bienenschleier ja kaum nutzen, sagte er leise vor sich hin.

Beschwingten Schrittes wandte er sich ab und rief den Hund. »Komm, Prinz, wir gehen baden. Mylady sagt, wir stinken.«

Der Hund bellte zustimmend.

4. Kapitel

Als Eadyth widerstrebend die Abgeschiedenheit ihres Gästezimmers verließ, verdüsterte bereits die Abenddämmerung das Halbdunkel des Korridors.

Staubmotten tanzten fröhlich in dem schmalen Streifen Licht, der durch eine Pfeilscharte am einen Ende des Ganges fiel. Alles andere war in gespenstische Schatten getaucht, die sich Eadyth aus den Rissen und Spalten in den Mauern heraus entgegenzubewegen schienen und sie an die lange Geschichte der Tragödien erinnerten, die diese Burg über drei Generationen hinweg heimgesucht hatten.

Würde ihr Leben als Burgherrin auf Ravenshire genauso traurig sein?

Aber dann rief Eadyth sich in Erinnerung, dass Ravenshires Geschichte auch nicht trauriger war als die vieler anderer Herrenhäuser im weiten Norden, ihre eigene Burg Hawk's Lair mit eingeschlossen. Northumbria war schon immer der Zankapfel zwischen den kriegsführenden Mächten gewesen, so eingekeilt, wie es zwischen dem angelsächsischen Königreich im Süden und den Herrschaftsgebieten der Schotten, Cumbrianer und Strathclyder Waliser im Norden und Nordwesten lag.

Und die Northumbrianer selbst! Diese buntgemischte Truppe aus nordischen Völkern und Angelsachsen bewachte eifersüchtig ihre Unabhängigkeit. Sie ergötzten sich daran, die hochnäsigen, reinrassigen Angelsachsen zu provozieren, indem sie zu viel tranken, sich einer derben Sprache bedienten und nicht bereit waren, sich an gesellschaftliche Maßstäbe anzupassen.

Manchmal waren diese rebellischen Northumbrianer erfolgreich mit ihren Revolten. Aber nicht in letzter Zeit, erinnerte sich Eadyth. Oh nein. Nicht in jüngster Zeit. Seit der Schlacht von Brunanburh vor neun Jahren, bei der Tausende von wikingischen, schottischen und walisischen Soldaten ihr Leben gelassen hatten, als sie versuchten, sich aus dem Joch der Tyrannei zu befreien, hatte Northumbria sich nie wieder richtig erholt.

Eadyth hörte ein schlurfendes Geräusch hinter sich und erschrak fürchterlich. Erschaudernd drückte sie eine Hand an ihre Brust, um ihr wild pochendes Herz zu beruhigen, lachte dann aber befreit, als sie merkte, dass es nur Prinz war, der ihr hinterhergelaufen war und sie nun schwanzwedelnd begrüßte.

Sie setzte ihren Weg zum großen Burgsaal fort und wünschte wieder einmal, sie könnte dem Herrn dieser düsteren Burg aus dem Weg gehen und sich bis zum Morgen im schützenden Kokon ihrer Schlafkammer verstecken. Aber sie wusste, dass sie ihre unsinnigen Ängste beiseite schieben und Eiriks Forderung, ihre bevorstehende Vermählung mit ihm zu feiern, erfüllen musste. Ihr zukünftiger Bräutigam hatte sie bereits dreimal nachdrücklich daran erinnern lassen, dass es höchste Zeit war, sich zu ihm an die Festtafel zu gesellen.

Die letzte Botschaft war ziemlich unverblümt gewesen, wenn man der unprätentiösen Offenheit, mit der Godric sie ihr wiedergegeben hatte, vertrauen durfte. »›Sag ihr, sie soll ihren Hintern hierher bewegen, oder ich trage sie auf meiner Schulter runter. Oder besser noch, ich gehe zu ihr hinauf und beginne mein Verlobungsfest auf meine Art, und damit meine ich nicht, dass ich lediglich meinen Becher Bier auf unsere Zukunft erhebe.‹«

Dieser Flegel!

Sie hatte versucht, Girta zu überreden, hinunterzugehen und Eirik zu sagen, sie habe Magenkrämpfe. Ihre treue Gefährtin aber hatte sich stur gestellt und sich geweigert, für Eadyth zu lügen.

»Es ziemt sich nicht, dass du den Herrn beschämst, indem du so schäbig bekleidet eure Verlobung feierst«, hatte sie vor dem Hinausgehen noch missbilligend hinzugefügt. »Und noch schlimmer ist, ihn mit deiner Unpünktlichkeit zu demütigen. Das riecht doch förmlich nach Verachtung. Außerdem könntest du zumindest diesen scheußlichen Geruch aus deinem Haar herauswaschen. Zum Donnerwetter, Eadyth, selbst ich kann es nicht länger als ein paar Minuten in deiner Nähe aushalten!«

Angewidert hatte Girta sie schon vor geraumer Zeit allein gelassen. Angeblich wollte sie die Essensvorbereitungen überwachen, wahrscheinlicher aber war, dass sie sich Eadyth schlechter Laune entziehen wollte.

Wenn Frauen doch nur mehr Möglichkeiten im Leben hätten!

Aber Eadyth wusste nur zu gut, dass die Heilige Kirche und das angelsächsische Gesetz von einer Ehefrau verlangten, sich ihrem Mann zu unterwerfen – selbst wenn er garstig wie eine Kröte war. *Unterwerfen!* Was für ein hässliches Wort! Das war der Grund, warum Frauen wie sie gezwungen waren, mit Täuschungsmanövern die Aufmerksamkeit triebgesteuerter Männer von sich abzulenken.

Inzwischen hatten Eadyth Zweifel beschlichen. Trotz ihrer durchaus berechtigten Gründe zermarterte sie sich den Kopf darüber, ob es richtig war, sich den Anschein einer alten Frau zu geben.

Würde auch Eirik ihre Gründe für berechtigt halten?

Wohl kaum, konnte Eadyth sich die Frage natürlich selbst beantworten. Sie wusste nur zu gut, dass Männer ihren Stolz hatten, und wenn eine Frau etwas tat, das auch nur den geringsten Zweifel an ihrer Männlichkeit weckte, konnten sie sehr verärgert reagieren. Eadyth spürte – nein, sie war sich völlig sicher –, dass Eirik sehr, sehr aufgebracht sein würde, wenn er die Entdeckung machte, dass sie nicht ganz aufrichtig zu ihm gewesen war. Er würde nichts Erheiterndes an ihrer Täuschung finden, und je länger sie ihn täuschte, desto größer würde seine Empörung sein.

Aber was konnte sie schon tun? Es ihm vor der Hochzeit beichten und riskieren, dass er ihre Verlobung löste? Nein, sie musste mit ihrer Maskerade noch mindestens drei Wochen weitermachen. In dieser Zeit würde sie sich einen schlauen Plan ausdenken, um ihm ihr wahres Ich zu offenbaren – und zwar so, dass es in keinster Weise seinen Stolz verletzen konnte.

Sobald sie den bevorstehenden Abend überstanden hatte, würde sie bis zur Hochzeit nach Hawk's Lair zurückkehren. Aber selbst wenn sie ihm dann ihr wahres Alter sagte, würde sie nichts tun, um ihr Aussehen in seinen Augen zu verbessern oder womöglich gar seine sinnlichen Begierden anzufachen. Das war nicht *wirklich* unaufrichtig, versuchte sie sich einzureden.

Sie musste jetzt nur noch diese eine Nacht zu überstehen.

Heilige Maria Mutter Gottes, steh mir bei, und ich schwöre, dass ich mich bemühen werde, bescheidener zu sein. Und dass ich auch nie wieder Witze über Pater Benedikt machen oder geringschätzig auf willensschwache Frauen herabsehen werde oder …

Eadyth erkannte ihren Fehler in dem Augenblick, als sie den großen Saal betrat, wo grimmig dreinblickende Männer ungeduldig auf sie warteten, damit das Festbankett endlich beginnen konnte. Durch ihre Bummelei hatte sie Eirik und seinen Männern übermäßig viel Zeit gegeben, auf leeren Magen Bier zu trinken. Verärgert über die Verzögerung waren sie jetzt genau in der richtigen Stimmung, sie mit derben, anzüglichen Bemerkungen zu bedenken, als sie mit hochroten Wangen durch ihre pfeifenden, boshaft kichernden Reihen zu Eiriks Tisch hinüberging.

»Der Rabe erwartet Euch schon ungeduldig, Mylady«, rief ihr ein junger Krieger zu. »Werdet Ihr ihm seine aufgeplusterten Federn wieder glatt streicheln?«

»Nein, nur diesen einen harten Federkiel zwischen seinen Beinen!«, gab ein stämmiger alter Krieger schnell an ihrer Stelle zurück. Es war der, den sie gestern für seinen Körpergeruch getadelt hatte.

Die anderen Männer brachen in brüllendes Gelächter aus.

Ein gut aussehender blonder Ritter, vermutlich ein Gefolgsmann aus der wikingischen Seite von Eiriks Familie, vertrat ihr für einen Moment den Weg. Alle Männer waren schon reichlich angetrunken, einschließlich dieses gut aussehenden Wikingers, der schon ziemlich stark schwankte. Bevor Eadyth an ihm vorbeigehen konnte, rülpste der arrogante Flegel ungeniert und fragte dann laut genug, um von allen seinen Freunden gehört zu werden: »Fräulein Bienenzüchterin, werdet Ihr den Herrn heute Nacht von Eurem Honig kosten lassen?« Dann brach er in wieherndes Gelächter über seinen eigenen Scherz aus und trat zurück, um sie vorbeizulassen.

»Nein«, spöttelte ein anderer, als sie vorbeieilte, »sie wird unseren Herrn lehren, seinen eigenen Honig herzustellen.«

»Bzz, bzz, bzz«, begannen alle zu summen und hämmerten mit ihren Kelchen auf die Tische.

Hocherhobenen Hauptes, die Augen aber feucht von Tränen der Verlegenheit, gelang es Eadyth endlich, an ihnen allen vorbeizukommen. Wo war Girta, ihre einzige Verbündete hier? Und warum setzte Eirik diesen geschmacklosen Scherzen nicht ein Ende? Als seine Verlobte müsste er sie vor derartigen Affronts beschützen. Das sollte er wirklich tun, dachte sie empört.

Frühere Demütigungen kamen Eadyth wieder in den Sinn, Erinnerungen, die sie schon vor langer Zeit begraben zu haben glaubte. Wie naiv sie damals doch gewesen war! Sie hatte im Grunde nie wirklich damit gerechnet, dass man ihr in ihren Gesellschaftskreisen die Indiskretion mit Steven vergeben würde, aber die Grausamkeit, mit der die feinen Leute sie behandelt hatten, war über alles hinausgegangen, was sie in ihrem wohlbehüteten Leben je erfahren hatte. Kein Wunder, dass sie in all diesen vielen Jahren so zurückgezogen gelebt hatte!

Jetzt aber schob sie trotzig das Kinn vor und verzichtete darauf, sich zurückzuziehen, um in aller Stille ihre Wunden zu lecken. Nie wieder würde sie sich von solchen Leuten verletzen lassen.

Blinzelnd blickte sie sich in dem dichten Rauch des Saals, der ihre Augen tränen ließ, nach Eirik um. Es musste wirklich etwas getan werden, um das Rauchabzugsloch in der Decke zu vergrößern oder vielleicht sogar eine bessere Entlüftungsmöglichkeit zu finden. Wenn ich erst diesen Haushalt führe, werde ich das sofort in die Hände nehmen, dachte sie, während sie sich mit dem Handrücken über die Augen wischte. In den Wintermonaten musste es hier ja unerträglich sein!

Dann begegnete ihr Blick dem ihres Verlobten, und sie

wusste plötzlich ganz genau, warum Eirik nicht eingegriffen und ihr geholfen hatte. Obwohl er scheinbar lässig zurückgelehnt auf seinem mit Schnitzereien reich verzierten Sessel auf der Empore saß und mit den Fingerspitzen auf den Tisch trommelte, verrieten seine angespannte Miene und seine glitzernden Augen, dass er ungeheuer wütend war. Eadyth stockte ein wenig, bevor sie dann aber äußerlich gefasst die Stufen zur Empore hinaufging.

Heilige Maria Mutter Gottes.

»Bitte verzeiht meine Verzögerung«, sagte sie mit ihrer üblichen Direktheit, als sie an Eiriks Seite stand. »Aber ich hatte leichte Magenschmerzen.«

Durch halbgeschlossene Augen blickte er zu ihr auf, machte sich nicht einmal die Mühe, sich zu erheben, und sagte dann etwas ausgesprochen Unanständiges, das nicht einmal Eadyths Geschäftsfreunde in ihrer Gegenwart zu äußern gewagt hätten.

Sie versteifte sich empört. »Fühlt Ihr Euch besser, wenn Ihr Eurer Verlobten genauso wenig Respekt erweist wie Eure Ritter?«, erkundigte sie sich scharf. Mit angewiderter Miene deutete sie auf den unteren Teil des Saals, in dem seine Gefolgsleute saßen, sie unverfroren angafften, ihnen den einen oder anderen anzüglichen Vorschlag zuriefen oder auch nur summende Geräusche von sich gaben. »Ich mag zwar oft zu unverblümt sein, aber an eine solch rüde Behandlung bin ich wirklich nicht gewöhnt.«

Zumindest nicht in letzter Zeit. Und schon gar nicht, seit ich meine Burg kaum noch verlasse.

»Und was ist mit den schlechten Manieren, die Ihr mir und diesen Rittern gegenüber, die meiner Standarte folgen, an den Tag gelegt habt? Eure Verachtung für diese Verlobung spricht für sich selbst und drückt sich mehr als deutlich in Eurer Weigerung aus, mit uns anzustoßen.« Er zuckte mit den Schultern. »Ihr habt uns keine andere Wahl gelassen, als allein darauf zu trinken.«

Und damit hob er seinen Kelch, um ihn in einem Zug zu leeren, und Eadyth wurde klar, dass er ihn vermutlich schon ein Dutzend Mal gehoben hatte, während er auf ihr Erscheinen gewartet hatte.

O Gott! Dabei war es schon schwierig genug, mit dem nüchternen Eirik zurechtzukommen.

Sie fing Wilfrids Blick auf, als er neben seinem Herrn Platz nahm und ihn mitfühlend betrachtete. Eadyth senkte beschämt den Kopf, weil sie nur zu gut aus eigener Erfahrung wusste, wie es sich anfühlte, vor anderen bloßgestellt zu werden. Sie hatte Eirik nicht vor seinen Männern demütigen wollen; sie hatte nur Angst davor, dass er ihre Maskerade durchschauen könnte. Und in seiner gegenwärtigen Verfassung sah es ganz so aus, als ob er ihr lieber den Hals umdrehen würde, als sie zu heiraten.

»Ihr habt Euch nicht einmal dazu herabgelassen, Euch der Gelegenheit entsprechend zu kleiden«, warf Eirik ihr dann auch noch mit einem verächtlichen Blick auf ihre Kleider vor.

Er dagegen hatte gebadet und seinen Schnurrbart gestutzt. Er trug eine schwarze, zwar ein wenig abgetragene, aber mit Goldlitzen besetzte und an der Taille mit einem Gürtel aus feinen goldenen Kettengliedern zusammengehaltene Tunika mit Überjacke. Vielleicht war er doch nicht ganz so verarmt, wie sie gedacht hatte. Sie blickte an sich selbst hinunter und erkannte nun, wie unscheinbar sie neben Eirik wirken musste.

»Es ist ungerecht, mich für meine Kleidung zu verurteilen«, versuchte sie sich zu verteidigen. »Ich habe nichts anderes mitgebracht, und wie hätte ich denn wissen sollen, dass Ihr so bereitwillig auf meinen Vorschlag eingehen würdet?«

»In der Tat. Wie hättet Ihr das wissen sollen?«

Eadyth wappnete sich gegen seine Zurückweisung. Selbstmitleid war ein Luxus, den sie sich nur selten gestattete, und sie würde ihm auch jetzt nicht unterliegen. Als sie ihre Gefühle wieder unter Kontrolle zu haben glaubte, fragte sie ruhig: »Werdet Ihr meiner gedankenlosen Handlungsweise wegen das Verlöbnis brechen?« Sie schloss für einen Moment erschöpft die Augen. War sie schon so weit gekommen, nur um jetzt noch zu versagen? Sie zwang sich, ihn ganz offen anzusehen, als sie hinzusetzte: »Ich entbinde Euch von Eurem Versprechen, wenn es das ist, was Ihr wollt.«

Eirik betrachtete sie prüfend, während sie immer unruhiger wurde und mit ihrer Hand nervös über ihre untere Gesichtshälfte strich. Er schien ernsthaft über ihren Vorschlag nachzudenken, und schließlich zuckte er die Schultern.

»Was ich will, ist schon lange nicht mehr von Bedeutung. Und ich habe Euch ja schon gesagt, dass ich meine Gelübde nicht breche.«

»Aber ich ...«

Eirik ließ sie nicht ausreden. »Lasst uns von Anfang an eins klarstellen: Ich werde Eure Halsstarrigkeit nicht mehr dulden, wenn Ihr meine Frau seid. Ich bin kein Tyrann, aber ich kann mich nicht mit einer Ehefrau abfinden, die sich mir andauernd widersetzt. Immerzu diskutieren zu müssen entspricht nicht meiner Vorstellung von einem Eheleben. Ich habe in meinem Leben mehr als genug Zwietracht gehabt. Wenn dies der Weg ist, den Ihr für unsere Ehe vorgezeichnet habt, will ich nichts mehr davon hören. Dann lasst uns unser Vorhaben auf der Stelle begraben.«

Eadyth senkte zerknirscht den Kopf. Wie hatte sie nur vergessen können, wie verletzlich stolze Männer manchmal waren? Sie hätte daran denken müssen, dass auch nur der bloße Anschein, ihre Verlobung nicht ausreichend zu würdigen, ihn in den Augen seiner Männer bloßstellen würde.

»Es war falsch von mir, mich derart zu verspäten. Aber die Wahrheit ist, ich hatte Angst.« Nun, das stimmt sogar, oder zumindest teilweise, dachte Eadyth. Sie *hatte* Angst, und wenn auch aus ganz anderen Gründen, als Eirik vielleicht dachte.

Ihr Geständnis schien ihn ein bisschen milder zu stimmen, denn er legte eine Hand auf ihren Arm. »Du hast keinen Grund, mich zu fürchten, Eadyth. Solange du ehrlich zu mir bist, hast du absolut nichts von mir zu befürchten.«

Eadyths Herz setzte bei seinen Worten für einen Schlag aus. Heilige Maria Mutter Gottes, er verlangte Ehrlichkeit von ihr – das Einzige, was sie ihm im Augenblick noch nicht geben konnte. Da sie Falschheit aber hasste, zog sie einen Moment lang in Betracht, ihm alles zu gestehen. Aber dann dachte sie an John, stellte ihn sich in den Händen seines skrupellosen Vaters vor und wusste, dass sie dieses Risiko nicht eingehen durfte.

Eirik stand plötzlich auf und brachte seine Ritter mit erhobenem Arm zum Schweigen. In Ehrfurcht gebietender Haltung und ohne ein Wort zu sagen wartete er darauf, dass sie ihm ihre Aufmerksamkeit zuwandten. Schließlich verkündete er mit ernster, feierlicher Stimme: »Meine treuen Anhänger, ich möchte euch meine Verlobte Lady Eadyth von Hawk's Lair vorstellen.«

In einer einzigen fließenden Bewegung erhoben sich die Männer, obwohl sie alle ziemlich angetrunken waren. Als einige wenige auch weiterhin noch anzügliche Bemerkungen von sich gaben, hob Eirik noch einmal gebieterisch die Hand, um für absolutes Schweigen zu sorgen. Dann befahl er: »Ich möchte euch bitten, meiner zukünftigen Gemahlin den gleichen Treueeid zu schwören, den Ihr mir geleistet habt – und der Herrin von Ravenshire die ihr zustehende Achtung zu erweisen.«

Er rief jeden einzelnen Mann nach vorne, stellte ihn Eadyth vor. Mit ernster Miene stand er neben ihr, als die Männer ihr einer nach dem anderen feierlich die Treue schworen. Eadyth warf Eirik einen dankbaren Blick zu, er aber schaute nicht einmal in ihre Richtung. Tatsächlich schien es sogar so, als handelte er nicht ihr zuliebe so, sondern als Burgherr, der den *ihm* zustehenden Respekt von seinen Männern forderte.

Einige der Männer sprachen schon ein bisschen undeutlich, was angesichts ihres angetrunkenen Zustands auch kein Wunder war, und Ignold, der stämmige alte Krieger mit dem unangenehmen Körpergeruch, besaß auch noch die Dreistigkeit, ihr zuzuzwinkern, nachdem er den Schwur geleistet hatte.

Von da an gestaltete sich der Abend immer unangenehmer. Obwohl Girta bei der Vorbereitung eines überraschend üppigen Festbanketts ganz offensichtlich ihre Hand im Spiel gehabt hatte, schmeckte Eadyth alles nur wie Asche, und der Kloß, der in ihrer Kehle steckte, machte ihr das Schlucken nahezu unmöglich. Ihre Nerven waren zum Zerreißen angespannt, jedes Mal, wenn Eirik ihr seinen Blick zuwandte, rutschte sie ruhelos auf ihrem Stuhl herum, aus Angst, dass dies der Augenblick sein könnte, in dem er ihre Maskerade durchschauen würde. Aufatmen konnte sie erst, als sie sich am nächsten Morgen in aller Frühe auf dem Weg zurück nach Hawk's Lair befand.

Aber sie wusste, dass es nur ein kurzer Aufschub war. Sie

hatte nun drei Wochen Zeit, um sich auf die Hochzeit und Eiriks unausbleibliche Entdeckung ihrer Maskerade vorzubereiten.

»Bist du verärgert über meinen Bruder?«

»Verärgert? Verdammt erbost, fuchsteufelswild, in Rage und in Harnisch würde ich es wohl eher nennen«, bemerkte Eadyth verdrossen zu Tykir Thorksson, der drei Wochen später während ihres Hochzeitsfests neben ihr auf dem Podium saß. Eiriks Bruder war an diesem Morgen ganz unerwartet in der Burgkapelle aufgetaucht und hatte großes Aufsehen erregt, als er mitten in die Trauungszeremonie hereingeplatzt war.

Allerdings war er nicht der einzige unerwartete Gast. Dutzende von anderen Edelleuten hatten sich mit ihren Gemahlinnen und Gefolgsleuten in der kleinen Kapelle eingefunden und füllten nun den großen Saal. *Bei Gott und allen Heiligen!* Es war genau das, was Eadyth jetzt nicht brauchen konnte – noch mehr Augenzeugen ihrer Täuschung. Selbst der politisch mächtige Erzbischof Wulfstan war mit einem ganzen Gefolge von Klerikern aus Jorvik gekommen, um die Trauung vorzunehmen. Diese lieblose Verbindung hätte doch gewiss auch irgendein kleiner Dorfkaplan absegnen können!

Eadyth machte eine weit ausholende Handbewegung, die den dicht besetzten Saal und auch die hochwohlgeborenen Gäste am erhöhten Tisch mit einschloss. *Beim Grab des heiligen Petrus!* Irgendwie hatte Eirik es sogar geschafft, weiße Tischtücher für die Ehrentafeln aufzutreiben. Funkelnde Silberschalen und kleine Handtücher, um sich zwischen den Gängen die Finger waschen zu können, schmückten jeden zweiten Platz. Und erst all die verschiedenen Gerichte – er muss sein letztes Geld darauf verwendet haben, so verschwenderisch aufzutischen, sagte Eadyth sich im Stillen.

»Eirik wusste, dass ich eine stille Hochzeit dieser Farce von einer Feier vorgezogen hätte«, beklagte sie sich laut.

Tykir grinste, und Eadyth fragte sich, ob dieses schon fast unverschämt gute Aussehen in Eiriks Familie liegen mochte. Sie würde alle hübschen Dienstmägde auf der Burg, die älter als vierzehn waren, verstecken müssen. Denn obwohl Tykir seinem Bruder Eirik überhaupt nicht ähnlich sah, war auch er auf seine Weise ungeheuer attraktiv. Während Eirik schwarzes Haar und helle blaue Augen hatte, war sein jüngerer Bruder ein echter Wikinger, mit schulterlangem blonden Haar und Augen, die von einem so hellen Braunton waren, dass sie fast schon golden wirkten. Seine Haut war tief gebräunt von seinen ausgedehnten Schiffsreisen, und er hatte einen muskulösen, kampferprobten Körper und ein Lächeln, mit dem er einen Drachen vom Feuerspeien hätte abhalten können. Und als wäre all das nicht genug, hatte dieser raffinierte Schlingel sein wundervolles Haar auch noch auf der einen Seite zu einem Zopf geflochten, um den Blick auf sein Ohr zu lenken, das ein wie ein Blitz geformter Ohranhänger schmückte!

Als Eadyth ein bisschen amüsiert mit hochgezogenen Brauen den Ohrring musterte, brachte Tykir ihn mit seinem Zeigefinger leicht in Bewegung. »Ein Erbstück meines Vaters. Eirik hat die Drachenbrosche bekommen und ich den Ohrring.«

Eadyth musste einfach lächeln und schüttelte in gespielter Fassungslosigkeit den Kopf. »Du bist genauso frivol wie dein Bruder.«

»Mein Bruder und frivol? Nein, wenn du das von ihm denkst, dann kennst du ihn nicht gut. Er war immer furchtbar ernst, sogar schon, als er gerade erst zehn Jahre alt war und sich dafür entschied, an König Athelstans angelsächsischem Hof zu leben.« Tykir kniff ihr in die Wange und bemerkte: »Du hast den falschen Bruder geheiratet, falls es eine unbekümmerte Natur sein sollte, die du in deinem Ehemann suchst.«

Eadyth lachte über seine verspielte Art, aber ihr Vergnügen hielt nur so lange an, bis sie einen raschen Blick nach rechts zu Eirik warf. Er saß mit dem Rücken zu ihr und unterhielt sich mit dem Grafen Orm, einem wohlhabenden Großgrundbesitzer von wikingischer Herkunft, dessen Ländereien im Süden an die seinen angrenzten. Orm war mit seiner zur Hälfte angelsächsischen Tochter Aldgyth gekommen, die Eadyth aus früheren Zeiten kannte, als sie noch bei Hof verkehrt hatte. Aldgyth war die Witwe von Anlaf Guthfrithsson, der für eine kurze Zeit vor seinem Tod der wikingische König von Northumbria gewesen war. Auch Anlaf Sigtryggsson, der einstige König von ganz Dublin und derzeitige Anwärter auf die wikingische Herrschaft über Northumbria, beteiligte sich an dem Gespräch.

Du liebe Güte! »Ich bin überrascht, dass er nicht auch noch den König von Norwegen eingeladen hat. Oder von mir aus auch noch König Edmund«, murmelte Eadyth sarkastisch.

»Onkel Haakon ist diese Woche auf Wildschweinjagd und konnte nicht kommen«, sagte Tykir schelmisch und grinste dann, scheinbar sehr zufrieden, als er Eadyth scharf die Luft einziehen hörte. »Und Edmund – na ja, wenn dieser verdammte angelsächsische Bastard hier wäre, hättet ihr auf *meine* Anwesenheit verzichten müssen.«

Eadyth stieß sichtlich angewidert laut die Luft aus.

»Du ärgerst dich darüber, dass Eirik dich anerkennt und ehrt, indem er seine Freunde zu Eurem Hochzeitsfest einlädt?«

»Ja, allerdings. Er demütigt mich, indem er vorgibt, sich über diese Heirat zu freuen. Die Leute müssen mich doch nur ansehen, um zu wissen, dass wir als Eheleute nicht zusammenpassen und dass etwas ganz anderes hinter dieser Hochzeit stecken muss.«

»Wieso das denn?«

»Also wirklich! Mach doch mal die Augen auf. Er glänzt wie ein stolzer Rabe in seinem besten Staat. Und ich?« Verächtlich blickte sie an sich hinab. »Ich, mein Freund, bin nichts als eine Vogelscheuche.«

Tykir legte fragend den Kopf zur Seite und streckte die Hand aus, um den etwas ungewöhnlichen Kopfschmuck zu berühren, den Eadyth selbst entworfen hatte, damit er zu dem Brautkleid passte, das sie trug. Girta hatte ihr geholfen, aus dunkelvioletter Seide eine Tunika und einen Überrock zu nähen und deren Säume mit Silberfäden in Form von ineinander verschlungenen Lilien zu besticken. Ein schmaler silberner Reif hielt einen Gesichtsschleier an Ort und Stelle, den sie aus einer doppelten Lage des durchsichtigen Materials, das sie für ihre Bienenschutzschleier verwendete, angefertigt und dann in einem zarten Lavendelton gefärbt hatte.

Sie hatte gewusst, dass Eirik gekränkt sein würde, wenn sie ihre übliche triste Kleidung trug, und sich deswegen für einen Mittelweg entschieden. Sie hatte sogar das Schweineschmalz aus ihrem Haar gewaschen, obwohl sie es auch heute mit einem geruchlosen Öl, das Girta für sie angerührt hatte, straff zurückgekämmt und unter einem weißen Wimpel gut verborgen hatte.

Mit einer ruckartigen Kopfbewegung versuchte Eadyth, Tykirs Finger von ihrem Kopfputz abzuschütteln. In den letzten zwei Wochen hatte sie vor einem aufpolierten Stück Metall geübt, den Schleier so geschickt über ihr Gesicht zu drapieren, dass er es nahezu vollständig verbarg, und sich eine gleichbleibend gebeugte Haltung wie ein anhaltendes Stirnrunzeln anzugewöhnen. Sie hoffte, dass die meisten Leute glaubten, sie würde nur versuchen ihr unscheinbares Äußeres zu verbergen. Die gackernde Altfrauenstimme beizubehalten war schon weitaus schwieriger.

»Warum sollte mein Bruder eine Ausrede benötigen, um eine schöne Frau wie dich zu heiraten?«

Eadyth schnappte nach Luft und schaffte es endlich, Tykirs Fingern zu entkommen, indem sie sich weit nach vorne beugte. Er war viel zu aufmerksam für ihren Geschmack.

»Schön? He, he, he! Von Schönheit kann man heute bei mir nicht mehr reden.«

Tykir schnaubte nur rüde.

»Du bist offenbar genauso schwachsichtig wie mein Herr Gemahl. Es stimmt, dass ich einst eine große Schönheit war. Man nannte mich sogar ›das silberne Kleinod von Northumbria‹. Aber heute ...« Sie brach achselzuckend ab und blickte an sich hinunter, als spräche das schon für sich selbst.

Zunächst einmal sah Tykir sie nur verwundert an und furchte seine Brauen. »Meine Augen sind in bester Ordnung, und Eirik hat nur eine ganz leichte Sehschwäche. Willst du dich über mich lustig machen?« Als käme ihm plötzlich ein Gedanke, fragte er dann mit ungläubiger Miene: »Oder führst du diese Scharade etwa nur für meinen Bruder auf?«

Bevor sie ihr Erschrecken verbergen konnte, brach Tykir in schallendes Gelächter aus. Eirik und Graf Orm drehten sich zu ihnen um, aber Tykir winkte nur ab, als er ihre neugierigen Blicke sah, und wischte sich die Lachtränen aus seinen Augen.

»Hör auf damit, sofort!«, zischte Eadyth. »Es ist nicht, wie du denkst, du Narr.«

»Oh, da muss ich dir leider widersprechen, Teuerste«, entgegnete er vergnügt. »Es ist genauso, wie ich denke. Du spielst meinem Bruder einen Riesenstreich.«

»Nein.«

»Doch.«

»Mein Haar ist grau.«

»Ich wette, dass es unter all dem Fett silberblond ist.«

»Und ich habe einen krummen Rücken.«

»Ha! Deine Brüste sind eine wahre Pracht!«

Seine respektlosen Worte ließen Eadyth innerlich zusammenzucken. »Mein Körper ist mit Altersflecken übersät«, behauptete sie lahm und spürte, wie ihr Mut sie zu verlassen drohte.

»Wenn du behauptest, dass das ein Altersfleck ist, der da deine Oberlippe ziert, möchte ich jede Wette eingehen, dass mein Bruder sich ihm noch vor dem Ende dieser Nacht mit seiner Zunge widmen wird, oder er ist nicht mehr der Mann, als den ich ihn kenne.«

Eadyth stöhnte laut. »Meine Haut ist faltig«, protestierte sie und versuchte, das Stirnrunzeln beizubehalten, das sie schon den ganzen Tag zur Schau trug. Es ohne Unterbrechung aufrechtzuerhalten war anstrengend, und ihr Gesicht fühlte sich inzwischen schmerzhaft verkrampft an.

Tykirs Lippen verzogen sich zu einem ungläubigen Lächeln.

Schließlich ließ Eadyth resigniert die Schultern sinken, als sie merkte, dass sie bei Tykir auf verlorenem Posten kämpfte. Er kannte die Wahrheit.

»Vermutet sonst noch jemand etwas?«

Tykir schüttelte den Kopf.

»Was habe ich falsch gemacht?«

»Nichts. Aber du hast anscheinend vergessen, dass wir uns vor vielen Jahren auf Hawk's Lair kennengelernt haben. Damals war ich noch ein Kind und begleitete meinen Großvater Dar zu einem Besuch bei euch. Ich wusste schon, dass du jünger bist als ich, bevor ich heute hier ankam, und ich habe erst neunundzwanzig Winter hinter mir.«

Eadyth stieß einen tief empfundenen Seufzer aus.

»Für wie alt hält mein Bruder dich?«

Eadyth schwenkte abwehrend die Hand. »So um die vierzig, glaube ich«, gab sie widerwillig zu.

»Vierzig!«, stieß Tykir erstickt hervor. »Vierzig! Also, *so* dumm kann er doch gar nicht sein.«

»Er ist nicht dumm. Es ist nur so, dass ich mir sehr viel Mühe gegeben habe, mich als ältere Frau darzustellen, und wir waren nur ein paarmal zusammen. Die Umstände waren meiner Sache ausgesprochen dienlich.«

»Aber warum tust du das?«

»Oh, ich weiß nicht. Eigentlich war es nie meine Absicht, ihn zu täuschen, aber als ich bei unserer ersten Begegnung gemerkt habe, dass er mich für älter hielt ... na ja, es schien mir ein guter Weg zu sein, um zu vermeiden ...«

Tykir zog fragend eine Braue hoch.

Eadyth rutschte nervös auf ihrem Stuhl herum und platzte dann einfach so mit der Antwort heraus: »Um seinen lüsternen Tätscheleien zuvorzukommen!«

Tykir lachte. »Ja, ja, mein Bruder tätschelt mit Vergnügen hier und da ein bisschen.«

»Oh, es hat nichts mit Eirik selbst zu tun. Das ist bei jedem Mann so. Ich tue immer mein Bestes, um kein Interesse auf mich zu ziehen. Keines Mannes Interesse.«

Tykir schien noch mehr zu diesem Thema sagen zu wollen, verzichtete aber dann darauf und fragte nur: »Und wie lange glaubst du dieses Spielchen noch aufrechterhalten zu können?«

»Ich weiß es nicht!«, flüsterte Eadyth verzweifelt. »Es ist schon viel zu weit gegangen.«

Tykir schüttelte besorgt den Kopf. »Meinen Bruder kann man wirklich nicht schnell wütend machen, wenn er aber provoziert wird, wird er zum Löwen. Und ich muss dich warnen, Schwägerin, dass Eirik sehr empfindlich ist, was seine Schwachsichtigkeit angeht. Du treibst ein dummes Spiel mit ihm.«

In diesem Moment legte Eirik seine Hand besitzergreifend auf ihren rechten Arm. Eadyth erschrak und musste sich zwingen, ihm ihren Arm nicht zu entziehen.

»Willst du mir nicht erzählen, Eadyth, worüber ihr gesprochen habt?«, fragte Eirik mit belegter Stimme. »Ich wüsste zu gerne, was Tykir so zum Lachen gebracht hat.«

Eadyth warf Tykir einen flehenden Blick zu, und obwohl er anfangs zögerte, nickte er schließlich auf ihre unausgesprochene Bitte hin und sagte zu seinem Bruder: »Das ist unser Geheimnis – meins und das meiner Schwägerin –, über das ich bestimmt noch viele Jahre mit dir lachen werde. Aber nicht jetzt. Nicht heute, mein Lieber.«

Eadyth atmete erleichtert auf. Die Gefahr war gebannt. Immerhin für den Augenblick.

Aber dann setzte Tykir spitzbübisch hinzu: »Ich kenne einen sehr talentierten Skalden in Dublin, dem es gelingt, aus jedem Ereignis ein Gedicht zu machen. Und mich dünkt, dass ich auf meiner nächsten Reise genug Stoff für ihn haben werde, damit er anfangen kann unsere Familiensaga zu reimen.«

Eirik zog fragend eine Braue hoch. »Und würde diese Saga mir gefallen?«

»Oh, ich denke schon.«

Eadyth beschlich ein ungutes Gefühl.

»Und Eadyth?«, fragte Eirik misstrauisch. »Wird die Saga auch ihr gefallen?«

»Tja, weißt du, Bruder«, sagte Tykir und klopfte Eirik lachend auf die Schulter, »irgendwie habe ich sogar das Gefühl, dass sie ihr am besten von uns allen gefallen wird.«

5. Kapitel

Eirik beobachtete Tykir und seine Frau argwöhnisch. Sie wirkte in der Gegenwart seines Bruders so entspannt, wie sie es bei ihm noch nie gewesen war. Es war, als würden sie ein Geheimnis miteinander teilen.

Eirik machte sich ständig Sorgen um Tykir, seit dieser in der »Großen Schlacht« vor neun Jahren so schwer verletzt worden war, dass er beinahe sein Bein verloren hätte. Und dann hatte Eirik Anfang dieses Jahres in Frankreich erfahren, dass König Edmund das Keltische Königreich von Strathclyde erobert und ganz Cumberland besiegt hatte. Am Ende hatte Edmund Malcolm als neuen Herrscher von ganz Schottland eingesetzt, unter der Bedingung, dass Malcolm ihm beim Kampf gegen die wikingischen Invasoren auf See und zu Land zur Seite stand. Und wenn man irgendjemanden als wikingischen Eroberer bezeichnen konnte, dann seinen Bruder Tykir.

Glücklicherweise hatte Eirik sich auf der anderen Seite des Kanals befunden, sodass er nicht in der Lage gewesen war, in Brunanburh und später noch einmal in Strathclyde an der Seite seines angelsächsischen Königs zu kämpfen. Er hatte beiden Brüdern, Athelstan und Edmund, den Treueeid geleistet und sich auch schon in so mancher Schlacht bewährt, aber er lehnte es ab, gegen seine eigenen Verwandten anzutreten.

Inzwischen fiel Tykirs Humpeln kaum noch auf. Eirik freute sich sehr über das Wiedersehen mit seinem Bruder, obwohl er ebenso überrascht wie seine Ehefrau gewesen war, als Tykir die Trauzeremonie unterbrochen hatte.

Seine Ehefrau! Meine Güte! Er schien schon beinahe seine

Totenglocken läuten zu hören. Mit grimmiger Miene wandte er sich ihr zu, weil er wusste, dass er diesen Augenblick schon viel zu lange hinausgezögert hatte.

»Es wird Zeit, Eadyth. Hol den Jungen und bring ihn her zu mir. Und Larise auch.«

Er sah den Ausdruck des Erschreckens in ihren Augen, aber sie verdrängte tapfer ihre Furcht und nickte zustimmend. Suchend blickte sie sich um und entdeckte ihren Sohn John, der schon ganz schläfrig wirkte, am ersten Tisch vor dem Podium. Eiriks achtjährige Tochter hingegen, die mit Graf Orm gekommen war, genoss jeden Augenblick ihres ersten abendlichen Festbanketts. Ihr Kopf auf ihrem vogelähnlich langen Hals fuhr in dem Versuch all die ungewohnten Eindrücke um sich herum in sich aufzunehmen hin und her, und sie schnatterte wie eine Ente auf den uninteressierten jungen Ritter an ihrer Seite ein.

Tykir setzte sich auf Eadyths Platz, als sie steifbeinig und deutlich brüskiert von den Edelleuten, an denen sie vorbeigehen musste, den Ehrentisch verließ, um die Kinder zu holen. Mit seinen Rittern und Vasallen hatte Eirik schon gesprochen und ihnen klargemacht, dass sie seine Frau zu respektieren hatten. Seinen Gästen aber hatte er nichts vorzuschreiben, und er konnte sehen, wie herablassend sie Eadyth musterten und dass sie keinen Hehl aus ihrem Missfallen machten. Die Frauen kicherten boshaft hinter vorgehaltener Hand, als sie vorbeiging; die Männer warfen ihr geringschätzige Blicke zu.

Eiriks Augen wurden schmal vor Zorn. Nach diesem Festbankett werden einige Zechen zu bezahlen sein, schwor er sich verärgert.

»So, Bruder«, sagte Tykir gedehnt, »jetzt, nachdem ich mit

Eadyth gesprochen habe, verstehe ich deinen Sinneswandel hinsichtlich der Ehe. Bist du glücklich mit ihr?«

Erstaunt über Tykirs beifällige Worte zog Eirik skeptisch eine Braue hoch.

»Hast du bemerkt, wie sie sich in den Hüften wiegte, als sie heute Morgen vor uns durch die Kapelle ging?«

»In den Hüften wiegen! Du hast wohl zu viel Bier getrunken. Diese Frau hält sich so steif, als hätte sie ein Lineal verschluckt. Außerdem hat sie so gut wie gar keine Hüften.«

»Und ihre Lippen! Gott Allmächtiger! Die sehen mehr als küssenswert aus, Eirik.«

»Hat dein Vater dich als Säugling auf den Kopf fallen lassen?«

»Oh. Na ja, vielleicht habe ich mich ja geirrt.«

Eirik konnte das spitzbübische Funkeln in den Augen seines Bruders sehen. »Was führst du eigentlich im Schilde, Tykir?«

»Ich? Du verletzt mich mit deinem Misstrauen, Bruder.«

»Ha! Ich würde dir noch ganz andere Verletzungen zufügen, wenn ich glauben würde, dass es dich zur Besinnung bringen könnte. Wo zum Teufel warst du nur in all den Jahren?«

Tykir zuckte mit den Schultern. »Hier und dort.«

»Ich habe mir Sorgen gemacht, du Schwachkopf, besonders nachdem ich im vergangenen Monat Selik in Jorvik begegnete. Er und Rain erzählten mir, du wärst mit Anlaf in die Midlands eingefallen. Kannst du nicht zu Hause in Norwegen bleiben, wo du hingehörst?«

»Zu Hause? Ich habe kein Zuhause.« Tykirs Gesicht verdüsterte sich.

»Tykir, ich habe dir schon mehrmals gesagt, dass Ravenshire dein Zuhause ist, wenn du nicht in Norwegen leben willst, aber ...«

Tykir unterbrach ihn mit erhobener Hand und zwang sich zu einem unbefangenen Ton, als er bemerkte: »Wusstest du, dass Raid schon wieder guter Hoffnung ist? Gott Allmächtiger! Selik läuft mit einem solch schwachsinnigen Grinsen im Gesicht herum, dass man beinahe glauben könnte, er hätte das Kindermachen selbst erfunden.«

Eirik nickte lächelnd. Selik, der Freund ihres Vaters, hatte sie, da sie nach dem Tod ihres Vaters noch kleine Jungen gewesen waren, unter seine Fittiche genommen. Später hatte er dann ihre Halbschwester geheiratet.

»Die beiden haben zu Hause geradezu einen Kaninchenstall«, fuhr Tykir grollend fort. »Fünf eigene Kinder, einschließlich des Babys, das noch unterwegs ist, und Dutzende von Waisen.«

»Ja, der Lärm in ihrem Waisenhaus ist fast nicht auszuhalten, aber eins muss man ihnen lassen – Selik und Rain scheinen sich noch genauso sehr zu lieben wie am Tag ihrer Hochzeit vor zehn Jahren.«

»Wenn sie sich ein bisschen weniger lieben würden, wäre Jorvik vielleicht nicht so dicht bevölkert.« Tyrik wechselte das Thema und fragte seinen Bruder, ob er schon bemerkt habe, wie gut sein Bein seit Brunanburh verheilt war. »Ich hinke nur noch leicht«, schloss er. »Und den jungen Damen scheint es sogar zu gefallen.«

Eirik schüttelte in gespielter Verzweiflung den Kopf und versetzte seinem Bruder einen freundschaftlichen Hieb gegen den Arm. Bei Gott und allen Heiligen! Er wünschte, Tykir wäre vorsichtiger. Schließlich war Tykir neben seinen Töchtern der einzige direkte Verwandte, der ihm noch geblieben war. Aber nein, berichtigte sich Eirik schnell. Er hatte jetzt noch eine andere Familie. Er hatte eine Ehefrau und einen Sohn.

Werden sie ein Segen oder eine Plage sein, fragte Eirik sich.

»Du hast gefragt, ob ich mit Eadyth glücklich bin. Die Antwort ist Nein, aber während ihrer dreiwöchiger Abwesenheit habe ich mich mit der Verbindung abgefunden«, sagte er vorsichtig. »Du kennst die wahren Gründe für meinen Entschluss zu heiraten.«

Tykir nickte. »Glaubst du, dass du je imstande sein wirst, Steven und seine üblen Taten zu vergessen, Bruder?«

»Nicht, bevor die Würmer sein verdorbenes Fleisch auffressen und seine Seele in der Hölle schmort.«

»Selik hat seine Rachsucht aufgegeben. Warum kannst du das nicht auch, Eirik?«

»Könntest du es?«

»Nein, aber ich bin ja auch der blutrünstige Bruder, schon vergessen?« Tykir grinste flüchtig, zeigte dann aber gleich wieder eine ernste Miene. »Wirst du den Jungen als Köder benutzen, um Steven aus seinem Versteck zu locken?«

»Ja. Steven braucht anscheinend einen Sohn, um seinen Anspruch auf die Ländereien seines Großvaters in Frankreich durchzusetzen. Ich glaube in der Tat, dass John das richtige Werkzeug sein wird, um Stevens Untergang herbeizuführen. Aber glaub ja nicht, Tykir, dass ich den Jungen dafür opfern würde. John trägt keine Schuld an den üblen Taten seines Vaters. Ich werde ihn gut behüten.«

»Und was ist mit deiner frischgebackenen neuen Ehefrau?«, wechselte Tykir in scheinbar beiläufigem Ton und mit einem seltsamen kleinen Lächeln um die Mundwinkel das Thema. »Macht ihr Alter dir nichts aus? Oder ihr ... na ja, nicht gerade auffallend gutes Aussehen?«

Eirik blieb vorsichtig. Er kannte seinen Bruder zu gut, und

der rätselhafte Glanz in seinen Augen verriet ihm, dass er etwas im Schilde führte.

»Ihr Alter und Aussehen stören mich nicht allzu sehr. Du weißt, dass ich einmal eine schöne junge Dame von bestem Ruf heiratete, die mir schon bald darauf das Leben zur Hölle machte. Dieses Mal habe ich eine auf vernünftigen Überlegungen beruhende Wahl getroffen.« Er zuckte mit den Schultern. »Trotzdem fällt es mir schwer, mich an Eadyths unerquickliches Wesen zu gewöhnen. Muss sie immerfort die Stirn runzeln? Und ihre Stimme! Allein dieser schrille Tonfall lässt mir schon die Haare zu Berge stehen.«

Tykir verschluckte sich an dem Met, den er gerade trank, und wieder legte Eirik misstrauisch den Kopf zur Seite. Tykir verbarg doch etwas. Was konnte das sein? Hatte es vielleicht etwas mit den Lachanfällen der beiden von vorhin zu tun?

Zögernd fuhr er fort: »Ich finde es rührend, dass sie sich zumindest heute ein bisschen Mühe mit ihrem Aussehen gegeben hat. Grundgütiger! Du hättest sie mal vor drei Wochen sehen sollen. Da war sie hässlich wie eine Moorhenne und doppelt so gemein.«

»Und jetzt?« Tykir zog in übertriebenem Interesse eine Braue hoch.

»Jetzt ist ihr seidenes Kleid zumindest neu, und dieser merkwürdige Kopfputz verleiht ihr beinahe etwas Mädchenhaftes, vor allem, wenn sie den Schleier über Mund und Nase zieht. Hältst du es für möglich, dass sie unter ihrem arroganten Äußeren womöglich ein bisschen schüchtern ist?«

Tykir starrte ihn entgeistert an. »Ha! Mehr wie eine Huri in einem Harem, den ich einst besuchte.«

Eirik lächelte über den unpassenden Vergleich und schüttelte betrübt den Kopf. »Eadyth eine Haremssklavin? Wohl kaum. Sie würde binnen einer Woche eine Meuterei anzetteln.«

»Du solltest deine neue Gattin nicht zu hart beurteilen, Eirik«, riet Tykir ihm in plötzlich ernstem Ton. »Denn trotz ihres starken, unabhängigen Gehabes spüre ich einen tief sitzenden Schmerz in ihr.«

»Du unterschätzt meine Menschenkenntnis, Bruder. Die Verwundbarkeit, die Eadyth hin und wieder nicht verbergen kann, berührt mich auch. Hast du ihr Gesicht gesehen, als ich sie vorhin Graf Orm und seiner Tochter Aldgyth vorstellte? Sie haben sie mit dem Mindestmaß an Höflichkeit behandelt.«

»Ja, wenn du nicht an Eadyths Seite gewesen wärst, hätten Orm und seine verdammte Tochter sie zweifellos brüskiert, aber scheinheilig, wie sie sind, haben sie doch immerhin ein falsches Lächeln aufgesetzt.«

Eirik zuckte mit den Schultern. »Sie brauchen meine Unterstützung bei ihren politischen Intrigen. Das ist mir nur allzu bewusst. Sie werden sie nicht geradeheraus beleidigen. Und sieh nur, wie Erzbischof Wulfstan, dieser durchtriebene Kleriker, sich in seinem Bestreben, die angelsächsische Herrschaft in Northumbria zu stürzen, da unten durch die Menge arbeitet!«

»Ja, er hat zwar selbst die Trauung vorgenommen, doch nicht einmal er hatte so viel Anstand, seine Missbilligung über die Verbindung und Eadyths skandalöse Vergangenheit zu verbergen. Soll ich ihm für dich den Kopf abschlagen?«

Eirik grinste seinen Bruder an. »Nein, du blutrünstiger Narr, obwohl ich natürlich auch das Bedürfnis verspüre, Eadyth zu beschützen. Diese Hochzeitsfeier hat mir einen kleinen Einblick gegeben, wie Eadyths Leben in den vergangenen acht Jahren gewesen sein muss – boshaftes Gekicher, verurteilende Blicke und Menschen, die nicht mit einem verkehren wollen.«

»Und du, Bruder, weißt nur zu gut, wie grausam die aufgeblasene angelsächsische Aristokratie sein kann. Wie du das so lange ausgehalten hast, ist mir ein Rätsel.«

Eirik nickte angesichts der unwillkommenen Erinnerungen, die Tykirs Worte in ihm heraufbeschworen. »Ich wäre ein Narr, wenn ich mich von Eadyths Charakterstärke, die ihr half, ihre schlechte Behandlung zu ertragen, nicht angezogen fühlen würde. Da kann ich mich nur fragen, welche Leiden meine Frau erlitten hat, die sie immer noch für sich behält.«

»Vielleicht ist ihr einziger Schutz diese harte Schale, unter der sie ihr weiches Inneres verbirgt?«

Daran hatte Eirik noch nicht gedacht, aber wahrscheinlich hatte Tyrik recht.

»Und du möchtest dieses weiche Innere entdecken?«, fragte Tykir und wackelte mit seinen Augenbrauen.

Eirik lachte. »Oh, ich werde Eadyths ›innere‹ Geheimnisse schon heute Nacht lüften. Dessen kannst du sicher sein. Aber falls du von jenem Teil ihres Inneren sprichst, den sie zu verbergen sucht, so kann ich dir nur eins sagen: Ein Mann beschützt die Seinen, und ich mag zwar nicht in der Lage sein, vergangene Geschehnisse rückgängig zu machen, aber ich werde ganz sicher dafür sorgen, dass niemand ihr je wieder wehtut. Einschließlich Steven von Gravely.«

»Und wie willst du ihr sprödes Wesen zarter machen?«

Eirik schüttelte angesichts dieser wirklich herausfordernden Aufgabe den Kopf. »Das weiß ich auch noch nicht, allzumal ich sehr viel unterwegs sein werde. Eigentlich erwarte ich jeden Augenblick Nachrichten von Edmund. Er bewegt seine Truppen nach …« Eirik unterbrach sich, als ihm zu Bewusstsein kam, dass er solche Informationen nicht an seinen Bruder weitergeben durfte, dessen Loyalitäten oft ganz anders lagen als seine eigenen. »Tykir, versprich mir, dass du Britannien verlässt und dich aus dem bevorstehenden Kampf heraushältst.«

Da Tykir sich jedoch zu nichts verpflichten wollte, fragte er stattdessen nur: »Wirst du dieser Doppelrolle, die du spielst, eigentlich niemals müde, Bruder? Du kannst nicht immer den Mittelweg zwischen angelsächsischen und wikingischen Angelegenheiten gehen. Eines Tages wirst du wählen müssen, und wenn diese hochwohlgeborenen Gäste hier ihren Willen bekommen, wird das schon sehr bald sein. Uns steht ein Kampf um die Herrschaft in Northumbria bevor. Auf welcher Seite wirst du reiten?«

»Ich weiß es wirklich nicht. Aber ich habe König Athelstan viel zu verdanken und ihm an seinem Totenbett versprochen, auch seinen Bruder Edmund zu unterstützen. Ich werde diesen Treueeid nicht brechen, aber genauso wenig werde ich gegen dich im Kampf antreten, Bruder.«

»Ach, Eirik, warum machst du dir das Leben immer so schwer? Es ist im Grunde doch eine ganze einfache Entscheidung. Bist du Wikinger oder Angelsachse?«

»Das ist genau der Punkt. Ich bin beides. Und du weißt, dass die Menschen unserer Zeit den Herrschern und nicht den Ländern Treue schwören.« Eirik stand auf und drückte seinem Bruder liebevoll die Hand. »Aber lass uns jetzt nicht mehr darüber reden. Heute ist meine Hochzeit, eine Nacht zum Feiern«, sagte er trocken. »Komm, steh mit mir auf, wenn ich einen Toast ausbringe.«

»Ja, aber lass uns vorher noch einmal allein auf deine Vermählung anstoßen«, sagte Tyrik feierlich und berührte Eiriks Kelch mit seinem. »Vergiss nie, dass diese Frau, für die du dich entschieden hast, unter all ihren Makeln wirklich und wahrhaftig das silberne Kleinod von Northumbria ist. Und mögest du immer der wahre Wikinger sein, der du, wie ich sehr wohl weiß, in deinem tiefsten Inneren noch immer bist und der die wahren Werte einer Frau und nicht nur ihren äußerlichen Glanz zu schätzen weiß.«

Eirik zog ungläubig die Brauen hoch. »Das sind Worte, die eines Dichters würdig wären, Bruder. Warst du mal wieder mit diesem kriegerischen Barden Egil Skallagrimmson auf Reisen?«

Tykir schüttelte den Kopf und lachte.

»Tja, wieso fällt es mir dann schwer zu glauben, dass der Mann, der dafür bekannt ist, die schönsten Frauen aller Länder zu beglücken, mit einem Mal ein Kenner innerer Werte sein soll?«

»Nein«, sagte Tykir lachend, »du hast mich falsch verstanden. Ich habe nicht gesagt, dass Schönheit nebensächlich ist, sondern nur, dass ein Mann bisweilen – wie soll ich sagen? – *blind* für die Schönheit ist, die er vor der Nase hat.«

»Du sprichst in Rätseln, Tykir. Vielleicht hast du zu viel Met getrunken. Ich bin nicht blind.«

Tykir verschluckte sich und musste so heftig husten, dass er den Honigwein in alle Richtungen prustete.

Eirik wischte sich mit gespielt angewiderter Miene übers Gesicht, bevor er sagte: »Und da wir gerade von schönen Frauen sprechen – halte dich von Britta fern, Tykir. Sie ist Wilfrids Liebchen.«

Sie lachten kameradschaftlich und erhoben sich, als Eadyth, an der einen Hand ihren Sohn John und an der anderen Eiriks Tochter Larise, auf den Ehrentisch zukam.

Larises blaue Augen blickten in kindlicher Verehrung anbetend zu ihrem Vater auf. Er hatte ein schlechtes Gewissen, weil er sein ältestes Kind so lange vernachlässigt hatte, und war froh, dass Graf Orm sie heute Morgen heimgebracht hatte – für immer. Und auch wenn er verärgert auf den Grafen war, so schuldete er Orm doch Dankbarkeit dafür, dass er sich in all diesen Jahren so liebevoll um seine Tochter gekümmert hatte.

Eirik richtete den Blick auf John. Der Siebenjährige war so dünn wie seine Mutter und würde wahrscheinlich irgendwann einmal so groß sein wie er selbst. Eadyth hatte wirklich recht gehabt. Mit seinem schwarzen Haar und den hellen blauen Augen sah der Junge ihm tatsächlich ziemlich ähnlich.

Er hätte diesen Sprössling seines schlimmsten Feindes hassen müssen, aber er konnte dem Jungen schließlich nicht die Sünden seines Vaters anlasten. Er streckte eine Hand nach John aus, und der Junge drückte sich noch fester an die Knie seiner Mutter und schaute aus ängstlichen Augen fragend zu ihr auf. Sie nickte ernst und ermutigte ihn, vorzutreten.

Eirik legte beruhigend einen Arm um Johns Schulter, dann zog er Eadyth an seine andere Seite und nahm auch sie in den Arm.

Mit einer Handbewegung bedeutete er Tykir und Larise, sich neben John und Eadyth zu stellen. Dann drehten sie sich alle zum großen Burgsaal um und warteten darauf, dass seine Gefolgsleute und Gäste schwiegen.

Als endlich absolute Stille herrschte, sagte Eirik mit klarer, Respekt einflößender Stimme, die durch die ganze Halle schallte: »Meine Freunde und treuen Anhänger, ich möchte euch nun in aller Form Lady Eadyth von Ravenshire, meine Gemahlin, vorstellen.« Und dann beugte er sich vor und drückte ihr einen Kuss auf die kühlen Lippen, noch bevor sie erschrocken zurückfahren konnte. Die Gäste und Gefolgsleute im Saal schienen ihre instinktive Reaktion jedoch nicht zu bemerken. Sie jubelten ihnen zu und erhoben ihre Kelche zu einem Toast auf das frisch verheiratete Ehepaar.

Dann hob Eirik eine Hand, um Schweigen zu gebieten, und stellte seinen Bruder Tykir vor, der eher widerwillig empfangen wurde. Immerhin hatte Tykir in den letzten Jahren erbittert gegen einige der anwesenden Männer gekämpft.

Seine Tochter Larise war als Nächste an der Reihe. Eirik lächelte, als sie stolz wie ein Pfau den begeisterten Applaus entgegennahm.

Als wieder Stille eingekehrt war, wartete Eirik einen Moment, bevor er John hochhob, um ihn vor sich auf den Tisch zu stellen. Mit einer Hand auf dem Kopf des Jungen, den anderen Arm noch immer um die Schultern seiner frischgebackenen Ehefrau, verkündete Eirik: »Und nun, meine Freunde, möchte ich euch auch meinen Sohn vorstellen, John von Hawk's Lair und von Ravenshire. Ich freue mich, euch allen mitteilen zu können, dass ich nun endlich Anspruch auf die Vaterschaft erheben kann, die ich in all diesen vielen Jahren nicht anerkennen konnte.«

Ein bestürztes Schweigen folgte seinen Worte, dann ging ein überraschtes Murmeln durch die Gäste, als ihre vom Alkohol benebelten Köpfe zu verstehen begannen. Als Tykir schließlich sein Erstaunen überwand, erhob er seinen Kelch und schrie: »Auf meinen Neffen John und meinen Bruder Eirik! Möge er gesegnet sein mit der Familie, die er bereits hat, und mit der Saat, die er in den fruchtbaren Furchen dieser neuen Ehe aussäen wird.« Bei diesen letzten Worten zwinkerte er der stocksteif dastehenden Eadyth zu.

Und da reagierte die Versammlung endlich und schloss sich jubelnd und mit lauten Beifallsrufen seinen guten Wünschen an.

Eirik lachte, als Eadyth sich in seinem Arm versteifte, weil er wusste, wie sehr ihr die Worte seines Bruders über die *fruchtbaren Furchen* ihrer Ehe missfielen.

Nur um zu testen, wie sie reagierte, drückte er ihre Schulter. Er war nicht überrascht, als sie ihm ihren Ellbogen in die Rippen stieß und zischte: »Vielleicht sollte ich deinem Bruder ein paar Bienen in die Unterhose stecken. Dann *hat* er fruchtbare Furchen!«

Eirik grinste.

»Ich hatte einmal eine sanfte Gattin, Eadyth. Das war keine erfreuliche Erfahrung«, gestand er ihr mit leiser Stimme und so dicht an ihrem Ohr, dass er das hauchdünne Material ihres Schleiers an seinen Lippen spürte und ihn ein unerwartetes Bedürfnis überkam, sie wieder zu küssen. »Ich bin schon ganz gespannt darauf, dein leicht erregbares Wesen zwischen den Laken unseres Ehebettes zu erleben.«

Da er gerade erst entdeckte, welch großen Spaß es ihm machte, seine neue Ehefrau zu necken, war er überaus zufrieden, als er sie scharf den Atem einziehen hörte. Sie ist viel zu scheinheilig, sagte er sich im Stillen.

Vielleicht wird es gar nicht mal so schlecht sein, mit ihr zu schlafen, überlegte er, zumal er weder Eadyths mürrisches Gesicht noch ihren knochigen Körper im Dunkeln ihres Schlafgemachs sehen musste. Wenn er ihr doch nur einen Knebel in den Mund stecken könnte, um auch ihre schnarrende Stimme nicht hören zu müssen.

Sie schob ärgerlich das Kinn vor, und ihre veilchenblauen Augen sprühten Funken, als habe sie seine Gedanken erraten.

Eirik lachte leise vor sich hin. Er liebte einen guten Kampf.

Im Grunde war Eadyth gar nicht verärgert über Tykirs anzüglichen Toast und Eiriks Neckereien.

Als ihr frischgebackener Ehemann ihren Sohn vor all den ehrwürdigen Gästen als den seinen anerkannt hatte, hatte er etwas in ihren seit langem unterdrückten Gefühlen angerührt. Dafür würde sie ihm ewig dankbar sein, und in ihrer derzeitigen Stimmung war sie auch bereit, ihm einiges zu verzeihen – sogar ein bisschen Erheiterung auf ihre Kosten.

Sie zwang sich, eine Hand auf Eiriks Arm zu legen, als sie wieder am Tisch Platz nahmen, und sagte mit bewegter Stimme: »Ich bin dir sehr dankbar für deine Worte über John, Eirik. Sie waren mehr, als ich erwartet hatte.«

Eirik blickte vielsagend auf ihre Hand und zog dann fragend eine Braue hoch. »Du bist mir dankbar? *Wie* dankbar, Eadyth?«

»Nicht *so* dankbar, du wollüstiger Flegel.« Obwohl sie sich die größte Mühe gab, die Stirn zu runzeln, konnte sie ein kleines Lachen über seine hartnäckigen Neckereien nicht zurückhalten.

»Ach? Und wieso glaubst du, du wüsstest, was ich gemeint habe? Vielleicht habe ich mich ja auf eine Erhöhung deiner Mitgift bezogen – ein paar Goldstücke mehr oder eine zusätzliche Elle Seide?« Er lachte laut und fügte dann vergnügt hinzu: »Oder noch mehr Bienen.«

Eadyth schüttelte missbilligend den Kopf. »Ich habe das Gefühl, dass dein Bruder dich anscheinend doch nicht so gut kennt, wie er vielleicht glaubt.«

»Und wieso denkst du das?«, erkundigte sich Eirik lächelnd.

Eadyth erschrak über die starke Anziehungskraft, die Eirik auf sie ausübte. Nach ihrer Erfahrung mit Steven hatte sie gedacht, sie wäre gegen die Reize eines Mannes immun. Jedenfalls hätte sie ganz gewiss nicht damit gerechnet, dass sie sich zu einem Mann hingezogen fühlen würde, der so derb war wie der, den sie von nun an ihren Ehemann nennen musste.

Ehemann, stöhnte sie im Stillen. *Oh Gott, oh Gott.*

Es fiel ihr sogar schon schwer, sich auch nur an den Verlauf ihrer Unterhaltung zu erinnern. Ach ja, jetzt erinnerte sie sich wieder. »Als ich deinem Bruder sagte, er sei genauso frivol wie du, meinte er, ich würde mich täuschen, da du schon immer der Ernstere von euch beiden gewesen seist. Wenn man ihn reden hört, hast du überhaupt nichts Unbekümmertes an dir. Aber ich weiß es besser. Vom ersten Moment unserer Begegnung an hast du mich aufgezogen und deine Späße mit mir getrieben.«

Eirik grinste. »Was Tykir sagt, ist wahr. Mir wurde schon oft gesagt, dass ich zu ernst bin. Vielleicht bringst du ja die leichtfertigere Seite in mir zum Klingen«, erklärte er.

»Und vielleicht spielst du ja ein aussichtsloses Spiel, wenn du hoffst, mir mit schönen Worten schmeicheln zu können. Heb sie dir lieber für irgendeine schwachköpfige Dienstmagd auf.«

Eirik lächelte herablassend, als würde er sich nur zu gut mit Frauen auskennen und als wäre sie genau wie alle anderen.

»Und womit würde ich deine harte Schale erweichen können, Frau Gemahlin?«, fragte er mit tiefer, verführerischer Stimme und beugte sich scheinbar fasziniert von ihrem Kopfputz vor, um die feinen Säume ihres Schleiers wegzupusten.

Eadyth wappnete sich innerlich, um nicht vor seinem angenehm duftenden warmen Atem zurückzuschrecken, eine Mischung aus dem Honigwein, den sie aus Hawk's Lair mitgebracht hatte, und seinem eigenen unverwechselbaren Duft.

»Ein kostbares Juwel? Würde dich das vielleicht verlocken?«, fuhr Eirik, der sich seiner Wirkung auf sie scheinbar nur allzu bewusst war, fort. »Oder feine seidene Gewänder? Neue Tapisserien für die Wände?« Als sie auf keinen seiner Vorschläge einging, dachte er einen Moment nach, und dann hellte sich seine Miene auf. »Wie wäre es mit einem Buch über Bienenzucht von einem französischen Mönch? Ich glaube mich zu erinnern, dass es so ein Buch in Athelstans Sammlung gab, die er dann König Edmund hinterlassen hat.«

Angesichts des freudigen Erstaunens, das auf ihrem Gesicht erschien, warf Eirik den Kopf zurück und lachte. »Ach, Frau, wirst du wirklich *so* leicht zu erfreuen sein?«

»Ich bin sogar noch leichter zu erfreuen. Du konntest mir kein größeres Geschenk machen als eben, als du John vor aller Augen als deinen Sohn anerkannt hast. Und ich bin dir wirklich dankbar.«

Sie sah, dass Eirik sie forschend musterte und dabei die Augen ein wenig zusammenkniff, aber diesmal zog sie den Schleier nicht über ihr Gesicht, als sie fortfuhr: »Ich verspreche dir, dass ich mir zum Dank für diesen Gefallen alle Mühe geben werde, die beste aller Ehefrauen zu sein. Ich werde aus dieser Burg wieder ein Zuhause machen. Ich werde deine Dienerschaft ans Arbeiten bringen. Ich werde dir mit meiner Bienenzucht helfen, zu Wohlstand zu kommen. Ich werde für deine Kinder sorgen, als wären sie meine eigenen. Ich werde …«

Eirik bedeckte ihre Hand mit seiner weitaus größeren, und Eadyths Augen weiteten sich vor Erschrecken. Sie warf einen raschen Blick durch den Saal, aber niemand schien seine intime Geste zu bemerken.

Wahrscheinlich war es ohnehin die Art von Berührung, die von einem Ehemann bei seinem Hochzeitsfest erwartet wurde.

Und zu Eadyths Erstaunen empfand sie es auch gar nicht mal als unangenehm, seine vom Kampf gestählte Hand zu spüren. Ganz und gar nicht. Sie empfand nicht ein bisschen Widerwillen, vielmehr brachte die Wärme seiner Haut ihr Blut in Wallung und ihr Herz zum Flattern.

War es das, was sie anfangs auch bei Steven empfunden hatte? Sie versuchte sich zu erinnern. Nein, diese Gefühle waren zu stark, zu ursprünglich. Sie waren ganz anders als die zarten Sehnsüchte, die die Gegenwart des Herrn von Gravely in ihr geweckt hatte, bevor sie seine wahre Natur erkannte.

Sie wollte Eirik ihre Hand entziehen, aber er lachte nur leise und hielt sie fest, drehte sie so, dass ihre Handfläche an seiner lag, und verschränkte seine Finger mit den ihren. Nur seinen Daumen zog er sanft zurück und begann ganz sachte, federleichte Kreise um die feine Narbe an ihrem Handgelenk zu beschreiben.

Ein kleines Lächeln umspielte Eiriks Lippen, als er Eadyth ansah, und das Flattern in ihrer Brust verstärkte sich und griff auf die zarten Spitzen ihrer Brüste über. Unwillkürlich blickte sie an sich herab, aber nur ganz kurz, bevor sie wieder wegsah. Sie wusste, dass Eirik die harten Knospen durch den dicken Stoff ihres Gewands nicht sehen konnte, errötete aber trotzdem vor Verlegenheit.

Sie warf ihm einen verstohlenen Blick zu, woraufhin ihre Wangen noch heftiger zu glühen begannen. Eirik grinste wie eine Katze vor einem vollen Schälchen Sahne. Er war sich seiner Wirkung auf sie voll bewusst, wohl aus langjähriger Erfahrung mit einfältigen Frauen. *Wie sie selbst eine war.*

»Ach!«, zischte Eadyth ärgerlich und verstärkte ihre Bemühungen, ihm ihre Hand zu entziehen, aber Eirik lachte nur, zog sie noch näher und klemmte dann ihren Arm unter den seinen.

»Warum versuchst du, deine leidenschaftliche Natur zu verbergen, Eadyth?«, flüsterte er ihr mit rauer Stimme zu. »Und fang jetzt bloß nicht wieder mit deinem Alter an, als hätte das im Bett eine Bedeutung. Für mich ist nur zu offensichtlich, dass unter deiner kühlen Haut eine Glut schwelt, die nur noch auf den richtigen Zunder wartet.«

»Zunder? Zunder? Behalte deinen Zunder lieber in deiner Hose, du wollüstiger Flegel. Und hör mit dem Geflüster auf. Ich habe dir vorhin schon gesagt, dass du dir deine charmanten Worte sparen kannst.«

»Warum? Weil du Angst vor dem hast, was du dann vielleicht empfindest?«

»Nein! Ich empfinde gar nichts, und du bist auf dem Holzweg, falls du etwas anderes von mir erwartest. Ach, Eirik, versuch doch bitte nicht, diese Ehe zu mehr zu machen, als sie ist – ein Vertrag.«

»Und du bist nicht der Meinung, dass es vernünftiger wäre, das Beste aus unserem … Vertrag zu machen? Vor ein paar Minuten hast du mir noch versprochen, die beste aller Ehefrauen zu sein. Hast du das in jeder Beziehung außer im wahrsten Sinne dieses Wortes gemeint?«

Eadyth reagierte ungehalten. Er hatte recht. Sie hatte ihm eben erst versprochen, die beste aller Ehefrauen zu sein, und jetzt stritt sie sich schon wieder mit ihm. Sie zwang sich zur Ruhe und erklärte ihm geduldig: »Ich liebe dich nicht, Eirik. Und du liebst mich auch nicht. Wir werden einander niemals lieben.«

»Wer spricht von Liebe? Mit diesem Gefühl, das nur den Verstand benebelt, will ich nichts zu tun haben. Aber nachts kann es in dieser Gegend ganz schön kalt werden, und …«

»Oh, du bist ein Schuft, mich so zu necken. Bring deine Buhle hierher, wenn es nicht anders geht, aber lass *mich* bitte in Frieden.«

Eirik schien nicht erfreut darüber, dass sie widerspruchslos eine Konkubine akzeptieren wollte. Wieder versuchte Eadyth, ihm ihre Hand zu entziehen, aber auch diesmal gab er sie nicht frei. Stattdessen hob er seine linke Hand und berührte mit der Spitze seines Zeigefingers das Muttermal über ihrer Oberlippe. Er lächelte, als fände er es höchst erfreulich, dass der kleine Fleck noch da war. Dann strich er ihre Lippen nach, von ihrem Mundwinkel zu der kleinen Einkerbung in ihrer Oberlippe, wo er einen Moment lang innehielt und zufrieden seufzte, bevor er seinen Finger zu ihrem anderen Mundwinkel gleiten ließ.

»Ich würde gern das Gleiche auch mit meiner Zungenspitze tun«, flüsterte er.

Eine süße Schwere erfasste ihre Glieder, und eine ganz eigenartige Hitze begann sich von der empfindsamen Stelle zwischen ihren Schenkeln auszubreiten, sodass Eadyth unwillkürlich ihre Lippen öffnete.

Noch nie hatte jemand so etwas zu ihr gesagt.

»Ich bin alt und hässlich«, protestierte sie lahm.

Eirik zuckte mit den Schultern. »In Frankreich hatte ich einmal eine Frau, die doppelt so alt war wie ich.« Er lächelte vergnügt bei der Erinnerung daran. »Oder genauer gesagt, sie hatte mich – eine volle Woche lang. Ich kann mich nicht entsinnen, damals gedacht zu haben, ihr Alter würde all den wunderbaren Dingen, die sie im Bett anstellte, irgendwie einen Abbruch tun. Oder auf dem Boden. Und auf einem Pferd.«

Eiriks Mundwinkel zuckten vor Belustigung, als er sie ansah. »Mach den Mund zu, Eadyth.«

Sie schloss schnell die Lippen. »Auf einem Pferd?«, fragte sie etwas später mit erstickter Stimme. »Du scherzt.«

Eirik lächelte sie entwaffnend an.

Oh, was für ein nettes Lächeln!, dachte Eadyth. Ein *gefährlich* nettes Lächeln.

»Möchtest du es irgendwann einmal versuchen?«, raunte er ihr zu.

»*Nein!* Es ist abscheulich von dir, einer Dame von solchen ... Perversionen zu erzählen.«

»Meiner Frau«, berichtigte er sie grinsend und alles andere als entschuldigend.

»Habe ich da gerade richtig gehört? Will da etwa jemand Liebe auf einem Pferd machen?«, warf Tykir hinter ihnen mit einem schadenfrohen Lächeln ein.

Eadyth erschauderte vor Schmach und entzog Eirik nun endlich doch die Hand.

Eirik hingegen grinste weiter.

»Ha! Wenn ihr mich fragt, ist das viel zu ungemütlich, man wird so furchtbar durchgerüttelt«, fuhr Tyrik fort, obwohl er ganz genau sah, wie beschämt Eadyth war. »Ich hatte einmal eine Frau auf dem Bug meines Schiffes, mitten in einem Sturm, und das Auf und Ab der Wellen – na ja ich kann nur sagen, es war höchst bemerkenswert, wie ...«

Das war genug! Eadyth erhob sich brüsk und funkelte die beiden Männer an, bevor sie wütend vor sich hinmurmelnd vom Podium hinunterstieg. »Männer! Nichts als lüsterne Tölpel, die ihren Verstand zwischen den Beinen haben.«

Eiriks und Tykirs Lachen folgte ihr, und sie glaubte zu hören, wie Eirik dann zu Tykir sagte: »Vielleicht stimmt es ja doch, was du über ihren Hüftschwung gesagt hast.« Eadyth warf einen Blick zurück und war entsetzt, als sie die beiden Brüder auf ihre Hüften starren sah.

Später, als Eadyth mit Girta in der Küche war und die Dienerschaft anwies, die Tische abzuräumen und den Gästen nachzuschenken, erhob sich mit einem Mal ein lautstarker Tumult im großen Saal.

Du liebe Güte, nicht noch mehr Gäste!, dachte Eadyth, als sie auf den Saaleingang zuging, wo die Neuankömmlinge mit ernsten Mienen und sichtlich aufgeregt mit Eirik sprachen. Graf Orm, Erzbischof Wulfstan und Anlag, ja, sogar Tykir beobachteten sie gespannt von der erhöhten Tafel.

»Mylord?«, fragte Eadyth unsicher, während sie auf Eirik zuging. »Soll ich Gedecke für die Herrschaften auflegen lassen?«

Er winkte sie mit einer Handbewegung näher. »Meine frischgebackene Frau Gemahlin, Lady Eadyth von Hawk's Lair und Ravenshire«, stellte er sie den drei gut gekleideten Herren vor, die bei ihm standen. »Eadyth, ich möchte dir Graf Robert von Leicester, Graf Oswald von Hereford und Pater Aelfhead, einen der Kapläne unseres Königs, vorstellen.«

»Grüß Gott, die Herren«, murmelte Eadyth und verneigte sich vor ihnen. Dann wandte sie sich ab und befahl Girta und Britta, Essen und Getränke für das Dutzend schwer bewaffneter Gefolgsleute aufzutischen, die sich im Hintergrund hielten. Ihre müden Gesichter und staubigen Rüstungen zeugten von einem langen, überstürzten Ritt nach Ravenshire. Wozu?, fragte Eadyth sich mit einem unguten Gefühl.

Die wissenden Blicke, die Eirik und die Abgesandten des Königs wechselten, verrieten ihr, dass sie in ihrer Gegenwart nicht sprechen wollten. Aus diesem Grund bezwang sie ihre Neugierde und fragte Eirik, ob sie Schlafkammern für die neuen Gäste vorbereiten lassen solle.

»Nein«, warf Pater Aelfhead rasch ein, »wir müssen so schnell wie möglich nach Gloucester zurückkehren.« Er warf einen fragenden Blick auf Eirik, und sein kahler Kopf bewegte sich nervös von einer Seite zu der anderen, als sein Blick über die Versammlung in der Halle glitt. Dann grunzte er verärgert, als er sah, dass Erzbischof Wulfstan sich von der Festtafel erhoben hatte und jetzt in ihre Richtung steuerte.

Eirik, der dies ebenfalls bemerkt hatte, sagte schnell zu Eadyth: »Wir werden in dem Kabinett neben der Halle sein. Sag Wilfrid, er solle dafür sorgen, dass wir nicht gestört werden.« Als Eadyth nickte, ohne seine Anweisung zu hinterfragen, huschte ein Ausdruck widerwilliger Anerkennung über das Gesicht ihres Mannes, bevor er noch hinzusetzte: »Glaubst du, du könntest uns etwas zu essen und zu trinken bringen lassen? Vor allem etwas zu trinken.« Er wandte sich den drei Gästen zu und sagte stolz: »Meine Frau Gemahlin braut nämlich den besten Met in ganz Northumbria.«

Eadyth war so verblüfft über sein Lob, dass es ihr die Sprache verschlug. Bevor sie Gelegenheit bekam, zurückzutreten, beugte er sich zu ihr vor, streifte ihre Lippen mit den seinen und flüsterte ihr zu: »Tut mir leid, dass ich dich auf unserem Hochzeitsfest allein lassen muss. Ich weiß, dass du heute Abend mehr Aufmerksamkeit von deinem Mann verdient hättest.«

Mehr als verwundert sah Eadyth ihm nach, als er seine Gäste in das Kabinett führte. Sie wusste natürlich, dass der Kuss nur eine Geste war, um den Eindruck des verliebten Bräutigams vor ihren neugierigen Gästen aufrechtzuerhalten – und trotzdem berührte sie unwillkürlich und fast ehrfürchtig mit den Fingerspitzen ihre Lippen und stellte sich vor, Eiriks Kuss noch immer spüren zu können.

Vor allem jedoch konnte sie nicht aufhören, sich zu fragen, ob die gefürchtete Hochzeitsnacht vielleicht doch gar nicht so unangenehm werden würde, wie sie es sich vorgestellt hatte.

Ein eigenartiges Prickeln durchlief sie, das ihre Wangen zum Glühen und ihren Puls zum Rasen brachte, als sie an Eiriks Schlafgemach und die bevorstehende Nacht mit ihm dort dachte.

6. Kapitel

Eirik und seine Gäste saßen an einem kleinen Tisch in dem privaten Kabinett und schenkten sich Met in ihre Kelche nach.

»Der König bittet Euch, unverzüglich zu erscheinen«, sagte Oswald. »Obwohl er von Eurer Heirat weiß, hält er die Lage für dringlich genug, um sofortige Maßnahmen zu verlangen.«

»Ich hörte gestern von einem vorbeiziehenden Wandersmann, dass ein weiterer Anschlag auf Edmunds Leben verübt wurde«, bemerkte Eirik und strich sich nachdenklich über den Schnurrbart. »Diesmal war es Gift, nicht wahr?«

Die drei Männer nickten ernst.

»Und ist sein Bruder Edred, diese Missgeburt von einem Hundesohn, dafür verantwortlich?«

»Zweifelsohne«, meinte Robert, »obwohl das natürlich nicht bewiesen werden kann.« Bedrückt schüttelte er den Kopf. »Unser König könnte eine Woche oder noch Jahre weiterleben. Niemand außer unserem Herrgott weiß das mit Sicherheit, aber viele meinen, Edmund sei zu einem frühen Tod verdammt, so wie die Anschläge auf sein Leben zugenommen haben.«

Das hatte Eirik auch gehört, aber die Vorstellung, einen so guten Mann wie Edmund zu verlieren, betrübte ihn noch immer sehr. Denn trotz seiner jungen Jahre war Edmund doch schon aufrichtig bemüht, in die Fußstapfen seines Bruders Athelstan, des Gelehrten, Kriegers und ersten Königs ganz Britanniens zu treten.

»Die Aasgeier warten schon auf Edmunds Tod, um das Königreich unter sich aufzuteilen«, fuhr Robert fort. »Diese hinterhältige Bande, angeführt von jemandem wie Steven von Gravely.«

Eirik setzte sich bei der Erwähnung seines verhassten Feindes etwas aufrechter, sagte aber nichts.

»Und neben seinen Versuchen, sich die Mörder vom Hals zu halten, macht Edmund sich auch große Sorgen über den neuen Zustrom von Wikingern aus Irland«, fügte Robert hinzu und fuhr sich mit seinen gespreizten Fingern nervös durchs Haar.

»Und es sind gerade die Schlangen, die sich in Eurem großen Saal dort breitmachen, die unserem König so viel Kummer machen«, meinte Oswald vorwurfsvoll.

Eirik reagierte ungehalten. »Zweifelt Ihr etwa an meiner Treue meinem Lehnsherrn gegenüber?«, gab er scharf zurück.

»Nein«, sagte Oswald rasch und errötete vor Verlegenheit über seine etwas unbedachten Worte. »Aber es ist doch ein wenig befremdlich, ausgerechnet die Männer, die unseren König aus dem Weg haben wollen, in solcher Kameradschaft in Eurem Saal herumsitzen zu sehen.«

»Oh, als Kameradschaft würde ich das nicht bezeichnen. Es ist eher so etwas wie ... wie soll ich es nennen? ... wie ein gemeinsamer Fischfang.«

»Und der Wal seid Ihr?«, bemerkte Oswald glucksend.

Alle lachten, und Oswalds Anspannung ließ sichtlich nach, als er hinzusetzte: »Ich frage mich, was für andere Meerestiere ihnen noch ins Netz gehen werden, wenn sie die aufgewühlten Gewässer von Northumbria durchfischen.«

»Eine ganze Menge, denke ich«, räumte Eirik ein. »Wir alle wissen, dass es Anlaf in den Fingern juckt, das wikingische Königreich von Northumbria zurückzugewinnen. Und es gibt viele, die ihm folgen würden, um sich aus dem angelsächsischen Joch zu befreien.«

»Und ich wette, dieser listige Wulfstan unterstützt ihn«, fügte der Geistliche hinzu, der bisher nur still in einer Ecke gesessen und seinen Met getrunken hatte.

»Ja, das tut er«, musste Eirik zugeben. »Von seiner Kanzel in Jorvik aus unterstützt er die wikingische Sache schon seit langer Zeit, aber weit wirkungsvoller agiert er sogar noch bei den geheimen Zusammenkünften in den Grafschaften.«

»Und Orm?«, erkundigte sich Oswald misstrauisch, weil er wusste, dass Graf Orm und Eirik ein wikingisches Erbe teilten. »Wird er sich ihrer Sache anschließen, oder wird er wie gewöhnlich beiden Seiten schöntun und zunächst einmal abwarten, um zu sehen, woher der Wind weht?«

Eirik wusste, dass er seine Worte sehr sorgsam abwägen musste, bevor er antwortete. »Ich weiß, dass sowohl Orm wie auch Wulfstan meinen Onkel Eric Bloodaxe Anlaf vorziehen. Eric schmeichelt dem wikingischen Adel in Northumbria und verlockt ihn mit der Aussicht auf ein unabhängiges Northumbria unter der Herrschaft eines Regenten königlichen Bluts. Deshalb denke ich, ja, es wäre durchaus korrekt zu sagen, dass Orm und Wulfstan eine wikingische Unterwanderung begrüßen würden, ob von Dublin aus oder auch von den Orkneys her.«

»Die Orkneys, das ist doch dort, wo Eric Bloodaxe Truppen zusammenzieht, seit Euer Onkel Haakon ihn aus Norwegen ausgewiesen hat?«, warf Oswald ein.

»Ja, und er ist ein blutrünstiger Bastard, dieser Eric. Dennoch setzen viele ihre Hoffnungen in ihn.«

»Werdet Ihr uns heute Nacht begleiten, Eirik? Werdet Ihr dem Rufe Eures Königs folgen?«, wollte Oswald schließlich von ihm wissen.

»Ich verstehe es immer noch nicht ganz. Was glaubt der König, was ich tun könnte, um die nordische Bedrohung abzuwenden? Tag für Tag, ja, selbst von Übersee her versammeln sich in ganz Northumbria Truppen und warten nur auf den Tod des Königs, um in Aktion zu treten.«

»Da Ihr ja sowohl wikingischer als auch angelsächsischer Herkunft seid, denkt der König, Ihr könntet vielleicht noch eingreifen. Obwohl Malcolm ihm den Treueeid geleistet hat, misstraut er ihm gewaltig. Edmund möchte, dass Ihr Malcolm aufsucht und versucht, herauszufinden, ob er nicht schon wieder auf Verrat sinnt. Im Grunde möchte der König einen Krieg vermeiden, und mit Malcolms Unterstützung wäre das noch immer möglich. Doch falls Malcolm beschließen sollte, seinen Eid zu brechen, wird zweifellos ein Blutbad folgen.«

Eirik erkannte die Logik in den Worten der Männer, zögerte innerlich aber immer noch, als Botschafter oder Vermittler zu agieren.

»Kommt heute Nacht mit uns zu Edmund und gebt ihm eine Chance, für sich selbst zu sprechen«, drängte Oswald. »Lasst ihn Euch die Einzelheiten selbst erklären.«

Daraufhin erhob sich der Geistliche und trat müde an Eiriks Seite, um ihm einen in Leder gehüllten Gegenstand zu übergeben. »Edmund schickt Euch dieses Geschenk hier«, sagte der Priester leise. »Er sagte, Ihr würdet wissen, wie sehr er Eure Hilfe braucht, wenn Ihr es seht.«

Eirik ließ die Schultern hängen, als er das in Leder eingehüllte Kruzifix erkannte. König Athelstan, der ein leidenschaftlicher Reliquiensammler gewesen war, hatte dieses Kreuz mehr geschätzt als jedes andere, da es einige Wimpern seines Lieblingsheiligen St. Cuthbert enthielt. Er hatte es Edmund kurz vor seinem Tod geschenkt. Indem König Edmund es nun Eirik überließ, gab er ihm zu verstehen, wie sehr er ihn schätzte. Vor allem aber wusste Eirik, dass Edmund sich nie von diesem kostbaren Andenken an seinen Bruder getrennt hätte, wenn er nicht sicher wäre, dass sein Leben und sein Königreich davon abhingen.

Jetzt sah Eirik ein, dass er sich den Wünschen seines obersten Kriegsherrn fügen musste, selbst wenn es bedeutete, seine frischgebackene Ehefrau mit ihrem Hochzeitsfest allein zu lassen.

Gott Allmächtiger!, dachte er und lächelte im Stillen. Wenn diese Frau schon vorher zänkisch war, wird sie jetzt vor Wut an die Decke gehen! Vielleicht könnte ich Tykir bitten, ihr die Nachricht von meiner Abreise beizubringen, überlegte er. Aber nein, entschied er sich dann sogleich dagegen, so etwas konnte man niemand anderem aufbürden.

Abrupt erhob er sich. »Bitte ruht Euch aus und bedient Euch von dem Met. Wenn Ihr so gut seid, mich zu entschuldigen, werde ich jetzt gleich die nötigen Vorbereitungen für die Reise treffen.«

Draußen sagte er zu Wilfrid: »Schick mir meinen Knappen, damit er mir beim Packen hilft. Und sag Sigurd und Gunner, dass sie mich mit sechs anderen Bewaffneten ihrer Wahl begleiten werden.«

»Und Lady Eadyth? Was soll ich *ihr* sagen?«

Eirik verdrehte die Augen. »Schick sie einfach nur zu mir ins Schlafzimmer hinauf.«

Eadyth fühlte sich ausgesprochen unwohl in der großen Halle, nachdem Eirik gegangen war. Oh, ihr war durchaus bewusst, dass sie sich nach ihrer Heirat als Hausherrin von Ravenshire betrachten konnte, aber die hochwohlgeborenen Gäste ließen nur zu deutlich erkennen, dass sie sie keineswegs als solche betrachteten.

Glücklicherweise behandelten Eiriks Ritter und die Dienerschaft sie dagegen keineswegs respektlos. Einige von ihnen machten sogar den Eindruck, als ob sie fest gewillt wären, ihr den Rücken zu stärken, falls die edlen Gäste sie noch schlimmer brüskieren sollten. Anscheinend hatte Eirik seinen Gefolgsleuten nach dem katastrophalen Verlobungsfest befohlen, sie in Zukunft so respektvoll zu behandeln, wie sie es als seine Frau verdiente.

Seine vornehmen Besucher allerdings hatten keine derartige Verpflichtung ihr gegenüber. Während Eadyth von einem zum anderen ging, Kelche auffüllte und sich bemühte, höfliche Konversation zu machen, wusste sie, dass sie allein ihrer vermeintlich skandalösen Vergangenheit nach beurteilt wurde und dieser auch nie entkommen würde.

»Werdet Ihr nun, da Ihr verheiratet seid, auch wieder bei Hof verkehren, Lady Eadyth?«, stichelte Aldgyth, die Tochter des Grafen Orm, und sah die anderen adeligen Damen an, die neben ihr saßen und hinter ihren vorgehaltenen Händen boshaft kicherten. Aldgyths Vater saß ein wenig abseits und unterhielt sich angeregt mit Anlaf, Erzbischof Wulfstan und einigen Edelmännern.

Eadyth zuckte mit den Schultern. »Ich habe kein besonderes Interesse daran, an König Edmunds Hof zu verkehren, obwohl ich hörte, dass die Gelehrten und Kunsthandwerker, die er dort von nah und fern versammelt, sehr interessant sein sollen.«

Eine Dame bemerkte: »Ach ja, man sagte mir schon, dass Ihr für eine Frau recht belesen seid.« Die Feststellung war keineswegs als Kompliment gedacht, und einige der Damen kicherten, als hätten sie einen guten Witz gehört.

»Aber Lady Eadyth«, mischte Aldgyth sich nun wieder ein, »gibt es nicht noch andere Gründe, bei Hofe zu verkehren, als sich weiterzubilden? Wie zum Beispiel ...« Sie brach ab und wedelte nur anmutig mit ihrer schmalen Hand.

»Wie zum Beispiel?«, fragte Eadyth kühl.

»Oh, na ja ... die Wiederbelebung alter Bekanntschaften vielleicht?«

Eadyth erkannte jetzt, dass Aldgyth sich auf den Vater ihres Kinds und die Gerüchte über ihre skandalöse Liaison mit einem ungenannten Edelmann bezog. Würde das denn nie vergessen oder verziehen werden? Dass Eirik die Vaterschaft für dieses Kind beanspruchte, schien hier noch längst nicht alle überzeugt zu haben.

»Aldgyth, lasst uns doch ganz offen zueinander sein«, erwiderte Eadyth mit erzwungener Geduld und fast wie eine Mutter, die mit einem schwachsinnigen Kind spricht. »Ich hatte vor vielen Jahren das Pech, dem Charme eines gut aussehenden Mannes zu erliegen.« Na ja, das war nicht mal richtig gelogen. Dass der besagte Mann Steven und nicht Eirik gewesen war, musste ja nicht unbedingt dazugesagt werden. »Meiner törichten Verliebtheit damals ist die Geburt meines Sohnes John zu verdanken, den ich von Herzen liebe. Nun mögt Ihr zwar glauben, ich würde mich nach einem anderen Mann sehnen, aber ich hatte gehofft, dass meine Heirat diesen Geschichten heute ein Ende bereiten würde. Allerdings bin ich wohl nach wie vor etwas töricht, kann ich mir doch gar nicht vorstellen, wie boshaft manche Menschen offenbar sind.«

Dabei ließ sie langsam ihren Blick über die Damen gleiten, um klarzustellen, dass ihre verurteilenden Worte ihnen allen galten. Aldgyths Gesicht lief rot an, und sie schob hochmütig das Kinn vor, als kümmerte es sie nicht, was Eadyth von ihr dachte, die anderen aber besaßen immerhin den Anstand, betreten ihren Blick zu senken. Eine murmelte sogar: »Ich bitte um Entschuldigung, Mylady«, während sie an Eadyth vorbeieilend die Festtafel verließ.

In diesem Moment trat Wilfrid an den Tisch, sein gut aussehendes Gesicht war ganz grau vor Sorge. »Lady Eadyth, mein Herr lässt Euch bitten, unverzüglich in sein Schlafzimmer zu kommen. Er muss Euch sprechen. Ich bleibe hier und werde mich um Eure Gäste kümmern.«

Von einem unguten Gefühl beschlichen eilte Eadyth also die Turmtreppe hinauf und lief über den von Fackeln erhellten Gang zu dem Schlafzimmer ihres Ehemannes. Sie ahnte schon, dass seine Aufforderung, zu ihm zu kommen, etwas mit König Edmunds Gesandten zu tun haben musste und nichts Gutes für sie verheißen konnte.

Als sie, nachdem sie angeklopft hatte, Eiriks großes Schlafgemach betrat, musste sie mehrmals blinzeln, um in dem Halbdunkel etwas erkennen zu können. Die Kerzen und rauchenden Fackeln in den Wandhaltern erleuchteten den großen Raum nur schwach, und in dieser lauen Mainacht brannte natürlich auch kein Feuer im Kamin.

Als ihre Augen sich an das Dämmerlicht gewöhnten, trat Eadyth verblüfft zurück.

Mit nichts als seiner tief sitzenden Bruche und eng anliegenden Beinlingen bekleidet, stand Eirik barfuß und mit nacktem Oberkörper da. Seine breiten Schultern und seine kräftige, mit feinem schwarzem Haar bedeckte Brust standen in reizvollem Kontrast zu seiner schmalen Taille. Die flachen braunen Brustwarzen auf seinen ausgeprägten Brustmuskeln zogen Eadyths Blick wie magisch an, und sie begann ein ganz merkwürdiges Ziehen in ihren Brüsten zu verspüren.

Da sie in einer Burg voller kampfgestählter Krieger aufgewachsen war, hatte sie natürlich schon viele Männer in verschiedenen Stadien der Nacktheit zu Gesicht bekommen. Aber ihr frischgebackener Ehemann war ein wirklich selten schönes Exemplar, wie sie sich eingestehen musste.

Oh Gott.

Sie zwang sich, an etwas anderes zu denken. Eirik sprach gerade mit seinem Bruder, während ein Knappe ihm ein gepolstertes und gestepptes Kleidungsstück hinhielt, das unter einem Kettenpanzer getragen wurde. Dieser langärmelige Kettenpanzer mit flexiblen Gliedern, eine Kettenhaube, dazu passende Kettenbeinlinge, grobe, über Kreuz geschnürte Lederstiefel, ein Helm und Schild mit dem aufgeprägten Raben und all die anderen Zubehöre eines Kriegers lagen schon auf dem Bett bereit.

Bevor Eadyth jedoch fragen konnte, was das alles zu bedeuten hatte, sagte jemand: »Küss mich, Liebling.«

»Was?«, versetzte sie entgeistert und sah Eirik fragend an, der vor der Fensternische stand. Er hatte sich gerade eben umgesehen und sie bemerkt.

»Zeig mir deine Beine.«

»Was hast du gesagt?«, fragte Eadyth frostig, da sie es demütigend fand, dass er so etwas von ihr verlangte, und das auch noch vor seinem Knappen und vor seinem Bruder. Jetzt kam also offenbar seine wahre Natur zum Vorschein.

»Küss mich, Liebling.«

»Küss dich selbst, du Narr!«, rief Eadyth, deren Wangen vor Verlegenheit glühten. Ist er betrunken?, fragte sie sich. Seine Stimme klang ganz seltsam heiser.

Eirik und Tykir brachen in schallendes Gelächter aus. Eadyth trat nervös von einem Fuß auf den anderen und fand ihr Gelächter überhaupt nicht lustig.

Als Eirik sich schließlich auf das Bett fallen ließ und Tykir sich mit dem Handrücken die Lachtränen aus den Augen wischte, bemerkte Eadyth einen großen vergoldeten Käfig hinter ihnen, in dem ein erstaunlich großer Vogel mit farbenprächtigem Gefieder saß.

»Oh«, sagte sie entzückt und trat näher an den Käfig heran. Sie hatte solche exotischen Vögel aus dem Orient zwar schon auf dem Marktplatz von Jorvik, aber noch nie aus nächster Nähe gesehen.

»Böses Frauenzimmer!«, kreischte der Vogel. »Willst du meinen Hintern sehen?«

Eadyth wich bei diesen vulgären Worten erschrocken zurück und wandte sich den beiden Brüdern zu. »Wem gehört dieses ungezogene Tier?«

»Dir, meine Liebe«, sagte Tykir und klopfte ihr lachend auf die Schulter. »Der Papagei ist mein Hochzeitsgeschenk für dich.«

»Mir?«, fragte Eadyth stockend, nicht sicher, ob sie über das Geschenk erfreut sein sollte, und auch noch nicht wirklich bereit, es anzunehmen. »Was soll ich mit so einem unflätigen Vogel? Wer hat ihm das Sprechen beigebracht?«

»Böses Frauenzimmer!«, stellte der Vogel wieder in trockenem, fast menschlich klingendem Tonfall fest. Er konnte die Stimmen, die er hörte, perfekt imitieren, und Eiriks scheinbar ganz besonders.

Misstrauisch betrachtete Eadyth den Vogel. Konnte dieses gefiederte Tier etwa so intelligent sein?

Tykir lachte. »Während einer unserer letzten Handelsreisen vertrieben sich die Männer auf meinem Schiff die Zeit damit, Abdul das Sprechen beizubringen. Gib also nicht mir die Schuld daran, Eadyth. Außerdem bin ich sicher, dass du ihm eine etwas gesittetere Ausdrucksweise beibringen kannst. Nimmst du mein Geschenk an, Schwägerin?«

Eadyth beäugte den Vogel misstrauisch und fragte sich, ob man das Tier wohl noch erziehen konnte. Abdul hob seinen Schnabel und erwiderte hochnäsig ihren Blick. Als sie schließlich nachgab und zustimmend nickte, sagte der Vogel spitzbübisch: »Zeig mir deine Beine!«

Und da musste Eadyth dann doch lachen.

»Verdiene ich nicht wenigstens einen schwesterlichen Kuss für mein Geschenk?«, fragte Tykir mit gespielter Schüchternheit.

»Ja«, stimmte Eadyth ihm zu und ging zu ihm. »Es ist ein schönes Geschenk – zwar ein äußerst ungewöhnliches, aber eins, an dem ich sicher sehr viel Spaß haben werde, wie ich zugeben muss.«

Bevor sie wusste, wie ihr geschah, umschlang Tykir ihre Taille, hob sie hoch, bis sie auf Augenhöhe mit ihm war, und drückte ihr einen Kuss auf die Lippen. Dann umarmte er sie so fest, dass sie kaum noch Luft holen konnte.

»Das reicht«, sagte Eirik und zog seine Frau sehr nachdrücklich aus Tykirs Armen. »Geh und treib deine Spielchen woanders, Bruder.«

Als Tykir nur noch breiter grinste, schickte Eirik ihn zusammen mit seinem Knappen weg. »Ich muss mit meiner Frau reden. Allein.«

Kaum hatte sich die Tür hinter ihnen geschlossen, wandte Eadyth sich ihrem Gatten zu, wobei sie allerdings sorgsam darauf achtete, im Halbdunkel und außerhalb seines Gesichtskreises zu bleiben. »Was hat das alles zu bedeuten?«, fragte sie und deutete mit einer Handbewegung auf die für ihn bereitliegende Rüstung auf dem Bett.

»König Edmund hat mich zu sich befohlen.«

Eadyth runzelte die Stirn. »Musst du etwa heute Nacht noch weg?«

»Ja. Er schickt mich auf eine wichtige Mission, die offensichtlich keinen Aufschub duldet.«

»Na ja, wenn du gebraucht wirst, musst du natürlich gehen«, sagte Eadyth.

Eirik runzelte die Stirn, als würde es ihm ganz und gar nicht behagen, dass sie eine Trennung in ihrer Hochzeitsnacht so ohne weiteres akzeptierte.

»Wird Tykir dich begleiten?«

Eirik stieß einen rüden Laut aus. »Wohl kaum. König Edmund würde ihm eher den Kopf abreißen, als ihn an seinem Hof zu empfangen.«

»Dann bleibt er hier auf Ravenshire?«

»Nein, ich will, dass er unverzüglich nach Norwegen zurückkehrt. Anlaf, Orm und Wulfstan machen eine Menge Ärger hier, von meinem Onkel Eric Bloodaxe erst ganz zu schweigen. Wenn König Edmund stirbt – und das kann jeden Tag geschehen, wenn seine Mörder ihr Ziel weiterverfolgen –, bricht mit Sicherheit ein Krieg aus. Ich habe Tykir bedrängt, sich diesmal aus der Schlacht herauszuhalten.«

»Und du?«, fragte Eadyth, seltsam beunruhigt darüber, dass auch Eirik sich in Gefahr begeben könnte. »Wirst auch du dich aus dem Kampf heraushalten können?«

»Das bezweifle ich«, gestand er müde.

»Ist das der Grund, warum der König dich hat rufen lassen?«

Eiriks Gesicht verschloss sich zu einer ausdruckslosen Miene, die ihr nichts verriet. Und da begriff sie traurig, dass er ihr noch immer nicht vertraute.

»Ich will nicht über Edmunds Pläne reden. Es gibt zu viele

andere Dinge, die ich noch mit dir besprechen muss«, sagte Eirik und erklärte ihr, dass er nur wenige Männer mitnehmen würde. »Wilfrid wird bleiben, um die Burg im Notfall zu verteidigen. Und ich habe den Wiederaufbau der Burgmauern in die Gänge gesetzt. Lass den Steinmetz, den du aus Hawk's Lair mitgebracht hast, die Arbeit weiterführen. Er wird wissen, was zu tun ist.«

Eadyth nickte und lauschte Eiriks Anweisungen zur Leitung seiner Burg.

»Wie lange wirst du fort sein?«

»Ich bin mir nicht sicher. Ich hoffe, nicht länger als sechs Wochen.«

Eadyth nickte. »Vielleicht kannst du ja mit Edmund über unsere Heirat sprechen, falls sich eine Gelegenheit dazu ergeben sollte, und ihn bitten, dich in der Vaterschaftssache für meinen Sohn zu unterstützen.«

»Das hatte ich mir auch schon überlegt, und wenn der Königliche Rat gerade zusammentritt, werde ich ihm meine offizielle Eingabe vorlegen. Aber ich schlage vor, dass du von nun an von John als *unserem* Sohn sprichst, wenn du willst, dass man uns unsere Geschichte glaubt.«

Eadyth überlegte, ob sie ihm erzählen sollte, dass die adeligen Damen unten im Saal seine Vaterschaft sehr stark anzweifelten, aber dann sagte sie sich, dass Eirik im Moment genügend andere Dinge hatte, über die er sich den Kopf zerbrechen musste.

Eirik trat zum Bett und hob seinen *Aketon*, das gepolsterte und gesteppte Kleidungsstück auf, das ihn davor bewahren würde, sich die Haut an den Metallgliedern seiner Rüstung aufzuscheuern. Eadyth trat näher und fragte ihn, ob sie ihm helfen könne.

Eirik warf ihr einen nachdenklichen Blick zu und hielt mitten in der Bewegung inne, als sei ihm gerade erst etwas bewusst geworden.

»Unsere Ehe ist noch nicht vollzogen worden, Eadyth, und die Gäste unten müssen das wissen. Das könnte eine Gefahr darstellen.«

Eadyth konnte nicht verhindern, dass sie vor Verlegenheit errötete.

Eirik legte den Aketon auf das Bett zurück und trat näher. »Wir könnten es jetzt noch schnell tun.«

»Was?«, rief Eadyth mit vor Angst ganz schriller Stimme. Sie brauchte Zeit, um sich auf *diese* Tortur vorzubereiten.

Eirik legte eine Hand auf ihren Arm und zog sie fest in seine Arme. Eadyth zappelte und versuchte vergeblich, seinem unerbittlichen Griff und einer unweigerlich folgenden genaueren Musterung ihres Körpers zu entkommen. Es war zwar ziemlich dunkel in diesem Teil des Raumes, aber sie durfte nichts riskieren.

»Nein, ich möchte lieber warten, bis wir mehr Zeit haben, Eirik. Die Gefahr ist meiner Meinung nach gar nicht so groß. Ich war jetzt schon so lange in deinem Zimmer, dass alle sicher glauben werden, der Akt sei schon vollzogen.«

Eirik betrachtete sie belustigt und legte eine Hand unter ihr Kinn, um zu verhindern, dass sie ihr Gesicht abwandte, während er den anderen Arm ganz fest um ihre Taille legte. Mit einer ruckartigen Bewegung zog er sie zwischen seine leicht gespreizten Beine, und Eadyth sog scharf den Atem ein, als sie deutlich seinen harten Schaft zwischen ihren Schenkeln spürte und seine nackte Brust sich an der dünnen Seide über ihren Brüsten rieb.

Eirik lachte leise und nutzte ihren überraschten kleinen Seufzer, um seinen Mund auf ihren zu senken und zu tun, was er vorhin unten im Saal schon angedeutet hatte. Zuerst berührte er nur sanft mit seiner Zungenspitze ihr Muttermal, dann zeichnete er langsam die Umrisse ihrer leicht geöffneten Lippen nach und seufzte, als bereitete ihm all dies sehr viel Vergnügen.

Eadyth vergaß, ihre Schultern einzuziehen. Sie vergaß, vor seiner Berührung zurückzuschrecken, und vergaß, die Stirn zu runzeln. Und vor allem vergaß sie, mit der zänkischen Stimme einer alten Frau zu protestieren.

Eadyth vergaß alles außer dem wunderbaren Gefühl von Eiriks warmen, festen Lippen, die unendlich sanft über ihre strichen. Als sein Mund sich schließlich zu einem schwindelerregenden Kuss auf ihre Lippen presste, konnte Eadyth gar nicht anders, als sich ihm sehnsüchtig entgegenzubiegen. Er raubte ihr mit seinem Kuss den Atem, doch das war ihr egal. Sie öffnete nur ihren Mund nur noch weiter und wollte mehr, viel mehr. Und als Eirik an ihren Lippen leise aufstöhnte und mit seiner Zunge die warme Höhlung ihres Mundes zu erforschen begann, schauderte es Eadyth vor Entzücken, auch wenn solche Zungenküsse etwas völlig Neues für sie waren.

Als Eiriks Zunge dann sogar noch tiefer glitt und sich mit der ihren zu einem aufregenden Tanz vereinte, drohten Eadyths Knie nachzugeben, sodass sie ein wenig schwankte, woraufhin Eirik die Hand von ihrem Kinn nahm, um sie mit beiden Händen festzuhalten. Dann lächelte er an ihren Lippen und schob sie sanft ein wenig von sich ab. Schwer atmend, mit geschlossenen Augen und seiner Stirn an ihrer, wartete er einen langen Moment schweigend ab. Als er sich endlich wieder etwas beruhigt zu haben schien, strich er ihr sichtlich bedauernd über die Wange und rückte dann leise lachend ein Stück von ihr ab.

»Ah, meine Liebe, ich glaube, wir passen doch besser zueinander, als wir dachten.«

Das einzige Geräusch im Zimmer war das Zischen einer heruntergebrannten Fackel, die dann prompt auch ganz erlosch und das Zimmer in noch tiefere Schatten tauchte.

»Du hast recht, Eadyth«, fuhr Eirik mit sanfter Stimme fort. »Dies ist wirklich nicht der richtige Moment für einen schnellen Paarungsakt. Betrachte dich allerdings als vorgewarnt – bei meiner Heimkehr gedenke ich fortzusetzen, was wir mit diesem Kuss begonnen haben.«

Nun, da Eadyths leidenschaftliche Erregung ein wenig nachgelassen hatte, fühlte sie sich schutzlos und verletzlich, wie sie so in diesem ihr fremden Zimmer stand. Eirik hatte ihr den Rücken zugekehrt und schenkte sich an einem kleinen Tisch Bier ein, das er in einem einzigen großen Schluck hinunterstürzte, bevor er sich ihr wieder zuwandte. Seine Augen glühten noch vor Leidenschaft, und auch die unübersehbare Ausbuchtung unter seiner Bruche sprach von seiner sinnlichen Erregung.

»Nein, du irrst dich, Eirik«, protestierte Eadyth, und diesmal vergaß sie auch nicht, ihre Stimme möglichst schnarrend klingen zu lassen. »Zwischen uns besteht nur ein Vertrag und weiter nichts. Erwarte also bitte nicht, dass ich dir eine begeisterte Bettgefährtin sein werde. Das entspricht nicht meinem Wesen.«

»Und wie erklärst du dir dann, was gerade geschehen ist?«, fragte Eirik mit spöttisch erhobener Augenbraue.

»Ich war nur überrascht«, erwiderte sie lahm.

»Ha! Dann erinnere mich in Zukunft doch bitte daran, dir weitere Überraschungen zu bereiten. Ich schätze, dass Begeisterung dann zu deinem ausgeprägtesten Wesensmerkmal gehören wird.«

»Oh, du bist unmöglich!«

»Ja.«

»Ich bin nicht schamlos«, protestierte sie.

»Das habe ich auch nie gedacht. Aber warum glaubst du, es sei schamlos, auf den Kuss eines Ehemanns zu reagieren?«

»Es war nicht, wie du dachtest. Und es wird auch nicht mehr vorkommen, das verspreche ich dir.«

»Bist du sicher?«, fragte Eirik, während er langsam auf sie zukam. »Oder sollen wir es noch einmal ausprobieren und sehen, wie du reagierst?«

Eadyth trat mit einem erschrockenen kleinen Schrei zurück und wandte sich dann rasch zur Tür.

»Ja, meine kleine Bienenzüchterin, du gehst jetzt besser und schickst mir meinen Knappen, um mir beim Ankleiden zu helfen. Denn sonst, befürchte ich, werde ich der Verlockung deines Honigs vielleicht doch nicht länger widerstehen können.«

»Ach!«, rief Eadyth verärgert aus. Als sie die Tür hinter sich zuschlug, stieß sie fast mit Tykir zusammen, der an der Korridorwand lehnte und seine Fingernägel betrachtete.

»Was ist mit deinen Lippen, Schwägerin?«, erkundigte er sich mit übertriebener Besorgnis. »Sie sehen ganz geschwollen aus. Bist du gegen eine Wand gelaufen?«

Eadyth stieß ihn sehr undamenhaft beiseite. »Was für widerliche Flegel!«, murmelte sie. »Alle nichts als widerliche Flegel. Eure ganze Familie besteht wahrscheinlich aus Flegeln. Das habt ihr wohl im Blut. In eurem *flegelhaften* Blut.«

Sie war gar nicht amüsiert über sein Lachen, das ihr die Treppe hinunter folgte, und auch nicht über die Worte, die Tykir ihr nachrief: »Dann stell dir nur mal die wunderbaren Söhne vor, die Eirik mit dir zeugen wird! Alles *großartige, widerliche* Flegel.«

Kurze Zeit später stand Eadyth in dem von Fackeln erhellten Burghof zwischen den nervös tänzelnden Pferden, um ihrem frischgebackenen Ehemann Lebwohl zu sagen. So hatte sie sich ihre Hochzeitsnacht gewiss nicht vorgestellt. Aber vielleicht ist es ja das Beste so, dachte sie. Durch die Trennung gewann sie immerhin einen kleinen Aufschub und ein bisschen Zeit, um sich auf die unvermeidliche Enthüllung ihrer Camouflage vorzubereiten.

Denn ehrlich gesagt war Eadyth zutiefst bestürzt darüber, dass das, was als harmlose List begonnen hatte, beinahe schon zu einem handfesten Betrug geworden war.

Und der Mann, der jetzt vor ihr stand, machte ihr sogar fast ein bisschen Angst.

Dies war nicht der lachende, verspielte Eirik, den sie bisher gekannt hatte. Auf seinem mächtigen Schlachtross sitzend war ihr Ehemann ein wirklich eindrucksvoller Ritter. Ein langärmeliger Kettenpanzer aus flexiblen Gliedern bedeckte den größten Teil seines kräftigen Körpers, und eine bisher unbenutzte Kapuze aus den gleichen Kettengliedern hing in seinem Nacken. Eine knielange, ärmellose Tunika aus feiner Yorkshire-Wolle in einem hellen Blau unterstrich die Schönheit seiner klaren Augen, die selbst im dunklen Burghof nicht zu übersehen war.

Nachdem Eirik den Gesichtsschutz seiner Kettenhaube hochgeschoben hatte, um besser sprechen zu können, beugte er sich zu Wilfrid hinunter, um ihm einige letzte Anweisungen zu geben. Dann winkte Eirik seinem Knappen, ihm sein Schwert und den Schild mit dem Emblem des Raben anzureichen. Erst als er beides in die richtige Position gebracht hatte, drehte er sich um und bemerkte seine Frau.

Mit der gleichen brüsken Handbewegung wie schon bei seinem Knappen, bedeutete Eirik ihr, vorzutreten. Zuerst wollte

Eadyth sich dieser herrischen Gebärde widersetzen, aber dann schob sie, wissend, dass sie Eirik damit irritierte, hochmütig das Kinn vor und trat neben sein unruhig hin und her tänzelndes Pferd. Das dumme Tier beängstigte sie jedoch nicht, und wenn es noch so groß war. Mit Vierbeinern konnte Eadyth umgehen. Es waren die Zweibeiner, die sie bisweilen einschüchterten. Wie jetzt dieser grimmig dreinschauende Mann vor ihr. Ihn zu handhaben würde ihr bestimmt Probleme machen.

Eirik zog angesichts ihrer arroganten Mimik eine Braue hoch, beschloss dann aber scheinbar, ihr unverschämtes Betragen zu ignorieren, und sagte nur: »Wilfrid hat die nötigen Befugnisse, noch mehr Bewaffnete zum Schutz der Burg einzustellen. Es wäre klüger, wenn du während meiner Abwesenheit innerhalb der Burgmauern bleiben würdest. Es wimmelt nur so von Verrätern, und wer mir schaden will, der könnte versuchen, es durch dich zu tun.«

Eadyth nickte widerwillig.

»Und halt auch Larise an der Kandare. Behalt sie die ganze Zeit über im Auge. Und John natürlich auch. Denk daran, dass Steven gewiss nicht so leicht aufgeben wird.«

Dieser Gefahr war Eadyth sich nur allzu gut bewusst.

Das Schnauben von Pferden verhinderte jedoch die Fortsetzung ihrer Unterhaltung. König Edmunds Männer drängten zum Aufbruch und lenkten ihre Schlachtrösser dicht an Eiriks heran. »Muss ich dich dazu ermahnen, in der Burg zu bleiben, um jeden weiteren Kontakt zu Gravely zu vermeiden?«, wandte Eirik sich trotzdem noch einmal an Eadyth.

Sie schüttelte den Kopf, und Eirik gab ihr rasch noch ein paar letzte Anweisungen. Als er sich danach zu ihr vorbeugen wollte, um ihr einen Abschiedskuss zu geben, zischte Eadyth: »Wage es nicht, mich in der Öffentlichkeit zu umarmen!«

Eine Wiederholung dieses schwindelerregenden Kusses, den er ihr kurz zuvor in seinem Schlafzimmer gegeben hatte, konnte sie nämlich auf gar keinen Fall gebrauchen. Sie brauchte Zeit, um ihre aufgewühlten Emotionen wieder unter Kontrolle zu bringen.

Aber ihr Ehemann dachte offenbar nicht daran, sich von seiner frischgebackenen Frau etwas verbieten zu lassen. Den Kopf zur Seite legend fragte er in unverkennbar herausforderndem Tonfall: »Verweigerst du dich mir etwa schon jetzt, meine Teuerste? Das glaube ich nicht.«

Bevor Eadyth auch nur blinzeln konnte, schwang er sich vom Pferd, schloss sie in die Arme und küsste sie noch stürmischer, als er es vor ihrer aufsässigen Bemerkung vielleicht vorgehabt hatte.

Es war kein angenehmer Kuss wie der in seinem Schlafzimmer. Die Glieder seines Kettenpanzers bohrten sich in Eadyths Brust. Seine in Panzerhandschuhen steckenden Hände scheuerten die empfindliche Haut an ihren Schultern auf, und sein Mund presste sich so hart und besitzergreifend gegen ihre Lippen, dass es weh tat.

Mit diesem Kuss wollte Eirik seinen Begleitern und Gästen wohl demonstrieren, dass er der Herr und Meister war. Und seine frischgebackene Gattin lehren, sich ihm nie wieder zu widersetzen – weder in der Öffentlichkeit noch privat.

Eadyth schäumte innerlich.

Als er sich ebenso abrupt wieder auf sein Pferd schwang, wie er abgestiegen war, fuhr Eadyth sich entrüstet mit dem Handrücken über den Mund.

»Hast du nichts zu sagen, Teuerste?«

»Wenn ein Schwein grunzt, hast du dann das Bedürfnis mitzugrunzen?«

Daraufhin klappte Eirik mit einer raschen Bewegung den sein Gesicht fast vollständig verbergenden Nasenschutz herunter, sodass Eadyth ihm seine unbändige Wut nur noch an den Augen ablesen konnte.

»Du wirst deine voreiligen Worte noch bereuen, Eadyth. Es wird mir ein Vergnügen sein, dir nach meiner Heimkehr den nötigen Respekt vor deinem Gatten beizubringen.«

Und dann ritt er ohne ein weiteres Wort mit den Gesandten des Königs und seiner eigenen kleinen Gruppe von Bewaffneten davon.

Der Willenskampf hatte begonnen.

7. Kapitel

Zu Eadyths Bedauern verließ auch Tykir schon am Tag darauf die Burg. Sie wusste nicht, wie sie ohne seine Hilfe den Rest des Hochzeitsfestes überstanden hätte. Kaum war Eirik aufgebrochen, hatten nämlich die meisten der Gäste Eadyth schamlos brüskiert und sich ihr feindseliges Gebaren höchstens dann verkniffen, wenn Tykir mit finsterer Miene neben ihr gestanden hatte. Einige hatten sich in die für sie vorbereiteten Schlafkammern zurückgezogen, andere waren in aller Eile aufgebrochen, um ihre hinterhältigen Komplotte zu schmieden.

Eiriks Benehmen bei ihrem Abschied empörte Eadyth nach wie vor, ihr Zorn verflog aber ein wenig, als Tykir sich von seinem Pferd hinunterbeugte und ihr ein in Leinen eingeschlagenes Päckchen überreichte.

»Das ist doch wohl hoffentlich nicht der blöde Schuh, den Eirik mir andauernd andrehen will«, bemerkte sie ironisch.

Tykir grinste. »Nein, den hebt mein Bruder sich für eine andere Gelegenheit auf. Eirik wollte dir diese Morgengabe am Morgen nach Eurer Hochzeitsnacht überreichen ... zum Dank für die schönen Stunden, die du ihm bereitet hättest, möchte ich wetten«, sagte er und wackelte mit den Augenbrauen. »Doch mich dünkt, du brauchst jetzt etwas, das dich milder stimmt, falls es überhaupt noch einen Paarungsakt geben sollte.«

Eadyth schnaubte ärgerlich über seine ständigen Anspielungen auf das Ehebett, aber dann verschlug es ihr vor Freude den Atem, als sie das Päckchen öffnete und das kostbare Buch über

Bienenzucht darin entdeckte, von dem Eirik gesprochen hatte. Er musste einen Boten zu König Edmund geschickt haben, um das Buch holen zu lassen. Und der König musste ihren Gatten als wahren Freund betrachten, um sich von einem so wertvollen Buch zu trennen, das aus der berühmten Sammlung stammte, die sein Halbbruder Athelstan ihm hinterlassen hatte. Kein Wunder, dass Edmund sich in seiner Notlage an Eirik gewandt hatte.

Mit tränenfeuchten Augen blickte sie zu seinem Bruder auf und sagte mit erstickter Stimme: »Ein besseres Geschenk hätte er mir gar nicht machen können! Bei Gott, ich kann mich nicht erinnern, dass sich irgendjemand schon einmal so viel Mühe mit einem Geschenk für mich gegeben hat.«

»Dann denk daran, bevor du ihm bei seiner Rückkehr den Kopf abreißt«, riet Tyrik ihr mit einem schelmischen Lächeln.

Dann machte der gut aussehende junge Wikinger sich auf den Weg zu seinem Schiff in Jorvik, dem Tor zu den belebtesten Handelswegen dieser Welt – nach Irland, den Shetlandinseln, ins Rheinland, Baltikum und noch viel weiter. Tykirs Aufbruch stimmte Eadyth traurig, da sie nicht wusste, wann sie ihren Schwager wiedersehen würde. Als sie sich die geschäftige Hafenstadt in Erinnerung rief, fragte sie sich, ob Tykir sich zu irgendeinem fremden Land einschiffen würde oder ob er zu seinem Onkel Haakon nach Norwegen zurückkehren würde, wie sein Bruder ihm geraten hatte.

»Komisch«, sagte Girta neben ihr, »dass du Tykir so bereitwillig als Bruder akzeptierst, dich aber nicht damit abfinden kannst, dass Eirik jetzt dein Ehegatte ist.«

»Hm!«, brummte Eadyth, als sie mit ihrer Gefährtin in die Burg zurückging. »Das liegt wahrscheinlich nur daran, dass ich mir schon immer einen Bruder gewünscht habe, es aber hasse, einen Ehemann zu brauchen. Vor allem einen so bodenlosen Flegel wie Eirik.«

»Das war nicht immer so.«

Eadyth warf ihr einen strafenden Blick zu.

Aber Girta ignorierte sie und eilte weiter. »Es wird Zeit, dass du ein bisschen leichtherziger wirst, Kind«, rief sie über ihre Schulter. »Du wirst ehrlich gesagt allmählich schon so griesgrämig wie das alte Weib, das du zu sein vorgibst. Fang endlich an, dein dir von Gott gegebenes Schicksal als ein Geschenk und nicht als eine Strafe zu betrachten.«

»Geschenk? Du nennst Eirik von Ravenshire ein Geschenk?«

»Aber ja«, erwiderte Girta mit vergnügt funkelnden grauen Augen.

Eadyth schnalzte angewidert mit der Zunge. »Schäm dich, Girta! Du tappst in die gleiche Falle wie all die anderen einfältigen Frauen, die auf eine samtene Zunge und das gute Aussehen eines Manns hereinfallen.«

Girta lächelte wissend, als fiele auch Eadyth in diese Kategorie.

»Ist Lord Eirik wirklich mein Vater?«, fragte John später an jenem Abend. Er saß auf einem Stuhl und sah zu, wie Eadyth hölzerne Behälter mit Bienenwachskerzen füllte, die zu ihrem Vertreter nach Jorvik gebracht werden sollten.

»Ja, das ist er«, log Eadyth ganz ungeniert.

Johns kleines Gesicht hellte sich auf. »Er hat noch mit mir geredet, bevor er gestern Abend fortgeritten ist. Er sagte, ich solle mich um dich kümmern, und er sagte auch, ich dürfe ihn Vater nennen.«

»Macht dich das glücklich, Schatz?«

Ihr Sohn zögerte nicht, bevor er heftig nickte.

Eadyth war überrascht und überaus erfreut, dass Eirik sich die Zeit genommen hatte, unter vier Augen mit seinem ›Sohn‹ zu sprechen. Aber ihre Freude war nur von kurzer Dauer.

»All die anderen Jungen in Hawk's Lair haben Väter, die ihnen beibringen, ein Schwert zu führen oder Kaninchen zu fangen, oder zu pinkeln, oder …«

»John!«

»Na ja, das ist doch wahr. Lord Eirik … ich meine, Vater … hat mir gestern Abend beigebracht, so zu pinkeln, dass ich mir nicht die Hose nass mache. Das war draußen bei den Ställen, kurz bevor er losgeritten ist.«

Eadyth klappte fast die Kinnlade herunter, so verblüfft war sie.

»Weißt du, Männer sind nämlich anders als Frauen, Mutter«, informierte sie der Kleine, als habe er ihr etwas mitzuteilen, das sie nicht wusste. »Sie müssen ihre Zipfel nach dem Pinkeln schütteln. Ich wusste nicht, wie man das richtig macht, bis Lord Ei … Vater es mir zeigte. Und wusstest du, dass Onkel Tykir beim Pinkeln sogar pfeifen kann?«

Eadyth konnte gerade noch ein Grinsen unterdrücken.

»Glaubst du, dass Vater mir auch das Fluchen beibringt, wenn er wiederkommt?«

»Ganz bestimmt nicht! Und ich hoffe, dass du auch nie wieder solch derbe Worte in meiner Gegenwart benutzt.«

»Was für Worte?«, fragte der Kleine arglos. »Pinkeln oder Zipfel?«

»Beides«, erwiderte Eadyth mit vor Lachen erstickter Stimme. »Und wenn du sie noch einmal wiederholst, dann wasche ich dir den Mund mit Seife aus.«

»Und Vater auch? Er sagt nämlich beide Worte. Und er kennt auch jede Menge Flüche. Du hättest den hören sollen, den er sagte, als Herr Wilfrid ihm zur Hochzeit gratulierte. Und …«

»Das reicht!«

Am nächsten Tag machte Eadyth sich an die Arbeit. Sie versammelte die gesamte Dienerschaft um sich, Leibeigene wie Freie. Seit ihrer Abreise vor drei Wochen war deren Anzahl enorm gestiegen, vielleicht, weil die Heimkehr des Burgherrn und seine darauffolgende Verlobung sich inzwischen schon herumgesprochen hatten. Im Haushaltsbuch der Burg, das Wilfrid ihr übergab, schrieb Eadyth alle Namen und besonderen Fähigkeiten des Gesindes auf, um eine effizientere Aufgabenverteilung vornehmen zu können.

Mithilfe zahlreicher Mägde, der Küchenjungen und Hausdiener sollte die kaum wiederzuerkennende Bertha auch weiterhin die Herrschaft über die Küche führen. Britta und zwei junge Leibeigene würden sich fortan um die Schlafzimmer kümmern. Theodric, ein weiterer, schon lange zum Ravenshirer Personal gehörender Diener, würde mit seinen Untergebenen den großen Saal regieren. Andere wurden für die Wäscherei, die Milch- und Butterküche, die Vorratskammer, das Brauhaus, den Hühnerhof und die Ställe, das Vieh, die Schmiede und den Küchengarten eingeteilt.

Der kleine Waise Godric würde ihr persönlicher Botenjunge und der Spielkamerad ihres Sohnes sein, der sich schon sehr gut an sein neues Zuhause und seine neue ›Schwester‹ Larise gewöhnt hatte. Die drei Kinder waren die besten Freunde geworden und kreischten vor Vergnügen, wenn sie, den fröhlich kläffenden Prinz auf ihren Fersen, durch die Burg jagten oder im Burghof oder Obstgarten herumtollten. Wegen der Bedrohung durch Steven wurden sie allerdings ständig schwer bewacht und durften sich weder hinter die inneren Burgmauern noch über den Küchengarten hinauswagen.

Die Stimmung auf der Burg schien sich unter dem Einfluss der Kinder sichtlich zu verbessern, auch wenn Bertha knurrte: »Bei dem endlosen Gekreische der verflixten Gören wird mir noch die frische Sahne sauer werden.« Aber nicht einmal sie konnte sich ein Lächeln verkneifen, wenn die Kleinen durch ihre Küche flitzten, schlitternd vor dem großen Tisch zum Stehen kamen, um ein Stück süßes Brot oder Käse zu stibitzen, und dann ihre Entdeckungsreise jauchzend vor Vergnügen fortsetzten.

Eadyth hatte sie aus ihrem Schlafgemach verbannt, als sie Abdul neckten, bis sein entrüstetes Gezeter nach draußen auf den Burghof schallte. Und dennoch schien der dumme Vogel richtig niedergeschlagen zu sein, wenn die Kinder nicht in seiner Nähe waren.

Eiriks Bewaffnete verwünschten die Kleinen zwar, wenn sie sich den Übungsplätzen näherten, wurden gelegentlich aber auch dabei beobachtet, wie sie den Kindern beibrachten, mit Pfeil und Bogen umzugehen. In gewisser Weise, dachte Eadyth, verkörperten die sorgenfreien Kinder Hoffnung und Erneuerung für Ravenshire, das so mancher schon dem Untergang geweiht geglaubt hatte.

Gegen Ende der Woche war die Burg blitzsauber und alles lief wie am Schnürchen. Eadyth hätte gern noch viele andere Veränderungen auf der Burg bewirkt, was allerdings nicht möglich war, solange sie nicht mehr über Eiriks finanzielle Verhältnisse wusste. Und da sie wenig hatte, womit sie arbeiten konnte – weder kostbare Tapisserien noch schöne Möbelstücke –, musste sie sich vorerst allein mit Sauberkeit begnügen.

Dennoch träumte sie davon, neben den Schlafzimmern im ersten Stock einen großen, hellen Raum als eine Art privates Wohnzimmer für die Familie anbauen zu lassen. Und auch die hölzerne Kapelle am Rand des Burghofs, die kaum mehr als eine Hütte war, musste unbedingt erneuert werden. Sämtliche Betten brauchten neue Bettwäsche und Bettvorhänge. Die mittlerweile rostfreien Waffen an den Wänden waren auf Hochglanz aufpoliert worden, doch die wenigen Tapisserien und Banner an den Wänden waren vom Alter und der Pflichtvergessenheit der Dienstboten schon ganz formlos und zerschlissen. In der Küche fehlten reichlich Utensilien – Messer, Löffel, ja, sogar Kochgeschirr und Kessel. Während Eiriks jahrelanger Abwesenheit war offenbar viel gestohlen worden. Und es mussten auch Stoffe gekauft werden für neue Kleider für die Dienstboten, und natürlich auch für Eirik und seine Bewaffneten.

Als Eadyth im Inneren der Burg getan hatte, was sie konnte, begleitete sie Wilfrid auf einem seiner Ausritte. Leider war es kein so erfreuliches Erlebnis, wie es hätte sein können, da sie auch in Gegenwart der Bediensteten ihre ermüdende Fassade aufrechterhielt: ihre Schultern gekrümmt halten, auf ihr Stirnband achten, ihrer Stimme einen schrillen Ton verleihen und hin und wieder losgackern wie eine Alte.

Manchmal, wenn Wilfrid glaubte, dass sie es nicht merkte, erschien ein merkwürdiger Ausdruck auf seinem Gesicht. Es wäre nicht gut für Eadyth, wenn die Gefolgsleute ihres Mannes ihre List entdeckten, bevor sie selbst die Chance bekam, ihre alberne Maskerade bei Eiriks Heimkehr zu beenden.

Als sie nun über die ausgedehnten Ländereien ritten und den freien Pächtern, die inzwischen einer nach dem anderen zurückgekehrt waren, Saatgut übergaben, besprachen sie die

Möglichkeiten einer hoffentlich sehr reichen Frühjahrsernte des Hafers und der Gerste.

»Das Ackerland ist fruchtbar«, stellte Wilfrid fest. »Ich habe Euren Rat beherzigt und in schmalen Streifen von jeweils drei Abschnitten pflügen lassen – den ersten für die jetzige Frühjahrsaussaat, den nächsten für die Herbsternte des Winterweizens und den dritten, um ihn ein Jahr brachliegen zu lassen.«

»Und Ihr werdet die wenigen Rinder, die Ravenshire geblieben sind, nach der Frühjahrsernte auf den brachliegenden Äckern und Stoppelfeldern weiden lassen?«

»Ja, Mylady. Ihr erinnert mich jetzt schon zum dritten Mal daran.«

Eadyth lächelte über Wilfrids leisen Tadel. »Ich weiß, dass ich schon mal ein bisschen nörglerisch sein kann.«

Wilfrid verdrehte nur die Augen.

»Die Katen der Pächter sind in einem bejammernswerten Zustand«, beklagte Eadyth sich, als sie die Felder verließen und durch die Ortschaft ritten.

Wilfrid zuckte mit den Schultern. »Die Burgmauern und die Aussaat kommen an erster Stelle.«

Eadyth wollte schon protestieren, überlegte es sich dann aber anders und schloss ihren Mund rasch wieder. Wie bei fast allen anderen Dingen wusste sie nicht, ob Eirik überhaupt die finanziellen Mittel hatte, um die Bauernkaten renovieren zu lassen.

Es stimmte sie ganz besonders traurig, feststellen zu müssen, dass auf dem einst für seine feine Yorkshire-Wolle bekannte Gut nun nicht einmal mehr ein einziges Schafe existierte. »Glaubt Ihr, Eirik hätte etwas dagegen, wenn wir wieder Schafe züchten würden?«, schnitt sie das Thema an. Als sie Wilfrids gequälte Miene sah, fügte sie rasch hinzu: »Anfangs wäre es natürlich erst mal eine kleine Herde.«

Wilfrid schüttelte den Kopf und grinste. »Irgendwie habe ich das Gefühl, Mylady, dass es so gut wie gar nichts gibt, was Ihr in kleinem Umfang tut. In den vergangenen drei Tagen habt Ihr mich bereits Notizen über der Ankauf weiterer Kühe sowie mehrerer Ochsen für die Pflüge machen lassen. Dann kamen die Renovierungen der Pächterkaten und das Beschneiden der Obstbäume hinzu, das Graben eines neuen Brunnens und zweier neuer Latrinengruben, die Reparatur des Dachs der Burg, die Vergrößerung der Ställe und die Umsiedlung Eurer Bienen für den Honig- und den Kerzenhandel – und nun wollt Ihr auch noch eine Herde blökender, stinkender Schafe haben!«

»Vergesst auch bitte die Reinigung der Abtritte nicht.«

Wilfrid brummte angeekelt bei der Erinnerung daran.

»Die Latrinen kommen an *allererster* Stelle«, sagte Eadyth nachdrücklich. Die drei Abtritte befanden sich direkt vor den Außenmauern des Burghofs, aus denen die steinernen Sitze weit hervorragten, damit die Exkremente direkt in die Gruben darunter fielen. Zu behaupten, dass sie bis zum Himmel stanken, war noch maßlos untertrieben. »Ich möchte wetten, dass die Gruben in Eiriks zweijähriger Abwesenheit nicht ein einziges Mal ausgehoben worden sind. Und die Latrinengruben unter den beiden inneren Klosetts wahrscheinlich auch nicht. Wann hat Ihr zum letzten Mal wenigstens ungelöschten Kalk hineingeben lassen?«

Wilfrid senkte betreten seinen Blick. »Das ist eine unangenehme Aufgabe, die ich lange aufgeschoben habe.«

»Ha! Schlimmer noch – ich habe bemerkt, dass weder sauberes Stroh noch Weinblätter zum Abwischen in den unteren Klosetten liegen. Was sagt das über die Sauberkeit von Ravenshires Bewohnern aus? Kein Wunder, dass Ignold und die anderen so stinken.«

»Mylady!«, stöhnte Wilfrid und errötete vor Verlegenheit. »Müsst Ihr *alle* Einzelheiten mit mir erörtern? Es reicht doch, dass ich weiß, dass Ihr die verflixten Klos gereinigt haben wollt.«

Am Tag darauf beauftragte sie Jeremy, den Steinmetz, den sie als Teil ihrer Mitgift aus Hawk's Lair mitgebracht hatte, das Lüftungsproblem im großen Rittersaal zu lösen. Früher hatte es einmal eine riesige zentrale Feuerstelle nach Wikinger-Art mit einem Rauchloch in der Decke gegeben, aber Eiriks Großvater Dar hatte viele angelsächsische Verbesserungen vorgenommen und sogar zwei prächtige Kamine an beiden Stirnseiten des großen Raums erbauen lassen. Doch da die Schornsteine für diesen großen Raum nicht lang genug waren, wurde der Rauch immer wieder zurück hineingetrieben.

Jeremys Fähigkeiten wurden draußen beim Wiederaufbau der Burgmauer allerdings auch dringend benötigt. Wie Hawk's Lair und viele andere Burgen in Britannien war Ravenshire auf einem hohen, oben abgeflachten Erdhügel erbaut worden, der von einem breiten Wassergraben umgeben war.

»Dar hat den hölzernen Wachturm durch steinerne ersetzen lassen«, erklärte Wilfrid, »den Pallisadenzaun hat er gegen eine innere und äußere Ringmauer ausgetauscht, die den Burghof mit seinen Außengebäuden und Übungsplätzen einschließen. Aber die angelsächsischen Angriffe auf Ravenshire in den letzten Jahrzehnten haben seinen Verteidigungsanlagen überhaupt nicht gutgetan.«

»Aber Eirik hat ja bereits mit der Instandsetzung der Mauern begonnen. Ich bin sicher, dass Jeremy es schaffen wird, die Renovierung zu beschleunigen.«

Und nun, da Eadyth Wilfrid seinen neuen Steinmetz wieder wegnahm, beklagte er sich über ihre Prioritäten. »Ein bisschen

Rauch in Euren Augen dürfte wohl nichts gegen das sein, was Ihr zweifellos erleiden werdet, wenn unsere Feinde die Burgmauern durchbrechen.«

»Schön, dass wenigstens einer auf Ravenshire einen Teil meiner Mitgift zu schätzen weiß. Eirik hat wahrlich schon genug über meine Mitgift-Bienen gelästert.«

Wilfrid, der ihre Klagen über ihren Gatten schon gewohnt war, lachte nur.

»Apropos Bienen – sie sind der einzige Bestandteil meiner Mitgift, den ich meinem Mann bisher noch nicht übergeben habe, und ich kann es kaum erwarten, die Bienen in mein neues Zuhause zu verlegen.«

Wilfrid murmelte einen ziemlich bissigen Kommentar.

»Bei all der Arbeit, die auf Ravenshire erledigt werden muss und ohne jeden Anhaltspunkt dafür, dass Eirik die nötigen Mittel hat, sie zu bezahlen, will ich mein Bienengeschäft hierher verlegen, um das Gut wieder so weit auf Vordermann zu bringen, dass es prosperieren kann.«

»Es ist Lord Ravenshires Entscheidung und nicht die Eure, Lady Eadyth«, schnaubte Wilfrid, »was er sich mit diesem Gut zu tun erlauben kann. Außerdem dachte ich, die verspätete Frühjahrsaussaat würde diesem Zweck bereits dienen!«

»Das Bestellen der Felder ist natürlich ein erster Schritt, aber damit würden wir bestenfalls das Herrenhaus versorgen können. Auch die Schafzucht und Weberei könnte mit der Zeit rentabel werden, für einen sofortigen Kapitalzufluss werden wir jedoch meinen Honig und meine Bienenwachskerzen brauchen.«

»Ihr wollt mit Euren eigenen Produkten Handel treiben?«, fragte Wilfrid entsetzt.

Eadyth bedachte ihn mit einem herablassenden Blick. »Selbstverständlich. Es besteht eine enorme Nachfrage nach meinen Waren, vor allem nach den einzigartigen Zeitmesskerzen, die ich herstelle.«

Wilfrid musterte sie skeptisch.

»Die Zeitmesskerzen wurden schon vor vielen Jahren von König Alfred erfunden, aber meine sind von ganz besonders hoher Qualität.«

Wilfrid schüttelte bestürzt den Kopf; vermutlich rechnete er sich schon aus, wie viel zusätzliche Arbeit sie ihm noch aufbürden würde. Aber all ihre Pläne hingen davon ab, ihre Bienenzucht nach Ravenshire zu verlegen, und dazu musste sie zunächst einmal geduldig auf die Rückkehr ihres Gatten warten. Und Geduld zählte leider nicht unbedingt zu ihren Tugenden.

Gegen Ende der sechs Wochen erhielt Eadyth eine kurze Nachricht von ihrem Mann, deren Knappheit und Mangel an Gefühl sie merkwürdigerweise sehr verletzte.

Liebe Eadyth,
ich bitte um Entschuldigung für die Verspätung. Bin im Auftrag meines Königs noch in Schottland, rechne aber damit, in zwei Wochen wieder zurück zu sein. Sei vorsichtig.

Dein Gatte,
Eirik

»Herrgott, ich bin das Warten langsam gründlich leid«, sagte Eadyth ärgerlich zu Wilfrid, der die an ihn gerichtete, erheblich längere Nachricht seines Dienstherrn las. »Schreibt er Euch, warum er sich verspätet?«

Wilfrid starrte sie verwundert an, aber dann zuckte er mit den Schultern, als wolle er keine Geheimnisse verraten.

Aus dem Datum ihres Briefs schloss Eadyth, dass mindestens noch sechs Tage vergehen würden, bevor Eirik zurückkehrte. Das wäre genügend Zeit, um nach Hawk's Lair zu reiten, ihre Bienen und die dazugehörigen Gerätschaften zu holen und noch vor Eiriks Ankunft wieder auf Ravenshire zu sein.

Sie überlegte, Wilfrid vorzuschlagen, es so zu machen, entschied sich dann aber dagegen. Eirik hatte ihr befohlen, wegen der von Steven ausgehenden Bedrohung auf der Burg zu bleiben und auf die Kinder aufzupassen, und das auch zweifellos mit gutem Grund. Aber Eadyth sah trotzdem nicht ein, warum sie nicht allein bei Nacht nach Hawk's Lair reiten und die Kinder unter der Obhut von Girta und Eiriks Bewaffneten zurücklassen konnte.

Wilfrid aber würde ganz gewiss nicht zulassen, dass sie alleine die Burg verließ. Er würde Eiriks Anweisungen mehr als wörtlich nehmen.

Und darum erzählte sie ihm nichts von ihren Plänen, sondern hinterließ nur eine Nachricht für Girta, um ihr mitzuteilen, wohin sie wollte und dass sie so schnell wie möglich wieder zurückkehren würde.

Vier Tage später näherte Eirik sich mit seinem kleinen Gefolge Ravenshire und wandte sich lächelnd Sigurd zu, der neben ihm ritt.

»Gott, es tut gut, wieder daheim zu sein! Ich bin hundemüde, schmutzig und es gründlich leid, schottische, wikingische und walisische Anführer überreden zu wollen, einem angelsächsischen König treu zu bleiben.«

Sigurd lachte.

»Ich habe auf sie eingeredet, bis ich heiser war. Ich habe in erzwungener Kameradschaft Met und Wein getrunken, bis meine Augäpfel sich anfühlten, als würden sie mir jeden Moment aus dem Kopf fallen. Ich habe mir die Zunge blutig gebissen vor lauter diplomatischer Zurückhaltung.«

»Und wir alle haben so viele weite Strecken auf unseren Pferden zurückgelegt, dass die Haut unserer Hinterteile schon wie Leder ist«, fügte Sigurd lächelnd hinzu.

»Ja, wir haben unsere Sache gut gemacht, als wir König Emunds Botschaft durch ganz Britannien und noch weiter gebracht haben. Aber glaubst du, dass wir auch erfolgreich waren?«

Sigurd zuckte mit den Schultern. »Euch gegenüber gaben sie sich loyal, aber einige dieser Machthaber aus den Grenzgebieten sind so unabhängig, dass sie genauso gut auch ein falsches Spiel mit unserem König treiben könnten, wenn der Aufstand erst beginnt.«

»Das Einzige, dessen ich mir sicher bin, ist, dass uns eine Rebellion bevorsteht. Wohin wir auch kamen, überall waren die Anzeichen dafür, dass immer mehr von den Gerüchten über den bevorstehenden Tod des Königs angelockte Krieger ins Land strömen, unübersehbar«, schloss Eirik und seufzte müde, als sie die letzte Steigung vor Ravenshire überwanden.

Als sein Gefolgsmann an ihm vorbei vorausritt, rief Eirik: »Mein Gott, du stinkst, Sigurd!«

Sigurd lachte. »Auch Ihr riecht nicht gerade nach Veilchen, Mylord. Als wir heute Morgen in Jorvik an einer jungen Dame vorbeiritten, habe ich gesehen, wie sie sich die Nase zuhielt. Sie machte sogar eine Bemerkung über den eigentümlichen Geruch heidnischer Wikinger.«

Eirik verzog die Lippen zu einem müden Lächeln. Zum Lachen war er viel zu müde. »Vielleicht hätte ich sie meine angelsächsische Hälfte riechen lassen sollen. Zum Vergleich. Ich möchte wetten, dass es ein fairer Wettbewerb gewesen wäre.«

Alle seiner Männer lachten über seinen Scherz.

Wir hätten in Jorvik bleiben sollen, dachte Eirik, zumindest über Nacht. Tatsächlich war er sogar mit der Absicht, seine Mätresse Asa aufzusuchen, in die Hafenstadt geritten. Er hatte ein warmes Bad, ein paar Stunden Schlaf und eine lange, heiße Nacht mit seiner süßen Schmuckmacherin im Sinn gehabt. Doch dann war er seinem Bruder im Hafen begegnet, wo dieser Reparaturen an seinem Schiff beaufsichtigte, die sein Auslaufen bisher verzögert hatten. Und Tykir hatte ihn an seine frischgebackene Ehefrau erinnert, die ihn auf Ravenshire erwartete.

»Die Ehe ist noch nicht vollzogen worden, Eirik.«

»Ha! Ich denke, das weiß ich selbst am besten, Bruder. Also hör gefälligst auf, dich einzumischen.«

Tykir zuckte mit den Schultern. »Ich dachte, du hättest deine Gründe, die Alte zu heiraten«, erwiderte er und grinste, als würde es ihm größtes Vergnügen bereiten, seinen Bruder mit Eadyths Alter aufzuziehen. »Hattest du Glück in Winchester beim König und dem Witan, was Steven von Gravelys Petition angeht?«

»Einigermaßen. Nachdem Edmund mir seine Unterstützung versprochen hatte, habe ich Beschwerde beim Königlichen Rat eingelegt und die Anerkennung meiner Vaterschaft von Eadyths Sohn gefordert.« Er zuckte mit den Schultern. »Natürlich weißt du ebenso gut wie ich, dass der Witan letztendlich so handeln wird, wie der politische Wind weht. Am wichtigsten jedoch ist, dass ich sehr oft und auch gerade in der Öffentlichkeit von meiner geliebten Gattin und meinem Sohn auf Ravenshire gesprochen habe. Hoffen wir, dass meine Worte Steven so verärgern werden, dass er unvorsichtig wird und wir seinen Frechheiten endlich ein Ende bereiten können.«

»Dann solltest du nach Ravenshire zurückkehren, Eirik. Oder möchtest du riskieren, dass die Falle, die du ihm gelegt hast, ungefährlich wird, indem du hier in Jorvik deine Zeit vertrödelst? Bevor deine Ehe in aller Form vollzogen ist?«

Eirik kniff misstrauisch die Augen zusammen und musterte seinen Bruder forschend. »Ich fände es interessanter zu erfahren, wieso du mich eigentlich so drängst, zu meiner zänkischen Gemahlin heimzukehren. Weißt du etwas, was ich nicht weiß?«

»Ich?«, fragte Tykir und schlug sich mit beleidigter Miene auf die Brust. »Es ist nur so, dass ich deine Frau mit deiner Morgengabe schon ein bisschen für dich erweicht habe, Bruder. Dir gewissermaßen den Weg geebnet habe, wenn du es so nennen willst. Und deshalb möchte ich natürlich nicht, dass meine brüderlichen Bemühungen vergebens waren.«

Eirik schüttelte den Kopf, als er sich wieder an die ernsten Abschiedsworte seines Bruders erinnerte: »Denk an meine Worte, Bruder, wenn der richtige Moment gekommen ist. Schönheit liegt im Herz, nicht in den Augen.«

Das ist für Tykir leicht gesagt, dachte Eirik, als er Wilfrid und seinen anderen Gefolgsleuten, die sich auf den Zinnen der Burg versammelt hatten, zuwinkte. Sein Bruder musste ja schließlich nicht mit diesem dürren alten Weib ins Bett steigen.

Verärgert runzelte er die Stirn, als er sich an Eadyths letzte beleidigende Bemerkung über grunzende Schweine erinnerte, und an seine Drohung, sie bei seiner Heimkehr dafür büßen zu lassen.

In Wahrheit waren es jedoch ganz andere Gedanken, die Eirik seit seiner Abreise beschäftigten. Vor allem in letzter Zeit hatte er sehr oft daran gedacht, wie er und Eadyth sich in seinem Schlafzimmer geküsst hatten, und sich gefragt, ob der Paarungsakt mit ihr vielleicht doch gar nicht so unangenehm sein würde.

Ja, wenn Eadyth ihre zänkische Art ablegen und das Dunkel seines Schlafzimmers ihr graues Haar und ihre Falten verbergen würde, könnte es ihm womöglich sogar gefallen, ihre Widerspenstigkeit im Bett zu zähmen. Was war es noch, was Selik immer sagte? *Im Dunkeln sind alle Katzen grau*. Eirik lachte, als er zu den Zinnen aufschaute und sie nach dem Gegenstand seiner Erheiterung absuchte.

Dann runzelte er die Stirn.

Girta stand dort oben, mit Larise und John, die ihm freudig zuwinkten. Aber Eadyth war nirgendwo zu sehen. Wo steckte seine Frau?

Vielleicht hoffte das lästige Frauenzimmer, ihn zu bestrafen, indem sie sich nicht auf den Zinnen blicken ließ. Mit seinem gnadenlosen Abschiedskuss vor all seinen Gefolgsleuten und Gästen hatte er sie zutiefst verärgert. Und nun hoffte sie wohl, es ihm heimzahlen zu können. Aber er hatte mehr als genug von ihrem hartnäckigen Stolz. Eiriks Lippen wurden schmal vor Ärger. Wenn sie heute Nacht mit gespreizten Beinen unter ihm lag, würde er ihrer Aufsässigkeit ein für alle Mal ein Ende machen.

»Wo ist meine Frau?«, fragte er Wilfrid, als er im Burghof vom Pferd stieg und gerade noch ein Aufstöhnen über den Schmerz in seinen verkrampften Muskeln unterdrücken konnte. »Sag ihr, dass sie mir sofort ein Bad bereiten lassen soll.«

Wilfrid wurde bis über die Ohren rot. »Tja ... ähm ...«

»Was?«

»Sie ist nicht da.«

»Nicht *da*? Und wo ist sie?«

»In Hawk's Lair.«

»Das kann doch nicht dein Ernst sein!«, gab Eirik ungläubig zurück. Dieses törichte Frauenzimmer würde sich mit ihrer Unabhängigkeit noch ernsthaft in Gefahr bringen. »Ich hatte ihr befohlen, die Burg nicht zu verlassen. Und du hattest die Anweisung, dafür zu sorgen, dass sie und die Kinder unentwegt unter Bewachung stehen.«

»Die Kinder haben ein gutes Dutzend Wachen erschöpft, solange du nicht hier warst«, erwiderte Wilfrid verteidigend, um dann aber mit beschämter Miene zu gestehen: »Deine Frau hat die Burg verlassen, als alle schliefen – am späten Abend vor vier Tagen.«

»Und haben wir denn keine Wachen?«

»Ja, aber sie dachten wohl, sie hätte die Erlaubnis auszureiten.«

»Wer hat sie begleitet?«, fragte Eirik mit steinerner Miene und zu Fäusten geballten Händen. Bei Gott und allen Heiligen! Er würde dem Weib für ihre Ungehorsamkeit den Hals umdrehen. Das Beste wäre, wenn sie ihr dürres Gestell noch eine ganze Weile vor ihm verstecken würde, bis seine rasende Wut sich etwas abgekühlt hatte.

Aber da hörte Eirik plötzlich einen lauten, von schrillem Kläffen begleiteten Tumult. Drei – nein, vier Gestalten stürmten durch die offenen Tür des Rittersaals und die Treppe zum Burghof hinunter.

Larise kam schlitternd vor ihm zu stehen, gefolgt von John und dem Küchenjungen Godric, der gerade noch einen Zusammenstoß mit der kleinen Larise vermeiden konnte. Und der große Hund, den seine nicht anwesende Gattin adoptiert hatte, hing den Kindern kläffend an den Fersen.

»Vater!«, schrie Larise entzückt und sprang auf ihn zu,

schlang ihm die Arme um den Nacken, bis er fast erstickte, und schwang ihre Beine um seine Taille. Hinter ihm tänzelte sein Schlachtross nervös und schnaubend, und Eirik, der todmüde von der Reise war, kippte dank Larises stürmischer Umarmung beinahe nach hinten.

»Potztausend! Bin ich zu einer Burg voller Schwachköpfe heimgekehrt?«, fragte Eirik Wilfrid, während er Larise auf die Füße stellte. Ihr nasses, nach Seife riechendes Haar und ihr glänzendes Gesicht ließen darauf schließen, dass sie kürzlich erst gebadet hatte. Die beiden anderen Kinder waren scheinbar ebenfalls gebadet worden, und selbst den zappelnden Hund, den John in den Armen hielt, hatte man offensichtlich nicht von einer gründlichen Säuberung verschont.

Girta trat vor und scheuchte die Kinder in die Küche. »Ab ins Bett mit euch!«

»Wo ist deine Herrin?«, fragte Eirik kühl.

»Sie hatte in Hawk's Lair etwas zu erledigen. Sie dachte nicht, dass Ihr so bald zurückkehren würdet.«

»Was war so dringend, dass es nicht bis zu meiner Rückkehr warten konnte?«

Girta zuckte mit den Schultern und setzte eine ausdruckslose Miene auf. Sie schien über Eadyths Vorhaben im Bild zu sein und hatte scheinbar nur nicht vor, es ihm zu sagen. »Sie wird morgen bestimmt wieder zurück sein. Dann kann sie es Euch selbst erklären.«

»Oh, ich bin sicher, dass sie es mir erklären wird«, versetzte Eirik frostig und dachte, dass er seinem Bruder alles andere als dankbar für die kommende Nacht war. Statt zu einer nicht anwesenden Ehefrau heimzueilen, hätte er ein warmes Bett mit Asa teilen können.

Später an jenem Abend, nachdem er gebadet und gegessen

hatte, hörte Eirik, dass jemand leise an seine Schlafzimmertür klopfte.

»Herein.«

Es war Wilfrid, der ein wenig zögernd eintrat. Ein merkwürdiger Ausdruck verdüsterte sein sonst immer so freundliches Gesicht.

»Komm und trink einen Becher Wein mit mir. Er ist aus Frankreich, glaube ich. Ich habe ihn heute Morgen in Jorvik gekauft.«

Wilfrid schüttelte den Kopf und nahm auch nicht in dem ihm angebotenen Sessel Platz. Ohne jede weitere Einleitung brach es aus ihm heraus: »Mylord, Britta hat mir gerade einen Brief gezeigt, den sie heute Morgen im Schlafzimmer Eurer Gemahlin unter der Matratze fand.«

Wieder zögerte er, dann überreichte er Eirik ein zusammengefaltetes Pergament, das an Lady Eadyth von Ravenshire adressiert war.

»Das Siegel war bereits aufgebrochen, als Britta den Brief fand«, erklärte Wilfrid, als er sah, dass Eirik das Schreiben prüfend musterte.

Eirik öffnete das Pergament bedächtig, da Wilfrids Verhalten deutlich zu entnehmen war, dass ihm der Inhalt dieses Briefs nicht gefallen würde.

Und das tat er dann auch wirklich nicht.

Meine liebste Eadyth,
ich habe gehört, dass deine Hochzeit, so wie wir es geplant hatten, stattgefunden hat. Mein Herz weint um dich und das Opfer, das du für mich und unsere Zukunft bringst. Möge Gott verhüten, dass das Scheusal von Ravenshire von deiner Schwangerschaft erfährt. Ich arbeite noch an meinen Plä-

nen, meine eigene fruchtlose Ehe zu beenden, damit meine bei-den *Kinder legitimer Abstammung sein können. Halte durch, Liebste, nur noch ein bisschen länger, bis wir endlich in unserer unsterblichen Liebe vereint sein können.*

Deines Herzens wahrer Gatte,
Steven

Zuerst war Eirik sprachlos vor Empörung. Dann warf er den Brief auf den Boden und trampelte in wilder Wut auf ihm herum.

»Dieses hinterhältige, verlogene Miststück!«, brüllte er und wünschte, Eadyth und nicht Wilfrid stünde vor ihm, damit er seine Wut an ihr hätte auslassen können. Frustriert griff er nach seinem Weinkelch und schleuderte ihn an die Zimmerwand. Im Bruchteil von Sekunden später folgten der zweite Kelch, ein silberner Kettengliedergürtel, sein Helm, ein Specksteinkerzenhalter, ja, sogar der irdene Krug mit Wein. Aber auch das genügte ihm noch nicht.

»Ich hätte es wissen müssen!«, stieß er hervor. »Ich hätte es verdammt noch mal erkennen müssen. Alle Anzeichen waren da. Ihr uneheliches Kind. Ihr Widerwille bei meinen Berührungen. Ihre Heimlichtuerei.«

»Mylord, vielleicht solltet Ihr mit Lady Eadyth reden, bevor Ihr sie zu hart beurteilt«, wagte Wilfrid einzuwenden.

»Nein!«, fuhr Eirik seinen Freund scharf an. »Du und mein Bruder hattet mir geraten, dieser Frau wegen ihrer aufsässigen Art mehr Freiheiten zu lassen. Ha! Aufsässig ist ein viel zu mildes Wort für sie. Heimtückisch ist sie, das hat sie ja jetzt klar bewiesen! Ich hätte mich auf meinen Instinkt verlassen sollen, der mir immer schon gesagt hat, besser keiner Frau zu vertrauen.«

»Aber das ergibt doch alles keinen Sinn ...«

»Sinn! Das Einzige, was Sinn in dieser traurigen Geschichte Sinn ergibt, ist der Geruch – dieser verfluchte, abscheuliche Geruch einer verdorbenen, ehebrecherischen Frau.« Mit gespreizten Fingern fuhr er sich durchs Haar, zerraufte es sich wild und schüttelte den Kopf. »Himmelherrgottsakra! Wie oft muss ein Mann sich noch verbrennen, bevor er lernt, dem Feuer zu misstrauen?«

»Aber ich verstehe das einfach nicht. Wenn sie den Herrn von Gravely gar nicht wirklich fürchtete, warum hätte sie dann Eure Frau werden sollen?«

»Steven wollte mich schon immer ruinieren. Diesmal hat er sie in seinem heimtückischen Komplott benutzt. Und wer weiß, was Eadyth dadurch zu gewinnen hoffte.« Eirik zuckte mit den Schultern. »Wahrscheinlich bildet sie sich ein, in diese Teufelsbrut verliebt zu sein.«

»Irgendwie passt sie nicht so recht ins Bild«, bemerkte Wilfrid unsicher.

»Ich weiß, was du meinst. Ich hatte auch gedacht, sie wäre längst über das gebärfähige Alter hinaus. Und im Übrigen sucht Steven sich normalerweise anziehendere Frauen für seine amourösen Abenteuer aus.«

»Nun, da könntet Ihr Euch irren. Nehmt es mir nicht übel, was ich Euch jetzt sage, aber während Eurer Abwesenheit bin ich oft mit ihr über das Land geritten. Sie war mir mit all ihren Forderungen wie ein Dorn im Fleisch. Aber irgendwie werde ich das Gefühl nicht los, dass sie möglicherweise nicht so ist, wie wir denken.«

Eirik wartete darauf, dass Wilfrid ihm erklärte, was er meinte, aber sein Seneschall lief nur rot an und stammelte: »Es steht mir jedoch nicht zu, ohne Beweise solche Dinge auszuplaudern. Und Ihr werdet mich für verrückt erklären, wenn ich Euch sage, dass sie gar nicht *so* unattraktiv ist.«

»Ha! Ich würde eher sagen, dass deine Augen langsam schlechter werden. Wie meine eigenen. Oder dass Britta deine Männlichkeit in Brei verwandelt hat.«

Wilfrid senkte betreten den Kopf.

Eirik hob seinen Kelch vom Boden auf und sah sich im Raum nach Wein um, bevor ihm wieder einfiel, dass er den Krug ja gegen die Wand geschleudert hatte. Seinen Lippen verzogen sich vor Abscheu über das ihn umgebende Durcheinander, als seine Vernunft zurückkehrte und seinen Zorn ein wenig milderte.

»Lass mir Wein heraufbringen«, wies er Wilfrid an. »Und sorg dafür, dass John und Larise rund um die Uhr bewacht werden. Lass sie nicht einmal unbegleitet die Latrinen aufsuchen.«

»Ja.« Wilfrid nickte zustimmend und ging zur Tür, wo er sich dann aber noch einmal umdrehte. »Wollt Ihr, dass ich heute Abend Männer hinausschicke, damit sie Lady Eadyth suchen?«

Eirik erwiderte sehr entschieden: »Nein, das tun wir morgen früh. Und dann, das schwöre ich dir bei Gott und allen Heiligen, wird sie teuer für ihren Verrat bezahlen.«

Trotz seiner Erschöpfung fand Eirik in dieser Nacht keinen Schlaf. Er trank Kelch um Kelch von dem vorzüglichen französischen Wein, erreichte aber dennoch nicht den von ihm herbeigesehnten Zustand seliger Betäubung. Stattdessen arbeitete sein Verstand ununterbrochen, wog die vorhandenen Beweise ab, suchte Antworten und kam zu Schlüssen. Er kehrte immer wieder zu zwei eindeutig bewiesenen Tatsachen zurück: Eadyth hatte geringstenfalls einen verdammten Narren aus ihm gemacht und schlimmstenfalls vielleicht sogar dabei geholfen, seinen Tod zu planen.

Als das erste Tageslicht durch die Pfeilschlitze in seinen Schlafzimmerwänden fiel, war Eirik steif vor Wut. Er hielt seinen Zorn aber unter einer ruhigen, verschlossenen Fassade unter Kontrolle, als er in den großen Saal hinunter und in die Küche ging, wo sein Gesinde bereits fleißig bei der Arbeit war.

Trotz seines Ärgers konnte er überall Anzeichen von Eadyths Einfluss sehen. Die Burg roch frisch vom vielen Schrubben, und alle hölzernen Oberflächen waren auf Hochglanz aufpoliert, zumindest soweit ihr arg vernachlässigter Zustand es ermöglichte. Er bemerkte auch zwei neue Rauchfänge im großen Saal, die anzubringen er schon seit Jahren geplant, seiner häufigen Abwesenheit wegen aber nie geschafft hatte.

Aus der frischen Binsenstreu stieg der wohlriechende Duft zerstoßener Kräuter auf, als er durch die große Halle ging. In der Küche traf er eine sehr veränderte Bertha vor der Feuerstelle an. Die Köchin war mit einer sauberen Tunika bekleidet und trug einen weißen Wimpel und ein ordentliches Stirnband über ihrem straff zurückgekämmten Haar.

»Mylord«, sagte sie mit einer ehrerbietigen Verbeugung, »darf ich Euch eine Schale Haferbrei oder etwas Brot und Käse zum Frühstück bringen lassen?«

»Nein«, erwiderte er und vergaß vor lauter Überraschung, seinen Mund zu schließen, als er all die Veränderungen in der makellos sauberen Küche bemerkte. Langstielige, duftende Kräuter und getrocknete Blumen hingen büschelweise von den Deckenbalken. Es lag keine Binsenstreu mehr auf dem steinernen Fußboden, der gerade von einer Magd, die auf den Knien hockte, mit Sand und Seifenlauge abgeschrubbt wurde.

Godric, der Waisenjunge, den Eirik am Abend zuvor bei John und Larise gesehen hatte, saß vor dem Feuer und pulte Bohnen. Dabei nickte er Eirik schüchtern zu.

Ein ziemlich zweideutiges Liedchen summend kam Britta mit einem Stapel Bettwäsche hereingeeilt. Als sie Eirik sah, verlangsamte sie ihre Schritte und errötete vor Verlegenheit über seinen Blick, bevor sie durch die Hintertür wieder hinauseilte, um das Bettzeug den Wäscherinnen zu übergeben.

Mit einer gemurmelten Bemerkung über Arbeit, die er zu erledigen hätte, ging Eirik wieder in den Saal und von dort aus zur Burgmauer, deren Instandsetzung unter der Anleitung von Jeremy, dem Steinmetz, den Eadyth als Bestandteil ihrer Mitgift mitgebracht hatte, schon nahezu beendet war. Wie weit geht Eadyths Verrat wohl?, fragte Eirik sich. Jeremy könnte beispielsweise minderwertigen Sand in den Mörtel geben, damit er gleich beim ersten Angriff schon wieder zerbröckelte. Ich werde mir die Sache genauer ansehen müssen, dachte Eirik.

Als er gerade die Stallungen betreten wollte, um die Jagd auf seine untreue Frau in die Wege zu leiten, läutete der Wachposten auf der Palisade die große Turmglocke, die vor ungebetenen Besuchern warnte. Wilfrid kam zu Eirik auf die Zinnen. Mit wachsender Verblüffung beobachteten sie, wie Lady Eadyth auf einem schneeweißen Zelter die Anhöhe zur Burg hinaufritt. Ihr folgte eine ganze Karawane von Pferdekarren, die bis zum Überlaufen mit einem Sammelsurium bizarrer Gegenstände gefüllt waren – dutzende große, kegelförmige Körbe, nicht minder große Holzkisten mit feinem Gitterwerk an beiden Seiten und hunderte Tongefäße und metallene Formen.

Das Schlimmste aber war, dass sie und die jungen Männer, die ihre Karren lenkten, von Kopf bis Fuß in die von ihr so gern benutzten durchsichtigen Schleier gehüllt waren! Eirik kniff wütend die Augen zusammen. *Beim Heiligen St. Sebastian!*

Vielleicht würde er sie ja mit einem dieser furchtbaren Stofffetzen erwürgen, sie dann in Stücke schneiden, damit sie in einen dieser großen Körbe hineinpasste, und sie so zu ihrem Geliebten nach Gravely schicken.

Der Gedanke entlockte ihm ein Grinsen.

Eadyth war überrascht, ja, sogar entzückt, ihren frischgebackenen Ehemann mit Wilfrid und einigen seiner Gefolgsleute im Burghof stehen zu sehen, als sie mit ihrer Karawane in den Hof einbog. Sie hatte Eirik erst am Tag darauf zurückerwartet, aber es war gut, dass er schon da war. Er konnte ihr beim Entladen der Wagen helfen und ihre Bienenzucht-Geräte irgendwo hinter dem Obstgarten unterbringen lassen.

Aber dann sah sie seine herausfordernde Haltung, seine leicht gespreizten Beine, die eng anliegenden Beinlinge und das wollene schwarze Wams, mit dem er bekleidet war. Er musste gerade erst aufgestanden sein, denn die Lederbänder an seinem Halsausschnitt waren nicht geschlossen und gaben den Blick auf ein verführerisches Stückchen sonnengebräunter Haut und lockigen schwarzen Brusthaars frei. Eadyth blieb jedoch keine Zeit, sich an diesem Anblick zu erfreuen, da ihr Blick zu seinen in die Hüften gestemmten, sich krampfhaft öffnenden und schließenden Fäusten geglitten war.

Ach, du liebe Güte. Sie hatte gewusst, dass es ihm missfallen würde, wenn sie Ravenshire gegen seinen ausdrücklichen Befehl verließ, aber sie hatte nicht damit gerechnet, dass er derart aufgebracht sein würde.

Ein Knappe trat vor und half ihr abzusitzen. Die sechs Pferdekarren hielten hinter ihr, und die Fahrer warteten auf ihr Zeichen abzusteigen.

Eirik rührte sich nicht von seinem Platz am Kopf der Treppe, die in den großen Burgsaal führte. Offenbar erwartete er, dass *sie* zu ihm ging, um ihn zu begrüßen. Und obwohl Eadyth verärgert das Gesicht verzog, musste sie sich eingestehen, dass das das Mindeste war, was sie tun konnte, nachdem sie seine Anweisungen missachtet hatte.

Als sie jedoch schon auf halbem Weg die Treppe hinauf war, sah sie die kalte Wut in seinen blauen Augen und blieb für einen Augenblick erschrocken stehen. Sie sah, wie sein Blick verächtlich über ihren Bienenschleier glitt. *Heilige Maria Mutter Gottes!* Er erwartete doch wohl nicht, dass sie schutzlos Bienen transportierte?

Als sie nähertrat, packte er sie an den Oberarmen und zog sie nahe genug zu sich heran, damit sie seine scharfen Worte hörte. »Wo zum Teufel warst du, Füchsin?«

Seine harschen Worte ließen Eadyth zurückfahren. Sie versuchte, sich von ihm loszureißen, was ihr aber leider nicht gelang.

»Ich war in Hawk's Lair«, stammelte sie, da seine unverhohlene Feindseligkeit und Wut sie ungemein verwirrten.

»Und wer war mit dir dort? Dein Geliebter?«

»Mein *was?*«, entgegnete sie entrüstet. »Hast du den Verstand verloren? Ein Geliebter ist das Letzte, was ich will. Weder dich noch irgendeinen anderen Mann, du verdammtes Scheusal!«

»Ja, ›das Scheusal von Ravenshire‹, so nannte mich auch dein Geliebter in seinem Brief, wenn ich mich recht entsinne. Ist das ein Kosename, den ihr zwei euch für mich ausgedacht habt?«

Ein ungutes Gefühl beschlich Eadyth. Was redete er da? Von welchem Geliebten sprach er? Und von welchem Brief?

»Lass uns hineingehen und darüber sprechen, Eirik. Es muss sich um eine Missverständnis handeln, das ich sicher …«

»Nein, die Einzige, die hier etwas missversteht, bist du. Ich habe dich vor der Hochzeit gewarnt, dass ich keine Treulosigkeit bei einer Ehegattin dulden würde.«

Da trat Wilfrid vor und legte eine Hand auf Eiriks Arm. »Mylord, es wäre unziemlich, dieses Gespräch vor Euren Bediensteten und Gefolgsleuten weiterzuführen.«

Eirik sah sich um und schüttelte den Kopf, als ob er gerade erst wieder zur Besinnung käme. Eadyths Arm noch immer fest im Griff, begann er sie in die Burg zu ziehen.

»Warte«, sagte Eadyth und stemmte sich ihm entgegen. »Ich muss zuerst die Wagen entladen.«

»Wieso?«, gab Eirik argwöhnisch zurück. »Weil sie mit Geschenken von Steven beladen sind, die du vor mir verbergen willst? Oder vielleicht mit einem besonderen Gift, das du in meinen Met geben willst?«

»Steven?« Eadyth war wie vom Donner gerührt, als ihr klar wurde, dass Eirik sie beschuldigte, ihn mit dem Graf von Gravely zu betrügen. In diesem kurzen Moment, während dem sie sprachlos vor Erstaunen dastand, stürmte Eirik schon die Treppe hinab und begann die speziell geflochtenen, kegelförmigen Bienenkörbe vom Wagen zu reißen, um dann heftig fluchend nach irgendeinem darunter verborgenem Beweis für ihre Schuld zu suchen.

Er wollte gerade einen der Kästen öffnen, als Eadyth erschrocken »Nein!« schrie. Aber er warf ihr nur einen verächtlichen Blick zu, und Eadyth wusste, dass ihr Protest ihn nur dazu veranlassen würde, das Gegenteil zu tun.

Und dann war es zu spät.

Eadyth stöhnte auf und stürzte vor, als er den ersten Kasten öffnete und Hunderte von aufgebrachten Bienen freiließ, die Sekunden später über sein Gesicht und seinen Nacken, unter seine lose Tunika und über seine eng anliegende Hose krabbelten.

»Oh Gott! Verhalt dich ruhig, Eirik. Bleib um Himmels willen ruhig stehen, denn ich kann dir nicht helfen, wenn du so herumzappelst!«

Eirik schimpfte und fluchte in mehreren Sprachen zugleich und benutzte Worte, die Eadyth heiß erröten ließen, während er wild mit den Armen um sich schlug, um die wütend zustechenden Insekten von seinem Körper abzuschütteln. Aber es waren zu viele, und sein Herumgefuchtel erregte sie nur noch mehr.

Eadyth rief Edgar und Oslac, zwei der Fahrer ihrer Pferdekarren, die Schutzschleier und Lederhandschuhe trugen, zu ihnen herüberzukommen und ihr zu helfen. In der Zwischenzeit klaubte sie mehrere der wertvollen Bienenköniginnen, die an ihrer Form und Farbe leicht zu erkennen waren, von Eirik ab und verfrachtete sie wieder in den Kasten. Dann vertrieben Eadyths Assistenten mit rauchenden Fackeln die restlichen Bienen vom Körper ihres Mannes und trieben sie zurück in ihren Stock.

Als endlich alle wieder im Kasten waren oder aber tot am Boden lagen, sah Eadyth sich nach Eirik um. Seine Augen tränten von dem Rauch, und winzige weiße Flecken bedeckten sein Gesicht und seine Arme wie vermutlich auch die Haut unter Tunika und Hose.

Eadyth gab den Männern, die sie nach Ravenshire begleitet hatten, schnell ein paar Anweisungen, wo sie die Körbe und die Bienen hinbringen sollten, und bat Girta, die der Tumult hinausgelockt hatte, ihren Assistenten den Weg zu zeigen. Bertha trug sie auf, einen Badezuber mit heißem Wasser, mehrere Brocken Salz und eine Hand voll roher Zwiebeln in Eiriks Schlafzimmer zu bringen.

»Beeil dich, Eirik! Ich muss die Stachel so schnell wie möglich aus deiner Haut entfernen, bevor die Stiche anschwellen und sich womöglich noch entzünden.«

Eirik starrte sie zuerst nur wie vom Donner gerührt an. Dann aber sagte er tödlich ernst: »Ich bringe dich um, Eadyth!«

8. Kapitel

»Küss mich, Liebling, arrk.«
»Küss dich selbst.«
»Willst du mich nackt sehen?«
»Und willst du, dass ich dir die Federn ausrupfe und sie dir in deine verdammte Kehle stopfe?«
»Zeig mir deine Beine.«
»Du kannst mich mal.«
»Küss mich, Liebling. Küss mich, Liebling. Küss mich, Liebling.«

Wutschnaubend warf Eirik eine Wolldecke über den Vogelkäfig und murmelte etwas äußerst Unanständiges. Das Gekrächze erstarb sofort.

Eadyth stand sprachlos vor Erstaunen in der Tür zu Eiriks Schlafzimmer. Sie hätte nicht sagen können, was sie mehr erstaunte – ihren Mann ein solch ordinäres Streitgespräch mit einem dummen Papagei führen zu hören oder ihn mit dem Rücken zu ihr und nackt wie am Tag seiner Geburt im Zimmer stehen zu sehen. Das Letztere gewann.

Die Wahrheit war, dass dieser umwerfend gut aussehende Mann, *ihr Ehemann*, ihr schier den Atem raubte.

Langsam ließ sie ihren Blick von der sonnengebräunten Haut an seinen breiten Schultern zu seinen ausgeprägten Rückenmuskeln, seiner sich verjüngenden Taille und den herrlich schlanken Hüften gleiten. Mit der Zungenspitze fuhr Eadyth sich über ihre plötzlich trockenen Lippen. Selbst seine kräftigen Oberschenkel und sehnigen Waden waren braun gebrannt. Wahrscheinlich trug er nur einen Lendenschurz, wenn er mit seinen Männern trainierte oder sich auf einem Schiff aufhielt. Sein knackiger Po war sein einziges Körperteil, das hell geblieben war.

Na, nicht ganz, berichtigte Eadyth sich schnell, als Eirik sich zu ihr umdrehte. Er hatte auch noch einen anderen ungebräunten Körperteil. Und – oh du meine Güte! – das war ein wirklich sehr bemerkenswerter Körperteil.

Eadyth legte die Hände an ihre brennenden Wangen und zwang sich, ihren Blick zu Eirik zu erheben, der wissend und kühl lächelte. Sein frostiger Blick ließ sie bis ins Mark erschaudern und brachte sie schlagartig zu ihrem augenblicklichen Dilemma zurück – Eiriks Bienenstichen.

»Verschwinde, Eadyth«, sagte er mit erzwungener Ruhe. »Ich werde mich später mit dir und deiner Niederträchtigkeit befassen. Lass mich jetzt bitte mit meinem Elend allein.«

»Es tut mir aufrichtig leid, was im Burghof passiert ist, Eirik. Aber das war wirklich nicht meine Schuld. Bienen stechen nun mal, wenn sie sich bedroht fühlen, und ...«

»Bedroht? Sei lieber vorsichtig, *Frau Gemahlin*, und geh mir aus den Augen, bevor ich dir zeige, was eine wirkliche Bedrohung ist!«

»Warum bist du so wütend auf mich? Du warst es, der die Bienen gereizt hat. Aber so seid ihr Männer nun mal, nicht? Immerzu müsst ihr den Frauen die Schuld an euren eigenen Fehlern geben.«

»Ha, dass ich nicht lache, wer von uns beiden einen Fehler gemacht hat, steht ja wohl außer Frage. Ich kann dir jedenfalls versichern, dass dein größter Fehler war, zu glauben, du könntest mich hintergehen und ungestraft damit davonkommen.« Eiriks Nasenflügel blähten sich, als er mit drohender Miene auf sie zuging.

Verblüfft über seine unbändige Wut trat Eadyth rasch ein paar Schritte zurück und sagte: »Du missverstehst mich ganz bewusst, Eirik. Sei vernünftig. Lass mich wenigstens nach deinen Stichen ... Ach du meine Güte!«

Eadyth verstummte, als sie die unzähligen hellen, sich schon rot verfärbenden Stichen auf seinem Gesicht und Nacken, seiner Brust, seinem Rücken und seinen Beinen, ja, auf seinem ganzen Körper sah. Und das Schlimmste war, dass Eirik sich überall dort, wo er mit seinen Fingern hinkam, die Haut aufkratzte.

»Du musst aufhören, dich zu kratzen«, befahl sie und schlug ihm auf die Finger. »Du solltest wissen, du Narr, dass man an einem Bienenstich nicht herumkratzen darf. Man muss zuerst den Stachel aus der Wunde ziehen.«

Ohne ihre Worte zu beachten, trat Eirik in die Fensternische, um besser sehen zu können, während er sich den Hals verrenkte und versuchte, sich auch an den Stichen auf seinem Rücken zu kratzen.

Wieder schob Eadyth seine Hände beiseite und zog ein kleines Messer mit Elfenbeingriff aus der Scheide an ihrem Gürtel. »Warte, lass mich helfen.«

Eirik beäugte die scharfe Klinge in ihrer Hand und lachte humorlos. »Deine Fürsorglichkeit kommt zu spät, meine Teuerste. Ich bin nicht so dumm, dich mit einer Waffe an mich heranzulassen.« Mit blitzartiger Geschwindigkeit nahm er ihr das Messer ab und warf es hinter sich auf einen Tisch.

»Das ist doch lächerlich! Ich will doch nur mit dem Rand der Klinge die Stachel herausziehen. Wenn eine Biene sticht, lässt sie ihren Stachel unter der Haut zurück und stirbt danach, aber ...«

»Ha! Genau wie ich dachte! Du sorgst dich mehr um deine kostbaren Plagegeister als um meine Wunden.«

»Oh, wie ungerecht von dir, so etwas zu sagen! Und Bienen sind auch keine Plagegeister. Ich wollte dir nur erklären, dass der Stachel mit größter Vorsicht und so schnell wie möglich entfernt werden muss, weil sein Gift sonst in die Wunde gelangt und eine Entzündung oder sogar Fieber verursachen kann.«

»Das würde dich freuen, was – dich und deinen hinterhältigen Geliebten?«

Eadyth versteifte sich angesichts der nur mühsam unterdrückten Wut in seiner Stimme. »Geliebter? Was für ein Geliebter?« Verwirrt zog sie die Augenbrauen zusammen. Doch jetzt war nicht die Zeit für Groll oder Erklärungen. Und so erwiderte sie nur ruhig seinen anklagenden Blick und fragte kühl: »Willst du nun, dass ich dir helfe, oder nicht?«

Er funkelte sie noch einen Moment lang böse an, dann blickte er auf die schon immer deutlicher werdenden Schwellungen an den Stellen, wo er sich gekratzt hatte. »Aber ohne Messer. Benutz deine Fingernägel«, forderte er schließlich.

Eadyth warf einen skeptischen Blick auf ihre kurzen Nägel, ging dann aber doch mit einem ärgerlichen Kopfschütteln zu ihm hinüber. Dachte er allen Ernstes, sie wollte ihn umbringen? *So* wütend war sie doch über seinen rüden Kuss bei ihrer Verabschiedung doch nun wirklich nicht. Aber dann war ihr Mitgefühl für seine offensichtlichen Qualen stärker als ihr wachsender Verdruss.

»Setz dich«, fordert sie ihn auf und deutete auf einen niedrigen Stuhl am Fenster. Um besser sehen zu können, schlug sie ihren Bienenschutzschleier zurück. Sie hatte an diesem Morgen darauf verzichtet, sich wie üblich das Gesicht mit Asche einzureiben, da sie Eirik erst am nächsten Tag in Ravenshire zurückerwartet hatte. Sie hoffte, dass Eirik, dem immer noch die Tränen in den Augen standen, sich momentan zu elend fühlte, um ihr Aussehen zu bemerken. Es war auf jeden Fall ein Risiko, das sich im Augenblick leider nicht vermeiden ließ.

»Tut es weh?«

»Pinkelt ein Pferd?«

Eadyth schnalzte missbilligend mit der Zunge und erwiderte ärgerlich: »Du machst es einem wirklich nicht leicht, Mitgefühl mit ...«

»Spar dir dein Mitgefühl für jemanden, der es zu schätzen weiß. Für deinen Liebhaber vielleicht.«

Eadyth reagierte nun doch äußerst ungehalten. »Ich weiß nicht, wovon du sprichst!«

Eirik setzte nur eine finstere Miene auf.

»Willst du denn nun, dass ich dir helfe, oder nicht?«

Statt einer Antwort beugte Eirik sich nur vor und stützte seine Arme auf seine weit gespreizten Oberschenkel. *Dieser undankbare Flegel!* Sie musste sich ermahnen, nachsichtig mit ihm zu sein. Wahrscheinlich konnte er, wie viele Kämpfer, größere Kriegsverletzungen mit Fassung tragen, jammerte aber wie ein Kind über die kleineren Wehwehchen des Lebens wie Zahnschmerzen, ein bisschen Fieber oder einen Bienenstich.

Zuerst befasste Eadyth sich mit seinem Rücken. Behutsam strich sie mit ihrem Fingernagel über den Mittelpunkt jedes Stichs, bis der Stachel heraustrat. Es war keine leichte Aufgabe. Eadyths Finger zitterten, als sie die gebräunte Haut ihres Ehemanns zum ersten Mal berührte und sein Duft sie einzuhüllen begann wie eine Aura aus Seife, Sonnenschein und seinem eigenen männlichen Geruch.

Sie biss sich auf die Unterlippe, um ein zufriedenes kleines Aufstöhnen zurückzuhalten.

»Hast du was gesagt?«

»Nein. Halt deinen Kopf nach unten.«

Eadyth bewegte sich tiefer, zu seiner Taille und seinen Hüften, und drückte prüfend ihre Fingerspitzen auf seine heiße Haut. Heilige Maria Mutter Gottes, sein Körper strahlte eine Hitze aus wie ein Backofen! Hatte er Fieber oder war es nur sein heißes Blut? Und waren alle seine Körperteile so betörend heiß?

Schockiert über ihre eigenwilligen Gedanken rief Eadyth sich zur Ordnung. Sie hatte noch nie solch lüsterne Ideen gehabt, nicht einmal bei Steven. Im Grunde waren ihre Gefühle für Steven immer nur reiner, lauterer Natur gewesen. Bis zu jenem einen, unglücklichen Paarungsakt zumindest.

Es musste an ihrem fortschreitenden Alter liegen, beschloss sie. Sie hatte gehört, dass manche Frauen diese seltsamen Bedürfnisse verspürten, wenn sie älter wurden und reifer. Was für eine andere Erklärung könnte es für diese eigenartige, aber gar nicht unangenehme Schwere in ihren Gliedern sonst geben? Einen langen Moment betrachtete sie Eiriks wohlproportionierten Rücken und weigerte sich zu glauben, dass diese neuen Gefühle einzig und allein nur von der Nähe dieses Mannes herrühren konnten.

»Herrgott noch mal! Wieso dauert das so lange? Oder trödelst du mit Absicht, um mein Elend zu verlängern?«

»Ach, sei einfach still«, verlangte Eadyth.

Als sie mit Eiriks Rücken und seinen Armen fertig war, bat sie ihn aufzustehen, um sich seine Beine vornehmen zu können. Und obwohl sie *diesen* Körperteil von ihm geflissentlich aussparte, begann doch ihre Haut zu prickeln, als sie sich über ihn beugte und versehentlich mit der Wange mit dem etwas rauen Haar an seinem Bein in Berührung kam.

Es schien eine kleine Ewigkeit zu dauern, die Stacheln aus seinen Beinen zu entfernen.

»Amüsierst du dich gut, Frau Gemahlin?«, fragte Eirik mit vor Spott ganz heiserer Stimme.

»Nein, und du?«, erwiderte sie gedankenlos, und als sie ganz unwillkürlich aufsah, fiel ihr Blick auf sein großes aufgerichtetes Glied, das sich aus dem krausen dunklen Haar zwischen seinen Schenkeln erhob. Sofort wandte sie ihren Blick wieder ab und verfluchte die heiße Röte, die ihr in die Wangen stieg.

Eirik lachte voller Verachtung. »Diesen Teil des männlichen Körpers kümmert es nicht, ob eine Frau schön oder hässlich wie ein Maulwurf ist. Und es beunruhigt ihn auch nicht, ob sie so heimtückisch wie eine schwärende Wunde ist.«

Eadyth presste angesichts seiner verletzenden Worte die Lippen zusammen und würdigte sie keiner Antwort. Sie achtete darauf, ihr Gesicht abgewandt zu halten, als sie sich aufrichtete, um an seiner Brust weiterzumachen. Es war nicht besonders hell im Zimmer, und Eirik wischte sich immer wieder über seine halb geschlossenen Augen, aber sie konnte gar nicht vorsichtig genug sein.

Doch selbst so fiel es ihr schwer, ihr wild pochendes Herz zu beruhigen, das auf Eiriks ungeniert zur Schau gestellte sinnliche Erregung so heftig reagierte. Trotz ihres langjährigen Widerwillens vor der Berührung eines Mannes, trotz Eiriks grausamer Beschuldigungen und trotz der Gefahr, die ihre Empfindungen für ihre ihr so kostbare Beherrschtheit darstellten, merkte sie, wie sie auf seine verführerische Nähe reagierte.

Sich dazu zwingend, mit schriller Stimme zu sprechen, zog sie ihre Schultern ein wenig ein und fragte: »Warum beschuldigst du mich ständig, heimtückisch zu sein? Ich habe nichts getan, um dein Misstrauen zu wecken.«

Er warf ihr einen vernichtenden Blick zu, sagte aber nichts.

Sie fuhr mit den Fingern durch das krause Haar, das seine

flachen Brustwarzen umgab, und entfernte dort die letzten Stacheln. Dann kniete sie vor ihm nieder, um auch nach Stacheln in seinem flachen Bauch zu suchen. Es war eine Haltung, die ihr nicht behagte. In ihrer Verlegenheit achtete sie sorgfältig darauf, Abstand zwischen sich und ihm zu wahren, und vermied es, ihren Blick zu senken.

»Kannst du nicht wenigstens irgendetwas überziehen?«

»Wieso?«

»Es ist schamlos von dir, deinen ... deinen Körper so zur Schau zu stellen.«

Er lachte spöttisch. »Es ist nichts, was du nicht auch schon bei deinem Geliebten gesehen hast. Oder ist Stevens Schwanz sehr anders?«

Seine Geschmacklosigkeit schockierte Eadyth so, dass sie ganz blass wurde. Aber dann wich ihr Schock fast augenblicklich Wut. Sie erhob ihre zur Faust geballte Hand, um sie Eirik in den Magen zu schlagen, aber er packte sie am Handgelenk und hielt es schmerzhaft hart umfasst.

»Denk nicht mal daran, mich zu schlagen. In meiner momentanen Stimmung würde ich nicht zögern zurückzuschlagen.«

»Deine Mutter hätte dir dein schmutziges Mundwerk mit Seife auswaschen sollen, als du noch ein Kind warst.«

»Ich hatte keine Mutter.«

»Bist du unter einem Fels zur Welt gekommen?«

Er verdrehte ihr das Handgelenk noch heftiger und musterte sie kalt, als überlegte er, ob er es ihr brechen sollte oder nicht. Schließlich ließ er ihre Hand mit einem angewiderten Schnauben wieder fallen.

Tränen brannten in Eadyths Augen, und sie blinzelte, um sie zurückzuhalten, während sie ihr schmerzendes Handgelenk massierte. »Warum bist so gemein zu mir? Ich habe nichts getan, um dich zu kränken.«

»Meinst du? Na, dann denk noch einmal nach. Das Einzige, was ich von dir verlangte, bevor ich die Verlobungsvereinbarung unterschrieben habe, war Treue. Ha! Die Tinte war kaum trocken, da hast du die Beine schon für einen anderen breitgemacht. Und unsere Ehe ist noch nicht einmal vollzogen!«

Eadyth versteifte sich und legte fragend ihren Kopf ein wenig schief. »Du denkst, ich hätte das Bett mit einem anderen Mann geteilt?«

»Ja, genau das denke ich.«

»Mit wem?«

»Mit diesem verdammten Bastard Steven. Mit wem denn sonst?«

»Bist du verrückt? Du weißt, dass ich ihn hasse.«

»Das habe ich dir auch tatsächlich die ganze Zeit über abgekauft. Aber inzwischen musste ich wohl oder übel erkennen, dass ich dein wahres Ich so gut wie gar nicht kenne. Aber eins kann ich dir sagen, *Teuerste*: Du wirst zehnfach für deinen Verrat büßen, und damit beziehe ich mich nicht nur auf die Bienenstiche.«

Eiriks absurde Beschuldigungen trafen Eadyth bis ins Mark, und ihr Schmerz darüber verwandelte sich fast augenblicklich in wilde Wut. Sie fuhr herum, um hinauszustürmen, weil sie erst einmal allein sein musste, um über diese absurden Beschuldigungen nachzudenken. Vielleicht konnte Girta ihr erklären, was hier vorging. Aber Eirik packte sie am Oberarm und zog sie grob wieder zurück.

»Bring das, was du angefangen hast, auch zu Ende.«

Eadyth funkelte ihn ärgerlich an. »Wenn du dich vor den Spiegel stellst, solltest du dir die Stacheln an Hals und Gesicht wohl problemlos selbst ziehen können«, erklärte sie und deutete auf das Stück poliertes Metall an seiner Wand.

»Nein. Du wirst meine Stiche versorgen – und zwar alle. Schließlich ist es deine Schuld, dass ich gestochen worden bin.«

Eadyth hatte schon eine bissige Erwiderung auf der Zunge, zwang sich aber zu schweigen. Ohne zu wissen, was in ihrer Abwesenheit geschehen war, wäre jeder Protest gegen Eiriks lächerlichen Verdacht, sie habe einen Geliebten, ohnehin sinnlos.

In seinen Augen loderte ein eisiges blaues Feuer, das von einer solchen Stärke war, dass es alles zu verschlingen drohte.

»Setz dich wieder«, befahl sie ihm kühl. »Und schließ die Augen.« Sie wollte unbedingt vermeiden, dass er ihr aus nächster Nähe ins Gesicht sah.

In der empfindlichen Haut an seinem Nacken steckten nur noch wenige Stacheln, die sich leicht herausziehen ließen, allzumal sich Eadyth auch mit ihren Fingernägeln als einziges Werkzeug recht geschickt anstellte. Danach begann sie mit seinem Gesicht, das er ein wenig anhob, um ihr die Arbeit zu erleichtern.

Was vor kurzem einmal Lachfältchen um seine Augen und seinen Mund gewesen waren, hatte sich für Eadyth in Anzeichen für Grausamkeit verwandelt. Eiriks lange Wimpern lagen wie seidige schwarze Fächer über den dunklen Ringen unter seinen Augen. Er hatte in der vergangenen Nacht offenbar kaum geschlafen – wahrscheinlich, weil er Pläne geschmiedet hat, wie er mich bei meiner Rückkehrt quälen kann, dachte sie bedrückt.

Vorsichtig hielt sie sein trotzig vorgeschobenes Kinn fest und konnte das ärgerliche Zucken unter ihren tastenden Fingern nicht ignorieren. Sie entfernte einen Stachel direkt neben seinem rechten Auge. Es würde sicher zuschwellen, noch bevor es Abend wurde. Sie strich einige Strähnen seines langen, zerzausten Haars zurück, um an die vier Stiche an seiner Stirn heranzukommen, wobei ihr der völlig belanglose Gedanke kam, dass er einen Haarschnitt brauchte. Das glatte, rabenschwarze Haar, das ihm nach angelsächsischer Art bis auf die Schultern fiel, war eindeutig zu lang.

Sie war fast fertig. *Gott sei Dank!*

»Du hast auch mehrere Stiche unter deinem Schnurrbart. Vielleicht solltest du ihn abrasieren, um die Stacheln herausziehen zu können.«

»Warum ist deine Haut so glatt?«

Es dauerte einen Moment, bis Eadyth seine Worte registrierte. Und da merkte sie, dass seine Augen – strahlend blau wie Gletschereis –, weit aufgerissen waren und er sie prüfend beobachtete. *Aus allernächster Nähe*.

Sie legte ihre Stirn in Falten und beugte die Schultern, aber es war bereits zu spät.

Eirik umfasste mit einer Hand ihr Kinn und drehte ihr Gesicht ins Licht. »Deine Haut ist gar nicht mehr so grau wie sonst. Und sie ist auch nicht so faltig, wie ich eigentlich gedacht hatte.«

Eadyth konnte das Zittern ihrer Unterlippe kaum unterdrücken, als er sie so eindringlich betrachtete. »Während deiner Abwesenheit war ich häufig in der Sonne. Sonnengebräunte Haut sieht ja immer etwas gesünder aus, nicht wahr?«

Das schien er ihr nicht wirklich abzunehmen.

»Außerdem liegt gute Haut bei uns in der Familie. Es heißt, meine Großmutter habe kaum eine Falte gehabt, als sie mit zweiundfünfzig Jahren starb.«

Oh Gott!, dachte Eadyth verzweifelt. Dies könnte der ideale

Augenblick sein, ihm ihre Maskerade zu gestehen, aber angesichts seiner momentanen Stimmung fürchtete sie sich vor seiner Reaktion. Und da ihre Ehe noch nicht vollzogen war, würde er sich problemlos wieder von ihr trennen können. Durfte sie da riskieren, aufrichtig zu ihm zu sein? Nein, beschloss sie; sie würde lieber noch ein bisschen länger warten, bis sie das Missverständnis in Bezug auf Steven aufgeklärt hatte.

Sie musste Eirik ablenken. »Wen du deinen Schnurrbart schon nicht abrasieren willst, dann schließ wenigstens die Augen, damit ich zwischen diesen stacheligen Härchen suchen kann.«

Eirik brummte irgendetwas, das sie nicht verstehen konnte, weil ihre linke Hand auf seinem Mund lag. Tatsächlich fühlten seine Schnurrbarthaare sich gar nicht stachelig, sondern erstaunlich glatt und seidig unter ihren Fingern an, und wider ihren eigenen Willen musste Eadyth daran denken, wie sie sich bei diesem einen sinnlichen, ja, schwindelerregenden Kuss in ebendiesem Zimmer angefühlt hatten.

Eirik schien sich auch genau daran zu erinnern, denn als sie zurücktrat, war seine Stimme ganz belegt. »Bist du fertig?«

»Ja, aber dreh dich noch mal um. Ich muss die Stiche mit etwas einreiben, damit sie nicht anschwellen und sich entzünden.«

Zwei Diener hatten inzwischen eine Wanne voll dampfend heißem Wasser hereingetragen und auch das Salz und die Zwiebeln mitgebracht, die sie verlangt hatte. Nachdem sie den vollen Topf Salz in das Badewasser geschüttet hatte, ging sie zum Tisch, auf dem ihr Messer lag, schnitt eine Zwiebel in zwei Hälften und begann mit ihnen Eiriks Rücken einzureiben.

»Aaah! Das tut gut.«

»Das dachte ich mir. Und nun steh auf, damit ich dir auch die Beine einreiben kann.«

Als sie niederkniete und sich an die Arbeit machte, spürte sie, wie Eiriks Beinmuskeln sich jäh versteiften.

»Was stinkt hier so entsetzlich?«

»Zwiebeln.«

Fluchend griff er nach Eadyth und zog sie auf die Beine. Zuerst starrte er nur fassungslos die beiden Zwiebelhälften in ihrer Hand an, dann die durch den Zwiebelgeruch hervorgerufenen Tränen, die ihr über die Wangen liefen.

»Bei Gott und allen Heiligen! Was fällt dir ein, meinen Körper mit diesem widerlichen Zwiebelsaft einzureiben? Ist das noch so ein Streich, den du mir spielst, während ich hier stehe und leide?«

»Nein. Das weiß doch jeder, dass Zwiebelsaft das beste Mittel zur Vorbeugung gegen Schwellungen nach Bienenstichen sind.«

»Nun, dann soll *jeder* verdammt noch mal zur Hölle fahren.« Eirik packte sie an der Hand und zog sie mit sich zu der Wanne. Dort gab er ihr ein Tuch und ein Stück Seife. »Du wirst jetzt jeden Tropfen von dem Zeug wieder von mir abwaschen, oder aber ich stecke dir Zwiebeln in den Hals, bis dir der Saft zu den Ohren rauskommt!«

Er ließ sich in das heiße Wasser sinken, sprang aber augenblicklich wieder auf und blieb schaudernd in der Wanne stehen. »Au! Das brennt ja höllisch. Was ist in dem Wasser drin?«

»Salz.«

Eirik stieg aus der Wanne, packte Eadyth an den Oberarmen und hob sie auf, bis sie sich auf gleicher Augenhöhe mit ihm befand.

»Du willst also auch noch Salz in meine Wunden streuen? Du hast die Grenzen der Frechheit wahrlich überschritten, Frau, und bist in die Arena purer Dummheit eingetreten.«

Er schüttelte sie so heftig, dass sie keinen klaren Gedanken mehr fassen konnte, und ließ sie dann abrupt wieder auf die Füße fallen. Sie starrte ihn entgeistert an, als sich sein gut aussehendes Gesicht zu einer Maske wilder Wut verzog.

»Wie würde es dir gefallen, wenn ich deinen Körper mit Sand abschrubben und dich danach in eine Wanne mit Salzwasser hineinsetzen würde?«

»Das meinst du nicht ernst.«

»Oh, du glaubst, das kann ich nicht?«

Sie wich zurück und stammelte entsetzt: »Du verstehst es nicht ... fass mich nicht an ... oh, jetzt hast du mein Kleid nass gemacht ... lass das ... Salz verhindert, dass die Stiche anschwellen und sich entzünden ... ehrlich, hör mir doch mal zu ... oh, du verdammter Fle ...«

Weiter kam sie nicht, denn Eirik hob sie auf, setzte sie, so wie sie war, mit all ihren Kleidern am Körper in die Wanne und drückte ihren Kopf unter das Wasser. Prustend tauchte sie wieder auf, nur um zu hören, wie Eirik gerade sagte: »Und wenn du schon dabei bist, dann wasch dir auch gleich dieses eklige Fett aus deinem Haar. Es stinkt.« Und bevor sie antworten konnte, drückte er ihren Kopf aufs Neue unter Wasser und hielt ihn dort so lange fest, bis ihre Nase brannte.

Als sie schließlich wütend aus der Wanne stieg, hing ihr Haar unter dem durchnässten und verrutschten Schleier heraus, und aus ihrem Wollgewand tropfte das Wasser und bildete eine große Pfütze auf dem mit Binsenstreu bedeckten Boden. »Du ... du ... du ...«, stammelte sie, weil sie nicht einmal in Worte fassen konnte, was sie von ihm hielt.

Und Eirik stand da in seiner ganzen nackten Pracht, die Hände in die Hüften gestemmt, die Beine leicht gespreizt, und bog sich vor Lachen. Als sein Lachanfall vorüber war, sagte er mit spöttischer Belustigung: »So, jetzt fühle ich mich schon sehr viel besser.«

»Du Kröte!«

Noch immer lachend, warf er ihr ein Handtuch zu und bedeutete ihr, sich auf den Stuhl zu setzen. Nachdem er rasch in eine Hose und ein langärmeliges Hemd geschlüpft war, verkündete er in unheilvollem Ton: »Und *nun* werden wir uns über deine Untreue unterhalten und sehen, was wir wegen dieser völlig unpassenden Verbindung, die wir eingegangen sind, unternehmen werden.«

Eirik ging zu dem kleinen Tisch neben seinem Bett und nahm ein zerknittertes Pergament aus der Schublade. Ohne ein Wort zu sagen, strich er es auf der Tischplatte glatt und reichte es seiner Frau. Dann ging er zur anderen Zimmerseite, lehnte sich dort an die Wand und wartete, bis sie den belastenden Brief gelesen hatte. Seine Haut juckte wie verrückt, aber er kratzte sich nicht und dachte auch nicht einmal daran, Eadyths Zwiebelsaft oder gar das Salzwasser auf seine Stiche aufzutragen. Er würde bis später warten und Wilfrid dann zu der ortsansässigen Kräuterfrau schicken und eine Salbe für ihn holen lassen.

»Nun?«, fragte er schließlich, als Eadyth sich übertrieben lange mit dem Lesen des Schriftstücks beschäftigte. »Hast du denn gar nichts zu deiner Verteidigung zu sagen?«

»Woher hast du diesen Brief?«

»Britta hat ihn unter deiner Matratze gefunden.«

Eadyth Mienenspiel spiegelte unverhohlenes Entsetzen, als sie endlich ihren Blick wieder zu ihm erhob. Eirik schüttelte ungläubig den Kopf. Sie sah wie eine nasse Ratte aus mit ihrem fettigen grauen Haar, das in nassen Klumpen unter ihrem Schleier hervorhing, und den Tränenspuren auf ihren Wangen.

»Ist dir klar, was das bedeutet, Eirik?«, fragte sie besorgt. »Steven, oder einer seiner Männer, ist hier in der Burg gewesen.«

»Sag mir etwas, was ich noch nicht weiß«, erwiderte Eirik sarkastisch. »Wie zum Beispiel wo und mit wem zum Teufel du in den vergangenen vier Tagen warst.«

Eadyth winkte ab, als wäre seine Frage ganz und gar bedeutungslos. »In Hawk's Lair. Wie du bereits weißt. Aber was ich meinte, ist, dass wir bessere Vorsichtsmaßnahmen treffen müssen, wenn Steven diese Burg so problemlos betreten kann. Er könnte meinen ... oh, mein Gott, er hätte mir John wegnehmen können!«

»Ja, das hätte er gekonnt. So wie ihr es geplant hattet.«

Eadyth runzelte verwirrt die Stirn. Oh ja, das hinterhältige kleine Biest konnte sich wirklich gut verstellen. Eirik hätte ihr schon beinahe glauben können. »Ich habe gewiss keine Jungfräulichkeit von dir erwartet, *Teuerste*, aber ich hätte auch nicht gedacht, dass ich so kurz nach der Hochzeit schon Hörner aufgesetzt bekommen würde.«

»Wie meinst du das?«, fragte sie mit zittriger Stimme. »Soll das etwa heißen, dass du die Lügen in diesem Brief glaubst? Willst du etwa andeuten, dass ich ... dass ich mit dem Mann zusammen war, der mir meinen Sohn wegnehmen will?«

»Es deutet alles darauf hin. Und ich habe nur dein Wort darauf, dass er dir Schaden zufügen will«, erwiderte Eirik achselzuckend, während er zu Eadyth hinüberging und ihr den Brief aus ihren Händen nahm. *»Halte durch, Liebste, nur noch ein bisschen länger, bis wir endlich wieder vereint sein können ...«*, las er in sarkastischem Tonfall vor. *»Deines Herzens wahrer Gatte, Steven.«*

Eadyth erhob sich so abrupt, dass sie dabei den Stuhl umstieß. Mit vor Wut hochroten Wangen fauchte sie ihn an: »Du denkst, ich wäre Stevens Hure?« Als Eirik nicht antwortete, murmelte Eadyth einen Fluch und stieß dann mit schriller, aufgebrachter Stimme hervor: »Du verdammter Bastard! Die einzig wahre Behauptung in diesem Schreiben ist, dass Steven dich als Scheusal von Ravenshire bezeichnet! Denn ein Scheusal *bist* du, wenn du so etwas von mir denkst.«

Wieder glänzten ihre Augen verdächtig, aber ihre Tränen ließen Eirik kalt. Sie hatte gemeinsam mit seinem verhassten Feind ein falsches Spiel mit ihm getrieben, und das konnte er nicht hinnehmen.

»Wenn du doch weißt, wie niederträchtig Steven ist, warum kannst du diesen Brief dann nicht als das hinterhältige Manöver erkennen, das er ist? Er wurde mir untergeschoben, um uns gegeneinander aufzubringen und damit unsere Bemühungen, ihn nicht an seinen Sohn heranzulassen, zunichte zu machen. Und dank deiner Leichtgläubigkeit ist ihm das ja auch gelungen, du verdammter Narr!«

Und damit fuhr sie herum und lief, so schnell ihre Füße sie trugen und es ihre nassen Kleider erlaubten, auf die Tür zu. Einen Moment lang fragte Eirik sich, ob er ihr vielleicht Unrecht getan hatte, aber dann erinnerte er sich an den anderen, noch viel wichtigeren Teil des Briefs.

»Erwartest du ein Kind? Ein … weiteres Kind von Steven?«

Sie schnappte nach Luft und richtete sich kerzengerade auf. Dann wandte sie sich langsam um, und kalter Zorn sprühte aus ihren veilchenblauen Augen – erstaunlich schönen Augen für eine alte Frau, dachte Eirik in diesem Moment unpassenderweise.

»Nein, ich erwarte kein Kind. Aber vielleicht traust du mir ja auch noch eine unbefleckte Empfängnis zu!«

Eadyths Sarkasmus irritierte ihn. Sie hatte keinen Grund, gekränkt zu sein. Der Betrogene war schließlich *er*.

»Ich werde nicht noch einen von Stevens Bastarden beherbergen«, erklärte er. »Einer ist genug.«

Ihre Wangen glühten, und er sah, dass sie beide Hände zu Fäusten geballt hatte. Dann griff sie nach der Scheide an ihrem Gürtel und vergaß anscheinend, dass ihr kleines Messer noch immer auf dem in einiger Entfernung stehenden Tisch lag. Eirik war nicht so schwachsichtig, dass er den spekulativen Glanz in ihren Augen hätte übersehen können, als sie die Entfernung abschätzte und überlegte, ob sie es wohl schaffen würde, das Messer zu ergreifen und ihn zu erstechen.

»Denk nicht mal daran, denn sonst könntest du mit durchschnittener Kehle enden, bevor du auch nur blinzeln kannst.«

Angesichts dieser Alternative hielt sie es wohl für besser aufzugeben, denn nun schob sie das Kinn vor und starrte ihn schweigend an. Wenn sie doch nur wüsste, wie lächerlich sie aussah, dachte er, mit dieser finsteren Miene und den nassen Kleidern, die eine Pfütze zu ihren Füßen hinterließen.

»Diese Ehe wird nicht eher vollzogen werden, bis du deine Monatsblutung hast und ich sicher kann, dass du keinen Bankert in dir trägst.«

»Und wenn das Gegenteil sich als wahr erweist?«, höhnte sie mit unverhohlener Verachtung in der Stimme.

»Dann werde ich entscheiden, ob ich mit einer weiteren unaufrichtigen Ehefrau leben will.«

»Einer *weiteren?*«

Eirik bemerkte seinen Fehler augenblicklich, weigerte sich aber trotzdem, ihre Frage zu beantworten.

Eadyth musterte ihn hochmütig und wiederholte dann noch einmal: »Ich erwarte kein Kind.«

Er zog nur zweifelnd eine Augenbraue hoch.

Ihr Gesicht lief tiefrot an, aber sie erwiderte ruhig und offen seinen Blick. »Ich habe gerade meine Blutung.«

Dieses Eingeständnis überraschte Eirik. War es möglich, dass er sich geirrt hatte? Aber Stevens während all der Jahre an den Tag gelegte Heimtücke hatte ihn gelehrt, allzeit misstrauisch zu sein. Und deshalb konnte er gar nicht anders, als hartnäckig auf seiner Haltung zu beharren: »Woher soll ich wissen, dass du nicht lügst?«

Sie kräuselte verächtlich ihre Lippen. »Was soll ich denn tun, Mylord? Mein Kleid hochheben und Euch den blutbefleckten Lappen zeigen?«

Ihre Verachtung entwaffnete ihn. Das und auch ihr offenbar zutiefst verletzter Stolz.

»Ja, das wäre ein guter Anfang.«

Mit weit aufgerissen Augen wich sie furchtsam nach und nach Richtung Tür zurück. »Du . . . das kannst du nicht von mir verlangen«, stammelte sie mit zitternder Stimme.

»Darauf würde ich nicht wetten. Komm her, Eadyth, und beweis mir deine Unschuld.«

Sie sog scharf den Atem ein und wandte sich, die Hand schon an der Tür, schnell ab, aber er war sogar noch schneller und verstellte ihr den Weg. Sie fuhr alarmiert vor ihm zurück wie eine nasse Katze, bewegte sich rückwärts tiefer in den Raum hinein und sah sich fieberhaft nach einer Waffe um.

»Oh nein, oh bitte tu das nicht! Du hast mich völlig falsch beurteilt. Ich kann dir erklä . . .«

Eirik unterbrach ihre schon schon fast hysterischen Erklärungsversuche, indem er sie aufhob, sie zu seinem Bett hinübertrug und alles andere als sanft auf die Matratze plumpsen ließ. Er zögerte nicht, sich zu ihr zu legen, obwohl sie wild fuchtelnd mit den Armen um sich schlug und ihre Fingernägel seine ohnehin schon wunde Haut zerkratzten.

Ohne ihre großen, furchtsamen Augen zu beachten, kniete er sich über sie und hielt ihr mit einer Hand die Hände über dem Kopf fest. Trotz der Furcht, die sie unter Kontrolle zu halten versuchte, war ihr Kinn so trotzig vorgeschoben wie das einer Märtyrerin.

Eirik zögerte. Und wenn sie nun doch unschuldig war?

»Sag mir die Wahrheit, Frau. Hast du mich, seit wir die Verlobungsvereinbarung unterschrieben haben, auf irgendeine Weise hintergangen?«

In der spannungsgeladenen Stille, die nun folgte, zögerte Eadyth für einen Moment und senkte schuldbewusst die Augen zu Boden. Als sie schließlich vorsichtig zu sprechen begann: »Es gibt da eine Kleinigkeit ...«, war es Eiriks Meinung nach schon zu spät. Ihr Zögern sprach schließlich für sich selbst.

Verächtlich schnaubend drückte Eirik sie mit seinem Körper noch fester auf das Bett.

»Das werde ich dir nie verzeihen, du Tier! Schlimmer noch, du wirst es dir selbst niemals verzeihen, wenn du die Wahrheit herausfindest!«

»Nein, ich werde es mir nie verzeihen, wenn ich mir nicht Gewissheit darüber verschaffe, ob du mich betrogen hast.« Eirik, der von wildem Zorn und rasender Erbitterung wie benebelt war, schob Eadyth das Kleid bis zur Taille hinauf und entblößte ihre langen Beine.

Und den blutbefleckten Lappen zwischen ihren Schenkeln.

Eirik blickte auf und sah die Tränen der Demütigung, die aus ihren geschlossenen Augen rannen. Eine innere Stimme befahl ihm beharrlich, Eadyth loszulassen, sich mit dem Beweis, den er vor Augen hatte, zu begnügen, aber gleichzeitig hatte ihn eine rasende Wut erfasst und ließ ihn völlig außer Rand und Band geraten. Das Blut dröhnte in seinen Ohren, als er die Grenze seiner Belastbarkeit erreichte. Zu lange hatte er Stevens Hinterhältigkeit hinnehmen müssen, um sich mit weniger als dem endgültigen Beweis zufriedenzugeben. Selbst das blutbefleckte Tuch könnte eine raffinierte Täuschung sein.

Rücksichtslos griff er nach Eadyths Kleid, riss es ihr vom Leib und warf es in die Binsenstreu. Schnell, bevor sie merken konnte, was er vorhatte, spreizte er mit seinen Knien ihre Schenkel und drang dann tief mit seinem Mittelfinger in sie ein.

Eadyth begann zu schreien, laut und gellend. Eirik wusste nicht, ob aus Demütigung oder Schmerz.

Und da fiel es ihm wie Schuppen von den Augen, noch bevor er den Finger wieder zurückzog und den blutigen Beweis sah. Sie erwartete kein Kind von Steven.

Eadyth blieb reglos liegen und bemühte sich nach Kräften, das Schluchzen zu unterdrücken, das ihren schmalen Körper schüttelte. Ihre hellen Augen starrten blicklos an die Zimmerdecke.

Eirik sprang erschüttert auf und ging zu der Wand neben dem Fenster, wo er wütend mit der Faust gegen die Steinmauer schlug, bis seine Knöchel bluteten.

Noch nie in seinem Leben hatte er sich so geschämt.

9. Kapitel

»Wir müssen miteinander reden, Eadyth.«

Eirik hatte sich einen Stuhl ans Bett gezogen, nachdem er über eine Stunde im Schlafzimmer auf und ab gegangen war und darauf gewartet hatte, dass seine Frau aus ihrem unruhigen Schlaf erwachte.

Nach seinem abscheulichen Angriff auf sie hatte Eadyth sich geweigert, ihn anzusehen oder sich auch nur seine Entschuldigung anzuhören. Stattdessen hatte sie ihn mit einigen erstaunlich derben Flüchen bedacht, die selbst einen wikingischen Seemann hätten erröten lassen, und sich dann unter der Bettdecke verkrochen. Sie hatte schrecklich lange leise vor sich hingeweint, bevor sie schließlich in einen unruhigen Schlaf gefallen war.

Eirik betrachtete die arg zerknitterten Kleidungsstücke, die Eadyths schlanken Körper noch verbargen, als sie langsam erwachte und sich ein wenig unbeholfen in dem großen Bett aufsetzte. Er wusste nicht, welche Eadyth ihm mehr missfiel – die zänkische, arrogante alte Frau, die ihn mit ihren Kriteleien plagte, seit sie sich begegnet waren, oder die stille, gedemütigte, wegen der er jetzt ein so schlechtes Gewissen hatte.

Himmelherrgottsakra! Er war erschöpft, ihm fehlte Schlaf, und seine Haut juckte wie verrückt von den verdammten Bienenstichen. Er musste diese Angelegenheit ganz schnell in Ordnung bringen. Und danach würde er am liebsten gleich nach Jorvik reiten, wo Asa sich um seine Bedürfnisse kümmern könnte – nicht nur um die Bienenstiche, sondern auch um seine *anderen*, so lange vernachlässigten Wünsche.

»Hast du gehört, Eadyth? Wir müssen miteinander reden«, sagte er barsch.

»Wir haben nichts mehr miteinander zu bereden«, gab sie kühl zurück, während sie sich vom Bett erhob und zur anderen Seite des Raums hinüberging. Dann richtete sie ihren merkwürdigen Kopfputz, sodass der Schleier nun wieder zur Hälfte ihr Gesicht verdeckte, aber Eirik hatte ihre rote Nase, ihre geschwollenen Augenlider und ihre mit roten Flecken übersäte Haut ja längst gesehen.

Er hätte es nicht für möglich gehalten, dass sie noch schlimmer aussehen könnte als vorher. Aber so war es.

Fahrig rupfte er an seinem Schnurrbart herum und fragte sich, wie er sich nur in eine derart katastrophale Situation hatte bringen können. Aber dann hielt er plötzlich mitten in der Bewegung inne, als er etwas sehr Beunruhigendes bemerkte. Argwöhnisch legte er die Fingerspitzen beider Hände an sein Kinn, bewegte sie langsam hinauf zu seinen Augen und betastete dann prüfend seine Stirn.

Und dann stöhnte er laut auf über das, was er entdeckte.

Sein Gesicht war angeschwollen, und eins seiner Augenlider war fast ganz geschlossen. Einen derben Fluch ausstoßend stand er auf und ging zu dem gerahmten Stück Metall an der Wand.

Er musste sich beherrschen, um nicht vor Entsetzen über seinen eigenen Anblick zurückzuspringen.

»Verdammt!«, explodierte er. »Ich habe einmal einen Leprakranken gesehen, der besser aussah als ich jetzt.«

Eadyth lachte gackernd hinter ihm. »Dann gibt es ja wohl doch noch Gerechtigkeit auf dieser Welt.«

Eirik warf ihr einen warnenden Blick zu. »Sei nicht so überheblich. Ich habe schon Leichen gesehen, die lebendiger aussahen als du.«

Sie funkelte ihn frostig aus ihren veilchenblauen Augen an – deren Schönheit zweifellos an sie verschwendet war, wie Eirik nicht zum ersten Mal dachte. Dann griff sie nach dem Weinkelch neben dem Bett, wog ihn in ihrer Hand und sah sich wieder nach Eirik um, als spielte sie mit dem Gedanken, den Kelch nach ihm zu werfen.

Na ja, zumindest war die alte Eadyth wieder da.

»Denk nicht mal da ...«

Ein lautes Pochen an der Tür unterbrach Eirik, und Eadyth stellte den Kelch wieder auf den Tisch zurück.

»Mylord? Ich bin's, Bertha.« Das Pochen hörte nicht auf.

Eirik warf Eadyth einen vielsagenden Blick zu, der ihr ohne Worte deutlich machte, dass ihr Gespräch nur aufgeschoben war.

»Was ist denn jetzt schon wieder?«, brummte er und riss die Tür so plötzlich auf, dass Bertha über die Schwelle fiel. Er fing ihren stämmigen Körper jedoch auf und hielt die Frau an ihren Oberarmen fest, um sie zu stützen.

»Jesus, Maria, Josef!«, rief Bertha aus und verrenkte sich den Hals, um zu ihm aufzuschauen. »Ihr seht aus, als hättet Ihr Euch einen Kampf mit dem Teufel geliefert!«

»Nein, nur mit meiner Frau.«

Eadyth schnappte hinter ihm nach Luft.

Bertha versuchte vergeblich, an ihm vorbei einen Blick ins Schlafzimmer zu werfen.

»Was willst du?«

»Die Herrin hat mir nicht gesagt, was ich heute Abend auf den Tisch bringen soll, und es ist schon weit nach Mittag.«

Eirik ließ sich von Berthas Jammerei nicht täuschen. Immerhin hatte sie die Küche auch während Eadyths Abwesenheit sehr anständig geführt. Es war schlicht und einfach Neugier, was die alte Köchin umtrieb – das und ihre wohlbekannte Neigung zur Geschwätzigkeit.

»Mach verdammt noch mal, was du für richtig hältst.«

»Also wirklich, Herr, Ihr müsst Eure schlechte Laune wirklich nicht an mir auslassen. Ich kann schließlich nichts dafür, dass Ihr dumm genug wart, Euren Kopf in einen Bienenkorb zu stecken.«

»Ich habe nicht ...«

»Ihr seht mich ja auch nicht lachen, oder? Oh nein, Mylord. Seht Ihr mich etwa unten bei den Küchenmägden sitzen und mit ihnen darüber tratschen, ob Euer Schaft wohl auch von den Bienen gestochen wurde und deshalb jetzt doppelt so groß wie normalerweise ist und ob Ihr hier oben damit Eurer frischgebackenen Ehefrau das doppelte Vergnügen schenkt?«

Eirik unterdrückte ein Lachen.

»Nein, ich bin hier oben und versuche nur, meine Pflicht zu tun«, fuhr sie fort. »Auch wenn ich jetzt im großen Saal sein könnte, um mir anzusehen, wie Eure Männer Wetten darüber abschließen, wie viele Bienenstiche Ihr wohl an Eurem Körper habt. Ich hab mit meiner Zeit wahrlich was Besseres zu tun. Oh ja, das hab ich.«

Eirik schnaubte ärgerlich. *Himmeldonnerwetter noch einmal!* Jetzt hatte seine Frau ihn auch noch zum Gespött der ganzen Burg gemacht!

»... weil ich weiß, dass Ihr unmöglich zweihundert Bienenstiche auf Eurem Körper haben könnt«, schwatzte Bertha hemmungslos weiter, ohne zu bemerken, wie er sich versteifte und die Brauen zusammenzog. »Auch wenn Herr Wilfrid sagt, er habe zweihundert tote Bienen auf dem Burghof aufgesammelt.«

»Oh nein, sag, dass das nicht wahr ist, Bertha!«, rief Eadyth bestürzt. »So viele meiner kostbaren Bienen sind tot? Ich muss sofort hinausgehen, um mir den Schaden anzusehen und dafür zu sorgen, dass die restlichen Bienen gut in ihren neuen Körben untergebracht werden. Wie konnte ich hier nur so selbstmitleidig herumliegen, obwohl ich so viel Arbeit zu erledigen habe!«

Eirik drehte sich bei Eadyths Worten verwundert herum, was Bertha Gelegenheit gab, an ihm vorbei ins Schlafzimmer zu schlüpfen. Dort vergaß sie vor Erstaunen, ihren Mund zu schließen, in dem mindestens ein halbes Dutzend Zähne fehlten.

Bertha betrachtete Eadyths nasse Kleider und ihr vom Weinen angeschwollenes Gesicht, dann glitt ihr scharfer Blick zu Eirik und gleich darauf wieder zurück zu Eadyth. Schließlich konnte sie ihre Belustigung nicht länger bezähmen und prustete los, bis ihr vor Lachen Ströme von Tränen über die aufgedunsenen Wangen rannen.

»Oh, oh, ich kann fast nicht glauben, was ich sehe! Was für ein Paar Ihr abgebt! Eure Gesichter sehen aus wie zwei Schüsseln mit klumpigem alten Haferbrei.«

»Leck mich«, sagte eine gedämpfte Stimme.

Das ließ Berthas Lachen abrupt verstummen. »Wa ... was habt Ihr gesagt, Mylord?«

»Zeig mir deine Beine.«

Dieser verdammte Vogel hat eine echte Begabung, mit seiner Stimmenimitatiom just im falschen Augenblick loszulegen, dachte Eirik.

»Also, ich hätte nie gedacht, dass ich das mal erleben würde, Mylord. Eure liebe Großmutter würde sich im Grab umdrehen, wenn sie sehen könnte, dass Ihr mit einer alten Frau wie mir anbändelt. Nicht, dass es mir etwa schwerfiele, einen Mann im Bett unterzukriegen.« Bertha zog ihren ausladenden Bauch ein und schob dafür ihren umfangreichen Busen nach vorne.

Eirik riss vor Verblüffung die Augen auf. Die alte Hexe glaubte doch tatsächlich, er fühlte sich von ihren mehr als fragwürdigen Reizen angezogen!

»Na ja, wenn ich genauer darüber nachdenke, habt Ihr ja vielleicht tatsächlich eine Vorliebe für älteres Fleisch entwickelt«, fügte Bertha mit einem vielsagenden Blick auf Eadyth hinzu.

»Das reicht jetzt«, sagte Eadyth in ihrem strengsten Burgherrinnenton. »Geh mir aus den Augen, wenn dir deine schmuddelige Haut etwas wert ist! Ich komme in die Küche, sobald ich nach meinen Bienen gesehen habe.«

Etwas weniger forsch, aber noch immer leise vor sich hin lachend, wandte Bertha sich zur Tür.

»Und sorg dafür, dass keine Würmer im Brot sind, so wie vor meiner Abreise nach Hawk's Lair. Nein, du brauchst gar nicht so aufsässig das Kinn zu heben, du faules Frauenzimmer. Ich werde mir das Mehl genauestens ansehen und dir jeden Wurm, den ich darin finde, höchstpersönlich in dein loses Mundwerk stopfen!«

Bertha watschelte davon und murmelte etwas über undankbare Herrinnen.

»Und wehe, du tratschst da unten über das, was du hier oben gesehen hast«, fügte Eadyth noch hinzu.

Bertha schnalzte ärgerlich mit der Zunge. »Als ob nicht jeder, der Augen im Kopf hat, noch tagelang selbst sehen könnte, was Ihr und unser Herr getrieben habt!«

Eadyth machte Anstalten, Bertha durch die Tür hinauszufolgen, aber Eirik bedeute ihr mit einer Geste, zu bleiben, und schloss die Tür.

»Wir werden jetzt miteinander reden.«

Eadyth rümpfte hochmütig die Nase. »Ich will nicht mit dir reden – weder jetzt noch überhaupt.«

»Das verspricht ja eine ganz wunderbare Ehe zu werden.«
»Niemand hat dir eine wunderbare Ehe versprochen.«
»Du hast mir Ehrlichkeit versprochen.«
»Und die hast du auch bekommen.«
»Ich hatte dich gefragt, bevor ich ... na ja, tat, was ich tat«, sagte Eirik, der vergeblich nach einem höflichen Wort für seine vulgäre Handlungsweise suchte. »Ich habe dich klipp und klar gefragt, ob du mich je betrogen hast, und du hast gezögert ...«
»Und du denkst, mein bloßes Zögern rechtfertigte eine solch verabscheuungswürdige Reaktion?«
»Nein, das denke ich nicht. Ich versuche nur, dir etwas zu erklären.«
Eadyths Augen blitzten zornig, als sie sich, die Hände in die Hüften gestemmt, das Kinn stolz vorgeschoben, herausfordernd vor ihm aufbaute. Und mit einem Mal erkannte Eirik, warum sie in ihrer Jugend als Schönheit bezeichnet worden war. Mit diesem Temperament und nur einem Quäntchen natürlicher Schönheit musste sie eine Frau gewesen sein, die ihr Gewicht in Gold wert war. Nein, nicht in Gold, sondern in *Silber*, berichtigte er sich, da ihm Wilfrids Bemerkung über ›das silberne Kleinod von Northumbria‹ wieder einfiel.
»Lass das«, verlangte Eadyth und stieß ärgerlich die Spitze ihres kleinen Lederschuhs in die Binsenstreu am Boden.
»Was?«
»Mich so ... anzusehen.«
»Wie?«
»Als wäre ich eins deiner Flittchen.«
»Wohl kaum.«
Seine spöttische Erwiderung schien ihr nicht zu passen. »Du bringst mich so *verdammt* in Rage, dass ich schreien könnte!«

»Ach ja? Dann leg doch einfach ein bisschen von deiner eitlen Selbstbeherrschung ab und tu es.«

»Was?«

»Schreien.«

»Ach! Es ist sinnlos, mit dir zu reden. Warum reitest du nicht nach Jorvik und gehst einer deiner Mätressen auf die Nerven?«

Eirik spürte, wie ihm das Blut in die Wangen schoss. Es schien fast so, als könnte sie Gedanken lesen. Außerdem fand er es überhaupt nicht gut, dass sie so widerspruchslos andere Frauen in seinem Leben akzeptierte. Nicht, dass es nicht die Aufgabe einer Frau gewesen wäre, ihrem Ehemann zu dienen und die Augen vor seinen sexuellen Abenteuern zu verschließen. Es lag in der Natur des Mannes, sich nicht auf eine Bettgefährtin zu beschränken; so war es schließlich immer schon gewesen. Es ärgerte Eirik nur, dass Eadyth ihn buchstäblich in die Arme anderer Frauen *trieb*.

Sie funkelte ihn böse an und wartete auf seine Antwort. Und wartet nur darauf, die nächste bissige Bemerkung vom Stapel zu lassen, dachte er. Aber dann geschah etwas sehr Eigenartiges. Ihre Lippen begannen zu zucken, und sie bedeckte sie rasch mit beiden Händen, als wolle sie etwas vor ihm verbergen. Misstrauisch beugte er sich vor und glaubte, ein kleines, glucksendes Geräusch zu hören.

Und da wusste er, was es war.

Sie lachte ihn aus! Sie wagte es, ihren Ehemann auszulachen. Sie musste das Gehirn eines Flohs besitzen, wenn sie ihn, so überreizt wie er war, auch noch provozierte.

»Oh, ich kann mir nicht helfen«, gab sie zu. »Du siehst aber auch zu komisch aus, wenn du dastehst wie ein wütender Stier, aber aussiehst wie ein aufgegangener Hefeteig mit roten Tupfen drauf.«

»Du findest mich also komisch, was?«, sagte Eirik, während er langsam nähertrat. »Hast du auch nur eine Ahnung, was dein unerwünschtes Bad und dein Geflenne mit *deinem* Aussehen angerichtet haben?«

Bevor sie Widerspruch erheben konnte, zog Eirik sie zu dem polierten Metall und zwang sie, einen Blick darauf zu werfen.

»Ach, du meine Güte.«

»Ach, du meine Güte, allerdings.«

»Bertha hatte absolut recht. Wir geben wirklich ein schönes Paar ab.«

Eadyth wurde plötzlich bewusst, dass sie gerade dabei war, kameradschaftlich mit Eirik zu lachen. Das ging nicht an, so schnell durfte ihre Wut auf ihn nicht verfliegen. Und so zwang sie sich, wieder eine grimmige Miene aufzusetzen, und wandte sich zum Gehen. Eirik hielt es für das Beste, sich rasch noch einmal zu entschuldigen, bevor sie wieder zänkisch wurde.

»Komm«, sagte er, führte sie zurück ins Zimmer und drückte sie mit sanftem Nachdruck wieder auf den Stuhl. Dann zog er einen zweiten zu ihr heran, sodass sie einander gegenübersaßen und ihre Knie sich fast berührten. »Ich möchte dir jetzt etwas sagen.«

Eadyth machte Anstalten, sich zu erheben, aber er schüttelte den Kopf, um sie daran zu hindern. »Nein, du wirst jetzt sitzen bleiben und mir zuhören. Es ist nicht leicht für mich, dir die Gründe für mein unmögliches Verhalten zu erklären, aber du verdienst eine Erklärung. Es hat alles nur mit diesem gottverfluchten Teufel Steven von Gravely zu tun.«

Eadyths Kopf fuhr in die Höhe, und sie lehnte sich zurück und legte vor ihren fest zusammengepressten Lippen ihre Fingerspitzen aneinander. Nach einem misstrauischen Blick auf Eirik sagte sie: »Na schön. Ich höre.«

Eadyth sah, wie ihr Mann nervös auf seinem Stuhl herumrutschte. Ein langärmeliges Hemd aus weicher weißer Wolle bedeckte seinen Oberkörper, seine kräftigen Schenkel und Waden steckten bis zu den Knöcheln in einer schon etwas abgetragenen braunen Strumpfhose. Sein geschwollenes Gesicht aber und die geröteten Stichwunden an seinem Hals erinnerten Eadyth daran, dass der Drang, sich zu kratzen, ihn schier verrückt machen musste.

Gut so, dachte sie, an seinen vulgären Übergriff auf sie denkend.

Bis sie Steven begegnet war, war sie sehr zurückhaltend gewesen, hatte keinem Mann erlaubt, sie zu berühren, geschweige denn sie zu küssen. Steven hatte sie monatelang umwerben müssen, um sie von seiner Liebe zu überzeugen, und erst dann hatte sie ihm erlaubt, intim zu werden.

Aus Stevens Verrat hatte sie ihre Lehre gezogen und hielt seitdem alle Männer auf Distanz. Das war nicht leicht gewesen, als sich die Sache mit ihrem Kind herumgesprochen hatte, denn danach war sie gewissermaßen als ›beschmutzte Ware‹ beurteilt worden. Zu ihrem eigenen Schutz hatte sie den königlichen Hof und alle öffentlichen Orte gemieden, an denen sie womöglich den Zudringlichkeiten von Männern ausgesetzt gewesen wäre, und hatte alles in ihrer Macht Stehende getan, um ihre Attraktivität zu verbergen.

Vielleicht war das der Grund, warum Eiriks vulgärer Auftritt sie derartig niedergeschmettert hatte. Wie all die anderen Männer missachtete er ihre Würde. Darüber hinaus war sie zutiefst gekränkt, dass er sie des Ehebruchs bezichtigte. Herrschaftszeiten, sie konnte sich nicht einmal erinnern, wann sie sich das letzte Mal erlaubt hatte zu weinen! Wahrscheinlich nicht mehr seit Stevens Verrat.

Eirik räusperte sich vernehmlich und riss Eadyth aus ihren trübsinnigen Überlegungen. »Ich begegnete Steven zum ersten Mal, als ich als Ziehkind an König Athelstans Hof kam.«

Obgleich sie noch ganz aufgewühlt war, konnte Eadyth ihre Neugierde nicht unterdrücken. »War es nicht ein bisschen ungewöhnlich, dass ein wikingisches Kind an einem angelsächsischen Hof erzogen wurde?«

»Nein, keineswegs. Mein Cousin Haakon, ein so reinrassiger Wikinger, wie man es nur sein kann, bevor er Herrscher über ganz Norwegen wurde, wuchs auch als Ziehkind mit mir an diesem Hof auf. Ganz zu schweigen von den vielen Gelehrten und Flüchtlingen anderer Königshöfe aus der ganzen Welt.

Außerdem hatte ich dir ja schon gesagt, dass ich nur zur Hälfte Wikinger bin.« Eirik grinste, aber da sein Gesicht so verschwollen war, wurde es ein grotesker Abklatsch seines Lächelns, da er nur einen Mundwinkel verziehen konnte. Und Eadyth erinnerte sich nur allzu gut an jene Unterhaltung, als Eirik sie geneckt und sie gefragt hatte, ob sie seine wikingische Hälfte sehen wolle. Sie schürzte angewidert ihre Lippen und schnalzte missbilligend mit der Zunge.

»Hat dein Vater dich gezwungen, als Ziehkind an diesen Hof zu gehen?«, fragte sie, ohne auf seine Anspielung einzugehen.

»Ganz im Gegenteil. Ich musste meinen Vater erst dazu überreden, mich als angelsächsisches Ziehkind an König Athelstans Hof gehen zu lassen.«

»Aber warum?«

Er zuckte mit den Schultern und kratzte sich zerstreut an seinen Armen und am Nacken. Eadyth hätte ihn gerne daran erinnert, dass der Juckreiz mit Hilfe des Zwiebelsafts etwas gelindert werden könnte, dachte aber, dass er jetzt sowieso keine Hilfe von ihr annehmen würde.

»Es ist schwer zu erklären, aber für die Wikinger änderten sich schon damals die Zeiten. Man stößt in ganz Britannien auf die Beweise, dass wir Wikinger uns angeglichen, die Gebräuche der Angelsachsen übernommen und ihre Frauen geheiratet haben. Allerdings ist diese Verschmelzung nicht nur einseitig. Die Angelsachsen haben auch viele wikingische Gewohnheiten angenommen.«

»Wie Graf Orm?«

»Ja, und viele andere. Bereits als Kind hatte ich das Gefühl, dass es meiner Zukunft und der meiner wikingischen Brüder dienlicher sein würde, mir die angelsächsischen Gebräuche anzueignen. Nur mit der Bereitschaft, offen gegenüber Unbekanntem zu sein, können Völker in Frieden miteinander leben.«

Eadyth biss sich nachdenklich auf die Unterlippe und sah ihren Ehemann – der im Grunde noch ein Fremder für sie war –, in einem neuen Licht. Obwohl sie von seinen verschiedenen Heldentaten gehört hatte, war ihr nicht bewusst gewesen, wie idealistisch er war. Diese Seite an ihm faszinierte sie.

Vielleicht waren seine hehren Worte aber auch nur ein raffinierter Trick, um ihren Ärger zu besänftigen. Sie würde auf der Hut sein müssen.

»Und Tykir? War er auch mit dir an diesem Hof?«

»Wohl kaum«, erwiderte Eirik spöttisch. »Ihm war mehr daran gelegen, die Besiedelung Britanniens auf direkterem Wege anzugehen und jeden Angelsachsen in Sichtweite zu töten.«

»Aber was hat das alles mit Steven und deinem abscheulichen Benehmen zu tun?«

Eirik strich sich geistesabwesend über den Schnurrbart. Dann spreizte er nervös die Finger und fuhr sich mit ihnen durch das Haar. Man konnte ihm ansehen, wie er nach den richtigen Worten suchte.

Eaydth beobachtete ihn aufmerksam. Was konnte Eirik so bedrücken, dass es ihm derart schwerfiel, sich dazu zu äußern?

Schließlich räusperte er sich und begann: »Steven wurde auch an König Athelstans Hof aufgezogen. Tatsächlich waren sie sogar Vettern zweiten Grades«, sagte er. »Als ich an den Hof kam, war ich erst gerade zehn Jahre alt. Steven war nur fünf Jahre älter. Wir hätten Freunde werden können.«

Eirik schien in Gedanken zu jener lang zurückliegenden Zeit zurückzukehren, und die Erinnerung daran bereitete ihm ganz offensichtlich große Qual. Ein tiefer Schmerz verschleierte seine blauen Augen.

»Und?«, ermutigte ihn Eadyth, als sein Schweigen sich schier endlos hinzog.

Er schien sie aber nicht einmal zu hören, da er sich ganz und gar in seinen Gedanken verloren hatte.

»Und?«, wiederholte sie.

»Und wir wurden *keine* Freunde.« Eirik seufzte und zwang sich, in die Gegenwart zurückzukehren. Er suchte Eadyths Blick, und ein Ausdruck der Entschlossenheit erschien in seinen blauen Augen. »Steven war damals schon ein schlechter Mensch. Es bereitete ihm Vergnügen, nicht nur Tiere, sondern auch Menschen zu quälen, die leichtsinnig genug waren, ihm in die Quere zu kommen – vor allem die, die jünger oder schwächer waren als er.«

Eadyth wartete geduldig, dass Eirik fortfuhr.

»Ich war erst ein paar Wochen am Hof, als Steven mit einem berüchtigten wikingischen Geächteten, Ivar dem Erbarmungslosen, meine Entführung plante. Sie war eigentlich als Falle für

Sigtrygg gedacht, der zu jener Zeit der wikingische König von Northumbria war, aber stattdessen führte sie zum Tode meines Vaters.«

Eirik hob seine linke Hand, an der der kleine Finger fehlte. »Es war Ivar, der meinem Vater mit einer Lösegeldforderung den Finger schickte, aber die Schuld daran gebe ich Steven. Es war die erste und sicherlich auch die geringfügigste der Verwundungen, die mir vom Grafen von Gravely zugefügt wurden.«

Eadyth war entsetzt.

»Als ich danach wieder an König Athelstans Hof kam, war ich vernünftig genug, mich von dieser Bestie fernzuhalten. Eines Abends jedoch war ich unvorsichtig. Er und zwei seiner Freunde erwischten mich in einem abgelegenen Winkel der Burg und ... und ... verprügelten mich erbarmungslos.«

Eadyths Herz verkrampfte sich vor Mitgefühl mit Eirik und all dem, was er als kleiner Junge schon erlitten haben musste. Sie wünschte, sie könnte etwas tun, um seinen Schmerz zu lindern und all diese bösen Erinnerungen auszulöschen. Für einen Moment vergaß sie ihren Abscheu, einen Mann zu berühren, legte anteilnehmend eine Hand auf Eiriks Arm und wünschte mit aller Macht, er möge seinen gesenkten Kopf heben.

»Oh, wie traurig für dich, Eirik«, sagte sie und legte ihre Hand auf seine.

Eirik schüttelte sie ab. »Dein Mitleid schwächt mich.«

»Mitleid! Du warst erst zehn Jahre alt, Eirik. Ließ König Athelstan Steven bestrafen?«

»Nein, dafür sorgte ich einige Jahre später selbst, als ich Steven von der Körpergröße her gewachsen war. Ich schlug ihn beinahe tot und hätte auch keine Hemmungen gehabt, ihm das Lebenslicht ganz auszublasen, wenn mich die Gefolgsleute des

Königs nicht vorher von ihm weggezogen hätten. Am Ende war ich es, der bestraft wurde und ein deftiges Bußgeld zahlen musste – von meiner einjährigen Verbannung vom Hof erst ganz zu schweigen. Aber es war die Genugtuung wert, die es mir verschafft hat.«

»Ich glaube, ich hätte das Gleiche getan.«

Eirik zog fragend eine Augenbraue hoch. »Was für ein blutrünstiges Ding du doch bist. Aber lass mich dir noch etwas anderes über Steven sagen. Er und einige seiner Männer überfielen ein paar Jahre später ein wikingisches Gehöft und schändeten und töteten nicht nur die erste Frau von Selik, des besten Freundes meines Vaters, sondern trugen auch noch wochenlang den Schädel seines kleinen Sohns auf einem Spieß herum, um Selik aus seinem Versteck zu locken.«

»Oh, Eirik! Deshalb hasst du Steven so?«

»Aus diesen und noch vielen anderen Gründen.«

»Mir war klar, dass Steven kein Fünkchen Anstand im Leib hat, nachdem er mich so gefühllos behandelt hatte, aber das ganze Ausmaß seiner Niederträchtigkeit war mir bisher wirklich nicht bewusst. Wie könnte es da noch schlimmer kommen?«

»Da ich mich seinem Willen nicht gebeugt und es endlich gewagt hatte, mich gegen ihn zur Wehr zu setzen, machte Steven sich einen Spaß daraus, mich jahrelang zu peinigen. Oh, natürlich nie in aller Offenheit. Er ist ein Meister darin, seine schmutzigen Tricks geheim zu halten. Mein liebstes Schlachtross fand man tot in seinem Stall. Meine Geliebte wurde von maskierten Angreifern geschändet. Es wurden Gerüchte über meine angebliche Feigheit und verräterischen Aktivitäten in die Welt gesetzt.« Er zuckte mit den Schultern. »Aber ich war nicht das einzige Opfer. Viele Männer und Knaben hatten in all diesen Jahren unter Stevens unersättlichem Appetit auf anderer Menschen Schmerz zu leiden, und Frauen natürlich auch. Wie meine eigene Gemahlin.«

»Deine Gemahlin?«, entgegnete Eadyth mit einer Stimme, die kaum mehr als ein Quieken war. »Elizabeth?«

»Ja.« Eirik warf Eadyth einen anklagenden Blick zu. »Genau wie du wurde sie von Stevens *Reizen* betört.«

Eiriks Erinnerung an ihre Indiskretion ließ Eadyth heiß erröten. »War sie damals schon mit dir verheiratet?«

»Ja, aber das störte sie nicht allzu sehr. Das ist länger als zehn Jahre her. Wir waren erst seit einem Jahr verheiratet und beide noch sehr jung.« Er zuckte mit den Schultern. »Anscheinend erfüllte ich nicht ihre ... Bedürfnisse.«

Eadyth starrte Eirik sprachlos an. Selbst mit seinem verquollenen Gesicht fand sie ihn außerordentlich attraktiv. Andererseits war aber auch Steven ein geradezu göttlich gut aussehender Mann. Nein, berichtigte sie sich schnell, wohl eher ein *teuflisch* gut aussehender Mann.

»Untersteh dich, mich mit deiner Frau zu vergleichen! Unsere Weiblichkeit ist das Einzige, was uns verbindet. Oh, ich mag zwar genauso blind gewesen sein wie sie, als ich Stevens Verdorbenheit nicht durchschaute, aber ich habe dich nie betrogen, Eirik. Und außerdem würde ich dich auch nie als weniger gut aussehend als Steven beschreiben. Diesen Wettbewerb gewinnst du ohne Frage.«

»Du findest mich attraktiv?«

Eirik zog interessiert die Augenbrauen hoch, und seine Mundwinkel verzogen sich zu einem schiefen Lächeln. Er sah in Eadyths Augen schrecklich albern ... und auch einfach wunderbar aus. Sie spürte, wie ihr Herzschlag sich beschleunigte, wie das Blut durch ihre Adern rauschte und eine wundervolle, träge Wärme sie durchflutete. »Bei Gott und allen Heiligen!

Du raubst einer Frau den Atem, und das weißt du nur zu gut, du raffinierter Flegel. Aber bei mir erreichst du damit nichts, du Narr. Ich bin immun gegen deine offenbaren Reize.«

Sein Gesicht verzerrte sich daraufhin sogar noch mehr, als er den verhängnisvollen Fehler beging, ein noch breiteres Lächeln aufzusetzen. Aus irgendeinem Grund stand Eadyth aber nicht der Sinn danach, zu lachen – tatsächlich konnte sie sogar schon spüren, wie ihr die Tränen kamen.

»Weine nicht um dich, du Dummchen«, sagte Eirik sanft. »Weine lieber um Elizabeth. Steven hatte auch sie geschwängert, aber sie entschloss sich dazu, das Kind nicht auszutragen. Leider wartete sie zu lange, die Hilfe einer Hebamme zu suchen, und starb zusammen mit Stevens ungeborenem Sohn.«

Eadyth starrte Eirik wie vom Donner gerührt an. Kein Wunder, dass er Steven so hasste! Und dass er allen Frauen misstraute. Unwillkürlich murmelte sie: »Du liebe Güte, der Mann muss ja Bastarde von einem Ende des Landes bis zum anderen haben! Wieso ist er dann ausgerechnet so versessen auf *meinen* Sohn?«

»Ich glaube, das kann ich dir beantworten. Es heißt, er sei vor sieben Jahren an einem heftigen Anfall von Wundrose erkrankt, der ihn der Fähigkeit beraubte, noch mehr Kinder in die Welt zu setzen.«

»Das geschieht ihm recht. Es ist nur schade, dass diese teuflische Krankheit nicht auch seine Männlichkeit hat verfaulen lassen.«

»Genau das dachte ich auch.«

Jeder in seine eigenen Gedanken versunken schwiegen sie für eine Weile.

»Das war gemein, was du mir angetan hast, Eirik«, sagte Eadyth schließlich.

»Ja, das war es. Ich habe dir das alles auch gerade nicht erklärt, um mein Verhalten zu rechtfertigen. Ich wollte nur, dass du verstehst, warum ich so wütend geworden bin, als ich diesen Brief von Steven sah. Ich dachte ... na ja, ich dachte eben, es geschähe schon wieder. So wie damals mit Elizabeth.«

Eadyth wusste, dass dies genau der richtige Moment war, ihm ihre Maskerade zu gestehen und ihm ihre Gründe dafür darzulegen. »Ich habe viele Fehler, Eirik, aber Unaufrichtigkeit gehört nicht dazu. Als ich zögerte, deine Frage zu beantworten, ob ich dich hintergangen hätte, ging es für mich nicht um Ehebruch. Im Grunde ist es nur ein winzig kleines, gar nicht wirklich wichtiges Geheimnis, das ich vor dir habe.«

Eirik lachte. »Wenn es nichts mit Ehebruch oder Steven zu tun hat, will ich es gar nicht wissen. Oder zumindest jetzt noch nicht. Heben wir uns diese Beichte doch für später auf, meine Teuerste, vor allem, da du es ja nicht einmal für wirklich wichtig hältst. Wusstest du denn nicht, dass Männer es lieben, wenn eine Frau ein Geheimnis umgibt?«

»Aber ...«

»Außerdem packt mich gerade das dringende Bedürfnis nach einem ordentlichen Schluck von deinem guten Met – dem besten in ganz Northumbria, wie du mich ja schon bei unserer ersten Begegnung hast wissen lassen«, neckte Eirik sie. »Also geh nun ruhig und spiel mit deinen verdammten Bienen.«

Eadyth setzte an, Protest einzulegen.

»Nur eins noch, Eadyth. Nimmst du meine Entschuldigung an? Können wir diesen ... Zwischenfall ... vergessen?«

Eadyth nickte, während sie sich beide gleichzeitig erhoben. »Aber wir müssen uns etwas einfallen lassen, um Ravenshire besser zu schützen, Eirik. Findest du es nicht beunruhigend, dass Steven – oder einer seiner teuflischen Gefolgsleute – so problemlos in die Burg spazieren und diesen verlogenen Brief unter meine Matratze legen konnte? Ist es möglich, dass einer deiner eigenen Leute gegen dich arbeitet?«

Eirik nickte ernst. »Ich werde jetzt gleich mit Wilfrid reden. Wir werden Ravenshire vor Steven schützen, das versichere ich dir.«

»Was kann ich tun, um mitzuhelfen ...«

»Da hälst du dich mal schön raus, Eadyth. Ein Mann behütet die, die unter seinem Schutz stehen.«

Eadyth missfiel der herablassende Tonfall seiner Worte; sie klangen schon wieder viel zu sehr nach einem Befehl, fand sie. »Als ich dir die Ehe anbot, war ich nicht auf einen Ritter ohne Furcht und Tadel aus. Das Einzige, was ich wollte, war, deinen Schild mit dir zu teilen.«

Eirik tätschelte ihr die Hand, als wäre sie ein Kind. »Du brauchst dich um nichts zu sorgen, Frau. Ich werde mich um alles kümmern.«

Eadyth knirschte mit den Zähnen. Später würde sie ihrem Mann erklären müssen, dass sie nicht die Absicht hatte, die unterwürfige Ehefrau zu mimen. Im Moment jedoch war es wohl besser, ihn in dem Glauben zu lassen, sie würde sich seiner Überlegenheit fügen.

Am nächsten Tag entdeckte Eirik, dass er leider nicht nach Jorvik und zu Asa reiten konnte, wie er es eigentlich vorgehabt hatte. Er musste Sicherheitsmaßnahmen gegen Steven treffen, wie Eadyth ihm empfohlen hatte. Die Wiederherstellung der Burgmauern musste abgeschlossen werden. Es mussten Briefe an rangniedrigere Ritter in anderen Burgen geschickt werden, um sie zu fragen, ob sie dem Herrn von Ravenshire gerne dienen würden. Außerdem musste er sich um die vielen Leute kümmern, die unter seinem Großvater als Pächter, Handwerker oder Bedienstete auf Ravenshire gelebt hatten und jetzt, da die Burg zu neuem Leben erwacht war, bereitwillig zurückkehrten.

Bestürzt erkannte Eirik, dass er sich, ohne je wirklich den Entschluss gefasst zu haben, auf Ravenshire zu bleiben, seinem Land und seinen Leuten gegenüber immer stärker verpflichtete.

Und er war nicht sicher, ob es das war, was er wollte.

Neben den zusätzlichen Maßnahmen, die Eirik traf, um die Burg zu schützen, gab er sich auch noch die größte Mühe, sein abscheuliches Verhalten Eadyth gegenüber wiedergutzumachen. Während der nächsten drei Tagen schlief er nicht nur mit Rücksicht auf Eadyths monatliche Blutung in der Halle, sondern erlaubte ihr auch, ihre lächerlichen kleinen Regeln einzuführen: die Dienstboten zu zwingen, einmal in der Woche ein Bad zu nehmen, sämtliche Matratzen, Strohsäcke und Bettwäsche zu entlausen oder zu verfügen, dass seine Männer nach dem Essen keine Knochen oder anderen Abfälle mehr in der Binsenstreu im großen Saal verschwinden lassen durften.

Gott im Himmel! Sie wollte sogar verbieten lassen, in der Öffentlichkeit zu rülpsen oder einen Wind fahren zu lassen, da sie der Meinung war, dass seine Männer sich wie Schweine aufführten. »Du bist am Hof des Königs aufgewachsen. Du hast die Verpflichtung, jenen, die unter dir stehen, gesellschaftsfähige Manieren beizubringen«, hatte sie ihn streng getadelt.

Das war der Punkt gewesen, an dem er ihrer Herrschsucht einen Riegel vorgeschoben hatte. »Hast du den Verstand verloren? Es gibt Dinge, die sich selbst meiner Kontrolle entziehen«, protestierte er. »Meine Männer würden mich auslachen.

Ich denke gar nicht daran, solch lächerliche Themen mit ihnen zu erörtern. Nein, du brauchst erst gar nicht so die Nase über mich zu rümpfen. Das ist mein letztes Wort dazu.«

In diesem Punkt hatte Eadyth nachgegeben, aber dann gleich noch viele andere Dinge von ihm verlangt: *Lass neue Felder pflügen. Kauf Schafe. Lass die Klosette reinigen und neue Brunnen bohren. Stell die Spinnereien wieder her. Bau neue Bauernkaten*. Immer weiter redete sie mit ihrer kratzbürstigen Stimme auf ihn ein, bis sie dann schließlich mit einem ganz und gar aberwitzigen Ansinnen aufwartete.

»Würdest du mir einen winzigen Gefallen tun?«

»Verdammt noch mal! Ich glaube, ich höre diese Worte schon im Schlaf!«

»Könntest du bitte auf eine Leiter steigen und die Spinnweben von den Dachbalken im großen Saal entfernen?«

»Das können die Knechte tun. Ruf Lambert.«

»Er weigert sich. Alle haben sich geweigert, das zu tun. Ich habe das Gefühl, dass sie sich vor der Höhe fürchten.«

Eirik verengte misstrauisch die Augen. »Und wo ist diese Leiter?«

Eadyth zuckte die Schultern und wedelte scheinbar gleichgültig mit der Hand. »Da drüben.«

Eirik blickte zum Ende des Saals hinüber, wo sie eine speziell angefertigte Leiter aufgestellt hatte, die zwei Stockwerke höher und bis zu den höchsten Balken an der Decke reichte. Kein Wunder, dass keiner seiner Bediensteten auf dieses wackelige Ding steigen wollte.

»Zum Teufel noch mal, Eadyth!«, rief er aus, als er mit zusammengekniffenen Augen zur Decke hinaufschielte. »Wie kannst du aus dieser Entfernung auch nur feststellen, ob das da oben Spinnweben sind?«

Sie rümpfte geringschätzig die Nase. »Heißt das, dass du mir den Gefallen nicht tun wirst?«

»Es heißt, dass du nicht recht bei Trost bist. Herrgott noch mal, diese Burg ist so sauber, dass sie mittlerweile vor Reinlichkeit schon förmlich strahlt. Außerdem hast du mein schlechtes Gewissen in den vergangenen drei Tagen reichlich ausgenutzt. Ich finde, dass du mich nun genug hast büßen lassen. Wenn du einen Gefallen von mir willst, solltest du besser damit beginnen, mir selbst den einen oder anderen zu tun. Zunächst einmal solltest du dir jedoch einen anderen Dummen suchen, der sich den Hals für dich bricht, weil ich es nämlich nicht tun werde.«

Und damit stürmte er in Richtung Übungsplatz davon, um seine Frustration beim Training mit seinen Männern loszuwerden, und dachte wieder einmal, dass es Zeit war, nach Jorvik zu reiten und ein bisschen Zeit mit seiner Geliebten zu verbringen. Er brauchte den Trost von Asas Körper und den Frieden ihres anspruchslosen Schweigens.

Doch bedauerlicherweise mischte Eadyth sich nur allzu bald sogar in diese ganz und gar männliche Domäne ein.

»Mylord, kommt schnell!«, rief Bertha ihm vom Rand des Übungsplatzes zu.

»Was ist? Werden wir angegriffen?«, schrie Eirik, während er zu ihr hinüberlief. »Warum haben die Wachen nicht Alarm geschlagen?«

»Nein, ich komme wegen Lady Eadyth, Eurer Frau.«

Eirik stöhnte.

»Sie hängt auf einem Baum, um Bienen einzufangen, und Godric sagt, sie säße fest.«

»Auf einem Baum?«

Girta drängte sich durch die Menge, die sich um sie scharte.

»Ich habe Bertha gesagt, sie solle Euch nicht damit belästigen, Mylord. Ihr braucht Euch nicht darum zu kümmern. Meine Herrin hat das früher schon sehr oft getan. Sie weiß, was sie tut, das kann ich Euch versichern.«

»Sitzt sie fest oder nicht?«

»Ja«, bestätigte Bertha.

»Nein«, widersprach Girta.

Mit übertriebener Geduld versuchte Girta, es Eirik zu erklären: »Einige Bienen haben ihre Körbe verlassen und einen neuen Schwarm in einem nahe gelegenen Baum geformt. Meine Herrin ist nur auf den Baum über dem Schwarm geklettert. Sie schüttelt die Äste, damit ihr Assistent den Schwarm in einem Kasten auf dem Boden wieder einfangen kann.« Girta verschränkte die Arme vor ihrer Brust und warf Bertha einen Blick zu, der zu besagen schien: ›Das hab ich dir doch gleich gesagt, du dumme Kuh.‹

Eirik hörte das Gekicher der Leute um sich herum. Schon in den letzten Tagen war ihm aufgefallen, dass seine Männer miteinander tuschelten, dass sie sich gegenseitig anstießen und die Augen verdrehten, vor allem dann, wenn er in Eadyths Begleitung war. Sie hielten ihn sicherlich für einen Schwächling, weil er sich von seiner Frau herumkommandieren ließ. Aber er hatte langsam genug von ihrem männlichen Gehabe. Wenigstens diesmal würde er sie in ihre Schranken weisen.

Verärgert drängte Eirik sich durch die Menge, stapfte auf den Obstgarten außerhalb des Burghofs zu und drehte sich dann noch einmal abrupt zu der wispernden Meute um, die ihm auf den Fersen folgte. »Himmelherrgottsakra! Habt ihr nichts anderes zu tun, als euch um meine Angelegenheiten zu kümmern? Geht wieder an eure Arbeit. Aber alle, verstanden!«

Als er den Obstgarten erreichte, blieb er in ungläubigem Erstaunen stehen.

Eadyth, die wieder ihren Bienenschutzschleier trug, saß rittlings auf einem schwindelerregend hohen Ast und schüttelte ihn heftig. Eine Traube Bienen klebte hartnäckig an einem Ende dieses Astes, während zwei von Eadyths Assistenten, die mit den gleichen Schleiern bekleidet waren wie sie, am Boden standen und einen großen, mit Fliegendraht versehenem Kasten darunter hielten.

»Eadyth, komm sofort von diesem verdammten Baum runter!«

Sie warf einen Blick hinunter, als sie Eirik bemerkte. »Oh, ich hab dich gar nicht kommen sehen. Aber sei so gut und tritt zurück. Du hast dich gerade erst von deiner letzten Begegnung mit den Bienen erholt. Wir wollen das Ganze doch nicht noch mal wiederholen.«

»Wie nett von dir, dass du dir Sorgen machst«, murmelte er, trat aber doch ein paar Schritte zurück, bevor er sagte: »Eadyth, dein Benehmen ist geradezu unglaublich ungehörig! Ich bestehe darauf, dass du sofort von diesem Baum herunterkommst.«

»Sei nicht albern, Eirik. Ich muss nur schnell die Bienen losschütteln.«

Ihr Widerstand empörte Eirik. »Dann hole ich dich selbst runter«, erklärte er, auf den Stamm des Baums zutretend, um hinaufzuklettern und seine Frau zu retten und ihr dann eine Strafpredigt zu halten, die sie so schnell nicht vergessen würde.

Doch als Eadyth gleichzeitig den Ast schüttelte, Eirik antwortete und sich etwas weiter nach vorne bewegte, verlor sie das Gleichgewicht und kam ins Trudeln. Aus purem Reflex heraus zog sich Eirik an dem in der Mitte zweigeteilten Baumstamm hoch und kletterte hinauf, um seine unbedachte Frau zu retten. Eadyth gelang es im letzten Moment, sich wieder festzuhalten, aber der Saum ihres Gewands und ihr knöchellanger Schleier verfingen sich an dem Ast und gaben den Blick auf eins ihrer Beine frei. Buchstäblich im selben Augenblick verlor sie auch ihr Stirnband, und eine dichte Mähne lockigen blonden Haars kam unter ihrem Kopfschleier zum Vorschein.

Lockig?

Blond?

Eirik starrte zuerst das nackte Bein seiner Frau nur sprachlos vor Verblüffung an und ließ dann seinen Blick von ihrem schlanken Knöchel zu ihrem hübschen Knie und ihrem wohlgeformten Oberschenkel wandern. Und eins wurde ihm klar in diesem kurzen Augenblick, bevor Eadyth den Saum ihres Gewands wieder herunterziehen konnte: Seine Frau war weder alt noch hässlich.

Bei Gott und allen Heiligen! Im Bruchteil von Sekunden setzten sich alle Teile des Rätsels in seinem Kopf zusammen.

Er sah, wie glatt und geschmeidig die Haut am Bein seiner Frau war. Sanfte Kurven und trainierte Muskeln formten Eadyths Waden und Schenkel zu einer Skulptur gesunder, jugendlicher Schönheit. Nicht ein einziger Besenreißer war zu sehen, wie man es bei einer alternden Frau erwartet hätte. Alternde Frau? Ha! Dieses hinterhältige kleine Biest war jünger als er selbst, oder zumindest doch auf keinen Fall älter als fünfundzwanzig.

Hastig kletterte Eirik vom Baum herunter und entfernte sich ein Stückchen, weil er Eadyth noch nicht merken lassen wollte, dass er ihre Maskerade durchschaut hatte. Versonnen strich er sich über die Oberlippe, vergessend, dass er sich am Tag zuvor den Schnurrbart abrasiert hatte, um das Jucken der

Bienenstiche etwas abzumildern. Ziemlich durcheinander versuchte er, die Bedeutung seiner Entdeckung zu erfassen.

»Bist du noch da, Eirik?«, rief Eadyth nervös.

»Ja, aber ich bin ein paar Schritte zurückgetreten, um deinen verdammten Bienen aus dem Weg zu gehen«, log er.

Er hörte ein raschelndes Geräusch und wusste, dass sie ihre Kleider glatt strich. Um ihre Maskerade fortzusetzen, Himmelherrgottsakra!

Eirik schlug sich an den Kopf, weil er plötzlich einiges verstand: Wieso sie ein noch so junges Kind haben konnte oder warum jemand wie Steven sich überhaupt erst zu ihr hingezogen hatte fühlen können. Mit schmalen Augen blickte er zu Eadyth auf, der es nun endlich doch gelungen war, die Bienentraube loszuschütteln, und ihren unter ihr stehenden Assistenten Anweisungen zurief. *Das silberne Kleinod von Northumbria!* Diese schmeichelhaften Worte bezogen sich zweifelsfrei auf ihr Haar – das unter all dem Fett nicht, wie er vermutet hatte, grau, sondern auf äußerst außergewöhnliche Weise silberblond war!

Eirik fand das Ganze überhaupt nicht lustig.

Und als er sich die Worte seines Bruders Tykir ins Gedächtnis rief, der irgendwann während der Hochzeitsfeier über ein Geheimnis zwischen ihm und Eadyth gesprochen hatte, begriff Eirik, dass Tykir schon zu diesem Zeitpunkt von Eadyths Betrug gewusst hatte. Ja, Betrug. Und Tykir hatte lachend gesagt, er werde dieses Geheimnis womöglich gar von einem Dichter in eine Familiensaga verwandeln lassen. Dieser Gedanke machte Eiriks Wut nur noch größer. Sollte sein Bruder sich wirklich so etwas erlauben, würde er ihm höchstpersönlich seinen Hals umdrehen und König Edmund damit die Arbeit ersparen.

Genauso schlimm war, dass das ständige Getuschel und

Gekicher, das Eirik in den letzten Tagen von seinen Männern hörte, eigentlich nur bedeuten konnte, dass auch sie über Eadyths Spielchen im Bilde waren. Wahrscheinlich lachten sie sich hinter seinem Rücken halb tot über ihren gelungenen Streich und seine schlechten Augen. Er knirschte vor lauter Zorn mit den Zähnen.

Eadyth kam federnd auf dem Boden auf, als sie sich von ihrem Ast herunterließ, und schloss den Deckel der verdammten Bienenkiste. Eirik ging auf sie zu, verhielt dann aber abrupt seinen Schritt. Nein, er brauchte mehr Zeit, um Eadyths Motive zu ergründen ... und um sich die bestmögliche Bestrafung für diese hinterhältige Xanthippe einer Ehegattin auszudenken.

Eins war sicher. Sie würde es noch bereuen, Ravenshire überhaupt je betreten zu haben. Aber nicht, bevor er sie Schicht um Schicht aus ihrer Verkleidung geschält und sich genauestens angesehen hatte, was sich unter diesem Mummenschanz verbarg.

Eirik lächelte in grimmiger Erwartung dieses Augenblicks.

10. Kapitel

»Himmelherrgottsakra! Sieh dir doch bloß mal an, wie sie geht!«, sagte Eirik zu Wilfrid, als sie Eadyth an jenem Abend in gebückter Haltung und mit einem leichten Hinken durch die Halle auf das Podium zukommen sahen.

Eirik musste sich zusammennehmen, um nicht über den Tisch zu springen und ihr ihren mageren Hals umzudrehen. Oder besser gesagt, nicht ihren mageren, sondern ihren grazilen, eleganten Hals, verbesserte er sich im Stillen selbstironisch.

»Zum Teufel aber auch mit ihrer Maskerade! Wenn ich mit ihr fertig bin, wird sie wirklich humpeln, und das mit gutem Grund.«

Eirik hatte Wilfrid darüber aufgeklärt, dass er hinter Eadyths Scharade gekommen war. Und Wilfrid, der zwar auch schon geargwöhnt hatte, dass Eadyth nicht so alt und hässlich war, wie sie anfänglich geglaubt hatten, hatte ihm gesagt, da er sich seiner vielleicht etwas weit hergeholten Erkenntnisse nicht ganz sicher gewesen war, habe er gezögert, sie ihm gegenüber zu erwähnen.

»Mein Augenlicht muss noch schlechter geworden sein, wenn dieses infame kleine Biest mich derart narren konnte«, beklagte Eirik sich bei seinem guten Freund. »Ich war zwar schon als Kind nicht besonders scharfsichtig, empfand das bisher aber nie als wirkliches Problem. Jetzt bin ich mir da nicht mehr ganz so sicher.«

»Nein, denkt so etwas nicht, Mylord. Eure Frau Gemahlin hat uns alle mit ihrer Maskerade hinters Licht geführt.«

»Ich muss gestehen, dass ich ganz schön Angst bekommen habe, als ich hinter ihr Spielchen kam. Denn was für eine Zukunft hätte ich schon als blinder Ritter? Ohne Augenlicht ist ein Ritter nur noch eine Hülse und kein ganzer Mann mehr.«

»Denkt nicht mehr daran, Eirik. Ich glaube einfach, dass Ihr sie für alt halten *wolltet* und deshalb die Anzeichen für ihre Jugend auch nicht gesehen habt. Erinnert Ihr Euch an jenen ersten Abend, als sie in den großen Saal hereingestürmt kam und buchstäblich den Hund trat? Das war nicht die Handlungsweise einer jungen, schönen Frau.«

Als Eadyth näher kam, musterte Eirik sie prüfend, und kräuselte ärgerlich die Lippen, als er sah, wie offensichtlich ihre Verkleidung war. Er fragte sich, wie viel tiefer sie sich noch hineinreiten würde, bevor sie mit der Wahrheit herauskam.

»Glaubt Ihr immer noch, dass sie sich mit Steven gegen Euch verschworen hat?«

»Nein«, antwortete Eirik, während er sich zerstreut über die Oberlippe strich, seinen Schnurrbart arg vermissend. Das habe ich ihr zu verdanken, dachte er ärgerlich. Wenn ihre Bienen nicht gewesen wären, hätte er ihn nicht abrasieren müssen. Obwohl er wusste, dass es ein bisschen ungerecht war, schob er auch in dieser Angelegenheit die Schuld ihr zu. »Ich vermute eher, dass sie großen Abscheu vor der Lüsternheit der Männer empfindet und sich die Umstände zunutze machte, um mich auf Distanz zu halten.«

»Bei allem gebotenen Respekt, Mylord, aber der Frau, die Euch auf Abstand halten könnte – oder auch nur wollte –, würde ich ja gern mal begegnen.«

Eirik zuckte mit den Schultern. »Manche Frauen werden schon so geboren und ändern sich auch nie – sie werden die Berührung eines Mannes immer hassen.« *Und ausgerechnet ich musste das Pech haben, eine dieser Männerhasserinnen zu heiraten!*

Wilfrid schien über diese These gründlich nachzudenken, und dann nickte er. »Werdet Ihr Lady Eadyth nun mit ihrer Täuschung konfrontieren?«

»Nein.«

»Und was *werdet* Ihr tun?«

»Ihr ein Seil geben, das lang genug ist, um sich zu erhängen.«

Wilfrid lachte. Wahrscheinlich freute er sich schon auf einen unterhaltsamen Abend auf Eadyths Kosten. Und Eirik hatte auch nicht vor, ihn zu enttäuschen. Auch er konnte es kaum erwarten, seine Frau Gemahlin in arge Verlegenheit zu bringen, aber zunächst einmal musste er seine rasende Wut bezähmen und sich zu einer ausdruckslosen Miene zwingen.

»Ich bin gespannt, wie weit sie ihr lächerliches Spielchen treiben wird«, fuhr Eirik fort, »und obwohl ich es eigentlich nicht glaube, kann ich mir nicht sicher sein, dass keine böse Absicht dahintersteckt. Deshalb halte ich es für das Beste, sie eine Zeit lang scharf im Auge zu behalten. Aber du kannst dich darauf verlassen, dass ich sie bezahlen lassen werde – jetzt, auf meine ganz spezielle Art, und auch später, wenn ich sie mit ihrem Betrug konfrontiere.«

Wilfrid grinste nur.

Dank der von Eadyth geforderten neuen Schornsteine waren die Zeiten vorbei, in denen man im großen Saal vor lauter Rauch die eigene Hand nicht vor Augen hatte erkennen können, sodass Eirik sehen konnte, welche Mühe sie sich mit ihrer Maskerade gab. Sie hatte nicht nur ihr Stirnband so weit nach vorn gezogen, dass der dazugehörige Schleier ihre Stirn und Wangen bedeckte, sondern sie legte auch noch so angestrengt die Stirn in Falten, dass ihre Muskeln schmerzen mussten, und gab sich solche Mühe zu gackern, dass ihre Stimme schon ganz heiser war. Sie hatte sogar ihr Gesicht mit Asche eingerieben.

Gott, was für ein Idiot muss ich gewesen sein, mich derart hinters Licht führen zu lassen!

Beim Essen beobachtete Eirik sie mit eindringlichem Blick, während er Kelch um Kelch ihres Mets hinunterstürzte. Er war wohl tatsächlich der beste in ganz Northumbria, wie sie geprahlt hatte. Vielleicht würde er sie ja in einem Fass von ihrem eigenen Gebräu ertränken.

Da er Eadyth jedoch in einer trügerischen Sicherheit wiegen wollte, damit sie sich selbst verriet, ermahnte er sich, gelegentlich zu blinzeln und verschiedene Gegenstände auf dem Tisch aus nächster Nähe zu betrachten. *Soll sie doch denken, ich sei blind für ihre Verkleidung, diese Hexe.*

Im Geiste spielte er alle nur erdenklichen Möglichkeiten durch und dachte sich immer wieder neue, ausgefallenere Methoden aus, um Eadyth zu quälen. Sie zu erwürgen wäre zu sauber und zu schnell, beschloss er. Und er wollte ihre Bestrafung hinauszögern, bis er sich ihrer Motive sicher war. Aber was konnte er jetzt tun, um ihre hochmütige Haltung anzukratzen, ohne preiszugeben, dass er ihr Spiel durchschaut hatte?

Aah! »Ist das ein Barthaar, das ich da aus deiner Warze sprießen sehe?«, fragte er mit einem Blick auf das entzückende kleine Muttermal an ihren Lippen. »Ich kann es dir auszupfen, wenn du willst. Meine Großmutter bekam diese stacheligen Haare manchmal auch, nachdem sie ein gewisses ... Alter erreicht hatte.« Zufrieden grinsend beobachtete er, wie Eadyths Hand zu ihrem Muttermal fuhr und sie es besorgt betastete, obwohl sie wissen musste, dass dort kein Haar wuchs.

»Das ist ein Muttermal und keine Warze«, erklärte sie gekränkt und warf ihm einen Blick zu, in dem eisige Verachtung lag.

Verdammt! Wie habe ich nur glauben können, ihre Augen seien wässrig und farblos? Sie sind geradezu sündhaft schön. »Oh. Vielleicht habe ich mich ja geirrt.«

Er streckte eine Hand aus, berührte mit der Fingerspitze das kleine Muttermal und strich dann sanft über ihre wohlgeformte Oberlippe mit der kleinen Kerbe in der Mitte. Augenblicklich durchzuckte ein fast schmerzhaftes Ziehen einen Teil seines Körpers, was er im Augenblick nun überhaupt nicht gebrauchen konnte. All das durch seinen Körper pulsierende aufgewühlte Blut, das sich in leidenschaftlichem Zorn gegen Eadyth hätte richten müssen, schoss in diese von seinem Gehirn so weit entfernte Stelle und weckte unwillkürlich seine männliche Begierde.

Als er seine Hand zurückzog, bedeckte eine dünne Schicht Asche seine Fingerspitze. *Also deshalb wirkt ihre Gesichtsfarbe so grau. Hält sie mich für einen Schwachkopf? Aber ganz bestimmt*, beschloss er ärgerlich.

Er rieb Daumen und Zeigefinger aneinander und wischte sich dann übertrieben sorgfältig die Asche ab. Nach einem abschätzenden Blick auf seine Frau bemerkte er: »Du musst wohl zu nahe am Küchenfeuer gestanden haben. Du hättest vorsichtiger sein sollen.«

Eadyth verschluckte sich fast an ihrer Spucke, als sie seine Worte hörte. »Bist du verärgert über mich?«

»Habe ich einen Grund, verärgert über dich zu sein, Eadyth?«

»Nein, nein«, stammelte sie. »Es ist nur, weil wir in letzter Zeit so gut miteinander auszukommen schienen und du mir jetzt … na ja, so anders vorkommst.«

»Ja, jetzt, wo du es sagst, haben wir in den letzten Tagen

wirklich sehr harmonisch zusammengelebt, insbesondere, da ich so ein guter, nachgiebiger Ehemann war, der all deine Befehle befolgt und alle ihm von dir auferlegten Aufgaben erledigt hat.«

»Du hättest dich weigern können. Ich habe nie darauf bestanden, dass du hilfst.«

»Nein, aber du hast mein schlechtes Gewissen ganz gehörig ausgenutzt. Das kannst du ruhig zugeben, Eadyth.« *Solltest du mich in deinem ganzen Leben jemals wieder bitten, ein weiteres Klosett zu reinigen, Teuerste, stelle ich dich vielleicht einfach nur auf den Kopf und wische den Schmutz mit deinen Haaren auf. Oder vielleicht vergrabe ich dich sogar besser noch in dem Morast. Das dürfte deiner Hochnäsigkeit einen kleinen Dämpfer aufsetzen.*

»Bist du böse, weil ich den Baum hinaufgeklettert bin?«

Baum? Baum? Sie macht mir seit Wochen etwas vor und redet von Bäumen! »Ja, ich habe in der Tat etwas dagegen, dass meine Frau auf Bäume klettert. Also tu es nicht noch mal.«

Er konnte sehen, dass seine eigensinnige Angetraute schon protestieren wollte, dann aber wohl doch beschloss, zumindest für den Moment lieber den Mund zu halten. Offenbar spürte sie, wie miserabel seine Laune im Augenblick war. Wahrscheinlich gab es da noch irgendeinen anderen haarsträubenden Gefallen, um den sie ihn bitten wollte. Ha! Nie wieder!

Sie nahm einen Schluck von ihrem Met, als versuchte sie, sich damit Mut anzutrinken. Aber nein, da musste er sich irren. Seine Frau besaß die Kühnheit eines kampferprobten Kriegers. Als sie mit drei kräftigen Schlucken ihren Kelch geleert hatte, blickte sie zu ihm auf.

»Eirik, ich muss dir ein Geständnis machen. Es ist etwas, was ich dir schon lange sagen wollte.«

Aah, und nun will sie mir also ihr Geheimnis offenbaren. Tja, meine hinterlistige kleine Hexe, vielleicht will ich es jetzt aber gar nicht hören. »Wie lange?«

»Was?«

»Wie lange wolltest du mir schon ... was auch immer sagen?« Er beobachtete sie mit halb geschlossenen Augen, während er sprach, und fühlte sich wie eine dicke, träge Katze, die mit einer kleinen Maus ihr Spielchen trieb.

Und plötzlich wurde ihm bewusst, dass es ihm vielleicht sogar gefallen könnte, seine Frau Gemahlin Schicht um Schicht aus ihrer Verkleidung zu entblättern, um herauszufinden, welche Art »Kleinod« er mit dieser Ehefrau besaß. Vielleicht würde er angenehm überrascht sein. Diese Vorstellung entlockte ihm ein erwartungsvolles Grinsen.

»Seit mehreren Wochen. Eigentlich schon seit unserer Verlobung«, gab sie zu. Sie war blass und sichtlich nervös.

Gut. »Hat es etwas mit dem Brief zu tun, den du gestern Morgen an deinen Vertreter in Jorvik geschickt hast, obwohl ich dir gesagt hatte, dass ich mich um deine Angelegenheiten kümmern würde?«

Er konnte sehen, wie sie erschrak, als sie sich fragte, wie viel er wohl über ihre Geschäfte wusste. Eadyth hatte größte Vorsicht walten lassen und ihren Brief einem vorüberziehenden Reisenden mitgegeben, aber Eirik war sogar noch vorsichtiger allen Fremden gegenüber gewesen, die sich Ravenshire genähert oder es verlassen hatten, seit Stevens Brief in seiner Burg gefunden worden war. Vor allem aber auch, weil es in letzter Zeit noch mehr Beweise für die Anwesenheit des niederträchtigen Grafen in der näheren Umgebung gab – vergiftetes Wasser in einem Brunnen, eine niedergebrannte Bauernkate, ein von unbekannten Plünderern missbrauchtes Mädchen aus dem Dorf.

»Nein, es ist nicht dieser Brief an meinen Vertreter, über den ich mit dir reden will. Außerdem hatte ich sowieso vor, dir das zu erzählen.«

Irgendwann einmal vielleicht. »Oh, dann müssen es die Schafe sein, die du bestellt hast, ohne meine Erlaubnis einzuholen.«

»Die Schafe werde ich von meinem eigenen Geld bezahlen«, protestierte sie und schwenkte abwehrend die Hand, da es sie zu ärgern schien, dass er sie ihr Geständnis nicht auf ihre eigene Weise machen ließ. »Ich habe Wilfrid immer wieder auf die Schafe angesprochen, und als du so lange im Norden aufgehalten wurdest und der Sommer immer näher rückte, beschloss ich …«

Sie stockte, als sie aufblickte und die steile Falte zwischen seinen Brauen bemerkte.

»Dann muss es dein Verbot sein, meine Hunde in den großen Saal hereinzulassen.«

Eadyth stöhnte vor Verdruss. »Ich dachte, du wärst damit einverstanden. Ich wollte dich damit nicht belästigen.«

Mich nicht belästigen? Du bist schon seit dem Tag unserer ersten Begegnung eine Belästigung, du Beißzange. »Ich glaube, dann weiß ich jetzt, was dich belastet, Frau. Es sind die Worte, die du Abdul beigebracht hast. War dir denn nicht klar, dass er schon sehr bald alles wiederholen würde, was du ihn gelehrt hast?«

Eine zarte Röte überzog ihren Hals und färbte ihre Wangen – deren Haut nicht aschgrau, sondern so makellos weiß wie frische Sahne sein musste, wie Eirik nun erkannte.

Sie schob frech das Kinn vor und trug eine Miene zur Schau, die zeigte, dass sie nicht gewillt war, seine Bezichtigungen auf sich sitzen zu lassen. »Was für Worte?«

»*Widerlicher Flegel! Verdammtes Scheusal! Riesenrindvieh!* – um nur ein paar zu nennen.«

Ein Ausdruck von Furcht huschte über ihre unbewegten Züge, aber sie weigerte sich noch immer, nachzugeben. »Woher weißt du, dass ich das war?«

»Weil der verdammte Vogel das Talent besitzt, Stimmen nachzuahmen, wie du sehr wohl weißt. Weil ein eindeutiges Gackern in der Stimme dieses gefiederten Hanswurstes lag, als er mich einen widerlichen Flegel nannte. Und es gibt nur eine Person auf dieser Burg, die gackert.«

Wider seinen eigenen Willen konnte er ihre unerschütterliche, alles andere als schuldbewusste Haltung nur bewundern. Tatsächlich spielte sogar ein anmaßendes kleines Lächeln um ihre ungemein verführerischen Lippen. Das würde sie später auszubaden haben. Eirik legte fragend den Kopf ein wenig schief, als ihm bewusst wurde, dass er seine Frau noch nie richtig lachen gehört oder sie auch nur spontan über einen Scherz lächeln gesehen hatte. Sie war viel zu hochnäsig. *Ha! Es wird mir ein Vergnügen sein, dich meinem Willen zu unterwerfen, meine scheinheilige Frau Gemahlin.*

»Ich weiß nicht, warum du diese Entscheidungen nicht vorher mit mir besprechen zu können glaubst, Eadyth. Ich bin kein Unmensch.« Eirik zwang sich einen liebenswürdigen Ton anzuschlagen, und Eadyth verengte misstrauisch die Augen. »Oh, ich streite gar nicht ab, dass es mir missfällt, wie du mein Leben und meinen Haushalt nach deinem Ermessen ›verwaltest‹. Ich möchte dich aber daran erinnern, dass ich dich vor unserer Heirat gebeten habe, ehrlich zu mir zu sein. Wenn ich mich recht entsinne, war dies das Einzige, was ich von dir verlangt habe. Solange du mich also *in keinster Weise* hintergehst, können wir einigermaßen gut zusammenleben, glaube ich.« *Ehrlichkeit! Ha!*

Sämtliche Farbe wich aus ihrem Gesicht. Gott Allmächtiger, wenn er nicht so verdammt verärgert wäre, könnte er ein Riesenvergnügen an diesem Katz-und-Maus-Spiel haben. Tatsächlich fand er es trotz seines Ärgers doch sehr amüsant.

»Also wenden wir uns noch einmal deinem Geständnis zu – so hattest du es doch, nicht wahr? Könnte es etwas damit zu tun haben, dass du schließlich doch gern unsere Ehe vollziehen würdest und, schüchtern wie du bist, nur einfach nicht die Worte findest, es mir mitzuteilen? Wenn das so ist, brauchst du dich nicht zu genieren, Eadyth. Ich habe Bertha gefragt, und sie hat mir gesagt, dass deine unpässlichen Tage beendet seien.«

Eadyths ausdrucksvolle Augen weiteten sich vor Entsetzen.

Und Eirik grinste von einem Ohr bis zum anderen.

»Ich weiß, dass es dir Sorgen machen muss ... dass unsere Ehe noch nicht vollzogen worden ist, meine ich. Vor allem, da nach angelsächsischem Gesetz eine Ehe nicht wirklich bindend ist, bis am Morgen nach der ... na ja, sagen wir mal, nach dem *zufriedenstellenden Betragen der Ehefrau im Ehebett* die Morgengabe überreicht wird.« Sie muss ja nicht wissen, dass diesem Gesetz nur selten Folge geleistet wird, dachte Eirik.

Seine Worte lösten bei Eadyth einen heftigen Hustenanfall aus, und er reichte ihr fürsorglich einen neuen Becher Met. Als sie wieder zu Luft kam, sagte sie bestürzt: »Aber Tykir übergab mir in deinem Namen deine Morgengabe doch schon, über die ich mich übrigens sehr gefreut habe. Das Buch über Bienenzucht ist das schönste Geschenk, das ich je bekommen habe. Ich hatte noch keine Gelegenheit, mich richtig dafür zu bedanken, aber ich dachte ...«

Eirik blickte sie aus schmalen Augen prüfend an. »Zappel nicht so herum, Eadyth, sonst kann ich dich nicht richtig sehen.« Er ballte seine Hände zu Fäusten, um sein Temperament im

Zaum zu halten. Wenn sie Scharade spielen konnte, konnte er es auch.

Zuerst sah sie sehr zufrieden mit sich aus und gratulierte sich wahrscheinlich innerlich dazu, ihn so erfolgreich hinters Licht geführt zu haben. Dann nahm sie den Faden wieder auf, als ob Eirik sie nicht unterbrochen hätte. »Ich dachte, das Geschenk, das Tykir mir in deinem Namen überreicht hat, würde genügen, um unsere Ehe rechtskräftig zu machen.«

»Das hatte ich natürlich auch beabsichtigt, aber wenn wir unsere Ehe nicht vollziehen, könnten die Gerichte und die Kirche unseren Bund sogar jetzt noch auflösen. Es gibt einige, die wissen, dass ich in meiner Hochzeitsnacht nicht hier war und dass ich allein schlafe. Sollte Steven diese Ehe je vor dem Witan infrage stellen, würden wir schwören müssen, dass sie vollzogen wurde.«

Er musterte sie prüfend und weidete sich an ihrem Unbehagen. »Ist das ein Risiko, das du einzugehen bereit bist?«

Eadyth zögerte nur einen Moment, bevor sie den Kopf schüttelte.

»Gut. Dann wird es dir nichts ausmachen, dass ich den Dienstboten befohlen habe, deine Sachen in mein Schlafzimmer zu bringen.«

»Jetzt schon?« Obwohl ihr Gesicht keine Panik verriet – Herrschaftszeiten, was für eine vollendete Schauspielerin sie war! –, knetete sie ihre schlanken Finger nervös.

»Ja. Oder kannst du dir einen Grund vorstellen, es noch länger hinauszuschieben?«

Eadyth saß wie vom Donner gerührt da. Seine Frage hatte ihr die Sprache verschlagen.

»Na ja, vielleicht hast du recht«, gab sie schließlich widerstrebend zu. »Schließlich ist es ja nur eine Nacht. Und es ist sicher das Beste, diese ganze scheußliche Geschichte hinter uns zu bringen, um ...«

»Scheußliche Geschichte?«, fragte er ungläubig. »Das ist das erste Mal, dass ich eine Frau den Beischlaf mit mir als ›scheußliche Geschichte‹ bezeichnen höre. Du beleidigst mich, Mylady.«

»Oh, ich bin mir sicher, dass es Frauen gibt, denen derlei Dinge nicht zuwider sind, aber ich ...«

»Eadyth, war der körperliche Liebesakt mit Steven nicht schön für dich?«

»Schön? Was hätte ich da schön finden sollen – angesichts des ganzen Bluts und den furchtbaren Schmerzen?«

»Aber hat Steven dir, nachdem du deine Jungfräulichkeit verloren hattest, in den anderen Nächten keine Lust geschenkt?«

»Welche anderen Nächte? Bist du verrückt? Warum sollte ich so etwas Widerliches mehr als einmal tun?«

Da lächelte Eirik und schüttelte erstaunt den Kopf. »Ich dachte ...«

»Du dachtest, ich hätte Vergnügen daran gefunden und meine Beine wie eine Hafenhure gespreizt?«, unterbrach sie ihn angewidert. »Oh, du bist genau wie alle anderen Männer, besonders die lüsternen, die sich mir mit unanständigen Anträgen genähert und mich für Freiwild gehalten haben, nachdem John geboren war.« Sie starrte ihn feindselig an, was ihn jedoch nicht davon abhielt, wie ein Idiot zu feixen. »Na ja, wenigstens muss ich es nur noch dieses eine Mal tun und habe es dann endlich hinter mir.«

Eirik schüttelte erstaunt den Kopf. Obwohl Eadyth sich mit einigen Dingen ausnehmend gut auskannte, war sie in anderer Hinsicht schier unglaublich naiv. Er konnte es kaum erwarten, was sie als Nächstes sagen würde. Tatsächlich fand er immer mehr Gefallen an seiner neuen Ehefrau.

»Was ist?«, fragte Eadyth misstrauisch.

Eirik strich versonnen mit dem Zeigefinger über seine Oberlippe, während er sie prüfend musterte und versuchte, sich vorzustellen, wie jung und hübsch sie wohl tatsächlich unter diesen weiten Gewändern und den lächerlichen, von ihrem andauernden Stirnrunzeln herrührenden Falten war.

»Ich habe festgestellt, dass ich Kinder mag, seit ich John, Larise und Godric um mich habe«, sagte er mit sanfter Stimme. »Und deshalb habe ich mir überlegt, dass ich wahrscheinlich gern noch ein weiteres Kind haben würde, einen Sohn vielleicht.«

In Wahrheit kam ihm dieser Gedanke zum ersten Mal. Als er aber nun genauer darüber nachdachte, war er gar nicht mal so sehr dagegen, noch ein weiteres Kind zu haben. Nach Elizabeths Tod und seiner Entscheidung, nie wieder zu heiraten, hatte er sich damit abgefunden, niemals legitime Kinder zu zeugen. Und er hatte Larise und Emma sehr vermisst. Und da Larise nun wieder in Ravenshire war, war er fest entschlossen, auch die kleine Emma heimzuholen.

»Ein Kind?« Eadyth sog überrascht den Atem ein. Dann schien aber auch sie die Vorteile der Idee in Betracht zu ziehen. »Nach Stevens Verrat hatte ich mich an die Vorstellung gewöhnt, keine weiteren Kinder zu bekommen. Es ist ein verlockender Gedanke, aber ...« Vorsichtig fragte sie: »Was meinst du, wie oft es nötig wäre? Bei John war ein Mal schon genug.«

Eirik verkniff sich ein Lachen. Ihre anscheinende Abneigung gegen den Geschlechtsakt gepaart mit ihrem offensichtlichen Verlangen nach einem zweiten Kind amüsierte ihn. »Das ist schwer zu sagen«, erwiderte er und bemühte sich, eine ernste Miene zu bewahren. »Angesichts deines fortgeschrittenen Alters wirst du vielleicht nicht mehr so schnell schwanger.« Wieder konnte er das Lachen kaum unterdrücken, bevor er fortfuhr: »Bei manchen Leuten genügt ein Mal. Bei anderen braucht es fünfzig, sechzig oder mehr Versuche.«

»Fünfzig?«, stieß sie sichtlich entsetzt über solch unerfreuliche Aussichten hervor.

Eirik warf ihr einen irritierten Blick zu, als ihr ganzer Körper vor Abscheu erschauerte.

»Nun, ich bin mir sicher, dass die Vorstellung, mit einer alternden Frau zu schlafen, dir ebenso zuwider ist wie mir der Gedanke, das Bett mit di … mit irgendeinem Mann zu teilen.«

»Wenn das Schlafzimmer dunkel genug ist, werde ich das wohl schon noch schaffen können«, bemerkte Eirik trocken. »Ich kann mir ja einbilden, dass die Falten in deinem Gesicht nur Lachfältchen sind. Und ich könnte mir vorstellen, dass die um meine Taille geschlungenen Beine fest und wohlgeformt und nicht schlaff und knochig sind.«

Wieder sog Eadyth in Anbetracht seiner beleidigenden, indiskreten Worte scharf den Atem ein, aber er redete weiter, als würde er ihre Verlegenheit nicht einmal bemerken. »Vielleicht könntest du ja sogar ein bisschen Enthusiasmus für den Akt vortäuschen, falls meine Männlichkeit noch Unterstützung braucht. Glaubst du, dir würde es gelingen, hin und wieder ein bisschen leidenschaftlich zu stöhnen?«

Seine Vulgarität machte Eadyth für einen Moment sprachlos. »Oh, du bist wirklich ein ganz grauenhafter Flegel!«

»Aber, aber, Eadyth. Solche Schüchternheit ist doch völlig unnötig zwischen Eheleuten. Wenn du nicht weißt, wie du dich auf lustvolle Weise während des Liebesaktes äußern kannst, bringe ich es dir gerne bei.« Dann begann er mit affektierter weiblicher Stimme zu stöhnen: »Oh, oh, ja, ah, das tut *sooo* gut.«

Mit einem entsetzten Blick auf Wilfrid, der vor Lachen gluckste, sprang Eadyth entrüstet auf. Eirik, der vergessen hatte, dass sein Seneschall noch bei ihnen saß und alles mitgehört hatte, zwinkerte seinem Freund verschwörerisch zu.

»Wie kannst du es wagen, so mit mir zu reden?«

»Setz dich wieder, Eadyth«, sagte Eirik, während er Wilfrid einen Rippenstoß versetzte, damit er sich benahm. »Ich habe nur einen Scherz gemacht.«

»Siehst du mich darüber lachen?«

»Nein, aber vielleicht solltest du genau das tun. Es könnte deine steife Haltung etwas lockern. Denn meistens siehst du aus, als ob du einen Stock verschluckt hättest.«

Wilfrid lachte hemmungslos, aber Eadyths Empörung war so groß, dass ihr das Blut in die Wangen schoss und man trotz der Asche in ihrem Gesicht sehen konnte, dass sie feuerrot wurde. Sie zog eine Miene, die deutlich zeigte, dass sie Eirik am liebsten auf der Stelle mit bloßen Händen erwürgen würde.

»Du ungehobelter, nichtswürdiger Maulheld!«

Eirik zuckte mit den Schultern. »Und du bist ein kratzbürstiges altes Frauenzimmer, meine Teuerste. Vielleicht geben wir ja doch ein gutes Paar ab.«

»Du verdammtes Scheusal!«

»Du grantige Vogelscheuche!«

»Du ausschweifender Lustmolch!«

»Du streitsüchtige Beißzange!«

»Du brünstiger Kretin!«

»Blöde Schnepfe!«

»Verdammte Kreatur!«

Eirik, der ihren Wortwechsel und Eadyths Wut in vollen Zügen genoss, grinste breit. Dann packte er sie am Arm und zwang sie, sich wieder zu setzen.

Sichtlich um Beherrschung kämpfend gelang es Eadyth schließlich, in einem halbwegs ruhigen Ton zu sagen: »Ich verdiene es nicht, auf solch rohe Art behandelt zu werden.«

»Nein? Na ja, dann werde ich mich wohl entschuldigen müssen.« Eirik wusste, dass er kein bisschen reumütig aussah. Eadyth wandte sich zu Wilfrid, der noch immer lachte, und funkelte ihn böse an. Wilfried besaß immerhin den Anstand, betreten den Kopf zu senken.

»Hier, meine Teuerste. Ich denke, du kannst jetzt einen Becher deines vorzüglichen Mets gebrauchen.«

Eirik griff an ihr vorbei nach dem Krug und streifte dabei zufällig mit seiner Hand ihre linke Brust. Seine Augen weiteten sich vor Erstaunen über die sinnlichen Gefühle, die in ihm erwachten. Probehalber wiederholte er die Berührung noch einmal verstohlen, als er den Krug zu sich herüberzog.

Er spürte Eadyths Brustspitze an den Härchen seines Unterarms, und eine versengende Hitze schoss in seine Fingerspitzen, die sich danach sehnten, die Form und Beschaffenheit ihrer festen Brüste zu erforschen. Er fuhr sich mit der Zunge über seine plötzlich ganz trocken gewordenen Lippen und versuchte, den Beweis seiner zunehmenden körperlichen Erregung unter seiner engen Strumpfhose zu ignorieren.

Und er merkte, dass auch Eadyths Körper unwillkürlich auf seine Berührung reagierte, auf eine Art und Weise, die sie offensichtlich nicht verstehen konnte. Sie starrte ihn verwundert an, bevor sie ihre Arme vor ihren Brüsten verschränkte, deren harte Spitzen deutlich unter dem dünnen Stoff ihres Obergewands zu erkennen waren.

Trotz Eiriks ungehörigem Benehmen, trotz ihrer Abneigung gegen den Akt, den Mann und Frau zusammen vollzogen – war es trotz allem möglich, dass ihr Körper sich danach sehnte, von ihm berührt zu werden? Geriet ihr Blut in Wallung? Breitete sich eine ganz eigenartige süße Schwere in ihren Gliedern aus?

»Du bist von Grund auf verdorben«, rief Eadyth und riss Eirik aus seinen erotischen Träumereien. »Verwechsle mich nicht mit irgendeiner dummen Magd, die für einen bloßen Hauch deines männlichen Dufts die Beine spreizen wird!«

»Mä...nnlicher Duft?«, stieß Eirik verblüfft hervor.

»Glaub ja nicht, dass du mich mit deinen ruchlosen Tricks verzaubern kannst.«

»Es ist nichts Ruchloses an der körperlichen Liebe zwischen einem Mann und seiner Frau.«

Eadyth schnaubte sehr undamenhaft. »Dann geh nach Jorvik und erleichtere dich bei deiner Buhle, aber lass mich in Ruhe.«

Eirik lächelte, als er erkannte, wie schwer es seiner Frau fiel, seinem Charme zu widerstehen. Sie würde ihre scheinheilige Selbstbeherrschung voll und ganz verlieren, wenn er in dieser Angelegenheit etwas zu sagen hatte.

Sie stand auf und schickte sich an, das Podium zu verlassen.

»Hast du dein Baby gestillt?«

»Was hast du gesagt?«, fragte Eadyth und ließ sich wieder auf ihren Platz zurückfallen. Dann bemerkte sie voller Bestürzung, dass Eirik ihre Brüste anstarrte.

Eirik war entzückt über ihren Gesichtsausdruck.

Mit finsterer Miene verschränkte sie erneut die Arme vor ihrer Brust, während aus ihren Augen violettes Feuer sprühte.

»Hast du John als Kind gestillt?«

»Warum?«, stieß sie zwischen herrlich weichen Lippen hervor.

Eirik zuckte mit den Schultern und merkte, dass es ihm angesichts ihrer schier unwiderstehlichen Verlockung immer schwerer fiel, seinen Ärger aufrechtzuerhalten. »Ich fragte mich nur, ob deine Brustspitzen noch immer rosafarben oder eher ein wenig dunkler sind, wie sie es bei manchen Frauen werden, nachdem sie ein Kind geboren haben. Und ...«

»Ach! Du bist wirklich abscheulich!« Eadyth sprang auf und funkelte die beiden Männer an, die beide in schadenfrohes Gelächter ausgebrochen waren, weil es ihnen gelungen war, die Schranken ihrer hochmütigen Gefasstheit zu durchbrechen. Diesmal würde sie sich nicht von Eirik auf ihren Platz zurückziehen lassen. Ihr Gelächter folgte ihr, als sie vom Podium hinunter und durch den großen Burgsaal stürmte.

Einige Stunden später, als Eirik sein dunkles Schlafzimmer betrat, zündete er eine Kerze an und lachte laut auf, als er zum Bett hinüberschaute. Seine rebellische Ehefrau hatte sich unter den Bettdecken verkrochen, wo ihr angesichts der sommerlichen Temperaturen ziemlich heiß sein musste. Sie lag ganz dicht am Rand des Betts und gab vor, bereits zu schlafen.

Eirik grinste.

Zunächst einmal ließ er lautstark Wasser in einen sich hinter einem Wandschirm befindenden Nachttopf, weil er sicher war, dass dieser intime Aspekt des ehelichen Alltags seine pingelige Frau verärgern würde. Nachdem er sich dann über eine Schüssel Wasser gebeugt Gesicht und Arme gewaschen hatte, zog er sich aus und schlüpfte, splitterfasernackt wie er war, in das breite mitten im Raum stehende Bett.

Er schob ein Bein in Eadyths Richtung und stieß sie mit seinem großen Zeh an. Sie zuckte zusammen und fiel fast aus dem

Bett. Eirik lächelte im Stillen, bevor er ausrief: »Ach, du meine Güte, Eadyth! Warum hast du so viele Sachen an?«

»Mir ist kalt«, drang ihre gedämpfte Stimme unter der Decke hervor, die sie sich bis zur Nase hochgezogen hatte.

»Zeig mir deine Beine«, ertönte eine andere gedämpfte, noch krächzendere Stimme aus der Ecke, wo der Vogelkäfig mit einem dunklen Tuch abgedeckt worden war. Dann: »Willst du meinen Hintern sehen?«

Eadyth stöhnte und murmelte etwas von Papageieneintopf kochen.

Eirik schüttelte vor Staunen den Kopf über die burleske Wendung, die sein einst so ernstes Leben neuerdings genommen hatte. Dann verzog er das Gesicht vor Selbstverachtung, als ihm plötzlich wieder einfiel, dass er selbst das Opfer des größten aller Scherze war – der grandiosen Scharade seiner Frau Gemahlin.

»Zieh das verdammte Hemd aus, Eadyth. Wie soll ich schlafen können, wenn du dieses Bett mit deiner Körperwärme in einen Ofen verwandelst?«

Sie murmelte etwas vor sich hin, und Eirik hätte schwören können, dass er Abdul boshaft kichern hörte.

»Dann mach wenigstens die Kerze aus. Das ist unanständig«, verlangte sie mit schriller Stimme. Als er ihren Wunsch nicht sofort erfüllte, drehte sie sich verärgert um, wahrscheinlich mit der Absicht, ihm eine Ohrfeige zu verpassen. Soweit kam es aber nicht, da der Anblick seines nackten, entspannt neben ihr ausgestreckten Körpers und seine lässig hinter dem Kopf verschränkten Hände sie wieder einmal völlig schwach werden ließen. Sie sog nur scharf den Atem ein und wandte sich vor Verlegenheit errötend rasch wieder ab.

»Ach, na ja, ich kann die Scheu einer Braut vor ihrem frischgebackenen Ehemann verstehen«, sagte er mit vor gespielter Besorgtheit triefender Stimme, bevor er sich erhob, um ihrer Bitte nachzukommen. Als sich vollkommene Dunkelheit über das Zimmer gelegt hatte, kehrte er zum Bett zurück und merkte, dass Eadyth in Rekordzeit ihr Nachthemd ausgezogen hatte und jetzt zwar nackt war, sich aber schon wieder unter den Bettdecken verkrochen hatte.

Oh, Eadyth, du täuschst dich, wenn du glaubst, du könntest dich vor mir verstecken. Du wirst für deine Maskerade büßen. Aber alles zu seiner Zeit. Und auf meine Weise.

Steif, als ob sie einen Stock verschluckt hätte, lag sie mit dem Rücken zu ihm auf der Seite. Langsam schob er sein Bein an sie heran, um ihre Reaktion zu testen. Doch schon bei der Berührung seines behaarten Beins an ihrer glatten Wade zuckte sie zusammen. Auch Eirik durchzuckte etwas, aber bei ihm war es pure, hemmungslose Lust, die sich wellenförmig in ihm ausbreitete und auf alle hochempfindsamen Punkte in seinem Körper übergriff – insbesondere auf die in seinem heißen, harten Schaft.

Plötzlich wünschte er, er hätte die Kerze nicht gelöscht. Er hätte seine neue Ehefrau gerne deutlicher gesehen. Und dieses lockige lange Haar, auf das er an diesem Nachmittag einen kurzen Blick hatte erhaschen können. Wie sah es wohl auf dem weißen Bettzeug ausgebreitet aus?

Eirik streckte im Dunkeln die Hand nach Eadyths Kissen aus, konnte aber überhaupt kein Haar ertasten. Als er die Hand noch weiter ausstreckte, fand er zwar endlich Eadyths Kopf, aber die raffinierte kleine Hexe hatte ihr Haar geflochten und es zu einer festen Krone auf ihrem Kopf aufgesteckt. Schlimmer noch, es war sogar mit einer dicken Fettschicht bedeckt. Er zog die Hand zurück und roch an seinen Fingern. *Schweine-*

schmalz. Aha. Deshalb also sieht ihr silberblondes Haar so aus, als wäre es so grau wie das einer alten Frau. Eadyth hat sich sehr viel Mühe gegeben, mich zu täuschen. Ich frage mich, warum?

Plötzlich setzte sie sich mit einem ärgerlichen Schnauben auf, wobei sie sorgfältig darauf bedacht war, die Decken hochzuziehen, um ihre Brüste vor seinen Blicken zu verbergen. Und das, obwohl er sie in der Dunkelheit ohnehin nicht hätte sehen können.

»Hör zu, ich halte nichts davon, das Unvermeidliche hinauszuzögern, egal, wie unerfreulich es auch ist. Ich habe morgen viel zu tun. Es wird Zeit, den Honig aus einigen der Stöcke zu holen. Bertha und ich wollen ihn durchseihen und in Töpfe für den Verkauf umfüllen. Lass uns diese … diesen Beischlaf hinter uns bringen, damit ich noch ein bisschen Schlaf bekomme.«

»Was?«

»Tu es einfach.«

Großer Gott! Diese Despotin denkt, sie könne auch den Paarungsakt zwischen Mann und Frau organisieren!

Eirik hörte das Rascheln von Stoff und rutschte näher, um zu sehen, was Eadyth machte. In dem fahlen Mondlicht, das durch die beiden Scharten in der Wand fiel, konnte er mit Mühe und Not erkennen, dass seine pflichtbewusste Ehefrau auf dem Rücken lag, die Arme steif an ihren Körper gepresst, die Augen fest geschlossen und die Beine weit gespreizt, als wäre sie das Opfer irgendeines heidnischen Rituals. Und sie war splitterfasernackt!

Obwohl nichts Erotisches an Eadyths Märtyrerhaltung war, spürte Eirik, wie sein Herzschlag sich beschleunigte. Es zuckte ihm in den Fingerspitzen, all die geheimnisvollen Stellen zu erforschen, die seine Frau so lange vor ihm verborgen hatte.

Seine Lippen sehnten sich danach, ihre fein geschnittenen Lippen mit Küssen zu bedecken. Seine Zunge dürstete nach der Süße ihres Mundes, nach dem Geschmack ihrer glatten, makellosen Haut und, oh Gott, auch nach der wonnevollen Feuchtigkeit zwischen ihren schlanken Beinen.

Und die steife Härte zwischen seinen Schenkeln! Diese geballte Männlichkeit wollte nichts anderes mehr, als in ihren beinahe noch unberührten Körper einzudringen und von dem heißen Pulsieren tief in ihrem Innersten liebkost zu werden.

Eirik atmete tief ein, um das drängende Verlangen, das ihn zu überwältigen drohte, zu bezwingen, und kniete sich dann zwischen ihre Beine. Die einzigen Geräusche im Zimmer waren sein schweres Atmen und das gelegentliche Flattern von Abduls Flügeln, wenn er sich im Schlaf bewegte. Eadyth schien das Atmen völlig aufgegeben zu haben.

Nachdem er einen Moment lang beide Hände auf ihre weit gespreizten Schenkel gelegt hatte, strich Eirik langsam mit den Fingerspitzen über ihre Waden, um die Form und die Beschaffenheit ihres Körpers zu ertasten.

Er hatte nicht die Absicht, ihre Ehe schon in dieser Nacht zu vollziehen, oder jedenfalls nicht eher, bis er ihre Motive, ihn derart hinters Licht zu führen, völlig durchschaut hatte. Aber er konnte sich immer noch damit vergnügen, sie zu reizen und zu necken, auch wenn er langsam aber sicher vermutete, dass auch er nicht völlig unversehrt aus diesem Spiel hervorgehen würde.

Als seine suchenden Finger ihre wohlgeformten Knie ertastet hatten und zu ihren schlanken Schenkeln hinaufglitten, gab Eadyth einen erstickten Laut des Protests von sich, bevor sie sich die Hand vor den Mund schlug.

Eiriks Hände bewegten sich nach und nach auf ihre intimste

Körperstelle zu. Er wünschte jetzt, er hätte die Kerze brennen lassen, um sehen zu können, ob dort in dem weichen Haar Feuchtigkeit glitzerte. Wohl kaum! Eiszapfen wären schon wahrscheinlicher. Das nächste Mal würde er besser vorbereitet sein. Er würde im Zimmer Dutzende ihrer kostbaren Bienenwachskerzen aufstellen und dafür sorgen, dass sie sich nicht länger den Anschein falscher Sittsamkeit geben konnte.

Als seine Fingerspitzen nur ganz sachte das seidige Haar zwischen ihren Schenkeln streiften, wisperte Eadyth: »Hör auf damit.«

»Womit?«, entgegnete er in unschuldigem Ton.

»Mich zu berühren.«

»Warum?«

»Ich mag es nicht, berührt zu werden.«

»Macht es dich nervös?«

Seine Frage entlockte ihr einen erstaunten kleinen Laut. »Ja ... ich meine, nein ... ach, Herrgott noch mal, nun mach schon endlich. Ich will es hinter mir haben, damit ich schlafen kann.«

»Ich muss dich berühren«, flüsterte er mit rauer Stimme.

»Nein.«

»Doch.«

Sie schlug ihm auf die Finger, aber Eirik lachte nur leise und ignorierte ihre Proteste, als seine Hände sich leicht wie Schmetterlingsflügel über ihre Haut bewegten. Sie zeichneten die Biegung ihrer schmalen Hüften und ihrer schlanken Taille nach, glitten über ihren Bauch und unter ihre Brüste, wo er das schnelle Pochen ihres Herzens hören konnte. Für einen winzigen Moment ließ er seine Hände unter ihren festen Rundungen verweilen. Als er die kleinen Brüste in seine Hände nahm, um ihr Gewicht und ihre Größe einzuschätzen, versteifte Eadyth sich sogar noch stärker und schien den Atem anzuhalten. Seine Hände noch immer an der zarten Unterseite ihrer Brüste ruhend strich er mit seinen schwieligen Daumen liebkosend über ihre Spitzen, die sich auch sogleich verlangend aufrichteten.

Obwohl Eadyth keinen besonders ausladenden Busen hatte, waren ihre Brustspitzen erstaunlich groß und hart wie kleine Kiesel. Das gefiel Eirik.

Sie stöhnte, umklammerte das Laken und versuchte, ihn von sich zu stoßen. »Oh, du bist abscheulich! Nimm dir, was du brauchst, und lass mich dann zufrieden.«

Eirik aber wollte alles von ihr wissen, spüren, fühlen. Seine Fingerspitzen wurden zu seinen Augen, als er sie über ihren flachen Bauch, ihre Achselhöhlen, den hohen Spann ihres Fußes, ihre fächerförmigen Wimpern – denn ihre Augen waren immer noch geschlossen –, über ihre Knie und ihren Rücken wandern ließ. Als er ihr seinen warmen Atem ins Ohr blies und mit der Zungenspitze seine anmutigen Biegungen nachstrich, warf Eadyth den Kopf von einer Seite auf die andere, und ihr Körper war ganz starr vor Anspannung.

Eirik entdeckte, dass er auch am Geschmack der Haut seiner Frau Gefallen fand, als er seine Lippen über die zarte Haut an ihrem Nacken gleiten ließ, der leicht nach Bienenwachs, ihrem eigenen weiblichen Duft – und Furcht roch.

Eigentlich war Eirik sogar schon weiter gegangen, als er es für diese Nacht geplant hatte. Wenn er dem Liebesspiel nicht bald ein Ende setzte, würde er nicht mehr aufhören können.

Aber da war eins, was er noch tun wollte, nein, tun musste. Sich ein wenig vorbeugend, umschloss er mit den Lippen Eadyths linke Brustspitze und liebkoste sie mit seiner Zunge, um sie schließlich sehr behutsam in die warme Höhlung seines

Munds zu ziehen. Aber nur für einen kurzen Augenblick; mehr hätte er jetzt nicht ertragen können.

Dennoch wurde es ihm nahezu zum Verhängnis, als Eadyth leise seufzte und sich ihm instinktiv entgegenbog. Das Blut rauschte in Eiriks Ohren, und er konnte spüren, wie ihre spontane Reaktion ihn seiner Kontrolle zu berauben drohte.

»Oh«, wisperte sie.

»Oh?«

»So war es nicht mit Steven.«

Steven! Die Erwähnung seines verhassten Feindes brachte Eirik schlagartig zu dem Konflikt zurück, in dem er augenblicklich steckte. Konnte er riskieren, mit seiner Frau zu schlafen und womöglich gar ein Kind mit ihr zu zeugen, solange auch nur die geringste Möglichkeit bestand, dass ihr Versteckspiel dieser letzten Wochen irgendwie mit Steven von Gravely in Verbindung stand? Nein, beschloss er und zwang sich, die pulsierende Härte zwischen seinen Schenkeln und sein in Wallung geratenes Blut zu ignorieren, das nach der Befriedigung verlangte, die ihm nur ihr Körper geben konnte. Entschlossen löste er sich von ihr und rollte sich auf seine Seite des Betts hinüber.

»Wa ... was machst du?«, fragte Eadyth konsterniert.

Eirik gähnte laut und versuchte, sich völlig ungerührt zu geben, als er log: »Ich glaube, ich bin heute Nacht nicht wirklich in der Stimmung, Eadyth. Ein andermal vielleicht.« Dann kehrte er ihr den Rücken zu und gab vor einzuschlafen.

Zum ersten Mal hatte er seine Frau so aus der Fassung gebracht, dass ihr die Worte fehlten. Wahrscheinlich dachte sie, ihr Alter und ihr Aussehen stießen ihn ab. Ha! Das Bett würde in Flammen aufgehen, wenn er sich *noch* stärker zu ihr hingezogen fühlen würde! Für einen Moment überlegte er, ob er sich rasch selbst Erleichterung verschaffen sollte, doch genauso schnell, wie der Gedanke ihm gekommen war, verwarf er ihn auch wieder. Er hatte Eadyth für den Moment schon genug schockiert.

Zutiefst bestürzt über Eiriks Zurückweisung, blieb Eadyth noch lange stocksteif auf dem Rücken liegen, ohne sich zu rühren. Oh, es war unglaublich demütigend. Endlich hatte sie den körperlichen Annäherungsversuchen eines Mannes nachgegeben, und er hatte sie ... nicht anziehend gefunden.

Eirik gab ein lautes Schnarchen von sich. Eadyths Lippen verzogen sich vor Widerwillen, als sie sich schließlich umdrehte und den nackten Rücken ihres Ehemannes betrachtete. So ein Rohling! Wie konnte ein Mensch so schnell in einen so tiefen Schlaf sinken? Sie war stark versucht, ihm einen Tritt in sein nacktes Hinterteil zu verpassen.

Aber sie war nicht sicher, ob sie überhaupt wollte, dass er wieder aufwachte. Sie konnte spüren, dass ihre so sorgfältig gehütete Selbstbeherrschung ihr zu entgleiten drohte, und das gefiel ihr ganz und gar nicht. Da sie sich ihres Körpers noch nie so stark bewusst gewesen war, musste sie erst versuchen, diese durch Eiriks Berührungen entfachten seltsam wonnigen Empfindungen einzuordnen. Sie warf einen verstohlenen Blick auf ihn, um sicherzugehen, dass er sie nicht sehen konnte, und ließ dann ihre Fingerspitzen über ihre Schenkel, ihren flachen Bauch und die noch immer harten Spitzen ihrer Brüste gleiten. Aber sie verspürte nichts, was auch nur annähernd den wunderbaren Empfindungen gleichkam, die Eiriks Finger in ihr ausgelöst hatten.

Warum fühlte es sich so anders, so schon fast schmerzhaft wohltuend an, wenn es Eiriks Finger waren, die sie streichelten? Wie wäre es gewesen, wenn er diese unerhörten Berührungen mit seinen Lippen und seiner Zunge an ihrer Brustspitze fortgesetzt hätte? Ihre Brüste fühlten sich ganz ungewöhnlich voll und schwer an, als sie sich das vorzustellen versuchte. Und wenn er ihre Lippen geküsst hätte, vor allem so mit seiner Zunge über sie gestrichen wäre, wie er es schon einmal in diesem Zimmer getan hatte, und dabei gleichzeitig ihren Körper mit diesen federleichten Berührungen gestreichelt hätte ... Eadyth wusste nicht, ob es ihr dann gelungen wäre, ihre Reaktionen zu verbergen.

Diese Fragen quälten sie noch stundenlang, bevor sie endlich in einen unruhigen Schlaf fiel.

Eirik war schon aufgestanden und gegangen, als Eadyth am nächsten Morgen erwachte. *Zum Glück!* Sie erinnerte sich, dass er und seine Gefolgsleute zu einem weit abgelegenen Teil seiner Ländereien hatten reiten wollen, um Berichten über fremde Reiter nachzugehen, die ein Weizenfeld zertrampelt hatten. Eadyth erschauderte, weil sie so gut wie sicher war, dass Steven hinter diesen neuesten Plagen steckte, unter denen Ravenshire zu leiden hatte.

Der teuflische Graf von Gravely spielte mit ihnen – ein makaberes Spiel, um sie nervös zu machen, während sie auf seine nächste Schandtat warteten. Worin diese bestehen würde, war nicht vorauszusagen, aber Eadyth schwor sich, unter allen Umständen zu verhindern, dass ihr Sohn John mit hineingezogen würde.

Und sie fasste auch den Entschluss, sich heute nicht schon wieder von Eirik aus dem Konzept bringen zu lassen. Sie *musste* ihm ihre lächerliche Maskerade beichten. So konnte es nicht weitergehen. Und schon gar nicht, nachdem er während ihres Gespräch am vergangenen Abend betont hatte, wie wichtig ihm Ehrlichkeit war. *O Gott!*

Später an jenem Morgen saß sie mit Bertha und Britta am Küchentisch und half ihnen, die ersten Erbsen zu pulen. Der große Tisch sollte so schnell wie möglich für die vielen Honigwaben frei gemacht werden, die sie am Morgen eingesammelt hatte. Sie wollte den Honig in kleine, für den Verkauf bestimmte Tongefäße abfüllen. Kessel mit heißem Wasser und spezielle Durchseihgeräte lagen schon bereit.

»Mir ist zu Ohren gekommen, dass unser Herr Euch gestern Abend bei Tisch sehr geneckt haben soll«, bemerkte Britta freundlich. »Männer können manchmal schrecklich ungehobelt sein.«

Eadyth steckte sich ein paar Erbsen in den Mund und zog fragend eine Augenbraue hoch.

»Ihr wisst schon, Bemerkungen über die Farbe Eurer Brustspitzen und so.«

Eadyth verschluckte sich an den Erbsen und hustete und hustete, bis Bertha ihr schließlich einen Becher Wasser holte.

»Du weißt, was Eirik zu mir gesagt hat?«, fragte Eadyth die geradezu schockierend unverblümt auftretende junge Frau und wusste nicht, ob sie mehr bestürzt oder erbost darüber war, dass ihre private Unterhaltung auf der Burg herumerzählt wurde. Aber andererseits verhielt es sich mit der Dienerschaft vermutlich überall so.

»Ja, Wilfrid ... ich meine, Herr Wilfrid ... er erzählt mir manchmal Dinge.«

Das kann ich mir vorstellen. So ein Lästermaul!

»Ihr müsst Euch nicht genieren, Mylady. Alle Männer sind bisweilen so, vor allem, wenn sie trinken oder wenn sie ganz besonders ... na ja ... lüstern sind.« Sie errötete, während sie diese letzten Worte hervorstammelte.

Großer Gott! Wie konnte ich mich nur auf so ein Gespräch einlassen?

»Und es geht fast immer um die Brüste«, erklärte Bertha weise. »Männer schätzen einen schönen Busen, und ganz besonders, wenn er wackelt.«

»Wenn er wackelt?«, fragten Eadyth und Britta wie aus einem Munde und wandten sich verblüfft der Köchin zu.

Bertha bog den Rücken durch und schob voller Stolz ihre schweren Brüste vor. Dann legte sie ihre feisten Hände unter die beiden großen Kugeln, hob sie an und ließ sie auf die lächerlichste Weise auf und ab wippen.

»Seht ihr. Meine wackeln. Deshalb fallen den Männern die Augen aus dem Kopf, wenn ich vorbeigehe.«

Eadyth blieb für einen Moment die Spucke weg. Der Gedanke, dass irgendein Mann an Berthas massigem, verblühtem Körper interessiert sein könnte, war wirklich zu abwegig. Andererseits jedoch schien die liederliche Köchin tatsächlich stetig einen neuen Bettgefährten zu finden. Auch Brittas Augen weiteten sich vor Interesse, und beide Frauen senkten ihren Blick auf ihre eigenen Brüste. Während Brittas üppiger Busen bei zu schnellem Gehen vielleicht tatsächlich wackeln könnte, wusste Eadyth, dass ihre eigenen, sehr viel kleineren Brüste nicht einmal dann in Bewegung kommen würden, wenn sie auf und nieder sprang.

Ihr Verstand sagte ihr, dass Bertha nur eine ungebildete alte Hexe war, die weder etwas von der Welt noch über Männer wusste, aber eine andere boshafte kleine Stimme flüsterte ihr zu, dass Eirik vielleicht genau deshalb in der vergangenen Nacht ihre Ehe nicht vollzogen hatte. Weil er sie körperlich nicht anziehend fand.

Sie sah zu Britta hinüber, die noch immer ihre eigenen Brüste betrachtete. Dann begegneten sich ihre Blicke, und sie brachen wie kleine Mädchen in schallendes Gelächter aus.

Wackelnde Brüste! Sonst noch was?

11. Kapitel

Kurz später rief Eadyth sämtliche sich innerhalb der Burgmauern aufhaltende Bedienstete zusammen, damit sie ihr für den Rest des Tages beim Honigsammeln halfen. Die Frühlingsernte ergab stets die größte Menge und den von der Qualität her besten Honig, aber seine Verarbeitung war eine anstrengende und oft auch ausgesprochen klebrige Prozedur.

Bevor Eadyth sich an diese Arbeit machte, die ihr von allen Aufgaben einer Burgherrin die liebste war, zwang sie jeden, der in die Küche kam, sich mit Seife die Hände zu schrubben und saubere Übertuniken anzuziehen. Sie untersuchte sogar die Honigwaben auf Sauberkeit und entfernte peinlich genau auch die kleinsten Überreste von Staub oder Insekten.

Einige dieser Honigwaben zerteilte sie in Stücke und füllte sie in spezielle Tonbehälter, für die Kunden, die es vorzogen, ihren Honig direkt aus der Wabe zu verzehren. Den größten Teil der wächsernen Bienenwaben hob Eadyth allerdings für ihren eigenen Gebrauch auf. Von diesen verkaufte sie nur den Honig.

Sie bestand darauf, einige der Aufgaben, die spezielle Fachkenntnisse verlangten, persönlich zu verrichten. Mit kritischen Augen überprüfte sie zunächst die Farbe des Honigs in den Waben und sortierte sie entsprechend.

»Was macht das für einen Unterschied? Honig ist Honig«, maulte Bertha, die die vielen Helfer, die ihre Domäne bevölkerten, so schnell wie möglich wieder loswerden wollte. Inzwischen war die dank Eadyths Reinlichkeitsregeln blitzsaubere Küche Berthas ganzer Stolz.

»Es macht einen großen Unterschied, Bertha. Siehst du diesen hellgelben Honig? Der ist von Löwenzahnblüten. Der weißlich-gelbe kommt vom Klee. Obstblüten, wie die der Kirschbäume, verleihen den Honig ein leicht goldenes Gelb. Ich beschrifte meine Gefäße gern, damit die Leute, die meinen Honig kaufen, wissen, welche Sorte sie kaufen.«

Bertha brummte: »Manche Leute sind eben viel zu eigen, scheint mir.«

Eadyth lächelte nur, als sie mit einem scharfen, über dem Feuer erhitzten Messer die Deckel von den Bienenwaben entfernte. Es war eine Prozedur, die schnell und sicher und geschickt erledigt werden musste, um zu vermeiden, dass etwas von dem kostbaren Bienennektar verloren ging und der ganze Arbeitstisch bekleckert wurde.

Danach reichte Eadyth die Waben dann an Britta weiter, die sie in locker gewebte Tücher über großen irdenen Töpfen neben der warmen Feuerstelle legte, um den süßen Nektar aus den wächsernen Bienenwaben herauszuseihen. Später würde Bertha die ausgelaufenen Waben in einer großen Schüssel gut zerstampfen. Die so entstandene Masse würde dann ebenfalls in ein sauberes Durchseihtuch über einem anderen Topf neben dem Feuer gelegt werden. Dieser zweite Extrakt würde von minderwertigerer Qualität sein, und auch wenn er nicht auf dem Markt von Jorvik verkauft werden konnte, würde er doch immer noch für den Küchengebrauch geeignet sein.

Eadyth gab die Wabenteile und Wachskappen, die sie vorher abgeschnitten hatte, in warmes Wasser, um sie gründlich zu reinigen, und legte sie dann zum Trocknen aus. Sie würden aufbewahrt bis zum Herbst werden, um aus ihnen Bienenwachskerzen herzustellen.

Später schnitt sie die Durchseihtücher in schmale Streifen,

die sie John, Larise und Godric als kleine Naschereien zum Lutschen gab und mit denen sie sie auf den Hof hinausschickte. Die Kinder, die ständig in Begleitung von mindestens zwei von Eiriks Wachen waren, hatten sich unter dem Vorwand helfen zu wollen den ganzen Morgen in der Küche herumgedrückt, aber im Grunde doch mehr Unsinn angestellt als tatsächlich irgendetwas Sinnvolles zu tun.

»Dürfen wir mit Prinz im Obstgarten spielen?«, fragte John, als Eadyth ihm mit einem feuchten Tuch die klebrigen Finger abwischte.

»Nein, Schatz. Dein Vater will, dass ihr heute alle in der Burg bleibt.« Seit der Hochzeitsfeier gab Eadyth sich die größte Mühe, Eirik ihrem Sohn gegenüber immer als seinen Vater zu bezeichnen, und ihr kleiner Junge überraschte sie damit, dass er ihn so ohne weiteres als solchen akzeptierte.

Nun blickte John aus ebenso schönen blauen Augen, wie Eirik sie hatte, zu ihr auf und murrte: »Aber niemand will uns in seiner Nähe haben. Alle sagen, wir sollen aufhören, sie zu stören. Wir machen zu viel Krach. Vater sagte, er würde uns beibringen, wie man von den Zinnen spuckt, wenn er wieder da ist, aber bis dahin könnte es schon zu dunkel sein.«

Eadyth bedachte Johns Begeisterung über das Spucken mit einem abfälligen Laut und sagte dann: »Warum bittet ihr nicht Onkel Wilfrid, euch dieses Brettspiel beizubringen, Schatz? *Hnefatafl*, nennen es die Wikinger, glaube ich.«

Sein trübseliges Gesicht hellte sich auf, und er war so enthusiastisch, dass er Larise und Godric, die neben ihm standen, seine neuen Pläne geradezu zuschrie. Eine Minute später rannten sie kreischend vor Vergnügen aus der Küche.

Wilfrid würde später sicher einiges über den Gefallen zu sagen haben, den Eadyth ihm damit erwiesen hatte. Aber in der Küche atmeten alle erleichtert auf, als endlich wieder Stille herrschte.

»Du liebe Güte, ich habe in meinem ganzen Leben noch nicht so viel Gequake und Gebrüll gehört«, stellte Bertha lächelnd fest.

»Dieser Godric hat nie mehr als ein, zwei Worte von sich gegeben, bevor John und Larise hierher kamen«, fügte Britta kopfschüttelnd hinzu. »Und jetzt plappert der Kleine pausenlos.«

Eadyth sagte nichts, weil sie wusste, dass beide Frauen, obwohl sie sich so viel beschwerten, entzückt über den Trubel waren, den die Kinder in die vor kurzem noch so trostlose Burg gebracht hatten. Und trotz der ständigen Bedrohung durch Steven begann auch Eadyth sich unter Eiriks Schutz allmählich zu entspannen und Gefallen am Familienleben auf der Burg zu bekommen.

Am späten Nachmittag, nachdem sie die Küche endlich wieder aufgeräumt hatten, betrachtete Eadyth voller Stolz die lange Reihe von Tongefäßen – zwanzig Töpfe mit Bienenwaben und fünfzig mit durchgeseihtem Honig, alle mit einem hübsch beschriebenen kleinen Schild versehen, das die darin enthaltene Sorte benannte.

»Was riecht hier so fürchterlich?«

Als Eadyth aufblickte, sah sie Eiriks hochgewachsene Gestalt in der Tür zur Küche stehen. Er fuhr sich mit den Fingern durch sein viel zu langes Haar. Seine Kleidung war verschmutzt. Und sie hätte schwören können, dass sie von der anderen Seite des Raums her seinen Magen knurren hören konnte.

Ihr Mann war seit dem frühen Morgen zu den nördlichsten Grenzen seiner Ländereien unterwegs gewesen, um sich ein Bild von den von dort gemeldeten neuen Schandtaten zu machen. Eadyth war gespannt zu erfahren, was er herausgefunden hatte, aber seine finstere Miene ließ darauf schließen, dass er vollkommen erschöpft war. Deshalb beschloss sie, noch ein wenig abzuwarten, bevor sie ihn mit ihren Fragen bombardierte.

In der Zwischenzeit beauftragte sie einige der Küchenmägde, die Tafeln im großen Saal zum Abendessen aufzudecken. Dann wandte sie sich wieder ihrem noch immer demonstrativ schnuppernden Ehemann zu.

»Das ist mein Honig«, erklärte sie verteidigend und versuchte, ihr wild pochendes Herz unter Kontrolle zu bringen. Es war das erste Mal, dass sie ihren Mann sah, seit sie in der Nacht zuvor das Bett mit ihm geteilt und er ihren nackten Körper so intim berührt hatte. Sie zog den Schleier etwas tiefer, um das ihr mittlerweile schon allzu vertraute Erröten zu verbergen. »Magst du keinen Honig?«

»Ich liebe Honig, aber von zu viel Süßem kann einem auch übel werden. Die ganze Burg riecht schon danach. Sogar der Burghof draußen. Es sind so viele Fliegen draußen, dass einige sogar von Jorvik hergekommen sein müssen.«

Eadyth versteifte sich bei seiner spöttischen Bemerkung. »In Hawk's Lair hatte ich einen separaten Schuppen in einiger Entfernung von der Burg für die Verarbeitung des Honigs. Und die Fliegen werden in ein, zwei Tagen schon wieder verschwinden.«

»Oh, ich wage zu behaupten, dass sie sogar noch schneller verschwinden werden«, entgegnete er gedehnt, »insbesondere, da sie jede Krähe aus sämtlichen Grafschaften Northumbrias angelockt zu haben scheinen. Es liegt so viel Vogeldreck im Burghof, dass ich den normalen Schmutz darunter kaum noch sehen konnte.« Dann senkte er vielsagend den Blick auf seine weiß gesprenkelten Stiefel, die bereits Spuren auf dem frisch geschrubbten Küchenboden hinterlassen hatten, und lächelte ein bisschen boshaft. »Vielleicht solltest du deine Putzbrigade noch mal hierher beordern. Die dummen Vögel da draußen haben noch nichts von deinen strengen Reinlichkeitsregeln gehört.«

Eadyth reagierte ungehalten auf seine spöttische Kritik. Scherzte er nur? Oder missfiel ihm ihre Vorstellung von Sauberkeit tatsächlich?

Als Bertha und Britta begannen, die Tongefäße hinüber in die Spülküche zu tragen, trat Eirik näher an den Tisch heran, wo Eadyth stand. Während er einen Blick über ihre Schulter warf, legte er in plump-vertraulicher Manier eine Hand auf ihre rechte Pobacke und ließ sie dort auch liegen.

Eadyth ging fast in die Luft. »Nimm sofort die Hand weg, du lüsterner Flegel«, zischte sie.

»Oh, Verzeihung, Gnädigste«, sagte Eirik und setzte eine Unschuldsmiene auf. »Ich dachte, es sei die Tischkante, die ich umfasste.«

Eadyth funkelte ihn nur wütend an.

»Ich muss wohl vergessen haben, es zu erwähnen, aber ich habe ein Problem damit, die Dinge aus der Nähe zu erkennen.« Als wollte er seine Sehschwäche noch betonen, schielte er sie aus zusammengekniffenen Augen an.

Eadyth warf ihm einen argwöhnischen Blick zu, nicht sicher, ob sie ihm glauben sollte, dass er nur versehentlich ihren Po berührt hatte. Als sie aber Bertha ansah, die neben ihr die letzten Töpfe einsammelte, verdrehte die Köchin ihre Augen und flüsterte gedämpft: »Was sagte ich über lüsterne Männer? Als Erstes kommen für sie die Titten und dann der Arsch.«

Eadyth musste ein Kichern unterdrücken. *Ein Kichern! Hei-*

lige Maria Mutter Gottes! Der Mann macht mich noch ganz verrückt.

Aber Eadyth vergaß Eiriks dreisten Übergriff, als sie sah, was er mit ihrem Honig machte. Zuerst tauchte er einen Finger in den Topf mit ihrem besten Kleehonig und leckte seinen Finger ab. Dann wollte er auch den Inhalt eines anderen Topfs probieren, aber sie schlug seine Hand gerade noch rechtzeitig weg.

»Bist du verrückt? Das ist der Honig für meine Kunden in Jorvik. Wer soll ihn noch kaufen wollen, wenn du schon deine schmutzigen Fingern reingesteckt hast?«

Aber Eirik grinste nur und tat, als würde er sie nicht hören, als er einen Finger in den nächsten Topf steckte und dann den Honig achtlos auf den sauberen Tisch tropfen ließ, während er ihr den Finger an die Lippen hielt, um auch ihr etwas von dem süßen Nektar anzubieten. »Hier, probier mal, meine Teuerste. Es ist stets das Beste, seine eigenen Waren selbst zu kosten. Außerdem brauchst du etwas, das dich milder stimmt.«

»Ich habe für heute genug probiert«, protestierte sie und wich zurück. Aber er folgte ihr hartnäckig, schwenkte seinen mit Honig überzogenen Finger vor ihren Lippen und ließ dabei versehentlich sogar etwas von dem Honig auf ihren Busen tropfen. Zu ihrem Entsetzen erweckte Eirik für einen Moment den Anschein, als dächte er daran, ihn abzulecken, aber dann drückte er zum Glück nur seine Fingerspitze an ihre Lippen.

»Probier mal.«

»Nein. Herrgott noch mal, Eirik, benutz doch wenigstens einen Löffel. Hast du denn überhaupt keine Manieren?«

»Offensichtlich nicht.« Er grinste noch immer, und seine verführerische Nähe ließ Eadyths Herz wie wild gegen ihre Rippen hämmern. Er roch nach Pferd und Schweiß und Rauch und Mann. Statt angewidert zu sein, fühlte Eadyth sich auf unerklärliche Weise sogar von seinem Geruch angezogen. Er verunsicherte sie, dieser Mann, und das behagte ihr ganz und gar nicht. Und nun, da er seinen Schnurrbart abrasiert hatte, sah er auch jünger, nicht so hart und viel zu anziehend und attraktiv aus.

Sie war mittlerweile bis zur Wand zurückgewichen, und da sie nicht noch mehr Aufsehen erregen wollte, fuhr sie mit der Zungenspitze über seinen Finger. Das war ein großer Fehler.

Sei vorsichtig, ermahnte sie sich im Stillen, als sämtliches ihr bislang unbekanntes erotisches Leben in ihrem Körper jäh erwachte. *Du hast dich schon einmal von einem verteufelt gut aussehenden Mann becircen lassen. Dieser hier könnte dich genauso leicht ausnutzen, wie Steven es getan hat.*

Eadyth konnte aber das herrliche Gefühl ihrer über die raue Haut seines Zeigefingers streichenden Zunge nicht ignorieren. Es wurde immer intensiver und machte ihr ihre Weiblichkeit bewusst. Es ließ sie sich ganz schamlos fühlen. Und so wunderbar, dass sie seine Haut von neuem kosten wollte.

Es wäre besser, es nicht zu tun.

Aber sie tat es trotzdem.

»Hm«, murmelte sie, »das ist der Kirschblütenhonig.« *Und nun geh, du teuflischer Verführer, bevor ich irgendetwas Dummes tue. Wie dir das Haar aus der Stirn zu streichen. Oder mit meinen Händen über deine breite Brust zu fahren. Oder – Heilige Maria Mutter Gottes –, meinen niedrigeren Instinkten nachzugeben und den Kopf zu heben, um den Honig auf deinen Lippen zu kosten.*

»Probier noch mal«, forderte er sie mit rauer Stimme auf. Sein Finger war ihren Lippen immer noch verlockend nahe.

»Eirik, ich . . .«

Aber er legte seine andere Hand an die Wand über ihrem

Kopf und beugte sich geradezu sündhaft nah zu ih… los steckte er ihr seinen Finger in den Mund, soda… nichts anderes übrig blieb, als ihn abzulecken und da… saugen, vor allem, als er ihn noch weiter in ihren Mund sch… und ihn dann wieder herauszog. Aus irgendeinem Grund, den sie sich nicht erklären konnte, dachte sie plötzlich an diesen für sie völlig neuartigen Zungenkuss, den er ihr in ihrer Hochzeitsnacht in seinem Schlafzimmer gegeben hatte. Und der ihr so unerhört und schamlos gut gefallen hatte.

Bald hatte Eadyth den Honig vollkommen vergessen, als Eiriks geschickte Finger eine sehr verwunderliche Reaktion in anderen Teilen ihres Körpers verursachten. Ihre Brüste fühlten sich plötzlich voller an. Ihr Blut schien sich zu verdicken und eine merkwürdige Trägheit in ihren Armen, Beinen und, oh Gott, auch an der geheimsten Stelle zwischen ihren Schenkeln auszulösen. Sie wollte ihre Arme um seinen Nacken legen und ihn noch näher an sich ziehen. Aber sie zwang sich, sich zusammenzunehmen, und griff auf den kleinen Teil ihres besseren Ichs zurück, der noch nicht völlig von Schamlosigkeit beherrscht war.

Das einzig Gute war, dass Eirik nicht mehr grinste. Stattdessen verdunkelten sich seine blauen Augen, und seine Lippen öffneten sich und kamen näher. Er starrte ihren Mund an wie ein Verhungernder, dem plötzlich ein Festessen geboten wurde.

Eadyth wehrte sich gegen die Anziehungskraft seines Blicks und versuchte, diesem Charmeur von einem Mann zu widerstehen, der mit einem bloßen Finger ihre Sinne erwecken und entflammen konnte. Sie musste sich wohl in eine lüsterne Frau verwandelt haben. Oh, natürlich würde er sie bestimmt nicht hier vor allen Leuten in der Küche küssen. Aber das war Eadyth egal. Aus irgendeinem Grund, den sie nicht verstehen konnte, und wider ihr besseres Wissen beugte sie sich aus heftigem Verlangen nach seinen Lippen zu ihm vor und wünschte sich etwas, das sie nicht benennen konnte, von dem sie aber wusste, dass es ihr enorme Befriedigung verschaffen würde.

Berthas anzügliches Kichern von der anderen Seite des Raums brachte ihnen schlagartig wieder zu Bewusstsein, wo sie sich befanden, aber trotzdem zog Eirik sie rasch noch einmal näher, und durch ihren Schleier spürte sie seinen warmen Atem an ihrem Ohr, als er ihr zuflüsterte: »Würdest du auch den Honig von meiner Zunge schlecken, meine Teuerste, wenn ich heute Abend einen Topf in unser Schlafzimmer mitbringe?«

Eadyths Herz überschlug sich fast vor Schreck, aber dann durchflutete sie ein erwartungsvolles Prickeln, das ihr für einen Moment den Atem raubte.

»Vielleicht werde ich ja diesmal nicht so müde sein«, sagte er mit einem verheißungsvollen Unterton in seiner Stimme, während er sie von der Wand wegschob und die Gelegenheit nutzte, um sie in den Po zu kneifen. Bevor sie ihn deswegen tadeln konnte, fragte er: »Hast du diese entzückenden Laute geübt, die ich dir gestern Abend vorgemacht habe?«

Eadyth blieb rebellisch stehen und weigerte sich, auch nur einen einzigen weiteren Schritt zu tun. Entrüstet drehte sie sich um, legte beide Hände an seine Brust und versetzte ihm einen kräftigen Stoß, um ihm ihr Missfallen zu zeigen. Aber er rührte sich kein bisschen.

Stattdessen ergriff er ihre Hand, zog sie aus der Küche durch den Gang der Burg und blickte sich dann über seine Schulter nach ihr um. »Du hältst besser den Mund, Eadyth, angesichts all dieser Fliegen hier. Du riechst wie ein Honigtopf und solltest aufpassen, dass die Tierchen dich nicht für einen solchen halten und in dich hineinfliegen.«

Verärgert über sich selbst presste sie die Lippen zusammen und schwor sich, ihre aufgewühlten Emotionen unter Kontrolle zu bringen. Wenn sie doch nur aufhören könnte, auf seine ständigen Neckereien einzugehen. Dieser charmante Wüstling ging ihr langsam unter die Haut und würde sie schon bald mit seiner verführerischen Art beherrschen. Das konnte sie nicht zulassen.

Aber dann vergaß sie ihren Ärger, als Eirik sagte: »Ich muss unter vier Augen mit dir über Steven und die Ergebnisse unserer heutigen Ermittlungen sprechen.«

»Steven! Oh, heilige Maria Mutter Gottes!« Eadyth machte sich nun Vorwürfe, weil sie vorübergehend die Gefahr vergessen hatte, die sie überhaupt nach Ravenshire geführt hatte. Wie dumm von ihr, auch nur für kurze Zeit in ihrer Aufmerksamkeit nachzulassen! Was hatte dieser niederträchtige Steven jetzt getan? Eiriks düsterer Miene nach zu urteilen, musste es etwas Schlimmes sein.

Als sie in dem privaten kleinen Zimmer neben dem Burgsaal waren, ließ Eirik sich auf einen Stuhl fallen und gab Eadyth mit einer Handbewegung zu verstehen, sich ebenfalls zu setzen. Zum ersten Mal bemerkte Eadyths Eiriks Zustand wirklich. Er hatte seinen Kettenpanzer abgelegt, trug aber immer noch den gepolsterten und gesteppten Brustschutz und seine dicken Wollhosen. Kratzer, Prellungen und Ruß bedeckten sein Gesicht und seine Arme. *Ruß?*, dachte Eadyth beunruhigt.

»Es hat irgendwo gebrannt, nicht wahr?«

Er nickte.

»Die Bauernkaten am nördlichen Ende deiner Ländereien?«

Eirik schüttelte müde den Kopf und schenkte Met in zwei große Kelche ein, von denen er ihr einen reichte.

»Nein«, lehnte sie ab, weil ihr Magen rebellierte. Der starke Honiggeruch, der offenbar tatsächlich bis in den letzten Winkel der Burg vorgedrungen war, und Eiriks Neuigkeiten verursachten ihr Übelkeit.

Aber er drückte ihr den Kelch in die Hand. »Trink.«

Seine blauen Augen musterten sie prüfend, aber Eadyth kümmerte es nicht mehr, ob er ihre Verkleidung durchschaute oder nicht. Sie hatte ein flaues, ungutes Gefühl im Magen – starkes Schuldbewusstsein, weil sie Eiriks Leuten vielleicht Unglück gebracht hatte. Und dieses Schuldgefühl überwog die Sorge um ihre lächerliche kleine Maskerade.

Eiriks grimmige Miene beängstigte sie, und sein Beharren darauf, dass sie etwas trank … nun, dafür konnte es nur eine Erklärung geben. Sie nahm einen großen Schluck, schmeckte den Honigwein aber kaum, als er an dem sich rasch in ihrer Kehle bildenden Kloß vorbeifloss, und leerte dann rasch den ganzen Kelch in einem Zug.

»War es in Hawk's Lair?«

»Ja.«

»Wie konnte das passieren?«, rief sie. »Ich hatte die Burg sehr gut beschützt zurückgelassen.«

Eirik schüttelte den Kopf. »Es war nicht die Burg. Die Burg und seine Mauern sind noch unversehrt.«

Eadyth runzelte verwirrt die Stirn und wartete auf die Erklärung ihres Ehemanns.

Plötzlich zog Eirik seinen Stuhl näher an ihren heran, sodass sie beinahe Knie an Knie dasaßen. Sanft nahm er ihre beiden Hände in die seinen. Doch statt sie zu trösten, erfüllte Eiriks Besorgtheit sie mit einem zunehmenden Gefühl der Angst. Dann überraschte er sie, indem er das Thema wechselte. »Sag, Eadyth, wie viele dieser Bienen hast du eigentlich in meinem Obstgarten?«

»Was?«

»Die Bienen – sie scheinen sich schon unglaublich vermehrt zu haben. Hast du eine Ahnung, wie viele du besitzt?«

Sie zog ein wenig unsicher die Schultern hoch. »Vielleicht einhunderttausend?«

»Hunderttausend Bienen!« Eiriks liebevolle Besorgtheit wich Bestürzung. »Hast du den Verstand verloren, Frau? Sie werden sich auf dem gesamten Besitz ausbreiten!«

Eadyth lächelte. »Nein, hunderttausend sind gar nicht so viele. In nur einer Kolonie, mit einer Königin, können mehr als fünfzigtausend Arbeiterinnen und zweitausend Drohnen leben. Und ich habe Dutzende von Kolonien.«

Eiriks Augen weiteten sich vor Erstaunen.

Es war das erste Mal, dass er Interesse an ihrem Geschäft erkennen ließ, und sie war überaus erfreut darüber. Sie glühte vor Stolz und verspürte nicht einmal das Bedürfnis, ihm ihre Hände zu entziehen, die er noch immer in den seinen hielt. Nicht einmal, als er mit seinem rauen Daumen die Verlobungsnarbe an ihrem Handgelenk streichelte, woraufhin ein wohliges Prickeln ihren Arm hinaufschoss und ihr Herz zum Rasen brachte.

»Immerhin«, fuhr sie dann mit überraschend ruhiger Stimme fort und versuchte, ihre innere Erregung zu ignorieren, »kann die Königin von März bis Oktober bis zu zweitausend Eier legen, Eirik.«

Er schüttelte ungläubig den Kopf. »Was tun wir dann mit all diesen Bienen? Sollen wir die Burg in einen einzigen riesigen Bienenstock verwandeln?«

»Du hast mich nicht ausreden lassen. Das ist kein endlos wachsender Vorrat. Die männlichen Bienen oder Drohnen zum Beispiel sterben, nachdem sie …« Eadyth unterbrach sich, als ihr bewusst wurde, wohin ihre Erklärung sie geführt hatte.

»Nachdem sie was?«, beharrte Eirik.

»Sich gepaart haben«, sagte sie leise.

Eirik brach in johlendes Gelächter aus. »Ach, Eadyth, ist das nicht überall so auf der Welt? Männer huren sich zu Tode. Und Frauen – nun ja, Frauen schwirren einfach nur zu einer anderen ... Blume weiter«, schloss er augenzwinkernd.

Eadyth versuchte, nicht zu lächeln, aber sie konnte gar nicht anders, auch wenn sie spürte, dass richtig schlechte Neuigkeiten auf sie warteten. Eirik ließ eine ihrer Hände los und berührte mit der Fingerspitze ihre Lippen. »Du solltest öfter lächeln. Du siehst nicht so sauertöpfisch aus, wenn du es tust.«

Sauertöpfisch! Eadyth versteifte sich bei seinem zweifelhaften Kompliment, und dann verengte sie misstrauisch die Augen, als sie das mutwillige Glitzern in seinen blauen Augen sah.

»Vielleicht nimmst du das Leben zu leicht. Mir scheint nämlich, du lächelst viel zu oft, du Flegel.«

»Nun, eins muss ich dir lassen, Frau. Vor ein paar Stunden dachte ich noch, ich würde für lange, lange Zeit nicht wieder lächeln können.«

Da schob Eadyth seine Hand von ihren Lippen weg, entwand energisch ihre andere Hand aus seinem Griff und sagte: »Erspar mir deine mysteriösen Worte. Was ist heute geschehen?«

»Steven hat all deine Bienenstöcke in Hawk's Lair verbrannt«, erwiderte er mit schonungsloser Offenheit. »Es gibt keine einzige Biene mehr auf dem Weg von dort nach Ravenshire.«

Eadyth schnappte entsetzt nach Luft, und ihre Augen füllten sich mit Tränen. »Ist jemand verletzt worden?«, flüsterte sie.

»Nein, aber die Brände zu löschen und die Trümmer wegzuräumen war wirklich kein Kinderspiel. Das Feuer hatte sich über mindestens einen Morgen Land ausgebreitet.«

»Wie kann Steven so grausam sein? Ich habe ihm nie etwas getan. Und es ist nur zu offensichtlich, dass diese letzte Schandtat auf mich abzielte.«

Eirik schüttelte den Kopf. »Nein, nicht nur auf dich. Sie war als Warnung für uns alle gedacht, aber hab keine Angst, Eadyth. Ich schwöre dir, dass ich dich und deinen Sohn beschützen werde.«

Sie war gerührt von seinen so aufrichtigen Worten und wollte ihm das gerade sagen, als er fortfuhr: »Und ich werde dir dabei helfen, jede einzelne der verdammten Bienen zu ersetzen, selbst wenn ich dabei einen deiner lächerlichen Schleier tragen muss.«

Eadyth wischte sich über die Augen und versuchte zu lächeln. »Das wäre ein Anblick, der die Dienerschaft in die Flucht schlagen würde – uns zwei in hauchdünnen Schleiern durch diese düsteren Burgsäle wandeln zu sehen.«

»Besonders, wenn wir nichts darunter tragen«, fügte Eirik hinzu und warf ihr ein übermütiges, aber auch überaus charmantes und verführerisches Lächeln zu.

Zu verblüfft, um ihn zu tadeln, blieb Eadyth selbst dann noch sitzen, als Eirik schon längst in seinem Schlafzimmer verschwunden war, um zu baden. Taten verheiratete Paare solch abartige Dinge? Denn es *war* doch abartig, oder nicht?

☆ ☆ ☆

Obwohl das Wasser bereits eiskalt geworden war, lag Eirik noch in dem großen hölzernen Waschzuber und gönnte seinen müden Knochen eine Pause. *Zum Donnerwetter aber auch!* Er wünschte, er könnte Steven endlich von Angesicht zu Angesicht gegenübertreten und seinen üblen Machenschaften ein Ende setzen. Dafür würde Gott ihn doch wohl sicher nicht verdammen. Wahrscheinlich würde die ganze Welt ihm eher dafür danken.

Und Eadyth? Was war mit seiner unehrlichen Frau? Sollte er ihr erlauben, ihm ihre Falschheit zu gestehen, wie sie es offenbar inzwischen vorhatte? Oder sollte er sein eigenes Täuschungsmanöver noch ein Weilchen länger fortsetzen, um ihre wahren Motive vielleicht doch noch selbst zu ergründen?

Eirik bezweifelte nicht, dass sie überrascht und sehr bekümmert über die Nachricht gewesen war, dass Steven ihre Bienen verbrannt hatte. *Es sei denn ...*

In gewisser Hinsicht traf es sich zu gut, dass Eadyth ihm eine beträchtliche Anzahl ihrer kostbaren Bienen als Teil ihrer Mitgift überlassen hatte, und dass sie die Bienen kurz vor dem Brand nach Ravenshire gebracht hatte. Das Ganze war Eirik ein Rätsel, das ihm keine Ruhe ließ und auf das er keine Antwort fand. Aber er war fest entschlossen, das Geheimnis alsbald zu lüften.

Obwohl er immer noch in der Wanne lag, ließ er Wilfrid Sigurd holen. Sein enger Freund aus dem hohen Norden lauschte aufmerksam seinen Instruktionen. Eirik gab Sigurd den Auftrag, sich nach Hawk's Lair, zu den umliegenden Dörfern und sogar nach Jorvik zu begeben und so viel wie möglich über Eadyth und ihre Kontakte zu Steven von Gravely in den letzten Jahren herauszufinden. Wenn irgendjemand in Erfahrung bringen konnte, ob Eadyth mit Steven gemeinsame Sache machte, war es sein raffinierter Freund und Anhänger. Er wies Sigurd an, so bald wie möglich zurückzukehren.

Abgesehen von der drohenden Gefahr gab es für Eirik noch einen anderen Grund, die gewünschten Informationen so schnell wie möglich zu bekommen: Ganz unversehens brannte er darauf, diese Ehe mit der ihm bereits angetrauten Frau auch endlich zu vollziehen. Er hatte schon seit vielen Wochen keiner Frau mehr beigelegen, und sein Körper verlangte nach Erfüllung zwischen den Schenkeln einer Frau. Aber nicht irgendeiner Frau, erkannte er verdrossen. Er wollte mit der kratzbürstigen Eadyth schlafen. Wer hätte es für möglich gehalten, dass der für sein Glück bei Frauen bekannte *Rabe* seine eigene Ehefrau begehren würde? Nicht den unscheinbaren Spatz, der sie zu sein vorgab, sondern den grazilen Vogel, den er unter ihrer unansehnlichen Gewandung vorzufinden vermutete.

Den ganzen Tag über hatte Eirik immer wieder an Eadyth nackten Körper in seinem Bett gedacht und sich gefragt, wie sie ohne die Asche in ihrem Gesicht, die tristen Kleidungsstücke und das Schweinefett in ihrem Haar aussehen würde. Oder in leidenschaftlicher Verzückung unter seinem Körper liegend …

Wie ein Blinder hatte er in der Nacht zuvor begonnen, ihren weiblichen Körper zu ertasten. Er vermutete, dass unter der kalten Fassade, die sie so gerne präsentierte, eine glutvolle Sinnlichkeit verborgen lag, die nur noch darauf wartete, von dem richtigen Mann entfacht zu werden.

Konnte er dieser Mann sein? Wollte er es sein?

Teufel, ja!

Er schüttelte den Kopf über sich selbst, bevor er sein Haar einseifte und unter die Wasseroberfläche glitt, um es auszuspülen. Als er wieder auftauchte, um Luft zu holen, stand Eadyth vollkommen reglos mitten in dem Zimmer. Sie hielt ein Bündel frisch gewaschener Leinentücher in den Händen und beäugte ihn, als wäre er ein Wal, der Wasser durch sein Luftloch spie.

Eirik strich sich mit beiden Händen das nasse Haar aus der Stirn und richtete sich auf.

Ihre Kinnlade klappte herunter, als sie ihn so in seiner ganzen männlichen Prächtigkeit sah.

Eirik konnte gerade noch ein Grinsen unterdrücken. »Würdest du mir wohl eins dieser Tücher anreichen?«

Eadyth starrte auf einen Teil seines Körpers, der es mochte, angestarrt zu werden. Sehr sogar. Eirik konnte spüren, wie er augenblicklich reagierte, und die Augenbrauen seiner Frau schossen vor Verlegenheit in die Höhe.

»Was hast du gesagt?«, fragte sie, ihre Stimme kaum mehr als ein Quieken.

»Wann?«

»Gerade eben.«

»Würdest du mir bitte eins dieser Tücher anreichen?«, bat er noch einmal vergnügt.

»Oh.« Sie trat näher und gab sich alle Mühe, ihren Blick nicht tiefer als bis zu seiner Brust wandern zu lassen, als er aus der Wanne stieg.

Rasch legte sie den Rest der Wäsche auf eine Truhe und wandte sich zum Gehen.

»Könntest du mir den Rücken abtrocknen?«, fragte er, um sie noch ein bisschen aufzuhalten.

Er glaubte, einen erstickten Laut zu hören.

»Bitte?«

Sie kam zu ihm zurück, aber so langsam, dass sie förmlich schlurfte. Widerstrebend griff sie dann nach einem Tuch und begann, bei den Schultern anfangend, seinen Rücken abzutrocknen.

»Du hast eine schlimme Prellung auf der Schulter. Tut sie weh?«

Sie drückte darauf, und er fuhr zusammen. »He, verdammt! Natürlich tut das weh.«

»Wie ist es passiert?«

Er zuckte mit den Schultern. »Als wir das Feuer löschten, fiel ein glühender Ast auf mich herunter. Ich wette, dass ich auch mehr als nur ein paar Kratzer habe.«

»Dann sind die Obstbäume wohl auch verbrannt?«, fragte sie mit leiser Stimme.

»Ja, aber viele von ihnen können, wenn sie sorgfältig zurückgeschnitten werden, noch gerettet werden. Und bei deiner Kompetenz in nahezu fast allen Dingen auf der Welt bin ich mir ziemlich sicher, dass du sie wieder aufleben lassen kannst.«

Sie ignorierte seinen leisen Spott. »Die Prellung sollte mit einer Salbe eingerieben werden. Die Haut ist aufgeschürft.«

»Dann nimm doch etwas von dem Fett in deinem Haar«, entgegnete er trocken.

Er spürte, wie ihre Finger zögerten, als fragte sie sich, ob er scherzte oder seine Worte ernst gemeint waren.

»Du sagtest doch, es würde auch bei Pferden wirken, oder nicht?«

»Ja, das habe ich gesagt, und zu dieser Kategorie kann man auch dich rechnen, auch wenn du mehr ein Maulesel bist als ein Pferd.« Sie lachte, und die Anspannung wich aus ihren Fingerspitzen, als sie fortfuhr, ihn mit sanften, kreisenden Bewegungen abzutrocknen, die seine Sinne in erstaunliche Aufregung versetzten.

»Warum ist deine Haut immer so heiß?«, entfuhr es ihr plötzlich.

»Was?«

Er sah sich über seine Schulter nach ihr um. Eadyth biss sich auf die Unterlippe und errötete unter dieser grässlichen Ascheschicht auf ihrem Gesicht.

»Dein Körper strahlt Hitze wie ein Ofen aus.«

»Tut er das?« Eirik lächelte. »Vielleicht sind es ja nur du und deine berauschende Nähe, die mich glühen lassen«, scherzte er.

»Ha! Ich und jede andere Frau von hier bis Jorvik.«

Eirik ignorierte ihre Stichelei und murmelte mit heiserer Stimme: »Ich frage mich, meine Teuerste, was es wohl erfordern würde, dich so heiß zu machen?«

Das Blut wich aus Eadyths Gesicht und ließ den grauen Ton der Asche sogar noch hässlicher erscheinen. Angewidert warf sie das Tuch beiseite und rückte von ihm ab. »Hör auf, ständig meine Sinne zu verwirren!«

Eirik grinste. »Ich verwirre deine Sinne?« *Ich würde dir jetzt gern noch weitaus mehr verwirren als nur deine Sinne, meine süße Hexe. Warum kommst du nicht ein bisschen näher? Komm, Eadyth, lass uns ein kleines ... Verwirrspiel miteinander spielen.*

Nicht nur ihre Sinne waren konfus, dachte Eirik, als er den Blick auf seine zunehmende körperliche Erregung senkte. Er begann sich umzudrehen, aber dann zögerte er, um sie nicht aufs Neue zu schockieren.

Ach, zum Teufel damit, beschloss er schließlich mit einem verwegenen Grinsen und drehte sich trotzdem zu ihr um.

Eadyth errötete und senkte wieder den Blick, kurz darauf aber sah sie ihm geradewegs in die Augen, weil sie offenbar bemerkte, dass er sie nur neckte. »Ihr solltet besser etwas anziehen, mein Herr, denn sonst könnten die Krähen, die Ihr vorhin erwähntet, womöglich einen neuen Schlafplatz finden.«

Diesmal war es Eirik, dem die Luft wegblieb. Er musste die Schlagfertigkeit seiner Frau bewundern, selbst wenn sie sie gegen ihn verwendete. Leise lachend zog er Unterwäsche und eine abgetragene Strumpfhose an und beobachtete die anmutigen Bewegungen seiner Frau, als sie die Leintücher in eine

Truhe am Fußende des Betts legte, dann seine schmutzigen Kleider wie die nassen Handtücher aufhob und die feuchte Binsenstreu neben der Wanne zusammenfegte, um sie wegzuwerfen.

»Du solltest dir die Haare schneiden lassen«, bemerkte sie, als er sich mit einem Elfenbeinkamm durch sein schulterlanges Haar fuhr.

»Ja, das sollte ich«, stimmte er ihr zu, während er sich in dem polierten Stück Metall über dem Waschtisch betrachtete. »Du kannst sie mir schneiden.«

»Ich bin nicht besonders gut im Haareschneiden«, wich sie aus.

»Du überraschst mich, Eadyth! Haben wir endlich etwas entdeckt, wovon du nichts verstehst?«

Sie lächelte nicht einmal über seine Frotzelei.

»Nun sei doch nicht so furchtbar ernst, Frau. Das Leben ist zu kurz, um immer nur die Stirn zu runzeln.«

»Schneid dir selbst das Haar, du Dummkopf. Ich habe keine Zeit für deine Albernheiten.« Mit dem Bündel schmutziger Wäsche in den Armen wandte sie sich in Richtung Tür.

»Nein, bleib und schneide mir das Haar. Ich komme hinten nicht gut ran«, versuchte er sie zu überreden. »Außerdem möchte ich mit dir über Steven reden.«

Widerstrebend drehte sie sich um und legte die Wäsche hin. Als er mit dem Rücken zu ihr auf einem Schemel Platz genommen hatte, reichte er Eadyth eine Schere.

»Wie kurz willst du es haben?«

Er zuckte mit den Schultern und zog mit dem Zeigefinger eine imaginäre Linie über seinen Nacken. »Ziemlich kurz. Zwick mir nur nicht die Ohren ab.« *Oder irgendeinen anderen Körperteil.*

Eadyth schwieg beharrlich, während sie sein langes Haar Strähne für Strähne zusammennahm und die Enden abschnitt.

»Lachst du eigentlich je, Eadyth?«

»Ja, das tue ich, wenn ich etwas Lustiges höre. Aber meistens sind die Dinge, über die du dich amüsierst, nur vulgäre Scherze auf meine Kosten.«

Nun ja, da hatte sie wohl nicht ganz unrecht, musste er sich eingestehen. »Und was würde dich zum Lachen bringen?«

»Dich über dieses so hoch geschätzte Anhängsel zwischen deinen Beinen stolpern zu sehen«, gab sie prompt zurück. An ihren Fingerspitzen, die in ihrer Arbeit innehielten, konnte er jedoch spüren, dass sie ihre übereilten Worte sofort bereute.

Eirik lachte. »Du überschätzt meine Fähigkeit ... zu wachsen«, erwiderte er schnell, da diese unbeschwertere, nicht so prüde Seite seiner Ehefrau ihm erstaunlich gut gefiel.

Ehefrau!

Eirik erinnerte sich nun wieder an seine früheren Gedanken über Eadyth und seinen Wunsch, die Ehe mit ihr endlich zu vollziehen. Und an Steven von Gravely, den Grund dafür, warum er zögerte, zu tun, wonach sein Körper sich verzehrte.

Vielleicht wäre es das Beste, sie jetzt einfach auf das Bett zu werfen und all den Spielchen ein Ende zu bereiten. Ein Tag im Bett mit einer willigen Frau war eine verdammt gute Idee. Er blickte über seine Schulter und sah Eadyths ärgerlichen Blick über seinen letzten Scherz.

Also vielleicht doch besser nicht, beschloss er weise.

Nachdem Eadyth die Schere weggelegt hatte, ging sie mit einem Kamm durch Eiriks Haare, um zu sehen, ob sie einigermaßen gleichmäßig geschnitten waren. »Das genügt«, erklärte sie und warf seine abgeschnittenen Haare auf den kleinen Haufen feuchter Binsenstreu.

Danach blieb sie mitten im Zimmer stehen, als wäre ihr gerade etwas eingefallen.

»Eirik, ich wollte schon seit langem etwas Wichtiges mit dir besprechen«, sagte sie schließlich zögernd.

Er setzte sich und gab ihr mit einer Handbewegung zu verstehen, sich neben ihn zu setzen.

»Ich bin nicht stolz auf das, was ich getan habe, aber ich möchte, dass du weißt, warum es meiner Ansicht nach notwendig war.«

Eirik betrachtete sie aufmerksam, weil er wusste, dass sie ihm nun ihre Maskerade gestehen wollte. Nun, da er ihre List durchschaut hatte, konnte er deutlich sehen, dass Eadyth eine ungewöhnlich gut aussehende Frau war. Die Falten, die er ihrem fortgeschrittenen Alter zugeschrieben hatte, waren nichts als vorübergehende Spuren ihres permanenten Stirnrunzelns. Und dieser Mund mit dem bezaubernden kleinen Muttermal – nun, er konnte es kaum erwarten, ihn und viele andere Teile ihres Körpers, die sie bisher so gut vor ihm verborgen hatte, gründlichst zu erforschen.

Aber wollte er, dass sie ihr Geständnis ablegte, bevor Sigurd mit seinem Bericht zurückkehrte? Ein Teil von ihm wollte ihre Beichte hinter sich bringen, damit er mit ihr ins Bett gehen und sein brennendes Verlangen nach ihr stillen konnte. Das war mit Sicherheit der Teil von ihm, der unterhalb der Gürtellinie lag. Der andere, vernünftigere Teil warnte ihn, dass er riskierte, eine Frau zu schwängern, die möglicherweise mit Steven den Plan ausgeheckt hatte, seinen Untergang herbeizuführen. Nein, er musste noch ein paar Tage bis zu Sigurds Rückkehr warten.

Eirik versuchte, sich Möglichkeiten auszudenken, wie er Eadyths Geständnis verhindern konnte. Und nach kurzer Überlegung kam ihm auch tatsächlich eine ausgesprochen reizvolle Idee.

»Eadyth, erzähl mir doch etwas mehr über diese zeitmessenden Kerzen, die du anfertigst?«

»Hm?«

»Du hast mir doch von diesen Kerzen erzählt, mit denen man die Zeit messen kann. Wie funktionieren sie? Hast du sie selbst erfunden?«

»Nein, König Alfred hat sie als Erster schon vor vielen Jahren entworfen. Aber ich habe mit ihnen experimentiert und die Herstellung weiterentwickelt, sodass sie heute nahezu vollkommen sind.«

»Würden sie es wagen, weniger zu sein?«

»Willst du es wissen oder wieder mal nur spöttische Bemerkungen machen?«

»Ich will es *wirklich* wissen.«

Eadyth musterte ihn misstrauisch, aber dann erklärte sie: »Der gute Alfred stellte Kerzen her, die genau vier Stunden brannten, sodass man also mit sechs aufeinanderfolgenden Kerzen am Tag die Zeit bestimmen konnte. Ich habe eine besonders lange Kerze entwickelt, mit Stundenanzeige, die vierundzwanzig Stunden brennt, sodass man also ...«

»... nicht mehr daran denken muss, die nachfolgenden Kerzen anzuzünden«, schloss er und musste wider seinen eigenen Willen ihren Einfallsreichtum bewundern. »Sie müssen ja riesengroß sein, diese Kerzen.«

»Das sind sie. Und auch sehr teuer, aber die Leute kaufen so viele, dass ich mit der Produktion kaum nachkomme.« Für einen Moment lang musterte sie ihn prüfend, bevor sie fragte: »Warum wolltest du etwas über meine Kerzen wissen?«

Ah, sie nimmt mir mein plötzliches Interesse an ihren wun-

derbaren Begabungen nicht ab. Kluges Mädchen! «Das willst du gar nicht wissen.«

»Doch, das will ich.«

»Na ja, wenn du darauf bestehst.« *Bevor ich mit dir fertig bin, wirst du lernen, mich nie wieder zu belügen. Du wirst deine Maskerade noch erheblich mehr bereuen, als du vielleicht glaubst.* »Ich habe danach gefragt, weil ich wissen wollte, ob du mir eine Fünfstundenkerze machen könntest.«, sagte er.

Sie zog eine Braue hoch, offenkundig schien sie *das* nun erst richtig misstrauisch zu machen. »Wozu?«

Ich dachte schon, du würdest mich nicht danach fragen, meine zimperliche kleine Ehefrau. Dann wollen wir doch mal sehen, ob ich deine Sinne noch ein bisschen mehr verwirren kann. «Hast du schon einmal von der fünfblättrigen Lotusblüte gehört?« *Noch nie deinem Leben, möchte ich wetten, schließlich habe ich sie gerade erst erfunden.*

»Nein.« Sie runzelte die Stirn und versuchte anscheinend, eine Verbindung zwischen seiner Frage nach zeitmessenden Kerzen und einer Lotusblüte herzustellen. »Geht es um die Sorte Kerzenwachs, die sich gewinnen lässt, wenn Bienen den Pollen der Lotusblüten sammeln?«

Eirik hätte sich vor Vergnügen fast die Hände gerieben, erwiderte aber stattdessen in gleichmütigem Ton: »Nein, es geht eigentlich mehr darum, was während der fünf Stunden, in denen die Kerze brennt, geschieht.«

»Oh?«

»Aber ich kann mir eigentlich nicht vorstellen, dass dich das interessiert.« Er betrachtete gelangweilt seine Fingernägel. *Frag mich. Frag mich. Frag mich.*

»Jetzt hast du mich neugierig gemacht.«

Neugierde! Das ist die Parole hier, mein naives kleines Täub-

chen. Und besten Dank auch, dass du mir so mühelos in die Falle getappt bist. »Nun, wenn du es wirklich wissen willst, es gab da einmal einen Kalifen in einem dieser Harems im Osten ...«

»Oh nein, nicht schon wieder eine deiner Haremsgeschichten!«

Eirik zog mit unschuldiger Miene seine Brauen hoch. »Habe ich dir diese schon einmal erzählt?«

»Soweit ich mich erinnere, hast du einmal erwähnt, dass durchsichtige Stoffe wie meine Bienenschutzschleier in einem Harem für einen völlig anderen Zweck benutzt würden.«

»Das hatte ich vergessen. Aber diese Geschichte hier ist eine völlig andere.« Er wedelte ungeduldig mit der Hand. »Bei ihr geht es um Zeit und möglicherweise auch um deine Kerzen.«

Eadyth betrachtete ihn zweifelnd aus den schönsten veilchenblauen Augen, die er je gesehen hatte, bevor sie schließlich sagte: »Also gut, ich höre.«

Ausgezeichnet. »Wie ich schon sagte, es gab einmal einen Kalifen in einem fernöstlichen Harem, der eine Sklavin kaufte, die die Ehre, sein Bett zu teilen, nicht zu schätzen wusste.«

»Ha!«

»Selbst als er sich bereit erklärte, sie zu seiner elften Ehefrau zu machen, verweigerte sie ihm das körperliche Zusammensein mit ihr.«

»Die Elfte! Ha! Wahrscheinlich war er zu müde, um mehr zu tun, als gerade noch zu atmen.«

Zufrieden, dass er ihr Interesse geweckt hatte, grinste Eirik und freute sich darauf mitzuerleben, wie sie sich im Netz ihrer eigenen Neugier verfing. »Er versuchte es mit Geschenken, Aphrodisiaka ...«

»Aphro ... was?«

Eadyths Frage ließ Eirik für einen Moment verstummen und alle möglichen erotischen Fantasien in ihm erstehen. Als er seine Fassung wiedergewonnen hatte, sagte er fast schroff: »Vielleicht sollten wir uns diese Erklärung für ein andermal aufheben. Oder gelingt es dir vielleicht, mich nicht ständig zu unterbrechen? Sonst verpassen wir das Abendessen, und ich bin sehr hungrig.«

»Sprich weiter. Ich verspreche, dich nicht mehr zu unterbrechen.«

Das bezweifle ich sehr. «Auf jeden Fall bemühte sich der Kalif in jeder Hinsicht, aber all seine Versuche waren vergeblich. Schließlich befragte er einen weisen alten Mann, der ihm von der fünfblättrigen Lotusblüte erzählte.«

Eirik warf Eadyth einen Blick zu und sah, dass sie sich gespannt vorbeugte. *Schön, dass du so vertrauensselig bist, Eadyth. Nur weiter so.*

»Der weise Mann riet dem Kalifen, sich fünf Stunden Zeit zu nehmen, um die einzelnen Blüten der Lotusblume abzuzupfen. In der ersten Stunde waren jegliche Berührungen strikt verboten. Mann und Frau sollten sich nur entkleiden und sich unterhalten. Sie konnten vielleicht ein Glas Wein miteinander trinken, um sich zu entspannen, und der Mann konnte der Frau beschreiben, was er tun würde. Natürlich konnte auch die Frau dem Mann sagen, was sie tun würde, aber wenn sie schüchtern war, würde sie vielleicht einfach nur darüber sprechen, was sie sich von ihm wünschte. Und wenn sie wirklich schrecklich schüchtern war, würde sie vielleicht einfach nur nicken, wenn er etwas besonders Verlockendes erwähnte.«

»Oh, du bist wirklich unglaublich, Eirik, mir solch lächerliche Geschichten zu erzählen. Ich denke, es wird höchste Zeit, dass du deine Geliebte in Jorvik besuchst. Vielleicht kann Asa dich von deinen erotischen Wahnvorstellungen kurieren.«

Eirik versteifte sich. Es gefiel ihm nicht, dass Eadyth ihn so einfach fortschickte. Und merkwürdigerweise gefiel es ihm auch nicht, wie widerspruchslos sie seine Mätresse hinnahm. Das war unnatürlich.

»Mit Asa zu schlafen, interessiert mich im Moment nicht. In letzter Zeit will ich eigentlich nur noch dich in meinem Bett haben.«

Eadyth war so verblüfft, dass ihr die Worte fehlten. Selbst er war bestürzt darüber, ihr so viel von seiner geheimen Neigung für sie verraten zu haben. Aber er nutzte Eadyths vorübergehendes Schweigen, um seine Geschichte fortzusetzen, bevor sie ihre scharfe Zunge wiederfand.

»Während der zweiten Stunde sollten sie sich nur küssen, aber wie du sicher weißt, gibt es ja viele Arten von Küssen – die *alle* Körperteile mit einschließen.«

Eadyth sog empört den Atem ein und sprang auf, als wolle sie seiner ihr unerträglichen Gesellschaft entfliehen. »Du ... du ...«

Aber er drückte sie auf ihren Stuhl zurück und fuhr fort: »Bis dahin würde sie natürlich schon einen ihrer ... Höhepunkte gehabt haben, und dann ...«

»Höhepunkte?«, stotterte Eadyth.

Nun war es Eirik, dem die Worte fehlten. Obwohl sie schon mit einem Mann das Bett geteilt und ein Kind geboren hatte, schien seine naive Ehefrau nicht einmal zu wissen, was es für eine Frau bedeutete, den Gipfel sinnlicher Ekstase zu erklimmen. Er suchte nach den richtigen Worten, bevor er behutsam weitersprach: »Dir ist doch sicher bewusst, dass ein Mann vor sinnlichem Vergnügen schier den Verstand verliert, wenn die Vereinigung ihren Höhepunkt erreicht. Das Gleiche kann auch einer Frau widerfahren.«

»Den Verstand verlieren? Und das soll etwas Erstrebenswertes sein? Das finde ich aber nicht.«

Eirik grinste und beeilte sich fortzufahren, bevor sie ihn erwürgte oder sogar etwas noch Schlimmeres tat. »Während der dritten Stunde streicheln sie einander und lernen all die geheimen, empfindsamsten Stellen des anderen kennen. Die Frau wird dabei natürlich ein weiteres Mal den Höhepunkt erreichen. Oder sogar zweimal.« *Hörst du mir zu, Eadyth? Oder versuchst du mit deinem offenen Mund Fliegen zu fangen? Ich wüsste eine bessere Beschäftigung für diese erfreulich vollen Lippen.*

Sie fasste sich schließlich wieder und schnaubte ungläubig, erhob sich aber nicht von ihrem Stuhl. Seine Geschichte weckte anscheinend doch ihr Interesse.

»Während der vierten Stunde«, fuhr er unbekümmert fort, »muss sie ganz still liegen, während der Mann ihre Brüste und diese geheimste Stelle zwischen ihren Beinen erforscht.«

»Oh, du bist abscheulich!«, rief Eadyth mit hochrotem Gesicht. »Wie kannst du über solch perverse Dinge vor mir, vor einer Dame reden?«

»Ich spreche nicht mit einer Dame, sondern mit meiner *Ehefrau*«, berichtigte er sie. »Und es ist auch nichts Perverses, was zwischen einem Mann und seiner Frau vorgeht. Nein, geh nicht, bevor ich zu Ende erzählt habe.«

Sie stand vor ihm und starrte ihn mit herablassender Miene an. Aber er lächelte im Stillen und dachte, dass er sie nun gleich endlich von ihrem hohen Ross herunterholen würde. »In der fünften Stunde wird sich der Mann schließlich körperlich mit ihr vereinigen, und sie wird bestimmt noch einige Male den Höhepunkt erreichen und in sinnlicher Ekstase unter ihm erschauern und erbeben.«

Eadyth setzte eine verdrossene Miene auf und schien ihm seine Geschichte nicht mehr abzunehmen. In diesem Moment war ihr Gesicht so rot und verzerrt vor Wut, dass Eirik ihr fast hätte glauben können, dass sie so alt und hässlich war, wie sie zu sein vorgab.

»Und wie oft würde der Mann bei diesem exzessiven Liebesspiel erschauern und den Höhepunkt erreichen?«

»Oh, zehn oder zwölf Mal«, log er mit unbewegter Miene.

Ihre Augen weiteten sich vor Überraschung. Eirik war erstaunt, dass seine sonst so intelligente Frau die Absurdität seiner maßlos übertriebenen Behauptung nicht erkannte. *Sei lieber vorsichtig, Mann*, ermahnte er sich im Stillen, *sonst erwartet sie mehr von dir, als du ihr geben kannst*.

Eadyth sah ihn mit offenem Mund staunend an.

»So, jetzt kennst du die Geschichte von dem Kalifen und dem fünfblättrigen Lotus«, schloss Eirik mit einer schwungvollen Bewegung.

Eadyth zwang sich, ihre gewohnte eiserne Selbstbeherrschung wiederzugewinnen, und murmelte etwas über abscheuliche Flegel, als sie die schmutzigen Kleider wieder aufhob und empört zur Tür hinüberging.

»Wirst du mir denn nun eine Fünfstundenkerze machen?«, rief Eirik ihrem steifen Rücken nach.

»Wenn die Hölle zufriert und die Engel darin Schlittschuh laufen«, erwiderte sie frostig und ohne sich noch einmal umzuwenden. Dann zog sie laut krachend die Tür hinter sich zu.

Na ja, immerhin hatte er ihre Beichte wieder einmal hinausschieben können. Für den Augenblick zumindest. Aber er wusste, dass er sie nicht für immer davon abhalten konnte, ihm alles zu gestehen.

Was konnte er also als Nächstes tun, um sie daran zu hindern, ihm all ihre Geheimnisse zu gestehen, bevor Sigurd zurückkehrte? Und um gleichzeitig auch ihren aufreizenden Stolz und ihre übertriebene Selbstsicherheit ein wenig anzukratzen?

Eirik lächelte über eine ganz besonders gute Idee.

12. Kapitel

Eirik trieb sie zur Verzweiflung.

»Ich muss mit dir reden«, sagte Eadyth, als sie an jenem Abend zu Bett gingen. Sie wollte ihm unbedingt ihre lächerliche Maskerade gestehen. Ihre Angst vor seiner Reaktion, sollte sie ihre Enttarnung noch länger hinauszögern, wurde von Stunde zu Stunde größer.

Aber sich zu konzentrieren war nicht leicht, wenn ihr nackter Ehemanns so dicht neben ihr lag und er nicht das geringste Interesse erkennen ließ, die Ehe mit ihr zu vollziehen. Wenn er noch ein einziges Mal so laut gähnen sollte, würde sie ihm ihren Ehevertrag vielleicht einfach in den Mund stopfen.

»Eirik, hör mit diesem rüpelhaften Gähnen auf und sieh mich an.«

»Gähnen ist rüpelhaft? Das wusste ich nicht. Siehst du, du tust mir richtig gut, Eadyth. Du bringst mir so viele *grundlegende* Dinge bei.«

Eadyth warf ihm einen misstrauischen Blick zu. Machte er sich über sie lustig? »Eirik! Hör auf, das Thema zu wechseln. Ich habe dir etwas Wichtiges zu sagen.«

»Nein, es ist viel zu warm zum Reden. Ich bekomme sowieso schon kaum noch Luft unter all diesem Bettzeug«, sagte er mit einem vielsagenden Blick auf das Laken über ihrem nackten Körper. »Und jedes Mal, wenn du mir *etwas Wichtiges* zu sagen hast, bedeutet es noch mehr Arbeit für mich. Du bringst mein Blut zum Kochen, wenn du nörgelst, und es ist wirklich heiß genug hier drinnen.«

»Vielleicht rührt das von all diesen Kerzen, die du angezündet hast.« Sie sah sich im Schlafzimmer um, in dem auf sein Beharren hin ein Dutzend Kerzen ihr verschwenderisches Licht verbreiteten. Eirik behauptete plötzlich, Licht zu brauchen, falls er während der Nacht den Nachttopf aufsuchen musste.

»Außerdem hatte ich gar nicht vor zu nörgeln.« Eadyth zwang sich, ihren Blick von seinem nackten Körper abgewandt zu halten, als sie fortfuhr: »Ich wollte nur ...«

Ihr versagte die Stimme, als sie ihn beim Reden versehentlich anschaute und er, die Arme hinter dem Kopf verschränkt, seine langen Beine übereinandergeschlagen, dalag und sie den unübersehbaren Beweis seiner männlichen Begierde zwischen seinen Schenkeln sah.

Sie rang nach Atem und zwang sich, ihren Blick wieder auf sein Gesicht zu richten.

»Du nörgelst *immer*, Eadyth.«

Zum Glück schien Eirik ihren prüfenden Blick oder ihre anschließende Verlegenheit nicht einmal bemerkt zu haben. Er sah sie völlig unbefangen an, und seine blauen Augen glitten abfällig über das Laken, das sie bis zu ihrem Kinn hoch gezogen hatte.

»Hier drinnen ist es so heiß wie in einem Backofen«, brummte er wieder.

»Und was soll ich deiner Meinung nach dagegen tun?«, versetzte sie und bereute ihre impulsive Frage sofort.

»Du könntest aufhören, dich unter diesem Bettzeug zu verkriechen.«

Eadyth schluckte.

Eirik glitt tiefer, rollte sich ein bisschen hin und her und versuchte, es sich zu bequem zu machen. Einmal streckte er einen Arm aus und streifte versehentlich ihre linke Brust unter dem groben Leinen. Als sie ihm den Rücken zukehrte, stieß sein Knie für einen Moment an ihren Po.

Sie versteifte sich. Nach einer Weile erkannte sie aber, dass diese Berührung zufällig gewesen sein musste. Er hatte ihr oft genug gesagt, wie sehr ihre Figur, ihr Gesicht und ihre Eigenheiten ihm missfielen. Das Einzige an ihr, was einen gewissen Reiz auf diesen unerträglichen Mann auszuüben schien, war das Muttermal an ihren Lippen. Heilige Maria Mutter Gottes! Der Mann war abartig. Wenn er noch einmal davon sprach, dass er so gern mit seiner Zunge über ihr Muttermal strich, würde sie ihn erwürgen!

Und trotzdem schob er es immer noch hinaus, die Ehe mit ihr zu vollziehen. *Hmmm.*

Plötzlich wurde Eadyth klar, dass sie ihm wieder einmal erlaubt hatte, sie von ihrem Thema, ihrer Beichte, abzulenken. Abrupt setzte sie sich auf und konnte gerade noch verhindern, dass das Laken über ihre Brüste hinunterrutschte.

Eiriks Augen weiteten sich und fielen ihm fast aus dem Kopf. Manchmal schien er doch wohl gut genug sehen zu können!

»Eirik, ich bestehe darauf, dass ich dir etwas Wichtiges zu sagen habe. Verhalt dich also bitte einmal ruhig und hör mir ...«

»Vielleicht sollten wir unsere Ehe vollziehen«, unterbrach er sie. »Jetzt sofort.«

»Jetzt sofort?«, fragte sie verdutzt. Gott, der Mann verstand es wirklich bestens, sie aus dem Konzept zu bringen!

»Ja. Wenn du nur mir nur ein bisschen helfen würdest, könnte ich mich der Situation vielleicht gewachsen zeigen«, gab er eine Spur besorgt zurück. Eadyth hätte schwören können, dass sie ein leises Zucken um seine Mundwinkel sah, das aber schon wieder vorbei war, bevor sie Gelegenheit bekam, ihn genauer zu betrachten.

»Mir scheint, dein Teig ist mehr als aufgegangen«, bemerkte sie trocken und erinnerte sich nur allzu gut daran, wie *dieser Teil* seines Körpers vor wenigen Minuten noch ausgesehen hatte. Sie deutete mit der Hand in Richtung seiner Männlichkeit, verzichtete aber darauf, noch einmal hinzusehen. »Eine welke Lilie hast du jedenfalls nicht.«

»Ah, dann hast du es also bemerkt. Doch wie du sehen kannst, ist der Teig schon wieder zusammengefallen. Überzeug dich selbst.«

Nicht einmal, wenn mein Leben davon abhängen würde! Eadyth schob das Kinn vor und blickte stattdessen zu der gegenüberliegenden Wand hinüber. Mit vor Verlegenheit glühenden Wangen versuchte sie, das Bild aus ihrem Gedächtnis zu verbannen.

Eirik gab ein seltsam glucksendes Geräusch von sich. »Wenn du allerdings versuchen würdest, einige ... *Dinge* zu tun, könnten wir ihn wahrscheinlich dazu bringen, wieder aufzugehen.«

»Dinge? Was für Dinge?«, fragte sie argwöhnisch und drehte sich wieder auf den Rücken, um ihn anzusehen.

»Na ja, ich kannte einmal einen Mann ...«

»Nicht schon wieder dieser verdammten Kalif!«

»Eadyth! Was für eine Ausdrucksweise! Außerdem war es nicht der Kalif, sondern ein anderer Mann. Ich glaube, es handelte sich um einen Seidenhändler aus Micklegaard«, sagte er mit gleichgültigem Tonfall. »Dieser Mann hatte auch Schwierigkeiten, seinen Teig zum Aufgehen zu bringen. Wahrscheinlich, weil das Gesicht seiner Gemahlin wie das Hinterteil eines Maulesels aussah.« Er sah Eadyth mit einem Ausdruck von aufrichtigem Mitgefühl in seinen blauen Augen an.

Seine Bewertung ihrer körperlichen Reize ... oder ihres Mangels daran ließ Eadyth innerlich zusammenzucken.

»Aber seine Frau gab sich die größte Mühe, das muss ich ihr lassen«, fuhr er fort. »Er sagte, bisweilen würde sie sogar am Fußende des Bettes einen Kopfstand machen, um ihn zu verführen. Nackt natürlich. Und wenn sie auf dem Kopf stand, verdeckte ihr langes Haar ihr unscheinbares Gesicht. Der Mann sagte, auf diese Weise hätte es dann immer funktioniert. Und natürlich hatten sie zehn Kinder. Ich weiß nicht, ob du ...«

»Nie im Leben!« Eadyth presste die Lippen zusammen und drehte sich auf die Seite, um ihren flegelhaften Ehegatten nicht mehr ansehen zu müssen. Er log natürlich. Frauen taten so etwas nicht. Eadyth wusste einfach, dass sie so etwas nicht taten.

Oder doch?

Und dann erboste Eirik sie noch mehr, indem er sich umdrehte und sie wieder nicht beachtete. Nicht, dass sie etwa von ihm begehrt werden wollte. Im Grunde ist es sogar besser so, sagte sie sich.

Warum fühlte sie sich dann aber so allein gelassen?

Am nächsten Morgen wurde sie von Abduls wütendem Gezeter geweckt. Vor dem Vogelkäfig stand Eirik, in einer eng anliegenden schwarzen Hose, Stiefeln und seiner gepolsterten und gesteppten Untertunika, und schien sich für einen Tag auf dem Übungsplatz mit seinen Männern vorzubereiten. Er hielt dem hungrigen Vogel ein Stückchen Brot hin.

»Widerlicher Flegel! Arrk!«, krächzte der Vogel mit einer Stimme, die wie die von Eadyth klang. »Lästiger Kerl! Hirnloser Idiot! Lord Hohlkopf! Arrk!«

Eirik warf ihr mit erhobener Augenbraue einen vorwurfsvollen Blick zu. »Mir scheint fast, du hast zu viel Zeit, Eadyth.«

»Willst du meine Schwanzfedern küssen?«

»*Das* habe ich ihm nicht beigebracht«, beteuerte Eadyth, als Eirik erneut spöttisch fragend eine Braue hochzog.

»Schlaffe Lilie. Schlaffe Lilie. Schlaffe Lilie.«

Eirik machte eine drohende Handgebärde, als der Vogel Eadyths Worte vom Vorabend wiederholte.

Sie spürte, wie ihre Wangen vor Verlegenheit brannten.

»Hmm. Vielleicht brauchst du eine Lektion, meine Teuerste«, sagte Eirik mit samtener Stimme und griff in den Käfig, um eine lange grüne Feder aufzuheben, die der Vogel verloren hatte. Mit einem nachdenklichen Blick auf Eadyth kam Eirik zum Bett hinüber und setzte sich so dicht neben sie auf die Kante, dass sie trotz des Lakens zwischen ihnen seine warme Hüfte an der ihren spüren konnte.

Während er mit der Spitze der Feder ihr kleines Muttermal berührte, sagte er mit rauer Stimme: »Eines Tages ... eines Tages, Eadyth, werden wir einige interessante Dinge mit dieser Feder tun.«

Sie starrte ihn an, fasziniert von dem schnell pochenden Puls seiner Halsschlagader, der unverhohlenen Sinnlichkeit in seinen hellen blauen Augen, der verführerischen Fülle seiner wohlgeformten Lippen. Wie konnte ein Mann im Bruchteil einer Minute von einem völligen Mangel an Interesse zu hemmungsloser Leidenschaftlichkeit wechseln? Denn Eadyth hegte nicht den kleinsten Zweifel, dass er sie, in diesem Moment zumindest, so begehrte, wie ein Mann eine Frau begehrte. Und er hatte unter seiner eng anliegenden Hose garantiert auch keine Schwierigkeiten, ›sich der Situation gewachsen zu zeigen‹, wie er es nannte.

Ihr fest in die Augen blickend begann Eirik mit der Feder über ihre Lippen, ihr Kinn, ihre nackte Schulter und, o heilige Maria Mutter Gottes, auch über die Spitzen ihrer noch immer bedeckten Brüste zu streichen. Selbst durch den Stoff konnten sie beide sehen, wie ihre zarten Knospen sich versteiften.

Eirik sog scharf den Atem ein.

Eadyth schloss leise aufstöhnend die Augen, als ein neues und ganz wundersames Prickeln sie durchflutete.

Ihre Augen flogen jedoch wieder auf, als sie die Feder zwischen ihren Brüsten hinab über ihren Bauch zu ihren Schenkeln wandern spürte. Das dünne Laken bot ihr wenig Schutz. Ihre kostbare Selbstbeherrschung drohte sie im Stich zu lassen, als sie plötzlich nur noch ihre Beine öffnen und sich der federleichten Zärtlichkeit entgegenbiegen wollte. Sie musste ihre ganze Willenskraft aufbieten, um es nicht zu tun.

Oh, was für eine schamlos lüsterne Person aus mir geworden ist, schalt Eadyth sich. *Und es gefällt mir auch noch!*

Ihre Haut begann an den Stellen zu glühen, an denen er sie berührte – auf ihren Knien, an ihren Beinen entlang, an ihren Knöcheln. Das Blut rauschte in ihren Ohren, und ihr Atem kam in tiefen, unsicheren Zügen. Ihr Körper verzehrte sich nach irgendetwas, das sie weder kannte noch verstand. Bevor sie merkte, was Eirik vorhatte, hob er den Rand des Bettlakens ein wenig an und kitzelte ihre Fußsohlen mit der Feder.

Ein verzückter kleiner Schrei entrang sich ihr, so wohlig waren die Empfindungen, die er mit seiner süßen Tortur in ihr weckte. Noch nie hatte sie so ...

Mit einem Ausdruck grimmiger Genugtuung auf seinem Gesicht erhob sich Eirik, als er sich der prickelnden sinnlichen Erregung zwischen ihnen bewusst wurde. Für einen Augenblick schien er zu zögern, dann wandte er sich widerstrebend von ihr ab und ging zur Tür.

»Du wirst gehen und mich in diesem ... Zustand hier zurücklassen?«

Er blieb stehen, drehte sich langsam zu ihr um und schenkte ihr ein atemberaubendes Lächeln. Eadyth konnte sehen, dass er genauso aufgewühlt wie sie selbst war. Leise fragte er: »In was für einem Zustand?«

»Ich schwöre dir, ich habe keine Ahnung, aber ich bin mir völlig sicher, dass du es weißt. Also hör auf damit, ja?«

»Womit?«

Eadyth konnte sehen, dass ihr Unbehagen ihn belustigte. »Mit diesen Spielchen, die du mit mir treibst.«

»Spielchen? Nein, Teuerste, nicht ich bin es, der Spielchen treibt.« Er steckte die Feder in die Brosche an seiner Schulter und klopfte leicht darauf. »Ich werde mir die Feder für ein andermal aufheben, Eadyth. Und ich verspreche dir, dass wir das Spiel dann zu Ende spielen werden.«

»Welches Spiel?«, rief sie ihm nach, aber er war schon aus der Tür hinaus.

Und ihr ganzer Körper pochte und prickelte von einem Verlangen, das er in ihr geweckt hatte ... mit einer *Feder!*

Ja, der Mann trieb sie noch zur Verzweiflung.

Eadyth trieb ihn zur Verzweiflung.

Auf dem Übungsfeld zwang Eirik sich und seine Männer, bis an die Grenze ihrer Belastbarkeit zu gehen, und trotzdem konnte er das Bild seiner Frau nicht aus seinem Kopf verdrängen, wie sie an diesem Morgen bebend vor Verlangen nach der Vereinigung mit ihm in seinem Bett gelegen hatte. Ein Verlangen, das er mindestens genauso stark empfunden hatte.

Er hatte sich nicht nur hinsichtlich des wahren Aussehens seiner Frau getäuscht. Sie schien auch gar nicht so eine kalte Männerhasserin zu sein, wie er ursprünglich geglaubt hatte.

Kalt? Ha! Wenn sie noch heißer wäre, würde er in Flammen aufgehen.

Ja, Eirik hatte wirklich ein Problem. Er war ein gesunder Mann mit den Bedürfnissen eines gesunden Mannes. Und er hatte keine Frau mehr seit seiner Verlobung vor zehn Wochen gehabt. Er wusste, er würde Eadyths Reizen nicht eine Nacht länger widerstehen können. Aber er konnte nicht riskieren, sie zu schwängern, solange er sich ihrer Loyalität noch nicht sicher war.

Nein, er musste eine Barriere zwischen ihnen errichten, bis Sigurd von seiner Bespitzelungsmission zurückkam. Aber wie konnte er das tun, wenn er doch schon kurz davor war, der Versuchung zu erliegen? Es lag bei Eadyth. Er musste etwas tun, um seine Frau gegen sich aufzubringen; irgendetwas, das sie wütend genug machte, um ihre unbewussten Verführungsversuche vorübergehend einzustellen. Er musste irgendwie erreichen, dass sie nur noch mit Eiseskälte auf ihn reagierte.

Das dürfte eigentlich nicht zu schwierig sein.

Eirik fuhr sich mit dem Oberarm über seine verschwitzte Stirn und blickte geistesabwesend zur Seite, wo Aaron, einer seiner neuen Männer, seine junge Frau begrüßte, eine schöne Maurin von zierlicher Gestalt mit mandelförmigen Augen und olivfarbener Haut. Eirik lächelte, als ihm plötzlich eine Erleuchtung kam, und näherte sich dem jungen Paar mit einem schnell zurechtgelegten Plan. Zuerst standen sie seinem ungewöhnlichen Vorschlag skeptisch gegenüber und protestierten, aber kurz darauf schon, als ein paar Geldstücke den Besitzer gewechselt hatten, erklärten sie sich gern zur Mitarbeit bereit.

Eadyth wird einen Anfall bekommen, dachte Eirik grinsend. Er hoffte nur, dass er bis Sigurds Rückkehr dauern würde.

Eadyth ließ ihren Bienenschutzschleier auf die Küchenbank fallen und klopfte sich die Regentropfen von ihrem Umhang und Gewand. Der laut krachende Donner draußen schien ein kurzes, aber heftiges frühsommerliches Gewitter anzukündigen.

»Sind die Männer schon zurückgekehrt?«, erkundigte sie sich bei Bertha, die Eier in eine Tonschale aufschlug, um mit ihnen Pudding zu kochen.

Die Köchin nickte, vermied es aber, Eadyth dabei anzusehen.

»Was ist?«

»Nichts.«

»Du lügst, das sehe ich doch. Wo ist Eirik?«

Berthas pausbäckiges Gesicht lief krebsrot an. »Woher soll ich das wissen?«

»Du weißt doch sonst immer alles.«

»Ha! Sucht ihn doch selbst.«

»Benimm dich, Bertha, sonst schicke ich dich zum Latrinenschrubben«, sagte Eadyth tadelnd, aber nicht unfreundlich. Die offenherzige Köchin war ihr nämlich längst ans Herz gewachsen.

Nachdenklich an einem Stückchen Käse knabbernd, das sie sich vom Tisch genommen hatte, ging Eadyth wieder hinaus. Bertha hatte recht, sie würde Eirik selber suchen. Sie spürte, dass sie und ihr Mann ihre Ehe bald vollziehen würden, und dann wollte sie nicht, dass es noch Geheimnisse zwischen ihnen gab. Sie beschloss, Eirik über ihre Scharade aufzuklären, und *zwar auf der Stelle*, selbst wenn sie ihn knebeln und fesseln musste, um ihr Vorhaben in die Tat umzusetzen. Sie lächelte im Stillen über das ungewohnte, aufgeregte Flattern, das sie bei dieser seltsam reizvollen Vorstellung in ihrem Magen verspürte.

Der Regen trommelte aufs Dach, und Eadyth hielt nach Anzeichen von Feuchtigkeit an der Decke Ausschau, während sie durch die große Halle ging. Aber ihre Arbeiter hatten endlich alle undichten Stellen repariert, stellte sie zufrieden fest. Als Nächstes würde sie die Männer zur Instandsetzung der Kapelle einsetzen.

Eadyth wollte gerade die Treppe zu Eiriks Schlafzimmer hinaufgehen, als sie Britta rufen hörte: »Ich würde da jetzt nicht hinaufgehen, Herrin.«

»Warum nicht?«

»Es wäre nicht klug«, murmelte Britta und wandte sich ebenso betreten und schnell wie Bertha ab.

Irgendetwas stimmte hier nicht. Irgendetwas, das ihr nicht gefallen würde. Und es hatte etwas mit Eirik zu tun. Mit schmalen Augen und fest entschlossen, dem Rätsel auf den Grund zu gehen, setzte Eadyth ihren Treppenaufstieg fort.

»O Gott«, hörte sie Britta hinter sich murmeln. »Jetzt werden die Gänsefedern fliegen.«

Eadyth machte sich nicht die Mühe, an Eiriks Schlafzimmertür anzuklopfen – an *meiner* Tür, berichtigte sie sich im Stillen –, sondern öffnete sie einfach nur und zog sie schwungvoll auf. Der Anblick, der sich ihr bot, ließ sie empört nach Luft schnappen.

Auf die Ellbogen gestützt, lag Eirik auf seinem Bett. Er trug nur einen Lendenschurz, und sein Körper und sein glatt zurückgekämmtes Haar schimmerten vor Feuchtigkeit, als hätte er gerade erst gebadet.

Er war nicht allein.

Eine junge Frau – eine *schöne*, junge Frau – kniete vor ihm auf dem Bett und hielt seinen Fuß in ihrem Schoß.

Eadyths Augen weiteten sich vor Fassungslosigkeit.

Die junge Maurin schnitt Eiriks Zehennägel, und er lag praktisch splitternackt vor ihr. Mit seinem Fuß in ihrem Schoß.

»Eadyth, ich wusste nicht, dass du da bist. Komm herein«, sagte Eirik in gespielter Unschuld. Seine schläfrigen Augen jedoch zeugten von einem ganz anderen Gefühl.

Oh, wie erniedrigend! Eirik hatte doch tatsächlich vor aller Augen eine Buhle in ihr Haus gebracht! Sie würde ihn umbringen! Vielleicht mit diesem kleinen Fußpflegemesser, das die junge Frau in ihrer Hand hielt. Oder vielleicht würde sie sie sogar beide umbringen.

Trotz ihrer Empörung spürte Eadyth, wie ihre Augen sich mit Tränen der Enttäuschung füllten. Sie hatte bis dahin nicht erkannt, wie sehr sie begonnen hatte, Eirik zu vertrauen und sich auf ihre endgültige Vereinigung zu freuen. Oh, es war so ungerecht! Zuerst Steven, und nun auch noch dieser Schwerenöter!

Wie dumm sie doch gewesen war, so aufrichtigen Herzens diese Ehe einzugehen! Wütend schob sie ihr Kinn vor und versuchte, ihr Elend vor Eiriks prüfendem Blick zu verbergen. Sie war eine starke Frau und an die ernüchternde Realität der Einsamkeit gewöhnt. Sie würde auch den Verrat eines weiteren Mannes überleben. Oh ja, das würde sie.

Ohne nachzudenken, ergriff sie einen Eimer, der neben seinem schmutzigen Badewasser stand, und schüttete das kalte Wasser auf seinen noch immer lässig ausgestreckten Körper. Es durchnässte ihn und das Bettzeug, und bespritzte auch auf das Kleid der kleinen Schlampe, die sich auf ihr Hinterteil fallen ließ und sie erschrocken anstarrte.

»Heiliger Bimbam, Eadyth! Das Wasser war eiskalt!«, rief Eirik, während er nach einem Handtuch griff. »Nimmst du jetzt auch schon Anstoß an meiner Körperpflege?«

»Körperpflege?«, wiederholte Eadyth mit erstickter Stimme, und dann füllte sie den Eimer mit schmutzigem Badewasser und ging erneut auf das Bett zu. Kreischend vor Entsetzen sprang die junge Frau vom Bett und huschte an ihr vorbei und aus der Tür hinaus.

Eirik stand auf und musterte sie herausfordernd. »Wag es ja nicht, dieses schmutzige Wasser über mich zu schütten, oder du wirst die Folgen tragen müssen.«

Trotz ihrer Wut musste Eadyth sich eingestehen, dass dieser vor ihr stehende fast völlig nackte Mann einen beeindruckenden Anblick bot. Das durch die Pfeilscharten hereinfallende Licht spielte auf den ausgeprägten Muskeln an seinen Schultern und Armen und betonte die von Jahren des Reitens gestählten Sehnen und Muskelstränge an seinen langen Beinen. Er warf das große Leintuch auf das Bett und stemmte arrogant die Hände in die Hüften. Ein amüsiertes Lächeln umspielte seine wohlgeformten Lippen, und seine hellen blauen Augen sprühten förmlich vor Vergnügen.

Eine Welle unbeherrschten Zorns erfasste Eadyth. Er lachte sie aus! Er vergnügte sich mit einer anderen Frau und fand ihren Zorn auch noch belustigend. Er hatte ihr in der Verlobungsvereinbarung Treue versprochen, und dann brach er die Ehe, noch bevor sie überhaupt vollzogen war. Am schlimmsten aber war, dass er diese ungebildete Bäuerin anziehend fand und es bei ihr ... seiner wahren Ehefrau, nicht einmal ertrug, ihr beizuwohnen.

Sie schüttete den Eimer Wasser mit Schwung über Eiriks Kopf aus. Schmutziges Seifenwasser tropfte von seinem Haar, seinen Wimpern und von seinem Kinn. Bestürzt und überrascht, dass sie seine Warnung tatsächlich missachtet hatte, starrte Eirik sie mit offenem Mund an. Aber nur für einen Moment. Dann verdrängte Wut seine Überraschung, und er sagte in Unheil verkündendem Ton: »Du wirst es noch bereuen, Frau, dass du meiner Warnung keine Beachtung geschenkt hast.«

Und da erkannte Eadyth, dass ihre Methode, Eirik ihr Missfallen kundzutun, vielleicht ein bisschen voreilig gewesen war. Sie hätte warten sollen, bis sie ihre Wut wieder unter Kontrolle hatte, und vernünftig mit ihm reden sollen. Herrgott noch mal! Wo war die besonnene, beherrschte Frau, die sie vor ihrem Umzug nach Ravenshire gewesen war? Sie erkannte diese leicht erregbare, hitzköpfige Furie, zu der sie sich entwickelt hatte, nicht wieder.

In Eiriks Augen stand ein beunruhigender Glanz, als er jetzt langsam auf sie zukam.

Eadyth drehte sich auf dem Absatz um und stürmte die Treppe hinunter und durch den großen Saal, ohne die Ritter zu beachten, die sich vor dem Regen hereingeflüchtet hatten und sich nun an den langen Tafeln mit Würfelspielen die Zeit vertrieben. Ohne zu wissen, wohin sie sich wenden sollte, stürzte sie blindlings aus der Tür zum Hof hinaus; sie wusste nur, dass sie den Schritten hinter sich entkommen musste.

Sie hatte kaum den Hof erreicht, als sie hörte, wie Eirik mit seinen nackten Füßen auf der Außentreppe ausglitt. Er fluchte laut, als er die Stufen hinunterfiel und auf dem schlammigen Boden des Burghofs landete.

Eadyth warf einen besorgten Blick über ihre Schulter und überlegte, ob sie zurückgehen sollte, um nach ihm zu sehen. Aber ein Blick auf Eirik reichte, um sie davon abzuhalten. Noch immer nur mit seinem knappen Lendenschurz bekleidet saß er im Dreck und funkelte sie wütend an, sodass sie es für besser hielt, sich ein Versteck zu suchen, bis er sich beruhigt hatte.

Sie war schon fast im Küchengarten, als Eirik sich von hinten auf sie stürzte und sie an der Taille packte. Unter Eiriks Gewicht schlug sie der Länge nach hin und landete mit ihrem Gesicht im Schlamm. Der Regen prasselte auf sie hinunter und verwandelte die Erde um sie herum in einen See aus Schmutz.

Sich mit beiden Händen auf den durchweichten Boden stützend versuchte Eadyth, ihren Kopf und ihre Schultern anzuheben, aber sie konnte sich nicht bewegen. Eirik bedeckte sie von Kopf bis Fuß mit seinem eigenen, viel größeren Körper, sodass sie sogar Schwierigkeiten mit dem Atmen hatte.

»Geh runter von mir, du Trampeltier!«

Eirik drehte Eadyth auf den Rücken, hielt sie aber auch weiterhin mit seinem Körper auf dem Boden fest. Trotz des Regens, der nun nachließ, als die Sonne zwischen den Wolken hervortrat, trotz der Tatsache, dass seine Frau Gemahlin wie eine in Schlamm getauchte Ratte aussah, und trotz seines gewaltigen Ärgers fand Eirik Gefallen an dem Gefühl ihrer weiblichen Rundungen unter seinem harten Körper. Ja, *Rundungen*, erkannte er erfreut; seine Frau war auf jeden Fall nicht das knochige Geschöpf, für das er sie gehalten hatte.

Behutsam veränderte er seine Haltung ein wenig und ließ sie zwischen ihren Schenkeln den Beweis seiner männlichen Begierde spüren.

Sie sog scharf den Atem ein und blickte mit großen Augen fragend zu ihm auf. Rinnsale von Regen hinterließen Streifen in dem Schmutz, der ihr Gesicht bedeckte, und unter ihrem Schleier hing in hässlichen grauen Klumpen ihr nasses Haar hervor.

Irgendwie fühlte Eirik sich aber überhaupt nicht abgestoßen.

Mit einer geschickten Bewegung beider Beine verschränkte er Eadyths Fußknöchel mit den seinen und spreizte ihre Beine.

Durch ihr dünnes, tropfnasses Gewand hindurch ließ er sie dann seine pulsierende Härte an ihrer empfindsamsten Körperstelle spüren – oder zumindest war es die empfindsamste Stelle aller anderen Frauen, die er kannte. Aber vielleicht war seine Frau ja anders.

Ein wohliger kleiner Seufzer entrang sich Eadyths Lippen. »Oh.«

Eirik lächelte. Sie war also doch nicht anders. Und das zu wissen, erfüllte ihn mit einer überwältigenden Befriedigung … und freudiger Erwartung. »Oh?«

»Oh, du bist ein Flegel!«, rief Eadyth in ihrem gewohnt kratzbürstigen Ton und versuchte, ihn von sich wegzustoßen, als sie sich wieder fasste.

»Ich bin also ein Flegel?«, fragte er. »Du weißt noch gar nicht, Teuerste, *was für ein* Flegel ich sein kann.« Und dann griff er mit seiner rechten Hand in den Schlamm und schmierte ihn ihr mit einem schadenfrohen Lachen ins Gesicht. »Das ist für das schmutzige Badewasser, das du mir ins Gesicht geschüttet hast.«

Eadyth prustete und spuckte, bespritzte sein Gesicht mit Schlamm und versuchte, ihn zu kratzen. Aber er ergriff ihre beiden Handgelenke und zog sie ihr mit einer lässigen Bewegung über den Kopf. Dann nahm er eine weitere Hand voll Schlamm, verteilte ihn auf ihren beiden Brüsten und begann ihn mit langsamen, kreisenden Bewegungen auf ihrem nassen Mieder glatt zu streichen. Fasziniert beobachtete er, wie ihre Brustspitzen sich unter dem dünnen Stoff verhärteten.

Und spürte, wie seine eigene Erregung immer stärker wurde.

»Warum tust du das?«, stöhnte sie.

»Weil es mir gefällt.«

Langsam ließ er seine Hüften an den ihren kreisen und beobachtete sie scharf, um ihre Reaktion zu sehen. Sie enttäuschte ihn nicht.

Sie spreizte ganz instinktiv die Beine und bog sich ihm verlangend entgegen. Verträumt schloss sie die Augen und öffnete wie von selbst die Lippen, als ihre Atemzüge immer schneller und flacher wurden. Ihr Körper verriet ihm, was ihre stolze Zunge ihm nicht sagen konnte: Sie begehrte ihn. Nicht weniger, als er sie begehrte.

»Ähem. Ähem.«

Eirik stöhnte laut auf, als er dieses diskrete Hüsteln vernahm und wusste, noch bevor er aufschaute und Britta, Bertha und einige seiner Ritter an der Küchentür stehen sah, dass die Gunst des Augenblicks verloren war.

Eadyth bezwang ihre leidenschaftlichen Empfindungen fast augenblicklich und maßregelte ihn mit zutiefst beschämter Stimme: »Oh, du bist der schlimmste Ehemann der Welt! Unsere Ehe in aller Öffentlichkeit vollziehen zu wollen! Bei helllichtem Tag und dazu auch noch in all dem Dreck!«

»Ist es das, was wir getan haben?«, entgegnete er belustigt. »Nun, ich muss gestehen, so etwas habe ich zum ersten Mal gemacht. Du musst einen schlechten Einfluss auf mich haben. Auf was für andere abwegige Gedanken wirst du mich noch bringen, Frau?«

»Ich? *Ich?*«, schrie sie und versuchte, ihn abzuschütteln.

Er lachte und rührte sich nicht von der Stelle.

Sie biss ihn in die Schulter.

»Au!«

Er biss sie in die Schulter.

Sie schrie noch lauter als er.

Währenddessen staunte ihr Publikum noch immer offenen Mundes über das Schauspiel, das sie boten. Eirik hielt es für an der Zeit, hineinzugehen, bevor sie wirklich ihre Ehe noch vor aller Augen vollzogen. Es hatte aufgehört zu regnen, und das helle Sonnenlicht, das durch die Wolken fiel, ließ Dampf von dem feuchten Erdboden aufsteigen. Nach kurzer Überlegung blickte Eirik auf und rief: »Britta, hol Seife, einen Kamm und ein paar große Leintücher. Und saubere Kleider für mich und meine Frau Gemahlin. Bring sie zur Quelle.«

»Was?«, stieß Eadyth bestürzt hervor.

»Wir gehen baden ... im Teich.«

»*Wir?*«

Eirik hörte die Panik in Eadyths Stimme, aber das scherte ihn nicht im Geringsten. Sie hatte ihn zu weit getrieben. Er hatte lange genug gewartet, um mit seiner Frau zu schlafen, und er würde nicht noch länger warten. Die Wahrheit war, er *konnte* einfach nicht mehr länger warten.

»Ist das ein intimes Spiel, oder darf hier jeder mitspielen?«, fragte eine tiefe Stimme über ihm.

Eirik blickte sich über die Schulter um und sah unmittelbar hinter sich Sigurd auf seinem Schlachtross sitzen. Er war mit dem Tier in den Küchengarten hineingeritten. Eadyth würde einen Wutanfall bekommen, wenn er ihre kostbaren Kräuter zertrampelte.

Aber dann wurde Eirik sich der Bedeutung von Sigurds Auftauchen bewusst, und so erhob er sich und erlöste Eadyth endlich von seinem Gewicht. Doch obwohl er ihr erlaubte aufzustehen, hielt er noch immer fest ihr Handgelenk umklammert und weigerte sich, sie loszulassen.

»Was hast du herausgefunden?«, fragte er aufgeregt, als Sigurd absaß und die Zügel seines Pferdes einem Stallknecht übergab. »Hat sie mich ausspioniert oder nicht?«

Erstaunt blickte Sigurd von Eirik zu Eadyth und wieder zurück, und dann warf er einen vielsagenden Blick auf die noch immer deutlich zu erkennende Ausbuchtung unter Eiriks Lendenschurz. In übertriebener Verzweiflung schüttelte Sigurd den Kopf und lachte. »Mir scheint, das Warten war wohl ziemlich *hart* für Euch, Mylord.«

»Mir scheint, du solltest besser ausspucken, was du weißt, wenn du kein Schlammbad mit uns nehmen willst.«

Sigurd grinste breit und erhöhte die Spannung noch. Aber schließlich sagte er: »Sie ist unschuldig wie ein neugeborenes Kind.«

Diesmal war es Eirik, der von einem Ohr zum anderen grinste. »Bist du sicher? Wo hast du dich erkundigt?«

»In Hawk's Lair. In Jorvik. Sogar auf zwei von Gravelys Landgütern. Ja, ich bin mir sicher. Sie hasst den Mann. Die Menschen, die sie kennen, wissen das. Und sie hatten keinerlei Kontakt mehr, bis er letztes Jahr urplötzlich auftauchte, um seinen Sohn zu suchen.«

»Du hast Spione auf mich angesetzt?«, fragte Eadyth entgeistert und entzog Eirik abrupt ihre Hand. Ihr Gesicht verdunkelte sich vor Zorn. »Wie konntest du das wagen? Oh, wie konntest du nur!« Sie holte aus und stieß Eirik ihre Faust in den Magen.

»Au!« Eirik war so überrumpelt, dass er ausrutschte und wieder in den Schlamm fiel, wobei er Eadyth mit sich zog.

Sie schwenkte ihre Arme und kämpfte wie eine Wilde, um sich zu befreien, während sie sich im Schlamm herumwälzten und sich noch einmal von Kopf bis Fuß damit beschmierten.

»Du arroganter Idiot!« Sie schlug ihn ins Gesicht und versuchte von ihm abzurücken.

»Du eigensinniges Frauenzimmer!« Er packte sie am Fußknöchel und zog sie grob wieder zu sich zurück.

In diesem Moment versteifte sich ihr ganzer Körper, und ihr Gesicht erstarrte zu einer Maske der Verbitterung. Plötzlich schien sie sich an irgendetwas Schmerzliches zu erinnern. »Du hast mich mit einer anderen Frau betrogen«, warf sie ihm vor, als sie sich auf die Knie aufrichtete.

»Habe ich das?« Bis dahin hatte Eirik schon fast vergessen, was zu diesem Bad im Schlamm geführt hatte – das Komplott, das er mit Aarons junger Frau ausgeheckt hatte. War er wirklich so dumm gewesen, zu glauben, er könne seine Frau verärgern, indem er so tat, als wäre er mit einer anderen Frau zusammen, ohne die Folgen zu tragen? »Ach, das war nur eine kleine Scharade, um dich zu ärgern«, gab er unumwunden zu.

»Warum?«, fragte sie und runzelte verwirrt die Stirn.

»Damit du mich nicht in Versuchung führen konntest, unsere Ehe zu vollziehen, bis ...« Eirik brach ab, als er die grenzenlose Wut in ihren veilchenblauen Augen sah. Vielleicht hatte er zu schnell zu viel verraten. Einige Frauen waren leicht erregbar und mussten vorsichtig behandelt werden. In seinem Ärger hatte er vergessen, taktvoll vorzugehen.

»Dich in Versuchung zu führen? *Ich?*«, entfuhr es Eadyth. Dann reckte sie ihr aufsässiges Kinn gen Himmel und drehte den Spieß um. Sie hob ihre Hände, die beide voller Schlamm waren, den er sie nicht einmal hatte aufheben sehen, und schleuderte ihn ihm ins Gesicht. Vorübergehend geblendet setzte er sich auf sein Hinterteil und ließ sie los, um sich die Augen abzuwischen. Als er endlich wieder sehen konnte, stand Eadyth vor ihm, die Hände in die Hüften gestemmt, und funkelte ihn verächtlich an. »Du selbstherrlicher Bastard, du!«

»Ich mag weder deine Ausdrucksweise, Frau, noch deinen Ton.« Als ihm dann plötzlich bewusst wurde, dass sie noch immer ein großes Publikum hatten, brüllte Eirik den Zuschauern an der Küchentür zu: »Fort mit euch! Verschwindet! Ich will mit meiner Frau allein sein.«

Britta kicherte und sagte zu Bertha, sie sähen aus wie zwei sich im Schlamm suhlende Schweine. Bertha lachte anzüglich und machte eine Bemerkung darüber, dass sogar die flachsten Brüste noch zu wackeln schienen, wenn sie mit Schlamm bedeckt waren. Sigurd und Wilfrid lachten nur.

Als Eirik und Eadyth endlich allein waren und einander schwer atmend gegenüberstanden, warf sie ihm vor: »Du hast Nachforschungen über mich anstellen lassen, obwohl ich dir mein Wort gegeben hatte, dass ich ehrlich sein würde. Du dachtest, ich würde ein Komplott mit deinem ärgsten Feind – und *meinem* ärgsten Feind schmieden. Und du hattest vor, mit einer anderen Frau ins Bett zu gehen, nur um meine dir widerwärtige Nähe zu vermeiden. Ich könnte dich ja aus Versehen berühren.«

»Widerwärtige?«, stieß er hervor. »Mylady, du leidest unter Wahnvorstellungen, wenn du nicht merkst, dass ich mich nach deinem Körper verzehre und danach sehne, von dir berührt zu werden.«

»Wirklich?« Die Freude, die für einen Moment ihr Gesicht erhellte, verschwand wieder, als ihr die volle Bedeutung seiner Worte klar wurde. »Soll das heißen, dass du diese Szene mit der Maurin in deinem Schlafzimmer mit voller Absicht inszeniert hast?«

»Ich wiederhole es noch mal, es war nur ein kleiner Trick. Ich hatte nicht die Absicht, mit der jungen Frau ins Bett zu steigen. Sie ist mit einem meiner Männer verheiratet.«

»Wie arglistig von dir!«

Er zog spöttisch eine Braue hoch.

Eadyth blinzelte, um die Tränen zurückzuhalten, die in ihren Augen aufstiegen.

Für einen Moment verspürte Eirik tatsächlich Gewissensbisse. »Ich musste mir sicher sein können«, verteidigte er sich.

»Warum konntest du mich dann nicht fragen? Ich hätte dir die Wahrheit gesagt.«

»Hättest du das?«, entgegnete er leise.

Er wusste es.

In diesem Moment bemerkte Eadyth, dass Eirik sie mit seinen blauen Augen auf ganz andere Art als sonst ansah, und begriff, dass er von ihrer Maskerade wusste. Damit verstand sie auch, warum er sich während der letzten Tage so eigenartig verhalten hatte.

»Wie lange?«, fragte sie und wich beunruhigt zurück. »Wie lange hast du es schon gewusst?«

Er zuckte mit den Schultern. »Lange genug.«

»Bist du ... böse auf mich?«

Er nickte und trat einen Schritt näher.

Sie trat einen Schritt zurück.

»Nun, ich bin auch böse auf dich.«

»Ach?« Er trat wieder auf sie zu.

Diesmal zog sie sich gleich zwei Schritte zurück. »Du hast mir nachspioniert.«

»Aus gutem Grund.«

»Vielleicht hatte ich ja auch einen guten Grund für meine ... meine harmlose kleine Maskerade.«

Eirik grinste über ihre Wortwahl, und Eadyth merkte, dass er ihr zwei Schritte nähergekommen war, während sie gesprochen hatte. Sie trat fünf Schritte zurück, um mehr Distanz zwischen sich und diesen Mann, der ihr schier den Verstand raubte, zu bringen, und er lächelte sie auf eine Art und Weise an, die ihr ganz und gar nicht gefiel. Sie kam sich wie ein hilfloser, von einer klugen alten Katze gejagter Vogel vor.

»Vielleicht solltest du mich dann vielleicht einmal über deine Motive aufklären«, sagte er und rieb sich nachdenklich seine schlammbedeckte Oberlippe.

»Du siehst lächerlich aus, wie du praktisch splitternackt und von Kopf bis Fuß mit Schlamm bedeckt da stehst«, bemerkte Eadyth ohne nachzudenken. Denn eigentlich sah er bemerkenswert lebendig und alarmierend gut aus, wie sie sich eingestehen musste. Aber das würde sie ihm natürlich niemals sagen.

Ein mutwilliges Funkeln trat in Eiriks schöne helle Augen. »Ah, dann ist es nur gerecht, dass wir das ausgleichen.«

Eadyth runzelte verwirrt die Stirn. Sie hatte gesagt, dass er so *nackt* und mit *Schlamm* bedeckt, wie er war, lächerlich aussehen würde. Als sie an sich herabblickte, sah sie, dass auch sie von Kopf bis Fuß vor Dreck starrte. Damit blieb nur . . .

Sie starrte ihn sprachlos an. Das würde er nicht wagen!

Eirik griff nach ihr.

Also offensichtlich doch.

Ohne Eadyths protestierendes Geschrei zu beachten, warf Eirik sie sich einfach über seine Schulter. Als sie den Teich erreichten, schüttelte er den Kopf über ihre undamenhafte Ausdrucksweise.

Gott ja, er liebte einen guten Kampf, und diese eigensinnige, überhebliche und kratzbürstige Ehefrau würde ihm in dieser Hinsicht noch so manchen Spaß bereiten. Ohne das geringste Zögern watete Eirik bis zu den Knien in das eisig kalte Wasser des von einer Quelle gespeisten Teichs. Trotz der inzwischen warm auf sie hinunter scheinenden Sonne würde es wegen des gerade erst gefallenen Regens ein erfrischendes und vor allem ziemlich kaltes Bad werden. Eirik grinste breit und ließ Eadyth mit Kleidern, Schuhen und allem Drum und Dran ins Wasser fallen.

Prustend tauchte sie wieder auf und schrie ihm jedes Schimpfwort zu, das ihr gerade einfiel. »Du widerlicher Flegel! Du einfältiger Kretin! Du verdammtes Scheusal! Du Lustmolch!«

Schamlos nahm Eirik seinen Lendenschurz ab und kam langsam auf sie zu. »Dann wollen wir doch mal sehen, was ich mir mit dieser Heirat erworben habe, Frau.«

»Erworben? Erworben? Du hast mich nicht gekauft, du Strolch. Wenn überhaupt, habe *ich* dich mit meiner Mitgift gekauft«, kreischte sie und versuchte, trotz ihrer vollkommen durchnässten, schwer an ihrem Körper herunterhängenden Kleidung so würdevoll wie möglich an ihm vorbei zum Ufer zurückzuwaten. Ihren Schleier und ihr Stirnband hatte sie bei ihrem unfreiwilligen Bad verloren, und durch den nassen Stoff ihres Gewands zeichneten sich auf verführerische Weise die Konturen ihres Körper ab.

Ihre ärgerlichen Worte entlockten Eirik ein belustigtes Grinsen, und er zwang sich, seinen Blick von den klar zu erkennenden Umrissen ihrer Brüste, Hüften und langen Beine loszureißen. »Nun, dann werden wir eben beide unsere Errungenschaften begutachten.«

Als Eirik ihr durch das flache Wasser nachging, blickte sie sich um und sog scharf den Atem ein, als sie bemerkte, dass er seinen Lendenschurz abgelegt hatte. »Hast du denn gar kein Schamgefühl?«

»Überhaupt keins.«

Und dann begann er, auch sie von ihren Kleidern zu befreien, was kein leichtes Unterfangen war, so wie sie ihn trat und kratzte und ihm pausenlos Vergeltung schwor.

»Wag es nicht, mich anzufassen ... oh, jetzt hast du mein Kleid zerrissen, du ungeschickter Tölpel.«

»Hör auf, so herumzuzappeln. Du bist glitschig wie ein Aal. Au! Du hast mich gekratzt. Es blutet sogar!«, rief er fassungslos und drückte sie unter das Wasser.

»Du Schuft!«, rief sie, nachdem sie prustend wieder aufgetaucht war, und warf sich gegen seine Brust, um ihn umzustoßen und sich auf seine Brust zu knien. Seine Nase brannte, und er entkam nur knapp einer Entmannung, als sie versuchte, ihm ihr Knie in den Unterleib zu stoßen.

»Eadyth! Es wird Zeit, sich wie eine Ehefrau und nicht wie ein Fischweib aufzuführen.«

»Ha! Es wird Zeit, sich wie ein galanter Ritter und nicht wie ein rüder Flegel zu benehmen.«

»Flegel!«, stieß er hervor. »Wir werden sehen, wer hier der Flegel ist. Ich habe endgültig genug von deinem Ungehorsam und deinem undamenhaften Benehmen.« Und damit riss er ihr auch schon ohne jede Rücksichtnahme grob das Kleid und ihre Unterwäsche vom Leib.

»Sieh dir nur an, was du mit meinen Schuhen angestellt hast! Oh, du wirst für den Schaden bezahlen, den du meinen Sachen zugefügt hast.«

Aber Eirik grinste nur über ihre weichen Lederschuhe, die an ihnen vorbeischwammen, und zerrte ihr die Strümpfe von den Beinen.

Als er sie bis auf die Haut entkleidet hatte, gab Eadyth ihm keine Gelegenheit, ihre körperlichen Reize zu begutachten. Mit einer blitzschnellen Bewegung entzog sie sich ihm, stürzte sich ins Wasser und schwamm so hastig von ihm weg, dass ihm nur ein kurzer Blick auf ihren nackten Po und ihre herrlich langen Beine vergönnt war.

Eirik lächelte.

Er schnappte sich die Seife, die Britta am Ufer zurückgelassen hatte, schwamm Eadyth nach und holte sie schon nach wenigen kräftigen Stößen ein. Dann packte er sie mit einer Hand am Haar, zog sie zum Rand des Teichs zurück und setzte sich ans Ufer, wo er sie zwischen seine Knie zog. Ihre Schreie waren bestimmt bis nach Jorvik zu hören.

»Kehr mir von heute an nie wieder den Rücken zu, du gottlose wikingische Bestie, denn ich werde es dir zehnfach heimzahlen!«

»Ich zittere schon vor Angst, Mylady.« Bevor sie sich umdrehen und ihn womöglich doch noch entmannen konnte, seifte Eirik schnell ihr Haar ein und tauchte ihren Kopf dann unter Wasser. Dreimal wiederholte er die Prozedur und ignorierte ihre Empörungsschreie über seine rohe Behandlung.

Als er schließlich sicher sein konnte, auch das letzte Fett aus ihren Haaren gewaschen zu haben, erlaubte er Eadyth aufzustehen. Erbost warf sie ihr langes, nasses Haar über ihre Schulter und stürmte von ihm fort, bevor er eine Chance bekam, sich ihren Körper genauer anzusehen. Na ja, dachte er, dazu würde er später noch genug Gelegenheit bekommen.

Für seine eigene Körperpflege watete er an eine Stelle, an der das Wasser etwas tiefer war. Gründlich schäumte er sein Haar und seinen Körper ein und tauchte immer wieder unter, bis auch der letzte Schmutz beseitigt war. Als er nach geraumer Zeit dann aus dem Wasser stieg, stand Eadyth schon voll angekleidet in einem gegürteten Gewand aus lavendelfarbener Seide am Ufer und kämmte ihr langes Haar.

Und sie sah bezaubernd aus.

Britta – der Himmel möge es ihr danken – hatte offenbar keine Unterkleider für seine Frau Gemahlin mitgebracht, denn der dünne Stoff ihres Gewands brachte ihre weiblichen Rundungen hervorragend zur Geltung. Sie war schlank, wie er ursprünglich gedacht hatte, aber nicht knochig oder hässlich. Wieder schalt er sich im Stillen, ein solch schwachsichtiger Narr zu sein.

Seine Mundwinkel verzogen sich zu einem erwartungsvollen Lächeln, als er nach einem Leinentuch griff, sich schon fast aufreizend langsam damit die Feuchtigkeit vom Körper abtupfte und Eadyth unentwegt beobachtete.

Auch sie beobachtete ihn sehr genau.

Eirik spürte, wie seine Männlichkeit sich unter ihrem festen Blick zu regen begann.

Sie errötete und wandte das Gesicht ab.

»Wir werden nun endlich unsere Ehe vollziehen. Das ist dir doch klar, Eadyth, nicht wahr?«

Sie zögerte und biss sich auf die Unterlippe, bevor sie widerstrebend nickte. »Aber glaub ja nicht, dass ich für dich einen Kopfstand machen werde.«

Eirik schaute sie aus großen Augen an. »Nun, jetzt, wo ich sehe, dass du nicht *so sehr* wie das Hinterteil eines Maultiers aussiehst, wird das vielleicht auch gar nicht nötig sein.«

Eadyth warf ihm einen Blick zu, der klar besagte, dass er derjenige war, der dem Hinterteil eines Maultiers ähnlich sah. »Und bilde dir bloß nicht ein, dass ich dir eine von diesen Fünfstundenkerzen für deine schamlosen Zwecke geben werde«, setzte sie kratzbürstig hinzu.

»Wie bitte?«

Sie winkte ab. »Du weißt schon ... für dieses Spielchen mit der fünfblättrigen Lotusblume, mit dem du herumgetönt hast. Oh, ich weiß, dass ich dem Ehebett nicht mehr entkommen kann, aber glaub ja nicht, dass du mich dazu bewegen kannst, deine Perversionen zu unterstützen.«

Da dämmerte es Eirik, und er lachte laut. Ach, du liebe

Güte! Eadyth hatte ihm seine haarsträubende Geschichte über fünfstündiges sinnliches Vergnügungen tatsächlich abgekauft und erwartete nun vermutlich eine solche Darbietung von ihm in ihrer Hochzeitsnacht.

»Ah ... hilf meiner Erinnerung auf die Sprünge, Eadyth ... wie viele Male, sagte ich, erreicht die Frau ihren Höhepunkt an einem Abend?«

»Ich weiß es nicht mehr genau«, antwortete sie errötend. »Sieben oder acht Mal, glaube ich.«

»Sie ... sieben oder acht Mal?«, fragte er, erstaunt über seine eigenen fantastischen Geschichten. Dann fiel ihm etwas anderes ein. »Und wie oft, sagte ich, erreicht der Mann während dieser fünfstündigen Begegnung seinen Höhepunkt?«

»Zwölf Mal«, erwiderte sie ohne Zögern.

Eirik gab einen erstickten kleinen Laut von sich und trat näher, nahm Eadyth den Kamm aus der Hand und warf ihn auf den Boden. Er umfasste ihre schmale Taille, die er mit seinen großen Händen fast vollständig umspannen konnte, und zog sie an sich, bis ihre Körper sich berührten.

Dann senkte er den Kopf und murmelte an ihren Lippen: »Eadyth, meine Teuerste, ich fürchte, ich werde es keine fünf Minuten durchhalten, geschweige denn fünf Stunden.«

»Ah, das hätte ich mir ja denken können. Männer prahlen immerzu mit Fähigkeiten, die sie nicht besitzen.«

Mit der Zungenspitze berührte er das kleine Muttermal über ihren Lippen und zeichnete die Umrisse ihres wohlgeformten Mundes nach. »Höre ich da eine Herausforderung, Frau?«

»Nein, darin sind wir uns ausnahmsweise einmal einig. Ich halte nichts von ausgedehnten Liebesspielen. Ich würde es lieber einfach nur schnell hinter mich bringen«, entgegnete sie in einem abwehrenden, aber nicht sehr überzeugend klingenden

Ton und legte den Kopf zurück, um Eiriks Lippen zu entkommen. Ihre Bewegung verschaffte ihm aber nur einen besseren Zugang zu der glatten Haut an ihrem schlanken Nacken.

»Ah, aber da täuschst du dich, Frau. Wir werden unsere Fünfstundenkerze auf jeden Fall anzünden«, sagte er, während er mit den Lippen ihre warme Haut liebkoste. »Und ich verspreche dir ein lang anhaltendes Vergnügen ... auch wenn wir beide wieder und wieder den Gipfel der Ekstase erreichen müssen, bis wir es hinbekommen.«

Eadyth fehlten in diesem Moment wieder einmal die Worte. Aber der wild pochende Puls an ihrem Nacken zuckte verräterisch an Eiriks Lippen.

13. Kapitel

Als Eirik und Eadyth zur Burg zurückgingen, legte er einen Arm um ihre Schulter.

Sie funkelte ihn an.

Er zwinkerte ihr zu.

Was für eine Art von Ehemann zwinkert seiner Frau zu?

Eadyth duckte sich, um sich ihm zu entziehen, und rückte ein Stück von ihm ab. »Hör auf, mich zu necken«, verlangte sie und begann mit großen Schritten voranzugehen.

»Ich?«, rief der Flegel ihr in gespielter Unschuld nach. »Dich necken? Ich verhielt mich nur so, wie ein Ehemann sich verhalten sollte. Übrigens hatte Tykir recht mit dem, was er über deine Hüften meinte.«

Sie schaute sich über ihre Schulter um und sah, dass sein Blick ganz ungeniert auf ihr Gesäß gerichtet war. Heilige Maria Mutter Gottes, dieser Mann konnte wirklich nur an eines denken! Sie blieb stehen und wartete, bis er sie eingeholt hatte. Sie würde ihm nicht in diesem schon beinahe durchsichtigen Seidenkleid ihren Po zur Schau stellen, allzumal Britta es versäumt hatte, ihr ein Hemd oder irgendwelche Unterwäsche mitzubringen.

»Du solltest dich wirklich langsam an meine Berührungen gewöhnen, Eadyth«, bemerkte er leichthin, während er versuchte, seine Finger mit den ihren zu verschränken.

Sie stieß seine Hand fort. »Warum?«

»Weil ich die Absicht habe, das sehr oft zu tun.«

Sie runzelte die Stirn, weil sie zuerst nicht ganz verstand, was er meinte. Als sie dann jedoch begriff, dass er von seiner Absicht sprach, sie sehr oft zu *berühren*, kroch eine heiße Röte von ihren sich plötzlich seltsam schwer anfühlenden Brüsten über ihr Dekolleté in ihr ohnehin schon hochrotes Gesicht. »Du … du … Wüstling«, stammelte sie, während sie nach den richtigen Worten suchte, um ihm klarzumachen, dass sie nichts von seinen Spielereien hielt. Er hatte es doch bestimmt nicht ernst gemeint. Er hänselte sie nur, um sie in Wut zu bringen. Oder zumindest dachte sie das, bis sie seinen auf ihre Brust gerichteten anerkennenden Blick bemerkte.

Sie sah an sich hinab und stöhnte beinahe laut. Ihre Brustspitzen hatten sich aufgerichtet. *O Gott*. »Kann es sein, dass du ein bisschen abartig bist, Eirik?«

Er lachte, und die winzigen Fältchen um seine Augen vertieften sich und ließen ihn sogar noch anziehender erscheinen. Er hatte sein dichtes schwarzes Haar zurückgestrichen. Die warme Sonne hatte es wie auch die Haut unter seiner kurzärmeligen, am Nacken weit ausgeschnittenen Tunika bereits fast getrocknet. Seine frisch gewaschene, sonnengebräunte Haut schimmerte und vollendete das Bild seiner Gesundheit, Lebenskraft und unverfälschten Männlichkeit. Ja, ihr Ehemann war wirklich geradezu sündhaft gut aussehend. Und eine Gefahr für ihre hart erkämpfte Unabhängigkeit.

»Nein, Eadyth, ich bin nicht abartig.«

»Warum sprichst du dann so häufig über Berührungen und Beischlaf?«

»Vielleicht, weil es lange her ist, seit ich das eine oder das andere hatte.«

Das überraschte sie. Sie hätte ihn gerne gefragt, wie lange es her war, da sie davon ausgegangen war, dass er seine Geliebte in der Zeit zwischen ihrer Verlobung und seiner Rückkehr vor einigen Tagen nach Ravenshire besucht hatte. Aber sie konnte ihn nicht fragen. Mit einer solchen Frage würde sie erkennen lassen, dass sie ihm Zuneigung entgegenbrachte. Und sie brachte weder ihm noch irgendeinem anderen Mann Zuneigung entgegen. Sie konnte es nicht. *Oh Gott*.

»Drei Monate«, sagte er, ihre unausgesprochene Frage beantwortend.

Ihre Augen weiteten sich, und gegen ihren eigenen Willen spürte sie, wie ein erfreutes kleines Kribbeln sie durchlief. Sie zwang sich, ihre kühle Haltung zurückzugewinnen, und bemerkte so gleichgültig, wie es ihr möglich war: »Nun, ich nehme an, das ist eine lange Zeit für einen Mann, doch sicherlich misst du dem Paarungsakt zu viel Bedeutung bei.«

»Nur dem Paarungsakt zwischen Ehemann und Ehefrau«, berichtigte er sie mit einem schwachen Grinsen.

Sie schwenkte abwehrend die Hand. »Man, Frau. Ehemann, Ehefrau. Letztlich ist es nur ein stark überbewerteter körperlicher Akt. Wie Essen. Oder Gähnen. Und von zu kurzer Dauer, um eine solche Bedeutung zu verdienen. Oh, ich kann mir natürlich vorstellen, dass er für einen Mann angenehm ist. Zumindest brüsten Männer sich ja oft genug damit, aber ich denke, dass es für viele Frauen nur ein lästiges Ärgernis ist.«

Eirik warf ihr einen erstaunten Seitenblick zu und schüttelte dann langsam seinen Kopf. »Gähnen? Ach, Eadyth, es wird mir ein Vergnügen sein, dich vom Gegenteil zu überzeugen.«

»Ich will deine sündhaften Belehrungen nicht.«

»Es gibt nichts Sündhaftes an einem *guten* Liebesakt zwischen Mann und Frau.«

»Gut. Schlecht. Das macht keinen Unterschied für mich.«

»Das wird es aber.«

»Ha!«

Eirik streckte die Hand aus und nahm eine lange Strähne

ihres lockigen Haars zwischen seine Finger. Mit einem sinnlichen Lächeln rieb er sie zwischen Daumen und Zeigefinger und hob das Haar dann, ohne den Blick von Eadyths Augen abzuwenden, an seine Lippen. »Ich habe den Eindruck, meine prüde kleine Frau Gemahlin, dass du eine völlig falsche Vorstellung vom Liebesakt hast. Wenn es nach dir ginge, würde sicher alles schnell und sauber, leise und beherrscht vonstatten gehen. Du würdest es genauso glatt und reibungslos erledigen, wie du auch deinen Haushalt führst.«

Diesmal reckte sie nur ärgerlich das Kinn und weigerte sich, auf seine Sticheleien einzugehen.

Er lachte leise und fuhr fort: »Tja, dann lass dir von mir sagen, meine Liebe, dass ein guter Liebesakt lang … und feucht … und unsauber … und laut … und sehr, sehr heiß ist.«

Heiß? Feucht? O Gott. Eadyth konnte gar nicht anders, als ihn mit offenem Mund anzustarren. »Siehst du, was ich meine?«, erklärte sie schließlich ärgerlich. »Du machst dich fortwährend lustig über mich. Das Einzige, was ich wollte, war ein Ehemann, der meinen Sohn beschützt, und eine gesetzliche Vereinbarung.« Vor lauter Wut schloss sie die Augen und knirschte mit den Zähnen.

»Und ich will mehr.«

Eiriks leise Worte erschreckten Eadyth, und als sie die Augen wieder aufschlug, sah sie das hungrige Verlangen in seinem eindringlichen Blick. *Hungrig? Wonach? Oh nein, das kann nicht sein … oh, ganz gewiss doch nicht nach mir.*

Sie stolperte, und Eirik legte rasch einen Arm um ihre Taille, um sie zu stützen. Die bloße Berührung seiner Hände an ihrer nur mit dünner Seide bedeckten Haut genügte, um ihr Herz zum Rasen zu bringen und sie mit einem wohligen Erschauern zu durchfluten. Oh ja, seine Berührung fühlte sich so erstaunlich gut an, dass sie diesen Moment am liebsten eingefangen hätte, um ihn immer wieder von neuem zu durchleben.

Das war die Süße, von der sie als junges Mädchen geträumt hatte, bevor Steven von Gravely ihre Illusionen zerstört hatte. Ihr Mund öffnete sich zu einem leisen Stöhnen der Verzweiflung über ihren nachlassenden Widerstand Eiriks Verführung gegenüber.

Eirik sog scharf den Atem ein, da er ihre unfreiwillige Reaktion auf ihn anscheinend nur zu gut verstand.

Bevor sie sich abwenden und davonlaufen konnte, wie sie es wahrscheinlich besser hätte tun sollen, bevor das Feuer in seinen Augen sie bei lebendigem Leib verbrennen konnte, zog Eirik sie ganz fest an seine harte Brust. Dann umfasste er mit beiden Händen ihre Taille, hob sie hoch, bis ihre bloßen Zehen über dem weichen Gras baumelten, und ging mit ihr zu einem in der Nähe stehenden Baum.

Als sie die grobe Rinde des Baums in ihrem Rücken spürte und mit ihren Füßen gerade eben den Erdboden berührte, presste Eirik seine Hüften an ihren Bauch und begann ihr zu zeigen, was er gemeint hatte, als sie über ›Berührungen‹ gesprochen hatten.

»Wie hübsch du bist ... so hübsch«, murmelte er an ihrem Nacken, während seine Hände ihren Körper in Aufruhr versetzten, als sie über die glatte Seide ihres Kleids an ihren Oberschenkeln und an ihrem Rücken strichen.

»Nicht ... oh, hör bitte auf, du Wüstling«, stieß sie mit erstickter Stimme hervor und versuchte, seine Handgelenke zu ergreifen, aber er war viel zu schnell für sie. Seine Hände waren überall zugleich.

»Ich kann nicht aufhören, Eadyth ... ich kann nicht«, murmelte er rau und biss sie spielerisch ins Ohr.

»Ich fühle mich so schamlos ...«

»Eine schamlose Ehefrau«, sagte er nachdenklich. »Hm. Ich glaube, das gefällt mir, Eadyth. Sehr sogar.«

Dann, als wäre ein Damm gebrochen, überhäufte er sie geradezu mit Zärtlichkeiten, völlig außer Kontrolle und ohne sich um ihre Klagen über die Unziemlichkeit seiner Berührungen an ihren intimen Stellen zu sorgen, die er so hemmungslos für sich beanspruchte. Als er seine breite, mit einer wollenen Tunika bekleidete Brust an ihrem mit dünner Seide bedeckten Busen rieb, erschauerte Eadyth von den exquisiten Empfindungen, die er damit in ihr hervorrief.

»Das wusste ich nicht«, sagte Eadyth staunend.

»Ich schon«, erklärte er mit aufreizender Arroganz.

Sie wollte noch mehr sagen, aber sie war zu überwältigt von dem sinnlichen Prickeln, das ihre Haut überlief und in Windeseile auf ihren ganzen Körper übergriff.

»Ich will mich nicht so fühlen«, stöhnte sie.

»Doch, das willst du«, widersprach er und bewegte seine warmen Lippen näher an die ihren. Gleichzeitig umfasste er mit beiden Händen ihren Po, auf eine solch schockierende Art und Weise, dass sie sich davon abgestoßen hätte fühlen müssen, es aber ganz und gar nicht tat, und zog sie noch fester an den Beweis seiner Begierde.

»Willst du, dass ich dich küsse, Eadyth?«, flüsterte er an ihren Lippen.

»Nein«, log sie, weil sie noch immer versuchte, gegen das rasende Feuer anzukämpfen, das sie und alles, was ihr im Leben wichtig war, zu verzehren drohte.

»Warum zitterst du dann so?«

»Vor Ekel.«

Er lachte leise über ihren Widerstand und legte seine rechte

Hand an ihre linke Brust. Sanft strich er mit dem Daumen über ihre zarte Knospe, bis ihre Brust sich seltsam schwer anfühlte und eine fast schmerzhafte Sehnsucht nach etwas in ihr erwachte, das Eadyth nicht einmal benennen konnte. Dann tat Eirik das Gleiche mit seiner linken Hand und ihrer rechten Brust.

Eadyth glaubte in einem Meer der Ekstase zu versinken.

»Fühlt sich das gut an?«, fragte er mit belegter Stimme.

Sie konnte nicht sprechen und schüttelte daher nur stur den Kopf.

»Du lügst, Eadyth«, sagte er mit einem wissenden Lächeln. »Deine Lippen sind einladend geöffnet. Deine Augen, deine wunderschönen, veilchenblauen Augen, sind dunkel vor Leidenschaft. Und deine Beine haben sich intuitiv für unserer Vereinigung geöffnet.«

Entsetzt blickte Eadyth an sich herab und sah, dass sie wirklich ihre Beine gespreizt hatte, um ihn zu noch intimeren Zärtlichkeiten anzuregen.

»Oh ... oh ... siehst du, was du mit mir machst? Ich bin eine sündige, schamlose Person geworden!«

»Nein, keine schamlose Person, sondern meine Frau«, sagte er mit belegter Stimme und strich ganz leicht mit seinen warmen Lippen über die ihren – um sie zu verführen, zu betören und ihr Verlangen nach mehr zu wecken. »Sag mir, was du willst, Eadyth ... sag es mir ... sag es«, redete er ihr zu.

»Ich will, dass du mich küsst, und das weißt du ganz genau«, kapitulierte sie schließlich und presste ihre Lippen auf die seinen.

Eirik schnappte überrascht nach Luft, und dann vermischte sich sein warmer Atem mit dem ihren, als er leicht den Kopf bewegte, um seine festen Lippen den ihren besser anzupassen und den Kuss noch zu vertiefen. Oh, welch wonnevolles Gefühl das war! Als seine Zunge zwischen ihre Lippen glitt, schlang Eadyth ihre Arme um seine breiten Schultern und seufzte vor Verlangen nach dem, was er ihr gab, und nach noch viel mehr.

Sie hatte nicht gewusst, dass ein Kuss so erotisch sein konnte, dass er die Widerstandskraft einer Frau erlahmen ließ. Ihr schwirrte der Kopf von all den köstlichen Sinneseindrücken, die auf sie einstürmten, sie umgaben und umringten – der Geschmack von Eiriks Mund, ein Windhauch, der den süßen Duft von Klee mitbrachte, ihr eigenes und Eiriks unruhiges Atmen, das Summen einer Hornisse, das Gefühl von Eiriks langen Fingern in ihrem Haar, der wundervolle Duft der sonnengewärmten Haut ihres Mannes, das Schnauben eines Pferdes …

Das Schnauben eines Pferdes! Eadyth löste ihre Lippen von seinem Mund und riss die Augen auf. Als sie einen Blick über Eiriks Schulter warf, sah sie zu ihrem Schrecken, dass Wilfrid und mehrere von Eiriks Männern nicht weit entfernt von ihnen auf ihren Pferden saßen und vergnügt das unerhörte Schauspiel beobachteten, das sie und Eirik ihnen geboten hatten.

Beschämt versuchte sie, ihren Mann von sich wegzuschieben, und zischte ihm mit erstickter Stimme zu: »Wir bekommen Besuch.«

Eiriks hellblaue Augen hatten sich vor Verlangen verdunkelt, und seine sinnlichen Lippen waren von ihrem leidenschaftlichen Kuss leicht geschwollen. Heilige Maria Mutter Gottes, wie musste sie da erst aussehen? Wie eine Dirne, dachte Eadyth schaudernd.

»Was ist?«, fragte Eirik, und seiner Stimme war deutlich anzuhören, wie viel Kraft es ihn kostete, sich zurückzuhalten. Seine Augen glühten immer noch vor Leidenschaft.

»Deine Männer sind hier, und sie begaffen uns«, klärte sie ihn flüsternd auf.

Plötzlich hellwach blickte Eirik über seine Schulter und nickte seinen Männern freundlich zu, als ob es etwas ganz Alltägliches wäre, seine Frau in aller Öffentlichkeit zu umarmen. Als ob sie nicht aus einem ganz besonderen Grund hier wären.

»Ich muss deinen Männern ja wie eine schrecklich wollüstige Person erscheinen. Oh, ich werde dir nie verzeihen, dass du mich derart in Verlegenheit gebracht hast!«

»Wirklich?«, entgegnete er schmunzelnd. »Nun, dann solltest du dich besser daran gewöhnen, verlegen zu sein, denn mir gefällt die Vorstellung, eine wollüstige Frau zu haben.« Und dann zwinkerte er ihr zu und kniff sie schamlos in den Po, bevor er sich anschickte, zu seinen Männern hinüberzugehen.

Sie zog ihn zurück.

Er zog fragend eine Augenbraue hoch. »Hast du es dir schon anders überlegt?«

»Nein, natürlich nicht, du Tölpel. Dreh dich nicht um, oder du wirst uns beide sogar noch mehr beschämen, als du es ohnehin bereits getan hast!«

Ohne die geringste Verlegenheit blickte er an sich herab. »Du hast recht.«

Und dann schob er sie vor sich und ging hinter ihr zu Wilfrid und den anderen hinüber, die auf ihren Pferden saßen, ihre Zügel vor- und zurückschnellen ließen und von einem Ohr zum anderen grinsten.

»Mir scheint, Ihr habt der Biene ja schließlich doch noch das Honigmachen beigebracht«, bemerkte Sigurd, der Wikinger, sehr ungalant. Ein anderer Mann im Hintergrund gab ein leises summendes Geräusch von sich.

Und Eadyth wäre am liebsten im Erdboden versunken.

Aber Eirik und seine Männer vergaßen sie schon bald, als Wilfrid Eirik besorgt darüber informierte, dass gerade ein Bauer gekommen war, um ihnen mitzuteilen, dass noch mehr Rinder abgeschlachtet worden waren, diesmal auf einem Gehöft nicht weit von Ravenshire. Und da bemerkte Eadyth erst Eiriks gesatteltes Schlachtross, das die Männer für ihn mitgebracht hatten.

»Ich dachte, Ihr würdet es sogleich erfahren wollen«, beendete Wilfrid seine Erklärung und warf Eadyth einen entschuldigenden Blick zu.

»Ja, ihr habt gut daran getan, zu mir zu kommen. Wir werden der Sache jetzt auf der Stelle nachgehen.«

»Dann gehe ich jetzt besser zur Burg zurück«, bemerkte Eadyth, um einen beiläufigen Ton bemüht. Sie wollte verbergen, wie froh sie über diese vorübergehende Erholungspause von Eiriks verführerischer Gegenwart und die Gelegenheit war, ihre Barrieren wieder errichten zu können.

Aber ihr Ehemann hatte andere Pläne.

Sein Pferd am Zügel mit sich führend kam Eirik zu ihr zurück. Ein geheimnisvolles kleines Lächeln umspielte seine Lippen. »Nein.«

»Nein? Was soll das heißen, nein?« Eadyths Stimme verriet sie, denn sie war ganz schrill geworden vor Bestürzung.

»So leicht entkommst du mir von jetzt an nicht mehr, Teuerste. Du wirst uns begleiten. Es wird auf jeden Fall ein angenehmer kleiner Ausritt sein. Und du brauchst auch keine Angst um deine Sicherheit zu haben. Ich werde dich vor allen Bösewichten beschützen.«

Ha! Und wer wird mich vor dir beschützen? »Ich kann nicht mit euch reiten«, protestierte sie, und senkte dann ihre Stimme, damit Eiriks Männer sie nicht hören konnten. »Ich habe keine Unterwäsche an.«

»Ich weiß«, sagte Eirik mit einem spitzbübischen Lächeln.

Er weiß es? Aber ja, natürlich weiß er es nach all diesem Berühren und Betasten! «Ich weiß nicht, wie Britta so unbedacht sein konnte, mir nur mein Übergewand hierher zu bringen. Und dazu auch noch mein bestes Seidenkleid!«

Eirik grinste, als wüsste er ganz genau, was Britta damit beabsichtigt hatte. Dieser Flegel! Eadyth verzog verächtlich die Lippen. »Es ist unerhört.«

»Ich weiß.«

Sag das noch einmal, dann mache ich dir einen Knoten in die Zunge, Herr Gemahl. »Ist es dir denn egal, ob die anderen es merken werden?«

»Niemand außer mir kann wissen, dass du unter dieser dünnen Seide nackt bist«, erwiderte er achselzuckend und befingerte den Ärmel ihres Kleids. »Verstehst du das denn nicht? Das ist doch gerade das Verführerische – dass ich weiß, dass du nackt bist, nur für mich.«

O Gott. Er tut es schon wieder. Macht mich ganz heiß und kribbelig. »Ich tue es trotzdem nicht.«

»Ich kann mich nicht erinnern, dass ich dir die Wahl gelassen habe.«

Eadyth erkannte, dass es keinen Sinn hätte, auf ihrer Weigerung zu beharren. Dies war weder der richtige Moment noch der richtige Ort, um sich mit ihrem Mann auseinanderzusetzen. Vor seinen Männern würde er ohnehin nicht nachgeben. »Na schön, dann lass mein Pferd holen«, gab sie widerstrebend nach.

»Dazu bleibt uns keine Zeit mehr«, sagte Eirik mit einem beunruhigenden Lächeln und verschränkte seine Arme vor der Brust, als wolle er sie dazu herausfordern, sich ihm zu widersetzen.

Was führst du nun schon wieder im Schilde, Herr Gemahl?

Als sie nicht widersprach, obwohl sie stark versucht war, es zu tun, setzte er hinzu: »Du wirst bei mir mitreiten.«

»In einem seidenen Kleid? Bist du jetzt komplett verrückt geworden?«

»Aber, aber! Was für eine Ausdrucksweise. Ich werde dir bessere Manieren beibringen müssen, Frau.«

Ja, ich glaube wirklich, dass ihm ein Knoten in seiner Zunge gut zu Gesicht stünde.

Dann, bevor sie auch nur ahnen konnte, was er vorhatte, beugte er sich vor, fasste den Saum ihres Kleids vorne zusammen, zog ihn hoch und drückte ihn ihr in Taillenhöhe in die Hand. Einen Moment starrte sie entgeistert auf die bauschigen Hosenbeine, die dadurch entstanden waren und sie an den Aufzug einer Wäscherin erinnerten. Doch bevor sie protestieren konnte, hob er sie auf, setzte sie auf sein Pferd und schwang sich hinter ihr in seinen Sattel.

Mit weit gespreizten Beinen saß sie auf dem mächtigen Schlachtross, und ihre nackten Waden und Füße schauten unter ihrem hochgezogenen Kleidersaum hervor. Dann setzte sich das Pferd in Bewegung, und Eirik schlang seinen linken Arm um ihre Taille, um sie festzuhalten. Die Zügel hielt er in der rechten Hand.

»Oh, wie konntest du nur? Jetzt sehen alle meine nackten Beine!«

»Sigurd, hol mir meinen langen Umhang. Er hängt an einem Haken im großen Saal. Meiner Frau Gemahlin ist ein bisschen kalt.« Mit leiser Stimme flüsterte er ihr dann ins Ohr: »Siehst du, Eadyth, wie zuvorkommend ich sein kann? Ich denke, ich werde einen vorbildlichen Ehemann abgeben. Ehrlich.«

Zwei Knoten in der Zunge wären vielleicht sogar noch besser.

Eadyth wollte ihm gerade sagen, was sie von ihm hielt, aber dann verschlug es ihr den Atem, als sie Eiriks harten Schaft an ihrem Hintern und das Wippen ihrer intimsten Körperstelle gegen den ledernen Sattel spürte, als das große Pferd in einen leichten Trab verfiel.

Und als Eirik schließlich seinen langen Umhang um seine und ihre Schultern legte, der sie vom Hals bis zu den Knöcheln voll und ganz bedeckte, wusste sie, wie eine arme kleine Ameise sich fühlte, wenn sie in ein Spinnennetz geriet.

Wilfrid lenkte sein Pferd rechts neben Eiriks, und Sigurd platzierte sich zu seiner Linken, während die fünf Soldaten in kurzem Abstand hinter ihnen ritten.

Als Wilfrid sagte: »Das ist das fünfte Mal in den vergangenen drei Monaten, dass Rinder abgeschlachtet wurden, ohne ihr Fleisch zum Verzehr zu verwenden«, glitt Eiriks linke Hand im Schutz des Umhangs zu Eadyths rechter Brust.

Eirik nickte und bemerkte: »Das war gewiss Steven von Gravelys Werk.« Inzwischen liebkosten seine geschickten Finger auf verführerischste Weise Eadyth Brust. Zunächst legte er nur seine Hand an die zarte Unterseite ihres Busens, dann ließ er seine Handfläche aber langsam über ihre ganze Brust kreisen und nahm schließlich die aufgerichtete Knospe zwischen Daumen und Zeigefinger, um sanft daran zu zupfen. *Oh Gott*.

Eadyth blickte sich über die Schulter nach Eirik um, aber er sah Sigurd an und lauschte scheinbar aufmerksam, als dieser sagte: »Ich glaube, wir sollten Euren Plan, Wachen auf Euren Ländereien aufzustellen, so bald wie möglich in die Tat umsetzen.«

»Du hast recht, Sigurd«, erwiderte Eirik ruhig, als wäre er sich der verheerenden Auswirkungen seiner heimlichen Zärtlichkeiten nicht einmal bewusst. »Ich fürchte, er wird auch auf meinen Ländereien mit Brandschatzungen beginnen, wie er es in Hawk's Lair getan hat, und dann könnten wir es nicht nur mit toten Rindern, sondern auch mit toten Menschen zu tun haben.« Während er sprach, wechselte er die Zügel in seine andere Hand und begann auch Eadyths linke Brust zu streicheln und zu liebkosen.

Wilfrid und Sigurd merkten nichts von Eiriks sinnlichen Zerstreuungen.

»Können der König oder der Witan denn nichts unternehmen?«

»Ich habe diesbezüglich einen Versuch gestartet, als ich Edmund traf, aber er sagte, dass ich handfeste Beweise für Gravelys Missetaten bräuchte – nicht nur das Wort eines Kätners –, wenn ich erreichen wollte, dass der Witan gegen Steven vorgeht.«

»Und Gravely hinterlässt keine Beweise«, schloss Sigurd für ihn.

»Ich habe einige halbwikingische Ritter benachrichtigen lassen, alte Kameraden meines Vaters, die uns helfen werden, Ravenshire zu bewachen, bis wir Steven fassen. Es wird jedoch noch einige Wochen dauern, bis sie kommen; deshalb müssen die Männer, die uns jetzt zur Verfügung stehen, ganz besonders wachsam sein.«

»Und was ist mit den zusätzlichen Männern, die du in Jorvik angeheuert hast?«

»Sie werden in ein paar Tagen hier eintreffen, zusammen mit den wikingischen Kriegern, die mein Cousin König Haakon aus Norwegen schickt.«

Eadyth war überrascht über Eiriks Neuigkeiten. Er hatte ihr nicht erzählt, dass er Truppen angefordert hatte. Aber sie war sogar noch überraschter, als sie plötzlich seine warme Hand auf ihrem Bauch spürte und er seine Finger langsam tiefer wandern ließ. Als er seine flache Hand an ihre intimste Körperstelle legte, stieß sie einen kleinen Protestlaut aus.

»Habt Ihr etwas gesagt, Mylady?«, erkundigte sich Wilfrid höflich.

»Nein«, erwiderte sie mit erstickter Stimme, »es war nur eine lästige Fliege.«

Dann wandte sie den Kopf und warf Eirik einen bösen Blick über die Schulter zu.

Er lächelte sie mit unschuldiger Miene an – und begann mit seiner Hand aufreizend langsam Kreise zu beschreiben! Hitze stieg in Eadyths Wangen und durchströmte ihren ganzen Körper. Sie fühlte sich schrecklich hilflos und verwundbar mit ihren weit gespreizten Beinen auf dem breiten Pferderücken. Und dann begann sie ein intensives, beinah schmerzhaftes Pulsieren unter seiner sanften, rhythmischen Bewegung zu verspüren.

»Ich hasse dich«, flüsterte sie ihm zu.

»Das kann ich vielleicht ändern«, flüsterte er zurück, und das machte ihr klar, dass er die ganze Zeit gewusst hatte, was er da mit ihr tat.

»Dann wollen wir doch mal sehen, wie gut du jetzt noch schauspielern kannst, meine Königin der Maskerade«, setzte er leise hinzu, bevor er sich wieder an Wilfrid wandte. »Wie ich sehe, ist auf allen westlichen Feldern Weizen ausgesät worden«, sagte er und bewegte seine Hand zu Eadyths Schenkel, um nach und nach ihr Kleid hinaufzuziehen, bis sein Saum auf ihrem Schoß lag und ihre nackte Haut entblößte.

»Das ist das Werk Eurer Frau Gemahlin«, klärte Wilfrid Eirik auf. »Fragt sie selbst, wie sie mir zusetzte, eine Frühlingsernte auszusäen, während Ihr im Auftrag Eures Königs unterwegs wart.«

Eiriks lange Finger streichelten die zarte Haut an der Innenseite ihrer Schenkel, dann drangen sie behutsam in die heiße Feuchte zwischen ihren Beinen ein. Eadyth wäre vom Pferd gesprungen, wenn Eiriks linke Hand, in der er auch die Zügel hielt, nicht fest ihre Taille umschlungen und sie festgehalten hätte.

»Ist das wahr, Eadyth?«, fragte er lächelnd.

Sie konnte jedoch nichts sagen und nickte deshalb nur.

All die anderen Männer, die sie an diesem Tag zum ersten Mal ohne ihre übliche Verkleidung sahen, warfen ihr immer wieder verstohlene Blicke zu.

»Seht Ihr, Eirik? Eure Frau Gemahlin errötet vor Verlegenheit. Wusstet Ihr, dass auch Bescheidenheit zu den guten Eigenschaften Eurer Gattin zählt?«, scherzte Wilfrid.

»Nein, das wusste ich nicht«, erwiderte Eirik leise lachend. »Normalerweise sagt sie mir, dass ich ein Dummkopf bin und es nichts gibt, was ich ihr noch beibringen kann. Ist das nicht so, Eadyth?« Sein Mittelfinger fand eine Stelle an ihrem Körper, von der sie nicht einmal gewusst hatte, dass es sie gab, und bewies ihr, dass sie doch nicht alles wusste.

Ein exquisites Prickeln begann Eadyth zu durchfluten, und eine süße, beinahe unerträgliche Spannung baute sich in ihr auf, als Eirik diese winzige Knospe an ihrer intimsten Stelle so unbeschreiblich sanft liebkoste. Eine versengende Hitze durchflutete sie, die ihre Sicht verschwimmen ließ und ihr ein leises Aufstöhnen entrang.

»Mylady!«, riefen Wilfrid und Sigurd wie aus einem Munde aus. »Was ist mit Euch? Fühlt Ihr Euch nicht wohl?«

Eirik zog seine Hand zurück, und Eadyth fühlte sich, als würde sie am Rande eines Abgrunds schwanken. Sie war froh, dass Eirik seine Hand zurückgezogen und die süße Qual beendet hatte – und trotzdem hätte sie seine Hand am liebsten gleich wieder zurückgezogen.

»Sie hat ihre Tage«, log er schamlos.

Eadyth verschluckte sich fast vor Empörung und senkte verlegen den Kopf. Falls sie diese Tortur überlebte, würde sie sich ein Vergnügen daraus machen, ihren Ehemann sehr, sehr langsam umzubringen.

»Warum reitet ihr zwei nicht schon mit den anderen voraus? Es ist nicht mehr weit von hier«, schlug Eirik vor. »Ich werde meine Frau zu dem Bach dort hinten bringen. Ein Schluck kühles Wasser wird ihr Befinden vielleicht bessern. Dann können wir weiterreiten.«

Oh, oh. Eiriks sinnliche Berührungen hatten Eadyth nicht in einen solch entrückten Zustand versetzt, dass ihr nicht bewusst gewesen wäre, dass sie in noch größere Schwierigkeiten geraten würde, wenn die anderen schon vorausritten. »Nein, nein, es geht schon wieder. Es war nur ein ... ein Magenkrampf«, widersprach sie schnell.

Aber die Männer setzten sich schon an die Spitze ihres kleinen Trupps, und Eirik schenkte ihr ein überaus zufriedenes Lächeln, während er das Pferd auf den kleinen Fluss zulenkte. Aber dort hielt er gar nicht an, sondern überquerte den Strom und führte das Pferd zu einer abgelegenen Stelle auf der anderen Seite. Dort saß er ab und befestigte die Zügel des Pferds an einem kleinen Baum am Ufer.

Da sie nun ohne den Schutz von Eiriks weitem Umhang war, begann Eadyth, ihr Kleid hinunterzuziehen, aber Eirik hob eine Hand, um sie davon abzuhalten.

»Nein, ich will dich ansehen«, verlangte er mit heiserer Stimme, und Eadyth sah nun, dass er nach all seinem Getändel nicht so ruhig und beherrscht war, wie sie gedacht hatte. Seine hellen Augen funkelten vor Leidenschaft, und seine festen Lippen waren jetzt ganz weich und leicht geöffnet vor Verlangen.

O Gott.

Nachdem er sie gezwungen hatte, ihre Hände wieder zu senken, zog er den Saum ihres Gewandes bis zur ihrer Taille hoch. Schweigend starrte er auf das seltsam feucht glitzernde Haar an ihrer intimsten Körperstelle. Dann sog er scharf den Atem ein, weil er wahrscheinlich schockiert über den schamlosen Anblick war, der sich seinen Augen bot.

Eadyth senkte beschämt den Kopf, und eine heiße Träne kullerte über ihre Wange und auf seine Hand, die auf ihrem entblößten Schenkel lag.

»Eadyth! Warum weinst du?«, fragte er bestürzt, während er mit beiden Händen ihre Taille umfasste und sie aus dem Sattel hob. Als sie vor ihm stand, legte er eine Hand unter ihr Kinn, hob ihr Gesicht zu sich empor und fragte noch einmal verwundert: »Warum weinst du, Eadyth?«

Die Tränen strömten jetzt ganz ungehindert über ihre Wangen. »Weil ich mich schäme.«

»Aber weshalb denn nur?«, entgegnete er überrascht. »Weil ich dich so berührt habe?«

»Ja, aber vor allem ...« Sie brach ab. Sie konnte ihr beschämendes Geständnis nicht zu Ende bringen.

Eirik legte fragend den Kopf zur Seite, und dann hellte sich sein Gesicht sich, als dämmerte es ihm. »Ach, Eadyth, eine Frau braucht sich für ihre Leidenschaft nicht zu schämen, und schon gar nicht vor ihrem Ehemann. Sieh nur, wie mein Körper sein Verlangen nach dir zeigt, und ich schäme mich überhaupt nicht.«

»Etwas so Wundervolles kann nur eine Sünde sein. Und ich bin genauso abartig wie du, denn Frauen würden die Neuigkeit bestimmt von allen Dächern schreien, wenn sie so viel ... Vergnügen an der Berührung eines Mannes fänden. Heilige Maria Mutter Gottes, du machst mich ganz konfus mit deinen frivolen Fingern. Konfus! Ich werde nie wieder eine gute Burgherrin sein oder meine Geschäfte richtig führen können, jetzt da ich weiß, dass ich genauso schwach wie alle anderen Frauen bin.«

»Ich bin überaus erfreut darüber, dass meine Berührungen dich so durcheinanderbringen«, sagte Eirik leise und schien es ausnahmsweise einmal völlig ernst zu meinen. »Und irgendwie habe ich das Gefühl, dass es dir gelingen wird, genauso willensstark wie immer zu bleiben.«

Er zog sie mit sich zu einem in einiger Entfernung vom Bach liegenden flachen, grasbewachsenen Fleck und breitete seinen Umhang auf dem Boden aus. Dann nahm er seinen silbernen Gürtel ab und setzte sich, um seine Lederstiefel auszuziehen.

»Was tust du?«, fragte Eadyth und wischte sich mit dem Ärmel ihres Kleids die letzten Tränen aus den Augen.

Eirik zog seine Tunika über seinen Kopf und trat barfuß und mit nacktem Oberkörper vor sie. »Ich ziehe mich aus.«

Dann löste er die Bändchen seiner Beinlinge und wollte sie gerade herunterziehen, als Eadyth alarmiert dazwischenrief: »Warum?«

»Damit ich meine Frau so lieben kann, wie es sich für einen Ehemann geziemt«, erwiderte er sachlich und ließ seine Beinlinge zu Boden fallen.

»Hier?«, fragte sie entsetzt. »Hier draußen? Am helllichten Tag?«

Er grinste nur und nickte, und dann trat er mit beneidenswerter Unbefangenheit und nichts anderem als seiner Haut bekleidet vor sie hin. Eadyth sah mehr nackte Haut vor sich, als sie je zuvor an einem Mann gesehen hatte, als ihr Blick von

Eiriks breiten Schultern zu seiner schmalen Taille und den schlanken Hüften glitt, an dem beeindruckenden Beweis seiner Begierde vorbei zu langen, muskulösen Beinen und schlanken, wohlgeformten Füßen. Dann breitete er einladend die Arme aus, und Eadyth glaubte, sterben zu müssen.

Der Mann war sündhaft gut aussehend. Und er war ihr Ehemann. Und ihr Körper pochte von der leidenschaftlichen Erregung, die er mit seinen unerhört erotischen Berührungen in ihr entfacht hatte. Und sie begehrte ihn. Und begehrte ihn auch wieder nicht. Und – o Gott!

Er lächelte verführerisch und krümmte einen Finger, um sie näher zu sich heranzuwinken.

Die schon fast unerträgliche Spannung, die sich zwischen ihnen aufbaute, schwang in der Stille des entlegenen Tals mit und brachte die Luft zwischen ihnen förmlich zum Knistern.

Wie konnte sie sich erweichen lassen?

Wie konnte sie es nicht?

Zögernd trat Eadyth einen Schritt näher. »Du hast mich verhext«, flüsterte sie.

»Ja, aber es ist ein süßer Zauber.« Er schenkte ihr ein sanftes Lächeln, das ihren Puls zum Rasen brachte, und sie trat noch einen Schritt näher.

Sie war froh darüber, dass er sie nicht zwang, mit ihm intim zu werden, dass er ihr die Wahl ließ. Auch wenn sie jetzt im Grunde ohnehin gar keine Wahl mehr hatte. Eine neue innere Erregung erfüllte sie mit freudigem Erstaunen. »Du machst mich … hemmungslos, Eirik.«

Er verzog belustigt seine Lippen. »Oh nein, Eadyth, schieb nicht mir die Schuld an dieser Sünde zu. Du warst schon hemmungslos, bevor wir uns begegnet sind. Du hast deine Leidenschaft nur in andere Richtungen gelenkt.«

»Oh.«

»Es ist nichts, wofür du dich genieren müsstest. Eine Frau ohne falsche Scheu ist etwas sehr Beglückendes für einen Mann.«

»Wirklich?«

»Wirklich.«

Eirik sah seine Frau an und beschloss, dass sie genug geredet hatten. Seine Geduld und seine Selbstbeherrschung drohten ihn langsam im Stich zu lassen. »Komm, Eadyth, es ist höchste Zeit.« Er streckte eine Hand aus, um die Distanz zwischen ihnen zu überbrücken, und seufzte vor Zufriedenheit, als Eadyth sich endlich von ihm in die Arme ziehen ließ.

»Es kribbelt in meinem Bauch, als wären Tausende von Schmetterlingen darin erwacht und flatterten nun in ihm herum«, gab sie mit unsicherer Stimme zu, und ihr warmer Atem strich liebkosend über Eiriks Nacken.

Auch Eirik verspürte ein immer stärker werdendes Kribbeln, aber nicht in seinem Bauch, sondern zwischen seinen Beinen. Er lachte leise an ihrem Haar, an ihrer wundervollen Mähne silberblonder Locken, und fragte sich, wie er so blind für ihre Schönheit hatte sein können. »Schmetterlinge sind gut«, sagte er und lehnte sich ein wenig zurück, um Eadyth anzusehen. »Mal sehen, was wir tun können, um sie freizulassen.«

Langsam zog er ihr das Kleid aus und zwang sie stillzustehen, während er sich an ihrer Schönheit erfreute. Ihr Haar fiel in unordentlichen Locken über ihre Schultern und die glatte Haut ihres geraden Rückens, und es hatte genau die gleiche Farbe wie das seidenweiche Haar an ihrer intimsten Körperstelle. Eadyth war groß und langbeinig, mit schmaler Taille und Brüsten, die gerade groß genug waren, um die Hand eines Mannes auszufüllen. Sie presste nervös ihre feingeschnittenen

Lippen zusammen und lenkte seinen Blick auf ihr entzückendes kleines Muttermal.

»Du bist so schön«, sagte Eirik staunend, »und du gehörst mir.«

»Die Schwangerschaft hat Streifen auf meinem Bauch hinterlassen«, gab Eadyth unter seiner sehr genauen Musterung ehrlich zu.

»Ja, aber du hast ganz wundervolle Brüste.«

»Die Brustwarzen sind zu groß.«

Eirik verschluckte sich beinahe an seiner Zunge. »Nein, ich finde nicht, dass sie zu groß sind«, erklärte er, als seine Sinne sich wieder so weit beruhigt hatten, dass er nicht mehr Gefahr lief, sich vor Eadyth zu blamieren.

»Wirklich?«

»Wirklich. Sie haben genau die richtige Größe, um beim Stillen den Mund eines Kindes zu füllen. Oder auch den eines Mannes.«

Ihre Augen leuchteten bei diesen Worten auf, aber dann biss sie sich auf die Unterlippe und zögerte ein bisschen, bevor sie unglücklich hinzufügte: »Aber meine Brüste wackeln nicht.«

»Wackeln?« Da konnte Eirik nicht mehr an sich halten. »Was meinst du mit wackeln?«, erkundigte er sich lachend.

»Bertha sagt, dass Männer Frauen mögen, deren Brüste wackeln.«

»Und du holst dir plötzlich Rat von Bertha? Ach, Eadyth, ich glaube, ich werde sehr viel Spaß mit dir als meiner Ehefrau haben.«

»Vielleicht werde ich es ja auch nicht gerade hassen, dich zum Ehemann zu haben«, fügte sie mit einem überraschend übermütigen Lächeln hinzu.

Eirik streckte die Hand aus, um das entzückende kleine

Muttermal über ihrem Mund zu berühren, und dann strich er mit dem Daumen über ihre leicht geöffneten, erfreulich vollen Lippen. Aber seine Belustigung fand ein jähes Ende, als er seinen Mund auf ihre Lippen senkte.

Zuerst war sein Kuss nur sanft und überredend, aber als sie ihn eifrig und mit unverhohlener Neugierde erwiderte, wurden seine Lippen härter und besitzergreifender. Eadyth erwiderte seinen Kuss mit rückhaltloser Hingabe, selbst als er mit seiner Zunge in die warme Höhlung ihres Munds eindrang. Eine Flut lustvoller Gefühle durchzuckte ihn, und ohne den Kuss zu unterbrechen, ließ er sich mit Eadyth auf seinen auf dem Boden liegenden Umhang sinken.

Als sie dann unter ihm auf dem Rücken lag und so vertrauensvoll zu ihm aufschaute, spürte Eirik, wie sich ein schon jahrelang tot geglaubter Teil seines Herzens regte. »Oh, Eadyth, weißt du überhaupt, wie sehr ich dich begehre?«

Ihr Mund verzog sich instinktiv zu einem ausgesprochen weiblichen Lächeln.

»Es gefällt dir, mich so in der Hand zu haben, was?«, brummte er, während er mit der flachen Hand über die glatte Haut ihres Bauches strich. Dann ließ er seine Finger tiefer gleiten, auf das weiche Dreieck silberblonder Locken zu.

Sie sog scharf den Atem ein. »Es ist wohl eher so, dass *du* mich in der Hand hast, denke ich.«

Er lächelte. »Öffne deine Schenkel für mich, meine Schöne.«

Als er sich zwischen ihre Beine kniete und den Blick auf ihre intimste Stelle richtete, wandte Eadyth errötend das Gesicht ab. »Du machst mich ganz kribbelig.«

»Tue ich das?«

Sie nickte und schnappte dann nach Luft, als seine Finger die empfindsame kleine Knospe in ihr fanden.

»Und schmerzt es, dieses Kribbeln?«

Sie schüttelte den Kopf in einer stummen Geste der Verneinung und versuchte, ihre Beine zu schließen. »Oh, das ist zu viel«, rief sie, als Eirik nicht aufhörte, die harte kleine Knospe am Eingang ihrer Weiblichkeit zu streicheln.

»Nein, es ist noch lange nicht genug«, erwiderte er rau und fragte sich, wie viel mehr von diesem Kribbeln *er* ertragen würde. »Du fühlst dich wie warmer Honig an, der über meine Fingerspitzen rinnt.«

Als er mit einem Finger in sie eindrang, konnte er spüren, wie ein lustvolles kleines Erschauern sie durchlief. Eiriks Blut dröhnte in seinen Ohren, als sie sich verlangend seiner Hand entgegenbog und die Erfüllung suchte, die sie sich ersehnte, aber noch nie erlebt hatte.

Sein hartes, aufgerichtetes Glied in einer Hand ließ er sich zwischen Eadyths Schenkeln nieder und hob mit der anderen Hand ihren Po ein wenig an, um in sie einzudringen.

Kaum war er auch nur mit der Spitze seines Schafts in sie hineingeglitten, ließ die Dringlichkeit ihres Begehrens Eadyth wild erschauern. Blitze der Erregung durchzuckten ihren Körper und steigerten seine eigene sinnliche Erregung schier bis ins Unerträgliche.

»Komm mit mir, Liebste«, drängte er sie. »Lass uns die Reise zusammen machen.«

Ihre Augen waren dunkel vor Leidenschaft, als sie zu ihm aufblickte und nicht ganz zu verstehen schien, bis er hungrig und besitzergreifend seinen Mund auf den ihren presste und mit einer einzigen kraftvollen Bewegung in sie eindrang.

»Oh ... oh ... oh!« Sie empfing ihn heiß und eng, und Eirik konnte spüren, wie sich alles in ihr zusammenzog und immer stärker werdende Wellen der Erregung sie durchfluteten, bis sie ihren Kopf von einer Seite auf die andere warf und laut aufstöhnend ihren ersten Höhepunkt der Lust erreichte. Sie wimmerte in sinnlicher Verzückung, von einer wahren Sturzflut sinnlicher Gefühle überwältigt.

Als die letzten Schauer abebbten, öffnete sie die Augen und schien ihn erst jetzt wieder richtig wahrzunehmen. Mit einem etwas unsicheren Lächeln blickte sie zu ihm auf und legte dann fragend ihren Kopf zur Seite. »Warum siehst du aus, als ob du Schmerzen hättest?«

»Weil es so ist«, knurrte er, noch immer voll erregt und aufs Innigste mit ihr verbunden – allerdings nicht mehr für sehr lange, sollte sie nicht aufhören, sich zu bewegen.

Ihr Gesichtsausdruck veränderte sich, als ihr plötzlich dämmerte, was sein Problem war. »Es ist wegen dieser Sache mit dem Höhepunkt, nicht wahr?«

Er nickte. »Beweg dich nicht ... noch nicht.«

Aber die widerspenstige kleine Hexe gab ein leises, schnurrendes Geräusch von sich und rieb sich wie eine zufriedene Katze an ihm.

Stöhnend zog er sich fast vollständig aus ihr zurück, worauf sie ihn vor Überraschung entgeistert anstarrte. Als er wieder in sie hineinglitt, stieß sie ungläubig den Atem aus. Mit jedem schon fast qualvoll langsamen Eindringen seines harten Schafts in ihre feuchte Hitze erweckte er nach und nach die in ihr schlummernden Sinnenrausch.

»Sag es mir«, stieß er rau hervor.

»Ich will ...«

»Sag es.«

»Ich will ... oh, Eirik, du weckst in mir Gefühle ...«

Seine Bewegungen wurden schneller, härter, und die Leidenschaftlichkeit, mit der er seiner prüden Ehefrau mit jedem seiner Stöße begegnete, verblüffte ihn selbst. Verzückt warf sie den Kopf von einer Seite auf die andere und flüsterte ihm mit heiserer, kehliger Stimme zu, wie sehr sie ihn begehrte. Und da durchzuckte ihn eine solch unbändige Lust, wie er sie noch nie zuvor erlebt hatte, und er nahm seine Frau so wild und leidenschaftlich, bis er vor Wonne beinahe den Verstand verlor.

»Bitte«, flehte sie.

»Bald«, versprach er.

»Wirst du mit mir kommen?«

»Natürlich. Ach, Eadyth, du verbrennst mich schier mit deiner Hitze.«

»Die du entflammt hast, Liebster.«

Liebster? Außerstande, sich noch länger zu beherrschen, warf Eirik laut aufstöhnend den Kopf zurück und überließ sich seiner eigenen lustvollen Ekstase.

Im ersten Moment war Eadyth so verblüfft über die sie erneut durchflutenden wonnevollen Wellen der Lust, dass sie nicht in der Lage war, sich zu bewegen.

»Eadyth ... oh, Eadyth ... du warst wunderbar«, murmelte Eirik an ihrem Nacken. »Du nimmst alles, was ich zu geben habe, und lässt mich wünschen, dir noch mehr zu geben. Alles.«

»Du meinst also, du warst ... mit mir zufrieden?«, erkundigte sie sich schüchtern.

Eirik hob den Kopf. »Wie kannst du so etwas fragen? Du bist alles, was ein Mann sich wünschen kann, und noch viel mehr.«

»Wirklich?«, fragte sie überaus erfreut.

»Wirklich.« Er ließ den Kopf wieder sinken und legte seinen Mund an ihren Nacken. Schon bald darauf konnte sie an seinen gleichmäßigen, ganz ruhigen Atemzügen erkennen, dass er eingeschlafen war. Aber das kränkte sie überhaupt nicht. Sie fühlte sich selbst ganz seltsam matt und träge nach all diesen körperlichen Höhenflügen, die sie gerade hatte erleben dürfen, und erlaubte sich, einen Moment lang einzudösen.

Als sie aus ihrem kurzen Schlaf erwachte, fühlte sie sich immer noch von einer überwältigenden Zufriedenheit erfüllt, obwohl sie nach wie vor auf dem Boden unter ihrem Mann lag und auf intimste Weise mit ihm vereinigt war.

Sie hätte Widerwillen empfinden müssen, nun, da der Liebesakt beendet war und ihr Verstand zurückkehrte. Aber sie tat es nicht.

Sie hätte sich belästigt fühlen müssen von dem Gewicht eines Mannes, den sie nicht in ihrem Leben haben wollte. Aber so war es nicht. Sie fühlte sich sogar ganz wunderbar geborgen in seinen starken Armen, die sie so fest umfangen hielten.

Sie hätte entsetzt sein müssen über die Leidenschaftlichkeit, mit der sie sich diesem lüsternen Flegel hingegeben hatte. Aber sie war es nicht.

So fühlt es sich also an, geliebt zu werden, dachte Eadyth. Zum ersten Mal in ihrem Leben hatte sie erfahren, wie es war, wenn man sich als Frau vorgeblich einem Mann unterwarf. Sie lächelte und hob in einer stummen Einladung die Hüften an.

Es wurde Zeit, ihren wollüstigen Flegel und seine wirklich sehr bemerkenswerten körperlichen Attribute wieder aufzuwecken.

14. Kapitel

Meine Frau.

Eirik ließ die Zügel seines Pferd schleifen und sah staunend auf die Frau, die, den Kopf an seine Brust gelehnt, auf seinem Schoß saß. Sie hatte die letzte halbe Stunde fest geschlafen, fast vom selben Augenblick an, als sein Pferd sich in Bewegung gesetzt hatte.

Eadyth schmiegte sich noch fester an ihn – Gott, aber es war kaum zu glauben, wie *anschmiegsam* diese kratzbürstige Frau auf einmal sein konnte – und gab einen zufriedenen kleinen Laut von sich. Und zufrieden konnte sie ja auch wirklich sein, nachdem sie ihn beim zweiten Mal fast völlig ausgelaugt hatte! Wahrscheinlich hatte er Grasflecken auf dem Po und Kratzspuren auf dem Rücken.

Er hatte Mühe, die spröde, unnahbare Frau, die er geheiratet hatte, mit der Verführerin zu vereinbaren, die ihm gerade erst bewiesen hatte, dass sie ihm im Liebesspiel mehr als nur gewachsen war. Es würde eine Freude sein, beobachten zu können, wie sich ihre Lust am Liebemachen entfaltete. Und das im Rahmen ihrer Ehe, die er ursprünglich nicht gewollt hatte, aber jetzt mit völlig anderen Augen betrachtete.

Eirik legte den Kopf ein wenig zurück, um seine Frau besser sehen zu können. Ihre unordentliche Mähne wild zerzauster Locken fiel ihr wie gesponnenes Silber auf die Schultern und den Rücken. Ihre Lippen, ihre fein geschnittenen Lippen, waren noch immer leicht geschwollen von seinen vielen Küssen. Und eine leise sinnliche Röte färbte noch immer ihre cremefarbenen Wangen. Die zurückhaltende, bescheidene Eadyth würde vor Schmach erschaudern, wenn sie sich jetzt sehen könnte, dachte er mit einem leisen Lachen, aber ihm gefiel es zu wissen, dass seine Frau so überaus zufrieden aussah und dass der Liebesakt mit ihm seine Spuren bei ihr hinterlassen hatte.

Meine Frau. Eirik lächelte im Stillen, weil er sein Glück kaum fassen konnte. Es war, als fiele man in einen Misthaufen und merkte dann, dass er aus purem Gold bestand. Er bezweifelte allerdings, dass dieser Vergleich Eadyth gefallen würde. Vielleicht sollte ich es ihr aber trotzdem sagen, dachte er mit einem vergnügten kleinen Lachen.

Dann wurde er aber wieder ernst. Die Eadyth, die er eben erlebt hatte, war die Art von Ehefrau, die er sich vor vielen Jahren gewünscht hatte – eine, die ihm ein Heim und eine Familie geben, ihm aber auch eine sinnliche und bereitwillige Bettgefährtin sein konnte. Eirik versuchte, seinen Optimismus in Schach zu halten. Schließlich hatte er sich all das auch schon von seiner Heirat mit Elizabeth erhofft. Und sie hatte sich als gewaltige Enttäuschung erwiesen. Es war nicht gut, sich zu große Hoffnungen zu machen. Ja, es war besser, auf der Hut zu sein.

Als Eadyth aufwachte, spürte sie die rhythmischen Bewegungen des Pferdes unter sich und Eiriks gleichmäßigen Herzschlag an ihrem Ohr. Sie öffnete aber nicht sofort die Augen, da sie diesen süßen Augenblick, in dem die Zeit stillzustehen schien, genießen wollte.

Es war nicht gut, sich allzu große Hoffnungen zu machen. Das wusste sie besser als die meisten Frauen. Aber, o heilige Maria Mutter Gottes, sie hätte sich nie träumen lassen, dass die körperliche Vereinigung zwischen einem Mann und einer Frau so wunderbar sein könnte. *Zwischen einem Ehemann und sei-*

ner Ehefrau, berichtigte sie sich sofort mit einem zufriedenen Lächeln.

Mein Ehemann.

Eadyth hätte vor Freude über all die neuen, wundervollen Empfindungen, die sie durchfluteten, jubeln können. Aber dann wiederum wollte sie sie auch für sich behalten, um sie zu erforschen und in Erinnerung zu bewahren, falls sie sich als vorübergehend oder gar irreal erweisen sollten.

Sie bewegte ihre nackten Zehen und wusste, dass sie ihre Gefühle und ihr Äußeres unter Kontrolle bringen musste, bevor sie nach Ravenshire zurückkehrten. Die Bediensteten würden sie niemals respektieren, wenn sie nicht bis zu einem gewissen Grad das der Herrin einer Burg entsprechende Verhalten an den Tag legte, selbst wenn diese in einem solch mangelhaften Zustand war wie Ravenshire. Aber es war angenehm, zunächst einmal von diesen Einschränkungen befreit zu sein.

Als sie vergeblich versuchte, einen Seufzer der Zufriedenheit zu unterdrücken, merkte Eirik auf. »Dass du aufwachst, wurde aber auch langsam Zeit. Meine Männer erwarten uns dort vorne.«

Eadyth setzte sich sofort aufrechter hin und versuchte, so gut wie sie das auf dem Pferd bewerkstelligen konnte, die Falten ihres Kleids zu glätten und ihr Haar zu einem losen Knoten aufzustecken. »Wie sehe ich aus? Ich meine, sehe ich aus wie …«

»Du siehst gut aus«, sagte Eirik warm und strich ihr ein paar Grashalme von der Schulter. Ein selbstzufriedenes kleines Lächeln umspielte seine festen Lippen. Lippen, die immer noch von ihren vielen Küssen geschwollen waren.

Eadyth legte ihre Fingerspitzen an ihre eigenen Lippen und dachte, dass sie wahrscheinlich genauso oder vielleicht sogar noch schlimmer aussahen. Sie spürte, wie eine heiße Röte in ihre Wangen kroch.

O Gott.

Eirik grinste triumphierend.

»Meine Schmach erfreut dich wohl auch noch?«

»Nein, aber du erfreust mich.« Er gab ihr rasch einen Kuss und schien noch mehr sagen zu wollen, aber das Pferd war schon stehen geblieben, und Wilfrid kam zu Fuß zu ihnen herüber.

Eirik saß ab. »Bleib hier«, befahl er Eadyth knapp, schon auf dem Weg zu Wilfrid, der sichtlich aufgeregt auf ihn einzureden begann, allerdings so leise, dass Eadyth nicht verstehen konnte, was er sagte.

Als Wilfrid seinen Bericht beendet hatte, sah Eirik so besorgt aus, dass sich in Eadyth ein ausgesprochen ungutes Gefühl ausbreitete. Eirik kam wieder zu ihr hinüber. »Bleib hier, Eadyth. Ich bin bald wieder zurück«, sagte er und wandte sich schon wieder ab.

»Nein, ich komme mit.«

Er fuhr auf dem Absatz herum und fauchte sie ungeduldig an: »Ich sagte, du bleibst hier, und ich meine, was ich sage.« Kurz darauf war er auch schon aus ihrer Sicht verschwunden.

Er ließ sie einfach stehen und kommandierte sie wie eine seiner Mägde herum! Eadyth schäumte vor Wut. Weil er sie herumgekriegt und ihren Lippen den einen oder anderen Seufzer entlockt hatte, hielt er sie jetzt wohl für ganz und gar betört und halb trunken vor Lust nach ihm. Wie all seine anderen wollüstigen Frauen.

»Das hättest du wohl gerne«, murmelte sie, als sie vorsichtig von dem riesigen Pferd herunterstieg, das zufrieden grasend auf einem besonders üppigen Grasfleck stand. Eadyth ging zu einer kleinen Gruppe von Bauersfrauen hinüber, die mit zwei kleinen Kindern und einem Säugling in der Nähe einer der Katen standen. Sie waren alle barfuß wie sie selbst.

»Ich bin Lady Eadyth von Ravenshire. Was ist geschehen?«, fragte sie eine ältere Frau, unter deren sauberen Haube einige Strähnen ihrer ergrauenden Haare hervorlugten. Die Frau begann zu weinen, was sie, ihren geröteten und geschwollenen Augen nach zu schließen, offenbar nicht das erste Mal an diesem Tag tat.

»Diese Bestien haben unser gesamtes Vieh getötet. Oh, ich bin mir sicher, Satan hat uns seine Brut auf den Hals gejagt. Es war unmenschlich, wie sie die armen Tiere gequält haben.«

Ein Frösteln lief über Eadyths Rücken. Dieser verabscheuungswürdige Vorfall roch nach Stevens Werk. »Habt ihr gesehen, wie es passiert ist?«

»Ja, und etwas Schrecklicheres habe ich in meinem ganzen Leben noch nicht gesehen.«

»Sie haben den Tieren die Eingeweide herausgerissen, während sie noch am Leben waren«, mischte sich ein Junge ein. »Und dann haben sie die blutigen Gedärme ihren bösen Hunden vorgeworfen. Wie Wölfe waren sie, die Männer und die Hunde. Und sie haben die alte Bess festgehalten und eine dieser tollwütigen Bestien von ihr fressen lassen, bevor sie starb.« Die großen braunen Augen des Jungen glitzerten vor Tränen.

»Psst, Howag«, sagte die ältere Frau nicht unfreundlich.

»Wie sollen wir jetzt den Winter überleben?«, jammerte eine junge Frau. »Der Herr sagt, wir dürfen das Fleisch nicht essen, weil es von den Hunden verdorben wurde.«

»Euer Herr wird für euch sorgen. Er wird das Vieh ersetzen und die Schäden an eurem Eigentum in Ordnung bringen lassen«, versicherte Eadyth ihnen und nahm der Frau den weinenden Säugling aus den Armen. Er roch nach nassen Windeln und saurer Milch, aber das störte Eadyth nicht. Sie hatte keinen Säugling mehr in den Armen gehalten, seit John einer gewesen war, und es fühlte sich erstaunlich gut an. »Das Beste, was wir tun können, ist, hier aufzuräumen, während die Männer sich um die toten Tiere kümmern.«

»Aber wird der Herr mit Euren Vorschlägen einverstanden sein?«, fragte die alte Frau. »Er hat sich doch nie für uns interessiert.«

»Ich sage, dass es so geschehen wird«, erwiderte Eadyth knapp, »und mein Wort genügt.«

Die Frau sah aus, als bezweifelte sie, dass Eadyth so viel Macht besaß, sagte aber nichts mehr.

Eadyth sah sich auf der Lichtung um und schüttelte angewidert den Kopf, als sie die zerbrochenen Pflüge und umgekippten Wagen sah, die die Wandalen auf ihrem Rückzug mutwillig zerstört hatten. Sie konnte den beißenden Geruch von brennendem Fleisch riechen. Eirik und seine Männer hatten also schon begonnen, die sinnlos abgeschlachteten Tiere zu verbrennen. Was für eine Verschwendung!

Sie gab das Baby seiner Mutter zurück und forderte sie auf, sich an erster Stelle um die Bedürfnisse ihres Kinds zu kümmern. Dann befahl sie den Frauen und Kindern, sie beim Aufräumen der kleinen Ansammlung von Bauernkaten zu unterstützen. Den jungen Howag schickte sie nach Ravenshire, nachdem sie ihn ermahnt hatte, zu seiner eigenen Sicherheit nicht von der Straße abzuweichen, und ihm die Anweisung für Bertha mitgegeben hatte, eine Kuh und eine Wagenladung mit Viehfutter und Lebensmitteln hinüberzuschicken.

Als die Männer eine Stunde später zurückkehrten, waren alle Trümmer zu zwei Haufen zusammengefegt worden – einer enthielt Gegenstände, die sich noch reparieren ließen, und der andere würde von den Männern weggebracht werden müssen. In einem großen Kessel brodelten Kaninchenknochen und Gemüse in einer wohlriechenden Brühe, und flache, ungesäuerte Brotfladen backten in den heißen Kohlen des offenen Feuers.

Eirik wusch sich seine blutigen Hände in einem Eimer neben dem Brunnen, spritzte sich dann reichlich kaltes Wasser ins Gesicht und fuhr sich mit den Fingern durch das Haar, um es zurückzustreichen. Plötzlich weiteten sich seine Augen vor Überraschung, als er Eadyth auf der anderen Seite der Lichtung entdeckte. Seine Überraschung verwandelte sich jedoch schon sehr bald in Missfallen, als die alte Frau zu ihm hinüberkam und ihm rasch etwas erklärte. Eirik schaute immer wieder zu Eadyth hinüber, während die alte Frau mit ihm sprach.

Als sie ging, sah er Eadyth einen Moment lang fragend an. Dann kam er scheinbar ruhig zu ihr hinüber, und nur das leichte Zucken seiner Nasenflügel verriet seinen Ärger. Er legte einen Arm um ihre Schulter, zog sie an sich und flüsterte an ihrem Haar: »Du hast meinen Befehl, beim Pferd zu bleiben, nicht befolgt.«

»Du warst über eine Stunde fort. Dachtest du vielleicht, in all der Zeit würde ich mir Hufe wachsen lassen und anfangen zu grasen?«

»Du verstehst es nicht. Du hast meine Anweisungen ganz bewusst missachtet, und das kann ich nicht dulden, Eadyth.«

»Ich bin nicht sehr gut im Befolgen von Befehlen«, gab sie zu, weil sie nicht mit Eirik streiten wollte, und schon gar nicht, nachdem sie sich vor kurzem erst geliebt hatten.

»Das ist noch maßlos untertrieben«, knurrte er. »Hast du den Frauen der Kätner in meinem Namen Versprechungen gemacht?« Anscheinend war es das, was die alte Frau mit ihm besprochen hatte.

»Ja, das habe ich«, gab Eadyth zu und erkannte nun, wie unpassend Eirik das erscheinen musste. »Aber ich versichere dir, dass ich nichts versprochen habe, was nicht in deinem Sinne wäre.«

»Oh? Jetzt kannst du also auch schon meine Gedanken lesen?«

Eadyth versuchte, den Arm abzuschütteln, mit dem Eirik sie an seiner Seite festhielt. »Sei nicht so gereizt. Ich habe getan, was getan werden musste. Du bist nur zu stur, um anzuerkennen, dass eine Frau auch selbstständig denken kann.«

Eirik ließ seinen Blick über die Lichtung gleiten und schien die gute Arbeit zu bemerken, die sie in seiner Abwesenheit geleistet hatte. »Obwohl du meine Anweisungen missachtet hast, danke ich dir dafür, dass du den Frauen geholfen hast.«

Es erfüllte Eadyth mit großer Befriedigung, zu wissen, dass sie ihn wenigstens ein klein wenig erfreut hatte, auch wenn er ihr nur widerwillig dafür dankte.

»Ist Steven verantwortlich für dieses blutige Gemetzel?«

Eirik nickte.

»Er wird immer kühner in seinen Streifzügen, wenn er Ravenshire schon so nahe kommt. Meinst du nicht, dass das eine Herausforderung an uns ist?«

»Ja. Ich glaube, dieser schwelende Kampf zwischen Gravely und mir spitzt sich allmählich zu.«

»Es ist nicht dein Kampf, Eirik. Vergiss nicht, dass er *mein* Kind will. Er will, dass ich meine Eingabe an den Königlichen Rat zurückziehe.«

»Ja, aber jetzt bin ich für deinen Schutz verantwortlich. Das solltest auch du besser nicht vergessen, Frau.« Während er sprach, zog Eirik sie näher und strich ihr zärtlich über die Schulter. Und Eadyth merkte plötzlich, dass alle sie erstaunt beobachteten, vielleicht, weil sie nicht die zänkische alte Frau war, für die sie sie gehalten hatten, aber auch, weil ihre sonst so unnahbare Herrin ihrem Gemahl erlaubte, sie auf solch besitzergreifende Art im Arm zu halten.

Tat Eirik das absichtlich, um seine Macht über sie zu zeigen? Eadyth warf ihm einen Seitenblick zu und verengte misstrauisch die Augen. Er erwiderte ihren Blick mit einem arroganten Lächeln, dieser Schuft!

Sollte sie ihm eins hinter die Ohren geben, wie sie es mit widerspenstigen Dienstboten zu tun pflegte? Doch obwohl sie ihn wirklich gern dafür bestraft hätte, dass er sich solche Freiheiten in der Öffentlichkeit erlaubte, beschloss sie, dass dies nicht der richtige Ort dafür war. Denn ihm war durchaus zuzutrauen, dass er zurückschlug. Oder sie vor aller Augen küsste.

O Gott.

Später. Sie würde es ihm später heimzahlen.

Eiriks Männer und die Dörfler begannen, sich aus dem Kessel zu bedienen, und beachteten sie nicht mehr länger.

»Lass mich los, du Flegel«, zischte sie und entwand sich seinen Armen.

Er lachte freudlos. »Du wirst jetzt mit mir nach Hause kommen, Frau«, sagte er und streckte eine Hand nach ihr aus. »Ich ziehe es vor, in meinem eigenen Saal zu speisen.«

»Du kommandierst mich schon wieder herum?«, entgegnete sie ärgerlich und zwang sich, die verführerische Hand zu ignorieren, die er ihr reichte.

»Und wenn es so wäre?«

Seine Lippen verzogen sich zu einem herablassenden Lächeln, und Eadyth war innerlich hin und her gerissen und wusste nicht, ob sie ihn ohrfeigen oder ihn küssen sollte, um es ihm aus dem Gesicht zu wischen.

O Gott.

Eadyth schob aufsässig das Kinn vor. »Dann ist meine Antwort Nein«, erklärte sie.

»Eine Frau sollte ihrem Mann gehorchen«, stellte er in kühlem Ton und überhaupt nicht mehr belustigt fest. Und er streckte ihr immer noch die Hand hin.

»Sagt wer?«

»Die Heilige Kirche beispielsweise.«

»Deren Oberhäupter Männer sind«, spottete Eadyth.

»Warum wehrst du dich so gegen ein Verhalten, das für eine Frau selbstverständlich sein sollte?«

»Sich als Frau einem Mann zu beugen, ist für mich nichts Selbstverständliches.«

»Ich habe dich lediglich gebeten, mit mir heimzukommen«, sagte er und schüttelte dabei müde den Kopf.

»Nein, das hast du nicht. Du hast es mir befohlen.«

»Wird es zwischen uns ständig so einen Willenskampf geben?«

»Das hängt von dir ab.«

Eirik musterte sie für einen Moment lang prüfend und rieb sich nachdenklich die Oberlippe. »Wirst du mit mir heimkommen?«, fragte er schließlich einlenkend.

»Natürlich«, erwiderte sie strahlend und verschränkte ihre Finger mit den seinen.

Eadyth glaubte zu hören, wie er murmelte: »Gott verschone mich vor einer querköpfigen Frau.«

Nach dem Abendessen ging Eirik mit seinen Männern zum Teich, um dort zu baden, während Eadyth sich eine Wanne in ihr Zimmer hinaufbringen ließ. Sie war gerade dabei, ihr Bad zu beenden, als Eirik zurückkam. Mit einem erschrockenen kleinen Aufschrei ließ sie sich rasch wieder ins Wasser sinken.

Bis auf ein paar höfliche Worte während des Abendessens hatte Eirik seit ihrer Rückkehr nicht mehr mit seiner Frau gesprochen. Aber nun hatte er ihr einiges zu sagen, und er wusste, dass ihr die Maßnahmen, zu denen er sich gezwungen sah, nicht gefallen würden.

»Kommt«, sagte er zu den beiden Dienern, die hinter ihm ins Zimmer traten.

Eadyth schrie bestürzt: »Schaff diese Männer hier heraus! Und auch du scher dich hinaus, du Tölpel! Kann ich jetzt nicht einmal mehr in Ruhe baden?«

Eirik ignorierte ihr Protestgeschrei jedoch und begann stattdessen ihre gesamte Kleidung – ihre Gewänder, Unterkleider, Strümpfe, Mäntel und alles, was er sonst noch finden konnte – auf die ausgestreckten Arme der Bediensteten zu stapeln. Anschließend übergab er den Männern auch seine gesamte eigene Kleidung und die Bettwäsche. Nachdem er sie angewiesen hatte, die Sachen in das angrenzende Schlafzimmer zu bringen, schloss er die Tür ab und steckte den Schlüssel in eine seiner Gürtelschlingen.

»Bist du jetzt ganz verrückt geworden?«, schrie Eadyth, als sie allein waren.

»Nein«, sagte Eirik und zog sich einen Schemel an die Badewanne. Sein Kinn auf die Hände gestützt sah er seine Gattin an und gab sich die größte Mühe, Eadyths feuchte, über den Wannenrand hängende Locken und die unter dem trüben Wasser nur schlecht verborgenen Rundungen ihrer Brüste zu ignorieren. Schließlich sagte er: »Ich sorge nur dafür, dass du dieses Zimmer nicht eher verlässt, bis wir zu einer Übereinstimmung gekommen sind, selbst wenn es eine Woche oder länger dauern sollte.«

»Eine Woche?«

Eadyths Brauen zogen sich ungläubig zusammen. Eirik konnte zusehen, wie ihre Verwirrung zunächst Gekränktheit, dann Schmerz und schließlich Wut über seine eigenmächtige Handlungsweise wich. Und als er all diese Gefühlsregungen sah, wusste er, dass die wundervolle neue Beziehung, die er sich zwischen ihnen vorgestellt hatte, schon im Keim erstickt war.

»Tu das nicht, Eirik«, bat sie leise und schloss die Augen, als hätte ein jäher Schmerz sie durchzuckt. »Ich würde es dir nie verzeihen können, und ich sehne mich nach . . . Harmonie.«

»Ich muss es, Eadyth. Du zwingst mich zu dieser Vorgehensweise«, versuchte er es ihr zu erklären. »Vom ersten Tag unserer Begegnung an hast du mich herausgefordert, nicht nur, wenn wir allein waren, sondern auch vor meinen Leuten. Deine Maskerade ist nur ein Beispiel dafür. Du hast auch heute wieder meine Anweisungen missachtet und Entscheidungen für mich getroffen. Ich kann ein solches Verhalten einfach nicht länger dulden.«

Und es gab auch noch einen anderen Grund, den er Eadyth allerdings nicht offenbaren konnte. Einer seiner Häusler hatte an diesem Morgen mitbekommen, wie Steven von Gravely sich damit gebrüstet hatte, die Herrin von Ravenshire entführen und so lange als Geisel festhalten zu wollen, bis er seinen Sohn bekam. Selbst jetzt noch kochte Eiriks Blut, und seine Hände ballten sich zu Fäusten, wenn er an die grauenhaften Dinge dachte, die Gravely Eadyth anzutun gedachte, solange sie sich in seiner Gefangenschaft befand.

Eirik konnte nicht riskieren, dass Eadyth diesem niederträchtigen, verkommenen Schurken in die Hände fiel, und er wusste, dass seine eigensinnige Frau niemals freiwillig bereit sein würde, im Inneren der Burg zu bleiben. Wenn es um ihre eigene Sicherheit ging, war sie zu nachlässig. Oh, natürlich würde sie ihm versprechen, vorsichtig zu sein, doch sobald das erste neue Lamm geboren wurde, ihre Bienen ausschwärmten oder sie von einem guten Geschäft hörte, das man mit irgendeinem lächerlichen Produkt in Jorvik machen konnte, würde sie die Burgmauern von Ravenshire verlassen, ohne auch nur einen einzigen Gedanken an ihr Wohlergehen zu verschwenden.

»Ich finde, du übertreibst, was meinen Eigensinn betrifft«, unterbrach sie seine Überlegungen. Sie lag noch immer in dem sich rasch abkühlenden Badewasser, und er wünschte, er könnte ihr sagen, dass ihr Eigensinn einen Teil ihres Charmes ausmachte. Am liebsten würde er sie jetzt aus der Wanne heben, sie in seine Arme nehmen und weitermachen, wo sie am Morgen in dem Tal aufgehört hatten.

Aber das konnte er noch nicht. »Eigensinn! Du unterschätzt dein Temperament, Mylady. Wenn ich auf Ravenshire bleiben soll, muss ich mir des Respekts meiner Männer und meiner Leute gewiss sein können.«

»Aber ...«

Eirik hob eine Hand, um sie zum Schweigen zu bringen. »Es kann nur einen Burgherrn geben. Und der bin ich, Mylady.«

Sie betrachtete ihn argwöhnisch. »Und deshalb muss ich für meinen Eigensinn bestraft werden. Ist das der Grund für dieses Gefängnis hier?«, fragte sie mit einer weit ausholenden Handbewegung in den Raum.

»Es ist nur ein Gefängnis, wenn du willst, dass es eins ist.«

Sie zog skeptisch eine Augenbraue hoch. »Was genau verlangst du eigentlich von mir?«

»Die Einzelheiten können wir später besprechen«, sagte er,

während er nach einem großen Leinentuch griff. »Du bist schon ganz blau vor Kälte.«

Sie stieß seine Hand weg, in der er das Handtuch hielt, das er ihr reichen wollte. »Sag es mir!« Ihre Augen glitzerten vor Wut, und sie atmete schnell und stoßweise durch ihre offenen Lippen. Herrlich offene Lippen.

Konnte er ihr die Wahrheit über Steven und seine Angst um sie erzählen? Nein, beschloss er, das wäre ein zu großes Risiko, bis er mehr Zeit gehabt hatte, sich ihres Gehorsams zu versichern. Er musste sie um jeden Preis beschützen. Sich gegen ihren Ärger wappnend fuhr er fort: »Ich werde alle Entscheidungen treffen, die mit Ravenshire zu tun haben – mit seiner Verteidigung, seinen Gehöften und Ernten, seinen freien Pächtern und seinen Leibeigenen. Es wird nicht nötig sein, dass du die Mauern dieser Burg verlässt. Falls du irgendwelche Vorschläge bezüglich Ravenshires Verwaltung hast, werde ich sie mir natürlich anhören, aber die endgültigen Entscheidungen liegen bei mir, so wie es sich gehört.«

»Und während deiner Abwesenheit?«

»Also wirklich, Eadyth, du tust so, als wäre ich ständig weg.«

»Und während deiner Abwesenheit?«, wiederholte sie eisig.

Das Gespräch verlief ganz und gar nicht so, wie Eirik es geplant hatte. Oh, er hatte natürlich gewusst, dass Eadyth gegen seine Regeln protestieren würde, aber er hatte nicht damit gerechnet, dass er sich so schuldig fühlen würde. »Wenn ich nicht da bin, wirst du dich mit Wilfrid beraten.«

»Mich mit ihm beraten oder seinen Wünschen fügen?«

Eirik spürte, wie er errötete, und weigerte sich, ihre Frage zu beantworten.

»Und meine Bienenzucht? Wirst du mir die auch wegnehmen?«

»Ich nehme dir gar nichts weg, Eadyth. Du solltest froh sein, dass ich dir diese Bürden abnehme.« Selbst er erkannte, wie schwach seine Argumente klangen, als er sich eine Antwort zusammenstotterte. »Es steht dir frei ...«

»Ich habe dir eine Frage gestellt, mein Herr und Gebieter. Erweise mir also bitte die Höflichkeit, sie zu beantworten«, höhnte sie. »Was ist mit meiner Imkerei?«

»Du kannst dich auch weiterhin um deine Bienen kümmern und deinen Honig, deinen Met und deine Kerzen machen, aber ich will nicht, dass du nach Jorvik fährst, um deinen Handel zu betreiben. Das ist zu gefährlich. Außerdem ziemt es sich auch nicht.«

»Du verdammter Schuft!«

Das Wasser spritzte nach allen Seiten, als Eadyth wütend und ohne auch nur einen Gedanken an ihre Nacktheit zu verschwenden, in der Wanne aufsprang. Eiriks Blut schoss in seine Lenden und sein Herz schlug fast schmerzhaft hart gegen seine Rippen, als er für einen kurzen Augenblick Eadyths beeindruckende Schönheit sah.

Aber dann griff sie nach dem Leinentuch, hielt es vor ihren Körper und sagte mit ruhiger, kalter Stimme: »Verschwinde. Verschwinde aus diesem Zimmer, bevor ich dich mit meinen bloßen Händen erwürge. Es ist mir egal, ob du mich für den Rest meines Lebens in diesem Zimmer einschließt. Ich werde diesen Bedingungen niemals zustimmen. Nie und nimmer.«

Ihre Augen füllten sich mit Tränen, aber sie blinzelte mehrmals, um sie zurückzudrängen und nicht vor ihm zu weinen. Eirik starrte sie an und fühlte sich, als hätte er einen Faustschlag in den Magen bekommen.

»Ich habe diese Ehe nie gewollt. Ich habe dir gleich zu Anfang, schon bei unserer ersten Begegnung, gesagt, dass Frauen ihre Unabhängigkeit verlieren, wenn sie heiraten. Aber ich dachte, du wärst anders, verdammt noch mal!« Dann wiederholte sie noch einmal etwas ruhiger: »Ich dachte, du wärst anders.«

Er streckte eine Hand nach ihr aus.

Sie stieß sie fort.

»Eadyth, vertrau mir bitte. Es wird vielleicht nur für kurze Zeit sein, und dann ...«

»Warum sollte ich dir vertrauen?«, schrie sie. »Und wieso eigentlich nur für kurze Zeit? Du meinst damit wohl, wenn ich mich als fügsam wie eine kuhäugige Magd erwiesen habe? Oder wenn ich mich lange genug verbeugt habe, wann immer du einen Raum betrittst? Oder mit einem affektierten Lächeln auf jedes deiner klugen Worte reagiert habe?«

Eirik biss die Zähne zusammen und gab es auf, sie versöhnlicher stimmen zu wollen. »Lass uns schlafen gehen, Eadyth. Es war ein langer Tag. Wir können morgen früh weiterreden, wenn du dich ein bisschen beruhigt hast.«

»Allmächtiger! Du musst Haferbrei statt eines Gehirns im Kopf haben, wenn du glaubst, ich würde heute Nacht neben dir schlafen ...« Plötzlich kam ihr ein Gedanke, der sie bis zum Haaransatz erröten ließ, bevor sie rasch hinzusetzte: »... oder meine Beine für dich spreizen, du gemeiner Schuft.«

»Wir werden zusammen schlafen, Frau«, erklärte Eirik und folgte ihr, als sie zurücktrat, noch immer dieses lächerlich kleine Tuch um ihren Körper geschlungen, das ihre langen Beine und noch sehr viel mehr freigab. Ihr Anblick weckte in Eirik den jähen Wunsch, diese langen Beine um seine Taille zu spüren und diesen Mund unter seinen Küssen stöhnen zu hören. »Ja, wir werden zusammen schlafen. Und darüber hinaus wirst du das einzige Kleidungsstück tragen, das ich dir hiergelassen habe.«

»Kleidungsstück? Was für ein Kleidungsstück?« Eadyth blickte sich im Zimmer um, konnte aber nichts anderes sehen als den Bienenschutzschleier, der an einem Haken an der Wand hing. Als ihr dämmerte, was er meinte, sagte sie erstickt: »Du kannst doch nicht ...«

»Oh doch, das kann ich.« Und damit nahm er auch schon den Schleier in die eine Hand und eine Schere in die andere und begann einen groben Halsausschnitt in den dünnen Stoff zu schneiden. Dann gab er ihn Eadyth. »So. Entweder du ziehst ihn selbst an, oder ich übernehme auch das für dich.«

Eadyth starrte ihren Mann betroffen an, während er sich von ihr abwandte. Dann sah sie sich fieberhaft um und suchte nach einem Fluchtweg aus dem Raum. Oder einer Waffe. Aber es gab weder das eine noch das andere.

Widerstrebend streifte sie den hauchdünnen Schleier über. Ihn zu tragen, war schlimmer, als gar nichts anzuhaben. Er bedeckte sie zwar vom Hals bis zu den Knöcheln, aber seine Durchsichtigkeit ließ sie sich noch nackter vorkommen als mit bloßer Haut.

Als Nächstes zündete Eirik mindestens drei Dutzend ihrer teuren Bienenwachskerzen an. Mit zusammengekniffenen Lippen rechnete Eadyth in Gedanken die so von ihm verprasste Summe aus und beschloss, ihm in ein paar Tagen eine Rechnung dafür auszustellen. Ha! Wahrscheinlich betrachtete er jetzt auch schon die Kerzen als sein Eigentum. *Genau wie mich*. Sie biss sich auf die Lippe, um die Tränen zurückzuhalten, die ihr bei diesem scheußlichen Gedanken in die Augen geschossen waren.

Nachdem er den Zunder auf einen Tisch gelegt hatte, drehte Eirik sich um ... und war für einen Augenblick ganz sprachlos vor Erstaunen. Seine Augen weiteten sich vor unverhohlener

Bewunderung, als sein Blick über das durchsichtige Gewand glitt, in dem Eadyth vor ihm stand.

Voller Genugtuung registrierte Eadyth, dass Eirik jetzt gar nicht mehr so kühl und verärgert aussah. Seine Lippen verzogen sich sogar zu einem wehmütigen kleinen Lächeln. »Ich habe lange davon geträumt, dich in diesem Gewand zu sehen, schon bevor ich von deiner Schönheit wusste.«

»Dann träum weiter, du Tölpel, denn mehr wirst du auch gar nicht tun.«

»Glaubst du?«, fragte er herausfordernd und trat ein wenig näher.

»Ich will dich nicht, Eirik.«

»Heute Nachmittag hast du mich aber begehrt ... leidenschaftlich«, erinnerte er sie.

Zu ihrem Kummer spürte Eadyth, wie sie heiß errötete. »Da war ich trunken vor Lust. Jetzt, wo ich deine wahren Ziele kenne, wird das nicht wieder geschehen.«

»Das denke ich aber doch.«

»Dann ist es also Gefangenschaft *und* Vergewaltigung, womit du mich bestrafst.«

»Ich habe noch nie in meinem Leben eine Frau zum Beischlaf gezwungen, und ich habe auch nicht die Absicht, jetzt noch damit zu beginnen«, fauchte er und ballte seine Fäuste an den Seiten. »Aber Herrgott noch mal, du kannst einen Mann mit deiner scharfen Zunge auch wirklich in Versuchung führen, gewalttätig zu werden.«

»Heute Nachmittag hast du dich aber nicht ein einziges Mal über meine Zunge beklagt.«

Eirik schüttelte den Kopf, erstaunt über die Promptheit ihrer Antwort. »Ah, da war deine Zunge ja auch mit angenehmeren Dingen zugange. Ehrlich gesagt hatte ich sogar vor, dir heute Abend noch eine neue Übung für sie beizubringen«, sagte er und begann ihr etwas so Unerhörtes zu beschreiben, das Männer und Frauen mit ihren Zungen miteinander anstellen konnten, dass sie sich am liebsten die Ohren zugehalten hätte.

»Oh ... oh ... was für ein Wüstling du doch bist! Wann hast du das letzte Mal gebeichtet? Die Priester müssen sich vor Schadenfreude ja die Hände reiben, wenn du zur Beichte kommst. Bestimmt werden sie dir so schwere Bußen auferlegen, dass du noch Wochen später damit beschäftigt bist, sie zu erfüllen.«

»Jedes Mal«, erwiderte er ganz ungeniert.

Eadyth starrte ihn entgeistert an und gab sich die größte Mühe, sich die unerhörten Sünden, die er zu beichten haben könnte, nicht auszumalen.

Eirik fuhr sich mit den Fingern durchs Haar und zögerte, als suchte er nach den richtigen Worten. Aber schließlich sah er Eadyth ruhig an. »Ich möchte mit dir schlafen, Eadyth. Sehr. Wirst du dich von mir lieben lassen?«, fragte er mit leiser, rauer Stimme.

»Nein.« *Heilige Mutter Gottes, bewahre mich davor, in Versuchung zu geraten. Heilige Mutter Gottes, bewahre mich davor, in Versuchung zu geraten. Heilige Mutter ...*

»Bitte.«

Eadyth biss sich auf die Unterlippe, grub ihre Nägel in ihre Handballen und versuchte verzweifelt, sich nicht an die Gefühle zu erinnern, die dieser Verführer früher an diesem Tag in ihr geweckt hatte.

Eirik trat ein bisschen näher, und nur mit Mühe konnte sie ein Stöhnen unterdrücken, als sie die Sehnsucht sah, die seine männlich schönen Züge weicher machte. Seine hellen Augen verdunkelten sich vor Verlangen, als sie streichelnd über ihren nahezu nackten Körper glitten. Und jede Stelle, die sein heißer Blick berührte, begann zu prickeln und zu pochen. Eadyth spürte, dass sie schwach wurde, und gab sich sogar noch mehr Mühe, seinem Reiz zu widerstehen.

»Nicht einmal, wenn du dich auf den Kopf stellst, splitterfasernackt, und mit diesem Schwanz dort zwischen deinen Beinen wedelst«, erklärte sie völlig unverblümt und hoffte, ihn mit ihrer Grobheit zu schockieren.

Stattdessen aber lachte er nur beifällig. »Du wirst mich diese Geschichte von dem Kalifen und seiner potthässlichen Frau wohl nie vergessen lassen, was?«

»Das war nicht die Geschichte mit dem Kalifen, du Einfaltspinsel. Es war der Kaufmann aus Micklegaard, dessen Frau wie das Hinterteil eines Maulesels aussah«, berichtigte sie ihn.

Eirik zog beide Augenbrauen in die Höhe. »Dein ausgezeichnetes Gedächtnis überrascht mich.«

»Das hoffe ich doch. Du und all die lächerlichen Geschichten, die du mir erzählt hast. Zwölf Mal! Du musst dich über meine Unerfahrenheit ja halb totgelacht haben.«

»Zwölf Mal was?«, fragte er verwirrt und trat noch ein wenig näher.

Eadyth wich zur Seite aus, denn seine Nähe machte sie nervös, auch wenn er versprochen hatte, sie nicht zu zwingen, ihm zu Willen zu sein. »Ja, zwölf Mal, du Spinner. Du hast mir erzählt, ein Mann könnte … du weißt schon … diese Höhepunktgeschichte, meine ich. Zwölf Mal. Ha! Zwei Mal war für dich ja schon fast zu anstrengend.«

»Ah, jetzt willst du mich also auch noch wegen meiner sexuellen Fähigkeiten verspotten? Das ist ein gefährliches Spiel, Eadyth. Sehr gefährlich. Vielleicht hatte ich ja vor, die ›Höhepunktgeschichte‹ nach unserer Heimkehr zu vollenden. Der Tag hat schließlich vierundzwanzig Stunden, und wir haben höchstens eine in diesem Tal verbracht.«

Eadyth runzelte die Stirn, nicht sicher, ob er es ernst meinte oder sie wieder nur veralberte. Aber da er sich seine glatt rasierte Oberlippe rieb, als vermisste er noch immer seinen Schnurrbart, konnte sie seinen Gesichtsausdruck nicht richtig deuten. Zwölf Mal! War das wirklich möglich? »Tja, für mich ist es gehüpft wie gesprungen, ob du einmal oder fünfzig Mal stöhnst und grunzt, weil es in *meiner* Gegenwart nämlich nicht mehr geschehen wird.«

»Grunzt und stöhnst! Also wirklich, Eadyth, du hast eine Ausdrucksweise, die sich für eine Frau ganz und gar nicht gehört.«

»Du kanntest meine Ausdrucksweise, bevor du mich zur Frau genommen hast.«

»Aber da wusste ich nicht, wie schön du bist, und jetzt, wo ich es weiß, will ich dich lieben.«

Seine charmanten Worte ließen Eadyths Herz höher schlagen. »Wirst du deine blöden Regeln wieder rückgängig machen?«

Sie glaubte zu hören, wie Eirik mit den Zähnen knirschte.

»Nein, meine blöden Regeln gelten ... bis auf Weiteres. Wirst du mir vertrauen und mir glauben, Eadyth, dass ich weiß, was derzeitig das Beste ist?«

»Du fragst zu viel«, erwiderte sie seufzend.

Er schwenkte resigniert die Hände. »Ich werde nicht betteln.« Dann wandte er sich von ihr ab und ging zum Bett hinüber.

Eadyths Augen weiteten sich, aber sie konnte sich nicht abwenden, als er sich hinsetzte und seine Stiefel auszog und dann die wollene Tunika über seinen Kopf zog. Während er aufstand, seine Beinlinge aufschnürte und sie achtlos auf den Boden fallen ließ, blickte er ihr die ganze Zeit über direkt in die Augen.

Eiriks prächtiger Körper erfüllte Eadyth immer wieder neu mit Staunen. Bewundernd ließ sie ihren Blick über all diese harten Muskelstränge gleiten, die in fließenden Linien von den Hüften über die Oberschenkel zu den Knien verliefen, über das krause dunkle Haar zwischen seinen Schenkeln ... und die pulsierende Härte, die sich ihr so einladend entgegenreckte. Sie hätte die Augen schließen sollen, um der Versuchung nicht zu erliegen. Aber sie konnte es einfach nicht.

»Ich weiß, wie Eva sich im Garten Eden gefühlt haben muss«, gab sie wider ihr besseres Wissen zu.

»Fühlst du dich versucht, Eadyth?«, fragte er heiser. »Vergleichst du mich mit Adam?«

Das brachte sie augenblicklich wieder zur Besinnung. »Nein, mit der Schlange.«

Eirik lachte leise und streckte sich auf der weichen Matratze aus, ohne seinen Blick von Eadyth abzuwenden.

»Ich kann nicht neben dir schlafen.«

»Das musst du selber wissen. Schlaf auf dem Stuhl, auf dem Boden oder im Bett. Ich habe dir versprochen, dich nicht anzufassen, wenn du es nicht willst.«

Eadyth trat näher an das Bett heran und streifte ihr durchsichtiges Kleid über den Kopf. Dann legte sie sich an den äußersten Rand der Matratze und sagte: »Wir haben nicht mal Bettzeug. Womit soll ich mich zudecken, wenn mir kalt wird?« Sie bereute ihre Worte augenblicklich.

»Dann kannst du ja meine Körperwärme suchen. Ich schwöre dir, dass meine Haut im Augenblick noch heißer als das Höllenfeuer ist.«

»Eher würde ich mir einen Eiszapfen an der Nasenspitze wachsen lassen«, erklärte sie stur. »Und ich kann dir auch nur raten, diesen Eiszapfen, den du dein Eigen nennst, auf deiner Seite des Betts zu lassen.«

Eirik lachte. »Er ist jetzt mehr wie ein heißes Schüreisen.«

Eadyth gab einen angewiderten Laut von sich und drehte sich auf den Bauch, weil sie hoffte, so vielleicht etwas bequemer liegen zu können. »Ich kann nicht ohne eine Decke schlafen.«

»Ich könnte dir mit meinem heißen Schüreisen die Kälte nehmen.«

»Du bist vulgär wie ein läufiger Eber.«

»Werden Eber läufig? Oder ist das nur bei Säuen so? Hm. Das wusste ich nicht. Aber du bist ja natürlich viel erfahrener in diesen häuslichen Angelegenheiten.«

»Woher soll ich denn wissen, ob Schweine läufig werden?«, rief sie ärgerlich, weil ihre Nervosität ihr langsam schwer zu schaffen machte.

Eirik lachte.

Dieser Rüpel.

»Wusstest du, dass Eber ein spiralförmiges Geschlechtsteil haben und dass es im aufgerichteten Zustand so lang wie ein Männerarm ist?«

»Lügner.«

»Ich schwöre dir, dass es wahr ist. Du kannst jeden Bauern fragen. Und dann sind da natürlich auch noch die Schildkröten. Wusstest du, dass ihre Geschlechtsteile sich bei der Paarung umstülpen? Und Tykir hat mir einmal erzählt, dass er einem Mann begegnet war, der zwei hatte, aber ich weiß nicht, ob ich das glauben soll.«

»Oh, du bist unmöglich! Ich hör dir nicht mehr zu. Also

schlaf jetzt endlich«, sagte sie und hielt sich mit beiden Händen die Ohren zu. »Mach die Augen zu und schnarch, bis sich die Balken biegen.«

»Ach, vielleicht werde ich mich stattdessen ein bisschen mit mir selbst vergnügen.«

Eadyth schnappte entsetzt nach Luft und wandte sich ihm verärgert zu, wodurch sie ihm natürlich verriet, dass sie trotz ihrer auf die Ohren gepressten Hände hören konnte.

Die Arme hinter dem Kopf verschränkt, lag er auf dem Rücken und blickte mit einem selbstherrlichen Grinsen auf den Beweis seiner männlichen Erregung. »Möchtest du zusehen?«

Eadyth klappte beinahe die Kinnlade herunter. Eigentlich wusste sie nicht einmal, was er meinte, aber sie war sich sicher, dass es sich um etwas Abartiges handelte. »Du siehst ... lächerlich aus«, erklärte sie, und obwohl sie eine Hand in Richtung seiner Geschlechtsteile schwenkte, weigerte sie sich, noch einmal hinzusehen.

»Findest du? Manche Frauen sind da aber anderer Meinung.«

Sie wandte sich wieder von ihm ab, als ein seltsam scharfer Schmerz ihr Herz erfüllte. Er sprach so leicht von anderen Frauen. Würde er zu Asa, seiner Geliebten, gehen, nachdem sie ihn abgewiesen hatte? Oder sich eine andere in der näheren Umgebung suchen? Eadyth wünschte, es wäre ihr egal. Aber das war es nicht.

Widerstrebend rief sie sich in Erinnerung, wie zärtlich Eirik sie an diesem Nachmittag geliebt hatte. Dieser Flegel hatte ihrem Körper beigebracht, auf seine leidenschaftlichen Berührungen zu reagieren, etwas, das sie nie für möglich gehalten hätte. Und sie hatte sich erlaubt zu hoffen, dass sie eine richtige

Ehe miteinander führen könnten, eine Ehe, wie sie sie sich als junges Mädchen erträumt hatte.

»Eirik?«, fragte sie leise.

»Ja?«, antwortete er ebenso leise.

»Kannst du nicht einen Mittelweg finden? Kannst du keine Gleichberechtigung in dieser Ehe dulden? Wäre es so schlimm für dich, eine Frau mit einem eigenen Willen zu haben? Ich würde deine Autorität nicht untergraben, sondern sie nur teilen wollen. Könnten wir uns nicht einigen?«

Ein ausgedehntes Schweigen folgte.

Schließlich atmete Eirik tief aus. »Nein, nicht jetzt. Eines Tages vielleicht, aber nicht jetzt. Nicht jetzt.«

Eadyth konnte spüren, wie sie ihr Mut verließ. Nachdem sie sich wieder ganz auf ihre Seite des Betts zurückgezogen hatte, ließ sie ihren Tränen freien Lauf. So war das also, so würde also der Rest ihres Lebens aussehen.

Aber Eadyth erlaubte sich nicht lange, in Selbstmitleid zu versinken. Im Grunde war ihr Schicksal – eine Ehe ohne Liebe – nicht schlimmer als das der meisten Frauen, die sie kannte, und noch besser als das Los so mancher anderen. Und so fand sie sich damit ab und versuchte einzuschlafen, was ihr aber einfach nicht gelingen wollte. Schließlich drehte sie sich auf die andere Seite und sah ihren Mann an, dessen ruhige Atemzüge verrieten, dass er bereits schlief. Eadyth verzog die Lippen. Typisch Mann! Sie ärgerten eine Frau, machten sie wütend und nervös, um dann, mitten in einem Streit, zu gehen oder sich umzudrehen und laut zu schnarchen. Na ja, Eirik schnarchte bislang noch nicht, aber er würde es bestimmt noch tun, der Esel.

Und diese Sache mit der körperlichen Liebe, dachte Eadyth nun bekümmert, da sie schon den ganzen Tag an fast nichts anderes gedacht hatte. Warum war es der Mann, der entschied, ob ein Geschlechtsakt stattfand oder nicht? Warum mussten es die Männer sein, die das Liebesspiel begannen, und Frauen sich unterwürfig ihren Launen fügen? Diese sinnlichen Empfindungen, die Eirik heute in ihr geweckt hatte … nun, wahrscheinlich hielten Männer auch diese vor ihren Ehefrauen geheim, damit sie nicht mehr von ihnen verlangten. Eine weitere Möglichkeit für Männer, Frauen zu beherrschen, dachte Eadyth.

Aber was wäre, wenn … hm.

Nein, das könnte ich nicht.

Und warum nicht?

Ich könnte ja sehr vorsichtig sein.

Und so beschloss die wie immer tatkräftige Eadyth, die Dinge selbst in Gang zu bringen.

15. Kapitel

Mit größter Vorsicht schob Eadyth sich näher an Eirik heran, der, einen Arm über seinem Kopf, auf dem Rücken lag und schlief. Im Schein der brennenden Kerzen beobachtete sie fasziniert, wie tief und ruhig er durch seine leicht geöffneten Lippen atmete. Selbst sein Atmen hatte etwas Sinnliches, gestand sie sich mit einem schuldbewussten kleinen Lächeln ein.

Eadyth stützte den Kopf auf einen Ellbogen und betrachtete das Gesicht ihres Ehemannes. Um seine Augen und an seinen Mundwinkeln zogen sich feine Lachfältchen, die sie ausgesprochen anziehend fand. Oh ja. Sie machten sein Gesicht noch ausdrucksvoller.

Da sie sich inzwischen daran gewöhnt hatte, dass Eirik keinen Schnurrbart mehr trug, gefiel ihr jetzt auch das. Einige Männer sahen mit Schnurrbart besser aus, weil er schmale Lippen gut verbarg. Aber Eiriks Lippen waren alles andere als schmal, sie waren voll und äußerst sinnlich. Konnte sie ihn dort berühren, ohne ihn zu wecken? Na ja, ganz leicht vielleicht nur. Mit der Spitze ihres Zeigefingers zeichnete sie die fein geschwungenen Ränder seines Mundes nach und wünschte, sie könnte ihre Lippen auf die seinen pressen. Nicht, weil sie den Flegel küssen wollte, sondern nur, um ihre Neugier zu befriedigen.

Mit widerstrebender Bewunderung ließ sie ihren Blick über den Rest von Eiriks Körper wandern, von seiner leicht behaarten Brust zu seinen großen, schmalen Füßen. Mit seinen vielen Narben und ausgeprägten Muskeln war es der im Kampf gestählte Körper eines Soldaten. Sehr hübsch. Aber das wusste der Flegel ja selbst wahrscheinlich nur zu gut. Das war es wohl auch, warum er so viel Glück bei Frauen hatte. Das und sein erotisches Geschick.

Allein den Körpers ihres Mannes zu betrachten, brachte Eadyths Blut in Wallung und löste eine süße Schwere in ihren Gliedern aus. Sie blickte für einen Moment auf ihre Brustspitzen hinunter und verglich sie dann mit Eiriks. Wie anders sie waren, und doch so gleich. Vorsichtig tippte Eadyth mit der Fingerspitze an eine seiner Brustwarzen. Aber diese eine zaghafte Berührung war ihr nicht genug. Nachdem sie sich vergewissert hatte, dass er noch immer schlief, beugte sie sich vor und nahm eine der harten kleinen Spitzen zwischen ihre Lippen. Dann berührte sie sie ganz sachte mit der Zungenspitze. Als sie ihn leise aufstöhnen zu hören glaubte, zog sie sich sofort zurück. Nachdem sie ihn eine Weile beobachtet hatte, merkte sie jedoch, dass er noch immer ruhig schlief, auch wenn seine leicht geöffneten Lippen sich geschlossen hatten und er jetzt durch die Nase atmete.

Eadyth setzte sich vorsichtig auf, und dann kniete sie sich vor ihn hin. Es gab einen Teil von Eiriks Körper, den sie sich genauer ansehen wollte. Wieder sehr behutsam, um ihn nicht zu wecken, beugte sie sich vor und betrachtete neugierig. Dieser schlaffe männliche Körperteil umgeben von dem krausen dunklen Haar zwischen seinen Schenkeln sah völlig anders aus, als wenn er groß und aufgerichtet war.

Sie berührte ihn mit der Fingerspitze, zog die Hand aber sogleich wieder zurück, als ob sie sich verbrannt hätte. Fast hätte sie laut gekichert. Er fühlte sich so weich und biegsam wie ein großer Wurm an.

Schon wagemutiger geworden beugte sie sich noch weiter

vor und nahm ihn diesmal sogar in die Hand. *Oh, die Haut war ganz geschmeidig ... und beweglich. Wie merkwürdig!*

Dann begann es unter ihrer Hand zu wachsen. Eadyth schnappte verblüfft nach Luft und ließ den Penis vorsichtig wieder los. Ein rascher Seitenblick verriet ihr, dass Eirik noch immer schlief. Er musste beim Abendessen reichlich von ihrem Honigwein getrunken haben. Sie richtete ihren Blick wieder nach unten und sah, dass es noch immer wuchs. Nun spannte sich die Haut daran und sah wie glatter Marmor aus. Es war wie Zauberei.

Na ja nicht wirklich Zauberei. Eadyth hatte zu viele Jahre in einem Haushalt voller rauer Männer gelebt, um noch nichts von einer Morgenlatte oder Ähnlichem gehört zu haben. Offenbar wuchs es aus vielen Gründen und nicht unbedingt nur für den Paarungsakt.

Das Ganze war ihr überhaupt ein Rätsel, ein wundersames Rätsel, das sie noch nicht ganz verstehen konnte. Allein Eiriks Körper zu betrachten flößte ihr schon ganz merkwürdige Empfindungen ein und ließ sie sich ganz seltsam rastlos fühlen. Schamlos. Sie wollte seinen ganzen Körper berühren, seine geheimsten Stellen erforschen und entdecken, was ihm Freude machte. Und sie wollte, dass er das Gleiche auch bei ihr tat.

Warum musste er das alles mit seinen dummen Regeln zunichte machen?

Eadyth seufzte und wollte sich gerade wieder hinlegen, um zu versuchen einzuschlafen, als ihr Blick auf Eiriks Gesicht fiel und sie sah, dass er sie mit weit geöffneten Augen anstarrte.

Für einen schier endlos langen Moment blickten sie sich in die Augen. Er sagte nichts, aber sein etwas glasiger Blick und seine geöffneten Lippen verrieten ihr seine sinnliche Erregung. Trotzdem streckte er weder seine Hand nach ihr aus, noch bat er sie, mit ihm zu schlafen. Dann erinnerte sie sich wieder. Er hatte ihr gesagt, dass er nicht betteln würde.

»Ich will nicht mit dir schlafen«, sagte sie abweisend, aber dann wurde ihr schlagartig wieder bewusst, dass sie vollkommen nackt vor ihm kniete. Sie setzte sich, zog die Knie an ihre Brust und schlang die Arme um ihre Waden.

Eirik sagte nichts, aber sein schnelles Atmen war beredter als Worte.

Sie warf ihm einen schrägen Blick zu. »Männer machen immer so ein Gehabe um ihren Körper. Ich wollte nur mal sehen, weshalb genau sie einen solchen Wirbel veranstalten.«

Eirik lachte ungläubig.

»Es ist wahr. Außerdem sind es immer die Männer, die Frauen bedrängen, ihnen ihren Willen aufzwingen und sie dazu bringen, sich ihnen zu unterwerfen. Ich wollte sehen, wie es sein würde, die Rollen zu vertauschen, um selbst bestimmen zu können.«

»Warum hörst du dann jetzt auf?«, fragte er mit belegter Stimme, als fiele ihm das Sprechen schwer.

»Was?«

»Bei der körperlichen Liebe geht es nicht darum, wer über wen bestimmt, Eadyth. Aber wenn du glaubst, es würde dir Spaß machen, mich zu leiten ... dann tu dir bitte keinen Zwang an.«

Sie blinzelte verständnislos. Aber da beugte Eirik sich schon zu ihr vor und zog sie auf sich, bis ihre Knie rechts und links von seinen Hüften ruhten. Bevor sie protestieren konnte, ließ er sie auf seinen harten Schaft herab und drang fast quälend langsam in sie ein. Und als sie das herrliche Gefühl auskostete, immer mehr von ihm ausgefüllt zu werden, hätte sie gar nicht mehr protestieren können, und wenn ihr Leben davon abgehangen hätte.

Eirik, der nie sehr fest schlief, hatte es sofort gemerkt, als Eadyth zu seiner Seite des Betts hinübergerutscht war. Er hatte sich jedoch eisern unter Kontrolle gehalten, sich gezwungen, ruhig und gleichmäßig zu atmen und seine Augen nicht zu öffnen.

Er hatte im Geist bis hundert gezählt und sich krampfhaft bemüht, nicht auf die sanften Berührungen seiner Frau zu reagieren. *Bleib ruhig, ganz ruhig*, hatte er sich gesagt und sich gezwungen gesehen, dreimal von neuem mit dem Zählen zu beginnen.

Als Eadyth sein Glied in die Hand genommen hatte, hatte er die Zähne zusammengebissen und die Augen hinter seinen geschlossenen Lidern verdreht. Er hatte seinen Körper dazu zwingen können, völlig reglos dazuliegen, aber sein Glied besaß einen eigenen Willen.

Eirik hatte mit so vielen Frauen geschlafen, dass er schon vor Jahren aufgehört hatte zu zählen, und trotzdem wusste er nicht, wie er mit seiner eigenen Ehefrau umgehen sollte. Auf innigste Weise mit ihm vereint, saß sie rittlings über seinen Schenkeln, doch obwohl sie ihn bereitwillig genug in ihre feuchte Wärme aufgenommen hatte, waren ihre veilchenblauen Augen groß vor Furcht und Unentschlossenheit.

»Ich glaube, du hast gewonnen«, sagte sie.

»Was gewonnen?«, fragte er stöhnend, weil er Mühe hatte, seine leidenschaftlichen Gefühle im Zaum zu halten.

»Diesen Krieg zwischen uns. Deinen Drang, mich zu beherrschen.«

»Eadyth, du fesselst mich mit deiner weiblichen Hitze buchstäblich ans Bett. Meine Knochen lösen sich vor Sehnsucht nach dir schon fast auf. Wenn ich dich nicht bald berühre oder küsse, werde ich den Verstand verlieren, fürchte ich. Und deshalb frage ich dich jetzt, wer hier wen beherrscht?«

Sie lächelte zufrieden, die kleine Hexe! Dann wurde sie wieder ernst. »Ich verstehe nicht, was du mit mir machst. Du weckst Gefühle in mir, die so betörend sind, dass ich kaum noch denken kann.«

Gut. »Komm her, Eadyth«, sagte er und zog sie auf seine Brust hinab. »Küss mich, Eadyth ... Verstehst du? Nur ein kleiner Kuss, mehr nicht.«

»Ha! Nur ein kleiner Kuss! Ich bin noch nicht so entrückt, dass ich keinen heißen Schürhaken in meinem Bauch erkennen könnte.«

Eirik nutzte das vorübergehende Nachlassen ihrer Feindseligkeit, um seine Hüften an ihr kreisen zu lassen.

Ein leises Seufzen entrang sich ihren Lippen.

So weit, so gut, dachte Eirik schmunzelnd. Dann legte er ihr die Hände um die Taille, hob sie ein wenig an und ließ sie dann wieder herab, um ihr den Rhythmus der Bewegungen zu zeigen.

»Oh.«

Mit einer Hand tastete er nach der Stelle, an der Eadyth und er verschmolzen, und streichelte sie dort.

»Ich ... will ... das ... nicht«, stieß sie zwischen zusammengebissenen Zähnen hervor, spreizte aber trotzdem ihre Beine noch ein bisschen weiter und bog sich seiner Hand entgegen.

Eirik zog seine Hände zurück und zwang sich, sie ruhig neben sich auf dem Bett liegen zu lassen. »Dann geh von mir runter. Ich werde dich zu nichts zwingen«, erinnerte er sie.

»Falls ich diesmal zustimme, denk nur nicht, dass das immer so sein wird. Es wäre nur für dieses eine Mal, nicht mehr.«

Ein Mal! Ha! Eins nach dem anderen vielleicht. Einmal in der Stunde. Einmal in der Stunde, jede Stunde, bis mich meine Kraft verlässt. »Was immer du sagst, Eadyth«, erwiderte er ergeben und lächelte innerlich.

Sie nickte zustimmend.

Und er ließ sie mit sich machen, was sie wollte.

Wie sich herausstellte, lernte Eadyth schnell. Darüber hinaus brachte sie ihm sogar noch das eine oder andere bei. Als sie erst einmal ihren Rhythmus gefunden hatte, liebte sie ihn mit rückhaltloser Leidenschaftlichkeit. Ihr Eifer erregte ihn über alle Maßen. Die Hemmungslosigkeit, mit der sie sich ihren Gefühlen überließ, war eine wahre Wonne. Und ein Geschenk der Götter, dachte Eirik.

Als er erschöpft und angenehm ermattet unter ihr lag, fragte Eadyth, während sie zufrieden an seinem Ohrläppchen knabberte: »Habe ich dir wehgetan?«

Und Eirik lachte und lachte und lachte ... bis Eadyth ihn in die Schulter biss. Was ihn an andere Dinge denken ließ, die sie mit ihren Zähnen tun könnte.

Einander in den Armen haltend, schliefen sie schließlich ein. Irgendwann im Lauf der Nacht liebte Eirik seine Frau noch einmal. Diesmal nahmen sie sich Zeit für sanfte Liebkosungen und liebevolle Worte, bevor sie zueinanderfanden. Sie erklommen den Gipfel der Leidenschaft nur sehr gemächlich und steigerten ihre Erwartung mit dem Austausch schier unerträglich aufreizender Zärtlichkeiten. Und als ihre sinnlichen Empfindungen so übermächtig wurden, dass sie es nicht mehr auszuhalten glaubten, führte Eirik sie über die Schwelle, und sie stürzten gemeinsam in einen Abgrund ekstatischer Gefühle.

Im Augenblick des höchsten Rauschs rief er triumphierend: »Du gehörst mir.« Und natürlich widersprach Eadyth, indem sie sagte: »Nein, du gehörst mir.«

Eirik lächelte, als er noch vor dem Morgengrauen erwachte und auf die Frau herabsah, die fest an ihn geschmiegt in seinen Armen schlief. Er küsste sie sanft auf ihren silberblonden

Scheitel und überlegte, ob er sie mit einem Kuss auf ihr ›anderes‹ Haar wecken sollte. Aber das war ein Vergnügen, mit dem er seine frischgebackene Ehefrau noch nicht bekannt gemacht hatte. Nein, er würde lieber warten, bis sie wach war und er ihre Reaktion auf diese herrlich skandalöse Übung sehen konnte.

Außerdem quälte ihn auch noch ein anderer Hunger. Eirik beschloss, in die Küche hinunterzugehen und etwas zu essen für sich und Eadyth hochzuholen. Nach dem Frühstück würden sie dann miteinander reden. Nein, berichtigte er sich lächelnd. Sie würden sich wieder lieben, und dann würden sie miteinander reden und zu einem Einverständnis kommen.

Er zog eine Hose an und ging barfuß über die dunklen, stillen Korridore. In der Küche zündete er eine der Wandfackeln an und ignorierte das laute Schnarchen, das aus der Ecke drang, in der Berthas Strohsack lag. Er legte etwas Brot und Käse und mehrere Scheiben kalten Rehbratens auf eine Holzplatte und füllte einen großen Kelch mit Met. Dann ging er mit seinem Tablett über den geschlossenen Korridor auf den Burgsaal zu.

»Deine neue Frau befriedigt also wohl doch nicht all deine Gelüste, Bruder.«

Eirik fuhr zusammen und ließ um ein Haar das Tablett fallen.

»Herrgott noch mal, Tykir, was schleichst du hier in der Dunkelheit herum? Ich dachte, du wärst schon längst zu Haakons Hof zurückgekehrt.«

»Ich wurde in Jorvik aufgehalten«, erklärte Tykir und verdrehte die Augen, während er eine der Wandfackeln anzündete. »Ich komme mit dringenden Nachrichten von Rain's House, dem Waisenhaus in Jorvik.«

»Von Rain's House? Oh nein, sag, dass es nicht wegen Emma

ist! Ist meine Tochter krank? Haben sie Probleme dort im Waisenhaus?«

Tykir nickte. »Dringende Probleme. Im Waisenhaus verbreitet sich ein ansteckendes Fieber – vielleicht sind es sogar die verdammten Pocken. Rain und Selik haben Emma und all die anderen Kinder zu Gydas Haus geschickt und erwarten deine Antwort, was du zu unternehmen gedenkst.«

»Ist Emma auch krank?«, fragte Eirik und erschauderte vor Furcht.

»Nein. Oder jedenfalls bisher noch nicht. Ich wusste nicht, ob du sie hier in Ravenshire haben willst. Du hast bisher nie Interesse daran gezeigt, das Mädchen zu dir zu nehmen. Aber ich finde, es ist unfair, Bruder, sie bei Gyda zu lassen, auch wenn sie unserer Familie immer eine gute Freundin war. Du musst sofort zu ihr, Eirik.«

»Ja. Gyda muss ja schrecklich überlastet sein mit all den Kindern unter ihrem Dach. Sollte ich die Waisen nicht besser hierher bringen?«

»Nein, das kannst du nicht«, riet Tykir ihm rasch ab. »Nicht, solange Steven die Gegend unsicher macht. Und noch etwas, Eirik. Rain sagt, Emma würde langsam aber sicher ihre Stimme und ihr Erinnerungsvermögen wiedergewinnen. Es könnten schlimme Zeiten für sie werden, wenn sie sich an alles erinnert, was ihr und ihrer Mutter zugestoßen ist.«

Eirik atmete tief ein und nickte. »Wirst du mit mir nach Jorvik zurückkehren, Tykir?«

Tykir bejahte seine Frage. »Ich werde schon einmal die Pferde satteln. Können wir binnen einer Stunde aufbrechen?«

»Ja.«

Eirik ging wieder in die Küche und weckte Bertha, gab ihr ein paar Anweisungen und sagte ihr, dass er bei Anbruch der

Nacht wieder zurück sein würde. Dann ging er zum Schlafzimmer zurück, in dem Eadyth noch immer friedlich schlummerte. Leise, um sie nicht zu wecken, stellte er das Tablett auf einen Tisch und zog sich an.

Einen Moment lang fragte er sich, ob er seine Frau nicht wecken und ihr von seiner Tochter und seinen Sorgen erzählen sollte. Aber er wusste, dass Eadyth dann darauf bestehen würde, ihn zu begleiten, oder dass sie während seiner Abwesenheit das Schlafgemach verlassen würde. Sie mussten jedoch miteinander reden, bevor er das gestatten konnte, und dazu blieb ihm keine Zeit mehr. Und so küsste er sie nur ganz sachte auf die Lippen und schloss die Schlafzimmertür hinter sich ab.

Eadyth erwachte erst spät an jenem Morgen und streckte und dehnte sich genüsslich. Es überraschte sie nicht, dass Eirik nicht mehr neben ihr lag, denn an den Sonnenstrahlen, die durch die schmalen Pfeilscharten fielen, konnte sie sehen, dass es schon lange nach Tagesanbruch war. Grundgütiger, so lange habe ich seit meiner Kindheit nicht mehr geschlafen, dachte sie und gähnte herzhaft.

Schließlich zog sie sich den Bienenschutzschleier über und verzog das Gesicht bei dem Gedanken, dass dies das einzige Kleidungsstück war, das ihr geblieben war. Na ja, sie würde ihre anderen Sachen schon wieder zurückbekommen, wenn sie gefrühstückt hatte. Aber dann bemerkte sie das Tablett mit Essen auf dem Tisch und lächelte, erfreut über Eiriks fürsorgliche Geste.

Als sie gegessen hatte und in Gedanken noch einmal die wundersamen Ereignisse der vergangenen Nacht in Eiriks Armen hatte Revue passieren lassen, ging Eadyth zur Tür, weil sie hoffte, ungesehen in das angrenzende Zimmer zu gelangen und ihre Kleider herausholen zu können. Aber die Tür ließ sich nicht öffnen. Sie versuchte es erneut, vergeblich.

Und da begann sie zu begreifen. Der Schuft hatte sie im Schlafzimmer eingesperrt!

Sie würde ihn umbringen. Sie würde ihn mit diesem verdammten Bienenschutzschleier erwürgen. Oh, wie demütigend das alles war! Obwohl sie sich ihrem Mann in der letzten Nacht freiwillig hingegeben hatte, versuchte er noch immer, seine blödsinnigen Regeln durchzusetzen.

Sie hämmerte gegen die Tür und schrie, so laut sie konnte. Als die Tür endlich geöffnet wurde, stand Bertha da, die Hände in ihre breiten Hüften gestemmt. Ein Wachtposten stand hinter ihr auf dem Gang und versperrte Eadyth den Weg.

Sie zog sich rasch hinter die Tür zurück, um von ihm nicht in diesem durchsichtigen Gewand gesehen zu werden. Dann steckte sie den Kopf durch die Türöffnung und blickte Bertha fragend an. »Wo … ist … mein … Mann?«, erkundigte sie sich und ließ ganz bewusst einen Zwischenraum zwischen den Wörtern. Ihr Zorn ließ ihre Stimme schärfer klingen als beabsichtigt.

»Er ist nach Jorvik geritten«, informierte Bertha sie.

»Jorvik?« Damit hatte Eadyth nicht gerechnet. »Warum?«

Bertha zuckte mit den Schultern. »Woher soll ich das wissen? Er sagte, er wäre bei Einbruch der Nacht zurück, und er sagte auch, ich solle Euch nicht aus seinem Schlafzimmer herauslassen, bis er Gelegenheit hatte, mit Euch zu reden. Er sagte, Ihr solltet Euch ein bisschen ausruhen.« Bertha grinste anzüglich, als sie diese letzte Anweisung verkündete.

»Sag mir, was du über Eiriks so unverhoffte Reise nach Jorvik weißt«, befahl Eadyth der Köchin streng.

»Ich sagte Euch doch schon, ich weiß nicht, was er vorhat.« In diesem Moment aber riss Bertha die Augen auf, als dämmere ihr etwas und senkte betreten den Kopf.

»Was? Was ist es, was dir da gerade eingefallen ist?«

»Na ja«, sagte Bertha widerstrebend, »seine Mätresse Asa lebt doch da. Vielleicht verspürte er plötzlich das Bedürfnis, sie zu sehen.«

Als hätte ihr jemand einen Eimer Eiswasser ins Gesicht geschüttet, kam Eadyth plötzlich eine jähe, niederschmetternde Erkenntnis, die sie bis ins Mark erschütterte.

Sie schlug Bertha und dem Wachtposten die Tür vor der Nase zu und lauschte dann mit unbewegter Miene, wie der Schlüssel im Schloss umgedreht wurde. Ein schier überwältigender Schmerz durchflutete sie, und ihre Kehle war vor Kummer plötzlich wie zugeschnürt.

Er hintergeht mich schon wieder! Wann werde ich es endlich lernen? Zuerst verhext er mich mit seinen Schmeicheleien und Zärtlichkeiten und bringt mich unter seine Fuchtel. Dann schiebt er mich beiseite wie den Haferbrei von gestern. Wie soll ich diesen Schmerz ertragen?

Und, was noch viel wichtiger ist, wie soll ich hier entkommen?

Eadyth verbrachte genau zwei Stunden damit, sich zu bemitleiden. Das wusste sie, weil eine ihrer kostspieligen Vierundzwanzigstunden-Kerzen, die Eirik am Abend zuvor angezündet hatte, noch immer brannte.

Eadyth weinte.

Sie schalt sich, dass sie so dumm gewesen war.

Sie gab jede Hoffnung auf, dass ihr gebrochenes Herz sich je wieder von diesem Schlag erholen würde.

Sie begann Eirik zu lieben. *Diesen Flegel!* Sie begann Eirik zu hassen. *Diesen Flegel!*

Sie weinte über ihre widersprüchlichen Gefühle. Sie raufte sich die Haare, als sie nicht aufhören konnte, an das schöne Leben zu denken, das sie sich ausgemalt hatte. Ein flüchtiger Traum, den sie für einen Moment für sich beansprucht und dann wieder verloren hatte.

Und dann wurde Eadyth wütend.

Sie begann Eirik mit allen Schimpfnamen zu bedenken, die ihr gerade einfielen, und musste dann zuhören, wie Abdul mit geradezu empörender Genauigkeit jedes ihrer Worte wiederholte.

Sie schleuderte das Holzbrett mitsamt des ganzen noch darauf verbliebenen Essens an die Wand. Dann, als sie nichts anderes mehr zum Werfen fand, zerfetzte sie die Matratze und verteilte die Strohfüllung über den ganzen Raum.

Als sie sich Stunden später endlich beruhigt hatte, war Eadyth wieder ganz die Alte. Kühl. Vernünftig. Ein bisschen weiser ... und so wütend, dass sie jemanden hätte umbringen können.

Es tanzten schon spätnachmittägliche Schatten vor den schmalen Pfeilscharten, als sie sich auf die letzten Strohreste von Eiriks Bett fallen ließ und Pläne zu schmieden begann.

Na schön, dann bin ich also wieder einmal auf die schönen Worte eines verlogenen Manns hereingefallen. Was aber eigentlich nur bedeutet, dass ich schwächer bin, als ich gedacht hatte. Aber jetzt, wo ich meine Schwäche kenne, muss ich meine Abwehr stärken. Wie tue ich das? Hmm. Ich muss auf jeden Fall hier weg – zumindest eine Zeit lang – weg von Eirik und seiner verführerischen Zunge ... seinen Lippen ... Händen ... und ... o Gott!

Vielleicht kann ich ja nach Hawk's Lair zurückkehren. Das wäre nicht zu gefährlich, wenn ich genügend Wachen mitnehme. Und dann, wenn ich stärker bin – wenn ich nicht mehr bei jedem seiner Blicke schier dahinschmelze, wenn mein Herz nicht mehr bei jeder seiner Berührungen höherschlägt – dann kann ich Eirik mit den neuen Bedingungen für diese Ehe konfrontieren, die eigentlich gar keine Ehe ist. Aber zuerst muss ich Eiriks Gefangenschaft entkommen. Aber, o Heilige Maria Mutter Gottes, wie werde ich je dem Schmerz entkommen, der mir das Herz zerreißt?

Mit wiedergewonnener Entschlossenheit hob sie eins der schweren Seitenbretter auf, das sie während ihres Wutanfalls aus dem Bettgestell herausgebrochen hatte, und ging damit zur Tür.

»Brian ... Brian, bist du das da draußen?«, rief sie freundlich.

»Ja, Herrin«, antwortete die Wache zögernd. »Habt Ihr die Nachricht gesehen, die ich unter Eurer Tür hindurchgeschoben habe? Ihr habt so viel Krach gemacht, dass ich nicht wusste, ob Ihr mich hört.«

»Nachricht? Was für eine Nachricht?« Eadyth senkte ihren Blick und sah ein Stückchen Pergament, das zwischen all dem Stroh und der Binsenstreu auf dem Fußboden lag. Sie hob es auf, entsiegelte es rasch und las die kurze Nachricht, die Eirik ihr aus Jorvik geschickt hatte.

Eadyth,
ich bin aufgehalten worden. Erwarte meine Rückkehr morgen Nachmittag. Ich bringe ein entzückendes junges Mädchen mit.
Ich weiß, dass dieses Mädchen dich ebenso bezaubern wird, wie es mich bezaubert hat. Ich werde dir alles erklären, Eadyth, und wir werden auch die anderen Dinge, die wir noch nicht geklärt haben, besprechen. Vertrau mir, Liebes.
Es grüßt dich dein Mann,
Eirik

Eadyth lehnte sich mit dem Rücken an die Tür und schloss die Augen, als ein grauenhafter Schmerz ihr schier das Herz zerriss. *Ein entzückendes junges Mädchen! Bezaubert!* Dieser Rohling verbarg seine Affären nicht einmal. Eadyth Brust wurde so eng, dass sie zu ersticken glaubte, als sie Eiriks Nachricht in ihren Händen zerknüllte und ihr wieder Tränen über die Wangen rannen.

Ihm vertrauen? Wie konnte sie das tun? Er wollte sich mit seiner Geliebten vergnügen und gleichzeitig auch eine Ehefrau haben, die ihn folgsam zuhause erwartete. Schlimmer noch, er würde seine Buhle sogar nach Ravenshire mitbringen!

Und wie konnte er es wagen, sie ›Liebes‹ zu nennen, nachdem er sie derart hintergangen hatte? Sie wischte sich mit dem Handrücken über die Augen, atmete tief durch und fragte sich, mit welchen Koseworten er wohl seine Geliebte titulieren mochte.

Aber dann wappnete sie sich mit Entschlossenheit und entfernte sich ein paar Schritte von der Tür.

»Brian, würdest du bitte Bertha mit einem Besen und ein paar Putzlappen hinaufschicken?«, rief sie durch die geschlossene Tür. »Ich muss hier ein bisschen Ordnung schaffen.«

Er murmelte irgendetwas, aber dann hörte sie ihn davonstapfen.

»Jetzt gibt's Ärger«, krähte Abdul, und Eadyth warf ihm einen bösen Blick zu. Der Papagei aber hob seine arrogante Nase und ignorierte ihren Tadel. »Jetzt gibt's *großen* Ärger.«

Eadyth warf dem Tier einen drohenden Blick zu. Sie würde etwas gegen diesen dreisten, viel zu scharfsinnigen Vogel unternehmen müssen. Aber nicht jetzt.

Sie tippte ungeduldig mit der Fußspitze auf den Boden, während sie darauf wartete, dass Bertha endlich auftauchte.

Sehr bald schon drehte sich der Schlüssel in dem Schloss. Die Arme voller Reinigungsutensilien hielt Bertha die Tür mit ihrem breiten Hinterteil auf und schob sich etwas mühsam in den Raum hinein. Als ihr das gelungen war, fiel die Tür laut krachend hinter ihr ins Schloss.

Berthas Kinnlade klappte hinunter, und ihre Augen wurden groß wie Kuhfladen, als sie sich umdrehte und Eadyths nur von dem durchsichten Schleier bedeckten nackten Körper sah. »O mein Gott! Wartet, bis die anderen unten hören, was der Herr Euch angetan hat! So ein raffiniertes Schlitzohr! Schließt seine prüde kleine Gemahlin nicht nur in seinem Schlafzimmer zu seinem eigenen Vergnügen ein, sondern verkleidet ihr mageres Gestell auch noch als Haremssklavin!« Sie brach in schallendes Gelächter aus. »Tja«, stieß sie erstickt hervor, »wenn Eure Brüste ein bisschen mehr wackeln würden, wäre er bestimmt bei Euch daheim geblieben, statt sich zu seiner Geliebten davonzumachen. Ich gehe jede Wette ein, dass *ihre* Brüste wie Pudding wackeln.« Bertha krümmte sich vor Lachen.

Eadyth verspürte keinerlei Gewissensbisse, als sie das Brett hinter ihrem Rücken hervorzog und der geschwätzigen Köchin einen Schlag auf den Hinterkopf versetzte. Der Schlag war zu leicht, um wirklichen Schaden anzurichten, aber hart genug, um die korpulente Frau ohnmächtig zusammenbrechen zu lassen.

Und obwohl Eadyth vor Anstrengung stöhnte, gelang es ihr, Berthas massigen Körper in eine der Zimmerecken zu bugsieren, wo sie ihr rasch das Kleid auszog. Dann streifte sie den lächerlichen Bienenschutzschleier ab, zerriss ihn in Streifen und fesselte die Köchin an Händen und Füßen und stopfte ihr auch noch einen Knebel in den Mund. In aller Eile schlüpfte sie in Berthas Kleid, weil sie auf keinen Fall riskieren wollte, auf den Gängen nackt gesehen zu werden.

Dann lockte sie Brian sehr geschickt ins Zimmer, indem sie ihn um seine Hilfe beim Umstellen einer schweren Truhe bat. Kaum war er eingetreten, ereilte ihn das gleiche Schicksal wie die Köchin.

»Großer, großer Ärger«, meinte Abdul.

Die Hände in die Hüften gestemmt wandte Eadyth sich dem frechen Vogel zu. »Was hältst du von Katzen, mein gefiederter Freund? Ich erinnere mich nämlich, einen riesigen Mäusefänger da draußen im Stall gesehen zu haben, der bestimmt eine ausgesprochene Vorliebe für wohlschmeckende Flügel und winzige Papageienzungen hat.«

Abdul wusste offensichtlich, wann er seinen Schnabel halten musste.

Zufrieden mit dem, was sie bisher erreicht hatte, wischte Eadyth sich die Hände ab und ging hinaus und schloss die Tür hinter sich ab.

Am frühen Morgen des nächsten Tages ritten Eirik und seine müde Garde in den Hof von Ravenshire. Die kleine Emma saß fest an ihn gekuschelt vor ihm im Sattel und schlief tief und fest. Tatsächlich hatte sie ihn buchstäblich nicht mehr aus den Augen gelassen, seit sie ihn in Gydas Haus gesehen hatte, und abwechselnd »Vater« und »nach Hause« geflüstert – zwei Worte mehr, als sie in den vergangenen drei Jahren gesprochen hatte. Ein gutes Zeichen, fand Eirik.

Glücklicherweise waren es nicht die Pocken gewesen, die das Waisenhaus heimgesucht hatten, sondern ein sehr viel weniger ernstes Fieber. Eirik hatte Selik und Rain geholfen, die Kinder wieder zu ihrem Anwesen außerhalb der Stadt zu bringen, bevor er mit seiner Tochter heimgekehrt war.

Wilfrid kam sofort zu ihm und sprach ihn an. »Mylord, ich muss Euch etwas ...«

»Psst«, sagte Eirik leise und legte einen Finger an die Lippen, als er, seine Tochter in den Armen, vorsichtig von seinem Pferd abstieg. Er wollte nicht, dass Emma in einer fremden Umgebung aufwachte, bevor er Gelegenheit gehabt hatte, Eadyth vorzuwarnen. Er sah erwartungsvoll zum Burgeingang hinüber und eilte mit Emma in den Armen die Stufen zur Burg hinauf.

»Bitte, Mylord, ich muss Euch etwas sagen ...«

»Später, Wilfrid, lass mich zuerst das Kind zu Bett bringen.« Und mit meiner Frau sprechen. *Meiner Frau!* Eirik sorgte sich um seine Tochter und wollte Eadyths Rat einholen. Außerdem hatte er in den letzten beiden Tagen sehr viel über Eadyth und die zwischen ihnen entstehende Bindung nachgedacht. Er hatte ihr so viel zu sagen, und vor allem hatte er gemerkt, dass er seine Frau sehr stark vermisste, viel mehr, als er erwartet hätte. Er stand Frauen noch zu misstrauisch gegenüber, um diese neuen Gefühle Liebe zu nennen, aber er begann eine tiefe Zuneigung für sie zu entwickeln. Mit der Zeit vielleicht ...

Als er seine Tochter in einem Gästezimmer im ersten Stock zu Bett gebracht hatte, ging Eirik zu seinem eigenen Schlafzimmer, das direkt daneben lag.

»Eadyth«, rief er leise, als er die Tür aufschloss. Aber da es erst kurz nach Morgengrauen war, schlief Eadyth wahrscheinlich noch.

Niemand antwortete, und im Zimmer war es dunkler als im Hades. Eirik nahm eine Fackel aus einer der Wandhalterungen auf dem Gang, bevor er eintrat.

Das Zimmer glich einem Schlachtfeld. Der Fußboden war mit Essensresten, Füllmaterial aus der Matratze, zersprungenem Tongeschirr und Teilen seines zerbrochenen Bettgestells übersät.

Aber seine Frau war nirgendwo zu sehen.

»EADYTH!«

Sein Gebrüll war bis auf den Hof der Burg und noch darüber hinaus zu hören. Und die kleine Emma im Nebenzimmer begann vor Angst zu schreien.

»Ärger, großer Ärger«, krähte nun auch noch Abdul. »Großer Ärger, arrk. O Gott. Arrk. Großer Ärger, großer Ärger ...«

Eirik wandte sich fluchend ab und ging zu seiner Tochter. Als er sie beruhigt hatte und sie wieder eingeschlafen war, machte er sich auf die Suche nach Wilfrid, der im großen Burgsaal saß und sich mit Unmengen von Honigwein für die bevorstehende Begegnung stärkte.

»Nun?«, fragte Eirik eisig.

»Sie ist nach Hawk's Lair zurückgekehrt und hat ihren Jungen mitgenommen«, sagte Wilfrid in einem Atemzug, als ob er die Worte vorher eingeübt hätte.

»Und wie ist sie aus dem abgeschlossenen Schlafzimmer herausgekommen? Ist sie aus dem Fenster geflogen?«

Wilfrid stöhnte auf und legte den Kopf in seine Hände. »Nein, sie hat Bertha und Brian eins über den Schädel gegeben.«

Eiriks Augen weiteten sich vor Überraschung. »Sie hat *was*? Ach, egal. Ich glaube, das will ich im Moment noch gar nicht wissen. Und wo warst du, als sie den armen Teufeln eins übergezogen hat?«

»Auf Patrouille mit einer Wache in der Nähe von Peatshire. Dort hatte jemand einige fremde Männer herumschleichen gesehen.« Als Eirik fragend die Brauen hochzog, schüttelte

Wilfrid den Kopf. »Sie waren schon wieder weg, als wir dort eintrafen.«

»Und Eadyth riskierte ihr Leben und das von John, um Ravenshire zu verlassen? Warum?«

»Na ja, sie hat immerhin eine beträchtliche Anzahl von Bewaffneten als Eskorte mitgenommen. Es wäre also unfair zu behaupten, sie hätte *keine* Vorsichtsmaßnahmen gegen Gravely getroffen. Und was den Grund angeht, warum sie ging ... na ja, Bertha machte so ein paar Andeutungen, die die Herrin möglicherweise glauben machten ...«

»Was?«, unterbrach Eirik ihn ungeduldig.

»... Ihr wärt nach Jorvik geritten, um Asa zu besuchen.«

»Verdammt noch mal! Warum sollte Eadyth so etwas glauben?«

Wilfrid zuckte mit den Schultern. »Wer versteht schon, wie die Frauen denken? Aber Ihr hattet Bertha keine Erklärung für Euren unerwarteten Aufbruch gegeben, und ich war ja auch nicht hier, um etwas zu erklären, und, na ja, Ihr *seid* ja auch sehr überstürzt nach Jorvik aufgebrochen, und Asa wohnt ja dort, und ...«

»Ich dachte, ich hätte Bertha gesagt, warum ... hmm ... vielleicht hatte ich in meiner Eile vergessen zu erwähnen ...« Eirik beendete seine Erklärung nicht, sondern strich sich nachdenklich über seine Oberlippe und dachte, dass er vielleicht tatsächlich versäumt hatte, Bertha zu sagen, warum er so schnell nach Jorvik reiten musste. »Trotzdem hätte Eadyth Ravenshire nicht gegen meinen ausdrücklichen Befehl verlassen dürfen.«

»Natürlich nicht«, pflichtete Wilfrid ihm bei und stellte seinen Becher krachend auf den Tisch, um seinen Worten noch mehr Nachdruck zu verleihen.

»Werdet Ihr sie wieder in Eurem Schlafzimmer einsperren, mit nichts als einem Haremsschleier über ihrem nackten Hintern?«, fragte Bertha mit hoffnungsvoller Stimme hinter ihm.

Eirik sprang fast auf vor Schreck, als er die zänkische Stimme seiner Köchin hinter sich vernahm. »Herrgott noch mal, Bertha! Musst du dich immer so anschleichen?«

»Ihr meint, wie Eure heimtückische Frau Gemahlin mit dem Prügel in der Hand? Seht nur, was sie mir angetan hat! Seht es Euch ruhig an!«

Berthas Kopf war mit einem breiten Streifen Leinentuch umhüllt, das groß genug gewesen wäre, um den Elefanten zu verbinden, den Eirik einst auf einer seiner Reisen gesehen hatte.

»Ja, da staunt Ihr, was? Und dabei habe ich bloß über ihr komisches Kleid gelacht!«, beschwerte Bertha sich.

Eirik starrte seine vorlaute Köchin entgeistert an. »Es steht dir nicht zu, deine Herrin zu verspotten, Bertha!«

»Nun, man sollte meinen, die Herrin würde einen guten Rat zu schätzen wissen. Bloß weil ich bemerkte, dass ihre Brüste nicht einmal in diesem unerhörten Aufzug, den sie trug, so wackeln, wie sie es bei einer Frau tun sollten, brauchte sie mir noch lange nicht eine Holzlatte über den Kopf zu ziehen!«

»Wackeln?« wiederholten Eirik und Wilfrid fassungslos.

»Ja, wackeln. Männer mögen es, wenn die Titten ein bisschen wackeln«, klärte sie die beiden Männer auf. »Und das habe ich Eurer Frau Gemahlin schon oft genug gesagt.«

Wilfrid sah Eirik an und verdrehte die Augen, und beide Männer grinsten.

Nachdem er sich noch einige weitere Klagen von Bertha angehört hatte, schickte Eirik sie mit dem Auftrag fort, sein Schlafzimmer aufzuräumen. »Und hör auf, dieses Geschwätz über Eadyths Aufzug zu verbreiten. Sie wird nicht erfreut darüber sein.«

»Ha! Das weiß doch sowieso schon jeder. Wir warten alle nur auf Euren nächsten Schritt. Ich glaube, es wäre gar keine so schlechte Idee, wenn Ihr sie draußen auf dem Burghof in einen Käfig stecken würdet.«

Eirik ignorierte Berthas unerwünschten Rat und wandte sich, nun wieder mit ernsterer Miene, Wilfrid zu. »Ich kann Emma nicht allein lassen. Jetzt, da die Erinnerung an den Tod ihrer Mutter nach und nach zurückkehrt, beginnt sie schon bei der kleinsten Kleinigkeit zu weinen. Nimm also zwanzig meiner Männer und bring Eadyth wieder her.«

»Jetzt sofort?«

»Ja, ich will sie heute Abend wieder hier sehen, und wenn du sie auf ein Pferd binden musst, um das zu gewährleisten«

Wilfrid, der alles andere als erfreut über diese Aufgabe schien, erhob sich widerstrebend. »Was soll ich ihr sagen?«

»Sag ihr nur, ihr Gemahl verlangt, dass sie zurückkehrt. Alles Weitere werde ich ihr dann selbst erklären.«

»Wahrscheinlich wird mir nichts anderes übrig bleiben, als sie zu knebeln«, murmelte Wilfrid, als er ging, um Eiriks Auftrag zu erfüllen. »Und früher oder später wird sie mich auf die eine oder andere Weise dafür büßen lassen. Wahrscheinlich lässt sie mich mal wieder die Latrinen putzen.«

Eadyth war tatsächlich geknebelt und an den Sattel ihres Pferds gefesselt, als Wilfrids kleiner Trupp am nächsten Tag im Morgengrauen nach Ravenshire zurückkehrte. Als der Seneschall Eadyths Fesseln löste, funkelte sie ihn böse an. Mit diesem Riesenrindvieh würde sie sich später noch befassen. Aber jetzt musste sie zunächst mal einen anderen arroganten Kerl umbringen. Einen schwarzhaarigen, blauäugigen Schuft, der nirgendwo zu sehen war.

Es war schlimm genug, dass Eirik so gebieterisch ihre sofortige Rückkehr forderte, ihm aber nicht einmal genug an ihr gelegen war, um selbst zu kommen und sie zu holen. Er betrachtet mich wirklich nur als sein Eigentum, dachte Eadyth und schluckte, um nicht vor Verzweiflung aufzustöhnen. Sie musste zornig bleiben und diesen abscheulichen Flegel nicht auch noch sehen lassen, wie sehr er sie mit seinem Verrat und seiner Lieblosigkeit verletzt hatte.

Am Horizont ging gerade die Sonne auf und färbte den Himmel rot, als Eadyth die Treppe zur Burg hinaufeilte. Eine ganze Schar von Bediensteten stand mit großen Augen vor der Tür herum, um das Eintreffen ihrer Herrin zu verfolgen, und viele von ihnen kicherten sogar. Eadyth hörte, wie einige von ihnen über Schleier und wackelnde Brüste tuschelten, und wusste, dass Berthas geschwätzige Zunge wieder einmal am Werk gewesen war.

Sie betrat Eiriks Schlafzimmer, ohne anzuklopfen. Der leere Raum war gereinigt worden, und eine dicke Matratze und Tagesdecke schmückten das inzwischen wiederhergestellte Bett. Die ausgebrannten Kerzen waren allesamt durch neue Bienenwachskerzen ersetzt worden. Das ging zu weit, dachte Eadyth. Sie würde jemandem eine Menge über diese Verschwendung ihrer hart erarbeiteten Waren zu sagen haben!

Sie wollte sich schon auf dem Absatz umdrehen, um wieder hinunterzugehen und ihren abscheulichen Ehemann zu suchen, als sie ein leises, maunzendes Geräusch wie das einer verwundeten Katze hörte. Es schien aus dem Gästezimmer zu kommen. Eadyth ging wieder zurück, legte eine Hand an die Tür und öffnete sie vorsichtig.

Eirik saß in einem Lehnstuhl und hielt ein entzückendes blondes Kind in seinen Armen, das sich an seine Brust schmiegte und im Halbschlaf leise weinte. Ihr gemeiner, abscheulicher Flegel von einem Ehemann murmelte mit sanfter Stimme: »Beruhig dich, Emma. Es wird alles gut, mein Engel. Beruhig dich, Kind.«

In diesem Augenblick erkannte Eadyth, dass das ›entzückende junge Mädchen‹, das Eirik in seiner Nachricht erwähnt hatte, seine kleine Tochter war. Entsetzt über ihren Irrtum presste Eadyth eine Hand vor den Mund.

In diesem Moment schaute Eirik auf, und seine wuterfüllten Augen suchten ihren Blick. Und da wusste Eadyth, dass sie ihren Irrtum teuer bezahlen würde.

Schweigend, ohne ein Wort zu sagen, schloss Eadyth die Tür wieder und ging zu Eiriks Schlafzimmer zurück. Auf der Bettkante sitzend erwartete sie ihre Bestrafung, die ohne jeden Zweifel kommen würde. Sie hatte es einmal zu oft gewagt, Eiriks Autorität herauszufordern.

Schon kurz darauf betrat Eirik das Schlafzimmer, zog die Tür hinter sich zu und schloss sie ab. Dann lehnte er sich mit dem Rücken dagegen und suchte Eadyths Blick, und obwohl seine starren Züge nichts von seinen Gefühlen oder Absichten verrieten, wusste sie, wie ärgerlich er war. *Sehr* ärgerlich.

Abdul nutzte die Stille, um einige seiner neuesten Weisheiten von sich zu geben. »Lüsterner Flegel. Arrk. Verführer unschuldiger Jungfrauen. Arrk. Verräterischer Lump. Arrk. Willensschwacher Satansbraten. Arrk. Glattzüngiger Lügner. Arrk.« Und all das wurde in einer perfekten Imitation von Eadyths Stimme vorgebracht.

Sie stöhnte.

»Großer Kater. Großer Kater. Arrk. Kommt bald. Kommt bald. Arrk. Toter Vogel. Toter Vogel. Arrk. Arrk. Arrk.«

Eiriks Gesicht blieb starr vor Wut.

»Eirik, lass es mich erklären ...«

»Ja, das wäre ein Anfang«, sagte er mit unbewegter Miene und löste sich von der Tür. Am Tisch schenkte er zwei Kelche Wein ein und reichte Eadyth einen. Trotz der frühen Stunde nahm Eadyth den Wein an, weil sie spürte, dass ihre Kehle immer enger wurde.

Eirik lehnte sich mit einer Schulter an die Wand neben dem Bett, drehte den Stiel des Kelchs in seinen Händen und wartete mit beängstigender Gelassenheit.

Eadyth leerte ihren Kelch mit drei großen Schlucken und stellte ihn dann vor sich auf den Boden. »Ich war wütend, dass du mich in dein Zimmer eingeschlossen hattest, nachdem ...«

Sie schluckte.

Er wartete.

»... nachdem wir uns geliebt hatten«, schloss sie mit unsicherer Stimme.

»Du hast also gedacht, dir deine Freiheit erkaufen zu können, wenn du mich verführst?«

Eadyth schüttelte empört den Kopf. »Ich habe dich *nicht* verführt. Ich meine ... ach, was soll's!« Sie zuckte mit den Schultern. »Es geht hier nicht darum, wer angefangen hat. Ich versuche dir nur zu erklären, warum ich diesen Raum verlassen ...«

»... und warum du zwei meiner treuen Bediensteten den Schädel eingeschlagen hast«, warf Eirik eisig ein, »und sie liegen gelassen hast, obwohl sie hätten sterben können.«

»So war das nicht! Ich habe ihnen nur eins über ihren dicken

Kopf gegeben, und das wissen beide nur zu gut. Wenn sie etwas anderes behaupten, lügen sie.«

»Dann fahr mit deiner Erklärung fort. Du warst also wütend ... und?«

»Ich war wütend, weil du mich eingeschlossen hattest, und dann sagte Bertha, du wärst vielleicht ...«

»Wieso widerstrebt es dir auf einmal, auszusprechen, was du denkst? Das sieht dir gar nicht ähnlich. Sprich dich ruhig wie immer aus und wirf mir meine Sünden vor. Denn du kannst dir sicher sein, dass ich *dir* mehr als nur ein paar kleine Sünden vorzuwerfen habe.«

Sie verzog das Gesicht angesichts seines vorwurfsvollen Tons. »Ich dachte, du wärst mit deiner Buhle im Bett«, fauchte sie.

»Aber Eadyth«, sagte er mit falscher Freundlichkeit und setzte sich neben sie auf das Bett, »du hast mir oft genug gesagt, ich sollte nach Jorvik und zu meiner Mätresse gehen. Und auf einmal interessiert es dich, ob ich mit anderen Frauen schlafe?«

Eadyth schloss die Augen, um die Tränen zurückzudrängen, die heiß hinter ihren Lidern brannten, und bohrte ihre Fingernägel in ihre geballten Fäuste. *Heilige Maria Mutter Gottes*, betete sie, *bitte lass mich nicht vor ihm zusammenbrechen*. Inzwischen war der Kloß in ihrer Kehle schon so groß geworden, dass sie nicht mehr sprechen konnte.

Eirik strich mit der Fingerspitze über ihre zitternden Lippen und fing eine dicke Träne auf, die ihren Augen entschlüpft war. Und dann noch eine.

»Tut es das? Ich meine, interessiert es dich, ob ich mit einer anderen Frau zusammen bin?«, murmelte er.

War seine Stimme aus Nachgiebigkeit oder aus unterdrückter Wut so leise?, fragte Eadyth sich, als sie die Augen öffnete und nickte.

»Warum?«

»Ich weiß es nicht«, flüsterte sie und rang hilflos ihre Hände. »Ich wünschte, ich wüsste es. Ich hasse diese Schwäche, die mich so emotional und hilflos macht.«

»Ich habe Asa gesehen, als ich in Jorvik war«, gab Eirik schamlos zu, während er seine Finger mit den ihren verschränkte und sie fast schmerzhaft hart zusammendrückte.

Eadyth versteifte sich bei seinen Worten und versuchte, ihm ihre Hand zu entziehen. »Du lässt mich hier sitzen und eine Entschuldigung hervorstottern, obwohl du wusstest, dass du schuldig bist! Oh, was bist du für ein Rohling!«, schimpfte sie und versuchte, ihn mit ihrer freien Hand zu schlagen.

Eirik nahm ihre beiden Hände in die seinen und zwang sie, sich ihm zuzuwenden. Er war hin und her gerissen zwischen widerstreitenden Gefühlen. Einerseits hätte er Eadyth für ihre Widerborstigkeit schütteln können; andererseits wollte er sie bis zur Besinnungslosigkeit küssen und all die Sorgen, die ihn bedrückten, ein für alle Mal vergessen.

»Willst du wissen, warum ich mich mit Asa getroffen habe? Möchtest du die wichtige Botschaft hören, die ich ihr zu überbringen hatte?«

»Nein«, erwiderte Eadyth stur.

Und da ließ er ihre Hände plötzlich wieder sinken. »Bitte schön, dann eben nicht. Ich will es dir jetzt auch gar nicht sagen. Du verdienst keine Erklärung.«

»Ich verdiene keine Erklärung? Oh, du ...«

Eirik sprang vom Bett auf und begann nervös auf und ab zu gehen. Er musste auf Distanz zu diesem kratzbürstigen Frauenzimmer bleiben. Ihre Nähe irritierte ihn, das entzückende kleine Muttermal an ihren vollen Lippen betörte ihn, der Duft ihrer mit Lavendel parfümierten Seife zog ihn mit Macht zu ihr hin.

»Ich bin immer noch sehr wütend auf dich, Eadyth.« *Trotz eines gewissen Körperteils von mir, der schon vergessen hat, warum.*

»Na und? Ich bin auch wütend auf dich.«

»Ach?« *Möchtest du dich auf meinen Schoß setzen und mich wieder beherrschen, Eadyth?*

»Du hast mich eingesperrt.«

»Aus gutem Grund.« *Vielleicht könnten wir deine scharfe Zunge zu etwas Besserem verwenden. Wie wäre es mit ...*

»Ich kann mir keinen guten Grund vorstellen, eine Ehefrau einzusperren, insbesondere nachdem ... na ja, du weißt schon.«

Eirik konnte gerade noch ein Grinsen unterdrücken. *Ich schon.* Aber sie hatte sein Grinsen wohl doch gesehen, denn eine jähe Röte färbte ihre Wangen. Offenbar sah sie in ihrer Fantasie die gleichen erotischen Bilder wie er in der seinen. Die Erinnerung an das, was sie getan hatte, ließ seine Stimmung jedoch wieder umschlagen, und er beschloss, ihren scharfen Vorwürfen ein Ende zu bereiten.

»Steven beabsichtigt, dich zu entführen, um die Herausgabe seines Sohnes zu erpressen«, sagte er mit schonungsloser Offenheit. »Und was er sich zu deiner Zerstreuung ausgedacht hat, während du in seiner Obhut bist, das mag ich gar nicht wiederholen.«

Eadyth atmete scharf ein. »Woher weißt du das?«

»Jemand hat gehört, wie er sich während des Gemetzels an den Rindern damit brüstete.«

Als die volle Bedeutung seiner Worte zu Eadyth vordrang, versteifte sie sich, entzog ihm ihre Hände und schlug ihm wütend mit den Fäusten an die Brust. »Du dickköpfiger, schwachsinniger, trotteliger … oh, es gibt keine Worte, um dich zu beschreiben! Du hast es vorgezogen, mich einzusperren, statt vernünftig mit mir darüber zu reden?«

Als Eirik sich weder rührte noch auf ihre aufgebrachten Worte reagierte, hob sie eine Hand, um ihn zu schlagen, aber er ergriff im selben Moment ihre beiden Handgelenke und hielt sie fest.

»Wenn du eingesperrt wurdest, falls man es so nennen könnte, geschah dies nur zu deinem eigenen Schutz.«

»Pah! Wie kannst du es wagen, mich lieber wie ein furchtsames, dummes kleines Mädchen einzusperren, statt mir die Wahrheit zu sagen?«

»Ich wusste, dass du meine Anweisungen, in der Burg zu bleiben, nicht befolgen würdest. Und dass du schon bei der geringsten Provokation nach Hawk's Lair zurückgekehrt bist, beweist doch, dass ich recht hatte.«

»Bei der geringsten Provokation! Man kann Untreue ja wohl kaum als ›die geringste Provokation‹ bezeichnen.«

Eirik zuckte mit den Schultern und registrierte mit Genugtuung, wie sie vor Wut über seine scheinbare Gleichgültigkeit heiß errötete.

»Wie würdest du denn reagieren, wenn deine Frau … wenn ich zu einem anderen Mann ginge? Und dich vorher in ein Schlafzimmer einsperren würde, damit du mich dort brav und demütig erwartest?«

Diesmal versuchte er nicht einmal, sein Grinsen zu unterdrücken. »Na ja, das könnte einige interessante Möglichkeiten eröffnen, denke ich.«

Seine Daumen beschrieben ganz sachte, federleichte Kreise an der zarten Haut von Eadyths Handgelenken, während sie miteinander sprachen. Und bei seinen letzten Worten konnte er das verräterische Flattern ihres Pulsschlags unter seinen Fingerspitzen spüren. Und die Röte, die ihr wieder in die Wangen stieg, hatte zweifellos etwas mit seiner Nähe zu tun und nicht mit ihrer Wut auf ihn. Er zog sie näher zu sich heran und schlang seine Arme um ihre Taille.

Sie versuchte, ihr ausdrucksvolles Gesicht von ihm abzuwenden, aber er legte eine Hand unter ihr Kinn und zwang sie sanft, ihn wieder anzusehen.

»Du kannst nicht weiter Entschlüsse für mich fassen«, protestierte sie mit müder Stimme. »Ich bin kein Kind mehr. Und auch keine leichtsinnige oder unzuverlässige Ehefrau.«

»Und du kannst nicht weiter jede Entscheidung, die ich treffe, ignorieren«, gab er zurück, »als wäre ich nicht fähig, meine eigenen Besitzungen zu verwalten oder für die Menschen zu sorgen, die sich unter meinem Schutz befinden.«

Sie funkelten sich böse an.

»Ich werde dich bestrafen müssen.«

Eadyth schob hochmütig das Kinn vor. »Ich werde mich nicht wieder zu deinem Vergnügen in diesem durchsichtigen Schleier zur Schau stellen.«

Eirik grinste. »Das war keine Strafe.«

»Für mich schon. Du hast mich bereits zum Gespött der gesamten Dienerschaft gemacht. Wirst du mich noch einmal in diesem Schlafzimmer einsperren?«

»Nicht, wenn ich nicht mit dir hier im Zimmer bin«, gab er in verheißungsvollem Ton zurück. Und als er an die Möglichkeiten eines solch gemeinsamen Freiheitsentzugs dachte, ging ein beinahe schmerzhaft scharfes Ziehen durch seine Lenden. »Ja, das ist gar keine schlechte Idee«, räumte er schmunzelnd ein. »Siehst du, Eadyth, manchmal höre ich doch auf deinen Rat.«

»*Ich* habe dir ganz sicher nicht empfohlen, uns zusammen in einem Schlafzimmer einzuschließen!«, protestierte sie empört.

Er lachte leise. »Aber du musst zugeben, dass sich daraus etwas machen ließe. Hm. Es wäre zumindest eine Überlegung wert.«

»Ich muss mich um meine Bienen kümmern und sehen, was für ein Chaos Bertha während meiner Abwesenheit in der Küche angerichtet hat, und ...«

»Ich meinte nicht gleich jetzt.« Er schnalzte missbilligend mit seiner Zunge. »Sei nicht so übereifrig, Eadyth. Ich weiß ja, dass du einen Weg suchst, diesen Drang zu stillen, den du entwickelt hast, aber ...«

»Übereifrig? Wie gemein von dir, so etwas über mich zu sagen! Und von welchem Drang sprichst du?«

Eirik grinste breit.

Eadyth starrte ihn an und wunderte sich über sein Lächeln, das seine Augen, die noch immer zornig funkelten, nicht erreichte. Dann teilten sich ihre Lippen vor Erstaunen, und eine heiße Röte stieg in ihre Wangen, als sie zu verstehen begann, was Eirik meinte. »Oh ... vergiss es. Ich kann sehen, dass du dich nur wieder über meine Bestrafung lustig machst.«

»Nein, das tue ich nicht. Meinen eigenen Bedingungen zufolge wirst du sie bekommen, Eadyth, und das nicht zu knapp. Aber vorher brauche ich deine Hilfe bei Emma. Wenn ich die Tür zu diesem Schlafzimmer abschließe – und ich bin mir sicher, dass mir das viele Möglichkeiten, dich zu bestrafen, bieten würde – will ich tagelang nicht gestört werden, nicht einmal von meiner armen Tochter.«

Tagelang! Ein wohliges Prickeln durchflutete Eadyth. *Womit konnten zwei Menschen in einem Raum sich tagelang beschäftigen?* Aber dann wurden ihr seine anderen Worte bewusst. »Was ist mit Emma?«, fragte sie.

Eirik erzählte ihr vom Schicksal der Sechsjährigen, die stumm war, seit ihre Mutter drei Jahre zuvor bei einem Feuer umgekommen war. »Ihr Erinnerungsvermögen kehrt zurück, was vermutlich auf das im Waisenhaus grassierende Fieber und das Verbrennen der infizierten Kleidung und Bettwäsche zurückzuführen ist. Sie sagt sogar schon wieder einige Worte. Aber beim geringsten Anlass schreit und weint sie Tag und Nacht.«

Und da vergaß Eadyth ihre eigenen Sorgen und Eiriks anhaltende Wut auf sie. »Sag mir, wie ich dir helfen kann.«

Als Eirik es ihr erklärt hatte, nickte sie und ging mit ihm zur Tür. Kurz bevor sie zu Emma hineingingen, blieb er noch einmal stehen und sagte: »Du und ich, wir haben noch etwas zu erledigen, Frau. Denk also nicht, dass ich vergessen werde, was du getan hast. Ich habe ein ausgezeichnetes Gedächtnis, und die Liste deiner Fehltritte wird immer länger.«

16. Kapitel

Am späten Nachmittag dieses Tages kehrte Eirik mit seinen Männern vom Übungsplatz zurück. Verschwitzt und erschöpft von der körperlichen Anstrengung, aber auch von seiner Sorge um Emma und Eadyth in den letzten Tagen und der Tatsache, dass er noch immer keine Antwort vom Witan hatte, stieg Eirik langsam die Treppe hinauf.

Überrascht über das anheimelnde Bild, das sich ihm bot, blieb er an der offenen Tür seines Schlafzimmers stehen. Mit dem Rücken an das Kopfteil gelehnt saß Eadyth auf seinem Bett und hielt Emma in einem Arm und John im anderen. Seiner Frau gegenüber am Fußende des Betts saßen Larise und Gordric im Schneidersitz. Und Prinz, der Hund, hatte es sich auf dem Fußboden bequem gemacht, von wo er mit seelenvollem Blick zu Eadyth aufschaute.

Die Kinder lauschten gespannt einer Geschichte, die Eadyth ihnen über Harald Fairhair, Eiriks Großvater und einstiger Königs von ganz Norwegen, erzählte. »Und Harald verliebte sich unsterblich in Gyda, die Tochter des Königs von Hordaland. Aber Gyda weigerte sich, ihn zu heiraten, falls er nicht ganz Norwegen erobern sollte, was noch nie zuvor jemandem gelungen war.«

»Und mein Großvater Thork war Haralds Sohn?«, fragte Larise beeindruckt.

»Ja, einer von vielen, vielen Söhnen. Es heißt, er habe sechsundzwanzig Söhne gehabt und genauso viele Töchter.«

Emma zupfte an Eadyths Ärmel. »Weiter«, sagte sie und drängte Eadyth, mit der Geschichte fortzufahren. Und Eirik bemerkte, dass dies ein weiteres Wort war, das seine stumme Tochter ganz von selbst gesagt hatte. Er sah, wie Eadyths Augen leuchteten, und wusste, dass auch ihr der kleine Fortschritt nicht entgangen war. Eadyth drückte Emma rasch und setzte dann ihre Geschichte fort.

»Und Harald liebte die holde Gyda so sehr, dass er gelobte, nie wieder sein Haar zu schneiden und sich auch nie wieder zu waschen, bis er ganz Norwegen regierte und Gyda zur Frau gewonnen hatte. Und so wurde er während all der Jahren seiner Streifzüge immer haariger und schmutziger. Einige nannten ihn damals sogar Harald Mopp-Haar.«

»Dann muss er ja wie ein verdammtes Schwein gestunken haben!«, warf John kichernd ein.

»John! Hüte deine Zunge.«

»Darf ich auch für viele, viele Jahre das Haareschneiden und das Baden bleiben lassen?«

»Nein, das darfst du nicht.«

»Erzähl uns mehr«, bat Larise. Sie und Emma waren sichtlich fasziniert von der Geschichte.

Eirik schüttelte erstaunt den Kopf. Wie hatte Eadyth wissen können, dass es seine Töchter freuen würde, etwas über ihre Familie zu hören, zumal die beiden Mädchen im Grunde noch nie ein wirkliches Familienleben erfahren hatten? Und wo hatte seine Frau diese Geschichten über die Heldentaten und Romanzen eines seiner Vorfahren gehört?

»Und Tykir hat mir erzählt, dass euer Urgroßvater sich nie wieder das Haar schneiden ließ, bis die schöne Prinzessin sich bereit erklärt hatte, ihn zu heiraten«, beendete Eadyth ihre Geschichte.

Mein Bruder! Ich hätte wissen müssen, dass Tykir sich eine fantastische Legende über unseren blutrünstigen Großvater ausdenken würde. Eadyth vergisst zu erwähnen, wie viele Ehefrauen und Mätressen Harald besteigen musste, um so viele Kinder in die Welt zu setzen. Kinder, die zu üblen Männern aufwuchsen, die einander umbrachten, um den Thron an sich zu reißen.

Aber Eirik wollte den Kindern und Eadyth nicht die Stimmung verderben. Und so lehnte er sich, entzückt von dieser neuen Seite seiner kratzbürstigen Frau, nur an den Türrahmen und sagte nichts.

Eirik konnte spüren, wie sich sein Herz in seiner Brust verkrampfte und eine so ungestüme Sehnsucht ihn durchzuckte, dass es schon beinahe schmerzhaft war. Er hatte nie ein Zuhause gehabt, nicht einmal als Kind. Immer waren er und Tykir nur Gäste in den Häusern anderer gewesen, während sein Vater seinen Pflichten nachgegangen war und sie vor ihren rachsüchtigen Onkeln zu beschützen versucht hatte.

Oh, eine Frau und Kinder zu haben, die er lieben konnte und die ihn genauso liebten! Was das für ein Wunder wäre!

Eine Vielzahl widerstreitender Emotionen tobte in ihm. Er ersehnte sich keine Reichtümer, und im Grunde genommen besaß er davon auch schon mehr als nur genug. Er wünschte sich auch keine riesigen Ländereien oder Titel, sondern nur ein Leben in Sicherheit und Frieden auf seinem eigenen kleinen Gut. Wie hatte er einunddreißig Jahre alt werden können, ohne sich darüber klar zu werden, dass diese anheimelnde Szene, die er gerade vor sich sah, genau das war, was er sein ganzes Leben lang gesucht hatte? Er konnte spüren, wie ihm die Tränen kamen, und wandte sich ab, um das Zimmer zu verlassen und nicht entdeckt zu werden.

Aber John sah ihn und rief: »Vater!«

Die liebevolle Akzeptanz des Jungen ließ Eiriks Herz noch

höher schlagen, und er konnte gar nichts anderes tun, als seine Arme auszubreiten, als John sich förmlich auf ihn stürzte und seine mageren Beine um Eiriks Taille und seine Arme um seinen Nacken schlang. Auch Emma und Larise sprangen nun vom Bett, kamen zu ihm hinübergelaufen und legten ihre Arme um seine Beine. Godric, der kleine Waisenjunge, stand schüchtern dabei und hielt Prinz zurück, der jaulend, kläffend und wild mit seinem Schwanz wedelnd in seine Richtung drängte.

Eiriks Kehle wurde so eng, dass er im ersten Moment kein Wort herausbrachte.

»Wirst du uns jetzt beibringen, wie man um die Wette spuckt, Vater? Bitte, bitte!«, drängte John. »Du hast es uns versprochen.«

Eirik lachte, als er sich daran erinnerte, vor ein paar Tagen gegenüber den Kindern geprahlt zu haben, dass er, als er in Johns Alter gewesen war, in einem hohen Bogen vom Burgturm bis zum Erdhügel darunter hatte spucken können.

»Oh, John, du und deine Spuckerei!«, rief Larise hochnäsig. Seine älteste Tochter liebte es, sich vor John als große Dame zu geben, obwohl sie nur ein Jahr älter war als er. »Vater wird mir zeigen, wie man tanzt.«

Eadyth zog fragend ihre Augenbrauen hoch. »Tanzen?«, formte sie lautlos mit den Lippen.

Aber Eirik kam nicht dazu, ihr zu antworten, da das junge Völkchen seine gesamte Aufmerksamkeit beanspruchte. Die kindliche Ausgelassenheit war so ansteckend, dass auch er selbst schon bald genauso aufgekratzt und fröhlich wie die Kleinen war.

»Larise glaubt nicht, dass du mit den Zehen einen Strohhalm

aufheben kannst«, erklärte John mit einem hochmütigen, herablassenden Blick in Richtung seiner Stiefschwester. Er sah Eadyth in diesem Augenblick sehr ähnlich. Der Hochmut liegt ihnen offenbar im Blut, dachte Eirik.

Als er aufsah, fing er den amüsierten Blick seiner eigenwilligen Frau auf, die den Kopf über seinen Unsinn schüttelte und sich nun ebenfalls vom Bett erhob. Für einen Moment lang schauten sie sich in die Augen, und Eirik vergaß, dass er ihr eigentlich noch böse sein müsste, weil sie einfach weggelaufen war. Er aber wollte nur noch die Kinder aus dem Zimmer scheuchen und sich mit seiner Frau auf ihrem großen Bett ausstrecken. Die erotische Spannung, die sie in ihrem Bann hielt, wurde intensiver, dann wechselte sie die Form und wurde sogar noch stärker, bis sich die beiden auf eine ganz neue, aber unabänderliche Art und Weise zueinander hingezogen und miteinander verbunden fühlten.

»Aber wir könnten natürlich auch um die Wette pinkeln«, sagte John.

Damit brachte er Eirik augenblicklich wieder zur Besinnung.

»John!«, rief Eadyth. »Was fällt dir ein?«

Larise, Emma und Godric kicherten.

»In der Gegenwart von Damen sagt man so etwas nicht«, wies Eirik ihn streng zurecht, obwohl er alle Mühe hatte, sich ein Grinsen zu verkneifen.

John senkte beschämt den Kopf.

In diesem Moment meinte Abdul, auch seinen Senf dazugeben zu müssen. »Pinkeln! Arrk. Pinkeln! Arrk. Pinkeln!«, kreischte er, zum großen Verdruss Eiriks, der wusste, dass auch dieses Wort von nun an zum Vokabular des verrückten Papageis gehören würde.

»Das wäre sowieso kein fairer Wettbewerb«, klärte Larise die kleine Emma auf, »weil Jungen ihre Zapfen nämlich außen am Körper haben. Damit sind sie uns gegenüber im Vorteil.«

Wie vom Donner gerührt sah Eirik seine Tochter und dann Eadyth an.

Und dann brachen sie alle in schallendes Gelächter aus.

☆ ☆ ☆

Eine Woche später saß Eadyth mit Eirik an der Tafel auf dem Podium, nachdem sie gerade ihr Mittagsmahl beendet hatten. »Danke, dass du mir in den letzten Tagen eine so große Hilfe bei Emma warst«, sagte er und legte eine Hand über die ihre. »Sie macht große Fortschritte, das sehe ich Tag für Tag«, erklärte er mit einem Blick auf seine schläfrige kleine Tochter, die es sich auf seinem Schoß bequem gemacht hatte.

Eadyth blickte alarmiert auf Eiriks Hand hinunter, die ganz zwanglos auf ihrer lag. Obwohl sie immer noch verärgert über seinen Besuch bei seiner Geliebten Asa war, brachte eine bloße Berührung von ihm ihren Puls zum Rasen. Sie versuchte, die Sehnsüchte, die mit jedem Tag noch stärker und heißer wurden, zu ignorieren, zumal sie ja nicht einmal mehr das Bett miteinander geteilt hatten, seit Eadyth ihren Mann in jener wundervollen Nacht verführt hatte.

Es wäre besser, ihre Hand zurückzuziehen. Es wäre besser, sich gegen diese wachsende Zuneigung ihm gegenüber zur Wehr zu setzen. Im Moment aber tat Eadyth gar nichts.

»Denkst du, dass Emma sich je wieder vollständig erholen wird?«, fragte sie.

Eirik strich sich versonnen über die Oberlippe, und Eadyth wünschte, sie könnte das Gleiche tun. Seine vollen Lippen waren ausdrucksstark und fest. Und Eadyth wusste nur zu gut, wie sie sich an den ihren anfühlten, wenn er sie küsste ...

»Was denkst du?«

»Hm?«

»Du wolltest wissen, ob ich denke, dass Emma sich je wieder erholen wird, und ich sagte, dass ich täglich neue Fortschritte bei ihr erkenne. Dann habe ich dich gefragt, was du denkst, aber deine Augen waren glasig, und du hast mich ganz komisch angeguckt.«

Eadyth schüttelte den Kopf, als könnte sie damit Ordnung in ihre Gedanken bringen. »Ich bin nur müde. Wir beide sind es. Abwechselnd mit Emma in ihrem Bett zu schlafen und alle paar Stunden aufzuwachen, wenn sie in ihren Träumen aufschreit, und sie den ganzen Tag an deinem oder meinem Rockzipfel zu haben, das fordert schon seinen Tribut. Und, ja, sie spricht jetzt mehr, und die meiste Zeit scheint sie sich auch wohlzufühlen. Und trotzdem ...«

»... trotzdem klammert sie sich nach wie vor an uns und hat noch immer ihre Albträume«, schloss Eirik für sie.

»Ja. Wenn wir sie doch nur dazu bringen könnten, über das Feuer zu reden.«

»Ich habe es versucht, aber jedes Mal, wenn ich ihre Mutter oder den Überfall erwähne, legt sie die Hände über ihre Ohren und weigert sich, mir zuzuhören.«

»Stell dir doch nur vor, welch grauenhafte Dinge sie erlebt hat, Eirik. Sie hat zuschauen müssen, wie ihr Zuhause mit ihrer Mutter und ihren Großeltern darin in Flammen aufgegangen ist. Und sie konnte ihnen nicht helfen.«

»Na, Gott sei Dank hat sie sich zumindest hinter den Bäumen verstecken können, bis die Angreifer das Dorf verließen. Sie wird sich erholen, Eadyth, und dann können wir wieder ein normales Leben führen. Und vergiss nicht«, setzte er hinzu, während er ihre Hand drückte und sich zu ihr vorbeugte, um ihr ins Ohr zu flüstern, »dass wir noch etwas miteinander auszutragen haben, Frau.«

Eadyths Herz setzte einen Schlag aus, und sie sah ihn fragend an.

Er zwinkerte ihr zu.

Der Flegel! »Ach so, du meinst wahrscheinlich Asa und den Grund für dein Bedürfnis, sie zu sehen.«

Er lachte. »Nein, das meinte ich nicht. Ich sprach eigentlich mehr von deiner Bestrafung, Eadyth.«

»Ach, das.« Eadyth schwenkte ihre freie Hand, als wäre das kein Anlass zur Besorgnis mehr.

»Glaub nicht, ich hätte es schon vergessen, Frau. Und glaub nicht, du könntest meinem Zorn entkommen. Ich bin schon dabei, mir die süßeste Tortur für dich auszudenken.«

Eadyth befeuchtete nervös ihre Lippen und sah den hungrigen Blick, mit dem er der Bewegung ihrer Zunge folgte. Sie konnte sich bildlich vorstellen, was er mit ›süßer Tortur‹ meinte. »Glaub ja nicht, dass du zwischen dem Bett deiner Buhle und meinem hin und her springen kannst. Wie eine brünstige Kröte.«

»Brünstige Kröte! Wie kommst du nur immer auf diese Vergleiche? Aber sag mir doch lieber, was wirst du tun, Frau Gemahlin, um mich in deinem Bett zu halten?«

Sie warf ihm einen ungläubigen Blick zu und versuchte, allerdings vergeblich, ihre Hand aus der von Eirik zu befreien.

»Wirst du mich wieder überfallen?«, scherzte er.

»Ich habe dich nicht überfallen.«

»Du hast recht. Es war Verführung.« Und er sah auch nicht so aus, als ob es ihm missfiele.

Eadyth spürte, wie sie errötete, weil sie seinen Worten nichts entgegenzusetzen hatte, und versuchte, die in ihr aufsteigenden Bilder all der unerhörten Dinge, die sie getan hatte, zu unterdrücken. »Es wird nicht wieder vorkommen, nachdem ich nun weiß, dass du mein Bett verlassen hast, um das von Asa aufzusuchen. Ich würde jetzt nicht mehr mit dir schlafen, nicht einmal, wenn ... nicht einmal ...«

»... nicht einmal, wenn ich splitterfasernackt einen Kopfstand vor dir machen würde?«, schloss er für sie.

»Selbst dann nicht«, erwiderte sie stur.

Eiriks Mundwinkel verzogen sich zu einem Lächeln. »Und wenn ich dir nun sagen würde, dass ich es nicht getan habe?«

Sie starrte ihn verwundert an. »Was?«

»Mit Asa geschlafen.«

Eadyth stockte der Atem, als Eirik in Worte fasste, was ihr Herz bedrückte. »Na ja, ich bin froh, dass du das Thema angeschnitten hast, Eirik. Ich hatte nämlich schon gedacht, ich wäre ungerecht zu dir gewesen.«

»Wie das?«

»Bevor wir geheiratet haben, sagte ich dir, ich hätte nichts dagegen, wenn du dir Mätressen hältst, solange du diskret vorgehst. Ich hätte die Regeln jetzt nicht ändern sollen. Wenn du also wirklich das Bedürfnis hast ...«

»Streck deine Zunge heraus«, befahl Eirik ihr scharf.

»Warum?«, fragte sie und rutschte mit ihrem Stuhl zurück, um den Abstand zwischen ihnen zu vergrößern.

»Damit ich sie dir aus deinem Plappermaul herausreißen kann, du einfältiges Frauenzimmer.«

»Also ...! Da bin ich nun ausgesprochen großzügig zu dir, und weißt du meine Großherzigkeit zu schätzen? Nein. Du ...«

»Halt den Mund, Eadyth.«

»Ich muss doch wirklich bitten!«

»Es wäre besser, wenn du es tätest.«

»Ha!«

»Ich habe Asa gesagt, dass ich sie nicht mehr sehen kann. Wenn du lange genug aufhören würdest, dummes Zeug zu reden, um mir zuzuhören, wüsstest du das schon.«

Eadyths Herz schlug höher, und eine leise Hoffnung keimte tief in ihrem Herzen auf. »Bevor oder nachdem du mit ihr geschlafen hast?«

Eirik grinste und schüttelte den Kopf über ihre Frage. »Weder noch. Ich habe ihr eine Abfindung gezahlt, damit sie ihr eigenes Geschäft eröffnen und ihr Haus behalten kann. Dabei habe ich ihren schönen Körper nicht ein einziges Mal berührt.« Wieder beugte er sich vor und strich verführerisch mit seinen Lippen über Eadyths.

Ihr Herz begann wild zu pochen, als Eirik, der ihre Hand noch immer fest in der seinen hielt, mit dem Daumen ganz sachte, federleichte Kreise auf ihrem Handgelenk zu beschreiben begann. Eadyth war sicher, dass er ihren rasenden Puls spüren konnte.

»Hast du etwas dagegen einzuwenden?«

Sie schüttelte den Kopf und räusperte sich. »Wahrscheinlich werde ich einfach nur noch weitaus mehr Kerzen, Honig und Met verkaufen müssen, um diese Ausgabe zu bestreiten«, sagte sie und bemühte sich nach Kräften, dem verführerischen Zauber seiner Finger und seiner glutvollen Blicke nicht zu erliegen.

Er lachte leise. »Kratzbürstig wie immer, Eadyth! Nein, diese Gelder kamen aus meiner eigenen Tasche.«

Und da fielen Eadyth plötzlich Eiriks andere Worte ein. »Dann hat Asa also wohl einen schönen Körper, nicht?« *Wahrscheinlich wackeln ihre Brüste wie Kuheuter.*

Aber dieser Flegel grinste nur, und trotz ihrer Freude über seine guten Neuigkeiten war Eadyth plötzlich stark versucht, ihm dieses Grinsen mithilfe einer Ohrfeige vom Gesicht zu wischen.

»Nun?«, fragte er schließlich mit einem selbstzufriedenen kleinen Lächeln. »Willst du denn gar nicht wissen, warum ich mein Verhältnis mit Asa beendet habe?«

Schier unwiderstehlich angezogen von Eiriks hellen strahlenden Augen, wehrte Eadyth sich mit aller Kraft dagegen, aber sie sie konnte trotzdem spüren, wie sich ihr Widerstand verflüchtigte. »Weil du eine andere Mätresse gefunden hast?«, erwiderte sie mit unsicherer Stimme.

»Nein«, sagte er mit dem Anflug eines Lächelns.

»Weil Asa fett und nachlässig geworden ist ... und ... und ihre Brüste nicht mehr wackeln?«

Eirik war so erstaunt über ihre derben Worte, dass er sie nur mit weit aufgerissenen Augen anstarren konnte. Dann fing er sich wieder. »Nein, Asa ist bezaubernd schön.«

Die Idee mit der Ohrfeige erschien Eadyth von Mal zu Mal verlockender. »Warum dann?«

»Weil ich eine Gemahlin habe, die mir sehr gefällt, im Bett und auch sonst. Wenn sie nicht gerade meine Anordnungen missachtet, heißt das, oder sich als altes Weib verkleidet, oder mich mit Bienen attackiert, oder an mir herumnörgelt, oder verlangt, dass ich tue, was sie sagt, oder meine Autorität untergräbt, oder mich beschimpft, oder ...«

Eadyth entzog ihm ihre Hand und legte ihre Finger an seine Lippen. »Aber das ist doch immer so!«, erklärte sie, wobei sie gleichzeitig aufstöhnte.

Eirik griff nach ihrer Hand, und Eadyth sog scharf den Atem ein, als er ihre Fingerspitzen eine nach der anderen zwischen seine Lippen nahm und sie mit seiner warmen Zunge liebkoste.

»Ja, das ist es«, gab er zu, »aber ich habe beschlossen, dir Zeit zu lassen, deine zänkische Art zu ändern, wenn ...«

»Wenn?«

»... wenn du mir mit anderen Dingen weiter solche Freude bereitest.«

Und *das* konnte ja eigentlich gar nicht so schwer sein, dachte Eadyth sich.

Dann kamen John, Larise und Godric die Stufen zur Tafel hinaufgerannt und begannen alle gleichzeitig zu sprechen. Die Kinder waren barfuß, von Kopf bis Fuß mit Schmutz bedeckt und rochen, als kämen sie geradewegs aus den Ställen. Normalerweise hätte Eadyth sie getadelt. Aber heute schien es nicht so wichtig.

Selbst Emma richtete sich auf Eiriks Schoß auf und strahlte vor Vergnügen, als ob sie jetzt gerne bei den anderen Kindern wäre, aber Angst hätte, die Geborgenheit der Arme ihres Vaters zu verlassen. Doch dann sprang sie plötzlich doch von Eiriks Schoß und lief zu der hochgewachsenen Gestalt hinter den Kindern. Es war Tykir.

Mit feinen Wollhosen bekleidet, über denen er eine kurzärmelige, knielange Tunika in einem warmen Braunton trug, gab Tykir das perfekte Bild eines stolzen wikingischen Kriegers ab. Sein langes blondes Haar fiel ihm auf die Schultern, an einer Seite war es zu einem dünnen Zopf geflochten, um den verwegenen goldenen Ohrreif zu unterstreichen, den er trug. Breite Metallarmreifen schmückten die ausgeprägten Muskeln seiner Oberarme. Mit stolzen, selbstsicheren Schritten kam er auf sie zu, da ihm nur zu gut bewusst war, was für eine beeindruckende Figur er abgab.

»Heilige Maria Mutter Gottes, vielleicht sollte ich besser alle Mägde in der Burg einschließen«, murmelte Eadyth.

»Und du nennst *mich* einen lüsternen Flegel!« Eirik musterte seinen Bruder mit einem liebevollen Blick.

»Onkel Tykir!«, schrie Emma froh und warf sich in Tykirs ausgebreitete Arme. Sie schlang ihm ihre dünnen Ärmchen um den Nacken, als er sie im Kreis herumschwenkte, und kicherte wie ein ganz normales Kind. Ihr Lachen war laut und fröhlich und süßer als die Melodien eines Harfenspielers. Und auch Eadyth begann nun endlich zu glauben, dass Emma vielleicht wieder ganz gesund werden würde.

Sie und Eirik wechselten einen dankbaren Blick.

Dann stand Eadyth auf, um Tykir einen Begrüßungskuss zu geben, und schlug seine Hand weg, als er versuchte, sie in den Po zu kneifen.

»Ich hatte dich schon viel früher zurückerwartet«, brummte Eirik. »Ich hätte deine Hilfe bei der Ausbildung der neuen Männer und der Bewachung der nördlichen Grenzen von Ravenshire gebrauchen können.«

Tykir zuckte mit den Schultern. »Wir hatten einen schweren Sturm in Jorvik, sodass meine Arbeiter erst heute mit den Arbeiten an meinem Schiff fertig geworden sind.«

»Heißt das, dass du uns erneut verlassen wirst, nachdem dein Schiff nun wieder seetüchtig ist?«, fragte Eadyth. Sie mochte ihren Schwager, und bei all den Problemen, die sie und Eirik mit Emma hatten, ganz zu schweigen von ihren eigenen Unstimmigkeiten und ihrer Sorge wegen des unheilvollen Schweigens seitens des Witans, konnten sie alle ein bisschen von Tykirs Ausgeglichenheit in ihrem Leben brauchen.

Tykir schenkte ihnen sein übliches spitzbübisches Grinsen. »Nun, wenn ich gewusst hätte, dass ich so vermisst werde, wäre ich schon viel früher zurückgekommen. Anscheinend habe ich Eirik nicht gut genug gezeigt, wie man eine Frau ... zufriedenstellt.« Er wackelte mit seinen Augenbrauen, als er die finstere Miene seines Bruders sah.

»Setz dich, Tykir«, murmelte Eirik, »bevor ich dir ein paar Lektionen in brüderlichem Respekt erteile.«

»Ha!«, sagte Tykir und versuchte, sich in den Sessel neben ihnen zu setzen. Das war gar nicht einfach, so wie die kleine Emma sich an ihn klammerte – die Arme um seinen Nacken, die Beine fest um seine Taille.

Eadyth stand auf und streckte die Arme nach Emma aus, aber das kleine Mädchen schüttelte den Kopf und umklammerte den großen blonden Wikinger noch fester. »Onkel Tykir!«, sagte sie.

»Frauen lieben mich, egal, wie alt sie sind«, prahlte Tykir. »Aber hör mal, Liebes«, fügte er dann sanft hinzu und streichelte die mageren Schultern des kleinen Mädchens. »Ich muss mal für kleine Jungs. Also lass mich jetzt doch bitte kurz los.«

Seine Nichte aber dachte nicht daran.

Und Eirik sah Eadyth an und schenkte ihr ein rasches, interessiertes Lächeln, als wäre ihm gerade eine Idee gekommen. Er stand auf, legte seinen Arm um Eadyth Taille und sah schmunzelnd auf Tykir hinunter. »Ich weiß, wie sehr du es hasst, allein zu schlafen, Bruder«, sagte Eirik heiter. »Aber nun hast du ja eine neue *Dame*, deren Bett du teilen kannst.« Er deutete auf Emma, die strahlte und anscheinend alles verstanden hatte und nichts dagegen hatte, dass ihr Onkel den Platz ihres Vaters oder ihrer Stiefmutter einnahm.

»Und für dich, meine Teuerste«, sagte Eirik, an seine Frau gewandt, »habe ich auch etwas.« Er suchte in den Falten seines Übermantels und seiner Tunika, bis er schließlich eine etwas zerdrückte grüne Feder daraus hervorzog.

»Was meinst du?«, fragte Eadyth und legte fragend ihren Kopf zur Seite, als Eirik ihr die Papageienfeder überreichte.

Ein mutwilliges Funkeln trat in Eiriks Augen. »Da ich dich in der Nacht unserer Hochzeit allein lassen musste, und da wir seitdem noch keine Zeit für uns hatten«, sagte er mit leiser, heiserer Stimme an ihrem Ohr, »darfst du mit meiner Erlaubnis diese Nacht als unsere Hochzeitsnacht betrachten.«

»Mit deiner Erlaubnis?«, stieß Eadyth erstickt hervor und senkte ihren Blick dann auf die Feder. »Und das hier?«

»Das ist mein Brautgeschenk für dich.«

»Brautgeschenk?« Tykir lachte. »Was für eine Art von Brautgeschenk soll das denn sein? Du bist aber geizig geworden auf deine alten Tage, Bruder.«

Eirik ignorierte die Spötteleien seines Bruders und legte seine Hand auf Eadyths. Seine Augen glühten vor erotischer Verheißung. »Erinnerst du dich an die Feder, die ich dir einmal in unserem Schlafzimmer gezeigt habe, und an mein Versprechen, die Übung fortzusetzen?«, fragte er Eadyth leise und strich zur Erinnerung an das, was er schon einmal getan hatte, mit der Feder über ihre Lippen. »Es wird Zeit, Eadyth. Höchste Zeit.«

Und dann, bevor sie protestieren konnte, hob er sie einfach auf und stieg mit ihr die Stufen des Podiums in den großen Saal hinunter. Sie zappelte und protestierte schrill, als Tykir und seine Männer in Jubelrufe ausbrachen und ihnen anzügliche Empfehlungen nachriefen.

»Du bist wirklich ein abscheulicher Flegel!«

»Ja, das bin ich.«

»Und ein ungehobelter Kretin.«

»Ja.«

»Ein ausschweifender Wüstling.«

»Auf jeden Fall.«

»Und ein ... ein ...«

»Vergiss die brünstige Kröte nicht.«

Eadyth versuchte, sich aus seiner Umarmung zu befreien, aber er ließ nicht locker und hielt sie fest in seinen Armen. Dann rief er über seine Schulter: »Einen schönen Abend allerseits. Wir sehen euch dann morgen früh.«

»Morgen früh?«, rief Eadyth und hörte auf zu zappeln, um ihr glühendes Gesicht an seinem Nacken zu verbergen. »Es ist erst kurz nach Mittag.«

»Ja«, bestätigte er und lächelte mit ungeheurer männlicher Zufriedenheit. Dann fügte er in verheißungsvollem Ton hinzu: »Bis dahin habe ich noch zwölf Höhepunkte zu erklimmen, und ich möchte so bald wie möglich damit beginnen.«

»Zwö ... zwölf! Oh, du bist unmöglich!«

»Ja. Das ist eine meiner Eigenschaften, die die Frauen an mir lieben.«

Als sie in ihrem Schlafzimmer waren, begann Abdul zu kreischen: »Abscheulicher Flegel. Arrk. Großer Ärger. Arrk. Du kannst mich mal. Arrk.« Ohne lange nachzudenken oder das wütende Protestgeschrei des Vogels zu beachten hob Eirik den Käfig auf und trug ihn auf den Gang hinaus.

Dann, als die Tür hinter ihnen verschlossen war, begann Eirik die vielen, überall im Raum stehenden Bienenwachskerzen anzuzünden. Eadyths Herz schlug so laut, dass sie sicher war, dass er es hören musste. Sie lehnte sich an die Tür, weil sie von der trägen Hitze, die sie durchflutete, ganz benommen war und ihre Glieder sich plötzlich seltsam schwer anfühlten.

O Gott.

»Du brauchst jetzt keine Kerzen anzuzünden. Draußen ist es noch hell«, bemerkte sie nervös, noch immer mit dem Rücken an die Tür gelehnt.

»Ja, aber ich habe ein Problem mit meinen Augen, wie du weißt. Und ich möchte sichergehen, dass ich heute *alles* sehe.« Wieder warf er ihr eins seiner schier unerträglich aufreizenden Lächeln zu.

O Gott.

»Du siehst gut genug, wenn du es willst. Weißt du, wie viel diese Kerzen kosten?«, fragte sie, um ein Gespräch zu beginnen, und ärgerte sich über die plötzliche Zurückhaltung, die sie überkommen hatte, seit die Tür geschlossen war.

»Weißt du, *wie* egal mir das ist?«

Sie begann Eirik für seine Verschwendungssucht zu tadeln, nur um sich augenblicklich wieder zu unterbrechen, als sie ihn in dem Versuch sich seiner Stiefel zu entledigen von einem Fuß zum anderen herumhüpfen sah. Dann zog er seine Tunika über den Kopf. Seine Augen glühten vor Leidenschaft, als er ihren Blick suchte und ihn gefangen hielt. Außerstande, sich von ihm abzuwenden, beobachtete sie, wie er die Bändchen an seinen Beinlingen aufschnürte. Dann streifte er die Beinlinge schnell über seine Füße und ließ sie in die Binsenstreu auf den Boden fallen.

Völlig ungeniert nahm Eirik seine pulsierende Härte in die Hand und sagte mit leiser, erstickter Stimme: »Siehst du, wie sehr ich dich begehre, Frau? Begehrst du mich vielleicht auch nur halb so sehr?«

Doppelt so sehr, dachte Eadyth, als sie von einer ihr bis dahin unbekannten Leidenschaft erfasst wurde, die ihr Blut noch mehr in Wallung brachte. Die zarten Spitzen ihrer Brüste richteten sich auf und verhärteten sich vor Erregung. Und er hatte sie noch nicht einmal berührt.

O Gott.

»Entkleide dich für mich, Eadyth«, bat er sie mit leiser, rauer Stimme. »Zieh dich aus und lass mich dabei zusehen.«

Und Eadyth überraschte sich selbst, indem sie tat, worum er sie gebeten hatte. Schüchtern entfernte sie sich ein paar Schritte von der Tür, löste den Gürtel ihrer Tunika und ließ ihn in die Binsenstreu fallen. Mit den Zehen streifte sie ihre weichen Lederschuhe ab, und dann zog sie ihre Tunika und ihr Hemd über den Kopf.

Es hätte sie verlegen machen müssen, so nackt vor einem Mann zu stehen, aber sie genierte sich überhaupt nicht. Eirik war schließlich nicht nur ein Mann. Er war ihr Ehemann. Und die Freude, die sie in seinen Augen sah, als sein Blick über ihren Körper glitt, erfreute und beglückte sie.

»Du bist schön, Eadyth«, flüsterte er heiser. Und als er das sagte, fühlte Eadyth sich auch schön, zum ersten Mal seit vielen, vielen Jahren.

»Berühr nun deine Brustspitzen mit deinen Fingerspitzen, Eadyth«, bat Eirik, der noch immer in einiger Entfernung von ihr stand. »Ich möchte dein Gesicht sehen, wenn du dir vorstellst, dass es meine Hände sind, die dich berühren.«

»Oh«, sagte sie mit erstickter Stimme, tat aber, was er verlangte, und verging fast vor Wollust angesichts des von ihren Brustspitzen ausgehenden erregenden Prickelns, das mit rasender Schnelle auf ihren ganzen Körper übergriff.

»Und nun lass eine Hand an deiner Brust und leg die andere an dein Schamhaar. Und sag mir, was du fühlst.«

Eadyth spürte, wie eine intensive Hitze ihren Körper durchflutete. »Verlangen«, flüsterte sie verlegen.

»Es ist dein Körper, der sich auf mich vorbereitet«, murmelte Eirik mit erstickter Stimme und überwand die kurze Entfernung zwischen ihnen.

Sie wollte ihre Arme um seinen Nacken legen und ihn in ihre Umarmung ziehen, aber das ließ er noch nicht zu. »Nein, Liebste, diesmal werden wir uns alle Zeit der Welt nehmen ... ohne jede Eile.« Er gab ihr einen sanften Kuss auf ihre Lippen und nahm ihre Hand, um sie in die Nähe des Fensters zu führen. Dort lehnte er sie an die Wand, legte ihre Arme um ihren Nacken und forderte sie auf, ihre Finger miteinander zu verschränken.

»Oh, ich weiß nicht, ob mir das gefällt«, protestierte sie. »Warum legen wir uns nicht lieber aufs Bett, Eirik.«

»Noch nicht. Wir werden vorher noch ein kleines Spielchen miteinander spielen.«

»Ein Spielchen?«, fragte sie mit belegter Stimme.

»Ja, das Federspielchen.«

»Ich verstehe nicht.«

»Das wirst du gleich.«

»Und was bekomme ich, wenn ich das Spiel gewinne?«

»Mich.«

Sie lachte spöttisch. »Und was bekommst du, wenn du gewinnst?«

»Dich.«

Sie runzelte verwirrt die Stirn. »Das ist doch das Gleiche, oder nicht?«

»Oh nein, das ist ein großer Unterschied. Das wird sich bei dem Spielchen zeigen. Also zunächst einmal darfst du nicht die Hände von deinem Nacken nehmen. Nicht einmal vorübergehend, denn sonst hast du schon verloren. Und ich darf dich weder mit meinen Händen noch mit meinen Lippen berühren, sondern ausschließlich mit einer Feder, denn sonst verliere ich.«

»Und woher weiß ich, ob ich gewonnen habe?«

»Wenn du deinen Höhepunkt erreichst.« Er grinste, als wäre er der genialste Mann der Welt.

»Höhepunkt?« Ihre Stimme war kaum mehr als ein Quieken. »Mit Federn? Bist du sicher? Hast du das schon einmal getan?«

»Noch nie, aber ich bin mir völlig sicher, dass es ein Riesenvergnügen sein wird.«

Dann hob er die Feder auf, die sie auf den Boden hatte fallen lassen, und strich mit ihr über Eadyths Augenbrauen, über die Umrisse ihres Munds, ihr Muttermal und ihre Mundwinkel. Sie schloss mit einem wohligen kleinen Seufzer ihre Augen, als die prickelnden Zärtlichkeiten ihren Fortgang nahmen.

»Nein, du musst die Augen offen lassen«, erklärte er. »Das ist eine weitere der Regeln.«

»Oh«, erwiderte sie misstrauisch. »Ändern sich die Regeln im Verlauf des Spiels?«

»Vielleicht.« Er bewegte die Feder zu den Unterseiten ihrer erhobenen Arme, ließ sie an ihren Seiten hinunterwandern und umkreiste mit ihr ihre Brüste. Eadyth hielt gespannt den Atem an. Die Kreise wurden immer kleiner, bis sie schon beinahe ihre Brustspitzen berührten.

»Willst du, dass ich dich hier berühre?«, flüsterte er verführerisch.

»Ich sterbe, wenn du es nicht tust.«

»Und wir können doch keine tote Braut in einer Hochzeitsnacht gebrauchen, nicht wahr?«, sagte er leise lachend und streichelte ihre harte kleine Knospe mit der Feder. Die überwältigenden sinnlichen Empfindungen, die Eadyth dabei durchfluteten, machten es ihr nahezu unmöglich, ihre Arme noch länger hochzuhalten.

»Sag es mir«, ermutigte Eirik sie mit vor Leidenschaft ganz heiserer Stimme, als er auf die gleiche aufreizende Weise auch ihre andere Brust liebkoste. »Sag mir, wie es sich anfühlt.«

»Als würde ich zerfließen. Es pocht und klopft. Ich verzehre mich nach ...«

»Wonach, Liebes?«

»Nach deinem Mund auf mir ... deinen warmen Lippen auf meiner Haut. Ich möchte ... ach, ich weiß es nicht.«

»Bald, Eadyth, bald. Nein, schließ deine Augen nicht. Denk an die Regeln.«

Sie zwang sich, die Augen zu öffnen, und senkte ihren Blick auf die Feder, die sich nun langsam über ihren flachen Bauch zu den Innenseiten ihrer Schenkel hinunterbewegte. »Warum stehen diese blauen Adern an deinem ... Schaft hervor? Tut er weh?«

Ein eigenartig erstickter Laut entrang sich Eiriks Lippen, und er lehnte sich mit einem Arm an die Wand und schloss für einen Moment die Augen, als versuchte er, Kraft zu sammeln. Als er sie wieder öffnete, fragte Eadyth ihn mit einem wissenden Lächeln: »Darfst du deinen Regeln nach die Augen schließen, während ich es nicht darf?«

»Ja, du raffiniertes kleines Biest«, sagte er kopfschüttelnd.

Danach stand ihr nicht mehr der Sinn nach Scherzen, als Eirik seine Feder zu dem weichen Haar zwischen ihren Schenkeln hinuntergleiten ließ. Sich vor sie hinkniend forderte er sie auf, ihre Beine zu öffnen, und Eadyth kam seiner Aufforderung nach, während ein schier unerträglich lustvolles Prickeln sie durchflutete und sich tief in ihrem Innersten zu bündeln schien. Mit der Feder teilte Eirik das weiche Haar über ihrer intimsten Körperstelle und beschrieb ihr, was er sah.

Als das sinnliche Spiel weiterging, seufzte Eadyth hilflos, vor allem, als er seine Feder wie Vogelschwingen flattern ließ. Das Prickeln in ihren Brüsten und zwischen ihren Schenkeln intensivierte sich, bis sie es fast nicht mehr zu ertragen glaubte. Eadyth bog die Hüften vor und spürte, wie ihre Beine sich versteiften. Eirik steigerte den Rhythmus seiner hin und her flatternden Feder, immer schneller bewegte er sie, bis Eadyth vor Verlangen zu vergehen glaubte.

Sie nahm ihre Arme von ihrem Nacken und legte sie auf Eiriks Schultern, um sich zu stützen, als ihre Knie unter ihr nachzugeben drohten und Welle um Welle lustvollster Gefühle sie durchfluteten. Helle Lichter explodierten hinter ihren geschlossenen Augen, und sie stöhnte: »Nicht, Eirik. Hör auf. Das ist zu viel.«

Er ließ die Feder fallen und legte sein Gesicht an ihren straffen Bauch. Als er schließlich wieder aufstand, sah Eadyth, dass sein heißer Schaft sogar noch größer geworden war und ein winziger Tropfen seines Samens an seiner Spitze glitzerte. Eiriks Blick glitt hungrig über ihren Körper, und er atmete schnell und flach durch seine leicht geöffneten Lippen.

Eadyth erkannte, dass er sie begehrte, und war überaus erfreut darüber.

»Habe ich verloren?«, fragte sie verlegen, als er nähertrat.

Er schenkte ihr ein hinreißendes Lächeln und hob sie auf seine Arme. »Ich würde sagen, wir haben beide gewonnen, Liebste. Aber jetzt wird es Zeit, dass auch ich meinen Preis bekomme.«

Er ließ sie auf das Bett fallen, legte sich zu ihr und umfasste mit seinen Händen ihre Knöchel, um sie zur Seite und hinaufzuschieben. Für einen Moment senkte er anerkennend seinen Blick auf sie, dann drang er mit einer einzigen kraftvollen Bewegung in sie ein. Eadyth stöhnte vor Entzücken und kostete das herrliche Gefühl aus, immer mehr von ihm ausgefüllt zu werden, als ihr Mann und sie miteinander verschmolzen.

»Du bist so heiß«, stieß Eirik erstickt hervor, als er sich auf ausgestreckten Armen über sie beugte, und sein Nacken war ganz verkrampft von der Anstrengung, sich im Zaum zu halten. »Die Hitze, die du ausstrahlst, verbrennt mich, Eadyth. Ich möchte dich küssen und deine Brüste streicheln und dir süße Worte zuflüstern, aber ich kann nicht länger warten ... ich kann nicht war ...«

Unwillkürlich steigerte er das Tempo und begann sich mit immer kürzeren, immer kraftvolleren Stößen zu bewegen. Eadyth umfasste mit den Händen das Kopfteil des Betts und versuchte, sich seinem leidenschaftlichen Rhythmus anzupassen. Als sie wieder das Pulsieren an der Stelle fühlen konnte, wo ihre süße Qual am größten war, spreizte sie ihre Beine noch weiter und bog sich ihm ihn rückhaltloser Hingabe entgegen. Als das Pulsieren noch intensiver wurde und sich alles in ihr zusammenzuziehen schien, warf sie aufstöhnend ihren Kopf von einer Seite auf die andere und fieberte dem Höhepunkt entgegen. Als sie den Gipfel erreichte und heiße Lustschauer sie wild erbeben ließen, warf Eirik den Kopf zurück und drang mit einem rauen, triumphierenden Aufstöhnen ein letztes Mal tief in sie ein.

Danach brach er ermattet auf Eadyth zusammen. Seine Brust hob und senkte sich noch unter seinen schweren Atemzügen, die ihre Wange streiften und ihren Nacken kitzelten. Eadyth konnte etwas Feuchtes zwischen ihren Beinen spüren – die warmen Fluten seines Höhepunkts und ihres eigenen –, und dass sie immer noch aufs innigste miteinander verbunden waren.

Eine wundervolle Wärme, die sie an hellen Frühlingssonnenschein erinnerte, durchströmte Eadyth. Ganz sachte nur strich sie mit ihren Fingerspitzen über seine Schultern und seinen Rücken. In diesen zärtlichen Minuten nach ihrer leidenschaftlichen Vereinigung empfand Eadyth ein immer stärker werdendes Gefühl des Friedens und der Zugehörigkeit.

»Ich liebe dich, Eirik«, flüsterte sie und streichelte sein Haar.

Für eine kurze Weile herrschte Schweigen. Dann hob er grinsend seinen Kopf. »Ich bin wirklich gut im Bett, nicht wahr?«

»Ich sagte, ich *liebe* dich, Eirik«, wiederholte sie und gab ihm einen liebevollen kleinen Schubs. »Ich verlange nicht von dir, dass du das Gefühl erwiderst, aber belächle meine Empfindungen auch bitte nicht.«

»Das würde ich niemals tun. Ach, Eadyth, ich weiß nicht, ob ich je wieder an Liebe glauben kann. Das erfordert mehr Vertrauen, als ich in die Frauen habe. Ich habe dich lieb gewonnen, und ich bin froh, dass wir verheiratet sind, aber mehr als das kann ich dir für den Augenblick noch nicht versprechen.«

Seine Antwort enttäuschte sie ein wenig, aber er war zumindest aufrichtig zu ihr, und das zählte schon sehr viel. »Nun, dann werde ich dich eben einfach lehren müssen, mir zu vertrauen.« Aber was sie wirklich meinte, war, dass sie ihn lehren würde, sie zu lieben.

Er lächelte und küsste das kleine Muttermal an ihren Lippen. »Du bringst ja auch sonst alles zustande, nicht?« Dann glitt er tiefer und blies seinen warmen Atem auf ihre Brust. »Was hast du vorhin noch über das Küssen von Brüsten gesagt?«

Aber im Moment brachte Eadyth nicht einmal eine Antwort ›zustande‹.

Später fragte sie Eirik, ob das Spiel mit der Feder auch umgekehrt gespielt werden konnte, und er sagte: »Aber sicher. Das ist sogar noch besser.«

Gegen Morgen war die Matratze an mehreren Stellen geplatzt und aufgerissen. Der Stuhl hatte ein Bein verloren. Überall im Zimmer lagen dicke Klumpen Binsenstreu herum.

Eiriks Knie waren wundgescheuert, und seine Schultern hatten Kratz- und Beißspuren. Eadyths Gesicht und ihre Brüste waren rot von Eiriks Bartstoppeln.

Sie öffnete ein Auge und schielte zu Eirik hinüber, der am Tisch stand und sich mit ein paar ordentlichen Schlucken Met stärkte. Mit einer unverhohlenen Einladung in seinen Augen zwinkerte er ihr zu. Schon wieder?

»Nein, das reicht. Ich könnte es nicht noch einmal, Eirik. Nicht einmal, wenn ...« Sie gähnte und schloss verschlafen ihre Augen.

»Ea-dyth«, rief Eirik kurz darauf in einem etwas merkwürdigen Ton. Als sie nicht darauf reagierte, sagte er: »Ea-dyth, sieh mal, was ich hier für dich habe.«

Sie kniff die Augen noch fester zusammen. »Ich weiß, was du für mich hast, und ich hatte schon genug davon.«

»Ich weiß, ich weiß – nicht einmal dann, wenn ich splitterfasernackt einen Kopfstand vor dir machen würde. Aber erbarm dich meiner. Du wirst es nicht glauben. Ehrlich.«

Und er hatte recht.

Eadyth klappte beinahe die Kinnlade herunter, und ihre

Augen weiteten sich vor Verblüffung, nachdem sie sie schließlich doch aufgeschlagen hatte.

Eirik stand auf dem Kopf. Und er war splitterfasernackt.

Als sie aufhörte zu lachen und Eirik wieder auf seinen Beinen stand, streckte sie ihre Arme nach ihm aus und sagte: »Na ja, vielleicht habe ich es mir ja anders überlegt. Eine solche Vorstellung verdient ihre Belohnung.«

17. Kapitel

Ein lautes Klopfen an der Tür weckte sie auf.

»Ruhe«, brummte Eirik und zog Eadyth noch fester in seine Arme. Ihr Kopf lag an seiner Brust, und sie hatte schamlos eins ihrer Beine um seine Hüften geschlungen. Eirik schüttelte den Kopf über diese unglaubwürdige Tatsache ... und sein unglaubliches Glück.

»Nicht schon wieder, Eirik, ich bin zu müde«, murmelte Eadyth verschlafen.

Eirik lächelte, da er nun wusste, dass es ihm gelungen war, sie völlig zu erschöpfen.

»Ei-rik!«, rief Tykir und klopfte wieder an die Tür. »Mach auf! Die Nacht ist längst vorbei, und ich habe vier lästige Kinder in meinem Bett, die so viel Krach machen, dass mir der Kopf zerspringt. Es wird höchste Zeit, dass ihr sie übernehmt.«

»Verschwinde, Tykir. Und komm nicht wieder her, solange es keinen Angriff auf diese Burg gibt.«

Tykir fluchte ärgerlich, stapfte dann aber wieder davon. Eirik legte eine Hand auf Eadyths wohlgeformtes Hinterteil und freute sich über die Tatsache, dass er als Ehemann sogar das gute Recht dazu besaß. Als er seine Frau ansah, durchströmten ihn ganz wundervolle neue Empfindungen, die er jedoch aus Furcht, sie könnten schwächer werden und sich wie Träume auflösen, nicht genauer zu untersuchen wagte. Und so schloss er die Augen und versuchte, wieder einzuschlafen.

Doch, wie sich schon bald herausstellte, hatte Eadyth andere Pläne. Wenig später rieb sie ihre Brüste an seinem behaarten Oberkörper, legte dann besitzergreifend eine Hand auf seine erschöpften männlichen Attribute und flüsterte mit verführerischer Stimme: »Du scheinst ein bisschen Ermunterung zu brauchen, Liebster.«

Und diesmal war es Eirik, der stöhnend protestierte. »Nicht jetzt, Eadyth, ich bin zu müde.«

Doch das überlegte er sich sehr schnell anders, als sie ihn spitzbübisch fragte: »Nicht einmal, wenn ich einen Kopfstand mache, splitter ...«

»Das würdest du nicht tun!«, sagte er und riss schockiert die Augen auf. »Oder?« Das interessierte Aufblitzen in seinen Augen war unübersehbar.

»Nein, du Flegel, das würde ich nicht.« Aber dann rollte sie sich auf ihn und fragte in herausforderndem Ton: »Hast du etwa schon aufgegeben, uns einen Höhepunkt nach dem anderen bescheren zu wollen? Du hast mir zwölf versprochen und bisher nur sechs geschafft.«

Und da stellte Eirik fest, dass er doch gar nicht so müde war.

Eine Stunde später stand Tykir erneut vor ihrer Tür und klopfte nachdrücklich. »Du überstrapazierst meine brüderliche Zuneigung, Eirik! Komm sofort da raus und nimm mir diese Kinder ab! John hat mich zu einem Pinkelwettbewerb herausgefordert. Und mir tun die Füße vom Tanzen mit Larise weh. *Tanzen! Bei Odins Sohn, wer hat schon einmal einen wikingischen Krieger tanzen sehen?* Emma hat Honig in ihrem Haar, Godric schießt mit Pfeilen auf Berthas Butterfass, Abdul hat angefangen, sich die Federn auszureißen. Und dein verdammter Hund macht auf mein Bett!«

Eirik und Eadyth wechselten amüsierte Blicke, bevor beide im selben Moment »Geh weg!« riefen und dann in schallendes Gelächter ausbrachen.

»Lacht ihr etwa über mich?«, fragte Tykir eingeschnappt.

»Warum bringst du den Kindern nicht ein paar von deinen Zaubertricks bei?«, meinte Eirik schließlich, als sein Bruder nicht aufhörte, draußen wütend vor sich hinzulamentieren. Aber Tykir gab erst auf und ging, nachdem er Eirik in aller Deutlichkeit erklärt hatte, was er mit seinen ›Zaubertricks‹ alles tun konnte.

Da sie aber nun schon einmal wach waren, beschloss Eirik, Eadyth einige ›Zaubertricks‹ zu zeigen.

»Hast du schon einmal von dem berühmten wikingischen *S-Punkt* gehört?«, fragte er seine Frau und grinste im Stillen, als er sanfte Küsse in die Mulde zwischen ihren Brüsten hauchte und dann langsam tiefer glitt.

»Nein. Ist das wieder so eine Kalifengeschichte?«

»Natürlich nicht«, sagte er beleidigt. »Mein Onkel Selik hat mir die Sache mit dem *S-Punkt* erklärt. Das Schwierige daran ist, dass man ihn nur ...«

»Was?«, fragte Eadyth erschrocken, als Eirik sich zwischen ihre Beine kniete und ihre Schenkel über seine Schultern legte.

»... mit der Zunge finden kann«, erwiderte er augenzwinkernd.

Und später, sehr viel später sagte Eadyth ihm, dass er seine Zaubertricks jederzeit bei ihr ausprobieren dürfe.

Gegen Mittag, als Tykir zum dritten Mal an ihre Tür klopfte, verlangte er: »Komm herunter, Eirik, schnell! Britta wird vermisst, und wir befürchten, dass sie Steven in die Hände gefallen ist.«

Die verängstigten Kinder scharten sich um Eadyth, während sie gemeinsam Eirik und seinen Männern nachsahen, die in voller Kriegsrüstung davonritten, um die vermisste Magd zu suchen. Eadyth gab sich alle Mühe, ihre Angst um Eirik und Tykir und vor allem auch um die arme Britta, die nun auch noch in ihren Krieg mit Steven hineingezogen worden war, vor den Kindern zu verbergen.

Bevor er sein Pferd bestieg, hatte Eirik Eadyth in die Arme genommen und ihr zugeflüstert: »Ich bin sehr zufrieden mit dir, meine Schöne. Ich hatte nur gehofft, ein bisschen mehr Zeit zu haben, um dir meine Freude zu zeigen.«

»Ich bin auch sehr glücklich mit dir«, hatte sie leise zugegeben und ihm zärtlich mit den Fingerspitzen über die Wange gestrichen. »Sei vorsichtig, mein Liebster. Pass gut auf dich auf.«

Nun nahmen sie und Bertha die Kinder an die Hand, zwangen sie, sich den Schmutz von ihren Händen und Gesichtern abzuwaschen, und setzten sie dann an den Küchentisch, wo Eadyth ihnen ihren täglichen Unterricht erteilte. Obwohl sie hin und wieder unruhig wurden, waren sie alle eifrige Schüler, selbst Godric, und kamen in den folgenden drei Stunden einen guten Schritt voran. Dann wurde ihre Aufmerksamkeit jedoch vom Hufgetrappel der zurückkehrenden Pferde abgelenkt. Eadyth befahl den Kindern, bei Bertha zu bleiben, bevor sie mit einem unguten Gefühl durch den großen Burgsaal zur Eingangstür hinübereilte.

Wilfrid trug die reglose und offenbar übel zugerichtete Britta gerade die Stufen hinauf, als Eadyth die Tür öffnete. Eirik und seine Männer ritten schon wieder los, um sich auf die Suche nach dem niederträchtigen Gravely und seinen Mittätern zu machen.

»Lebt sie?«, wollte Eadyth von Wilfrid wissen.

»So gerade noch«, antwortete er mit zusammengebissenen Zähnen.

»Bring sie ins Gästezimmer«, wies Eadyth ihn an. Sie ging voran und rief Girta zu: »Sag Bertha, dass sie heißes Wasser und saubere Tücher hinaufbringen lassen soll.«

Als Britta auf dem Bett lag und sie ihr die zerfetzten Kleider ausgezogen hatten, schrien Eadyth und Wilfrid erschrocken auf, als sie die Schnittwunden und Prellungen sahen, die fast die gesamte Haut der jungen Frau bedeckten. Ihre Schenkel waren voller Blut und den Spuren, die ein Mann hinterließ, der seinen Sextrieb befriedigt hatte. Eins ihrer Augen war bereits zugeschwollen und ihre Unterlippe aufgesprungen. Ihr linker Arm schien am Handgelenk gebrochen zu sein.

»Dieser verdammte Schuft!«, rief Wilfrid aus. »Dafür bringe ich ihn um, das schwöre ich.«

»Geh, Wilfrid«, bat Eadyth ihn schließlich und legte behutsam eine Hand auf seinen Arm. »Es ist besser, wenn ich mich alleine um sie kümmere. Such die Kräuterfrau im Dorf, wenn du willst, und schick sie mit ihren Heilmitteln zu mir.«

»Wird sie es überleben?«, fragte er mit gebrochener Stimme.

Eadyth zuckte mit den Schultern. »Ich hoffe es. Ich werde mein Bestes tun. Mehr kann ich nicht versprechen.«

Bis Eadyth damit fertig war, Britta zu waschen, hatte das Mädchen das Bewusstsein zurückerlangt und stöhnte: »Oh, Herrin, diese Scheusale ... was sie mir alles angetan haben ... es tut so schrecklich weh ...«

»Beruhige dich, Britta, du bist in Sicherheit.« Aber sie musste es einfach wissen: »War es Steven von Gravely?«

Britta sah mit weit aufgerissenen Augen zu ihr auf. »Ja. Er und fünf seiner Männer haben mich missbraucht ... oh, zu was für grauenhaften, abartigen Dinge sie mich gezwungen haben ... das werde ich nie vergessen können ... und er hat mir eine Botschaft für Euch mitgegeben.«

Ein Frösteln lief über Eadyths Rücken.

»Er ... er hat gesagt, Ihr wärt die Nächste. Und dann hat er hinzugefügt, dass er Euch nicht so sanft behandeln werden würde.«

Eadyth strich Britta das strähnige rote Haar, das vor kurzem noch wie gesponnenes Gold geschimmert hatte, aus ihrem übel zugerichteten Gesicht zurück. Dann nahm sie die junge Magd in ihre Arme und wiegte sie wie ein Kind. Ihr war nur zu gut bewusst, dass Britta an diesem auch die letzten Reste ihrer Unschuld, die sie sich vielleicht bis dahin noch hatte bewahren können, verloren hatte. Und ihre Tränen vermischten sich mit denen des jungen Mädchens.

Als Eirik und sein Gefolge abends zurückkamen, war Britta dank der Kräuter, die eine Dorfbewohnerin gebracht hatte, schon in einen unruhigen Schlaf gefallen. Eadyth war zuversichtlich, dass das Mädchen mit der Zeit genesen würde – zumindest körperlich, wenn auch vielleicht nicht seelisch.

Ein einziger Blick in Eiriks grimmiges Gesicht verriet ihr, dass er Steven nicht gefunden hatte. Der teuflische Graf war wieder einmal davongekommen.

Rasch wies Eadyth das Gesinde an, für Tykir und ihren Ehemann Bäder vorzubereiten, und ließ auch schon die Tische für das Abendessen decken. »Und hol noch ein paar Fässchen Met«, befahl sie Lambert. »Ich könnte mir vorstellen, dass die Männer heute großen Durst haben werden.«

Bis Eadyth endlich nach oben kam, hatten Eirik und Tykir beide schon ihr Bad genommen und sich in Eiriks Schlafzimmer zurückgezogen, um die Ereignisse des Tages zu besprechen. Eadyth berichtete ihnen von Brittas Verletzungen und gab ihrer Hoffnung Ausdruck, dass das Mädchen wieder gesund werden würde.

Der Anblick ihres Mannes, der müde, enttäuscht, desillusioniert und mit hängenden Schultern dasaß, rührte Eadyth. Eiriks gut aussehendes Gesicht war starr vor Anspannung. Da er sich morgens nicht rasiert hatte, beschatteten dunkle Bartstoppeln die untere Hälfte seines Gesichts. Er ist ein starker Mann ... das ist er in der Tat ... aber heute hat er sich total verausgabt, dachte Eadyth.

Sie zögerte, bevor sie behutsam ihre Hand auf seine Schulter legte. Eirik blickte zu ihr auf, erstaunt zunächst, aber dann legte auch er seine Hand auf ihre. Zum ersten Mal zeigte er ihr damit seine Zuneigung auch außerhalb des Bettes ganz demonstrativ, was Eadyth unglaublich glücklich machte.

»Wir können nicht länger darauf warten, dass der Königliche Rat über den Vormundschaftsantrag entscheidet«, sagte Eirik.

Eadyth nickte. Auch sie wusste, dass sich die Gefahr von Tag zu Tag vergrößerte, da Stevens Vergehen immer kühner wurden.

»Ich bin nach wie vor der Meinung, dass wir den Mistkerl mit Hilfe von Eadyth oder John aus seinem Versteck herauslocken können«, brummte Tykir.

»Tykir, ich habe dich ausdrücklich gebeten, dieses Thema nicht vor Eadyth anzuschneiden.« Eirik erhob sich und baute sich drohend vor seinem Bruder auf.

Eadyth drückte Eirik sanft auf seinen Stuhl zurück. »Lass Tykir ausreden, Eirik. Behandle mich doch bitte ausnahmsweise mal wie eine Frau und nicht wie ein Kind.«

»Wie ein Kind!« Trotz der ernsten Lage grinste Eirik. Eadyth errötete, weil sie wusste, dass er an die vergangene Nacht zurückdachte, in der er sie ganz und gar nicht wie ein Kind behandelt hatte.

»Die Antwort ist Nein, und ich will kein Wort mehr davon hören, Tykir«, stellte Eirik ruhig fest. »Wir werden einen anderen Weg finden. Morgen früh werde ich zu Gravelys Besitzungen in Essex reiten. Da werde ich mich verstecken und warten, bis er wiederkehrt, egal, wie lange das auch dauern mag.«

Doch die Lösung des Problems wurde ihnen am nächsten Morgen aus den Händen genommen, als Graf Orm auftauchte, um ihnen die letzten Neuigkeiten mitzuteilen. »König Edmund ist in Gloucestershire ermordet worden. Es ist während des Fests des Heiligen Augustinus passiert. Er und sein Hof nahmen am Gottesdienst in Pucklechurch teil, als der hinterhältige Leofa dem König einen Dolch ins Herz stieß.«

Eadyth und Eirik wechselten einen ratlosen Blick. Was konnte das bedeuten?

»Die Männer des Königs haben Leofa nach dem Attentat alle Glieder einzeln ausgerissen, aber es war bereits zu spät. Edmund war nicht mehr zu helfen«, sagte Orm und leerte seinen Becher Met auf einen Zug.

»Er war noch so jung«, murmelte Eadyth bekümmert. »Er kann nicht mehr als vierundzwanzig Winter gesehen haben.«

»Ja«, stimmte Eirik ihr zu, »und seine Söhne Edwy und Edgar sind kaum aus den Windeln heraus, sie sind erst zwei und vier Jahre alt. Wahrscheinlich wird sein Bruder Edred jetzt die Thronfolge antreten, und er ist nicht viel jünger als Edmund ... zweiundzwanzig, glaube ich.«

Tykir stand auf und begann unruhig auf und ab zu gehen. »Aber im Gegensatz zu Edmund, der seine Jugend damit ausgeglichen hat, dass er früh kluge Ratgeber um sich scharte, hält Edred sich lieber in Gesellschaft von solch schändlichen Trabanten wie Gravely und seinesgleichen auf. Es weht ein übler Wind über Britannien, sage ich euch.«

»War Edred für den Tod seines Bruders verantwortlich?«, fragte Eadyth den Graf.

Orm zuckte mit den Schultern. »Er steht unter Verdacht, aber es gibt bisher noch keine Beweise gegen ihn. Seine Anhänger strömen schon nach Wessex, zur Beisetzung angeblich, aber wahrscheinlich doch wohl eher, weil sie Beute machen wollen.«

»Und der Witan?«, fragte Eirik voller Unbehagen und sprach damit auch Eadyths Sorgen aus, die sie sich nun, da der König tot war, wegen Stevens Vormundschaftsantrag machte.

»Innerhalb des Königlichen Rats darf sich bis nach der Beerdigung und einer Trauerzeit von mindestens einem Monat nichts ändern«, erklärte Orm. »Aber es geht das Gerücht, dass die derzeitigen Mitglieder sich in drei Tagen in Gloucestershire treffen werden, um ihre Strategie zu planen. Aber Edred verlangt bereits die Anerkennung durch die fünf Städte von Mercia und die Dänen von Danelag. Die Nächsten werden die Northumbrier sein, und es ist keine Frage, Eirik, dass du und ich gezwungen sein werden, ihm den Treueeid zu leisten. Von dort wird er nach Tadden's Cliff ziehen, wo er das Treuegelöbnis all der nördlichen Könige erwartet.«

»Er verschwendet keine Zeit«, stellte Eirik verächtlich fest. »Aber das hatten wir ja alle schon erwartet. Ja, wir werden ihm die Treue schwören, Orm. Was bleibt uns anderes übrig? Aber vielleicht können wir ja mit dem Witan zusammenarbeiten, um grundlegende Veränderungen in seinem leitenden Gremium zu verhindern.«

»Genau das denke ich auch. Können wir uns in zwei Tagen treffen, um zusammen nach Gloucestershire zu reisen?«

Eirik nickte.

Später, als Orm gegangen war, saßen Eirik und Tykir noch lange mit Eadyth zusammen, um diese neueste Entwicklung zu besprechen.

Um seine Aufmerksamkeit zu gewinnen, legte Eadyth eine Hand auf Eiriks Arm. »Ich werde nicht zulassen, dass John in irgendeiner Form benutzt wird, aber mir scheint, dir bleibt gar keine andere Wahl, als mich als Köder einzusetzen«, sagte sie zu ihrem Mann. »Es ist jetzt noch gefährlicher, die Angelegenheit länger hinauszuzögern. Wenn Edred erst einmal seine eigenen Männer in den Witan eingeschleust hat, wird Stevens Vormundschaftsantrag bewilligt werden, fürchte ich.«

Eirik starrte sie zunächst verärgert an, aber schließlich nickte er widerwillig. »Wir werden es jedoch auf meine Art versuchen, Eadyth, und du wirst nichts tun, was dich in Gefahr bringen könnte. Hast du das verstanden?«

»Ich verspreche es. Aber eins sage ich dir, Eirik: Ich würde mich und John eher umbringen, bevor ich zuließe, dass diese Brut des Teufels meinen Sohn bekommt. Ein Kind in seine Obhut zu geben wäre beinahe so, als würde man es geradewegs in die Hölle schicken!«

Eirik legte seinen Arm um ihre Schulter und zog sie beschützend an sich. Im Moment fühlte sie sich auch noch in Sicherheit. Aber wer wusste, was der Morgen bringen würde.

Später an jenem Tag nahm Eirik sie in die unterirdischen Gewölbe mit, um ihr einen geheimen Burgausgang zu zeigen, den sie vielleicht benutzen könnten, wenn sie ihre Pläne, Steven von Gravely endlich das Handwerk zu legen, in die Tat umsetzen würden. Eadyth hatte gar nicht gewusst, dass sich hinter einer Wandvertäfelung im großen Saal ein geheimer Zugang zu den Kellergewölben befand.

Die Räume dort enthielten größtenteils nur alte Waffen und nicht mehr zu gebrauchende Möbelstücke. Eadyth sah sich die zerbrochenen Stühle, Tische und Bettgestelle jedoch genauer an, weil sie dachte, dass sich einige vielleicht noch für die Häusler reparieren ließen.

»Was befindet sich in dem verschlossenen Raum dort?«, fragte sie.

»Schätze«, erwiderte Eirik gleichmütig. Er kniff aufgrund des schwachen Lichts die Augen zusammen, als er vorsichtig ein rostiges Schwert aufhob und es zur Seite legte, damit niemand sich daran verletzen konnte.

»Schätze? Was für Schätze?«

Eirik sah sie an und zuckte mit den Schultern. »Geld. Juwelen. Stoffe.«

Ärger stieg in Eadyth auf. »Darf ich sie mal sehen?«, erkundigte sie sich übertrieben freundlich.

Eiriks Kopf fuhr angesichts ihres Tonfalls hoch, aber er nahm einen großen Schlüssel vom Bund an seinem Gürtel und öffnete die quietschende Tür. Dann nahm er die Fackel aus der Wandhalterung und ging voran.

Eadyth schnappte verblüfft nach Luft. Sie traute ihren Augen nicht. Wohin sie auch blickte, überall sah sie schier unglaubliche Reichtümer – Truhen voller Juwelen und Goldstücke, feine Seide und kostspielige Wolle, elfenbeinerne Stoßzähne, Fässer mit Wein und parfümierten Ölen, Wandbehänge, Platten und Besteck aus reinem Silber.

Sie fuhr zu ihrem Mann herum und stieß ihn grob mit beiden Händen gegen die Brust. »Du Geizkragen! Wie konntest du?«

»Was?«, fragte er verblüfft und trat zurück.

»Du musst dich über meine armselige Mitgift ja totgelacht

haben! Du hast mich glauben lassen, du wärst verarmt, du Flegel!«

»Na ja, gelacht habe ich schon. Aber nur ein bisschen.«

Sie fand das alles überhaupt nicht komisch und funkelte ihn verärgert an. Er lehnte an der Mauer und grinste sie ohne jede Reue an, *der Rüpel*.

»Nun reg dich doch nicht gleich schon wieder so auf, Eadyth. Du hast mir gesagt, dir würde nichts an Reichtümern und dergleichen liegen.«

»Stell mich nicht als Einfaltspinsel hin. Du weißt sehr wohl, dass es etwas völlig anderes ist, keine Reichtümer anhäufen zu wollen, als sich abplagen zu müssen, um zurechtzukommen.«

»Abplagen? Du übertreibst, Eadyth.«

»Was weißt denn du? Oh, wenn ich daran denke, was für Gewissensbisse ich hatte, nur weil ich ein paar lächerliche Schafe bestellt hatte, und ...«

»Zwanzig.«

»Was?«

»Du hast zwanzig Schafe bestellt, Eadyth, nicht nur ein paar.«

»Oh.« Ihr war gar nicht bewusst gewesen, dass Eirik so genau darauf achtete, wie sie die Burg verwaltete.

»Und die Kuh! Es gab nur noch eine Kuh für diese ganze Burg, als ich hierhergekommen bin.«

»Jetzt sind es acht. Wie die wohl hierhergekommen sind?«, entgegnete er mit spöttisch hochgezogener Augenbraue. Und wieder war Eadyth erstaunt darüber, dass Eirik aufmerksamer war, als sie gedacht hatte.

Dann senkte er zerknirscht den Kopf. »Ich wollte selbst mehr Kühe anschaffen, bin nur leider nie dazu gekommen.«

Eadyth schürzte verächtlich ihre Lippen. »Dann erklär mir

doch bitte einmal, warum du in solch armseligen Verhältnissen lebst?«

»Weil es für einen Wikinger – selbst für einen Halbwikinger wie mich – sehr unklug wäre, die Missgunst seiner angelsächsischen Nachbarn zu erregen.«

Das verstand Eadyth. Aber es erklärte noch lange nicht, warum Eirik nicht einmal ihr, seiner eigenen Frau, etwas von seinen geheimen Reichtümern erzählt hatte.

»Was dachtest du, womit ich all die neuen Soldaten bezahlt habe, die ich nach Ravenshire habe kommen lassen?« Eirik zupfte verspielt an einer ihrer Locken und wickelte sie um seinen Finger.

Eadyth spürte, wie sie errötete. »Daran hatte ich nicht gedacht. Wahrscheinlich hattest du mich da gerade mal wieder ganz konfus gemacht.«

»Ja, dich ... konfus machen kann ich wirklich gut, nicht wahr?« Er grinste sie an und zog sie an der um seinen Finger gewickelten Haarsträhne zu sich heran. Eadyth versuchte die wohlige Hitze zu ignorieren, die allein seine Nähe schon in ihr entfachte.

»Oh, du bist unmöglich, Eirik! Und Asa, deine Mätresse – auch sie hast du hiervon bezahlt, nicht wahr?« Eadyth deutete auf das bis unters Dach mit Kostbarkeiten angefüllte unterirdische Gewölbe, und ihre Kehle wurde schrecklich eng bei dem Gedanken. Dumm, wie sie war, hatte sie nämlich sogar damit gerechnet, dass Eirik einen Teil *ihrer* Einkünfte dazu benutzen würde, seiner Geliebten eine Abfindung zu zahlen. Stattdessen aber hatte er ihr wahrscheinlich sogar enorme Reichtümer zu Füßen gelegt. Vielleicht hatte er ja seine Beziehung zu Asa nicht einmal beendet ...

»Schlag dir diesen hässlichen Gedanken aus dem Kopf!«,

brummte Eirik. »Solltest du es nämlich wagen, mich der Untreue zu beschuldigen, nachdem ich mich in deinen Armen dermaßen verausgabt habe, reiße ich dir die Zunge aus dem Mund und nagle sie dir an deine Stirn!«

Eadyth sog scharf den Atem ein. »Du bist ja *so* vulgär.«

»Ja, das bin ich«, erwiderte er mit einem mutwilligen Grinsen. »Möchtest du dich auf einen dieser Seidenballen legen und ein paar *vulgäre* Spielchen mit mir treiben?«

Sie warf ihm einen strafenden Blick zu, konnte aber trotzdem nicht umhin zu lächeln. Er sah so liebenswert aus, wie er da wie ein großes Kind dastand und von einem Ohr zum anderen grinste. »Nein, ich möchte keine gute Seide verderben, indem ich mich mit dir auf dem Boden herumwälze.«

»Ah, immerzu die vernünftige Ehefrau!« Er sah sie zärtlich an, bevor er augenzwinkernd hinzufügte: »Würdest du es dir bei einem Ballen feiner Wolle vielleicht noch anders überlegen?«

Sie konnte gar nicht anders, als zu lachen.

Eirik breitete seine Arme aus, und Eadyth warf sich geradezu hinein. Aber sie kniff ihn dabei in den Bauch, um ihm zu zeigen, dass ihr Ärger auf ihn noch nicht ganz verflogen war.

Später, als sie Arm in Arm aus dem Geheimgang traten, der zu einer Kate direkt vor der Burgmauer führte, sagte Eadyth: »Eirik, ich habe Angst um John, da Edred nun König ist, aber ich möchte, dass du weißt ...« Sie war so bewegt, dass ihre Stimme brach.

»Was, mein Liebes?« Eirik legte einen Zeigefinger unter ihr Kinn, um ihren Kopf zu sich emporzuheben.

»Ich wollte dir nur sagen, dass ich glücklicher bin, als ich es je zuvor in meinem Leben war.«

Er versuchte, ihren ernsten Ton mit einem Scherz zu überspielen. »Ja, das kann ich wirklich gut, dich glücklich machen, nicht?«

Aber sie ließ nicht zu, dass er ihre Gefühle trivialisierte. »Ich liebe dich, Eirik. Nein, senk nicht den Blick und sieh mich an. Ich verlange nicht von dir, dass du meine Gefühle erwiderst.« *Oder zumindest jetzt noch nicht*. »Vielleicht sind Frauen einfach anders. Ich weiß nur, dass ich mich dir niemals so hätte hingeben können, wie ich es getan habe, ohne dir nicht auch mein Herz zu schenken.«

»Es fällt mir schwer, über diese Dinge zu sprechen, Eadyth. Es ist nicht leicht für mich, jemandem zu vertrauen, und ich glaube nicht, dass ich ohne Vertrauen jemanden lieben könnte. Also lass mir bitte Zeit.«

»Das werde ich«, versprach sie lächelnd. »Es ist nur so, dass ich fürchte, es kommen schwere Zeiten auf uns zu, und deshalb möchte ich, dass du weißt, was ich für dich empfinde.« Danach blickte sie sich um, weil sie das Thema wechseln wollte, und sagte: »Siehst du diese grüne Wiese dort drüben? Ich habe sie noch nie zuvor gesehen. Glaubst du ... na ja, ich meine ... ich dachte nur gerade, ob es dir etwas ausmachen würde, wenn wir ein paar Ziegen kaufen?«

»Ziegen?«, fragte er verblüfft.

Dann lachte er, als er ihr spitzbübisches Lächeln sah. »Du bist bezaubernd, wenn du lächelst, Eadyth. Wenn du hin und hin wieder mal gelächelt hättest, als du mir vorgegaukelt hast, alt und abstoßend zu sein, wäre deine Maskerade im Nu aufgeflogen.«

»Glaubst du?«

»Ich weiß es, Liebes. Selbst mit meinen gottverfluchten Augen hätte ich den Liebreiz deines Lächelns nicht übersehen können.«

»Oh, Eirik, sprich nicht so von deinen Augen. Ich liebe deine Augen.« Immerhin waren es diese hellen blauen Augen, die sie ursprünglich auf Ravenshire hatten bleiben lassen.

»Wirklich? Na ja, sie sind meine Schwäche, aber ...«

Sie legte ihre Fingerspitzen an seine Lippen. »An dir ist überhaupt nichts Schwaches, Liebster. Ich habe deine Sehschwierigkeiten schon von Anfang an bemerkt, weil mein Vater die gleichen hatte, und sie haben ihn nie zu einem weniger tollen Mann gemacht.«

»Na ja ...«, sagte er, tat ihre zuversichtlichen Worte mit einem Achselzucken ab, aber Eadyth konnte dennoch sehen, wie erfreut er war. Seine Schwachsichtigkeit – seine einzige Schwäche, oder so empfand er sie zumindest –, war ein wunder Punkt ihres Ehemanns. Und sie hatte seinen Stolz verletzt, als sie sich diese Eigenheit für ihre lächerliche Maskerade zunutze gemacht hatte.

Sie betrachtete ihn mit einem liebevollen Blick und sagte sich, wie glücklich sie sich schätzen konnte, einen solchen Mann für sich gewonnen zu haben.

»Was ist? Warum siehst du mich so an?«

»Wie sehe ich dich denn an?«

»Wie Prinz, dein Hund.«

Eadyth lachte leise. Was für ein passender Vergleich!

»Obwohl ich allerdings nicht glaube, dass du ...« Eirik beendete den Satz absichtlich nicht, um Eadyths Neugier zu wecken. Seine Augen funkelten mutwillig, als er sich versonnen über die Oberlippe strich und Eadyth prüfend musterte.

Sie stützte die Hände in die Hüften und legte fragend ihren Kopf zur Seite.

»Na ja, dass du mit dem Schwanz wedeln würdest, meinte ich«, schloss er lachend.

»Das könntest ja wohl eher *du* als ich«, gab sie zurück und stieß ihm lachend gegen die Brust – woraufhin er stolperte, hinfiel und sie mit sich zu Boden zog.

Und dann nahm er ihr Gesicht zwischen seine Hände und küsste sie tief und leidenschaftlich. Eadyth konnte von seinen Lippen und seiner Zunge nie genug bekommen. Warum hatte sie nicht gewusst, dass Küssen etwas so Wunderbares sein konnte?

»Du hast schon wieder einen ganz verträumten Blick, Eadyth«, konstatierte Eirik und blies seinen warmen Atem auf ihre feuchten Lippen.

»Kein Wunder! Mit deinen Küssen bringst du eine Frau ganz durcheinander, und das weißt du nur zu gut.«

»Nur dich, Eadyth, nur dich. Und wirst du mir jetzt sagen, warum du mich gerade angeschaut hast, wie dein Prinz immer einen saftigen Knochen anstarrt?«

»Ich habe mich nur gefragt, wieso ich mich so schnell in dich verlieben konnte.«

»Wegen meiner männlichen Fähigkeiten, könnte ich mir vorstellen«, entgegnete er schmunzelnd.

»Ich glaube, ich habe dich schon geliebt, bevor du mich auch nur berührt hast.«

»Wirklich?« Seine Augen leuchteten interessiert auf.

Eadyth nickte. »Ja, ich glaube, es hat damit angefangen, dass du John auf unserem Hochzeitsfest als deinen Sohn anerkannt hast. Und als du mir in derselben Nacht in deinem Zimmer diesen ... diesen Zungenkuss gegeben hast, vermutete ich schon, dass ich deinem Charme bestimmt nicht lange widerstehen könnte.«

»Ja, mein Charme ist legendär.«

Sie biss ihn spielerisch in die Schulter. »Und dann war da

dieser Moment, als du von meinen Bienen gestochen worden bist und mich nicht geschlagen hast.«

»Ich war stark versucht, es zu tun.«

»Du hast es aber nicht getan.«

Ein langes Schweigen entstand, während sie sich in die Augen schauten, und Eadyth hätten weinen können, weil Eirik ihr nicht sagte, dass er ihre Zuneigung erwiderte. Sie versuchte, sich einzureden, es sei nicht wichtig, aber das war es natürlich schon.

»Ich bemühe mich, Eadyth«, sagte er leise.

»Ich weiß«, flüsterte sie und versuchte ihren Schmerz zu verbergen, als er sie sehr zärtlich küsste.

»Seid ihr zwei schon wieder zugange?« Sie blickten auf und sahen Tykir aus dem Tunneleingang kommen. »Mann, Eirik, wann immer ich mich umdrehe, zählst du Eadyths Zähne mit deiner Zunge!«

»Zweiunddreißig«, sagte Eirik, ohne mit der Wimper zu zucken.

»Was?«, fragte Tykir.

»Eadyth hat zweiunddreißig Zähne.«

Und da begannen alle laut zu lachen.

Tykir ließ sich neben ihnen auf den Boden fallen und ihre Heiterkeit verebbte.

»Wo sind die Kinder?«, fragte Eadyth.

»Ich habe sie an die Säulen im großen Saal gebunden.«

»Wie konntest du!«, rief Eadyth, entsetzt über Tykirs Grausamkeit, und stand prompt auf.

»Nun reg dich mal nicht auf, Schwägerin. Setz dich wieder hin. Sie halten es für ein Spiel. Ich bin der mächtige wikingische Krieger, und sie sind meine Gefangenen. Ich wollte mir damit nur eine kurze Atempause verschaffen.« Er grinste drollig. »Ich habe ihnen versprochen, nach meiner Rückkehr ihr Gefangener zu sein. Teufel aber auch, ich glaube, wenn ich Ravenshire verlasse, brauche ich erst mal einen guten Kampf, um mich ein bisschen zu entspannen.«

Alle wurden wieder ernster, als sie dann ihr Vorhaben besprachen, Steven in einen Hinterhalt zu locken.

»Ich breche morgen früh mit einem großen Trupp von Männern auf«, sagte Eirik. »Falls Graf Orm es nicht bereits getan hat, werde ich dann das Gerücht verbreiten, ich würde mich nach Gloucestershire begeben, um mit dem Königlichen Rat zu sprechen.«

»Steven wird dich bestimmt sehr aufmerksam beobachten«, sagte Eadyth besorgt.

»Ja, aber ich werde in voller Rüstung aufbrechen und einen Helm tragen, der mein Haar bedeckt. In einiger Entfernung von Ravenshire liegt ein dicht bewaldetes Gebiet, wo Sigurd mich erwarten wird. Sigurd ist ungefähr genauso groß wie ich. Er und ich werden die Kleider tauschen. Wenn die Truppen weiterziehen, werde ich nach Ravenshire zurückkehren und durch den Geheimgang wieder in die Burg kommen.«

Eadyth biss sich beunruhigt auf die Lippen.

»Ich weiß, dass du dir Sorgen um John machst. Ich werde ihn, Larise und Emma unter schwerer Bewachung nach Hawk's Lair bringen lassen. Sie werden die Burg noch heute Nacht durch den geheimen Gang verlassen. Ich will sie nicht in der Burg haben, falls mit unserem Vorhaben etwas schiefgehen sollte.«

Eadyth schlug erschrocken eine Hand vor ihren Mund. »Und Tykir?«

»Der wird heute Nacht von Jorvik aus über den Humber zur Nordsee segeln. Dann kehrt er auf dem Landweg hierher zurück und wird auf Hawk's Lair bei den Kindern bleiben. Ich glaube nicht, dass Emma sich ohne einen von uns sehr lange fügen würde.«

»Das klingt alles sehr ... vernünftig, aber du weißt, dass Steven nicht wie ein normaler Mensch denkt. Seine Niederträchtigkeit macht mir große Angst.«

»Wir werden vorsichtig sein, Eadyth. Ich beschütze, was mir gehört.« Eirik legte einen Arm um ihre Schulter, um seinen Worten noch mehr Nachdruck zu verleihen.

Seine Geste tröstete Eadyth, mehr sogar als seine Worte. Er liebte sie nicht ... *das* noch nicht, wie sie wusste. Aber nichtsdesotrotz hatte sie auf jeden Fall das Gefühl, dass Eirik etwas an ihr lag. Und das war doch immerhin ein Anfang.

»Noch etwas, Eadyth. Es könnte sein, dass wir einen Spion hier auf der Burg haben. Deshalb dürfen wir mit keinem der Bediensteten über unsere Pläne sprechen, und ich kann auch nicht zu dir nach oben kommen, nachdem ich Ravenshire ganz offiziell verlassen haben werde. Wir werden die Kellergewölbe mit Bettzeug und Proviant für mich und einige meiner Männer ausstatten. Selbst die Pferde werden wir bei uns behalten müssen.«

Als er ihr enttäuschtes Gesicht sah, fügte er rasch hinzu: »Es wird wahrscheinlich nur für ein, zwei Nächte sein. Ich bin mir sicher, dass die Aussicht, dich und John in einer scheinbar schlecht bewachten Burg zu finden, Steven herlockt.«

Zwei Tage vergingen, und Steven war noch immer nicht aufgetaucht. Eadyth lief unruhig zwischen ihrem Schlafzimmer und der Küche hin und her, wo Bertha sich beschwerte: »Herrgott noch mal! Ihr lauft noch Rillen in den Boden. Mit Eurem ständigen Gejammer macht Ihr mir außerdem langsam aber sicher die Milch in meinem Pudding sauer!«

Eirik hatte Eadyth ermahnt, die Burg unter gar keinen Umständen zu verlassen, und nur Wilfrid und Jeremy, ihr vertrauenswürdiger Steinmetz aus Hawk's Lair, waren in ihre Pläne eingeweiht. Beim ersten Anzeichen, dass Steven oder irgendein anderer Fremder sich möglicherweise innerhalb der Burg aufhielt, musste Eirik unverzüglich benachrichtigt werden. Nach außen hin musste die Burg unterbesetzt und schlecht bewacht erscheinen.

»Wenn Steven sich mit dir in Verbindung setzt, musst du in Reichweite von Wilfrid oder Jeremy sein, damit sie mir und meinen Männern ein Zeichen geben können. Du musst meine Anweisungen voll und ganz befolgen, hörst du, Eadyth?«, hatte Eirik ihr immer wieder eingebläut, bevor er gegangen war.

Am dritten Tag war Eadyth so unruhig und frustriert, dass sie beschloss, sich eine Beschäftigung zu suchen, um sich abzulenken. »Wir werden heute meinen Honig verarbeiten«, teilte sie Bertha und Girta deshalb mit.

Die Köchin murmelte etwas über die Unordnung, die sie in ihrer Küche veranstalten würde, aber ein kurzer, böser Blick von Eadyth brachte sie zum Schweigen. Britta würde ihnen nicht helfen können, da sie noch immer das Bett hüten musste, obwohl sie sich nach und nach von ihren Verletzungen erholte. Eadyth befahl Oslac, einem ihrer Assistenten aus Hawk's Lair, so viele volle Hönigwaben wie nur möglich aus den Stöcken einzusammeln. Eirik hatte ihr verboten, auch nur in den Obstgarten hinauszugehen, falls Steven schon irgendwo da draußen lauern sollte.

Als Oslac kurze Zeit darauf zurückkam und den Bienenschutzschleier von seinem Gesicht nahm, brachte er drei Dutzend Honigwaben mit und sagte, es wären mindestens noch genauso viele da, die er hereinholen könnte. »Es ist zu lange her, Herrin, seit wir den letzten Honig geerntet haben, obwohl den Bienen das Festessen natürlich sehr gefallen hat.«

Eadyth nickte und dachte, dass sie in den letzten Tagen mit zu vielen anderen Dingen beschäftigt gewesen war. Sie schickte Oslac wieder los, um noch mehr Honigwaben zu holen, und sorgte dafür, dass das Feuer heiß genug war und all ihre Utensilien ordentlich auf dem Tisch bereitlagen.

Girta ging, um noch mehr Tongefäße aus der Spülküche zu holen, und Bertha wischte sich den Schweiß von der Stirn und brummte: »Na schön, dann wollen wir zusehen, dass wir es hinter uns bringen.«

Nachdem Eadyth die drei Dutzend Honigwaben schon geöffnet hatte und der Honig durch die Mulltücher in die Tonne neben dem Feuer tropfte, war Oslac noch immer nicht zurückgekehrt. Das Warten machte Eadyth nervös, und sie blickte sich ungeduldig in der Küche um, weil sie ihre Arbeit so schnell wie möglich zu Ende bringen wollte.

»Spül schon mal die leeren Waben, Bertha«, sagte sie und trat auf den Gang hinaus, der auf den hinter der Küche liegenden Hof führte.

Oslac näherte sich mit einem großen Armvoll Honigwaben in einer ihrer Bienenkisten – es waren mindestens sechs Dutzend. Es mussten noch weitaus mehr gewesen sein, als er gedacht hatte. Er blieb neben dem Brunnen stehen und stellte die Kiste auf den Boden. Zuerst war Eadyth etwas erstaunt über sein Verhalten, aber dann sah sie, wie er sich auf einen Stein setzte, seinen Schuh auszog und ein paar Steinchen herausschüttete.

Lächelnd trat sie auf den Hof hinaus und hob ihr Gesicht der warmen Mittagssonne entgegen. Sie vermisste es, im Freien zu sein, mit ihren Bienen zu arbeiten, über die Felder zu reiten oder zu den Märkten nach Jorvik zu fahren. Und so schlenderte sie zu Oslac hinüber und bemerkte: »Wie es scheint, waren unsere Bienen ja sehr fleißig. Wir werden dieses Jahr einen ordentlichen Vorrat Wachs für meine Kerzen haben, meinst du nicht?«

Oslac nickte und rieb sich seine Fußsohle, bevor er den Schuh wieder überstreifte und aufstand.

Eadyths Kopfhaut begann ganz merkwürdig zu prickeln, und die feinen Härchen in ihrem Nacken richteten sich auf. Es war Oslacs Größe ... Ihr war gar nicht bewusst gewesen, dass er so groß war oder dass ...

Bevor sie die Warnzeichen richtig deuten konnte, schlug Oslac seinen Bienenschutzschleier zurück und packte sie brutal am Arm. Sie begann zu schreien, aber er zog sie mit dem Rücken an sich, schlang unnachgiebig einen Arm um ihren Oberkörper und hielt ihr mit der anderen Hand den Mund zu.

Es war Steven von Gravely!

»Du verdammtes Biest! Wo hast du John versteckt? Oslac sagt, er hätte ihn schon seit Tagen nicht mehr in der Burg gesehen.«

Sie verrenkte sich den Hals, um über die Schulter zu blicken und Stevens Gesicht zu sehen. Aber er zerrte sie unbarmherzig auf ein Gebüsch zu, wo sie außer Sicht sein würden.

Eadyth packte das kalte Grausen, als sie sah, wie stark er sich seit ihrer letzten Begegnung verändert hatte. Obwohl er immer noch ein gut aussehender Mann war, hatte er viel Gewicht verloren, und seine Wangen waren bleich und eingefallen. Seine Krankheit hatte seine einst gesunde, rosige Haut ganz fahl und blass gemacht. Seine blutunterlaufenen Augen musterten sie mit fieberhafter Ungeduld, bevor er seinen Blick suchend über den Küchengarten gleiten ließ. In seinem wilden Blick lag Wahnsinn, und Eadyth vermutete, dass die Erkrankung, die zuerst nur seine männlichen Geschlechtsteile befallen hatte, inzwischen wahrscheinlich auch schon sein Gehirn angegriffen hatte.

»Ich habe dir eine Frage gestellt, du Miststück«, fauchte er und riss einen Streifen Stoff von ihrem Ärmel, mit dem er sie dann knebelte. Das Gleiche tat er auch mit ihrem anderen Ärmel und band ihr mit dem Stoff die Hände auf den Rücken und fesselte ihre Knöchel aneinander. Dann stieß er sie auf die Knie und schlug ihr ins Gesicht. »Ich werde dir für einen Moment den Knebel abnehmen, aber solltest du es wagen zu schreien, werde ich dir deinen verdammten Hals aufschlitzen!« Und damit zog er einen Dolch aus seinem Gürtel und hielt ihn Eadyth an die Kehle, während er ihr mit der anderen Hand den Knebel abnahm.

»Wo ist John?«, fragte er wieder.

Dank Oslacs Verrat wusste er anscheinend schon, dass John sich nicht mehr in der Burg aufhielt. Osclac musste der Spion in ihrer Mitte sein.

»In Jorvik«, log sie.

»Du kannst meinen Sohn nicht vor mir verstecken. Edred hat ihn mir im Ausgleich für meine Loyalität bereits versprochen. Es ist also nur noch eine Frage der Zeit.«

»Wieso bist du dann hier?«

Sie bemerkte ihren Fehler, als Stevens Augen wütend aufblitzten und er sie mit dem Handrücken auf die andere Wange schlug. Sie taumelte unter der Wucht des Schlags und fiel auf den Boden, aber Steven packte sie grob am Nacken und zog sie wieder hoch.

»Mein Großvater stirbt in Frankreich an der Schwindsucht,

während wir hier plaudern, Eadyth. Aus irgendeinem mir völlig rätselhaften Grund hat er eine Abneigung gegen mich, aber er hat sich wenigstens bereit erklärt, seine Besitzungen meinem Erben zu vermachen. Wenn ich nicht vor seinem Tod meinen Sohn zu ihm bringe, gehen alle seine Ländereien an die Kirche. Das kann ich nicht zulassen.«

»Geh zu deiner eigenen Frau, Steven. Zeug mit ihr Söhne«, sagte Eadyth, nicht sicher, ob Eiriks Geschichte über Stevens Zeugungsunfähigkeit auch wirklich stimmte.

Zuerst schien er sie wieder schlagen zu wollen, aber dann ließ er die Hand doch wieder sinken. »Wusstest du nicht, dass meine Frau vor zwei Wochen gestorben ist?«, fragte er und kniff seine rotgeränderten Augen vielsagend zusammen. »Ein ... grauenvolles Magenleiden hatte Eneda, die arme Seele, ganz plötzlich befallen.« Er lachte dreckig, als er ein kleines Fläschchen aus der Tasche zog und es Eadyths vors Gesicht hielt. »Sie hat aber am Ende nicht leiden müssen, dank des Schlafmittels, das ich ihr gegeben habe.«

Eadyths Brust wurde so eng, dass sie kaum noch atmen konnte, und sie erschauderte vor Furcht. Steven brauchte ihr gar nicht erst zu sagen, dass das Fläschchen das Gift enthielt, das er seiner Frau verabreicht hatte. Aber warum?

Als hätte sie diese Überlegung laut ausgesprochen, erhielt sie im nächsten Augenblick Antwort auf ihre Frage.

»Das ist genau dasselbe Mittel, das du deinem Ehemann geben wirst.«

Eadyth schnappte entsetzt nach Luft. Der Mann hatte wirklich und wahrhaftig den Verstand verloren! »Warum sollte ich das tun?«

»Da ich jetzt wieder frei bin, um zu heiraten, musst du es auch sein, Eadyth.«

Nackte Furcht, so schwarz und todbringend wie eine Flutwelle, erfasste sie, und Eadyth vermochte ihr Zittern kaum noch zu beherrschen. »Aber du hast doch gesagt, der Witan würde dir die Vormundschaft zusprechen. Wozu brauchst du mich dann noch als Ehefrau?«

Steven lachte höhnisch, antwortete ihr aber trotzdem. »Es gibt einige Männer im Witan, die den Befehlen des neuen Königs keine Folge leisten werden. Sie schenken den Behauptungen deines Mannes, er sei Johns Erzeuger, Glauben ... oder wollen seine Gunst gewinnen. Am Ende wird der Witan aber mir die Vormundschaft zusprechen, dessen kannst du sicher sein, aber Zeit ist für mich jetzt von entscheidender Bedeutung. Ich kann nicht warten. Es ist ganz einfach so, dass Eirik sterben muss, und das wirst du für mich erledigen.«

Und damit riss er sie grob auf die Beine. »Doch vorher reiten wir nach Jorvik und holen meinen Sohn.«

»Das glaube ich nicht«, sagte eine entschieden klingende Stimme hinter ihnen.

Als Eadyth herumfuhr, sah sie Eirik, der mit erhobenem Schwert und gefolgt von einem Dutzend Männern aus der Küche stürmte. Andere strömten aus dem Burghof oder aus dem Obstgarten zu ihnen hinüber.

Steven verstärkte seinen Griff um Eadyth und drückte ihr die Klinge seines Dolchs noch fester an den Hals. Als Eadyth spürte, dass sie blutete, und Eiriks Blick sich wutentbrannt auf ihren Nacken richtete, befürchtete sie, dass er etwas Unüberlegtes tun könnte.

»John ist weder hier noch in Jorvik. Ihr werdet ihn nie wiedersehen, Gravely. Ihr werdet nicht einmal lange genug leben, um ein weiteres Morgengrauen zu sehen«, sagte Eirik in hartem, erbarmungslosem Ton, als er langsam auf sie zukam.

Steven lachte schroff. »Das glaube ich nicht, du Bastard, es sei denn, du willst, dass deine süße kleine Frau mit mir zur Hölle fährt.« Er drückte das Messer jetzt so fest an Eadyths Hals, dass sie das feuchte, warme Blut über ihren Nacken rinnen spürte.

Eiriks zusammengepresste Lippen zuckten vor Anspannung, und sein gerade noch energischer Schritt wurde langsamer.

»Dann machen wir ein Tauschgeschäft«, schlug er sichtlich widerwillig vor. »Ich lasse Euch entkommen, und Ihr lasst Eadyth frei.«

»Ihr könnt über gar nichts verhandeln. Die kleine Hexe kommt mit mir. Ich glaube nicht, dass Ihr Eadyths Leben riskieren würdet, auch wenn ich dessen Wert nicht sehe.«

»*Mir* ist ihr Leben sehr viel wert«, sagte Eirik mit heiserer Stimme und blickte Eadyth einen Moment beschwörend in die Augen, bevor er seinen Blick wieder auf Steven richtete. »Aber ich würde Euch eher töten und auch Eadyths Leben gefährden, bevor ich zuließe, dass Ihr sie von hier fortbringt. Nehmt Eure schmutzigen Hände von meiner Frau!«

Ungeachtet der Gefahr, in der er sich befand, lachte Steven teuflisch auf und presste das Messer noch fester an Eadyths Hals, während er seine andere Hand um ihre Brust legte und zudrückte. Eadyth stöhnte vor Schmerz auf und sah, wie Eiriks Hände sich verkrampften und wie verzweifelt er versuchte, die Beherrschung zu bewahren.

Steven begann langsam zurückzugehen und zog Eadyth mit sich. Mit jedem Schritt, den er tat, bewegten sich auch Eirik und seine Männer vorsichtig voran.

»Ich gebe Euch meinen heiligen Eid«, sagte Eirik schließlich, als sie schon fast den Baum erreicht hatten, an dem Stevens Pferd festgebunden war. »Wenn Ihr Eadyth jetzt gehen lasst, gebe ich Euch mindestens eine Stunde Vorsprung. Und auch keiner meiner Männer wird Euch folgen.«

Steven zögerte und schien über Eiriks Vorschlag nachzudenken.

»Ihr wisst, dass ich meine Zusagen nicht breche, Steven. Gebt jetzt also lieber auf.«

Nach kurzer Überlegung nickte Steven und schwang sich in seinen Sattel, wobei er Eadyth brutal zu Boden stieß. Sie konnte leider nicht verhindern, seine Drohung zu hören, die er ausstieß, als er losritt:

»Ich komme wieder, Eadyth.«

18. Kapitel

Eirik bestand darauf, Eadyth zur Burg und ihrem Schlafzimmer zurückzutragen, wo er vorsichtig das Blut von ihrem Hals abtupfte und die Wunde mit einem Streifen Leinentuch zu verbinden versuchte. Er scheuchte die missbilligend dreinschauende Girta fort und lehnte ihre Hilfe ab. »Ich bin durchaus in der Lage, mich selbst um meine Frau zu kümmern«, sagte er mit heiserer Stimme. »Geh lieber und sieh nach Britta. Sie ist in Tränen aufgelöst.«

Eadyth sagte Eirik immer wieder, es sei nur ein tiefer Kratzer, und wollte sich nicht verbinden lassen. »Herrgott noch mal!«, fauchte sie schließlich und stieß seine Hände weg. »Du willst wohl, dass ich wie Bertha mit ihrem gigantischen Verband aussehe. Außerdem heilt der Kratzer an der Luft am besten.«

»Bleib eine Weile ruhig liegen, Eadyth, und hör auf, alles dirigieren zu wollen. Du hast heute einen großen Schock erlitten«, ermahnte Eirik sie mit einem liebevollen Lächeln. Er saß auf der Bettkante neben ihr und strich ihr, während er sprach, das lockige Haar aus dem Gesicht und küsste ihre Fingerspitzen. An seinen zusammengekniffenen Lippen und seinem aufgewühltem Blick war deutlich zu erkennen, wie besorgt er um sie war. Seine liebevollen Zuwendungen zeugten von mehr als ehegattlicher Verbindlichkeit und erfüllten Eadyth mit der Hoffnung, dass er zunehmend tiefere Gefühle für sie entwickelte.

»Tykir und Sigurd bereiten meine Truppen schon auf den Abmarsch vor«, fuhr er fort, »aber bei meiner Rückkehr müssen wir miteinander reden, Eadyth ... über andere Dinge. Als ich heute sehen musste, wie Steven dieses Messer an deine Kehle hielt, da ...« Er unterbrach sich, und sie sah, wie er um Fassung rang.

Ihm liegt etwas an mir, dachte Eadyth froh.

»Dann wirst du also Stevens Verfolgung aufnehmen?«

Er nickte. »Ich werde ihm die versprochene Stunde Vorsprung geben, aber nicht eine Minute mehr.«

Eadyth war stolz auf die Charakterstärke ihres Mannes und hob die Hand, um mit den Fingerknöcheln über sein mit Bartstoppeln bedecktes Kinn zu streichen. Er hatte nun schon drei Tage in diesem düsteren unterirdischen Gewölbe gelebt und könnte ein Bad, ein warmes Essen und ein weiches Bett gebrauchen. Aber dazu war jetzt keine Zeit. Noch nicht.

»Dieser verdammte Schuft ist uns inzwischen sicher schon entkommen«, knurrte er, als er sich brüsk erhob.

»Dann findest du ihn ein andermal.«

»Auf jeden Fall«, stieß er zwischen zusammengebissenen Zähnen hervor, und seine hellen Augen glitzerten wie blaues Eis.

Für eine Weile legte er sich neben Eadyth auf das Bett und hielt sie einfach nur in seinen Armen, als wäre sie zerbrechlich wie das feinste Glas und nicht so zäh und hart, wie sie in diesen letzten Jahren hatte sein müssen. Ihr wurde ganz warm ums Herz vor Liebe, und Hoffnung auf ein besseres Leben, das sie vielleicht zusammen haben konnten, keimte in ihr auf.

Er küsste sie zärtlich, als er sich schließlich widerstrebend erhob, und legte seine Fingerspitzen an ihre Lippen, als sie etwas sagen wollte. Ein schmerzliches Bedauern erfasste Eadyth, das ihr die Tränen in die Augen trieb.

Als Eirik gegangen war, nickte sie zu ihrer eigenen Überraschung ein. Sie erwachte erst Stunden später vom Läuten der Turmglocke, die Besucher auf der Burg ankündigte.

Rasch strich sie ihr zerdrücktes Kleid ein bisschen glatt und wusch sich das Gesicht mit kaltem Wasser. Girtas Ermahnungen, im Bett zu bleiben und sich auszuruhen, ignorierte Eadyth. Stattdessen bedeckte sie ihren Kopf mit einem weißen Schleier und legte sich ein Tuch um, das die schmale, blutverkrustete Schnittwunde an ihrem Hals verbarg.

Als sie aus dem großen Burgsaal auf die steile Steintreppe zum Burghof hinaustrat, sah sie Graf Orm und Eirik mit ihren Männern durch das Tor hereinreiten.

»Wir sind uns auf der Straße begegnet«, sagte Eirik, während er absaß, und warf einen verdrießlichen Blick auf ihren Schleier. Er hatte ihr bei mehr als einer Gelegenheit gesagt, dass er es hasste, wenn sie ihr schönes Haar verbarg. »Bin ich jetzt mit einer Nonne verheiratet?«, flüsterte er ihr zu.

»Waren meine Beine um deine Taille gestern Nacht die einer Nonne?«, entgegnete sie kühn.

Eirik lachte schallend. Dann legte er mit einer Vertrautheit, die Eadyth vor ein paar Wochen noch als unerhört empfunden hätte, einen Arm um ihre Schultern und führte sie und seine Begleiter in die große Halle.

Als Eadyth sich plötzlich seiner besorgten Miene bewusst wurde und die ungewöhnlich starre Haltung seines Körpers registrierte, blieb sie stehen und legte beunruhigt eine Hand an seine Brust. »Was? Was ist, Eirik? Hat Steven noch etwas anderes getan? Kennt seine Schlechtigkeit denn keine Grenzen?«

Eirik schüttelte den Kopf. »Es ist nicht wegen Steven. Graf Orm ist soeben aus Gloucestershire zurückgekehrt, und er bringt uns ... Neuigkeiten«, erwiderte er grimmig. »Aber lass uns diese neue Angelegenheit an einem Ort besprechen, an dem wir ungestört sind.«

Furcht erfasste Eadyth, die ihr einen kalten Schauder über den Rücken jagte, und ihr Herz begann zu rasen. *Gloucestershire? Dort trat der Witan zusammen. Hatte er eine Entscheidung wegen ihres Sohns getroffen? O Heilige Mutter Gottes, bitte ... bitte hilf uns!*

Girta brachte ihnen Platten mit Brot, aufgeschnittenem kalten Fleisch und Käse in das private Kabinett neben dem großen Saal. Ein Diener folgte ihr mit Bier und Honigwein.

Eadyth ließ sich beklommen neben Eirik am Tisch nieder und rang nervös die Hände auf ihrem Schoß, als Orm, Tykir und Wilfrid sich ihnen gegenübersetzten. Selbst Tykir, der immer ein heiteres, vergnügtes Wort für sie hatte, war beunruhigend still.

Sie lehnte das Getränk, das Eirik vor sie hinstellte, dankend ab, und er beharrte nicht darauf, dass sie etwas davon trank. Ein weiteres ominöses Zeichen.

Eirik bemühte sich sofort, sie zu beruhigen. »Hab keine Angst, Eadyth. Es ist nicht so schlimm, wie es sich vielleicht anhören wird.«

Außerstande etwas zu sagen, sah sie ihn nur fragend an.

»Der Witan verlangt, dass John mit mir an Edmunds Trauerfeier in Glastonbury Abbey teilnimmt. Dann soll John nach Winchester weiterreisen, wo der König einen vorübergehenden Vormund für ihn ernennen wird.«

»Einen Vormund! Heilige Maria Mutter Gottes!« Dann fragte sie mit erstickter Stimme: »Vorübergehend, hast du gesagt?«

»Bis der neue Witan nächsten Monat offiziell zusammentritt.«

»Oh, Eirik, wie kannst du sagen, diese Nachricht wäre nicht so schlimm, wie sie sich anhört? Das ist die allerschlimmste Nachricht, die ich mir vorstellen kann!«

Er nahm ihre zitternden Hände in die seinen. »Vertrau mir, Eadyth. Ich werde zu verhindern wissen, dass John etwas geschieht.«

»Wie?«

Graf Orm trank einen großen Schluck Met und wischte sich mit dem Unterarm über den Mund. »Ich habe bereits mit mehreren Mitgliedern des Witans gesprochen – mit den Herren Byrthtnoth von Essex und Elfhere von Mercia. Selbst mit Edred als König werden sie auf jeden Fall im Witan bleiben, genau wie die Herren Elfheah von Hampshire und Ethelwood von East Anglia. Alle sind mächtige Edelleute, die sich der Gefahr eines Bündnisses zwischen dem neuen König und Steven von Gravely nur allzu gut bewusst sind. Sie haben ihre Unterstützung zugesagt.«

Eadyth hielt das, was er sagte, für vernünftig, und sie kannte auch einige dieser Herren selbst und wusste, dass sie gute, ehrenhafte Männer waren. Vielleicht würden sie sie und Eirik im Vormundschaftskampf unterstützen.

»Trotz seiner Jugend müsste Edred eigentlich wissen, welchen politischen Balanceakt er vollführt«, bemerkte Wilfrid. »Seinem Bruder Edmund ist es gelungen, ganz Britannien unter seine Vorherrschaft zu bringen. Ein falscher Schritt, und Edred könnte sein Ansehen bei den nicht mit ihm übereinstimmenden Königen und damit eine Menge Macht verlieren.«

»Und Edred muss sich auch in seinem eigenen Territorium vorsehen«, stellte Tykir fest. »Seine Edelleute haben in diesen Zeiten des Wohlstands an Reichtum und Einfluss gewonnen. Ihre eigenen Interessen wiegen schwerer als ihre Treue ihrem Lehnsherrn gegenüber. Und Edred ist nicht so beliebt, wie es sein Bruder Edmund war. Er wird sich mehr anstrengen müssen, um ihre Gunst zu gewinnen.«

»Ja, es ist alles richtig, was ihr sagt«, erklärte Eirik und sah die Männer einen nach dem anderen an. Dann wandte er seine volle Aufmerksamkeit Eadyth zu. »Aber kommen wir zurück zu unseren Problemen. Ich werde mich mit John nach Glastonbury Abbey und anschließend nach Winchester begeben und Edred bitten, mich als vorübergehenden Vormund für den Jungen einzusetzen«, versprach Eirik. »Erzbischof Dunstan, Edreds Cousin, wird auch dort sein, und er kann, mehr als jeder andere, Einfluss auf den König nehmen. Dunstan ist seit langem ein bevorzugter Berater der Herrscher des Hauses Wessex. Außerdem ist Duncan mir noch einen Gefallen schuldig, den ich ihm in Frankreich einst erwiesen habe. Einen *großen* Gefallen. Ich werde ihn jetzt einfordern.«

»Werden wir auch Larise und Emma mitnehmen?«

»Nein, Eadyth, du musst mit ihnen auf Ravenshire bleiben. Ich habe Sigurd bereits losgeschickt, um sie zu holen.«

Sie wollte schon empört aufspringen, aber Eirik drückte sie sanft auf ihren Stuhl zurück. »Es ist besser, wenn du dich nicht bei Hofe sehen lässt. So verhasst dir diese Einstellung auch ist, der Witan würde die Einmischung einer Frau sehr übel nehmen. Und du neigst ja wirklich auch dazu, die Beherrschung zu verlieren und dich hin und wieder mal sehr kratzbürstig zu zeigen.« Das Letzte sagte er mit einem leichten Lächeln. »Du wirst es mir überlassen müssen, die Angelegenheit zu regeln.«

Eadyth wusste, dass sie dem Urteilsvermögen ihres Mannes und seiner Fähigkeit, ihr Problem zu lösen, vertrauen musste. Und dennoch fiel es ihr nicht leicht, jemand anderen mit ihren Sorgen zu betrauen.

Aber sie nickte in stillschweigender Zustimmung.

Eine Woche später war Eirik noch immer nicht zurückgekehrt, und Eadyth vermisste ihn und ihren Sohn ganz schrecklich. Eirik schickte ihr jedoch täglich kleine Botschaften, in denen er ihr von seinen Erfolgen oder Misserfolgen berichtete. Die Edelleute, die Graf Orm erwähnt hatte, schienen ihre Sache zu unterstützen, aber sie machten nur eine kleine Truppe des Königlichen Rats aus.

Eirik setzte seine Hoffnungen mehr auf Erzbischof Dunstan, aber der raffinierte Kleriker forderte im Gegenzug für den Gefallen harte Zugeständnisse von Eirik. Unter anderem verlangte Dunstan, dass Eirik selbst Mitglied des Königlichen Rates wurde und damit eine politische Position einnahm, die Eirik lange abgelehnt hatte. Dunstan hoffte auch auf die Berufung von weiteren Bischöfen – Männern, die tun würden, was ihnen von ihm befohlen wurde.

Bedauerlicherweise hatte Eirik noch nicht direkt mit König Edred sprechen können, da dieser unter einem heftigen Anfall einer in seiner Familie liegenden Krankheit litt – einer schwächenden und äußerst schmerzhaften Entzündung der Gelenke. Wegen des feuchten Wetters der letzten Zeit war er tagelang nach dem pompösen Begräbnis seiner Bruders in Glastonbury bettlägerig gewesen.

Und Steven von Gravely war nicht da.

Eine weitere Woche verstrich, und Eadyths Nerven waren so angespannt, dass sie schier zu explodieren glaubte. In der Hoffnung, sich mit harter körperlicher Betätigung ablenken zu können, arbeitete sie jeden Tag von früh bis spät und zwang ihre verstimmte Dienerschaft, ihrem Beispiel zu folgen.

Wandbehänge aus Eiriks Schatzkammer bedeckten nun die

Wände des großen Saals und der Privatgemächer. Sie ließ sämtliche Stoffe aus dem feuchten unterirdischen Gewölbe zu einem Vorratsraum im ersten Stock hinaufbringen. Dann beaufsichtigte sie das Zuschneiden und Verarbeiten der feinen Wollstoffe zu Kleidern für Eirik, Tykir und Wilfrid, und natürlich auch für die vier Kinder.

Obwohl sie gewöhnlich erst im Herbst mit ihrer Kerzenproduktion begann, hatten sie, Bertha, Girta und die schon fast völlig wiederhergestellte Britta am Vortag sechs Dutzend normale Kerzen und zehn Zeitmesskerzen hergestellt. Heute wollte sie Gilbert mit dem Bau einer Destillerie für ihren Met beauftragen. Da sie Eirik versprochen hatte, sich nicht über den Küchengarten und den vorderen Burghof hinauszuwagen, blieb ihr gar nichts anderes übrig, als eine vorübergehende Einrichtung in unmittelbarer Nähe der Burg errichten zu lassen.

Sie sah gerade zu, wie Gilbert die Grundsteine für das Fundament des Anbaus legte, als Emma sie am Rock zupfte. »Godric«, sagte die Kleine mit großen, angsterfüllten Augen. »Hilf Godric.«

Eadyth hockte sich neben das Kind. »Was ist denn, Liebes? Möchtest du, dass ich dir helfe, Godric zu suchen? Versteckt er sich wieder vor dir?«

Emma schüttelte den Kopf. »Nein. Godric ist weg.«

Eadyth erschrak, als ihr plötzlich Übles schwante. »Komm«, sagte sie und nahm Emma an der Hand, um Larise zu suchen, die mit Britta in der Küche Erbsen palte. »Wo ist Godric?«

Larise und Britta blickten erstaunt zu ihr auf.

»Ich habe den Jungen seit gestern nicht gesehen«, sagte Britta, und ihre Augen, die nicht mehr zugeschwollen waren wie nach dem auf sie verübten Überfall, weiteten sich vor Besorgnis. »Jetzt, wo Ihr es erwähnt, fällt mir ein, dass er auch heute Morgen nicht in der Küche war, um die Feuer anzuzünden.«

»Er ist nur noch herumgeschlichen, seit John weg ist«, fügte Larise unbesorgt hinzu. »Wahrscheinlich spielt er in einem der leeren Schlafzimmer mit Prinz.«

»Bleib hier, Emma«, befahl Eadyth. Dann suchte sie die ganze Burg ab, von der Spülküche bis zu den Schlafzimmern im ersten Stock und vom Burghof bis zum Küchengarten. Aber Godric war nirgendwo zu finden.

Im Burghof traf sie Wilfrid, der ein Päckchen von einem gerade eingetroffenen Boten entgegennahm. Er reichte Eadyth ein versiegeltes Schriftstück, das sie augenblicklich öffnete. Rasch überflog sie Eiriks Worte.

Eadyth,
ich habe frohe Nachrichten. John und ich machen uns morgen auf den Weg nach Ravenshire. Ich hatte endlich eine Audienz bei Edred. Dunstans Macht ist beeindruckend.
Edred erklärte sich mit meiner vorübergehenden Vormundschaft für John einverstanden. Er erwartet viel dafür im Gegenzug, aber das erzähle ich dir alles später. Habe Steven nicht gesehen, aber er soll noch leben, heißt es. Sei vorsichtig, mein Herz.
Dein Ehemann Eirik

Mein Herz! Eadyth lächelte froh und teilte Wilfrid die guten Neuigkeiten mit. Dann lenkte sie das Gespräch wieder auf den kleinen Godric.

»Er könnte ins Dorf gegangen sein«, meinte Wilfrid und machte sich sogleich mit einigen Männern auf die Suche nach dem vermissten Jungen. Als sie losgeritten waren, ging Eadyth wieder in die Küche. Auf dem Gang dorthin begegnete sie Emma.

»Äpfel«, bemerkte die Kleine scheinbar wie am Rande.

»Was? Du willst einen Apfel? Jetzt?«

»Nein. Godric mag Äpfel«, sagte Emma zögernd und strahlte Eadyth an, stolz, dass es ihr gelungen war, sich klar auszudrücken.

Eadyth erinnerte sich plötzlich an Godrics Vorliebe für Äpfel, besonders für die frühe, etwas herbe Sorte. Eadyth beugte sich zu dem kleinen Mädchen vor, legte beide Hände auf ihre Schultern und fragte ernst: »Emma, Liebes, willst du mir damit vielleicht sagen, dass Godric aus der Burg hinausgegangen ist, um Äpfel zu pflücken?«

Emma nickte heftig.

Nachdem sie die Kleine in die Küche zurückgeschickt hatte, damit sie Larise mit den Erbsen half, stand Eadyth da, starrte nachdenklich ins Leere und klopfte ungeduldig mit dem Fuß auf den Boden. Godric wäre doch bestimmt gesehen worden, wenn er die Burg verlassen hätte. Wachposten standen an allen Toren und in bestimmten Abständen auch an den Burgmauern.

Sie dachte angestrengt nach und versuchte sich jeden Apfelbaum in Erinnerung zu rufen, den sie in der Nähe von Ravenshire gesehen hatte, aber dann schüttelte sie den Kopf und verwarf sie einen nach dem anderen. Es standen überall Wachen auf dem Weg zu ihnen.

Außer …

Eadyth lächelte, als ihr plötzlich eine Erleuchtung kam. Alle bis auf den Baum unmittelbar neben dem Ausgang des unterirdischen Tunnels, in der Nähe der verlassenen Kätnerhütten.

Und jetzt, wo sie darüber nachdachte, fiel ihr auch wieder ein, dass diese Äpfel besonders sauer waren, so wie Godric sie am liebsten aß.

Sie blickte sich in der leeren Halle nach jemandem um, den sie Godric nachschicken konnte. Sie könnte natürlich auch Wilfrids Rückkehr abwarten, aber ... hmm. Während sie langsam auf die Tür zum Keller zuging, dachte sie, es könnte nicht schaden, dort unten nachzusehen, ob es irgendwelche Anzeichen dafür gab, dass Godric dort gewesen war.

Mit einer brennenden Fackel in der Hand ging sie den feuchten Gang entlang und grinste zufrieden, als sie in der Nähe des Ausgangs das Kerngehäuse eines Apfels liegen sah. Sie lächelte sogar noch breiter, als sie sah, dass die Tür geschlossen war. Der kleine Schlingel musste hinausgegangen sein, und als die Tür hinter ihm zugefallen war, hatte er keinen anderen Rückweg mehr gesehen als um die Burg herum und durch den Haupteingang zu gehen. Wahrscheinlich hatte er Angst gehabt, von Wilfrid Prügel für seinen Ungehorsam zu erhalten.

Nun, eine solch harte Bestrafung des kleinen Jungen konnte sie mühelos verhindern. Nachdem sie vorsichtig die Tür geöffnet hatte, spähte sie hinaus – und erkannte augenblicklich ihren Fehler.

Draußen stand Steven von Gravely, in voller Rüstung und begleitet von sechs finster dreinblickenden Männern. Er lehnte lässig an einem Baum und kaute an einem Apfel. Der kleine Godric war nirgendwo zu sehen.

»Na, welch unerwartetes Vergnügen, der Silbernen Hure von Northumbria zu begegnen!« Er packte Eadyth, bevor sie schreien konnte, und verband ihr die Augen und legte ihr einen Knebel an, bevor er sie an Händen und Füßen fesselte. Dann warf er sie auf ein Pferd, schwang sich hinter ihr in den Sattel und galoppierte mit ihr davon.

Das Erste, woran Eadyth dachte, war Eirik und wie erbost er sein würde, dass sie seine Anweisungen wieder einmal missachtet hatte. Aber dann wurde ihr fast augenblicklich klar, dass sie sehr viel dringendere Sorgen hatte – um ihre eigene Sicherheit und die von Godric.

Als sie nach einem etwa einstündigen Ritt endlich anhielten, zerrte Steven sie grob vom Pferd und nahm ihr die Fesseln an den Füßen ab. Sie fiel auf die Knie. Seine Finger bohrten sich in ihren Oberarm, und er stieß sie vor sich her eine steinerne Treppe hinauf und dann einen langen Korridor entlang. Erst als sie sich ein gutes Stück im Inneren befanden, nahm er ihr die Augenbinde ab. Dann sah Eadyth, dass sie sich in einem kleineren Herrenhaus befanden, das sie nicht erkannte.

Sie noch immer grob vor sich her stoßend, brachte Steven sie in eine über einem kleinen, von Fackeln gut erhellten Raum liegende Galerie. Eadyth fuhr entsetzt zurück bei dem Anblick, der sich ihr dort bot, und versuchte vergeblich, sich aus Stevens eisernem Griff um ihre Oberarme zu winden. Hinter ihrem Knebel stieß sie einen erstickten Schrei aus und heiße Tränen schossen ihr in die Augen, die ihr im nächsten Moment in wahren Sturzbächen über die Wangen rannen.

Leise vor sich hinweinend stand Godric in dem Raum unter der Galerie, die Arme hoch über den Kopf erhoben und an ein Seil gebunden, das um einen der Deckenbalken geschlungen worden war. Sein schmächtiger kleiner Körper war der Kälte des Raums schutzlos ausgesetzt. Ein Wachposten saß auf einem Stuhl in Godrics Nähe, sein Schwert lag griffbereit auf seinen Knien. Eadyth sah außer ein paar Prellungen keine Verletzungen an dem ihr so lieb gewordenen Kind, aber Godrics

Augen waren groß vor Angst, und er zitterte am ganzen Körper.

Als Steven glaubte, sie habe genug gesehen, stieß er sie herum und auf einen weiteren Gang zu, über den er sie zu einem kleinen Zimmer führte. Eadyth sah keine Dienstboten. Das Haus schien unbewohnt zu sein. Als sie in dem Zimmer waren, hielt Steven eine Fackel an mehrere hängende Specksteinkerzenhalter. Dann bedeutete er ihr, sich hinzusetzen, und nahm ihr den Knebel ab, aber nicht die Fesseln, die ihre Handgelenke noch immer auf ihrem Rücken zusammenhielten. Schließlich ließ er sich auf einen Stuhl ihr gegenüber fallen und starrte sie böse an.

Sein Aussehen hatte sich während der letzten Wochen, seit er von Ravenshire entkommen war, verschlechtert. Sein einst so unerhört gut aussehender, schlanker, aber muskulöser Körper war geradezu erschreckend mager. Eine krankhaft graue Blässe hatte den sonst immer so warmen Braunton seiner gesunden Haut ruiniert. Selbst sein Haar, das früher dicht und glänzend wie schwarze Seide gewesen war, hing ihm glatt und strähnig ins Gesicht.

»Es geht dir nicht gut«, bemerkte sie spontan.

»Nein, aber glaub nicht, dass ich dieses Leben in naher Zukunft schon verlassen werde. Ich habe noch viele Jahre vor mir, du kleines Miststück, und wenn ich mir erst einmal mein Erbe gesichert habe, durch *unseren* Sohn, werde ich mich zum Heiligen Land aufmachen. Dort gibt es einen sarazenischen Arzt, der mein … Gebrechen heilen kann.«

Eadyth zuckte mit den Schultern. »Lass Godric frei, Steven. Der Junge hat dir nichts getan.«

»Nein, ich habe andere Pläne für das Kind.« Er kicherte boshaft, aber dann wurde er von einem Hustenanfall übermannt und spuckte schließlich blutigen Schleim in ein weißes Taschentuch.

»Was für Pläne?«, fragte Eadyth und gab sich die größte Mühe, Steven ihre Furcht nicht sehen zu lassen, weil sie wusste, dass er ihrer Qual Vergnügen abgewinnen würde.

Er beugte sich vor, und Eadyth fuhr angewidert vor dem fauligen Atem zurück, der ihr entgegenwehte.

»Ich hatte dir befohlen, Eadyth, deinen Ehemann umzubringen und den Weg für unsere Heirat freizumachen. Aber statt dem Folge zu leisten, hast du mir diesen verdammten Bastard auch noch auf den Hals gehetzt.« Er schnalzte missbilligend mit der Zunge. »Eine solche Missachtung meiner Befehle kann ich nicht dulden. Also wirklich, Eadyth, was soll ich nur tun, um dich für deine Verfehlungen zu bestrafen?« Er tippte sich mit dem Zeigefinger an die Stirn, als wäre ihm plötzlich eine Eingebung gekommen. »Ah, der Junge!«

»Nein, du darfst Godric nicht umbringen, um es mir heimzuzahlen!«, rief sie und sprang auf.

Steven beugte sich vor und stieß sie wieder auf den Stuhl zurück. »Ich habe nichts von Umbringen gesagt«, erklärte er ruhig, während seine kalten blauen Augen sie verächtlich musterten. »Oder zumindest vorläufig noch nicht.«

Bei Stevens freudlosem Lächeln lief Eadyth ein kalter Schauer über den Rücken. Schließlich sagte er mit eisiger Stimme: »Ich werde dir sagen, wie es läuft, *meine zukünftige Frau Gemahlin*. Ich gebe dir noch ein Fläschchen von dem Gift mit, das du beim letzten Mal dummerweise nicht benutzt hast, und diesmal wirst du es deinem Mann verabreichen. Dieses spezielle Gift hinterlässt keine Spuren, und es wird dich freuen zu hören, dass der Tod ganz schmerzlos ist, fast wie ein tiefer, tiefer Schlaf. Und dann, wenn eine angemessene Zeit verstrichen ist … sagen wir, vier

Wochen, werden wir heiraten. Und bis ans Ende unserer Tage glücklich und zufrieden sein.« Er grinste mit boshafter Befriedigung.

»Warum sollte ich das tun?«

»Weil dir gar keine andere Wahl bleibt, du lästiges kleines Miststück. Solltest du es wagen, irgendjemandem von unseren Plänen zu erzählen, vor allem deinem Ehemann, dann wird der Junge unaussprechliche Qualen leiden, Foltern, wie du dir sie nicht einmal in deinen schlimmsten Träumen vorstellen kannst.«

Eadyth sog scharf den Atem ein und schüttelte den Kopf.

»Sollte Eirik nicht innerhalb von drei Tagen tot sein, werde ich euch ein ganz besonderes Paket nach Ravenshire schicken. Du liebst doch sicher Überraschungen, wie die meisten Frauen, oder?«, fragte er und wartete einen langen Augenblick, bevor er triumphierend schloss: »Es wird der Kopf des Jungen sein, den ich euch überbringen lasse.«

Tränen strömten über Eadyths Wangen, als sie Steven in sprachlosem Entsetzen anstarrte. Sie hatte nie wirklich geglaubt, dass ein Mensch vom Teufel besessen sein könnte; aber jetzt, bei Steven, war sie sich auf einmal völlig sicher, dass es doch möglich war.

Er stand auf und zeigte auf einen kleinen Strohsack in der Ecke. »Dort kannst du heute schlafen – oder so viele Nächte, wie du brauchst, um einen Entschluss zu fassen. Ich bin mir sicher, letztendlich wirst du mir zustimmen, dass es keine andere Möglichkeit gibt.«

Er schloss die Tür hinter sich ab, aber sie konnte sein böses Lachen hören, als er sich entfernte.

Für den Rest des Tages und im Laufe der Nacht, in der sie kein Auge zutat, dachte Eadyth über mögliche Alternativen nach und verwarf die meisten als undurchführbar.

Und obwohl sie es Eirik unbedingt erzählen wollte, beschloss sie, dass sie das auf keinen Fall riskieren konnte. Wie konnte sie Godrics Leben aufs Spiel setzen, wenn sie nicht wusste, ob Steven möglicherweise noch einen Spion auf Ravenshire hatte? Eiriks Zorn würde für jedermann auf der Burg nur zu offensichtlich sein.

Aber natürlich würde sie Eirik nicht töten. Sie würde überhaupt niemanden töten, aber schon gar nicht den Ehemann, den sie zu lieben begonnen hatte. Das wusste Steven aber nicht. Er musste ihre Ehe für eine Vernunftehe halten, die sie nur deshalb eingegangen waren, weil Eadyth den Schutz eines Ehemanns brauchte und Eirik Ländereien und Geld benötigte.

Eadyth dachte auch darüber nach, selbst wegzugehen, vielleicht sogar die Kirche um Asyl zu bitten. Aber das würde bedeuten, John bei Eirik zu lassen. Selbst diese schmerzliche Trennung könnte sie ertragen, wenn Johns Sicherheit dadurch gewährleistet wäre. Aber das wäre sie nicht. Steven würde nur noch größere Anstrengungen unternehmen, Eirik zu töten, um an seinen Sohn heranzukommen.

Wenn sie Steven selbst umbringen könnte, würde sie es tun. Aber sie konnte sich nicht erinnern, dass er ihr bisher auch nur ein einziges Mal eine Angriffsfläche geboten hatte. Wenn es Eirik bisher nicht gelungen war, diesen Teufel umzubringen, wie konnte sie dann hoffen, es zu schaffen?

Eadyth überlegte hin und her, wie sie dieses Dilemma lösen könnte. Und immer wieder rief sie sich auch ihre eigenen Worte in Erinnerung, dass sie eher sterben würde, als sich mit ihren Sohn in Stevens schmutzige Hände zu begeben.

Und genau das war es auch, was Eadyth letztendlich zu tun beschloss – mit ihrem Sohn zu sterben.

Am nächsten Morgen, als Steven zurückkam, um ihr Zimmer aufzuschließen, hatte Eadyth ihre Gefühle unter Kontrolle. Sie war eine gute Schauspielerin geworden, während sie Eirik mit ihrer Maskerade genarrt hatte. Und auf dieses Können griff sie jetzt zurück.

»Ich bin einverstanden«, sagte sie mit ausdrucksloser Stimme.

»Ich wusste es ja«, erwiderte Steven mit einem selbstzufriedenen Grinsen. Er zog das Fläschchen Gift aus den Falten seiner Tunika und gab es ihr. Eadyth bemerkte, dass er ein Bad genommen und sich rasiert hatte. Er sah fast wieder wie der alte Steven aus. Und Eadyth wusste, dass er, wenn er seinen früheren Charme spielen ließ, noch immer die eine oder andere leichtgläubige Frau verführen konnte. Oder die Edelleute aus Edreds Witan für sich einnehmen konnte.

»Das Beste ist, wenn ich dich so schnell wie möglich nach Ravenshire zurückbringen lasse«, meinte er. »Eirik ist noch nicht mit John zurückgekehrt, wie meine Informanten mir berichtet haben. Ich schlage vor, dass du ihm nichts davon erzählst, dass du bei mir gewesen bist. Sag, du hättest dich im Wald verirrt oder so etwas in der Art. Dir wird schon etwas einfallen. Frauen sind ja gute Lügner.«

Und Männer auch, du heimtückischer Schuft. »Du musst Godric freilassen, damit ich ihn mit zurücknehmen kann.«

Das lehnte er entschieden ab. »Er bleibt hier, bis ich den Beweis für Eiriks Tod habe.«

Eadyth konnte spüren, wie ihr Mut sie verließ. »Aber ich kann das arme Kind doch nicht hier lassen, damit es gefoltert wird.«

»Er wurde bisher nicht gefoltert, und er wird auch nicht gefoltert werden, es sei denn, du scheiterst mit deiner Mission.«

»Warum sollte ich dir glauben?«, rief sie impulsiv. Eadyth wusste sofort, wie unbedacht das gewesen war.

Ein Muskel zuckte an Stevens schmalen Lippen, aber er schlug sie nicht, wie Eadyth eigentlich erwartet hatte. »Ich wurde gefol … schlimm misshandelt, als ich im selben Alter war«, offenbarte Steven ihr zu ihrer Überraschung. »Es fällt dir vielleicht schwer zu glauben, aber ich finde keinen Geschmack daran, die gleichen … Qualen einem anderen Kind zuzufügen. Ja, ich weiß, dass Eirik dir erzählt hat, wie ich ihn als Kind verprügelt habe, aber selbst damals war mir schon bewusst, dass es mir keine Freude machte, Kinder zu misshandeln. Ein Erwachsener … nun ja, das ist natürlich eine völlig andere Sache.«

Eadyth sah einen brennenden Schmerz in Stevens blutunterlaufenen Augen, als er sich vorübergehend vergaß und ins Leere starrte, als erinnerte er sich an irgendwelche Ereignisse aus ferner Vergangenheit. Was konnte ihm als Kind geschehen sein, das ihn so eigenwillig und hart hatte werden lassen?

»Du hast wirklich merkwürdige Moralvorstellungen, Steven. Du tust den Menschen grauenhafte Dinge an. Und dennoch behauptest du, du würdest Godric nicht wehtun, nur weil …«

Er schüttelte heftig den Kopf, als wollte er die schauerliche Vergangenheit damit aus seinem Bewusstsein verdrängen, und fauchte Eadyth an: »Ich muss dir nichts erklären! Komm. Ein Bauernkarren wartet unten. Du wirst mit Glanz und Gloria nach Ravenshire zurückreisen, Mylady.«

Dann wurden wieder Eadyth alle Fesseln angelegt, einschließlich des Knebels und der Augenbinde, und nachdem man sie gezwungen hatte, auf etwas hinaufzusteigen, was sich wie die Ladefläche eines Pferdekarrens anfühlte, wurde sie mit Stroh bedeckt. Bevor der Wagen sich in Bewegung setzte, sagte Steven: »Drei Tage, Eadyth. Oder du wirst ein Geschenk von mir erhalten.«

Mehrere Meilen von Ravenshire entfernt hielt der Bauer seinen Wagen an und ließ sie frei. Er zeigte auf die Straße, weigerte sich hartnäckig, ihre Fragen zu beantworten, und wendete den Wagen, um in die entgegengesetzte Richtung zurückzufahren. Eadyth begab sich auf den langen Weg nach Hause und betrat die Burg durch den Geheimgang. Um weitere unangekündigte Besuche von Steven zu verhindern, verriegelte und verbarrikadierte sie die Tür von innen.

Zum Glück waren Eirik und John noch nicht aus Wessex heimgekehrt, sodass ihr Zeit blieb, sich zu fassen und ihre Pläne in Angriff zu nehmen. Und wenn auch nur sehr skeptisch, akzeptierten der besorgte Wilfrid und die Dienerschaft von Ravenshire ihre Erklärung, sie habe sich verlaufen, als sie im Wald nach Godric suchte.

An jenem Abend suchte Eadyth Britta auf, um sie um Hilfe bei ihrem Vorhaben zu bitten. Die junge Magd, die selbst auf grausamste Weise von Steven erniedrigt worden war, würde verstehen, dass Eadyth sich zu solch drastischen Maßnahmen gezwungen sah. Oder zumindest hoffte sie, dass Britta es verstehen würde.

»Seid Ihr verrückt?«, rief Britta, als sie Eadyths Geschichte gehört hatte. »Ich soll Euch helfen, Euren eigenen und Johns Tod zu planen?«

»Nicht unseren *wirklichen*, sondern nur unseren vorgetäuschten Tod. Du weißt besser als jeder andere, dass er ernst meint, was er sagt. Er wird Godric enthaupten, wenn ich nicht tue, was er mir befohlen hat.«

»Und er hat Euch befohlen, unseren gnädigen Herrn zu töten?«

»Ja, und dann ihn, Steven, zu heiraten.«

Britta erschauderte bei dem Gedanken. »Aber es muss doch

noch einen anderen Weg geben. Wenn Ihr es mit dem Herrn bespricht ...«

»Das kann ich nicht. Steven würde es erfahren und den armen kleinen Godric dafür büßen lassen. Überdies würde Eirik Steven dann mit noch größerer Vehemenz zu stellen versuchen, und ich habe auch Angst um sein Leben.« Ihre letzten Worte waren kaum mehr als ein Flüstern, und ihre Augen füllten sich mit Tränen.

»Ihr liebt Lord Ravenshire?«, fragte Britta und legte mitfühlend eine Hand auf Eadyths.

Eadyth nickte, außerstande, etwas zu erwidern.

»Es würde dem Herrn das Herz brechen, von Eurem Tod zu hören. Er liebt Euch so.«

»Glaubst du das?«, fragte Eadyth hoffnungsvoll.

»Wer Augen im Kopf hat, kann sehen, wie sehr Ihr ihm am Herzen liegt. Wie könnt Ihr ihm so wehtun, wenn Ihr ihn doch liebt?«

»Wie kann ich es *nicht* tun, wenn ich ihn liebe? Es ist für alle das Beste. Es ist die einzige Möglichkeit.« Sie schluckte den bitteren Geschmack der Verzweiflung, die ihr die Kehle zuschnürte, und nahm Brittas Hände in die ihren. »Ich weiß, dass du Wilfrid liebst und dass er dich heiraten will. Nein, widersprich mir nicht. Ich weiß, wie besorgt du wegen eurer unterschiedlichen Herkunft bist ... darüber werden wir später reden. Aber nehmen wir doch einmal an, *du* würdest dich in dieser Lage befinden und um Wilfrids Leben fürchten. Was würdest du dann tun?«

»Oh, Herrin!«, sagte Britta leise, weil sie voll und ganz verstand, dass Eadyth keine andere Wahl blieb. »Wie lange würdet Ihr Euch denn verstecken müssen?«

Eadyth zuckte mit den Schultern. »Bis Steven endlich tot ist.«

»Aber das könnte Jahre dauern!«

Eadyth nickte traurig.

»Und wenn Eirik sich dazu entscheiden sollte, eine neue Ehe einzugehen?«

Dieser Einwand verschlug Eadyth den Atem. An diese Möglichkeit hatte sie nicht gedacht. Sie stellte sich ihr Leben während der vor ihr liegenden Jahren vor ... allein, verlassen und verzweifelt. Sie rüstete sich, um stark zu sein. »Dann würde ich für immer tot bleiben müssen, aber John könnte zurückkehren, wenn er volljährig wird, und Hawk's Lair übernehmen.«

»Und wie würde er seinen und Euren angeblichen Tod erklären, wenn er selbst wiederauferstanden ist?«

»Ich weiß es nicht. All diese Fragen! Darüber werde ich mir Gedanken machen, wenn es so weit ist. Wirst du mir helfen, Britta? Du bist meine einzige Hoffnung.«

Britta stimmte widerstrebend zu.

»Es muss schon bald geschehen. Vielleicht schon morgen. Oder spätestens übermorgen. Steven hat mir nur drei Tage Zeit eingeräumt.«

»Und was ist mit Godric?«

»Ich denke, dass Steven ihn freilassen wird, wenn er erfährt, dass John und ich gestorben sind. Er hat ein paar Dinge gesagt, die mich zu der Überzeugung haben kommen lassen, dass er den Jungen nicht unnötigerweise quälen wird. Ich glaube, dass Steven in seiner Kindheit schwer misshandelt wurde.«

Britta betrachtete sie skeptisch. »Und wie werdet Ihr sterben? Mit dem Gift, das er Euch gegeben hat?«

»Nein, es darf keine Leichen geben, die Eirik untersuchen lassen könnte. Ich hatte an ein Feuer gedacht, aber es wäre zu verheerend für Emma, so etwas noch einmal durchzumachen. Mich und John zu verlieren wird schwer genug für sie und Larise sein.«

»Wie wäre es, wenn Ihr ertrinkt?«

»Auch daran hatte ich gedacht, aber es gibt keine größeren Gewässer in der Nähe, deren Strömung stark genug wäre, um die Beweise mitzureißen. Und Eirik würde unsere Leichen suchen.«

»Was denn dann?«, fragte Britta mit vor Entsetzen weit aufgerissenen Augen.

»Ich habe gehört, dass es Probleme mit umherstreifenden Wolfsrudeln in den Bergen gab. Glaubst du, wir könnten es so darstellen, als wären wir ein Opfer dieser wilden Tiere geworden?«

»Aber dann müsste es Beweise dafür geben, oder nicht?«

»Ja, aber wenn man Teile unserer blutbefleckten Kleidung und ein paar Knochen fände ...«

»Knochen? Was für Knochen?« Britta wich vor Eadyth zurück, als befürchtete sie, ihre Herrin habe den Verstand verloren. Und vielleicht war es ja auch so.

»Nun, ich dachte, vielleicht könntest du ...«

»*Ich?* Was? Was habt Ihr vor? O Gott.« Die junge Frau wurde ganz blass, als ob ihr blitzartig klar geworden wäre, in welche Richtung Eadyth dachte »Ihr wollt wohl, dass ich Gräber ausraube?«

Eadyth lächelte freudlos. »Nein, nicht einmal ich würde *so* weit gehen. Ich denke, wenn wir Tierknochen aus der Küchenschlachtung verwenden und sie ein bisschen beschädigen und zersplittern, wird Eirik sie nicht zu gründlich überprüfen.« Sie sah Britta zuversichtlich an. »Was denkst du?«

»Ich denke, Ihr seid verrückt.«

Sie hatten keine Gelegenheit mehr, den Plan noch ausführlicher zu besprechen, da Girta an die Zimmertür klopfte und erfreut verkündete: »Es nähern sich Reiter, die die Farben von

Ravenshire tragen. Es könnten Eirik und der kleine John sein, die aus Glastonbury zurückkehren. Beeilt euch!«

Eadyth umarmte Britta und dankte ihr flüsternd. »Ich werde nie vergessen, was du für mich tust.«

»Ich wahrscheinlich auch nicht«, brummte Britta, als sie hinunterging, um Knochen einzusammeln.

Eadyth war gerade in den Burghof getreten, als Eirik und sein Gefolge durch das Tor einritten. John sprang von seinem Pferd und stürzte sich in Eadyths Arme.

Während sie ihn an sich drückte und ihn wieder und wieder küsste, rief er aufgeregt: »Du hättest das Begräbnis sehen sollen, Mutter! Da waren so viele Menschen, und alle haben um den König geweint. Und es waren auch zweihundert weiße Pferde mit goldenem Zaumzeug da. Und Prinz Edwy und Prinz Edgar hatten ihre eigenen Ponys. Und ich habe das Würfelspiel gelernt ...«

Eadyth warf Eirik, der gerade absaß, einen Blick zu. »Würfelspiel?«

Aber John redete ununterbrochen weiter und löste sich ein bisschen verlegen aus Eadyth Umarmung. »... und König Edred und ein Priester namens Dunstan haben mit mir über Vater gesprochen und mich nach einem Mann gefragt ... Steven, hieß er, glaube ich ... oder jedenfalls nannten ihn der König und der Priester so ...«

John redete und redete, bis Eadyth ihn schließlich die Burgtreppe hinaufscheuchte, wo Larise und Emma ihn schon sehnsüchtig erwarteten. Dann wandte sie sich ab und fiel in die ausgestreckten Arme ihres Mannes, um ihn ganz, ganz fest an sich zu drücken. Es gelang ihr nicht, die Tränen zurückzuhalten, die ihr wenig später über die Wangen strömten. Jede Minute, die ihr mit Eirik blieb, war unendlich kostbar für sie.

Eirik blickte etwas befremdet auf Eadyth hinab. Sie hatte ihre Gefühle in der Öffentlichkeit noch nie so rückhaltlos zur Schau gestellt. Aber wahrscheinlich ist sie einfach furchtbar besorgt um Johns Schicksal gewesen, dachte Eirik. Außerdem waren er und ihr Sohn durch Dunstans Manöver auch viel zu lange aufgehalten worden. Er hielt dann auch die pure Erleichterung für den Grund, dass sie ihm schier den Atem aus den Lungen presste und ihre Tränen so reichlich flossen, dass sie seine Tunika durchnässten.

Vor allem aber hoffte er, dass ihre Umarmung ein Zeichen dafür war, wie sehr sie ihn vermisst hatte. Genauso sehr, wie er sich nach ihr verzehrt hatte.

Ich liebe sie, dachte Eirik staunend. Daran hegte er nicht den kleinsten Zweifel mehr. Er hatte nur einen Tag fern von ihr gebraucht, um zu dieser Einsicht zu gelangen, aber das hatte er ihr in seinen Briefen nicht mitteilen wollen. Er wollte ihr Gesicht sehen, wenn er das erste Mal von seiner Liebe zu ihr sprach.

Ich liebe dich.

Eirik blickte auf seine weinende Frau hinab und lächelte. Es machte nichts, dass sie gelegentlich ein bisschen zänkisch war – oder eigentlich sogar mehr als nur ein *bisschen* und *gelegentlich*, dachte er mit einem reuigen kleinen Lächeln. Und er konnte sich auch mit ihrer rechthaberischen Art abfinden – oder zumindest bis zu einem gewissen Punkt. Wieder verzogen sich seine Lippen zu einem kleinen Lächeln. So lange sie ihn auch weiterhin im Bett erfreute ... und ihm sagte, dass sie ihn liebte ... und ihm und ihren Kindern eine liebevolle Familie bot ... und ...

Ich liebe sie, so einfach ist das, unterbrach Eirik seine eigenen Überlegungen. *Es gibt keine logische Erklärung dafür. Sie hat mich einfach ganz und gar verzaubert, diese scharfzüngige, bissige kleine Hexe!*

»Beruhig dich, Liebste«, sagte Eirik und küsste sie auf ihr Haar, bevor er sie an seine Seite zog und einen Arm um ihre Schulter legte.

Wilfrid trat zu ihnen. »Ich habe Euch viel zu berichten. Der kleine Godric ist ...«

Eirik winkte ab. »Später. Zuerst möchte ich meine Frau ... trösten.«

»Aber ...«

Eirik ignorierte Wilfrid und die anderen Bediensteten. Larise und Emma wurden von Girta auf der anderen Seite des großen Saals zurückgehalten. Später ... später würde er seine Kinder begrüßen, wie es sich gehörte. Einstweilen wollte ... nein, *musste* er mit seiner Frau allein sein.

Kaum war die Schlafzimmertür hinter ihnen zugefallen, drückte Eirik Eadyth auch schon mit dem Rücken an dieselbe und legte seine Hände rechts und links neben ihr Gesicht. Ihre Augen flackerten wild, und sie weigerte sich, seinen prüfenden Blick zu erwidern. Und sie seufzte leise, als hätte sie Schmerzen.

»Eadyth, Liebste«, sagte er heiser und umfasste mit einer Hand ihr Kinn, um sie zu zwingen, ihn anzusehen. »Hast du mich genauso vermisst, wie ich dich vermisst habe?«

»Schrecklich. Ich habe dich schrecklich vermisst«, gab sie ohne das geringste Zögern zu.

Eiriks Herz öffnete sich so weit, dass es ihm geradezu die Brust zu sprengen drohte, und ein fast schmerzhaftes Ziehen durchzuckte seine Lenden. Er zog Eadyth an sich und ließ sie den Beweis seiner Begierde spüren, um ihr zu zeigen, wie sehr auch er sie vermisst hatte.

»Es waren bestimmt sehr viele schöne Frauen an Edreds Hof«, stellte sie fest, bevor sie liebevoll mit einem Zeigefinger sein Kinn nachzeichnete und dann sehr sanfte, kleine Küsse darauf hauchte.

»Bestimmt«, sagte er rau. Sein Blut begann zu rasen, seine Haut wurde ganz fiebrig heiß. Wieder ging ein so heftiges Ziehen durch seine Lenden, dass er sich zwingen musste, seine Frau nicht einfach auf das Bett zu werfen und auf der Stelle zu nehmen.

Sie bog ihm ihre Hüften entgegen, und Eirik sog scharf den Atem ein, als er sah, dass sie ihn mit der gleichen Leidenschaft begehrte wie er sie.

»Und bestimmt waren diese Frauen auch ... entgegenkommend zu dir.«

Glaubt sie wirklich, ich würde, nachdem ich sie hatte, andere Frauen auch nur bemerken? Zweifellos. Erfreut sah er, dass in ihren Augen Zorn aufflammte.

»Und waren sie auch artig und gefügig?«

Ist das meine kratzbürstige Eadyth, die so verletzbar und unsicher aussieht? »Zweifelsohne«, sagte er mit sanfter Stimme und lächelte an ihren Lippen.

Sie biss ihn in die Unterlippe, um ihm ihr Missfallen kundzutun.

Er tat das Gleiche auch bei ihr, bevor er hinzusetzte: »Doch merkwürdigerweise habe ich mich nach Widerspenstigkeit gesehnt ... und nach einer Frau, die *mich* gefügig zu machen weiß. Kennst du vielleicht zufällig so eine Frau?«

»Vielleicht.« Und nun lächelte auch sie an seinen Lippen.

Eirik berührte mit der Zungenspitze ihr entzückendes kleines Muttermal, und dann strich er zwischen ihren Lippen entlang, die sich auch prompt unter einem unbewussten kleinen Seufzer teilten. »Also sag mir, meine nicht-so-artige und nicht-so-gefügige Frau, was *du* dir von mir wünschen würdest?«

»Dass du meine Sehnsucht stillst«, sagte sie zu seiner Überraschung leise. »Kannst du mich von diesem süßen, heißen Schmerz erlösen, der mich überkommen hat?«

Eiriks Knie gaben fast unter ihm nach. Er hob Eadyth an der Taille an, bis ihre Füße den Boden nur gerade noch berührten, und schob sich zwischen ihre weit gespreizten Beine.

Sie legte aufstöhnend den Kopf zurück.

»Ich bin fast blind, Eadyth, das weißt du ...«

Sie gab einen ungläubigen Laut von sich.

»... deshalb wirst du mir schon zeigen müssen, wo es ... *schmerzt*.«

Aus halb geschlossenen, vor Verlangen ganz glasig gewordenen Augen blickte sie zu ihm auf. Ohne ihren Blick von ihm abzuwenden, nahm sie eine seiner Hände und legte sie nur stumm über ihr Herz.

Und da verlor Eirik fast auch den letzten Rest seiner mühsam aufrecht erhaltenen Selbstbeherrschung. Mit beiden Händen umfasste er ihren Kopf, küsste sie mit hemmungsloser Leidenschaft und ließ all den Gefühlen, die sich in den letzten beiden Wochen in ihm aufgestaut hatten, endlich freien Lauf. Drängend presste er seinen Mund auf ihren und drang mit seiner Zungenspitze zwischen ihre Lippen, um die feuchte warme Höhlung ihres Mundes zu erforschen. Er glaubte, vor Lust und Wonne zu vergehen, als sie seinen harten, besitzergreifenden Kuss mit unverhohlener sinnlicher Begierde erwiderte.

Er wollte sie in Besitz nehmen und von ihr in Besitz genommen werden.

Er wollte sie verbrennen mit der Hitze, die auch ihn verbrannte. Und er wollte, dass sie ihn ganz und gar mit ihrem Feuer umgab.

Er wollte sie bis ans Ende aller Tage lieben. Und er wollte, dass sie diese Liebe erwiderte.

Aber sagen konnte er nur: »Eadyth ...«, leise, staunend, immer wieder, zwischen Küssen und fieberhaften Zärtlichkeiten und einem sinnlichen Begehren, das sich steigerte und steigerte, bis es fast nicht mehr zu ertragen war. Und schließlich zwang er sich, den Kuss zu unterbrechen, weil er kaum noch Luft bekam. Er ertrug es einfach nicht mehr länger. Und so hob er Eadyth auf die Arme und trug sie zu dem breiten Bett hinüber.

Mit ungeduldigen, fahrigen Bewegungen zogen sie einander aus und zerrissen in ihrer Hast sogar das ein oder andere Stück Stoff. Als sie beide vollständig entkleidet waren und schwer nach Atem rangen, beugte Eirik sich über seine Frau und ließ sich zwischen ihren Schenkeln nieder. Dann schob er eine Hand zwischen ihre Beine und berührte das ihm schon vertraute weiche Haar an ihrer intimsten Körperstelle.

»Du bist bereit für mich, Eadyth«, sagte er heiser, als er ihre warme Feuchte spürte.

»Ich bin schon seit Tagen bereit für dich, mein Liebster. Vielleicht sogar schon ein Leben lang«, gestand sie flüsternd.

»Auch ich habe seit Tagen an nichts anderes gedacht«, sagte Eirik mit zusammengebissenen Zähnen, als er langsam, so quälend langsam, dass er fast nicht atmen konnte, in ihre samtene Feuchte eindrang. Eadyth stöhnte leise auf, und alles schien sich in ihr zusammenzuziehen, als er sie mehr und mehr ausfüllte. Und die wonnevolle Feuchtigkeit, die ihn begrüßte, ließ ihn um ein Haar den letzten Rest seiner Selbstbeherrschung verlieren.

Mit einem halb lustvollen, halb schmerzlichen kleinen Laut schlang Eadyth ihre langen Beine um seine Taille.

Er liebte sie mit beinahe quälend langsamen Bewegungen, die ihn genau wie sie fast an den Rand des Wahnsinns trieben, und hielt dann inne, nur um gleich darauf wieder von vorne zu beginnen. Ohne sich von ihr zu lösen, richtete er sich auf die Knie auf und hob mit beiden Armen ihren Oberkörper an, um ihre Brüste zu seinem hungrigen Mund zu führen. Als er sie küsste und ihre harten kleinen Spitzen zwischen seine Zähne nahm und daran zupfte, zog sich alles in ihr zusammen, und ein heftiges Erschauern durchlief sie. Aber Eirik hielt seine leidenschaftlichen Begierden immer noch im Zaum.

Er füllte sie perfekt, vollkommen aus, körperlich und auch seelisch. Er wollte alles, was sie zu geben hatte, und dann noch mehr.

Er war neben ihr, über ihr, unter ihr, um sie herum – berührte, küsste, liebte und liebkoste sie. Er konnte nicht sagen, wo ihr Körper begann und der seine endete. Dass sie sich so wild herumwarf, sprach eine ganz und gar ursprüngliche, animalische Seite in ihm an.

»Lass ... es geschehen«, bat sie stammelnd.

Das Blut dröhnte in seinen Ohren wie ein heftiger Sturm auf einer aufgewühlten See.

Er stützte sich auf seine Ellbogen und lehnte sich zurück. »Sieh mich an, Eadyth«, verlangte er mit rauer Stimme. Als sie nur leicht die Lider anhob und verträumt zu ihm aufblickte, befahl er: »Nein, mach die Augen auf. Sieh mich richtig an.«

Als er sich ihrer vollen Aufmerksamkeit sicher war, zog er sich fast ganz aus ihr zurück. »Ich liebe dich, Eadyth. Hörst du? Ich ... liebe ... dich.«

Ihre Augen wurden groß, und Tränen verschleierten ihren

Blick, als sie dann lächelte. Ein wundervolles, sanftes, atemberaubendes Lächeln, das fast schon wie ein Streicheln war. »Ich liebe dich auch. Oh, Eirik, vergiss nie, dass ich dich auch liebe.«

Und da gab er jede Selbstbeherrschung auf und überließ sich vollkommen dem Rausch der Lust. Immer schneller bewegte er sich, liebte sie in einem ungezügelten, stürmischen Tempo, bis erst sie und dann er zu einem Höhepunkt gelangten, bei dem alles um sie herum zu versinken schien. »Ich liebe dich, Eadyth«, flüsterte er heiser, bevor er sich ermattet auf sie sinken ließ.

Ein erstaunliches Gefühl der Einheit und Verbundenheit erfüllte ihn, als er langsam aus dem Abgrund erotischer Verzückung auftauchte, sich zur Seite rollte und Eadyth mit sich zog. Dieses wundervolle Verschmelzen von Geist und Seele, das sie soeben erfahren hatten, war so viel mehr als nur ein körperlicher Akt. Eirik suchte nach den richtigen Worten, um Eadyth zu sagen, was er empfand, als er ihr seidiges Haar und ihre glatte Schulter streichelte. Aber dann bemerkte er, dass Eadyth leise, aber heftig weinte.

Er stützte sich auf einen Ellbogen, um seine Frau, seine *über alles geliebte Frau* anzusehen. »Ist das eine Art, auf meine erste Liebeserklärung zu reagieren, Eadyth?«, scherzte er, seltsam gekränkt in Anbetracht ihrer Tränen.

Sie versuchte zu lächeln, aber es gelang ihr nicht. Und so streichelte sie stattdessen seine Wange und sagte leise: »Deine Liebe bedeutet mir mehr als alles andere auf der Welt. Vergiss das bitte nie, niemals Eirik.«

Nie, niemals? Das Wort hatte einen ominösen Klang für Eirik. Er verengte seine Augen und musterte sie prüfend. Seine verdammte Schwachsichtigkeit! Er blinzelte und lehnte sich ein wenig zurück, um besser sehen zu können. Sie hatte dunkle

Schatten unter ihren Augen, und ihre schönen Lippen waren ganz schmal vor Anspannung. Hatte sie bei seiner Ankunft schon so ausgesehen? Oder hatte ihr Liebesakt sie so verstört? Oder schlimmer noch, war es wegen seines Eingeständnisses, dass er sie liebte?

»Sag mir, was dich bedrückt, Eadyth«, verlangte er und setzte sich auf. »Habe ich irgendwie dein Missfallen erregt?«

»Oh nein, es hat nichts mit dir zu tun«, beruhigte Eadyth ihn und wandte dann schuldbewusst die Augen ab, als versuchte sie irgendetwas vor ihm zu verbergen. Trotz seiner schlechten Augen konnte er sehen, dass sie versuchte, sich zu sammeln. Sie hatte ihm von Godrics Verschwinden erzählt und ihm auch berichtet, dass sie sich im Wald verirrt hatte. Aber sie hatte es ganz bewusst vermieden, ihn anzusehen, als er sie in kühlem Ton gefragt hatte, warum sie seine Anordnungen missachtet und die Burg verlassen hatte, und von ihr hatte wissen wollen, wo genau im Wald sie sich verirrt hatte.

»Wir werden Godric finden«, versprach er ihr und sah, wie ihr Blick nervös durchs Zimmer huschte. Er nahm ihre zitternden Hände in die seinen und fragte: »Ist das alles, Eadyth?«

Sie nickte, hatte dabei aber einen so merkwürdig verschlossenen Ausdruck im Gesicht, als ob sie in Gedanken ganz woanders wäre.

»Und du hattest keine weiteren Begegnungen mit Steven?«, fragte Eirik, als er sich wieder neben sie legte, mit der Fingerspitze ihren Arm hinunterstrich und dann die Innenseite ihres Handgelenkes küsste.

Sie erschauerte, aber er hätte nicht sagen können, ob sie es wegen seiner Berührung oder aufgrund seiner Frage tat. Dann schüttelte sie den Kopf. Eirik schaute noch genauer hin und sah, dass sie über und über errötet war.

»Warum fragst du überhaupt nach Steven?«, erwiderte sie zögernd und ballte die Hände an ihren Seiten zu Fäusten.

Eirik zuckte mit den Schultern und spürte, wie ihn ein ungutes Gefühl beschlich. »Nur so. Du kommst mir so nervös und … ängstlich vor.«

Er spürte, wie sich der Puls an ihrem Handgelenk beschleunigte. Wieder blickte er ihr prüfend ins Gesicht und suchte nach weiteren verräterischen Reaktionen. »Und das ist alles?«

Sie zögerte. »Ja.«

Und da wusste Eirik, dass er von seiner Frau nach Strich und Faden belogen wurde. Die Frau, der er gerade unsterbliche Liebe geschworen hatte, verbarg schon wieder etwas vor ihm. Ein scharfer Schmerz durchzuckte ihn.

Frauen und Lügen, die ewige Verbindung! Verdammt noch mal! Würde er es denn niemals lernen?

19. Kapitel

»Sie verheimlichen etwas, die beiden«, sagte Wilfrid zu Eirik, als sie am nächsten Morgen kurz nach Tagesanbruch im großen Saal allein waren und ihr Frühstück einnahmen. Verärgert stellte er so heftig seinen Becher zurück, dass sich das mit Wasser verdünnte Bier auf den Tisch ergoss. »Britta und Eure Frau Gemahlin haben gestern den ganzen Tag die Köpfe zusammengesteckt. Und wann immer ich Britta gefragt habe, worum es ging, ist sie so nervös geworden, dass sie fast aus der Haut fuhr.«

»Bei Eadyth ist es ganz genauso«, sagte Eirik unglücklich. So wütend, wie er in der vergangenen Nacht gewesen war, hatte er nicht einmal mehr daran denken können, erneut mit seiner Frau zu schlafen. Sie hatte ihren Reiz für ihn verloren, nachdem ihm bewusst geworden war, dass sie ihn schon wieder hinters Licht zu führen versuchte, zumal sie sich hartnäckig geweigert hatte, ihm die Wahrheit zu sagen. Trotz ihres tränenreichen Protestierens hatte er nicht einmal mehr das Bett mit ihr teilen wollen, sondern den Rest der Nacht auf einem der Strohsäcke im großen Saal verbracht. Allerdings hatte er nicht geschlafen.

»Vielleicht sind sie nur besorgt wegen Godric«, sagte Wilfrid nicht sehr überzeugend.

»Das sind wir alle, aber ich weiß, dass da noch mehr ist. Herrgott noch mal, hast du Eadyths lahme Ausrede gehört, warum sie während meiner Abwesenheit nicht auf der Burg war? So viel Gestotter, Gestammel und glatte Lügen habe ich meinem ganzen Leben noch nicht gehört.«

»Dann glaubst du also nicht, dass sie sich im Wald verirrt hatte?«

Eirik schnaubte ungläubig. »Was mich furchtbar wütend macht, ist, dass Eadyth gegen meinen ausdrücklichen Befehl die Burg verlassen hat. Die Widerspenstigkeit dieser Frau verschlägt mir schier die Sprache. Aber schlimmer noch, es gibt gar keine Wälder in der Nähe der Burg, und schon gar keine so dichten, dass jemand sich darin verlaufen könnte.«

»Ich weiß, dass du wütend bist, Eirik, aber es muss eine Erklärung geben.«

»Es gibt keine Erklärung für Lügen. Absolut keine. Eadyth weiß, wie wichtig mir Ehrlichkeit ist, und trotzdem führt sie mich mit voller Absicht hinters Licht. *Schon wieder.*«

Wilfrid richtete sich gerader auf. »Mir fällt gerade noch etwas anderes ein. Seit ihrer Rückkehr hat Lady Eadyth sich auch in anderer Hinsicht ausgesprochen merkwürdig verhalten. Sie ist ganz aufgeregt und hektisch in der Burg umhergeschwirrt ...«

»Sie schwirrt immer umher«, sagte Eirik, »oder nörgelt, kommandiert herum oder regelt und erledigt irgendetwas, wie sie es so nett ausdrückt.«

Wilfrid winkte ab. »Nein, was ich sagen wollte, ist, dass sie für jedermann hier so merkwürdige Listen erstellt hat. Einen Kalender für jeden einzelnen Bediensteten auf Ravenshire, mit Aufgaben bis zum nächsten Jahr. Eine Liste mit den auf der Burg und in den Bauernkaten zu machenden Reparaturen. Oder eine weitere mit Dingen, die aus Jorvik hergebracht werden müssen. Anweisungen für die Pflege ihrer Bienen und die Herstellung ihrer Produkte. Es ist fast so, als ...« Wilfrids Augen weiteten sich alarmiert.

»Was?«

»Es ist fast so, wie wenn ein Sterbender seine Angelegenheiten ordnet«, stellte Wilfrid fest.

Eirik lachte freudlos. »Eadyth ist gesund wie ein Maulesel. Wie ein heimtückischer, dickköpfiger Maulesel.« *Mit den Moralvorstellungen einer Schlange.* Dennoch gaben Wilfrids Worte ihm zu denken, und er strich sich versonnen über die Oberlippe. »Ich bin sicher, dass eine Verbindung zwischen ihr und Brittas Heimlichtuerei, Godrics Abwesenheit, ihren Listen und ... ich sage das nur ungern ... Steven von Gravely besteht. Ich garantiere dir, dass ich dieser Sache auf den Grund gehen werde, aber ich werde dieser Frau nie, *nie* wieder vertrauen.«

Wilfrid nickte ernst.

»Und sieh du bitte auch zu, was du herausfinden kannst, Wilfrid.«

Eirik wollte gerade zu seinem Schlafzimmer hinaufgehen und Eadyth noch einmal zur Rede stellen, als Wilfrid ihm ein Zeichen gab, zu der Tür zum Burghof hinüberzukommen.

»Himmelherrgottsakra!«, rief Eirik, als er Jeremy, Eadyths Steinmetz aus Hawk's Lair, einen völlig überladenen Pferdekarren durch das Tor fahren sah. Er und Wilfrid eilten die Steintreppe hinunter und gingen zu dem Gebäude, vor dem der Wagen angehalten hatte. Auf dessen Ladefläche befanden sich genügend Bienenkörbe, Tongefäße für den Honig, Durchseihtücher, Formen zum Kerzengießen und Küchenvorräte, um für ein Jahr auszureichen. »Was um Himmels willen soll das?«, fuhr er den erschrockenen Diener an.

Jeremy zuckte mit den Schultern und wich angesichts Eiriks grimmiger Miene einen Schritt zurück. »Meine Herrin hat mich gestern Morgen mit einer langen Liste nach Jorvik geschickt.«

»Einer Liste!«, sagten Eirik und Wilfrid wie aus einem Munde und wechselten einen vielsagenden Blick.

»Und du bist die ganze Nacht hindurch gefahren, um schon kurz nach Tagesanbruch wieder hier zu sein? Wozu die Eile?«

Jeremy schüttelte unsicher den Kopf. »Meine Herrin sagte, es sei dringend.«

»Was? Die Honigtöpfe?«

»Mylord«, sagte Jeremy ungeduldig. »Ich tue, was meine Herrin mir befiehlt. Es steht mir nicht zu, nach ihren Beweggründen zu fragen.«

Eirik erlaubte Jeremy, den Wagen zu entladen, aber vorher überreichte der Bedienstete ihm ein großes, in ein Stück Tuch gewickeltes Paket.

»Was ist das?«, fragte Eirik unwirsch.

»Stoff für Bienenschutzschleier. Würdet Ihr ihn bitte der Herrin übergeben? Und richtet Ihr doch bitte auch aus, dass ihr Vertreter gesagt hat, dies sei der letzte, den er in ganz Jorvik auftreiben konnte. Und er sei mächtig wütend auf sie, weil sie verlangt hat ...«

Zu aufgebracht, um höflich zu sein, fuhr Eirik jäh herum und ließ den Diener nicht einmal seinen Satz beenden. Mit großen Schritten hastete er zur Burg zurück. Eadyths Vertreter war nicht der Einzige, der mächtig wütend auf sie war. Er war fest entschlossen, seine Frau erneut zur Rede zu stellen und diesmal Antworten auf seine Fragen zu erhalten.

»Jetzt gibt's Ärger«, krächzte Abdul, als Eirik das Schlafzimmer betrat. Nicht in der Stimmung für zänkisches Genörgel, weder von einem Papagei noch von seiner Frau, warf Eirik eine Decke über den Käfig. Aber der verflixte Vogel musste wie immer das letzte Wort behalten. »Abscheulicher Flegel! Arrk!«, krächzte er verärgert.

Eirik sah, dass Eadyth noch schlief, obwohl sie sich unruhig von einer Seite auf die andere warf. Wahrscheinlich wegen ihrer neuesten Betrügereien, dachte Eirik. Nachdem er sich einen Stuhl an das Bett herangezogen hatte, ließ er sich darauf nieder, streckte seine langen Beine aus und legte nachdenklich seine Zeigefingerspitze an die Lippen.

In dem schwachen Licht des Zimmers konnte er Eadyth nicht sehr gut erkennen, sah nur die Umrisse ihres nackten, vom Bettlaken nur knapp bedeckten Körpers. Und ausnahmsweise einmal fühlte er sich nicht verlockt – weder von ihren erstaunlich langen Beinen noch von den weichen Rundungen ihrer Brüste, ja, nicht einmal von dem entzückenden kleinen Muttermal an ihren Lippen. Das Einzige, was er sah, als er seine Frau betrachtete, war Falschheit.

Wie soll ich je mit einer Frau zusammenleben können, die lügt, wenn sie den Mund aufmacht? Kann ich überhaupt noch mit ihr leben?

»Eirik?«, fragte Eadyth zaghaft, als sie verschlafen die Augen öffnete und sich aufsetzte. Nachdem sie das Bettlaken über ihre Brust gezogen hatte, schüttelte sie ihre lange Mähne silberblonden Haars. »Du bist nicht ins Bett zurückgekommen«, warf sie ihm mit unsicherer Stimme vor.

Er sagte nichts, starrte sie nur an und versuchte zu verstehen, was in ihrem hinterhältigen Kopf vorging.

»Komm ins Bett, Eirik. Bitte.«

»Ich werde nie wieder bei dir liegen, Eadyth«, sagte er und wunderte sich, dass er trotz seiner Wut so ruhig sprechen konnte.

Sie sog scharf den Atem ein und gab einen erschrockenen kleinen Laut von sich.

»Es sei denn, du sagst mir jetzt die Wahrheit«, fuhr er mit unnachgiebiger Stimme fort. *Und vielleicht nicht einmal dann*, setzte er bei sich hinzu.

Sie schloss die Augen und wiegte sich bedrückt vor und

zurück, gab ihm aber keine Antwort. Tatsächlich biss sie sich sogar auf die Unterlippe, als wollte sie verhindern, dass die Worte ihr wie von selbst über die Lippen kamen.

Eiriks Stimmung sank sogar noch mehr.

Als sie schließlich die Augen öffnete, sah er, dass sie in Tränen schwammen und eine flehentliche Bitte darin lag. Aber weder das eine noch das andere rührte ihn.

»Ich liebe dich«, sagte sie mit leiser Stimme.

Er stand auf und starrte sie in eisiger Verachtung an. »Das ist mir egal.« *Gott helfe mir, ich wünschte, es wäre so.* Er warf das in Stoff gewickelte Päckchen, das Jeremy ihm gegeben hatte, auf das Bett. »Hier. Das ist gerade für dich angekommen.«

Voller Entsetzen starrte Eadyth auf das Päckchen und stieß es von sich weg. Es fiel in die Binsenstreu auf dem Boden. Dann begann sie laut zu jammern. »Oh nein, bitte, lass es nicht so sein. O Gott, das ist erst der zweite Tag. O Gott ...«

»Verdammt, was ist denn los mit dir, Eadyth? Das ist nur der Stoff, den du in Jorvik bestellt hast. Jeremy hat ihn mitgebracht.« Er sah verblüfft auf sie hinunter. »Was dachtest du denn, was es ist – ein Leichentuch?«

Ihre veilchenblauen, von Tränen verschleierten Augen blinzelten verwirrt. »Stoff?« Als sie endlich verstand, presste Eadyth eine Hand ans Herz, als könnte sie sein wildes Pochen so beruhigen. Dann presste sie ihre Lippen zusammen und weigerte sich beharrlich, seine Frage zu beantworten.

Zutiefst betrübt über Eadyths hartnäckiges Schweigen, ging Eirik resigniert zur Tür und schlug sie laut hinter sich zu. Sigurd und Tykir erwarteten ihn draußen direkt vor der Zimmertür.

»Endlich einmal gute Neuigkeiten, Eirik«, informierte Tykir ihn. »Graf Orm schickte eine Botschaft. Wir kennen jetzt Gravelys Versteck in Northumbria ... mit absoluter Sicherheit. Es ist ein kleines Herrenhaus in etwa zweistündiger Entfernung von hier, in der Nähe von Lord Cyrils Ländereien.«

Eirik schloss die Augen und schickte ein stummes Dankgebet zum Himmel, dass er den niederträchtigen Gravely nun vielleicht endlich fassen konnte. Auch wenn nichts in seinem Leben so lief, wie es laufen sollte, würde er doch zumindest diese Genugtuung bekommen.

»Mit etwas Glück werden wir dort vielleicht auch den kleinen Godric finden«, sagte Sigurd, und alle nickten zustimmend.

In diesem Augenblick kam Wilfrid zu Eirik hinübergelaufen. »Mylord, kommt bitte sofort mit! Ihr werdet nicht glauben, was ich gefunden habe.«

»Ich habe keine Zeit ...«

»Glaubt mir, Eirik, *dafür* habt Ihr Zeit.«

Eirik befahl Tykir und Sigurd, ihre Pferde zu zäumen. »Ich bin gleich bei euch.« Dann eilte er seinem Seneschall hinterher und brummte irgendetwas über Zeitverschwendung. Ohne die geschäftigen Bediensteten zu beachten, die ihnen neugierig nachsahen, gingen sie durch die Küche und in den Hof hinaus. Als sie vor dem kleinen Schuppen standen, in dem Eadyth ihren Honigwein herstellte, riss Wilfrid mit einer schwungvollen Bewegung dessen Tür auf.

Eirik war so verblüfft, dass ihm fast die Kinnlade herunterfiel.

Ein Haufen blutiger Knochen lag auf dem Boden der Destillerie. Alle Arten von Knochen – Kuhbeine, Kalbsschulterknochen, der Hüftknochen eines Schafs, etwas, das wie ein Schweinekopf aussah, Augäpfel ... *Augäpfel!* Es war ein fast hüfthoher Berg Tierabfälle, der bereits einen fauligen Gestank ausdünstete.

»Was soll das alles?«, rief Eirik gereizt. »Ich muss mich mit Sigurd und Tykir auf den Weg machen, um Gravely zu ergreifen. Warum verschwendest du meine Zeit mit Tierabfällen? Und warum sind sie hier und nicht auf dem Misthaufen?«, fragte er naserümpfend.

»Sie sind ein Hinweis«, verkündete Wilfrid mit einem selbstzufriedenen Grinsen.

»Hast du den Verstand verloren wie alle anderen in dieser Burg? Was für ein Hinweis?«

»Ein Hinweis auf Lady Eadyths und Brittas Komplott.«

Eirik stützte die Hände in die Hüften, tippte gereizt mit dem Fuß auf den Boden und funkelte seinen Seneschall verdrossen an.

»Seht Ihr es denn nicht? Sie haben die Tierknochen mit irgendeiner hinterhältigen Absicht hier versteckt. Ich habe das Gefühl, dass es etwas mit Godric zu tun hat.«

»Und ich habe das Gefühl, dass du dir heute Morgen den Kopf gestoßen hast. Viel wahrscheinlicher ist, dass dies die geheimen Zutaten für Eadyths Honigwein sind.«

Wilfrids Augen weiteten sich vor Entsetzen. »Glaubt Ihr das wirklich?«

»Nein, du Dummkopf, das glaube ich nicht. Such Britta und bring sie auf der Stelle her. Ich habe genug von diesem Unsinn. Ich will Antworten und zwar *jetzt*.«

Kurz darauf stand eine sichtlich verängstigte Britte vor ihnen im Schuppen. Ihr rotes Haar war wild zerzaust, und ihre Schürze hing schief, als wäre sie in großer Eile oder sehr nervös.

»Ich werde dir Gelegenheit geben, meine Fragen zu beantworten, Britta«, sagte Eirik angespannt. »Eine Lüge ... eine einzige Lüge nur ... und du kannst Ravenshire noch heute verlassen. Und glaub nicht, dass deine Herrin dir beistehen kann, denn es ist gut möglich, dass sie den gleichen Weg wie du beschreiten wird.«

Britta sah Hilfe suchend Wilfrid an, aber er verschränkte seine Arme vor der Brust, blickte sie finster an und weigerte sich, ihr zu helfen. »Sag die Wahrheit, Britta«, sagte er kalt, »denn wenn du von der Burg verbannt wirst, werde ich weder mit dir gehen noch dir nacheilen können.«

Ihr gehetzter Blick huschte durch die Hütte wie der eines gefangenen Kaninchens.

»Warum habt ihr diese Knochen gesammelt, du und deine Herrin?«, fragte Eirik in gereiztem Ton.

Das Mädchen atmete tief ein, um Mut zu fassen, und ließ den Atem seufzend wieder aus. »Damit sie und John sterben können«, gestand Britta so leise, dass ihre Stimme kaum mehr als ein Flüstern war.

Eirik starrte sie mit offenem Mund an, und Wilfrid fielen fast die Augen aus dem Kopf.

»Sterben? Sterben!« Eirik packte Britta an den Oberarmen und schüttelte sie heftig. »Hör auf, dummes Zeug zu reden. Warum sind diese Knochen hier?«

»Das habe ich doch schon gesagt«, sagte Britta mit klappernden Zähnen. »Die Herrin muss so tun, als wären sie und John von wilden Wölfen getötet worden, und diese Knochen sollten der Beweis dafür sein. O Heilige Maria Gottes, jetzt wird der arme Godric sterben. Und Ihr auch, Lord Eirik.« Sie warf sich in die Arme des ganz und gar verblüfften Seneschalls und jammerte etwas von Gift, Ertrinken und abgeschlagenen Köpfen.

Als Britta sich ein bisschen beruhigt hatte, setzten sie sich alle auf eine Bank, und Eirik zwang die junge Frau, ihm alles zu erzählen. Nach ihrer langen, schier unglaublichen Geschichte erhob sich Eirik ganz steif vor Zorn. »Sie wollte mich mit Kuhknochen und den Augäpfeln von Schweinen täuschen?«, fragte er ungläubig. »Glaubt sie wirklich, ich wäre dermaßen begriffsstutzig und blind?«

»Oh nein, Herr, wir wollten die Knochen vorher noch zerschlagen. Wenn wir sie erst einmal alle ein bisschen mit einem Hammer bearbeitet hätten, hätte man nicht mehr sagen können ...« Sie beendete ihren Satz nicht, als sie Eirik scharf die Luft einziehen hörte. Er warf ihr einen Blick zu, der pure Fassungslosigkeit verriet.

»Wie konntest du nur, Britta?«, entfuhr es Wilfrid. »Ich habe dir vertraut. Ich habe dich sogar gebeten, meine Frau zu werden. Wie konntest du?«

Sie begann wieder zu weinen.

»Und wo wollte sie hin?«, fragte Eirik mit eisiger Ruhe.

»In die Normandie.«

Eirik biss die Zähne zusammen.

»In der Botschaft an ihren Vertreter hat meine Herrin nicht nur die Vorräte bestellt, sondern ihn auch gebeten, eine Schiffspassage für sie und John zu buchen.«

»Und wovon wollte sie dort leben?«

»Von ihren Bienen«, sagte Britta hilflos. »Sie wollte einen kleinen Stock mitnehmen, um eine neue Kolonie zu züchten.«

Eirik verdrehte seine Augen. »Eine letzte Frage. Wo ist das Gift, das Steven ihr gegeben hat, um es mir zu verabreichen?«

Britta wirkte etwas unsicher. »Es war über dem Türrahmen in Eurem Schlafzimmer versteckt, damit die Kinder nicht herankommen konnten. Aber es kann auch sein, dass die Herrin es inzwischen weggeworfen hat. Oh, Herr, Ihr glaubt doch nicht etwa, dass sie es Euch wirklich geben würde?«

»Nein. Aber ich bin stark versucht, es ihr zu geben.« Er

wandte sich an Wilfrid. »Ich erwarte von dir, dass du Britta für ihre Rolle in diesem aberwitzigen Komplott bestrafst. So wie auch ich es mit meiner eigenen hintertückischen Gattin tun werde.«

Wilfrid nickte, und Eirik wandte sich ab, um zur Burg und seiner starrsinnigen, hinterlistigen, schwachköpfigen Frau zurückzugehen. In diesem Augenblick hätte er sie ohne die geringsten Gewissensbisse umbringen können.

Edeath war nicht die einzige Person, die Listen machen konnte. In Gedanken begann Eirik schon eine Liste all der Möglichkeiten zu erstellen, wie er sie quälen konnte, bevor er ihr den Todesstoß versetzte. Vielleicht würde er damit beginnen, ihren Kopf in die blutigen Tierabfälle hineinzustecken. Oder sie zwingen, ein paar Schweineaugen zu essen.

Zum Glück befand sich Eadyth gerade hinter einem Wandschirm in seinem Schlafzimmer, als Eirik den Raum betrat. Er griff mit der Hand zum Türrahmen und nahm das Fläschchen mit dem Gift an sich. Dann schloss er die Tür hinter sich ab. Nachdem er das Fläschchen rasch in einen Nachttopf entleert hatte, spülte er es aus und füllte es mit Wasser.

Er sah das noch unausgepackte Päckchen auf dem Boden liegen und verspürte vorübergehend Mitleid mit Eadyth, als ihm bewusst wurde, dass sie geglaubt haben musste, es enthielte Godrics Kopf. Aber ihr Schmerz war nichts verglichen mit dem, den er empfunden hätte, wenn er von ihrem und Johns Tod erfahren hätte. *Wie konnte sie?*

Eadyth fuhr vor Schreck fast aus der Haut, als sie angekleidet hinter dem Wandschirm hervorkam und sah, dass er an der Tür lehnte und sie erwartete.

»Du bist zurückgekommen«, sagte sie erfreut und streckte beide Hände nach ihm aus.

Er aber trat zur Seite, um ihr auszuweichen. »Ich reite mit Sigurd und Tykir weg«, teilte er ihr ruhig mit, obwohl er sie am liebsten vor Wut über ihr mangelndes Vertrauen in ihn angebrüllt hätte. »Endlich ist Steven uns zum Greifen nahe. Ich hoffe, dir noch vor Ende dieses Tages mitteilen zu können, dass dieser Teufel endlich tot ist.«

»Oh, nein, du kannst Steven jetzt nicht zu stellen versuchen!«

»Und warum nicht?«, fragte Eirik mit erhobener Augenbraue.

Die Hand, die sie an ihre Lippen presste, zitterte, und ihre Bewegungen waren fahrig und nervös. Sie war völlig überreizt. Schließlich sagte sie erstickt: »Bitte. Wenn du je etwas für mich empfunden hast, dann geh nicht heute hin.«

»Warum nicht?«

»Weil ... weil ich einen Traum hatte, der auf großes Unglück hinzuweisen schien.« Sie brachte es nicht über sich, ihn dabei anzusehen.

Lügnerin!

»Und mir geht es gar nicht gut.« Ihre Augen irrten überall herum, nur ihn sah sie nicht an.

Lügnerin! »Befürchtest du, ich könnte Steven von Gravely in einem Kampf nicht gewachsen sein?«

»Nein.«

Lügnerin!

»Glaubst du, dass er Godric in seiner Gewalt haben und mein übereiltes Handeln das Leben des Jungen in Gefahr bringen könnte?«

Sie sog scharf den Atem ein, und ihre Augen weiteten sich vor Furcht bei seinen Worten, die ihr geradezu erstaunlich einsichtig erscheinen mussten. »Natürlich nicht, aber du weißt, wie heimtückisch Steven sein kann, und *falls* er Godric entführt haben sollte, könnte er den Jungen in irgendeiner Weise benutzen ...« Sie unterbrach sich, als sie merkte, wie sie daherschwafelte und wie Eirik sie mit eisiger Verachtung musterte. »Eirik, ich bitte, bleib heute hier auf Ravenshire. Du wirst noch andere Möglichkeiten haben, Steven zu schnappen.«

»Gib mir einen guten Grund zu bleiben.«

»Weil ich dich liebe.«

Eadyths Worte verletzten Eirik sehr, weil er nun wusste, was für eine meisterhafte Lügnerin sie war. Wenn sie in einer Sache log, würde sie auch in einer anderen lügen. Er wappnete sich gegen ihre Bitten. »Liebe und Lügen gehen nicht Hand in Hand, Eadyth.«

Resigniert ließ sie die Schultern hängen.

»Warum zitterst du, Eadyth?«

Sie versteifte sich und ballte ihre Hände zu Fäusten, um ihr Zittern zu beherrschen. Die Willenskraft dieser Frau war sehr beeindruckend. Und ihre Courage auch, das musste er zugeben.

Eirik trat einen Schritt vor und stieß mit der Fußspitze das Fläschchen an, das er kurz zuvor in die Binsenstreu gelegt hatte. »Was ist das?«, fragte er, als er es in gespielter Verwunderung aufhob.

»Oh!«, rief sie und wurde leichenblass. »Gib es mir. Es muss heruntergefallen sein ...« Sie blickte schuldbewusst zum Türrahmen hinauf.

Eirik hielt es dicht an sein Gesicht und schnupperte daran. »Was für ein komischer Geruch!«

»Gib es mir«, verlangte sie mit schon fast hysterischer Stimme und trat näher.

Er hielt es außerhalb ihrer Reichweite und legte fragend seinen Kopf zur Seite.

»Es ist ein Mittel gegen Kopfweh, das die Kräuterfrau aus dem Dorf mir gegeben hat. Ich habe dir doch gesagt, dass es mir nicht gut geht.«

Lügnerin! Er riss die Augen auf und zwang sich, eine erfreute Miene aufzusetzen. »Oh, das ist ja wunderbar! Ich habe nämlich grauenhafte Kopfschmerzen.« Dann, bevor sie reagieren konnte, entkorkte er das Fläschchen und stürzte seinen Inhalt in einem einzigen großen Schluck hinunter.

Und da schrie Eadyth auf. »Oh nein! Oh nein! Das war Gift, mein Liebster! Schnell, versuch es zu erbrechen!«

»Du wolltest mich vergiften?«, fragte er und setzte eine zutiefst gekränkte Miene auf.

»Nein, es war Gravely.« Sie versuchte, ihm einen Finger in den Hals zu stecken, um ihn dazu zu bringen, das Gift zu erbrechen, woraufhin er sie in den Finger biss.

Dann stieß er sie grob beiseite, taumelte zum Bett hinüber und ließ sich auf den Rücken fallen. Mit einem übertriebenen Seufzer schloss er seine Augen und stöhnte: »Meine liebende Gattin, ich werde dich sehr vermissen«, und mimte unter Zuhilfenahme seiner ganzen Schauspielkunst den Sterbenden.

Er hätte schwören können, Abdul höhnisch kichern zu hören.

Aber Eadyth gab nicht auf. Sie warf sich auf ihn und bemühte sich verzweifelt, ihn hochzuheben. Dann versuchte sie erneut, seinen Mund zu öffnen und ihm einen Finger in den Hals zu stecken, damit er das tödliche Gift ausspuckte. Und die ganze Zeit über weinte sie und sagte ihm, wie leid es ihr tat und wie sehr sie ihn doch liebte.

Eirik biss die Zähne zusammen und versteifte seine Muskeln, als träte bereits die Todesstarre ein. Als Eadyth seinen

Mund nicht aufbekam, begann sie ihm ins Gesicht zu schlagen, um ihn von den Toten zu erwecken. Sie packte ihn sogar an den Ohren und schlug seinen Kopf so heftig auf die Matratze, dass ihm ganz schwindelig wurde. Seine Ohren dröhnten von ihrem Geschrei. Zum Teufel aber auch, denn nun bekam er *wirklich* Kopfschmerzen.

Ein lautes Klopfen an der Tür lenkte ihn ab, und er konnte Tykirs, Wilfrids und Sigurds besorgte Rufe hören. Offenbar hatten sie Eadyth schreien gehört. Verdammt, aber wahrscheinlich hatten sogar die Tauben in Jorvik ihr Geschrei gehört.

Eadyth ignorierte sie alle und kreischte wie eine Irre, als sie sich rittlings über ihn kniete, um ihm ihren Atem in den Mund zu blasen. Als sie ihm mit einer Hand die Nase zuhielt, ihren Mund auf seinen presste, um ihn zu beatmen, und gleichzeitig auf seine Brust einschlug, um sein Herz wieder zum Schlagen zu bringen, beschloss er, dass er mehr als genug gelitten hatte. Wenn er diese Frau nicht dazu brachte, einzuhalten, würde sie ihn am Ende wirklich noch umbringen.

Nach Atem ringend, schob er sie von seiner Brust und rollte sich vom Bett. »Erspar dir deine Bemühungen, Eadyth. Ich will sie nicht.«

Sie starrte ihn betroffen an. »Du bist nicht tot.«

»Wie scharfsinnig du doch bist!« Den Männern, die noch immer beunruhigt vor der Tür herumschrien, rief er zu: »Es ist alles in Ordnung. Ich bin gleich bei euch.« Er hörte, wie sie brummend weggingen.

Eadyth schüttelte den Kopf wie ein begossener Hund. Als ihr dämmerte, was sich gerade abgespielt hatte, stürzte sie sich auf ihn und begann mit beiden Fäusten gegen seine Brust zu schlagen. »Du Biest! Wie konntest du mir so einen grausamen Streich spielen?«

»Grausam? Grausam?«, fuhr er sie in wildem Jähzorn an, während er mit beiden Händen ihre Handgelenke packte und sie auf Armeslänge von sich abhielt. »Ich werde dir sagen, was grausam ist. Kein Vertrauen zu seinem Ehemann und seiner Fähigkeit, dich zu beschützen, zu haben. Zu lügen, wann immer es dir gerade passt. Deinen eigenen Tod und den deines Sohnes vortäuschen zu wollen. Den Mann, den du zu lieben behauptest, zu verlassen, vielleicht für ein Jahr oder vielleicht sogar für immer. Dich nicht um den Kummer und das Leid zu scheren, das du mit deinen unbedachten Manövern anrichtest. *Das* ist grausam, du Xanthippe von einer Ehefrau.« Er ließ ihre Hände los und stieß sie angewidert von sich.

Eirik weiß Bescheid. Endlich drang die Botschaft durch Eadyths benebelten Verstand. *O Gott, wird er mir jetzt je wieder verzeihen?*

»Ich werde Gravely fassen. Wir wissen jetzt, wo er steckt. Endlich. Und ja, mein hinterlistiges Eheweib, ich denke, ich bin der Aufgabe gewachsen, auch wenn du es nicht glauben magst.«

»Eirik, ich habe an deinen Fähigkeiten nie …«

Er hob eine Hand, um sie zu unterbrechen. »Nichts, was du jetzt sagen könntest, wird mich deine Handlungsweise je vergessen lassen. Versuch also erst gar nicht, sie zu entschuldigen. Und nimm es Britta nicht krumm, dass sie uns deinen schwachsinnigen Plan gestanden hat. Es war unfair von dir, sie in diese Angelegenheit hineinzuziehen.«

Eadyth nickte und rang besorgt die Hände. »Ich habe Angst um dich, Eirik. Alles, was ich getan habe, geschah aus Sorge um dich und Godric.«

»Ich will nichts von dir, Eadyth. Weder deine Angst noch deine Zuneigung.« Er trat vor sie hin und stach ihr förmlich seinen Zeigefinger ins Gesicht. »Du wirst dieses Zimmer nicht verlassen, bis ich zurück bin oder du die Nachricht erhältst, dass Steven von Gravely keine Gefahr mehr darstellt. Muss ich dich an das Bett fesseln? Oder eine Wache vor der Tür aufstellen?«

Sie schüttelte den Kopf, und Tränen der Hoffnungslosigkeit liefen über ihre Wangen.

»Ich liebe dich«, flüsterte sie, als er sich abwandte und ging.

»Das interessiert mich nicht«, entgegnete er mit ausdrucksloser Stimme und ohne sich noch einmal zu ihr umzudrehen.

Eirik weigerte sich, an Eadyth und ihren schmerzlichen Vertrauensbruch zu denken, als er auf Steven von Gravelys Unterschlupf zuritt. Er musste seine ganze Aufmerksamkeit auf die vor ihm liegende Aufgabe konzentrieren. Tykir und Sigurd begleiteten ihn, zusammen mit drei Dutzend schwer bewaffneter Männern, alle hoch zu Ross.

Als sie sich auf sicheren Umwegen der heruntergekommenen Festung näherten, gab Eirik den Männern ein Zeichen, sich in vier Gruppen aufzuteilen und die Burg, die schwer bewacht zu sein schien, von allen Seiten zu umzingeln. Betreten würde er sie allein, von hinten, während Sigurd für Ablenkung am Haupttor sorgte.

Eirik band sein Pferd in einiger Entfernung an einen Baum und schlich vorsichtig zur hinteren Burgmauer. Sie war nicht so gut bewacht wie die vordere, da es dort keinen Eingang, sondern nur solide Steinmauern gab. Er wartete, bis die patrouillierende Wache vorbeigegangen war, und rechnete sich aus, dass er nur wenige Minuten hatte. Er warf ein am Ende mit einer Schlaufe versehenes Seil hinauf und hoffte, dass es sich an einer der Zinnen verfing. Aber es gelang erst nach drei Versuchen.

Er hörte Geschrei und das Klirren von Metall in der Ferne und wusste, dass seine Männer versuchten, den Haupteingang zu stürmen. Schnell zog er das Seil straff und zog sich vorsichtig die Mauer hinauf. Mauern zu erklimmen war etwas, was er und Tykir als junge Männer unter den wachsamen Augen seines Großvaters unzählige Male geübt hatten. Es war ein Spiel, das sie sehr schnell zu beherrschen gelernt hatten. Er betete zu Gott, dass diese Geschicklichkeit ihm auch heute zugutekommen würde.

Es gelang ihm, nach oben zu kommen, wo er augenblicklich feststellen musste, dass er sich in Gefahr befand. Zwei von Gravelys Wachen kamen fluchend aus zwei verschiedenen Richtungen auf ihn zu. Eirik zog sein Schwert und setzte einen der Männer mit einem einzigen Hieb gegen seinen enormen Bauch außer Gefecht. Der andere war ein ebenbürtigerer Gegner, und Eirik konnte ihm nur ein paar geringfügige Verletzungen an Oberarmen und Schenkeln beibringen. Als Eirik vor einem besonders heftigen Angriff zurückwich, stolperte er über die Beine des gefallenen Soldaten und wurde mit dem Rücken gegen die Wand des Mauergangs getrieben.

»Wer seid Ihr?«, knurrte der stämmige Soldat, während er die Klinge seines Schwerts so fest an Eiriks Kehle presste, dass sie seine Haut aufriss. »Kommt Ihr aus Ravenshire?«

Eirik antwortete nicht und spürte, dass er blutete und sich die Klinge noch tiefer in seine Haut bohrte. »Dann bereitet Euch darauf vor, Eurem Schöpfer zu begegnen«, drohte die Wache.

Eirik schickte schon ein stummes Stoßgebet zum Himmel, weil er sich dem Tode nahe glaubte, aber dann erkannte er, dass

Gravely wieder einmal entkommen würde, und versteifte sich in grimmiger Entschlossenheit. Mit seinem Rachedurst entsprungener neuer Kraft versetzte er dem Soldaten einen kräftigen Tritt in den Unterleib. Als diesem vorübergehend vor Schmerz der Atem stockte, schossen Eiriks beide Arme hoch und prallten gegen den breiten Oberkörper. Sekunden später lag der Mann, Eiriks Schwert in seiner Brust, mit dem Gesicht nach oben auf dem Boden und folgte seinem Kameraden in den Tod. Mit angewidertem Gesicht zog Eirik seine Klinge aus dem Leib des Mannes und wischte sie schnell an dessen Tunika ab.

Dann drehte er sich um und fuhr fast aus der Haut.

Mit einem breiten Grinsen lehnte Tykir an der Wand des Mauergangs. »Na, da bin ich aber froh, dass ich dich nicht retten musste.«

»Verdammt noch mal, Tykir, was machst du hier? Du solltest doch bei Sigurd bleiben.«

»Glaubst du, ich würde dich ohne mich an deiner Seite eine Mauer hinaufklettern lassen? Ich war immer der Sieger bei diesem Wettbewerb.«

Eirik schüttelte den Kopf über Tykirs Frotzeleien, aber er wusste, dass sich hinter dem unpassend erscheinenden Humor seines Bruders nur aufrichtige Sorge um sein Wohlergehen verbarg. Eirik hätte das Gleiche für Tykir getan.

Kurz darauf lagen Dutzende von Gravelys Männern tot oder dem Tode nahe im Burghof, im großen Saal und auf den Gängen, aber vom diabolischen Herrn der Burg war nirgendwo etwas zu sehen.

Als Eirik einen Raum nach dem anderen durchsuchte, fand er schließlich in einem abgelegenen Zimmer Godric. Nachdem er den gefesselten Jungen befreit hatte, klammerte der Kleine sich weinend an ihn. Er war so verängstigt, dass er außerstande war, etwas zu sagen. Doch abgesehen von seiner Panik schien der kleine Junge unverletzt zu sein. Vielleicht hatte Eadyth recht gehabt, als sie Britta gesagt hatte, dass Steven dem Kind nichts antun würde.

Eirik nahm Godric auf den Schoß und fragte ihn behutsam: »Weißt du, wo Gravely ist?«

Ein heftiges Zittern ging durch Godrics schmalen Körper, und er umklammerte Eirik sogar noch fester, aber sein Blick glitt unwillkürlich zu einem hinter geschlossenen Vorhängen verborgenen Alkoven auf der anderen Seite des Raums. Scheinbar völlig ruhig gab Eirik Tykir mit den Augen ein Zeichen und drückte ihm dann den Jungen in die Arme. »Vielleicht suchst du Godric besser etwas zu essen, bevor wir ihn nach Hause bringen. John und die anderen Kinder werden ihn bestimmt wie einen Helden feiern.« Und damit schob er Tykir und das Kind zur Tür hinaus und zog sein Schwert aus seiner Scheide und seinen Dolch aus seinem Gürtel.

Als er den Vorhang aufriss, sprang Gravely mit einer Streitaxt in der Hand aus dem Alkoven. Seine weit aufgerissenen blauen Augen hatten einen irren Blick, und aus seinen Mundwinkeln rann Schaum.

»Endlich!«, schrie Steven, und da der Überraschungseffekt ihm einen Vorteil gegenüber Eirik verschaffte, schwang er die Axt über dem Kopf und versuchte, Eirik einen Schlag mitten ins Gesicht zu verpassen. Eirik duckte sich und wich dem Hieb noch aus, konnte aber nicht verhindern, dass die Klinge ihm ein Stück Fleisch aus der Schulter riss und fast bis zum Knochen vordrang. Fluchend ignorierte er den Schmerz, so gut er konnte, parierte den nächsten Angriff seines Gegners und schaffte es, Steven am Oberbauch zu verletzen.

Trotz der Krankheit, die Stevens einst so stattlichen Körper verfallen ließ, war er immer noch ein starker Krieger, der sich Eiriks ausgezeichneter Fechtkunst gegenüber behaupten konnte, oder zumindest doch zu Anfang. Wieder und wieder attackierten sie einander. Schließlich ließ Steven blitzschnell seine Axt fallen und griff nach einem Schwert. Aber da begannen die verheerende Wirkung seiner Krankheit ihren Tribut zu fordern, und Gravelys Durchhaltevermögen ließ deutlich nach. Er wurde unaufmerksamer und ungeschickt.

Und Eirik verlor den Geschmack am Töten. Oh, natürlich würde er seinen ärgsten Feind auf jeden Fall vernichten. Er musste es tun, und wenn auch nur, um Stevens sinnlose Angriffe auf jeden, der seinen Weg kreuzte, zu beenden. Aber der Mann war ganz offensichtlich völlig unzurechnungsfähig. Seine Augen waren unnatürlich weit geöffnet und glasig von einer ungeheuren Gier nach Blut. Sein Mund war schlaff und zitterte wie der eines alten Mannes. Vielleicht war er schon immer verrückt gewesen und hatte es nur hinter einem ruhigen Äußeren verborgen.

Wie kann ich Mitleid mit einem Mann empfinden, der mich so verletzt hat?

Weil du weißt, wie furchtbar er gelitten haben muss, um diesen bedauernswerten Zustand zu erreichen, beantwortete er sich seine Frage.

Mit einem kräftigen Stoß stieß Eirik ihn gegen die Wand und hielt sein Schwert horizontal an Stevens Kehle. »Es ist vorbei, Gravely«, knurrte er. »Endlich wird deine Niedertracht ein Ende finden.«

Steven lachte meckernd. »Ja, aber wirst du mit meinem Tod leben können, *Bruder?*«

Ein kalter Schauder lief über Eiriks Rücken. Eine unheilvolle Stille legte sich über den Raum. Er hätte wissen müssen, dass Steven selbst im Angesicht des Todes einen Weg finden würde, ein Trümmerfeld zu hinterlassen.

»Hör nicht auf ihn, Eirik«, rief Tykir hinter ihm. »Bring den Mistkerl einfach um.«

Gravely lachte wieder und versuchte nicht einmal mehr sich zu befreien. »Hast du dir noch nie Gedanken über die Ähnlichkeit zwischen uns gemacht, Eirik? Schwarzes Haar. Blaue Augen. Die gleiche Größe. In deinen Adern fließt das gleiche Blut wie in meinen, *Bruder*. Und das weißt du.«

»Das kann nicht sein«, widersprach Eirik und schüttelte den Kopf.

»Dein Vater schwängerte meine Mutter, als es ihr einmal gelang, ihrem Gemahl, dem berüchtigten Graf von Gravely, den die meisten Leute für meinen wahren Vater gehalten haben, zu entkommen. Sie ist nach Gravely zurückgekehrt, als sie erfahren hat, dass sie ein Kind erwartete.«

Eirik schüttelte den Kopf, um Stevens Behauptung zurückzuweisen, und hielt seine Schwertklinge noch immer an die Kehle seines Feindes.

Steven fuhr mit seiner unglaublichen Geschichte fort. »Mein Vater hat mich nie gewollt, und als meine Mutter und kurz darauf auch er verstarben, ließen sie mich im Alter von zehn Jahren in der Obhut des infamsten Mannes ganz Britanniens zurück – in Jeromes, des Kastellans der Gravelys. Und mein Bruder Elwinus war kaum den Windeln entwachsen. O Gott«, stöhnte er und verdrehte die Augen über irgendeine Erinnerung, die so schmerzlich sein musste, dass er es nicht einmal zu ertragen schien, daran zu denken.

Dann schien Steven sich zu beruhigen. Für einen Moment lang völlig klar im Kopf, blickte er Eirik ruhig in die Augen und flüsterte mit gebrochener Stimme: »Bruder …« Gleichzeitig warf er seinen Kopf nach vorn und schlitzte sich mit voller Absicht die eigene Kehle auf. Blut spritzte nach allen Seiten, aber Eirik, der vor Entsetzen wie gelähmt war, hielt Steven immer noch an seinen Armen in aufrechter Position.

Und Eirik konnte auch nichts sehen, weil seine Augen plötzlich ganz verschleiert von Tränen um seinen nichtswürdigsten Feind waren.

20. Kapitel

Eadyth betrachtete das Pergament in ihren Händen und las es noch einmal, um zu versuchen, zu verstehen:

Eadyth,
es ist vorbei!
Eirik

Was bedeutete das? Wilfrid war an diesem Abend mit den Männern zurückgekehrt und hatte Godric, der glücklicherweise alles wohlbehalten überstanden hatte, heimgebracht. Aber Eirik war mit Tykir nach Jorvik weitergeritten, ohne ihr auch nur ausrichten zu lassen, wann er nach Ravenshire zurückkehren würde.

Es ist vorbei. Hieß das, dass der Kampf mit Steven von Gravely endlich ein Ende hatte? Oder hieß es, dass er ihre Ehe für beendet hielt?

Eadyth fragte Wilfrid, nicht nur einmal, ohne aber eine Antwort zu erhalten. Oh, er hatte Eadyth von Stevens letzten Worten erzählt, und sie hatte großes Mitleid mit ihrem Ehemann und Tykir, für die es furchtbar schwer sein musste zu wissen, dass sie vom gleichen Blut wie ein solcher Teufel waren. Oder vielleicht bekümmerte es sie auch, dass sie Steven als kleinem Jungen nicht hatten helfen können, bevor Misshandlungen und Missbrauch ihn um den Verstand gebracht hatten.

Eadyth ließ die Geschehnisse der letzten Tage in Gedanken noch einmal Revue passieren. Hätte sie zu Eirik gehen und ihm alles sagen sollen, selbst auf die Gefahr hin, sein eigenes und

Godrics Leben zu riskieren? Eirik schien es jedenfalls zu glauben.

Würde sie anders handeln, wenn sie eine Möglichkeit hätte, die Uhr zurückzudrehen? Wahrscheinlich nicht, gestand Eadyth sich ein. Dazu war sie viel zu eigensinnig, genau wie Eirik immer sagte.

Vielleicht konnte sie sich ändern. Vielleicht würde er erfreut sein und sie wieder lieben, wenn es ihr gelänge, all die unangenehmen Eigenschaften, die er an ihr kritisierte, abzulegen. In den nächsten paar Tagen, als Eirik in Jorvik blieb und ihr auch keine Nachricht sandte, beugte Eadyth sich in vielen Dingen, die das Gut betrafen, Wilfrids Wünschen, auch wenn er sie immer wieder ein bisschen komisch ansah. Selbst wenn er seine Pflichten nicht zu ihrer vollen Zufriedenheit erledigte oder sie glaubte, es besser als er zu können, kritisierte sie ihn nicht.

Sie erhob nicht ein einziges Mal ihre Stimme, nicht einmal, als Bertha lautstark in der Halle rülpste.

Eadyth verbrachte mehr Zeit mit den Kindern, unterrichtete sie und erzählte ihnen Geschichten. Machte sie das nicht sehr viel weiblicher? Würde das zumindest ihren Ehemann beeindrucken?

Wenn Eirik doch nur zurückkäme, würde sie ihn für all ihre Ungerechtigkeiten ihm gegenüber schon irgendwie entschädigen. Sie sehnte sich nach der Rückkehr ihres Mannes, nach der Liebe, die sie offenbar verloren hatte.

Aber sie litt auch noch aus anderen Gründen. Denn während all der Tage, die Eirik fortblieb, erbrach Eadyth sich jeden Morgen, aß für den Rest des Tages mit einem wahren Heißhunger und brach schon beim allerkleinsten Anlass in Tränen aus.

Sie erwartete ein Kind von Eirik. Sie war glücklich wie noch nie zuvor in ihrem Leben. Und zugleich auch todunglücklich, weil sie ihrem Mann die guten Neuigkeiten nicht mitteilen konnte. Aber würde er sie jetzt überhaupt noch als gute Neuigkeiten betrachten?

»Schick dem Dummkopf eine Nachricht nach Jorvik und erzähl ihm von dem Kind«, riet Girta. »Er wird kommen, wenn er von deiner Schwangerschaft erfährt.«

»Nein. Ich will, dass er kommt, weil er mich liebt, und nicht des Kindes wegen.«

»Und wenn er nicht *zurückkommt?*«

»Ach, Girta«, rief Eadyth und warf sich in die Arme ihrer alten Amme. »Ich könnte es nicht ertragen, wenn er nie wieder zu mir zurückkäme.«

Und dann, als eine Woche verstrichen war und sie noch immer nichts von ihrem Mann gehört hatte, begann sich ein heimtückischer Gedanke in Eadyths Seele einzuschleichen.

Könnte er bei Asa sein?

Nein, er würde nicht zu ihr gehen. Er hat doch gesagt, er hätte sie aufgegeben, weil er mich vorzieht, entgegnete ihr Verstand.

Aber das war, bevor ich ihn zum wiederholten Mal belogen habe.

Nun, wenn der Schuft dir eine andere Frau vorzieht, dann lass ihn gehen.

Eadyth dachte höchstens einen Moment lang über diese letzte Möglichkeit nach.

Nein! Himmeldonnerwetter, nein! Ich werde nicht zulassen, dass eine andere Frau mir meinen Mann wegnimmt.

Und Eadyth kehrte zu ihren alten Gewohnheiten zurück. Mit grimmiger Entschlossenheit befahl sie Wilfrid, ihr Pferd satteln zu lassen und zwei Bewaffnete bereitzustellen, die sie nach Jorvik begleiten sollten.

Und dann, wie immer ganz die praktische Geschäftsfrau, beschloss sie, dass es unvernünftig wäre, eine Reise in die Marktstadt anzutreten, ohne ihrem Vertreter etwas von ihrem Honig und ihren Kerzen mitzunehmen. Und vielleicht konnte sie ja auch gleich noch etwas Wolle verkaufen. Deshalb trug sie Wilfrid auf, den Pferdewagen zu holen und einen Fahrer zu besorgen.

»Und vielleicht finde ich ja auch einen Käufer für die Kirschen und die von Girta bestickten Stoffe«, sagte sie zu Wilfrid. Und obwohl der Seneschall schon wieder die Augen verdrehte, murmelte er nur: »Schön, dass Ihr wieder ganz die Alte seid, Mylady.«

Als sie gegen Abend in Jorvik eintraf, begab Eadyth sich sofort zum Haus ihrer Vertreters, wo sie während ihrer Besuche in der Stadt gewöhnlich übernachtete. An jenem Abend besprach sie ihre Geschäfte, und am nächsten Tag machte sie sich auf den Weg zu dem Waisenhaus vor der Stadt, wo Eiriks Nennonkel Selik und seine zweite Frau Rain, Eiriks und Tykirs Halbschwester, lebten.

Das glückliche Paar begrüßte Eadyth herzlich, nachdem sie sich im Lärm von Dutzenden schreiender, lachender und weinender Kinder vorgestellt hatte. Eadyth konnte das gut aussehende Paar nur sprachlos anstarren. Rain war fast so groß wie ihr wikingischer Ehemann. Beide waren blond und schön. Wann immer sie bei ihren alltäglichen Aufgaben aneinander vorbeikamen, berührten sie sich, und die Liebe zwischen diesen beiden Menschen war für alle mehr als offensichtlich.

Erstaunlicherweise war Rain eine Heilerin, was eine ungewöhnliche Beschäftigung für eine Frau war, und sie führte sogar ihr eigenes kleines Spital auf dem Gelände, auf dem sich das Waisenhaus befand. Selik besaß Handelsschiffe, die um die ganze Welt reisten. Eadyth wurde bald schon klar, dass sie eine vorteilhafte Vereinbarung hinsichtlich ihrer Bienenzuchtprodukte mit ihm treffen konnte.

»Es tut mir leid, dass wir nicht zu eurer Hochzeit kommen konnten«, sagte Rain. »Ich fühlte mich damals nicht ganz auf der Höhe, und Selik machte sich Sorgen, dass die Reise in diesem fortgeschrittenen Stadium der Schwangerschaft zu anstrengend für mich werden könnte.« Sie strich über ihren sich wölbenden Leib, und Eadyth konnte den Blick nicht von ihrem enormen Bauch abwenden. Eadyths Augen wurden feucht, als Selik hinter seine Frau trat, seine Hände liebevoll über ihr ungeborenes Kind legte und Rain zärtlich auf den Nacken küsste. Eadyth hatte noch nie ein verheiratetes Paar gesehen, das seine Gefühle so offen zeigte, was sie sogar fast ein bisschen neidisch stimmte.

Rain, die Eadyths Kummer zu bemerken schien, bat sie, sich zu ihnen zu setzen. »Was ist, Eadyth? Wie können wir dir helfen?«

»Habt ihr Eirik gesehen?«, entfuhr es ihr.

»Vor ungefähr fünf Tagen«, sagte Selik. »Er kam auf der Suche nach Helfern für die Reparatur seines Schiffs vorbei.«

»Seines Schiffs?« Eadyth versteifte sich vor Verärgerung. Ihr Mann besaß also nicht nur eine Schatzkammer zu Hause, sondern darüber hinaus auch noch ein Schiff in Jorvik! Und während sie von ihren geschäftlichen Unternehmungen dahergeplappert hatte, hatte er die ganze Zeit sein eigenes Handelsschiff besessen. Bei Gott und allen Heiligen! Wenn sie diesen Schwachkopf nicht so lieben würde, hätte sie es vielleicht sogar in Betracht gezogen, ihn ohne langes Federlesen vor die Tür zu setzen!

Dann kam ihr ein weiterer beunruhigender Gedanke. »Hat er die Absicht, selbst mit diesem Schiff in See zu stechen?«

Selik schaute sie unsicher an. »Das hat er nicht gesagt.« Dann musterte er Eadyth prüfend. »Aber sag uns doch, warum du deinen Mann suchst.«

Eadyth spürte, wie sie errötete, doch jetzt war nicht der richtige Moment für falschen Stolz. Sie begann ihre Geschichte ganz von vorn, bei ihrer albernen Scharade, und endete mit Steven von Gravelys schockierender Enthüllung.

Selik und Rain warfen sich einen merkwürdigen Blick zu, und dann umarmten sie sich fest. Mit tränenfeuchten Augen erklärte Rain: »Selik und ich – wie so viele andere – haben allen Grund, uns über Stevens Tod zu freuen.«

»Hm. Jetzt kann ich verstehen, warum Eirik so durcheinander war«, sagte Selik. »Er war immer so ein sensibler, ernster Junge. Er nimmt die Dinge viel zu ernst. Und wahrscheinlich wollte er uns einfach nur verschonen.«

»Eirik? Ernst?« Eadyth lachte. »Nein, da müsst ihr Tykir meinen. Wenn Eirik nicht gerade wütend ist, dann scherzt, grinst oder zwinkert er schier unaufhörlich.«

Rain und Selik starrten sie sprachlos vor Erstaunen an. Dann wandte Rain sich Selik zu. »Hast du je gehört, dass Eirik Scherze macht?«

»Noch nie«, erwiderte Selik entschieden. »Und ich kannte den Jungen schon, als er noch in den Windeln steckte.«

»Und Eirik und zwinkern?« Rain lachte laut. Dann nahm sie Eadyths Hände in die ihren und drückte sie warm. »Er muss dich lieben, Eadyth, wenn du diese Seite von ihm zum Vorschein bringst.«

Eine leise Hoffnung keimte in Eadyth auf, aber das brachte sie Eirik und einer Versöhnung noch nicht näher. Selik und

Rain luden sie ein, bei ihnen zu bleiben, aber sie lehnte dankend ab, weil sie in der Stadt sein wollte, wo sie Eirik näher war.

Es war erst Mittag, als sie nach Jorvik zurückkam, und deshalb beschloss sie, sich am Hafen nach Eirik umzusehen. Sie war erst ein paar Meter gegangen, als sie Tykir mit einigen Seemännern sprechen sah, die ein Schiff beluden. Mit Bedauern registrierte sie, dass er sich auf eine Handelsreise vorbereitete. Ob Eirik ihn wohl begleiten würde?, fragte sie sich unglücklich.

Als Tykir sie sah, leuchteten seine Augen auf, und er beendete das Gespräch und schickte die Seeleute mit irgendeinem Auftrag fort. »Eadyth! Wie schön, dich zu sehen!« Mit ausgebreiteten Armen zog er Eadyth freudestrahlend an seine Brust. Dann legte er ihr einen Arm um die Schultern und führte sie auf sein Schiff.

»Wo ist er?«, fragte sie sofort. »Hast du Eirik gesehen?«

»Ja, natürlich habe ich ihn gesehen. Er arbeitet ja auf seinem Schiff hier ganz in der Nähe. Aber gestern ist er nach Wessex geritten, um König Edred zu besuchen, und bis jetzt noch nicht zurückgekommen.«

»Wird er heute kommen?«

Tykir zuckte mit den Schultern. »Eirik ist nicht er selbst, Eadyth. Er erzählt mir nichts.«

»Ich mache mir Sorgen um ihn. Meine Lügen und was Steven ihm erzählt hat ...« Außerstande fortzufahren, brach sie ab.

Tykir strich ihr mit brüderlicher Fürsorge das Haar aus der Stirn. »Er war total schockiert über Gravelys Enthüllung. Das kann ich nicht bestreiten. Wir beide waren es. Aber er hat eingesehen, dass er nichts tun konnte, um den Lauf von Stevens

Leben zu ändern. Wir wussten ja als Jungen nicht einmal etwas von Stevens Existenz, und Eirik kann höchstens fünf gewesen sein, als Steven verwaiste.«

Eadyth nickte. »Und meine Lügen? Wird er mir die verzeihen?«

»Du liebe Güte, Eadyth, lass Eirik ein bisschen Zeit. Er ist ein ernster Mensch, aber ...«

»Ernst! Ernst! Warum bezeichnet eigentlich jeder meinen Mann als ernst? Eirik ist ein Schelm, und das weißt du nur zu gut.«

»Ein Schelm? Eirik?« Tykir betrachtete sie lange, dann sagte er: »Er muss dich lieben, wenn er dir und niemand anderem gegenüber seine schelmische Seite erkennen lässt.«

Es war so ziemlich das Gleiche, was Selik und Rain ihr schon gesagt hatten. Aber dann beunruhigte Eadyth Tykir und erstaunte sogar sich selbst, indem sie in Tränen ausbrach. Nun, sagte sie sich, als sie auch noch einen Schluckaufanfall bekam, ihren Mageninhalt hatte sie bereits am Morgen erbrochen. Und nun weinte sie sich die Augen aus dem Kopf. Und als sie kurz darauf auf einem Weinfässchen an Deck saß und Tykir ihr Herz über ihren abwesenden Ehemann ausschüttete, verputzte sie drei Äpfel, vier Stücke Honigkuchen und zwölf getrocknete Feigen.

Tykir starrte sie verwundert an und staunte über ihren Appetit. »Weiß der abscheuliche Flegel es schon?«

»Was?«

»Dass du seinen abscheulichen Flegel von einem Sohn erwartest?«

Überrascht über Tykirs scharfsinnige Bemerkung blickte Eadyth auf. »Nein, und sag es ihm auch bitte nicht. Ich will nicht, dass er aus Pflichtgefühl zu mir zurückkehrt.«

Eine Stunde später begleitete Tykir sie zum Haus ihres Vertreters. Auf dem Weg blieb Tykir plötzlich am Verkaufsstand eines arabischen Händlers stehen und sah Eadyth mit mutwillig funkelnden Augen an.

»Ich glaube, ich kenne genau das Richtige, um deinen Ehemann heimzulocken.«

»Was?«, fragte sie misstrauisch.

Als Omar, der Händler, ihr zeigte, was Tykir verlangte, formten Eadyths Lippen ein verblüfftes kleines ›Oh‹. »Meinst du … nein, nein, das könnte ich nicht … niemals … na ja, ich weiß nicht … wenn du *wirklich* meinst …«

Eirik kehrte weder an jenem Abend noch am nächsten Morgen nach Jorvik zurück, und Eadyth begann in Panik zu geraten. Tykir hatte ihr versprochen, dafür zu sorgen, dass Eirik gleich nach seiner Ankunft zu ihr kommen würde, selbst wenn er ihn fesseln und ihn höchstpersönlich zu ihr tragen musste. Eadyth gewann ihren reizenden Schwager immer lieber.

War es möglich, dass Eirik nach Jorvik zurückgekehrt war und sich weigerte, sie zu sehen? Immerhin konnte Tykir Eirik nicht wirklich dazu zwingen, etwas zu tun, was er nicht wollte. Oder vielleicht war er in die Stadt zurückgekehrt und gar nicht erst zu seinem Schiff gegangen. Und wenn er nun …

Ein scharfer Schmerz durchfuhr Eadyth bei dem Gedanken, dass Eirik bei Asa, seiner früheren Geliebten, sein könnte. Sie konnte einfach nicht mehr länger herumsitzen und warten. Und so kleidete sie sich mit größter Sorgfalt an, mit einer Tunika in einem hellen Lavendelton, zu der ein cremefarbenes, langärmeliges Hemd gehörte. Auf den Wimpel verzichtete sie, aber nicht auf den durchsichtigen violetten Schleier, den sie bei ihrer Hochzeit schon getragen hatte. Ein schmaler Goldreif, der zu dem goldenen Kettengliedergürtel passte, den sie um die Taille trug, hielt den Schleier fest. Eadyth fand, dass sie trotz ihres inneren Aufruhrs ziemlich gut aussah ... oder jedenfalls, bis sie Coppergate erreichte und dort Asas Schmuckstand fand.

Die zierliche, schwarzhaarige Schönheit war ein wahres Juwel – neben dem sich Eadyth wie ein Stück Granit vorkam. In einem Anfall heftigen Selbstmitleids erkannte sie, dass sie mit einem solch bezaubernden Geschöpf nicht konkurrieren konnte.

Als sie sich Asa vorstellte, machte diese große Augen und lud Eadyth in ihr hinterm dem Verkaufsstand liegendes Haus ein. Eadyth sah sich rasch in dem kleinen, aber makellos sauberen Zuhause um, das mit kunstvoll geschnitzten Stühlen und Tischen eingerichtet war – wahrscheinlich aus Eiriks Schatzkammer, dachte sie böse. Sie versuchte, sich Eirik hier mit Asa vorzustellen, vor diesem Kamin sitzend, ihr Essen essend, zu diesem gemütlichen Schlafzimmer im ersten Stock hinaufgehend ... *Oh Gott*.

Zu ihrer großen Schmach brach sie in Tränen aus.

Eirik war außerordentlich verärgert. Er war gerade aus Winchester zurückgekommen, wo er einen ganzen Tag damit verbracht hatte, sich mit Edred und seinen Beratern über deren Pläne zu streiten, Northumbria und all die Grafschaften zu besetzen, die sich mit Erzbischof Wulfstan und seinem Onkel Erik Blutaxt gegen ihn verschworen hatten. Seine Argumente waren auf taube Ohren gestoßen. Edred würde einen blutigen Krieg anzetteln, und Northumbria würde der Verlierer sein.

Obwohl Ravenshire keins der Ziele war, würde es doch viele von Eiriks Nachbarn treffen, und Eirik befand sich nun in der alles andere als beneidenswerten Position, sich unter Freunden für eine Seite entscheiden zu müssen.

Er musste so schnell wie möglich nach Ravenshire zurückkehren, nicht nur wegen der durch Edred drohenden Gefahr. Eirik bekam allmählich auch Gewissensbisse wegen der Art und Weise, wie er Eadyth behandelt hatte.

Aber Teufel auch, die Frau trieb ihn zum Wahnsinn! Er hasste ihre Einmischungen, ihre zänkische und anmaßende Art. Und ganz besonders wütend machte ihn ihre Lügerei. Aber, Gott, er liebte diese Frau bis zur Raserei. Sie würden eben einfach einen Weg finden müssen, ihre Probleme zu bereinigen.

Als er sich dem Hafen näherte, sah er Tykir dort sein Schiff beladen. Er erinnerte sich, dass sein Bruder sich am nächsten Morgen auf die Reise nach Hedeby machen würde. Er würde ihn sehr vermissen.

Tykir blickte kaum auf, als er ihm einen Gruß zurief. Und Tykirs steife Haltung zeugte von nur mühsam unterdrücktem Ärger.

»Was ist denn nun schon wieder?«

»Deine Frau ist in Jorvik und sucht dich«, informierte Tykir ihn schroff, nachdem er seiner Mannschaft ein paar Fässer zugerollt hatte.

Eirik zog fragend eine Braue hoch. »Eadyth? In Jorvik? Und sie sucht mich?«

»Du nimmst wohl Unterricht bei deinem Papagei, Eirik?«

»Ja, und ich brauche keinen Unterricht in Sarkasmus von dir, Bruder. Warum sucht mich meine Frau?«

Tykir stützte die Hände in die Hüften und funkelte ihn an.

»Du bist ein Dummkopf. Warum zum Teufel glaubst du wohl, dass sie dich sucht? Damit du dich um ihre Bienen kümmerst?«

»Mir gefällt dein Ton nicht, Tykir.«

»Und was gedenkst du dagegen zu tun?«

Eirik ballte ärgerlich die Fäuste und konnte es nicht glauben, dass er seinen eigenen Bruder schlagen wollte. Nachdem er ein paar Mal tief ein- und ausgeatmet hatte, um sich zu beruhigen, fragte er mit erzwungener Höflichkeit: »Und warum ist meine Frau in Jorvik, *Bruderherz?*«

»Weil diese unvernünftige Frau ihren abscheulichen Flegel von einem Ehemann vermisst, *Bruderherz*«, erwiderte Tykir nicht minder höflich. »Und weil sie ganz krank vor Sorge um dich ist.« Tykir stieß ärgerlich die Luft aus. »Geh heim, Eirik. Geh heim und gründe eine Familie mit Eadyth. Ich weiß nicht, warum, aber die Lady liebt dich.«

Eirik grinste. »Ja, ich bin ein liebenswerter Flegel, nicht?«

»Das liegt in der Familie«, stimmte Tykir ihm zu und schlug ihn ausgelassen auf den Arm. »Ach übrigens«, fügte er wie nebenbei hinzu, »hast du eine Ahnung, warum Eadyth den Kopfstand geübt hat?«

Eirik erstickte fast, so heftig schnappte er nach Luft, und Tykir musste ihm dreimal kräftig auf den Rücken klopfen, bevor er wieder atmen konnte. »Du lügst, Tykir. Das hast du dir nur ausgedacht.«

»Meinst du?«, fragte Tykir und betrachtete gelangweilt seine Fingernägel. »Na ja, vielleicht habe ich sie ja missverstanden.«

Die beiden Brüder lachten und legten sich gegenseitig die Arme um die Schultern. Dann gingen sie auf Tykirs Schiff und tranken etwas von dem vorzüglichen Honigwein, den Eadyth

Tykir für die Reise gegeben hatte. Nachdem sie eine Weile über dies und das geplaudert hatten, berichtete Eirik seinem Bruder von Edreds Plänen und sagte ihm, wie froh er war, dass Tykir Britannien noch vor dem unvermeidlichen Gefecht verlassen würde. Tykir informierte ihn, dass er im Morgengrauen auslaufen und ihn deshalb vor seiner Abreise nicht mehr sehen würde.

Dann schnippte er plötzlich mit den Fingern. »Oh, jetzt hätte ich fast etwas vergessen!« Er ging zu einer Truhe und kam mit einem Päckchen in der Hand zurück.

»Was ist das?«, fragte Eirik misstrauisch.

Tykir wackelte mit seinen Augenbrauen. »Mein Hochzeitsgeschenk für dich. Ich habe es gestern mit Eadyths Erlaubnis an einem der Marktstände gekauft.«

»Für mich? Warum solltest du ihre Erlaubnis brauchen, um mir etwas zu kaufen? Außerdem hast du uns schon diesen verflixten Papagei zur Hochzeit geschenkt.«

»Nein«, berichtigte Tykir Eirik lachend. »Den Papagei habe ich Eadyth geschenkt. Das hier ist etwas ganz Besonderes für dich.«

»Wird es mir gefallen?«

»Eirik, du wirst mir bis ans Ende deiner Tage dankbar dafür sein.«

Die Brüder umarmten sich noch einmal auf dem Dock. Eirik wollte sich gerade abwenden und zum Haus von Eadyths Vertreter gehen, als Tykir wieder mit den Fingern schnippte. »Oh, da ist noch etwas, was ich vergessen habe.«

»Was? Noch ein Geschenk für mich?«

»Nein. Ich dachte nur, du wüsstest vielleicht gern, wo Eadyth gerade ist.« Tykir lehnte nonchalant an einem hohen Stapel aufgerollter Taue, und Eirik war für einen Moment versucht, ihn zu packen und in den Fluss zu befördern. Irgendwie wusste er nämlich schon, dass es ihm nicht gefallen würde, was Tykir ihm zu sagen hatte.

»Nun?«

»Sie ist zu Besuch bei Asa.«

Asas Schmuckstand war geschlossen, als Eirik Coppergate erreichte, und zuerst erhielt er auch keine Antwort, als er an ihrer Tür anklopfte. Aber schließlich öffnete ihm eine Dienerin. Da sie ihn gleich erkannte, winkte sie ihn in die große Diele. Eirik ging zu dem kleinen Wohnzimmer, zu dem die Magd ihn schickte, und verhielt plötzlich entsetzt den Schritt.

Eadyth und Asa saßen nebeneinander auf einer Bank in dem Erkerfenster. Eadyth weinte, und Asa hatte ihren Arm um sie gelegt und flüsterte ihr beruhigende Worte zu.

»Eadyth?«, fragte Eirik, als er nähertrat.

»Eirik!«, sagten Eadyth und Asa wie aus einem Mund, während sie beide aufsprangen, wobei Eadyths Asas sehr viel kleinere Gestalt um einiges überragte. Eirik hatte Asa immer für die schönste Frau der Welt gehalten, aber nun erkannte er, wie sehr er sich geirrt hatte. Eadyth, seine Frau, war sehr viel schöner. Sie war einfach wunderschön. Und sie gehörte ihm.

Und ich liebe sie.

Er lächelte Eadyth freundlich an und erwartete, dass sie das Lächeln erwiderte. Doch stattdessen schaute sie mit schmerzerfülltem Blick von ihm zu Asa. Und dann begannen ihre veilchenblauen Augen vor Zorn zu funkeln. »Oh … oh …«, stotterte sie, während sie ihn beiseitestieß und dann durch die Diele zur Tür hinaus rannte.

»Wa-as ist?«, fragte er Asa.

Asa schüttelte nur den Kopf, als wäre er der dümmste Narr der Welt.

Eirik drehte sich auf dem Absatz um und eilte seiner Frau nach, aber sie war auf der belebten Straße schon nicht mehr zu sehen. Er holte sein Pferd und ritt zum Haus ihres Vertreters. Bis er sich endlich durch die lästige Menge hindurchmanövriert hatte, war seine Stimmung auf dem Nullpunkt angelangt. Er betrat das Haus des Handelsvertreters, ohne auch nur anzuklopfen.

Eine Frau blickte erschrocken auf – vermutlich die Dame des Hauses – und Eirik fragte sie mit barscher Stimme: »Wo zum Teufel ist Eadyth?«

»Und Ihr seid ...?«, entgegnete die dralle Frau und kam mit einer drohend erhobenen Kupferkelle auf ihn zu.

»Ihr Ehemann.«

»Oh. Der abscheuliche Flegel.«

Eirik verzog das Gesicht über die Worte der Frau.

Sie senkte ihre Waffe und deutete mit dem Kopf auf die Treppe, die ins obere Stockwerk führte. Er glaubte, sie noch sagen zu hören: »Vielleicht wird das Mädchen jetzt endlich aufhören zu weinen.«

Eirik fand Eadyth in einem der Gästezimmer, wo sie ihre Sachen in eine Ledertasche packte. »Guten Abend, Eadyth«, sagte er so unbefangen, als käme er wie vor einer Woche, vor ihrem Streit und ihrer Trennung und vor Stevens Tod, einfach nur vom Übungsplatz auf Ravenshire zurück. Er zog die Tür hinter sich zu und drehte den Schlüssel um, damit sie nicht gestört wurden. Dann lehnte er sich lässig an die Wand und musterte Eadyth prüfend.

Sie blickte aus geröteten Augen zu ihm auf und bedachte ihn mit einem strafenden, herablassenden Blick – mit diesem strengen Blick, den sie so meisterlich beherrschte und mit dem sie tollpatschige Dienstboten und schwachköpfige Ehemänner gern bedachte. Gott, er liebte diese Frau.

»Fahren wir nach Hause?«, fragte er mit einem vielsagenden Blick auf ihre Reisetasche.

»Ich weiß nicht, wohin du gehst, aber ich kehre nach Ravenshire zurück.«

»Dann werden wir zusammen reisen, nehme ich an.«

»Ich brauche deine Gesellschaft nicht.«

»Aber ich brauche deine«, sagte er leise.

Sie warf ihm einen Blick zu. »Seit wann?«

»Seit dem Tag, an dem du in meine Burg gestürmt bist, meinen Hund getreten und mein Leben zu organisieren begonnen hast.«

»Ich habe deinen Hund nicht getreten«, protestierte sie. »Ich habe ihn nur angestupst.« Dann registrierte sie seine anderen Worte und errötete. »Was ist mit Asa?«

»Was soll mit ihr sein?«

»Treib keine Spielchen mit mir, Eirik. Du bist zu ihrem Haus gegangen.«

»Und ...?«

»Eirik, ich habe dir, als wir uns das erste Mal begegnet sind, gesagt, du könntest deine Mätressen behalten, so lange du sie nicht nach Ravenshire mitbringst. Also ... na ja, wenn es also das ist, was du willst ...«

»Eadyth ... Eadyth ... Eadyth«, sagte er leise und schüttelte den Kopf. »Wenn du je wieder sagst, es sei dir egal, ob ich eine Mätresse habe, werde ich ...«

»Ich habe nie gesagt, es wäre mir egal!«, widersprach sie heftig. »Gerade weil es mir *nicht* egal ist und weil ich möchte, dass du glücklich bist, werde ich nicht die spitzzüngige Ehefrau spielen.«

Er zog spöttisch eine Augenbraue hoch. »Wirklich? Ich weiß nicht, ob mir diese Vorstellung gefällt. Ich habe nämlich eine ziemliche Schwäche für ... spitze Zungen entwickelt.«

Eadyth gab einen abfälligen kleinen Laut von sich, schon wieder ganz die Alte. Eirik hätte sie vor Freude herumwirbeln können. »Ich war das letzte Mal vor unserer Verlobung und danach nie wieder mit Asa zusammen«, sagte er jedoch stattdessen.

Sie erstarrte plötzlich, und er sah, wie ihre Hände zitterten, als sie mit dem Packen aufhörte, um ihn prüfend anzusehen. »Warum bist du hier, Eirik?«

»Warum bist du nach Jorvik gekommen?«, gab er zurück.

Sie senkte ihre Lider und sagte mit einer Stimme, die kaum mehr als ein Flüstern war: »Um dich zu überreden, heimzukommen.«

»Nun, dann überrede mich.«

Sie warf ihm einen Seitenblick zu und versuchte, seine Stimmung einzuschätzen. »Wirst du heimkommen?«, fragte sie dann und schob ihr hochmütiges Kinn vor, als würde sie ein Nein von ihm erwarten.

Eirik tat, als dächte er über ihre Frage nach, und ging langsam von der Tür zu ihr hinüber. Schweigend hob er ihre Reisetasche vom Bett und stellte sie auf den Boden, setzte sich dann müde hin und zog Eadyth zu sich auf die Bettkante.

Eadyth wollte eine Antwort von ihrem Mann, wollte allerdings nicht ihr stolzes Schweigen dafür brechen müssen. Da sie aber vor allem ihre Ehe retten wollte, sagte sie dann doch mit leiser Stimme: »Ich habe Fehler gemacht, Eirik, aber ich glaube, dass ich mich ändern könnte.«

Eirik grinste sie an, als würde er ihr nicht glauben. Und Eadyths Herz begann wild zu pochen. Er war aber auch so ein gut aussehender Mann!

»Ich muss dir vertrauen können, Eadyth. Ich kann keine Lügen mehr dulden. Ich kann es einfach nicht.«

»Das weiß ich, und es tut mir auch sehr leid, Eirik. Ich dachte, ich täte das Richtige.«

»Das denkst du immer.« Er hatte feine Linien um seine Augen und seine Mundwinkel, die ihn erschöpft und abgekämpft aussehen ließen, und Eadyth bedauerte es zutiefst, dass sie ihm so viel Schmerz bereitet hatte.

Eirik nahm ihre Hand in die seine und strich über die kleine Narbe an ihrem Handgelenk, die sie sich als Zeichen ihrer Verlobung gegenseitig zugefügt hatten. Eadyths Puls begann zu flattern unter seiner zärtlichen Berührung. Dann verschränkte er seine Finger mit den ihren, sodass ihre beiden Narben sich berührten. »Blut von meinem Blut«, wiederholte er ihr Verlobungsversprechen, und Eadyth hatte das Gefühl, als öffnete sich ihr Herz so weit, dass es ihr schier die Brust zersprengen würde. So viele Gefühle durchfluteten sie und überschwemmten ihre Sinne, dass sie sie unmöglich alle zum Ausdruck bringen konnte.

Und so begann sie einfach nur zu weinen.

»Was sollen wir tun, Eadyth?«, fragte Eirik und wischte ihr behutsam mit den Fingerspitzen seiner freien Hand die Tränen ab.

»Ich weiß es nicht«, erwiderte sie schluchzend. »Was willst du?«

Er sah sie ruhig an. »Eine Frau, die ich lieben kann und die mich wiederliebt. Eine Familie. Ein liebevolles Zuhause.« Lange blickte er ihr schweigend in die Augen, um dann mit einer Stimme, die kaum mehr als ein Flüstern war, hinzuzufügen: »Dich.«

Eadyths Herzschlag stockte für einen Moment. Dann warf

sie sich auf ihn, stieß ihn rückwärts auf das Bett, als sie sein Gesicht, seinen Nacken, seine Ohren und sein Haar mit Küssen bedeckte und dabei unaufhörlich weinte. Ihr goldenes Stirnband verrutschte und fiel mit einem metallischen Klirren auf den Boden.

»Oh, Eirik, ich verspreche dir, dass du es nicht bereuen wirst. Ich werde die folgsamste Frau der Welt sein.«

Er lachte ungläubig, während er mit seinen flachen Hände über ihren Rücken strich, sie von ihren Schultern zu ihren Schenkeln hinab und dann wieder nach oben gleiten ließ.

»Es ist wahr, und ich werde dich nie wieder belügen.«

Eirik hob ihren Kopf, indem er ihr Gesicht zwischen seine Hände nahm, und sah ihr prüfend in die Augen. »Versprich mir bitte nichts, was du nicht halten kannst, Eadyth.«

Sie konnte den Schmerz in seinen wundervollen blauen Augen sehen, den Schmerz, den sie mit ihrer – egal wie gut gemeinten – Unaufrichtigkeit verursacht hatte. »Ich möchte es versuchen«, sagte sie.

Eirik nickte zustimmend. »Das genügt mir einstweilen.« Und dann zog er ihren Kopf zu sich hinunter und küsste sie mit all der in der einen Woche ihrer Trennung in ihm angestauten Leidenschaft. Als er endlich nach Atem ringend seinen Mund von ihrem löste, sagte er mit belegter Stimme: »Du kannst dir gar nicht vorstellen, wie sehr du mir gefehlt hast, Liebste.«

»Ich will dich nicht verlieren, Eirik. Aber du musst mir helfen. Denn du weißt, ich neige dazu, alles Mögliche übernehmen und zuwege bringen zu wollen, worüber du dich ja auch schon oft genug beklagt hast. Und ... warum grinst du?«

»Weil es auch die eine oder andere Gelegenheiten gab, bei denen deine zupackende Art gar nicht so schwer zu ertragen war.«

Eadyths Augen weiteten sich, als sie an die unerhörte Art und Weise dachte, mit der sie eines Nachts ›zugepackt‹ hatte. Und sie staunte über die Veränderungen, die dieser Mann in ihrem kalten Leben und Gemüt bewirkt hatte. Gute Veränderungen, dachte sie.

Eirik versuchte inzwischen, sich mithilfe seiner Finger auch als ›zupackend‹ zu erweisen. Er öffnete ihren Gürtel, um ihr die Tunika und das Hemd über den Kopf zu streifen, hielt aber immer wieder inne, um eine ihrer Schultern oder Brustspitzen zu küssen oder mit der Zungenspitze ihr entzückendes kleines Muttermal zu berühren.

Als Eadyth nackt war, stellte er sie vor sich hin und begann seine eigenen Kleider abzulegen, wobei er ihr die ganze Zeit fest in die Augen blickte. »Kannst du mich in diesem dämmrigen Licht sehen?«, fragte sie vorsichtig, weil sie wusste, wie empfindlich er hinsichtlich seiner schwachen Augen war.

Er lachte leise. »Gut genug, um das zunehmend schnellere Heben und Senken deiner Brüste zu sehen. Gut genug, deine sich verlangend aufrichtenden Brustspitzen zu sehen. Gut genug, deine erwartungsvoll geöffneten Lippen zu sehen. Gut genug, um die heiße Feuchte …«

Eadyth trat einen Schritt vor und brachte ihn zum Schweigen, indem sie einen Finger an seine Lippen legte. Dann versuchte sie, ihre Arme um seinen Nacken zu schlingen, aber er schob sie mit einem sanften Kuss wieder zurück. »Nicht so schnell. Zuerst möchte ich mein Hochzeitsgeschenk von Tykir öffnen.«

»Hochzeitsgeschenk? Oh«, sagte sie errötend, als sie sah, dass es das Päckchen war, das Tykir gestern auf dem Markt für sie erstanden hatte. »Er hat gesagt, es wäre ein Geschenk für mich.«

Eirik nahm das seidene Haremsgewand aus der Verpackung und überreichte es Eadyth lächelnd. Es waren im Grunde nur eine Reihe kunstvoll übereinanderdrapierter, durchsichtiger Schals mit winzigen Glöckchen an den Säumen. »Wirst du für mich tanzen, Eadyth?«, fragte Eirik mit plötzlich ganz heiser gewordener Stimme.

Errötend legte Eadyth das hauchdünne Kostüm an und zwang sich, sich nicht verschämt mit ihren Händen zu bedecken, als sie den erfreuten Blick sah, mit dem Eirik sie betrachtete.

»Ich kann nicht tanzen. Ich habe es nie gelernt«, gestand sie. »Aber ich könnte auf deinem Schoß sitzen, während du mir eine deiner Kalifengeschichten erzählst.«

Eirik hielt das für eine großartige Idee.

Bevor sie aber auch nur über den Beginn seiner Geschichte hinausgelangen konnten, war der Boden schon mit Seidenschals bedeckt. Als Eirik mit einer kraftvollen Bewegung in sie eindrang, hielt sie ihn fest umschlungen, um den Augenblick höchster Ekstase hinauszuzögern, der sie nur allzu bald in einen Abgrund rauschhafter Gefühle stürzen würde. Sie liebte diesen Augenblick des absoluten Einsseins mit ihrem Gemahl, diesen Moment, in dem die Zeit stillzustehen schien und nur er und sie existierten.

Eirik schien diesen ganz besonderen Moment genauso zu genießen wie sie selbst. Auf seine ausgestreckten Arme gestützt blickte er liebevoll auf sie hinab und flüsterte mit vor zärtlicher Stimme: »Ich liebe dich, Eadyth.«

»Ich liebe dich auch, Eirik. Nein, beweg dich noch nicht ... oh!« Sie umfasste mit beiden Händen seinen Po, um ihn festzuhalten, und schloss für einen Moment die Augen, bis das heiße Prickeln an der Stelle, an der sie und er miteinander verschmolzen, nachließ. Dann nahm sie seufzend eine seiner Hände in die ihre und legte sie auf ihren Bauch. Mit vor Emotionen erstickter Stimme sagte sie: »Bei all den Hochzeitsgeschenken, die du und Tykir mir gegeben habt, hast du bisher noch keins von mir bekommen. Hier ist es, und ich hoffe, du wirst es ebenso sehr schätzen wie ich all die, die ich von dir bekommen habe.«

Zuerst blickte er sie nur verwundert an. Als er dann aber zu verstehen begann, lächelte er sie mit solch unverhohlener Liebe an, dass Eadyth sich von Gott gesegnet fühlte. Und dann zeigte Eirik ihr mit sehr, sehr langsamen Bewegungen, süßen Küssen und leise geflüsterten Worten der Liebe, wie sehr er ihr Geschenk zu schätzen wusste.

Viel später lag Eadyth in den Armen ihres Mannes, strich mit den Fingerspitzen über sein weiches Brusthaar und dachte, wie sehr es ihr gefiel, dass sie ein Recht hatte, ihn so zu berühren. Eiriks Blick und seine streichelnden Hände glitten immer wieder zu ihrem flachen Bauch, als sei er immer noch zutiefst verblüfft darüber, dass sie ein Kind miteinander gezeugt haben konnten.

Dann, obwohl es schon sehr spät war, beschlossen sie, nach Ravenshire zurückzukehren, weil sie in ihrem eigenen Heim und bei ihren Kindern sein wollten. Als sie sich kurz darauf anschickten, den Wagen zu besteigen, an den sie ihre Pferde gebunden hatten, und auch ihre Bewaffneten sich zum Aufbruch rüsteten, bemerkte Eadyth an Eirik gewandt: »Da ich ja nun weiß, dass du ein Handelsschiff besitzt, mein Bester, und ich all diese Produkte zu verkaufen habe, da dachte ich ...«

»Du denkst zu viel, Eadyth«, brummte er und gab ihr zur Unterstreichung seiner Worte einen kleinen Klaps auf den Po. »Ich beabsichtige, dafür zu sorgen, dass du in Zukunft viel zu sehr mit *mir* beschäftigt bist, um noch mehr geschäftliche Projekte zu übernehmen.«

Sie warf ihm einen enttäuschten Seitenblick zu, als er sich neben sie auf den Wagen setzte, und murmelte vor sich hin: »Ich glaube, ich könnte beides schaffen.«

Aber Eirik hatte es gehört und warf den Kopf zurück und lachte. »Das bezweifle ich überhaupt nicht, Eadyth.« Dann legte er seinen Arm um ihre Schulter und zog sie näher zu sich heran. »Und, ja, wir werden es *zusammen* schaffen.«

– ENDE –